大和猿楽史参究

表　章　著

大和猿楽史参究

岩波書店

まえがき

初めて能を見て、どうしてこんな異様なものが現代に生き残っているのか、不思議だった。大成者とされる世阿弥の著述――特に『中楽談儀』――を読んでみて、世阿弥が演じた能と現代の能とは別物なのではないかとの印象を強く受けた。そうした関心から能楽の研究に携わるようになっただけに、能楽の歴史についての考察が自身の研究の中で大きな比重を占めるようになったのは、自然の流れであったと思う。そして、能楽史について考察するに際して最も頻繁に参照したのが、恩師能勢朝次先生の『能楽源流考』であった。今から六十七年も前の昭和十三年(一九三八)に初版が刊行された一五五五頁に及ぶこの大著は、今も能楽研究に必須の基本図書であり、私が所持する昭和十六年の再版本は、繙読を重ねる内にほぼ真ん中で二つに割れ、今は七九二頁までとそれ以後とに分けて製本し直してある。それほど読み返しただけに、研究方法もおのずと同書のそれをまねることになったようである。香西精氏の論考を私の編集で一九七九年にわんや書店から『世子参究』として刊行したが、その序を小西甚一先生にお願いしたところ、その中で小西先生は、私が香西氏の学界再登場に貢献したことに関連して、「能勢先生晩年の門下である表君は、たぶん生まれつきだろうが、先生の壮年期、つまり『能楽源流考』に没頭していられた頃の学風を継承している」と書いておられた。生まれつきなどではなく何度も読み返して影響を受けた結果なのにと思う一方で、恩師の『能楽源流考』時代の学風を継承していると評されて大変に嬉しかったことを覚えている。

傾倒する一方で、この問題がなぜ『能楽源流考』には論及されていないのかとか、『能楽源流考』のこの見解は違うのではないか、などと感じることが、だんだん増えてきた。恩師の不朽の大著を補正したいとの気持がいつからともなく強まってきたのである。それはけっして不遜なのではなく、越えようと努めるのが恩師の学恩に報いることだと信じていた。小西甚一先生が能勢門下の心得として強調しておられたことなのである。以前にまとめた『喜多流の成立と展開』(平凡社、一九九四年)のような、『能楽源流考』が取り扱わなかった江戸期の能楽史を対象とする研究に力を注いだのも、同じ気持からである。

『能楽源流考』に導かれ、その方法をまねる形で展開してきた私の能楽史研究だったが、豊富な新出資料のお蔭で、これは能勢先生にも褒めてもらえるだろうと自信を持てる論考も幾つかは発表できた。なぜか『能楽源流考』にまとまった考察のないテーマを扱った「多武峰の猿楽」や「薪猿楽の変遷」、二〇〇頁を越える長い論文になった「大和猿楽の「長」の性格の変遷」などがそれである。特に、最終分を一九七八年七月に発表した「長」の考察は、翌年一月に亡くなられた香西精氏に読んでもらえた最後の論考で、「長権守考、コペルニカス的転回、目がさめました。学恩多大。」との褒詞を書き添えた九月三十日付けのはがきを頂戴している。私自身がそれまでの能楽史観を根底から変える結果になった論考でもあったので、それを中心にした研究書をまとめる意図を早くから抱いていた。岩波書店の編集部から刊行を勧められ、応諾の返事をし、内容案を作ったりもしたのであるが、岩波講座『能・狂言』などの目前の仕事を片付けることに追われて、二十年近くも先送りにして過ごしていた。

二〇〇四年四月に私は満七十七歳になった。かねての希望だった図書を刊行するのが一番望ましい自祝の仕事だと思い、本書を刊行することにした。一時的に健康を損ねたため予定よりは少し遅れたが、次の誕生日前には本になりそうで、安堵している。

本書には、前述した三論考に、関連する後の三篇を加え、六篇の論考を収めることにした。Ⅱの「大和猿楽の

「長」の性格の変遷」が眼目の論文であり、Ⅰの「多武峰の猿楽」と「薪猿楽の変遷」はⅡへの導入の役割を果たした考察、Ⅲの三篇はⅡの補足と余説と言えよう。六篇がすべて観阿弥・世阿弥の属した大和猿楽についての歴史的考察なので、「大和猿楽史参究」と題することにした。「参究」は、参学・参禅の意の禅林用語にサンキューの意を籠めた香西精氏の著書『世子参究』の題名の模倣である。

六篇の内、本体とも言えるⅠ・Ⅱの三篇は、四十七歳から五十一歳にかけての頃の執筆である。私の勤務した野上記念法政大学能楽研究所が千代田区富士見町の本校地区から港区南麻布の麻布校舎に移転し、場所が広くなってようやく研究所らしい活動ができるようになった時期で、移転から二年後の一九七四年に紀要『能楽研究』が創刊された。その創刊号に発表したのがⅠの「多武峰の猿楽」であり、第二・三・四号に分載したのがⅡである。七四年に日本思想大系の『世阿弥・禅竹』が刊行されて世阿弥についての仕事が一段落し、やりたかった能楽史研究に専念できるようになった喜びがあった上に、能楽研究所で各種の研究会が開催され、若い研究者や各大学の院生が集まるようになって、能楽研究所に緊張感が高まっていた中での仕事であった。今読み返しても「よく勉強している」と自身が感服するほどよく調べた内容になっている。五十年を越える研究生活で最も充実していたのが、あの麻布校舎時代だったのではなかろうか。そんな時期の代表的な仕事をまとめて世に遺すことができるのは、大きな喜びである。そして、こんな蓄積を今後に生かさないのはもったいない、三十年前と同じはたらきは無理にしても、まだまだ元気で研究を続けなければとの気持を新たにしている。成果の刊行は自身を鼓舞する効果が大きいようである。

凡　例

一　本冊に旧稿を収録するにあたっては、発表年月順とし、並行している分については発表終了時順とした。全体をⅠ・Ⅱ・Ⅲに分けたのは、便宜的な処置に過ぎない。

一　旧稿を原形のまま収録することを原則としたが、西暦の表記法や資料名や能・狂言の曲名表記（〈 〉で囲んだ）の統一など、少々の改訂を加えた。

一　新資料や新論考の出現によって論旨に変更や補足の必要が生じたことについては、現段階で把握できたことに限定されるものの、本文中に《 》で囲んで補うことを原則とし、論の全体に影響することについては、論の末尾に「補説」として追記することにした。

一　旧稿執筆時と現在では所蔵者が変わった資料が少なくないが、所蔵者名は昔のままにし、必要を認めた場合にのみ変更を注することにした。

目　次

I

多武峰の猿楽

奈良県磯城郡の南端(今は桜井市)、大和盆地を北に俯瞰する位置に聳える多武峰は、大織冠藤原鎌足の墓所であり、今はトーノミネと言うが、古くはタンノミネと呼ばれていた。中大兄皇子と鎌足が蘇我氏討伐を談合した「談の峰」の名に由来すると伝える。鎌足の廟所は、明治以降は談山神社の名で知られているが、神仏混淆が常態であった明治以前には、天台系の妙楽寺と一体で、寺社を綜合して単に「多武峰」(タンノミネ・トーノミネ)と呼ぶことが多かった。多武峰寺・談山権現などの名でも呼ばれていた。神殿(護国院)を中心に、大講堂・十三重塔・常行堂・大原明神社、「一百余社」と通称された鎮守社などの諸伽藍が建ち並び、付属する僧坊にはしばしば興福寺と争った衆徒僧兵が大勢住まい、寺勢の衰えた室町末期においてすら各地に総計六千石余の寺領を有した、強大な寺社であった。以下に「多武峰」と称するのは、稀なる例外を除き、すべて寺社としてのそれであり、多武峰寺談山神社を意味する。

この多武峰が能界の主流であった大和猿楽と深い関係を持っていたことは、世阿弥の著書によって一応は知られており、そこで演じられた能が特異な性質を持つものであった事実も、若干は知られていたことであった。しかし、平安末期以後に繰返された南都・北嶺の争いや、南北朝の抗争、或は応仁の乱前後の混乱による戦火のため、多武峰がしばしば炎上し、史料がほとんど残されなかったことや、旧習が維持されなかったことなどのため、多武峰と大和猿楽の具体的なつながりや、そこでの能の実態については、まだまだ不明の点が多い。その点を、湮滅をまぬがれた多武峰文書を集成・翻印した『談山神社文書』(中村直勝編。昭和四年、星野書店刊)所収の諸文書、多武峰について言及することの多い興福寺関係の諸史料、及び能役者側の伝承等に基づいて綜合的に考究することが、本稿の目的である。

なお、本稿の全体は次の如き構成を持つ。

一　**多武峰八講猿楽**　【多武峰参勤が大和猿楽四座の義務であったこと】【多武峰八講猿楽は維摩八講会に付随する神事であったこと】【『わらんべ草』注に見る八講猿楽の実態】

二　**八講猿楽への四座参勤の状況**　【参勤記録の集成と考察】【参勤廃絶の時期について】

三　**多武峰様具足能**　(実馬甲冑姿の多武峰様能に関する記録と考察)

四　**八講猿楽の新作能競演の風習**　(新作競演を物語る諸記録と考察)

五　**〈翁〉の法会之舞**　(多武峰独自の〈式三番〉たる法会之舞についての諸考察)

六　**多武峰の六十六番猿楽**　(室町後期まで伝わっていた多武峰六十六番猿楽の奇習と修正会延年について)

七　**大和猿楽と多武峰**　【両寺参勤の背景と八講猿楽参勤始行の時期】【山田猿楽と多武峰】【外山座と多武峰】【八講猿楽三頭屋と三座】【四座揃っての参勤の有無】

八　**多武峰の猿楽補任権をめぐって**　【長・権守・大夫】【両寺の大和猿楽補任】【多武峰の補任をめぐる二つの問題】

結び

一　多武峰八講猿楽

【多武峰参勤が大和猿楽四座の義務であったこと】

多武峰と大和猿楽が密接な関係を持っていたことを示す第一の史料は、『申楽談儀』付載の「定 魚崎御座之事」である。これは、観阿弥・世阿弥時代の結崎座(「魚崎」は当て字。観世座の古名)の規則、つまり観世座規であるが、その第六項・第七項に左の如くある。(引用資料の句読点・濁点・返点は稀なる例外を除き表が加えたもの。以下一々断らない)

一、タウノミネノヤクノ事。国中ハ申ニヲヨバズ、イガ・イセ・ヤマシロ・アウミ・イヅミ・カワチ・キノ国・ツノ国、コノウチニアリナガラノボラズハ、ナガク座ヲヲウベシ。コノホカノ国々ニアラバユルスベシ。〔資料**A**〕

一、ザニイルコト。タキヾハソノアイダ。ナラノ御マツリ、タンノミネハ、ゼンゴ四日ノアヰダ。年アニハヲソクトモサキニツクベシ。ヲナジトシハクジニトルベシ。コノホカハ、サキガサキニテアルベシ。〔資料**B**〕

Aによれば、「多武峰の役」に参加することは、畿内に居ながら欠勤すれば座を追放されるほどの重大な座衆の義務であり、その期間は**B**によると四日間だったわけである。当時の猿楽座は、常に一座まとまって行動していたわけではなく、時期によっては個人または分派による活動もしていたため、**B**の如き規制も設けられていたのであろう。個人的活動を物語る室町期の記録が少なからず知られている。

観世座の座衆(一座の役者総員)が右のような義務を負っていたのは、「多武峰の役」を勤めることが観世座自体の義

務であったからに外なるまい。金春禅竹編の『円満井座壁書』(金春座規)第二項に、

一、多武峰、南都の御役に不参なりとも、七歳迄得分の配分に当るべし。八歳よりは、不参は配分に当るべからず。

〔資料C〕

とあるのを参照すると、観世座のみならず、金春座も同じく「多武峰の御役」を義務として負うていたと考えられる。役という言葉自体が、支配者に奉仕する義務的労働を意味している。同じ禅竹の『明宿集』第十条に、

一、……ソレ、カスガト申タテマツルワ、……春日四所ニアテ奉テ、当座ヲ四ノ座ニワカチテ、毎年二月五日、大御前ニテ翁ヲマワシメタマフ。是十二大会ノサイショ、神慮スヾシメタテマツル御神事ナリ。多武ノ峯ニヲキテ、毎年法講ノ神事、四ノ座ヲモテツトム。是又、カスガノ御子孫、大職冠ニテマシマセバ、翁一体分明也。惣ジテ……

〔資料D〕

と、多武峰神事が「四ノ座」の勤仕であることを述べているから、金剛・宝生の両座もまた、多武峰参勤が義務であったに相違ない。第二節に掲げる実際の参勤の記録がそれを裏書している。その他の諸史料・諸記録から見ても、大和猿楽四座(金春・金剛・観世・宝生)にとっては、Bに言う「タキヾ」(興福寺薪猿楽。毎年二月)と、「御マツリ」(春日若宮祭。毎年九月、後に十一月)と「タンノミネ」(八講猿楽。毎年十月)への参勤が、三大義務とも称すべき重要な仕事だったのである。つまり四座は、春日興福寺と多武峰の両寺社へ参勤の義務を負うていたわけで、それは四座が両寺社に支配され、保護されていた猿楽座であることを示しているが、その事については第七節においてまとめて考察するであろう。

【多武峰八講猿楽は維摩八講会に付随する神事であったこと】

大和猿楽四座の義務の一つであった「多武峰の役」とは、具体的には、十月十三日と十四日の両日にわたって多武峰での寺社の行事に参加して演能することであったが、その寺社の行事については、法華八講と解するのが従来の説であった。能勢朝次博士の『世阿弥十六部集評釈(下)』が、『申楽談儀』観世座規の第二項の、

一、タンノミネノ四カウノ事。二日ニ一ガウヅヽ。マタ、四カウサカナ、一ガウ、ヲサドノトラセタマウベシ。又、トウヤノクダモノ、一ガウヅヽ、タカツキノスヱモノ、ソメモノナリトモヌノナリトモ、三トウヤニ一トウヤ、ヲサドノトラセタマウベシ。マタ、四カウノカザリツクリモノアラバ、ヨカランモノヲ一、ヲサドノトラセタマウベシ。又、ツギノツクリモノヲバ、シキジトルベシ。三トモアラバ、二ザヨリ六ヱマデ、ハブキテワクベシ。ウチ、ムマアラバ、トカク千、ヲサノトノトラセタマウベシ。タイヘキ、二日ノウチニ、ヨカランズルヲ一、ヲサドノメサルベシ。マタ一ヲバシキジワケテトルベシ。〔資料E〕

とある、八講猿楽の際の禄物を示す好資料ではあるが難解極まる一文の語釈の中で、

○多武峰の四カウ——例年十月に催される多武峰の法華八講の猿楽。法華八講は朝座と夕座に一講づつ行はれるのであるから、四日間に終了する。従つて猿楽は四日間の講に応じて、四日に亘つて演じたのである。従つて四講と称してゐるので、法会より言えば法華八講である。……(同書下巻六一五頁)

と注されたのが始まりで、川瀬一馬博士の『世阿弥二十三部集』頭注、表の岩波文庫本『申楽談儀』脚注、日本古典文学大系『歌論集 能楽論集』頭注にも、能勢説がほぼ踏襲されていた。これに対して、香西精氏は、『宝生』昭和三十七年八月号「四カウ、一カウ——世子語抄(七)」(同氏著『続世阿弥新考』に所収)において、〝いくら無学な猿楽者流でも、名高い法華八講を「四講」と呼ぶはずがない〟との見地から、「四カウ」は「酒肴《しゅかう》」の当て字、続いて出る「一カウ」は「一合《いちがう》」であろうと推論された。「四カウ」「一カウ」については従うべき新見と思われるが、「多武峰の

役」を法華八講の際の能への出勤と解する点は、香西氏も同様であったらしい。

このように「多武峰の役」を法華八講と関係づけて考えるのは、義務として出勤する多武峰での能を、大和猿楽の側が「はつかうの能」と記録し(資料V・X等)、第三者も「八講猿楽」と呼んでいた(第二節参照)ことに由来し、八講と言えば法華八講を連想するのが当然であったからであろう。この常識的な推論に私が疑問を抱いたのは、八講猿楽についての記録として前掲の注に続いて能勢博士も引用しておられる『尋尊大僧正記』の寛正四年十月十三日の記事(資料I)に、「多武峰八講堂猿楽」とあって、演じる場所に由来する名称ではないかと考えたからである。八講猿楽関係の記録に法華八講との関連を示す記事が見あたらないことも、その疑問を助長した。

そこで、『談山神社文書』を調べてみると、「多武峰年中行事」なる恰好の資料が収録されていた(同書四〇二頁以下)。この文書には年記が無いが、六月十五日の蓮花会について、「蓮花大会、延年遊僧児舞、大法会アリ、但本堂退転故、且ハ衆徒無人数之間、近年無レ之」と言い、末尾に「右之外、伽藍退転、無人数故、大法会不レ能レ成候」と言う点などから、永正三年(一五〇六)の多武峰炎上からさほど隔らぬ頃の文書と思われ、それ以前の伽藍退転時の文書であるとしても、室町期の年中行事を列挙したものであることは確実であると思われる。それによって八講猿楽の行われる十月の行事を見ると、次の如くである。

朔　日　大般若、同前
十日ヨリ十六日迄、維摩八講会アリ
十一日　管絃講、同前
十五日　番論義
同　日　論義、例講、同前

十六日　十六講、同前
同　日　中蚪、先講、論義アリ、皆出
同　晩　酉蚪ヨリ、竪義、検校出仕、衆徒皆出也
十八日ヨリ四ケ日、法華八講アリ
廿三日　月次、曼供
廿八日　論義、例講、同前
〔以上、資料**F**〕

一方、八講猿楽が演じられるのは、後掲の資料**H**によると、十月十三・十四日の両日の大講堂での能と、その前後の十二日と十五日の付属行事を合わせて、十二日から十五日までの四日間である。第二節に列挙する出勤記録の日付とも合うし、資料**B**が「ゼンゴ四日ノアキダ」と言うのとも一致するから、それが世阿弥時代から室町末期まで変わらなかった、古来の式日であったと認められる。

とすると、多武峰八講猿楽が演じられるのは、十月十日から十六日までの維摩八講会の期間であって、十八日からの法華八講の時ではない。「多武峰年中行事」によれば、多武峰での法華八講は二月・五月・八月・十月の四度行われており、「法華四季八講」などと呼ばれ(『談山神社文書』二九八頁以下、天正十三年「御蔵納注文」)、十月のそれが特に盛大だった形跡はない。その点、毎月十六日に維摩経論義などを行う十六講とは別に行われた年に一度の維摩八講は、一七日にわたる大がかりな法会であった。資料**F**の十一日以後十六日までの諸行事は、十六講以外、すべて維摩八講会の一部なのである。一体、維摩八講会は、多武峰で特に八講と称した所以は明らかでないものの、維摩会のことである。維摩会といえば、三会の一とされる勅会の興福寺維摩会が名高いが、それは、藤原鎌足が維摩経を尊崇したことに因んで、鎌足の忌日である十月十六日を最終日として、七日間維摩経を講じた大法会である(中世には延引、不執

行の場合も多かった)。同じく鎌足と縁の深い多武峰でも、規模こそ違ったろうが、興福寺と同じ式日に、寺伝によれば天延三年(九七五)以来、維摩会が行われてきたのである。延年で名高い六月十五日の蓮花会と並ぶ多武峰屈指の法会が維摩八講会であった。

この維摩八講会の期間に演じられる八講猿楽は、多武峰維摩八講会に付随する行事であったと考えるのが当然であり、法華八講の際の能とする従来の説が誤りであることは明瞭である。旧説は、八講猿楽が行われる期間の多武峰の行事を調査しないまま、八講を法華八講と誤認したものであった。演じる場所に由来するかとの私が抱いた疑問も、あたっていなかった。尋尊が寛正四年に「八講堂猿楽」と書いたのは、中絶していた八講猿楽が再開された直後であったため、尋尊がその由来をよく知らず、自己の所属する春日興福寺に八講屋がある事などに引かれて、多武峰大講堂で演じられる猿楽を八講堂猿楽と書いてしまったのではなかろうか。寛正六年以後は、尋尊も「多武峰猿楽」とか「多武峰八講之猿楽」とか「談山猿楽」とかの語を用いている(第二節参照)。

八講猿楽の由緒を知らなかったらしい点は、金春禅竹も同じではなかったろうか。彼が資料**D**に「多武ノ峯ニヲキテ毎年法講ノ神事」と書いている「法講」の文字は、法華八講の略記とも見える形であるが、実際にそうした略称が用いられていたとは思われず、むしろ、法度《はっと》・法被《はっぴ》・法堂《はったう》などと同じ読ませ方で、「ハツコウの能」のことを「法講ノ神事」と書いた可能性が強いのではなかろうか。仏事に付随する猿楽能であっても、神職を自負する猿楽(『花伝』序など)にとっては神事と意識されていたことは、本来は興福寺修二会に付随していた薪猿楽を「薪の神事」と呼ぶ(『金島書』など)のと同断である。後述する如く、禅竹の活動期には八講猿楽参勤が長く中絶していた。そうした事情もあって、「ハツコウの猿楽」という言葉は伝えられていたものの、由来や語義は忘れられていたのであろう。江戸初期の能役者側の文書に「はつかうの能」と仮名書きしたものが多いのも、同じ事情に基づくかと思われる。資料**甲**

2(49頁参照)が、多武峰での法会之舞の乱拍子について「バつかうと云物をはく也」と述べているあたり、八講猿楽の名称の由来が履物で説明される惧れすら萌しつつあったかのようである。法華八講に付随する猿楽と誤解したのは、まだしも罪が軽いと言えようか。

ところで、維摩会といえば、『風姿花伝』第四神儀に、

一、当代にをひて、南都興福寺の維摩会に、講堂にて法味をおこなひ給おりふし、食堂にて舞延年あり。外道をやはらげ、魔縁をしづむ。その間に、食堂前にて彼御経を講給。すなはち、祇園精舎の吉例なり。〔資料**G**〕

とあって、興福寺維摩会の延年が当代(中世)の能の起源であるように説かれていることが想起される。興福寺の僧徒が維摩会の後に舞った延年は、必ずしも恒例ではなく、また実際には法会の終了後に慰労を主目的に行われているから、右の説はかなり潤色されていると言わざるを得ないが、この潤色説と同じ役割を多武峰維摩八講会で果たしていたかに見えるのが、八講猿楽である。猿楽がすなわち延年たること、『花伝』序が「それ申楽(猿楽)延年の事わざ」と冒頭に書き出している通りである。資料**G**の「南都興福寺」を「多武峰」に置き換えればほぼ事実に近くなるわけで、維摩八講会において猿楽が果たした役割――それを物語る資料は今のところ見出し得ない――も、「外道を和らげ」の語が暗示する遊楽的効果と「魔縁をしづむ」呪術的効能のどちらが主体であったかの問題はあるものの、**G**の説に準じて理解してよいのではなかろうか。

ついでに言えば、興福寺維摩会には猿楽は参勤していない。大和猿楽四座が義務として参勤した多武峰維摩八講会、及びそこでの八講猿楽には言及せず、参勤しない興福寺維摩会の延年を当代の猿楽能の起りとしているあたりに、『花伝』神儀篇の性格が顔をのぞかせているように思われる。

【『わらんべ草』注に見る八講猿楽の実態】

さて、多武峰維摩八講会に大和猿楽が参勤して演じた八講猿楽の実態はどのようなものであったろうか。遺憾ながら、寺社側にはそれを伝える資料が皆無に近く、能役者側も室町期のまとまった資料はほとんど伝えていない。僅かに、万治三年（一六六〇）奥書の大蔵虎明の『わらんべ草』第四十六段の注に収められている左の文書が、江戸期の転写ではあるが室町期の八講猿楽の様子を伝える、比較的まとまった資料である。

多武峰寺、八講之頭、能之事

一、四之座猿楽、十月十一日、多武峰門前迄到来。能者両座許勤役。両座者後詰也。

一、十二日。大講堂仏事、未貝定有レ之。其以後両座也(之?)猿楽、寺家江式三番。両座一度来。印鎰、御供物、引出物等、別紙有レ之。

一、十三日。於二大講堂一能有レ之。公人ヲ召、「猿楽用意シテ、貝鳴バ出仕仕」ト下知ス。次辰貝ヲ待、貝鳴レバ驪而公人ヲ召、「貝定ノ出仕、遅参曲事、急ギ出仕仕レ」ト下知ス。仕丁カヘレバ、亦公人ヲ召、「貝鳴時刻遥ノ事、急出仕仕レ」ト下知ス。

一、十四日、翁始レバ公人ヲ召、二臈へ「嘉例親子猿楽、并ニ未貝ヲサヘラレ候ヘ」ト通ズ。

一、十五日。官途成タル猿楽分、寺家ニ来、補任ヲ頂戴ス。面々補任致二頂戴一時、一帖一本之引物可レ有レ之。

但、児ニハ取別也。此時一献下。片座宛可レ有二支配一。

一、猿楽支配ノ事。饗、両座へ五百坏。此内、五十坏ハ七合飯舛盛、四百五十坏ハ五合飯舛盛。但、饗ヲ粉ニテ渡時ハ、両座分、白米弐石九斗五升、味噌二斗、塩一斗、芋二斗、大豆一斗、烏頭布《ウドメ》一把、牛房十把、大根十把、蒟蒻《コンニャク》十挺、油六合、箸、折敷、瓦器代、鳥目二百文。已上此分、両座へ半分配、可レ有二下行一也。

右、多武の峰の写也。　〔資料H〕

末尾に「右、多武の峰の写也」とあるのは、多武峰寺の古文書を写したことを意味する付記であろう。「八講之頭」を勤める寺僧側のなすべき事を主として記載している事も、寺側の文書であることを示している。

第一項の、四座が十一日までに門前に到着し、能を演じるのは両座だけで、他の二座は後詰であるとの記事は、この文書が両座参勤が恒例だった室町中期の八講猿楽の形式に基づいていることを示していよう。能を演じない二座も後詰として参加するように読み取れるが、実際にそうだった形跡はない。四座揃っての参勤が原則であるとの立場から、参加しない二座を後詰の名目で残し、実際には参勤せずにすませる形を採ったのではなかろうか。それについては後に考察する。

第二項は、十二日の大講堂仏事後、未《ひつじ》貝(午後二時頃の法螺貝)以後に両座が能を演じたようにも読めるが、恐らくは「両座也」が「両座之」の誤写で、大講堂での能は無く、両座の猿楽が一度に寺家へ参上して〈式三番〉を演じることを記しているのであろう。寺家とは多武峰の最高責任者であった検校職を具体的には意味するものと思われ、薪猿楽の際に各座が興福寺別当職の僧坊へ参上して演能するのに対応するのが、十二日の〈式三番〉らしい。十三・十四日の八講猿楽の前日の行事である点は、春日若宮祭の前日の田楽頭の僧坊での装束賜りの行事との類似を思わせ、そうした性格をも持っていたのかも知れないが、「寺家」が八講之頭を意味するわけではあるまい。両座が一緒に参上しての〈式三番〉は多分立合の形であったろう。別紙に記したという事の中に「印鎰」(鍵)の語があるが、それが猿楽とどう関連するのか全く不明である。寺社の行事に必要な品であろうか。

第三項と第四項とが八講猿楽の主体たる大講堂での能が行われる十三日と十四日の記事であるが、猿楽を呼び出す際の作法がもっぱら記録され、十四日に〈翁〉が演じられること以外は能の実態に言及していないのが残念である。第四項の「嘉例親子猿楽、并ニ末貝ヲサヘラレ候ヘ」の意味する所が明らかでないが、「親子猿楽」は〈翁〉の父尉延命冠者の形を思わせる文言である。二臈は猿楽座の権守または二座(ツマオリ)のことであろう。《ただし、多武峰寺の僧の位階の「二臈」とも考えられる。65頁参照》。

第五項は、出勤した役者に大夫などの称号を与える官途成りに関することで、これについては第八節に言及する。大蔵虎明がこの文書を引用したのは、四十六段の本文に「たうの峰よりハふにんをいだす」とあるのに関連しての事であった。

第六項は猿楽への下行物についての記事である。食事として支給する分のみを記載しているようで、資料**E**の世阿弥時代の多武峰の「四カウ」(酒肴)とは違い過ぎ、第二項に「引出物等別紙有之」ともあるので、これが下行物のすべてではなく、滞在実費的な食費該当分のみをここに記載しているとも解される。しかし、役として出勤する猿楽への下行物は僅少なのが常であり、一週間にわたる薪猿楽に興福寺が粮米分として猿楽に与えた金額が、文明十七年(一四八五)には一座三貫文(米約三石分)に過ぎなかった。食費支給程度だったのである。別に多少の物品が引出物の形で与えられはしたろうが、本条に記載されている分が八講猿楽に参勤した両座への下行物の主体であると考えてよいであろう。冒頭の「猿楽支配ノ事」の語もそれを思わせる。

以上、資料**H**について若干の考察を加えたが、この程度のものがもっともまとまった資料であって、多武峰八講猿楽の実態はすこぶる不分明なのである。

二　八講猿楽への四座参勤の状況

【参勤記録の集成と考察】

まとまった資料のない八講猿楽の実態をより鮮明に把握するには、断片的資料を寄せ集めて考察する他はない。まず手始めに、大和猿楽四座の八講猿楽参勤の記録を調査してみよう。資料**A**・**B**・**E**などから見て、四座の多武峰参勤は観阿弥・世阿弥の頃すでに行われていたに相違ないが、記録の上では寛正四年を遡ることができない。始行の年代等の詮索は後廻しにして、その記録を年表風に列記し、問題点についての考察を付記することにする。集めた記録の大半は能勢朝次博士著『能楽源流考』の諸項目に分散して引用されており、それに若干を追加したに過ぎない。能勢博士は、各座の歴代の大夫の活動記録の一つとして多武峰参勤の記録にも言及されただけで、八講猿楽ないし多武峰猿楽全般についての考察は『能楽源流考』では試みておられないのである。その欠を補う意図をも本稿は秘めている。なお、最大の資料は『尋尊大僧正記』(『大乗院寺社雑事記』所収)であるが、以下同書を『尋尊記』と略称する。

イ　寛正四年(一四六三)、三十年ぶりに八講猿楽復活し、金春・金剛両座参勤す。

一、自二今日一多武峰八講堂猿楽始レ之。金晴・金剛両座参二懃之一。三十(「年」脱)計退転事也、云々。為二見物一諸人群衆、云々。至二明日一。(『尋尊記』同年十月十三日)　〔資料**I**〕

「三十(年)計《ばかり》退転」と言うのは、永享十年(一四三八)八月、南朝方に与した越智氏を討伐する畠山・一色氏らの軍勢が多武峰を攻め、一山の大半が炎上した事件(『大乗院日記目録』同年同月二十九日の条には「多武峰発向、堂社坊舎払レ地炎上、大職冠御影奉レ入二橘寺一、定恵和尚建立以後是初也、越智引汲故也、越智逐電了」とある)のため、多武峰が維摩八講等の法会を執行できない状態にあったためであろう。永享六年頃から筒井氏対越智氏の争いが激化して大和は不穏だったから、多武峰炎上の数年前から八講猿楽が中絶していた可能性が強く、「三十(年)」と尋尊が記した年数は多分事実に近いであろう。その退転していた八講猿楽が寛正四年に再開された事を教える右の記事は甚だ貴重である。金春・金剛両座の座名を明記している点も、再開当初から二座参勤であった事が明らかで有難い。「八講堂、猿楽」と記したのが尋尊の誤解らしいことは前言した。尋尊は一条兼良の子で、永享十年に九歳で興福寺大乗院主に迎えられたのであるから、退転以前の八講猿楽については知る由もなく、伝聞をまじえて誤記したのであろう。

ロ　寛正五年(一四六四)、観世・宝生両座参勤し、古市・畑ら奈良より見物に下向す。

十月十二日、古市並畑、多武峰猿楽為二見物一罷向。

同　十四日、古市、畑返了。多武峰能ハ観世・法性両人為レ之。　(『経覚私要鈔』)

記録者の経覚は尋尊の先代の大乗院主で、当時は河内の古市の地(奈良の西方)に隠居していた。見物に行った古市は興福寺の衆徒の棟梁の家柄で、翌年に出家した古市胤栄であろう。

前年が金春・金剛両座だったのに対し、この年は観世・宝生の両座(「両人」は両大夫を意味し、そのまま「両座」と読み替えてよかろう)であったと言うから、奈良がかり(下掛り)の金春・金剛両座と、京がかり(上掛り)の観世・宝生両座が交替で、隔年に出勤する定まりであったことが推測される。後年の記録もそれを裏づけており、両座の組合せの変更された例(観世と金剛、金春と宝生といった形)は一つも記録されていない。奈良から泊りがけで見物に出掛けたとの記事と言い、前年の見物が群衆したとの『尋尊記』の記事と言い、久しぶりの再開である点を考慮する必要はあろうが、八講猿楽が民衆に人気のある芸能であったことが知られる。

八　寛正六年（一四六五）、大雨の中で八講猿楽演じられる。

……去十三日・四日、大雨下、雖レ然多武峰猿楽在レ之。不レ依二雨下一毎度此儀也、云々。云二猿楽一云二見物衆一迷惑事也、云々。（『尋尊記』同年十月十六日）

実際に見物に行った人から聞いて書き留めた記事であろう。八講猿楽が晴雨にかかわらず行われたことを示す好資料である。薪猿楽は雨の時は延引される定めであった。見物衆のみならず猿楽にとっても迷惑な事だと同情されているのは、八講猿楽が屋外で演じられたことを物語ろう。他にも資料がある。大講堂での能とは言っても、講堂周辺の空地か庭かで演じられたもので、講堂内ではあるまい。大雨の中を屋外で演じるなど、装束の類が華麗になってからの能では考えられないことである。八講猿楽の由緒の古さと、それが衆徒や見物の慰みのためのものではなく、深い宗教的意義をになった行事であったことが推測される。参勤した座名が記されていないが、金春・金剛両座の番の年である。

なお寛正六年は、九月十三日に大織冠尊像破裂の事があり、十一月六日に告文使が多武峰に参向した。春日の神木入洛、日吉の神輿入洛と同様、多武峰衆徒が朝廷威嚇の手段とした神像破裂の際に、例年通り八講猿楽が挙行された事実は、この猿楽の性質を考える上で注意を要する。春日の神木入洛の際は、薪猿楽や若宮祭は停止されるのが常であった。

二　文明十年（一四七八）、金春・金剛両座参勤す。

一、無垢称経読二誦之一了、維摩会結願日也。不レ及二始行一無念。多武峰猿楽ハ十三日・十四日也。今晴・金剛番也。（『尋尊記』同年十月十六日）

鎌足の命日の十月十六日には尋尊は毎年無垢称経(維摩経)を読誦している。興福寺維摩会が行われないことを無念がる記事の末に多武峰猿楽に言及しているのは、それが維摩八講会に付随する行事であることを彼が知っていたことを思わせる。当時は興福寺維摩会がほとんど行われていない頃である。

ハと**ニ**の間に十三年の隔りがあるのは、単に記録されなかったのではなく、八講猿楽が行われなかった期間がはまっているからである(順番から見て、**ハ**と**ニ**の間に観世・宝生両座の参勤が一度はあったと想像される)。応仁三(文明元)年(一四六九)二月の多武峰焼亡がその原因で、その焼亡を『尋尊記』は同年二月廿八日の条に左の如く記している。

一、多武峰今日大焼亡、一昨日南院一□没落、平等院以下衆蜂起、南院衆ヲ追懸□及二生涯(害)一歟。昨日平等院以下衆又没落、自焼。今日□南院衆帰山、在々所々焼払了。天魔所行、一山滅亡、希代珍事、□藤家尚々不吉事也。当山近年任二雅意一、対二当寺一致二緩怠一了、可レ為二如何一哉之由、□毎度及二評定一処、自滅了。且又神慮至也、且又大職冠御計、如何。〔資料**J**〕

焼亡以前も応仁の乱の影響で大和は混乱していた。仮に維摩八講会が行われても、猿楽参勤が不可能で八講猿楽は行われなかった場合もあったと思われる。十年を経てやっと維摩八講会を執行できる程度に復興したのであろう。

ホ　文明十三年(一四八一)、観世座(恐らくは宝生座も)参勤し、金剛四郎次郎も観世座脇方として参加か。帰途、観世大夫は春日神社と東大寺八幡宮に法楽す。

観世大夫かたへ□被二仰遣一子細、以二愚状一可レ申之由、以二斎小次一奉レ之、調二遣之一。

金剛四郎次郎事、多武峰の能の時、当座中に可二召加一之由、御方御所様として仰出され候、此旨存知あるべき□謹言／　九月廿八日　親元／　観世大夫殿　(『親元日記』同年九月廿八日)〔資料**K**〕

一、京都観世大夫於二社頭一法楽、昨日於二八幡一法楽、云々。今度多武峰参向之次也。(『尋尊記』同年十月廿日)

資料**K**は八講猿楽への参勤自体の記録ではないが、それに準じて評価できよう。親元書状に見える金剛四郎次郎は、将軍足利義尚（御方御所）が寵愛した彦次郎（後に広沢尚正）の父で、この時に将軍の命令で金剛座から観世座の脇方に転じたらしい。帰途の奈良での法楽を尋尊が記録しているのが観世の多武峰参勤を証明しており、命じられた通り四郎次郎を同道したものと思われる。両社での法楽も四郎次郎加入披露の意味があったのではなかろうか。なお、観世座の参勤のみが記録に見える場合も、二座参勤の慣例から、特別の反証がない限り宝生座も参勤したものと見てよいと思われる。

ヘ　文明十六年（一四八四）、金春・金剛両座参勤す。

　一、多武峰八講也、今日・明日恒例猿楽、今晴・金剛、云々。（『尋尊記』同年十月十三日）

『尋尊記』によれば十三日の奈良は大雨であった。多武峰も同様で**ハ**と同じく雨中の猿楽だったかも知れない。また、文明十四・十五年の両年は八講猿楽は演じられなかったらしい。十四年度の若宮祭が翌年三月に執行されており、奈良の形勢が不穏であった。

ト　文明十七年（一四八五）、観世座（恐らくは宝生座も）参勤し、日吉源四郎も同道か。

　観世大夫方へ□状事、□殿より依㆑仰㆓遣之㆒、横河奉㆑之。

　　日吉源四郎事、幸、座ニ被㆓召加㆒候上者、今度多武峰神事にも同道候テ能ニ可㆓罷立㆒之由、被㆓仰出㆒候。此旨源四郎ニ申さるべき□され候、かやうに被㆓仰出㆒候事候、かならず〳〵御同道あるべく候。恐々謹言／　十月三日□／　観世大夫殿　（『親元日記』同年十月三日）　〔資料**L**〕

資料**K**と同種の文書であり、日吉源四郎は文明十五年二月に大御所足利義政の命令で金春座から観世座へ召し加えられた役者である。観世大夫は書状の文言に従い、源四郎を伴って多武峰に参勤したものと思われ、**ホ**の場合と同様、宝生座も同時に参勤したであろう。**K**の金剛四郎次郎と言い、**L**の日吉源四郎と言い、多武峰猿楽についてわざわざ同道命令が出されていることに関しては、第八節に論及する。資料**L**を『能楽源流考』が文明十五年としているのは誤りで、十七年が正しい。

チ　長享元年(一四八七)、金春・金剛両座参勤す。

一、今日・明日、両日多武峰猿楽也。金晴・金剛。(『尋尊記』同年十月十三日)

順番から推して、前年には八講猿楽がなかったらしい。

リ　長享二年(一四八八)、八講猿楽延引して十月廿一日に始まる。観世・宝生両座参勤す。観世座の新三郎は予習のため十月一日に京都を出立す。

……新三郎来、来日赴二和州一、来月多武峰能也、先於二和州一習有レ之。有レ宴。(『蔭涼軒日録』九月三十日)

〔資料**M**〕

一、多武峰猿楽自二今日一初レ之、二ケ日、観世・宝生参懃、云々。(『尋尊記』同年十月廿一日)

資料**M**の新三郎は、しばしば蔭涼軒に参上していた観世座の役者であり、『四座役者目録』によれば、太鼓打で、観世大夫元広の弟であった。《新三郎は実は四世観世大夫又三郎の子で、父の早世後に五世の養子だったらしい。初名鬼大夫。後に観世新兵衛宗久と名乗った。『観世』平成十一年十一月号、表章「五世之重(祐賢)の周辺(下)―鬼大夫と観世新三郎」参照。》「於二和州一習有レ之」とは、奈良の近辺で申し合せ(予習)が行われた事を示し、それを多武峰での新作能上演と結びつけて説かれたのが香西精氏である(第四節参照)。この年になぜ八講猿楽が延引したかは明らかでない。**タ**と同じ事情であろうか。

ヌ　延徳元年(一四八九)、金春・金剛両座参勤す。

一、今日・明日、多〔「武」脱〕峰寺猿楽也、金晴・金剛。（『尋尊記』同年十月十三日）

翌年には観世・宝生両座が参勤したことが、順番から推測される。

ル　延徳三年（一四九一）、金春・金剛両座参勤し、金春は〈富士山〉を演ず。赤松氏金剛を助成か。

此富士之能禅竹之作也、多武峰之為に□をば俄に□□をし候也、其憚少からず〳〵／延徳三年辛亥九月三日書㆑之　竹田金春八郎　秦元安（花押）　（宝山寺蔵、元安筆『富士の能』奥書）　〔資料**N**〕

一、昨日・今日、多武峰八講之猿楽在㆑之、金晴・金剛。自㆓赤松方㆒三百貫金剛大夫ニ令㆓助成㆒云々。（『尋尊記』同年十月十四日）

資料**N**は演者側が前月あたりから能の準備に取りかかっていたことを示し、**M**の「習有㆑之」の記事とともに興味深い。虫損不明部分は「後をば俄に書なをし候也」らしく、改作した〈富士之能〉を予定通り演じたのであろう。当時の金剛大夫は播州の赤松氏（赤松政則）の絶大な庇護を受けていた。多武峰参勤のために特に助成を与えたかのように『尋尊記』は読まれる。『能楽源流考』も森末義彰氏著『日本芸能史論考』もそう解している。しかし、当時の一貫は米一石に相当した。三百貫は巨額に過ぎよう。恐らくこれは、同じ延徳三年の七夕の夜播州の赤松邸で金剛大夫の能があり、大夫に万疋、座衆へ二万疋、計三万疋（三百貫）という稀有の助成を与えられた話（『蔭涼軒日録』同年七月廿二日の条に見え、都でも話題になったらしい）が、金剛の南都下向とともに伝わったのを、尋尊があいまいな形で記録したものであろう。赤松氏と多武峰とは特に関係はなく、参勤の助成に三百貫を与えるとはとうてい考えられない。

ヲ　明応元年（一四九二）、観世・宝生両座参勤す。

一、多武峰猿楽、観世・宝生。両日在㆑之。（『尋尊記』同年十月十三日）

ワ 明応三年（一四九四）、観世・宝生両座参勤す。観世大夫は帰途春日社頭に法楽す。

一、多武峰猿楽、観世・宝生。自二今日一初レ之。（『尋尊記』同年十月十三日）

一、観世大夫於二社頭一法楽、六番沙二汰之一、云々。今度多武峰参懃之帰也。（同廿日）

前年に金春・金剛両座が参勤したことが順番から推測される。

カ 明応四年（一四九五）、金春座（恐らくは金剛座も）参勤し、古市父子ら奈良より見物に下向す。

一、今日・明日、淡山猿楽也、古市父子見二物之一、光秀・専重同二道之一。当年今晴致二其沙汰一之間、奈良見物衆、修学者以下済々罷下了。（『尋尊記』同年十月十三日）

「淡山」は多武峰のことである。この史料を能勢博士は「金春一座のみ参勤」と解された（『能楽源流考』五〇三頁）が、「金晴致其沙汰」は参勤のことではなく、八講猿楽見物について金春が世話をし、便宜をはかった事を意味するのであろう。金春参勤を理由に特にこの年に大勢が見物に下向したとは考え難い。金剛座も参勤したであろう。

ヨ 明応五年（一四九六）、観世・宝生両座参勤し、観世は帰途春日社頭に法楽す。

一、多武峰猿楽、昨日・今日。観世・宝生参懃。（『尋尊記』同年十月十四日）

一、今日観世可二法楽一処、依二加行一明日可二沙汰一、云々。（『尋尊記』同十七日）

タ 明応七年（一四九八）、金春・金剛両座参勤す。但し、興福寺と多武峰不和のため、興福寺衆徒両座の下向を抑留し、八講猿楽は延引して十七日より始まる。金春大夫は帰寧後春日社頭に法楽す。

一、多武峰猿楽、金晴・金剛罷下処、自二寺門一抑留之間不レ能二下向一候。此間習以下、猿楽迷惑、不便次第候。自二兼日一可二申付一事候。寺門領自二彼山一令二違乱一故也。（『尋尊記』同年十月十日）〔資料O〕

一、今晴・金剛申、多武峰事、寺門儀無為、今日可二罷下一之由雖レ被レ申、座者共退散之間、召二寄之一明日可二罷

下一、仍十六七日態（能）可レ有レ之、云々。（『尋尊記』同年十月十三日）

一、多武峰猿楽、昨日・今日在レ之。金晴・金剛也。（同年十月十七日）

一、金晴大夫於二社頭一法楽、云々。（同年十月廿一日）

この年に軽庄・大仏供庄・橘領などについて興福寺と多武峰の間に公事めいた争いがあったことが、『尋尊記』の同年の記事に散見している。そうした場合に八講猿楽に下向する猿楽を興福寺衆徒が抑留することは時々あったようで、**ソ**も同じケースであり、**リ**も同じだった可能性がある。こうした場合は、維摩八講会自体は式日に行われ、八講猿楽のみが後日に行われたのであろう（薪猿楽に遅参した座が式日後に演じたケースが参照される）。猿楽が参勤せず、八講猿楽がないまま維摩八講会が執行されたこともしばしばであったかと思われる。法会に付随する行事とは言え、不可欠の行事ではなく、後日に分離して演じる程度の独立性を持っていたのが八講猿楽であろう。八講猿楽が演じられたことが維摩八講会が執行されたことを物語るかどうかも、その可能性が強いとは思われるものの、必ずしも明らかではない。

なお、参勤猿楽座の順番から推して、前年には八講猿楽は行われなかったのであろう。前年は多武峰と越智氏の間に争いがあり、寺内も不和であった。

レ　明応八年（一四九九）、金春・金剛両座参勤す。

一、多武峰八講猿楽、今日・明日也。今晴・金剛両大夫也。金剛自身ハ在二出雲国一。（『尋尊記』同年十月十三日）

金剛自身は不参し、誰かを代理に立てたかに読めるが、『尋尊記』の同月廿日の条に「一、金剛大夫来、見参、雲州ニ罷下、云々。近日上洛」とある。多武峰へ直行し、八講猿楽参勤後に奈良へ立ち寄った場合も想定される。

注目されるのは、前年もこの年も金春・金剛両座の参勤で、上掛り・下掛り交替参勤の慣習が崩れていることである。恐らくはこの時の特殊事情によるものと思われ、観世大夫之重(祐賢)がこの年の後半から翌年五月までの間に没している事実と関連があるのではなかろうか。

ソ　永正二年(一五〇五)、興福寺側の抑留のため八講猿楽延引して十月十七日に始まる。金春・金剛両座参勤か。金剛大夫は帰途春日社頭に法楽す。

多武峰能、筒井より依下立二公事一之儀上被二抑留一了。依レ之能無レ之。(『多聞院日記』同年十月十三日)〔資料**P**〕

自二今日一多武峰神事在レ之、本年公事者雖レ為二未落居一、越智色々嗳之間、先以神事ハ在レ之。(同右、十七日)

一、金剛大夫法楽沙二汰之一。(同右、廿四日)

維摩八講会という仏事に付随する八講猿楽を、猿楽側が神事として意識していたことは前述したが、十七日の条に「多武峰神事」とあるのは、第三者の記録である点が興味深い。この時も興福寺の抑留による延引であり、寺自体ではなくて筒井氏と多武峰の間に訴訟事があったようである。金春・金剛両座参勤と見てよいであろう。

レと**ソ**の間に六年の空白があるのは、豊富な史料を提供している『尋尊記』が明応九年から文亀三年(一五〇三)までの四年間、十月の記事を欠いていることと、永正元年から大和の形勢が不穏であった事が重なった結果である。この間に観世・宝生両座の参勤した年が一度はあったものと、順番から推測される。

以上が、多武峰八講猿楽参勤に関する記録の、探索し得たすべてである。寛正四年から永正二年までの約四十年間に集中しており、文明十年から明応八年までの約二十年間が最も規則的に八講猿楽が演じられた時期のようである。これらの諸記録を通して、八講猿楽の式日が十月十三日・十四日の両日であったこと、金春・金剛両座と観世・宝生両座の交替参勤であったこと、稀には順序の変更される場合もあったこと、興福寺の猿楽役者抑留のためしばしば延引したこと、晴雨にかかわらず挙行されたこと、大織冠神像破裂の影響を受けなかったこと、奈良から見物が押し掛けるほどの盛儀であったこと、等々の諸側面を明らかにし得たかと思う。

個々の参勤記録についての考察に触れ得なかった若干の問題について補足すると、まず、資料Hに「両座者後詰也」と言うことの実否の問題がある。後詰としてでも多武峰へ参勤したのならば、その前後に奈良へ立ち寄った記録があってもよさそうなものであるが、演能のため参勤した両座の法楽能の記録は幾つか残されているものの、他の二座にはまったくそうした形跡がない。「後詰」というのは名目だけで、実際には他の二座は全然参勤しなかったものと見て、ほぼ誤りないであろう。もっとも、たとえば金春・金剛両座が多武峰へ参勤していた時に観世大夫が京都で演能していたという類の、非参勤を証明する確実な証拠をも求め得なかった（室町期を通してなぜか十月は京都での演能記録が少ない）。しかし、金春・金剛両座が参勤した延徳元年十月の十二日には、観世座の有力メンバーたる狂言方の兎大夫が、京都蔭涼軒の宴席に連なっている（『蔭涼軒日録』）。観世座衆全員が後詰として参勤したわけでない事は確実である。また、同じく下掛り両座が参勤した明応二年十月には、三日から観世大夫が下京辺で勧進能を興行している（『後法興院記』）。非連続で数日間にわたり、雨天には順延されるのが常だった勧進能を三日から開始しているのは、十一日夜には門前に参集する定めだった多武峰八講猿楽へ後詰として参勤することを、観世座がまったく予定していなかったことを示すと評価してよいであろう。後世、薪猿楽の〈式三番〉を四座が年預に代行させた類の、代理役によって後詰参勤の形を整えたことなどは想像されるが、後詰としての実質上の参勤はなかったと考えておきたい。

次に、諸記録を通じて代勤の記録が見えないことを指摘しておきたい。薪猿楽や若宮祭への参勤には、観世の代理を十二大夫が勤めるとか、宝生の代理を黒石大夫が勤めるといった例がしばしば記録されているが、八講猿楽にはそれがないのである。記録の過半が『尋尊記』であって、他寺のことでもあり、具体的にはわからぬままに記録しているため、代勤の事実が伝えられていないだけなのであろうか。レの「金剛自身ハ在出雲国」の記事が、大夫の不参、誰かの代勤を示唆するが、出雲から多武峰へ直行した可能性もあることは同項に述べた如くである。遅参したかも知れないが、出雲から馳せ参じた事実が、多武峰参勤を大夫が重視していたことを示すとも評価できよう。室町中期以後に、四座が薪猿楽参勤以上に八講猿楽参勤を重視していたとは考えにくいので、恐らくは記録が詳細ならざるため代勤の事実が書き留められなかったものと推測されるが、一応言及しておく。

【参勤廃絶の時期について】

最後に、八講猿楽参勤がいつまで続いたかの問題がある。見出し得た最後の記録であるソは永正二年であるが、翌永正三年（一五〇六）九月、細川政元の家臣赤沢朝経（宗益）は十市・箸尾・越智氏ら一揆衆の立て籠る多武峰を攻め、ために「多武峰事不レ残二一所一」「一山悉以炎上」（『尋尊記』同年同月六日）した。永享十年（一四三八）、応仁三年（一四六九）に続く多武峰炎上である。その後しばらくは八講猿楽どころではなかったであろう。永正十七年（一五二〇）末には神殿が再興され、享禄五年（一五三二）には現存する国宝十三重塔も再建されているから、その頃には八講猿楽復活の条件は一応整ったと思われるが、記録の面でそれを確認できない。尋尊は永正五年に歿して『尋尊記』はすでに見られず、その後を襲う形の『多聞院日記』は尋尊ほどには多武峰に言及せず、ソが八講猿楽に関する唯一の記事である。折から戦国乱世の時代で、薪猿楽すら中止されたり代参や不参がしばしばであった。永正三年の炎上を境に八講猿楽が廃絶したことも、考えられない事ではない。

しかし、直接的記録ではないが、永正以後の八講猿楽に四座の役者が参勤したことを思わせる記事が、能役者側の文書に散見する。例えば、『四座役者目録』には、宮増弥左衛門が多武峰で法会之舞の小鼓を打ち、褒美として鼓大夫に任じられた話が見える（資料**j**の省略部分）が、これは法会之舞（第五節参照）と言い、八講猿楽の際に相違あるまい。そして、彼が初名の弥六から弥左衛門に改めたのは大夫に任じられた事を契機にしていると解されるが、『禅鳳雑談』の永正十三年前後の談話の中では、彼はまだ弥六の名で語られている。弘治二年（一五五六）に七十四、五歳で没したという『四座役者目録』の説に従って計算すれば、永正二年には宮増はまだ二十四、五であり、鼓大夫に任じられ、弥左衛門と改めたのが永正三年の多武峰炎上より後である事は、ほぼ確かであろう。資料**甲6**に八講猿楽での逸話を伝えられている宮増弥七が右の弥左衛門の兄であるが、弥七がかなり年輩になってからの話らしいから、それもまた永正三年以後の事である可能性が強いかと思われる。

また同じく『四座役者目録』の金春座太鼓方の金春彦九郎権守の条には、

……宮増弥左衛門ヲムカウニヲキテ、大太夫ノ蘭拍子ヲモ被レ打。多武峰ニテ、二老ノ役タルニヨリ、権守、法会之舞ヲモ度々被レ舞ル。コレモ、宗意ミタルト被レ申候。〔資料**Q**〕

とある。金春彦九郎権守は宮増弥左衛門と同年代か若干年少と思われる人物であり、二老たる権守の地位に就いたのは相当の年輩になってからに相違ないから、彼が八講猿楽に付随する法会之舞を舞ったのは、永正三年よりもかなり後年のはずである。それを見たという宗意は、彦九郎権守の婿養子の金春彦四郎（小鼓の観世九郎豊次の弟）であり、慶長十七年七十七歳没（『四座役者目録』）であるから、生まれは天文五年となる。従って、彼が彦九郎権守の婿養子となったのが二十歳であったと仮定しても、天文二十四年（一五五五）以降でなければ養父の法会之舞は見られなかったはずである。資料**Q**が事実とすれば、八講猿楽は弘治・永禄の頃まで続いたことになるわけである。

さらに言えば、『わらんべ草』四十六段の注（資料**H**の後に続く）には、

たうのミねより大夫号をゆるしたるふにん今にあり。是ハ宇治の弥太郎代なり。其前もありつらん。〔資料**R**〕

とあり、同書八十九段の注の先祖の略歴の中でも、大蔵(宇治)弥太郎について「大和国於㆓多武峰㆒狂言大夫之有㆓補任㆒」と注していて、大蔵虎明の五代前の弥太郎が多武峰で狂言大夫に任じられた補任状が現存する由を語っている。この弥太郎の活躍年代は不明確であるが、八十九段注の虎明の自慢話の中に、家伝の書物中に〈江島〉と〈浦島〉の間狂言に宇治弥太郎自筆の本が存在した由が見えている。この中の〈江島〉は、観世弥次郎長俊が天文元年(一五三二)に新作した能であり(『観世』昭和四十二年九月号、表章「作品研究〈遊行柳〉」参照)、その間狂言を書いた宇治弥太郎も、長俊とほぼ同年代の人物と考えられる。従って彼が狂言大夫に任じられたのも、永正三年以後、中絶されていた八講猿楽が再開された以後のことと考えざるを得ないであろう。多武峰衆徒による補任については第八節に述べるが、八講猿楽の場合以外の時に補任した記録が慶長年間のものではあるが残っている。しかし、金春座の宇治弥太郎の場合は、八講猿楽の時以外にそうした機会があったとは考え難いように思われる(大蔵八右衛門虎光〔天保十三年六十歳歿〕の『狂言不審紙』に、「大蔵狂言に壱番の狂言の長する者を仕手と云、余流にては重と云と聞。大永四年十一月三日補任大夫職の免許有。是を狂言大夫と云……」とある大永の年記は、前後の文とつながらぬ不可解な形である。これが宇治弥太郎の大夫補任の年月日かも知れない。但し十一月三日は興福寺・多武峰ともに能の演じられた形跡のない日である。十月十三日などの誤りではなかろうか)。

以上に見た能役者側の記録は、いずれも、八講猿楽参勤を直接的に物語るものではなく、江戸初期になってから編まれた書の記事であるから、信頼度に問題がないわけでもない。特に『わらんべ草』の話は、宇治弥太郎自筆の間の本が残存したという点など、眉唾物であるように感じられる。『四座役者目録』の記事の場合も、基にしたであろう先入の談話などにすでに錯誤が含まれている惧れはあろう。しかし、両書の記事ともに、引用した部分には特に作為を加えている形跡はなさそうである。参勤したとの明確な記録はないものの、永正三年の多武峰炎上を機に八講猿楽が廃絶した事を示す記録もまた存在しない事を考え合わせると、間接的資料ではあっても、猿楽側の伝えた右のごとき伝承はかなり重視されて然るべきではなかろうか。

そうした見地から、永正三年の多武峰炎上に伴って中絶していた八講猿楽は、寺社の復興が進捗した永正末年あたりから復活し、以前より以上に不規則であったものの、天文・永禄の頃までは続いていたのではないか、と一応考えておきたい。蓮花会の延年が大永六年頃には復活していたらしい事(『談山神社文書』四七〇)も参照せられる。

《はっきりした参勤記録ではないが、大永二年(一五二二)の段階に多武峰で維摩八講会が執行され、八講猿楽が催されたことを示す資料の存在に後に気づいたので、それを紹介しておこう。

宗祇の高弟だった連歌師宗長(一四四八〜一五三二)の『宗長手記』の大永二年十月の記事に左の如くある。

多武峰より祭礼見物の誘引につきて登山して。誠に聞しより見るは目おどろかれ侍り。宿坊安養院連歌あり。発句。

霜をあやこずゑをたゝむ錦かな

今春七郎夜ふけて来り。童形さそひ出て酒。夜あけがたになりぬ。翌日橘寺一見して。大和の府八木に一宿。……

(群書類従本による)

多武峰登山の日時は明記されていないが、十月に伊勢の山田を出立し、多気に二日・三日逗留し、泊瀬に詣でて一日・二日居た由の記事に続く文言であるから、十日を過ぎてのことである蓋然性が高い。「祭礼見物」と言うが、この前後に多武峰の行事で「祭礼」と呼ばれるのは、十日から十六日までの維摩八講会以外にはなく、本来は仏事なのに祭礼と呼ばれた(誤認された)のは、十三日・十四日の大講堂での猿楽能の催しが見物の主な対象だったことを思わせもする。右の記事には能が催されたことへの言及がないが、その夜(十四日夜か)に今春七郎(金春大夫氏昭。禅鳳の子)が宗長と参会していることが、八講猿楽が実施されたことを物語っている。金春・金剛の両大夫が参勤する順番の年だったのであろう。右の記事を多武峰八講猿楽が大永二年段階に復活していたことを示す資料と評価してよいものと信ずる。旅中の宗長にまで誘いの声がかかって彼が見物のため多武峰を訪れた事実は、三十年ぶりに八講猿楽が復活した翌年の寛正五年に古市や畑らが猿楽見物に多武峰を訪れた由を言う**ロ**の記事を想起させ、永正三年(一五〇六)の八講猿楽中断の後の復活が大永二年の数年前だったことを想像してもよいようである。》

天文以降の頃は、春日興福寺への四座の参勤すらも途絶えがちだった。「後日能見物了。大夫分之者一人も無レ之。散々事也」(『多聞院日記』天文八年十一月廿八日)、「薪猿楽……但金春バカリ。……世上物忩之間、猿楽衆不参也」(『春日神主祐磯記』永禄九年二月五日)等の記事がそれを物語っている。世上の物騒、興福寺の権威失遂、有力大名を頼っての猿楽地方下向の増加、若宮祭の席次争いに端を発した金春座対金剛座の不和、等々の諸条件が重なった結果である。まして興福寺とは比較にならぬ勢力しか持たぬ多武峰への参勤は、春日興福寺以上に軽視され、欠勤が多かったものと想像される。そうした事態が続くうちに、いつ絶えるともなく、多武峰八講猿楽は廃絶してしまったもののようである。観世大夫父子(元忠宗節と左近元尚)が徳川家康を頼って遠州に下向し、ほぼその地に落ち着いてしまった元亀二年(一五七一)以降には、八講猿楽が演じられなかったのではなかろうか。天正十三年(一五八五)、多武峰寺談山神社は豊臣秀吉の命令で大和郡山に移転させられた。同十八年には旧地に復したものの、その頃にすでに八講猿楽が廃絶していたことは確実であろう。天正十三年以降の文書は『談山神社文書』にかなり豊富に収められているにもかかわらず、八講猿楽に言及したものは皆無である。春日興福寺への参勤は、秀吉の助力で文禄二年(一五九三)以後四座皆勤の状態に戻ったが、多武峰への参勤はついに復活することもなかったのである。

三　多武峰様具足能

多武峰で演じられる猿楽能は、維摩八講会の際の八講猿楽だけではなかった。前にも引用した「多武峰年中行事」によると、九月十一日の談山社の祭礼(御霊会)、九月二十三日の鎮守一百余社の祭礼にも猿楽が催される定めであった。談山社の祭礼は宝生大夫が楽頭職を保持していた(第七節参照)。楽頭が定められていた他の寺社の祭礼の多くの場合と同様、一座のみで勤めたものと解される。一百余社の祭礼については、『談山神社文書』に具体的記事が見えず、明らかでないが、規模が小さかったらしい。その他に、神殿再興の遷宮に派遣される勅使翫みの能(永正十七年に金剛大夫が勤めて十貫文を支給されたことが『談山神社文書』四八四「護国院御神殿御造営銭日記」から知られ、同書三七四「多武峰役者覚書案」によれば宝生大夫が勤めて二十石を下行された例もあったらしい。元和五年には宝生大夫が下向して勤めている)や、大織冠御神像御破裂の際の告文使翫みの能(明応五年の告文使下向の際猿楽があった事が『後法興院記』同年十月十五日の条に見え、慶長十三年には大蔵大夫が勤めた(第八節参照))などもあったが、これらは臨時の催しであり、かつ一座のみの出演であったと認められる。複数の座が参加し、立合の形で演じられる能は、八講猿楽の場合だけであったと考えて、ほとんど間違いあるまい。

さて、右のような多武峰での能のことがあまり知られていないのに対し、京都や奈良で演じられ、「多武峰様能」とか「多武峰の如く」とか形容されている猿楽能があったことは、比較的著名である。それについては、小林静雄氏の「多武峰様猿楽考」(『芸術殿』昭和九年一月号。同氏著『室町能楽記』所収)、「多武峰様猿楽追考」(『観世』昭和十一年一月号)の両論考に詳しいが、多武峰での能の実態を知らせる好資料なので、小林氏の論をなぞりつつ、若干の資料を追加しながら、考察を加えてみたい。

1 正長二(永享元)年(一四二九)五月三日、室町御所笠懸馬場において、観世大夫両座対宝生・十二両大夫連合座の立合猿楽があった。三月十五日に将軍宣下があったばかりの足利義教の御代始めの猿楽と考えられる大がかりな催しで、前日の予定が雨で一日延びたものであった。その模様を『満済准后日記』同日の条は左の如く記録している。

三日、晴、……於二室町殿御所笠懸馬場一、観世大夫両座一手、宝生大夫・十二五□(郎)一手ニテ、出合申楽在レ之。如二多武峰一芸能致二其沙汰一了。乗馬甲冑等悉用二実馬実甲冑一了。驚二耳目一了。二条摂政・聖護院准后・如意寺准后・実相院・宝池院・青蓮院・徳大寺・小生等、於二同桟敷一見物、一献等為二公方一被二仰付一也。終日活計、申楽十五番仕候了。自二此桟敷中一寄合、万疋進之了。　〔資料**S**〕

「観世大夫両座」とは、観世大夫十郎元雅の座と、それとは別個に活動していたらしい観世三郎元重の座である。十二五郎も観世系統の役者であり、上掛り系猿楽を総動員した形である。演能の場に馬場を使用し、桟敷を構えて見物していたのであるから、かなり規模の大きなものであった。満済の桟敷からだけで万疋(百貫)というから、莫大な禄物であったろう。「如二多武峰一」に沙汰した芸が、実の馬に乗り、実の甲冑を身にまとっての能であった。毎年の清滝宮祭礼などで猿楽能を見馴れている満済准后にとってすら「驚二耳目一」という特殊な演出であったらしい。同じ能を、万里小路時房の『建内記』(京大図書館本。『能楽源流考』七二五頁より援引)の同日の条は、左の如く記している。

今日於二御桟敷一有二一献一。面々桟敷能々可二張行一之由、有二下知一。有二数献一、次大館入道参候、被二摂政御杓一了。

芸能事　毎年於二多武峰一神事猿楽之体也、云々。或着二甲冑一持二刀剣一或乗レ馬出二舞台一

左　観世

綾織　一谷先陣　義経、十郎也、梶原、三郎也、乗レ馬出二舞台一　秦始皇

十五番の能の三番を記載するのみで、観世の残りの能や、「右、宝生」として続くべき分は省略されているが、より具体的な点が貴重である。十郎元雅が義経に、三郎元重が梶原に扮した〈一谷先陣〉は、小林氏の推定のごとく、廃曲〈二度の掛〉（貞享三年刊番外謡本所収。義経は前場のワキかツレ、前シテは鷲尾の父、子方が鷲尾、後場のシテとツレが梶原父子らしい）か、その原曲であろう。〈秦始皇〉を現行曲〈咸陽宮〉と見る推測も多分あたっていよう。〈綾織〉について小林氏は、現行曲〈呉服〉（「綾織二人」がシテ・ツレで、別名〈綾織〉だった可能性が強い）ではなく、廃曲の〈錦織〉（元禄十一年刊番外謡本所収。ワキが錦織某、シテはその妻）の異名かと推定されたが、これは、前記の三番をすべて多武峰様で演じられた曲と見、〈呉服〉はそれにふさわしくないと考えられたためであろう。しかし、当日の十五番がすべて多武峰様であったとは考え難い。後年の例から推しても、その中の数番が多武峰様であったと考えるべきであろう。『申楽談儀』十一条に、

うかひの能に、「真によの月や出ぬらん、〱」、今の御所、むばゝののうのとき、したにはやくいひて、ま中のつぼに入ざりし也。……かやうの所、したのひやうし也。其能、いれくみのざなみにてせしゆへ也。

とあるが、「馬場《むまば》の能」と言い、「入組《いれくみ》の座並《ざなみ》」と言う点から、これは正長二年の笠懸馬場での能の話に相違ないと見られ、この時の十五番の中の一番が〈鵜飼〉だったことが知られる。これが多武峰様に演じられたとは考えにくかろう。前記三番も、左方の観世大夫両座の演じた曲の初めの三番のみを記載した（その後の数番や右方の宝生・十二座の分は、省略したか脱したかであろう）もので、多武峰様だったのは注記のある〈一谷先陣〉のみと見なすのが穏当ではなかろうか。

他に少なくとも一番は「右」方が多武峰様を演じているはずで、当日の多武峰様演出の能は、多分二番か四番かであろう。とすれば、冒頭に演じられた〈綾織〉は脇能の〈呉服〉である可能性が強いと思われる。なお〈錦織〉は、室町末期の作者付の類にも名が見えず、さほどの古作ではないらしい。多武峰様にふさわしくない点は〈呉服〉と大差あるまい。

それはともあれ、『建内記』が「毎年於二多武峰一神事猿楽之体也」と注しているのは、実馬・甲冑姿という野外劇風の演出が、多武峰での能の中でも八講猿楽の芸態を模したものである事を示している。立合の形で演じられた事実もそれを裏付けよう。永享九年の多武峰炎上の数年前からと見られる八講猿楽中絶の前の出来事でもあるから、実際に当時の八講猿楽で演じられていた形をかなり忠実に移したのが、正長二年の馬場猿楽であったと見なしてよいであろう。

2　ついで、永享六年(一四三四)七月十六日、倭寇禁止請願のため来朝していた明国使節が室町御所に参上した際の接待に、多武峰様猿楽が催されたようである。『満済准后日記』や『看聞日記』に、

十六日、晴、日野中納言為二御使一来臨、今日唐人又参申、申楽於二多武峰一如令二沙汰一被二仰付一了。見物サセラレ度時宜、可二参申入一、云々。(『満済准后日記』)

十六日、晴、東御方出京、公方依レ召被レ出。今日猿楽延引、云々。唐人ニ為レ被レ見観世仕二結構一、云々。為二見物一東御方被二喚申一。又聞、有二猿楽一、延引ハ虚説也。……(『看聞日記』)

十七日、……聞、昨日猿楽、言語道断面白殊勝云々。唐人参二見物一云々。(同右)

とあり、多武峰様の語は用いないが、「於二多武峰一如」の興ある猿楽が演じられた事を伝えている。観世一座の演能のようであり、**1**の時ほど大がかりではなかったろうが、具足姿の猿楽が演じられたのであろう。小林氏の推測のごとく〝恐らく其の大規模な点で唐人の肝胆を奪はうとした〟のかも知れないが、七月五日に将軍が明使の宿所に招待

されて奇術の類を見せられた(『看聞日記』には「種々施二秘術之能一」、『満済准后日記』には「火曲以下種々芸能」とある)ことへの返礼のための趣向であったろう。以前の六月廿九日に明使が室町御所へ参上した時は普通の猿楽能だった。

3　第三の記録は、小林氏の論考に洩れているが、宝徳四年(一四五二)六月九日、室町御所での催しで、『師郷記』同日の条に次の如くある。「寄合」は「出合」と同じく「立合」の意に相違あるまい。

今日、室町殿有二猿楽一、和州四座寄合、如二多武峰一沙二汰之一云々。大名等沙汰立レ之云々。(『能楽源流考』七七九頁より引く)

大和猿楽四座立合の多武峰様能はこの時が記録上の初見である。当時は八講猿楽の中絶期であり、時に十八歳だった将軍義成(翌年に義政と改める)がようやく猿楽能に興味を示し初めた頃である。

4　第四の記録は、寛正六年(一四六五)九月二十五日、将軍義政が春日若宮祭見物のため奈良へ下向した際の、宿所一乗院における四座立合能である。『親元日記』の同日の条に「於二御前一猿楽。四座立合　多武峰様能在レ之。馬・鎧用レ之」とあり、『東大寺法華堂要録』同日の条にも「四座猿楽間　此内一番ヅ、壇峰様ヲスル也」とあって、各座一番ずつ「壇峰(多武峰)様」の猿楽を演じたことが知られる。この時の能の様子を最も詳細に伝えているのは『蔭涼軒日録』で、

廿五日、……即参二謁于一乗院御所一。扨四座申楽、金春・金剛・観世・宝掌。依三観世有二寵顧一第一番被レ抽レ之。其余三座、以レ鬮定二次第一。金剛、宝掌、今春、仍如レ此也。各出レ奇、尤為二壮観一也。各勤二三番一、仍十二番。以後、観世勤二一番一也。今春・音阿弥雖レ為二老者一、各勤二一番一也。四座四翁列舞、希代奇観也。中楽首尾十三番也。　〔資料**T**〕

と当日の条にあるほか、同月二十七日の条に、「前廿五日、四座申楽次第」として、

一番観世出雲トツカ、二番金剛二見ノウラ、三番宝掌浦島、四番竹田大夫小原野花見、五番観世十郎鶴次郎、六

番金剛クマンキリ、七番宝掌打入ソガ、八番今春梶原二度ノカケ、九番観世音阿サネモリ、十番金剛ナガラノ橋、十一番宝掌星ノ宮、十二番今春誓願寺、十三番音阿ウカイ。以上。

〔資料U〕

と、四座立合能の番組をも記載している。**T**・**U**の記事は、多武峰様、つまりは八講猿楽の特色が実馬・甲冑という面のみではなかった事をも示す好資料なのであるが、それについては次節以下に論述するであろう。

十三番演じられた能のうち、各座一番ずつの多武峰様演出の曲がどれであったかについて、小林氏は、最初は、宝生の〈打入曾我〉（今の〈夜討曾我〉）と、金春の〈梶原二度ノカケ〉（廃曲の〈二度掛〉）をそれかと推定され、それが各座の二曲目である点から、追考に於いては残る二曲を観世の〈鶴次郎〉（小林氏の頃には不明曲であったが、合戦切組物の能で、『未刊謡曲集(二)』所収）と、金剛の〈クマンキリ〉（クマデギリの訛りで〈熊手判官〉の原曲か。元禄二年刊番外謡本所収の〈熊手判官〉は前場が〈八島〉と同文、後場のキリが熊手を切り払う段になる）であろうと推測された。誰しも異論のないところであろう。五番から八番にかけて、各座の二巡目に多武峰様の能を並べて演じたものと見られる。なお、前節で見たように、寛正六年は八講猿楽が三十年ぶりに復活してから三年目にあたっている。

5　右の南都での多武峰様立合の翌月、京都室町御所でまた多武峰様猿楽が催された。『親元日記』寛正六年十月廿九日の条に、

於二松御庭一猿楽、多武峰様二番在レ之、御鎧腹巻出。

とある。『蔭涼軒日録』はその前日の条に、

……明日於二御所一観世勤レ能、仍承泰喝食、光州喝食、共可二見物一之由、以二伊勢備中一被二仰出一。即命レ之。華蔵院蜜柑二籠被レ献レ之。天快晴。今日四鼓刻、観世勤レ能。可下如二南都一着中兵具上之由有レ之。仍二紛冗一不レ能レ参也。今日申楽十一番有レ之。宴終至二半夜一而承泰・光洲二喝帰レ寺云々。御遊尤快然之由承レ之。

とあって、その時の申楽が十一番であったことを伝えるが、兵具を着けた観世の能が今日(二十八日)だったのか明日(二十九日)だったかが不明瞭である。一方また、『尋尊記』では二十八日の条に、

一、於二室町殿一四座猿楽在レ之、毎事如二多武峰一云々。

とあるので、小林氏は〝これは恐らく最初は廿九日に行はれる予定であつたのが、急に変改されて廿八日の夜に行はれたものと思はれる〟と推定しておられる。しかし、能が始まった「四鼓刻」は四つ時であり、午前十時か午後十時かの時刻であるが、十一番もの能を夜十時に始めるとは考え難い。『親元日記』に従って二十九日と見るべきであろう。『蔭涼軒日録』は誤って二日分の記事を一日にまとめてしまった形のようで、現に二十九日の分は日付があるだけで一字も記されていない。同書に稀有なことで、寛正六年度では七月五日に一例を見るのみである。同書が天候に言及するのは日記の最初か末である場合が大半である点からも、「天快晴」の前か後かから(多分そこから)以後が、二十九日の記事なのであろう。『尋尊記』が二十八日とするのは、伝聞に基づいたための誤りと思われる。

また、『蔭涼軒日録』が観世一座の演能と伝えるのに対し、『尋尊記』が四座としている点も矛盾している。小林氏は四座説を誤りと見、『能楽源流考』は〝四座か一座か判明しない〟(四七九頁)との見解と、〝「申楽十一番在之」とある点よりして、四座参勤であつたらうと考へられる〟(五九七頁)との説が混在していて一貫していない。一座が十一番の能を演じるのは当時珍しいことではなかったし、寛正頃には室町御所で観世以外の三座が演能した実績がない点からも、観世一座であったと見る小林説が妥当なのではなかろうか。『尋尊記』には、日付の場合と同様の訛誤が含まれているらしい。

南都での催しに引き続いて、十一番の能に多武峰様の二番を加えた理由について、小林氏は〝恐らく将軍義政が前月の廿五日に南都一乗院に於いて見た多武峰様の猿楽の面白さを忘れ得ず、また一つには南都に下向しなかつた人々

に見せんが為に、特に演ぜしめたものであらう〃と述べておられる。『蔭涼軒日録』同年十月五日の記事によると、義政は南都で見た諸芸能の中で延年と観世が演じた〈仏頭山〉の能（若宮祭後日能に勤めたか《表きよし「橘寺と能」『説話文学研究』三十四号〔平成十一年〕参照》）を褒めている。むしろ小林説の後半を主体に理解すべきではなかろうか。

6　最後に、文明十八年（一四八六）正月十三日の小川御所での観世座の能がある。『蔭涼軒日録』同日の条に、

……此日八鼓刻、東相公御二成于小川御所一。及二寅刻一還御。観世能十一番之内、具足能三番。能以後御酒盛。

とある。小林氏の論考に洩れている分であるが、「具足能」とは甲冑を帯しての多武峰様能を意味するとしか解されず、多武峰様猿楽の記録の一つに数えてよいものであろう。東相公とは東山殿足利義政のことであり、小川御所は東山へ移る以前の義政の邸宅である。当時は妻の日野富子が住んでいたのではなかろうか。

以上、正長二年から文明十八年にかけての六度の催しが、「多武峰様」と形容される特殊な演出の猿楽能に関する、求め得た記録のすべてである。実際には多武峰様の能をも含みながら記録にはその事に言及されていない場合や、記録自体が残らなかった場合も、勿論あったであろう。たとえば、観世宗家蔵の「観世与左衛門国広伝書」（全五冊。同家目録三28。観世元信氏蔵国広自筆本からの転写本）の第三冊に、問答体の次のような文がある。

一、多武峰などにて、能に馬に乗事有。太鼓などに馬驚くにハいかゞ打べきぞや。

一、観阿、京にて打れ候ハ、馬もくるハず候。畠山殿の御厩にてうたれ候時、十二間の御馬屋の馬共しづまる由申され候。今春弥次郎打候へバ御馬共くるひ候を、能過て不審申候へバ、其時しゆの音の事を相伝候て候。然バ、しゆの音にて打候て可レ然候。

囃子方が多武峰様の能の際の馬に注意を払っていた事を示す点でも興味深い資料であるが、事実に基づく話であれば、

畠山邸でも某年某日に多武峰様の能が演じられたはずである。観阿は金春座から観世座へ移った太鼓役者金春三郎の法名であり(『四座役者目録』は金春禅竹の伯父と言うが、年代的に疑わしい)、金春弥次郎(善徳)は観阿の弟子である。弥次郎は観世与四郎宗観(観世大夫又三郎の弟。小次郎信光の兄)と相弟子だったし、子の弥次郎善珍が金春禅鳳と同代に活躍しているから、彼の活躍期は応仁前後のはずであり、右の話は、弥次郎善徳の若い時代、ほぼ寛正頃かと思われる。畠山殿とは畠山政長あたりであろうか。

こうした例もあり、前掲の**1**〜**6**の諸記録がすべて将軍または前将軍の関与した催しである点からも、将軍関係の場合だけがたまたま記録されたもので、記録されずに終った有力大名らの私的催しに於ける多武峰様能が他にもあったことが想像される。しかし、珍奇さに一度は目を奪われても、真実面白しと感動する芸ではなかったろうから、さほど頻繁に催されたわけでもあるまい。見落とした記録、記録に残らない演能も若干はあろうが、多武峰様能の様態は六例に基づいて考察するだけでほぼ十分であろう。

小林氏は、四例に基づいて考察された上で、

さて以上の諸書に記された所を総合して見ると、多武峰様の猿楽とは野外に於いて演ぜられる大規模の芸能であり、その演出は実馬、実甲冑を用ゐるといふ写実的なものであつて、テキストは普通の能の其れと共通であつて、主として斬組物が用ゐられたらしいといふ事は推量されるが、それ以上の事は皆目判らない。

と結論された。六例に増えても、同じ程度の結論しか得られないようである。が、若干を補足するならば、馬に乗って出たことが判明するのは**1**と**4**の場合だけである。**5**は馬は出なかったようであり、**6**も「具足能」という点から同様と思われる。曲の内容にもよろうが、馬の出ないことが多かったのであろう。**4**・**5**・**6**ともに、十番前後の能の中の数番のみが多武峰様で演じられたのであり、**1**も同じだったと考えられる。手がかりのない**2**・**3**も同様だっ

たものと思われ、催しの全体を具足姿の多武峰様で通すことはなかったであろう。**2**・**5**・**6**は観世一座の演能であるが、**3**・**4**は大和猿楽四座の立合であり、**1**も上掛り四座(四派)の立合である。規模が大きく、典型的な形だったと見られる**1**・**4**がそうであるから、多武峰様能は立合が原則であり、観世一座の形は将軍の好みに合わせた略式のものと考えるべきであろう。観世一座だった**5**を『尋尊記』が「四座猿楽」と誤ったのも、そうした事情が影響してのことではなかろうか。

最も重要なことは、**1**についての考察で述べた如く、多武峰様がすなわち八講猿楽様であり、京都や奈良で演じられた多武峰様の能の特色が、そのまま八講猿楽の特色であると考えられる点である。実馬・甲冑姿という写実的な演出が、観世父子らによる能の大成後に新たに考案されたものとは考え難い。大成前の古い猿楽能の形が、古い伝統を持つ八講猿楽に於いて昔のまま踏襲され、演じ続けられたものに相違あるまい。そうした意味で、多武峰様能に関する記録は、大成前の猿楽の実態を偲ばせるとともに、八講猿楽の由緒の古さを物語ってもいるのである。

四　八講猿楽の新作能競演の風習

多武峰八講猿楽の特色は、前節に考察した実馬・具足姿のいわゆる多武峰様のみではなかった。この点を初めて指摘したのが香西精氏の「多武峰—世子語抄(六)」(『宝生』昭和三十七年七月号。同氏著『続世阿弥新考』所収)である。氏は、『わらんべ草』四十六段の注に資料**H**にすぐ続けて、

昔は、たうのみねのはつかうの能に、四座共に立合なり。其折節は一座に一二番づゝ作能をいだす。其時、座の

頭取共よりあひ、談合して作り、ふしハ太夫・わき・つれ、拍子ハ笛・つゞみ・太鼓、間ハ狂言太夫、めん〳〵に作りしと也。それゆへ、今にわが家の能と云ハ、一座〳〵にて作りし能也。狂言もふりうも同前也……。〔資料V〕

とあるのを主たる根拠として、八講猿楽に各座が新作能を発表して競う慣習があったことを推論された。氏の指摘の如く、

四位の少将は、こんぽん、山とにしやうだうの有しがかきて、今春ごんのかみたうの嶺にてせしを、後かきなをされしと也。〔資料W〕

とある『申楽談儀』第十六条の記事や、『禅鳳雑談』の、

碁の能は、左阿弥作候。宗筠、たうのみねにて、うつせみ、からおり物にて、花のぼうしにて出られ候。まことのうつせみもかくやと思やられ候。

とかの記事は、能の新作・初演と多武峰とが結びついており、多武峰が早くから新作発表の場であったことを示していると言えよう。『申楽談儀』別本聞書に、

観阿ハ天女ヲバセズ。シカレドモ、元清ニハマフベキヨシイヒゴンセラレシニヨツテ、世子山トニヲキテマヰソメラル。

という「山と」(大和)も、恐らくは多武峰であったろう。奈良のことを世阿弥は「南都」と呼んでいる例が多い。金春元安(禅鳳)が延徳三年に〈富士〉の能本を「多武峰之為に」書写している(資料N)のも、識語の欠損部分が「後をば俄に書なをし候也」であったようで、新作能競演のための準備と解される。改作も新作に準じて扱われたのであろう。長享二年に八講猿楽に参勤した観世座の新三郎が、十日以上も前の十月一日に京都を出立したのは、和州での「習《ならし》」

（予習。申合せ）に参加するためであった（資料**M**）。新作能上演のため特に念入りな稽古・予習が行われたのであろうとの香西氏の推測も、動かし難いことのように思われる。八講猿楽に「習」があったことは資料**O**にも見えている。

こうした諸記録に基づく香西氏の新説は、それだけで十分の説得力を備えているが、他にもその裏付けとなる若干の資料がある。以下、少しく香西説の補強を試みたい。

服部康治氏蔵の観世新九郎家文書（『観世』昭和四十二年四・六月号、表章「観世新九郎家の伝書」参照）の中の、『観世宗兵衛豊俊伝書』（正保五年奥書）に、資料**甲1**（後掲）に対する注記の形で、左の如くある。

一、此大和国多武嶺ノ能をバはつかうの能と云。四座共ニ毎年新シキ能を一番づゝつくりタルと申伝候。

〔資料**X**〕

資料**V**が「一二番づゝ」とするのに対し、これが「一番づゝ」とする点が異なるが、まずは同種の記事であり、両者あいまって、八講能新作競演についての伝承が江戸初期までは明確な形で残っていたことが知られる。

同書はまた、四座立合の〈翁〉を演ずるのが多武峰八講猿楽の風習であったと伝えており（**甲**）、それについては次節に詳述するが、その点から注目されるのが、慶長九年（一六〇四）八月、秀吉の七回忌を記念した豊国神社臨時祭の能である。この能の際には、片桐登氏が「豊国神社臨時祭の猿楽」（『能楽思潮』三十四号〔四十年十二月〕）で論証された如く、金春は〈橘〉、観世は〈武王〉、宝生は〈太子〉、金剛は〈孫思邈〉と、各座が一番ずつ、新儀能（新作能）を演じているのであるが、その冒頭に『観世宗兵衛豊俊伝書』が八講猿楽の風習とする四座立合の〈翁〉が、同書が同じく八講能の奇習として伝える小鼓十六丁の形で演じられている（第五節参照）。当日の能全体が多武峰八講猿楽の形式に習ったものであることは疑いもないものと思われ、逆に、この時の新作能上演の事実を、多武峰八講猿楽に新作競演の風習があったことの例証と見なしてもよいであろう。

さらにまた、前節に言及した寛正六年九月の将軍義政南都下向の際の一乗院での四座立合猿楽も、『蔭涼軒日録』が「四座四翁列舞、希代奇観也」（資料T）と四座立合の〈翁〉があったことを伝えており、実馬・甲冑のいわゆる多武峰様の点のみならず、当日の能全体が八講猿楽風であったらしい。とすると、この時にも各座一番ずつの新作能を演じてはいないだろうか。この日に演じられたのは、資料Uが伝える如く、観世・金剛・宝生・金春の順に、

出雲トツカ・二見ノウラ・浦島・小原野花見・鶴次郎・クマンギリ・打入ソガ・＊梶原二度ノカケ・＊サネモリ・＊ナガラノ橋・星ノ宮・＊誓願寺・＊ウカイ

の十三番であり、＊印の五番は演能記録などによってそれ以前から存在した曲であることが確実であるが、他の八番は新作曲の可能性を持っている。そして、前節で考察した如く多武峰様具足能で演じたと思われる曲が各座の二曲目に集中しており、また各座の三曲目が〈星ノ宮〉（恐らくは「野の宮」の誤写であろう）以外は既存の能である点からは、各座の初番が新作能であったことが想像される。

まず観世が演じた〈出雲トツカ〉は、現行曲の〈大蛇〉か廃曲〈神有月〉かのいずれかであろう。ワキ素佐之男尊が出雲で後シテの八岐大蛇を十握剣で退治する〈大蛇〉は、『能本作者注文』等が観世小次郎信光作としており、同じ信光作の〈玉井〉と現在能形式の神能である点も類似していて、彼の作にふさわしい曲柄と言えよう。寛正六年当時三十一歳（《実は十六歳であることに後に気付いた。104頁の補説参照。この前後修正を要する》）で新作の能力を十分に備えていたであろう信光がこの時に新作し、長兄の観世大夫政盛が演じたのであろうか。脇能ではないが、それに転用され得る内容の能である。一方の〈神有月〉は、後シテ素佐之男尊の脇能であり、古写本に異名を「とつか」と言う由が注されている。『能本作者注文』等の作者付は世阿弥作としているが、天女が出る形で、さほどの古曲ではあるまい。脇能の点など、

〈大蛇〉より〈神有月〉がこの時の〈出雲トッカ〉に似合わしいと見るべきであろうか。

金剛所演の〈二見浦〉は、『謡曲叢書』所収の本文（多分福玉流系の写本に基づくのであろう）で見ると、〈猩々〉や〈鶴亀〉より短く、平和な御代を讃美した曲であって、将軍台臨の催しに備えて急ぎ新作した能の感が強い。

宝生が演じた〈浦島〉は、番外曲に甲（別名〈竜神浦島〉）・乙（別名〈水之江〉）両曲があり、そのいずれであるか不明確であるが、多分、宝生流が明治中期まで所演曲としていた甲の方であろう。他流が全く顧りみないこの曲を宝生流が保存してきたのは、資料**V**が言う「わが家の能」の意識に支えられてのことかと思われ、寛正六年に宝生が初演したことに由来するのではなかろうか。『能本作者注文』系は〈浦島〉を宮増の作とし、『自家伝抄』は世阿弥作としていて、室町後期成立の作者付の記事は一致しないながらも宝生新作説の障害になるかの如くであるが、それは乙の分であると解することができよう。『能本作者注文』系が作者不明としている〈美豆江〉（水江）が宝生作の甲である可能性もないとは言えまい。

金春の〈小原野花見〉は、今の〈小塩〉であろうが、この曲は従来から金春禅竹作と考えられていた。現行曲中『拾遺愚草』の歌を引用する曲が、〈小塩〉と、同じく禅竹作と見られる〈定家〉の二曲のみである点からも、承認してよい作者説と言えよう。そして、当日〈小原野花見〉を演じたのは『蔭涼軒日録』に「竹田大夫」と明記されているが、「今春・音阿弥雖レ為二老者一、各勤二一番一也」（資料**T**）と言う記事などから、すでに金春大夫の地位を子の元氏に譲っていた六十一歳の禅竹の通称が「竹田大夫」であったことは確実である。〈小塩〉が老人の演じるのにふさわしい曲である点からも、禅竹が自分の能として新作し、晴の場で初演したのが〈小原野花見〉（小塩）である可能性がかなり強いように思われる。観世の〈出雲トッカ〉と同様、〈小原野花見〉などという熟さぬ形で記録されているのも、新作上演したばかりで曲名も固定していなかったことの反映ではなかろうか。

各座の初番が新作能ではなかったかとする右の考察は、四曲がそれぞれその可能性を持つことを指摘したに留まり、いずれも確定的とは言えないであろう。が、四曲がみなそうである点、総合的な可能性はより高いと言えそうである。もっとも、各座初番の四曲に拘泥する必要はない。具足能四番の中の何番かや、不明曲の〈星ノ宮〉が〈野宮〉ではなくて新作であった場合も想像される。もし〈クマンキリ〉が〈熊手斬〉（熊手判官）ならば、前場が〈八島〉と全くの同文である点など、古曲に基づく新作の資格十分と言えよう。かれこれ考え合わせて、多武峰八講猿楽形式だった寛正六年の四座立合の猿楽に新作能が競演された可能性は、すこぶる高いように思われる。

また、資料**V**は、能だけではなく、狂言や風流をも八講能に新作した由を言うが、大蔵虎明筆『風流の本』（寛永末年頃筆。三十曲の風流の詞章を改め、付記を加える。笹野堅編『古本能狂言集』所収）の〈三社の風流〉には、曲名下に、

三番三の風流。是ハ具足にて三番三を舞事有、其時の風流也。

と注し、本文の末には、装束関係の記事に続けて、

右此風流ハ、宇治の弥太郎、多武の峰にて作ると、古本に有。

と注されている。宇治弥太郎作という伝承自体は信頼度に問題があろうが、この風流が多武峰八講猿楽のために作られていることは、注記のみならず、詞章自体に、

……天照太神、春日大明神、八幡大菩薩、三社の神なるが、今日の能見物の為来りたり。殊に三番中楽具足にて舞給ふ事、悪魔降伏の為なれば、……。

則神勅あらたにて、〱、三番中楽鎧で舞事、則天下の治る験、甲は八幡大菩薩、具足の袖は御神の御かたち、外宮内宮の祠に同じく、胴は春日の神体なれば、胸板おしつけ、左右の脇当、釈薬地観のかたちをあらハし、三社の神体、三番中楽……

とある点からも明瞭である。多武峰様の具足能の形に合わせて、三番猿楽（三番三）が具足姿で舞うことを前提として作られた風流であり、京都などの多武峰様能に演じられたこともあろうが、「多武峰にて作る」との伝承を信じてよいであろう。僅か一曲のみであり、八講猿楽の際に常に狂言や風流が新作されたとは言えないであろうが、新作能上演の風習があったからこそ、狂言方もこうした曲を作ったものと思われる。〈三社の風流〉の存在は、八講猿楽の具足能の風習と、新作能競演の風習の、両特色を一体に示しているよき資料として評価できよう。

最後に、国会図書館蔵『幸正能口伝書』（七十九頁参照）に、

一、道成寺に置鼓ハなき物にて候。……惣別に蘭拍子トいふ事ハ金春の家にならでハなき事にて候。多武峰にて金春宗□□此蘭拍子をいたし被」申候。小鼓を知徳権守殿打出し被」申候間、三座にハ無」之事にて候……。

〔資料Y〕

とあり、山口県由良信一氏蔵の笛秘伝書『三ケ之書』（牛尾玄笛・宍戸伯耆入道玄劉らの伝に基づく江戸初期の編らしく、甲・乙両本のうち、甲本は寛文九年村尾（由良）半右衛門筆、乙本は寛永八年奥書本の転写本。引用は乙本による）には、

一、道成寺の事。観世さ阿弥謡を作り出し候。乱拍子ハ同ちとく権守作り出し候。京方ハ何も此筋にて候。つき出ス拍子ニて、おとこばかせと云也。……

一、道成寺の能をバ今春ぜんちく作り出し候。初而たうのみねにて能仕候。此乱拍子をバ今春ぜんぽう作り出し候。京方ニ鼓のおつきざミ替り候。是ハ女ばかせの方にて候。……

〔資料Z〕

とあるなど、〈道成寺〉の乱拍子が金春宗筠（であろう）または禅鳳と知徳とによって多武峰で始められたとの説があることを挙げておきたい。知徳は『四座役者目録』の金春座小鼓役者の条の最初に「竹田弥太郎　後ちとく大夫ト云」と見える役者で、観世宗家蔵『五音三曲』の美濃与五郎権守（知徳の弟子か）から相伝した由の永正十六年の年記のあ

る部分に、

一、ランビヤウシノコト、ヒヤウシヲツナガズ、ヒツキリ〳〵ウツ故ニランビヤウシトハ申也。ヲキツヾミノミダレナリ。キザサ(衍)ミ・ヲツモカハラズ。チトク大夫ヨリ相伝ナリ。

とあるなど、諸書にも乱拍子と関連して名が見え、乱拍子の創始者としての可能性十分の人物である。同じ『幸正能口伝書』が別の部分で「是は多武峰にて善竹ふみ出し被」申候。鼓は知徳権守……」とも言うのを初め、乱拍子の舞い手については禅竹・宗筠・禅鳳三代の間に説が分かれているが、小鼓の担当者を知徳とする点は諸書の諸説がほぼ一致している。多武峰で〈道成寺〉の乱拍子が始まったという説自体、及び創始者が宗筠なり知徳なりであるという説は、もっと傍証を求めて実否を検討すべきであろうが、多武峰に新作上演の風習があったことを背景に生じた説と思われ、事実ならば無論八講猿楽に於いてのことであろう。因みに、次節に述べる如く、乱拍子は多武峰での〈翁〉の法会之舞に舞われていた芸である。〈道成寺〉がそれを学んでいることは、十分あり得ると思われる。

以上、香西説の補強を試みた。多武峰八講猿楽に新作能競演の風習があったことは確定的と言えよう。八講猿楽の如き複数の座が参加する催しでは、対抗意識が強く働いたに相違なく、それは勝負の場であった。世阿弥が『花伝』第三問答条々で立合勝負に勝つ第一の手段は自作の能を持つことであると強調しているように、新作能によって他座を凌ごうとするのは、八講猿楽に限らず、大成期の立合猿楽では普通のことであったろう。『申楽談儀』の末に後人が付載した永正十一年(一五一四)の南都での四座立合の雨悦びの能(実は雨乞の能)に、金春座が新作の〈敦盛〉(生田敦盛)を演じているなど、後代にもその名残が見られる。八講猿楽の場合は、それが慣習として続いたものであろう。世阿弥の晩年以降は、同じ能を繰返して演ずるのが普通になり、新しく能を作ることは年を追って減少した。にもかかわらず多武峰八講猿楽が新作能上演を慣習として伝えていた事実は、信光・長俊(観世弥次郎)や金春禅鳳らの作者の創作意欲を刺激し、室町後期の能に大きな影響を与えたものと推測される。各座が一番ずつ新作能を出すのが定めであったらしい点、自然に生じた現象のままではないことを思わせ、たびたびの中絶が、昔の自然発生的現象を制度に変形させているものと考えられるが、それにしても、大成以前の猿楽の様相を伝える風習ではある。新作能競演の慣習は、具足能の風習に劣らず、八講猿楽の古態・特異性を示す事実として重視すべきことであろう。

五 〈翁〉の法会之舞

多武峰八講猿楽の特異性は、翁猿楽(式三番)の演出にも存在していた。実技にわたる事がらであり、その方面の知識の乏しい筆者の手に負えない所も多いのであるが、盲蛇に怯じず、あえて言及してみる。

一体、〈翁〉の演出には今日でも種々の形態があり、観世流の名目で言えば、初日之式・二日之式・三日之式・四日之式・十二月往来・法会之式・父尉延命冠者・弓矢立合・船立合の九種類で、通常演じられているのは四日之式である。その一つである「法会之式」は、今は観世流のみが演じ、しかも追善などの催しの際の〈翁〉と誤解されて伝わっているが、実は、多武峰八講猿楽に演じられ、「法会之舞」と呼ばれる独自の舞のある〈翁〉の名残と認められるものである。

法会之舞については、たとえば下間少進の『聞書』に

……ほうゑの舞とハ、たうの峰にて権のかミになる時の舞なり。乱拍子之こゝろ有。

歌　弥左衛門

乱拍子法会の舞ハかはらじなおとこ女のこゝろへをしれ　〔資料a〕

とあるなど、多武峰・乱拍子・権守と関連させた記事が室町後期以後の諸伝書に散見する。中でも、前節にも引いた正保五年筆の『観世宗兵衛豊俊伝書』(宮増弥左衛門親賢・観世彦右衛門宗拶ら、観世流小鼓の代々の伝の集成)が特に詳しく、次のような、法会之舞の具体的姿を示す諸記事がある。

一、法会之舞ハ大和国とうのみねにて有事也。法会之舞と云ハ蘭拍子とおなじ事也。とうのみねにてハ、小鼓四座ヨリ四丁づゝ出ルナリ。合テ拾六丁也。大鼓二丁、笛一くわん、太鼓二かう、如レ此也。式三番初ル時分ハ夜之七ツ時ニ初ル也。とうのみねのしゆとが「をはぢめやれ」と云て、そのまゝ笛ひしぎ、打出ス。小鼓拾六丁の内にてはやく打出し候がとうどり也。笛ざつきハなし。大鼓ちがひ頭を一くさりづゝ打也。〔資料甲1〕

一、蘭拍子と法会之舞とハちがふことなし。さりながら女拍子・男拍子のわかちめ也。法会の舞ハ男拍子、蘭拍子ハ女拍子也。此わかちめ也。法会之にハ足ハなし。蘭拍子にハ足有也。芝の上にてあるにヨリ足ハなく候。バつかうと云物をはく也。小鼓こがしらなど手うつりなどハなく候也。甲なども月出て打也。中のあふぎハ御座候也。蘭拍子ハ笛が(小鼓を)あしらい候也。法会之舞ハ笛を小鼓がはやし候也。笛ノ調子ハばんしき也。
〔資料甲2〕

一、翁と法会之舞まふ物とハちがひ申候也。翁と法会之舞をまふものとハむかひ合ている也。翁と法会之舞まふものとハ、返々ちがひ候。法会の舞まふものハ権守がやく也。千歳四人して舞候也。又千歳三人にても舞候也。法会之舞の有所ハ、千歳まいとめて、ひつつけて法会のまい有也。又「ざしていたれどまいろふ」と云て、法会のまいするしやうも有也。是ハあしく候。初のがよく候。せんざい四人なれバ、小鼓も四たびせんざいの舞

打也。せんざいも四人が一人づゝ四たびまい候也。〔資料甲3〕

一、権守出立ハしらはりをきる也。扨、法会の舞にも和哥有也。翁初ル時分ハ虎のいつてんニ初ル也。法会之舞をまい候者ハ、権守の出立にて仕候事も有べし。又翁の出立にてまふことも有也。四座ながらそろひ候事も有べし。又三座にて有事も有べし。又一座二座にても有事有べし也。法会ノ舞すぎ候てよりハ、「あげまきや」とうつる也。〔資料甲4〕

一、法会之舞の和哥。

〽万歳の亀これにありコヽア(マ)イアル〽千年のまつ庭にあり、まことにめでたきためしには、石をぞひくべかりける同音〽君が代ハ。

一、〽君が代ハと云てはたらき也。

一、はつかうの能ニテハ、昔ハ式三番ニ小鼓一座ヨリ四丁づゝ出候ニヨリ、四座ヨリ合テ拾六丁なり。拾六丁の内ニテはやく打出し候がとうどり也。のこりハみな脇鼓也。とうのみねのしゆとが「能をおはじめやれ」と云て笛かたひしぎにひしぎ候也。宮弥七、名人ゆへに、なにとしてもおそくなり候故、弥七さくいにて、鼓を昔ハ鼓おけと云物に申(入)候。鼓おけの内へどうわたをつめていれ、ふたあくれバうゐゝうきあがり候を、其まゝとりて、弥七御打出し候て、とうどりに御成候と、昔ヨリ申伝候。〔資料甲6〕

類似する記事は他にも多いが、甲とは説を異にするもの、甲を補う点のあるもの若干を追加するならば、鴻山文庫蔵の『拍子秘書』と題する宮増系鼓伝書の、天文七年三月吉日に巳野彦六虎貞（美濃彦六。宮増親賢の甥）から楢原八重千代に伝えた由の奥書を持つ「集鼓之大事」の一部には左の如くある（無関係の記事が錯簡のため混入しているが、そこは除いた。また括弧内は次に述べる『月軒秘伝書』で補った）。

一、法会の舞ハ、鐘巻の乱拍子より少かろし。是ハ多武峰の能、又ハ南都御庭の能より外になし。舞台にても御前にても御所望の時ハかいこより前ニ有レ之。ゑんねんの舞のいとより〈本のごとし〉少静也。是ハ南都にてハ大夫の役なり。(多武の峰又座の内きよう成ものゝやく也)。御前にても舞台にてもこはれ候ハゞ大夫の役にて候。笛ハ乱拍子と同前也。「万歳の亀爰に有」といひてより、乱拍子うつ也。又、ほうへの舞とも、ほうい舞共、ていとうの舞ともいふ也。能々御心得肝要候。 〔資料乙〕

これと同じ記事が鴻山文庫蔵の『月軒秘伝書』(寛永三年に九十歳ほどで没した幸五郎次郎月軒系統の鼓伝書)にも見えるが、同書にはまた左の如き記事がある。

一、ほういの舞の事、多武の峰に有。其時分南都両御門跡に有。余にはなき事也。出立ハ翁也。大夫の役也。声立ぬ時ハ権守・脇ノ役者頼む也。此舞、ほうゐの舞と云、ほうへの舞とも云也。らん拍子ニ替りハ男女のわかち也。跡のために書置也。金春金剛ハ立合也。観世保生と立合也。 〔資料丙1〕

一、大夫哥出して、「万歳の亀爰に有」と云テ、小鼓打出ス。一じゆん廻りて、上テ打て行時に、「千年の鶴庭にあり、誠に目出度時にハ、石ヲもひくべかりけり」と云時打上テ、後に「君が代ハ」といふ時、道成寺のごとく打て、扨千歳ふるの如くにやわ〱と打掛る也。千歳ふるに「鳴ハ滝の水、〱」と云て、其後ハ常の舞のごとくなり。公方様其外御所望の時ハ、「君が代の」と打上て置也。後の世の幸流ニ候。 〔資料丙2〕

これらの諸記事は、すべて多武峰参勤が絶えた後のものであり、現に相互に対立する記事も見られ、かなりの訛伝をも含むかのようである。術語が多く、難解でもある。他書をも参照しながらそれらの諸点を吟味・整理し、法会の舞の特色を列記してみよう。なお、法会之舞を含む特殊演出の〈翁〉を意味する語として、便宜上「法会之式」の語を用いてゆく。

Ⅰ 法会之式は、多武峰八講猿楽の際に演じられた特殊な〈翁〉で、法会之舞と呼ばれる、乱拍子のある特殊な舞が含まれていた（**甲**、その他諸書）。但し、薪猿楽の一部である「御庭の能」（時の別当坊での演能）にも演じ、乞われて常の舞台や御前などで舞うこともあった（**乙・丙1**）。多くの書が多武峰のことのみを言い、多武峰が本場であったと考えられる。「御庭の能」には二座一緒に参勤することが多かったから、そこで法会之式が演じられる可能性はあろう。

Ⅱ 法会の舞は訛ってホウイの舞とも呼ばれ、「法衣」の文字を当てた例も多い（諸書）。**乙**系の書は「ていとうの舞」と異称したともいう（「はたうの舞」とする書もある）。

Ⅲ 多武峰での法会之式の〈翁〉は、**甲1**に「夜ノ七ツ時ニ初ル」と言い、**甲4**に「寅ノ一点ニ初ル」とあるから、暁の午前四時頃に開始されたようである。その点、**甲2**に「甲なども月出て打也」と言うのが不可解であるが、これは誤写があるようで、「月出て」は「突き出して」が正しい形らしい（資料**Z**第一条参照）。

Ⅳ 法会之舞は権守の役であり（資料**Q**・**a**・**甲3**他）、白狩衣の権守独自の出で立ちで舞うことも、普通の翁の出で立ちで舞うこともあった（**甲4**）。**丙1**は、大夫が舞うのが普通で、声の立たぬ場合に他の役者を頼むとか、普通の翁の装束であるとか言い、同系統の**乙**もほぼ同説であるが、これは真の権守が輩出せず、年預役が代行した室町末期になってからの伝承であろう。**乙**が多武峰では器用の者の役である由を言うのは、権守の役であったことを反映する説と解される。

この法会之舞を舞う権守と、翁舞を舞う役者（大夫が常）とは別人である由を、**甲3**が力説している。事実ならば、権守は法会之舞のみを、大夫は翁舞だけを舞ったことになる。しかし、**甲3**がくどいほど別であると力説する背後に、それとは違う説があったことが推測される。**乙・丙**が言うごとく大夫が法会之舞を舞う場合には、同じ大夫が翁舞をも舞うことになる。それと裏腹に、法会之舞を舞った権守がそのまま翁舞を舞うこともあったのではなかろうか。翁に準ずる出で立ちで、恐らくは翁面を掛けて出たであろう権守は、翁として登場しているとしか考えられまい。その役名(三番叟とか父尉とかの)が別に伝わっていないのも、権守が演じるのが翁であったからであろう。その権守の翁が翁舞に参加しないのはむしろ不自然であり、法会之舞と翁舞の両方を権守が舞うのが原形であったことすら考えられよう。**甲2**が力説する形もあったであろう。**乙・丙**の言う形にも同じことが考えられる。が、それらはどちらも原形から変化した演出ではなかろうか。八講猿楽自体の中絶や、権守の性格の変化など、要因はいろいろ考えられる。資料に基づかぬ推測の難はまぬがれないが、一応言及しておく。

なお、前節の末に言及し、後にも引く『幸正能口伝書』の法会之舞に関する記事は、ほぼ**丙1**と同内容であるが、

……多武峰にてハ鳥甲ヲキ候。奈良にてハ翁の出立にて候。多武峰にて頭屋にてハ翁にて候。

とある点が異なる。同じ法会之舞でも場所により出で立ちを異にしたとの説であるが、特に多武峰では鳥甲を着たという点が興味深い。同書が伝える「はとう(抜頭)の舞」の異称とともに、法会之舞と舞楽の関連を思わせるが、他書に全く類を見ない異説であり、これをどう評価すべきか。態度をきめかねている。

V　法会之式の〈翁〉は立合が原則であったと考えられる。四座が揃うことも、三座・二座の場合も、一座だけのこともあったが、四座が原則的な形と考えられていたらしい(**甲**)。**丙1**は観世と宝生、金春と金剛の立合というが、それは寛正四年以後の八講猿楽が二座参勤を恒例とし、南都での「御庭の能」も二座立合が多かった事実に由来するのであろう。実際には二座で演じられることが多かったが、四座立合を原則とする伝承が生きていたようである。**甲4・丙1**ともに法会之舞自体が立合であるように読めるが、必ずしも権守役が複数であったとは限るまい。後に見る如く乱拍子のある法会之舞は、相舞が困難かと思われる。**VI**に考察する囃子方の合同演技なども立合の一種であり、それを意味したもので、法会之舞自体が立合の舞であることを言っているわけではないと解したい。

Ⅵ　四座立合の完形の場合は、翁も千歳も三番叟も四人になり、小鼓十六丁、大鼓二丁、笛一管で囃したらしい(甲1他)。

四人の千歳は順番に千歳之舞を繰返したという(甲3)。『申楽談儀』第十七条に、露払い(千歳の古名)について、

二ばんつゞけて舞こと有。浅《あさま》しきいなかごと也。

と世阿弥が言うように、千歳之舞を続けて舞うのは古くからあった形である。世阿弥が非難しているのが多武峰での舞い方だった事も考えられよう。もっとも千歳の舞は、広義のワカと考えられる部分をはさんで二部分に分かれ、ほぼ同じ舞を繰返す。そのワカ以後が法会之舞に変るらしいから、常の半分の舞だけを四人の千歳が繰返したのであろうか。甲3は千歳のことのみを言い、翁や三番叟に言及していないが、露払いの役割の千歳が四人出るからには、翁も四人に相違なく、その四人の翁は、千歳と違って相舞だったと思われる。すでに見たごとく、寛正六年の義政南都下向の際の四座立合猿楽は、全体が多武峰様式だったと見られるが、当日の〈翁〉について資料Tが「四座四翁列舞、希代奇観也」と記している事実が、多武峰様の、すなわち法会之式の〈翁〉が相舞であったことを示していよう。同じく多武峰猿楽形式だったと認められる慶長九年の豊国神社臨時祭の能の〈翁〉も、その状態を画いた徳川黎明会蔵『豊国祭礼図屛風』(資料丁。日本古典文学全集『連歌論集　能楽論集　俳論集』口絵等にカラー写真で収録)にも、四人の翁の相舞する所を画いている。

同じ能の模様を記録した『豊国大明神祭礼記』には、

……一度に四人面ヲ当、面箱も四ツ持て出、三ばさも四人舞也。大鼓四丁、小鼓十六張にて、搓出しを打囃し……。〔資料戊〕

とあって、「三ばさ」(三番叟〔三番三〕の古称)が四人だったことを教えてくれる。「四人舞也」と言うのが、千歳の如く

順の舞であったか、翁の如く相舞であったかは不明であるが、揉之段・鈴之段全体を四人が繰返すには長時間を要するから、相舞だったものと思われる。三番叟の相舞は、〈仙人の風流〉〈布留の風流〉〈蟻の風流〉などでも行われたことである。

面箱持が下掛り式に千歳の兼任であったか、上掛り式に別に出たか、**甲**・**乙**・**丙**は言及しないが、**丁**には四人の千歳が画かれてはいるが、面箱持の姿は見えない。多武峰でも下掛り式に演じられたと見てよいであろう。

小鼓を十六丁とする点は**甲1**・**6**も**戊**も同じである。**丁**にも十六人の小鼓方が肩を接して画かれ、各座四人であった事も装束の色の違いが示している。同じ『豊国祭礼図』の豊国神社所蔵本には八人しか画いていないが、省略したものに相違あるまい。大鼓を**甲1**は二丁、**戊**は四丁と言い、相違があるが、多少の融通性はあったのかも知れない。**丁**は調べ緒を直して準備中の一人を画くのみである。笛は**甲イ**の言う如く一管らしく、**丁**も笛方は一人である。他の楽器が複数なのに笛のみが一管なのは、法会之舞の乱拍子に笛が重大な役割をもっていた(**甲2**)ことに由るのであろうか。一管ごとに音程を異にし、合奏不能であるという能管(能の笛)の特性と関係があるのかも知れないが、豊国神社臨時祭の〈翁〉の後の能の囃しについて、『時慶卿記』が

能ノ時ハ笛二管、大《(太)》鼓二ツ、鼓ハ一ヅ、

と記していて、笛二管の合奏が行われたようであるから、乱拍子を吹き囃す技術的困難さが主因と思われる。**甲1**は「太鼓二かう」と明記しているが、〈翁〉の囃子には太鼓は参加しないはずで、不審である。法会之式に限って太鼓が加わっていたとすれば、能の囃子の歴史を考える上で注目すべきことなのであるが、これは次の脇能を囃すために最初から出る(今も太鼓方は〈翁〉の開始前に舞台へ出、脇能が始まってから打ち出す)のを、一緒に記載したものであろう。『時慶卿記』に「大鼓(太鼓の当て字に相違ない)二ツ」と言うのと合う点からも、そう見なすべきであろう。

Ⅶ　十六人の小鼓のうち、最も早く打ち初めた者が頭取《とうどり》で、残りはみな脇鼓だったという(甲1・6)。『八帖花伝書』に、

一、たうのみねの小つゞみは、いづれにはやく打出をよしといへり。上手下手によらずとなり。(巻一)

とあるのは、前後の条とは無関係で、これだけではなんの事か解し難い記事であるが、甲と同じ風習を指摘したものに相違ない。いかにも立合猿楽らしい奇習である。金春座の名人宮増弥七が下手に頭取を取られるのを無念がり、鼓桶(今の鬘桶様のもの。昔は鼓をそれに入れて左手に提げて出、舞台上で鼓を取出し、鼓桶に腰を掛けて打った由、『四座役者目録』にも見える)に胴綿を詰め、蓋を取れば綿の弾力で小鼓が浮き上がるよう細工して、最初に打出して頭取を勤めたという甲6の逸話は、実否はともあれ小鼓打の競争のはげしさを示している。恐らくは法会之舞の乱拍子は頭取一人で打ったものであろう。

Ⅷ　法会之舞には乱拍子があり、それは〈道成寺〉(鐘巻)の乱拍子とほぼ同じもので、男女の別になぞらえられるものであった(資料a・甲2・丙1、その他)が、芝の上で舞う関係上、足づかいがない点が相違した(甲2)。足づかいがないのではなく、「足こまかになくシテあらく候」とする説もある(『幸正能口伝書』)。いずれにしても〈道成寺〉のそれよりは軽かったらしい(乙)。〈道成寺〉の分は小鼓が主体で笛があしらう形であるのに対し、法会之舞は笛が主体で小鼓が笛をはやす形だったらしい(甲2)が、笛伝書の法会之舞に関する記事としては、由良信一氏蔵『三ケ之書』(六五頁参照)に、

一、ほうゑの舞、是も翁の舞ニテ、男博士、笛盤渉ニテ候。是はちとのる也。右《う》のはやしなり。此舞、陽也。

とあるのを見出した程度である。甲・乙・丙ともに鼓伝書の記事であり、〈道成寺〉の乱拍子と同じというのは、小鼓の手組が同一であることを主体にした発言であろうが、甲2に「中の扇」(ワカを謡い出す前、扇を左へ取り、横に持って

指し上げる、鼓の「中ノ段」に対応する舞い手の型）もあると言うから、足づかいが細かくない点を除けば舞い方も基本的には同じだったらしい。

IX　〈道成寺〉に乱拍子を踏み続けながら謡うワカ（乱拍子謡）があるのと同じく、法会之舞にも、万歳の亀これにあり、千年の松庭にあり、誠にめでたきためしには、石をぞ引くべかりける（同音）君が代はなるワカがあった（**甲5**、**丙2**）。「万歳の亀これにあり」の謡の後に乱拍子を踏み出し、一廻りして、中ノ扇になり、「千年の松……」以下は乱拍子を踏みながら謡い、「引くべかりける」で打上げ、「君が代は」の謡の後にハタラキになる形だったらしい（**甲5**、**乙**、**丙2**）。このハタラキは〈道成寺〉の乱拍子後の急之舞と対応しており、この点からも〈道成寺〉の乱拍子は法会之舞と密接な関連のもとに成立していることが推測される。ハタラキと言っても広義のもので、〈弓矢之立合〉や〈船之立合〉のカケリや、翁舞すらも、ハタラキの一種と言えるであろう。

X　法会之舞の入り所について、**甲3**は、千歳の舞の直後の場合と、「座して居たれども参ろう（れんげりやとんどや）」の謡の後の場合と両様あり、前者の方がいいと主張している。**甲4**に「あげまきや」の文句に移るというのも千歳之舞の後の場合である。千歳之舞から〈翁〉の特殊演出の独特の文句に続くのは父尉延命冠者之式と同じであり、「れんげりやとんどや」から続くのは十二月往来と同形で、ともにあり得る形ではあろう。「あげまきやとんどや、ひろばかりやとんどや、坐してゐたれども、参らう、れんげりやとんどや」の部分があるかどうかの差だけであるから、大きな違いではない。**甲**の説に従い、千歳之舞、法会之舞、「あげまきや」からの謡、翁舞と連続する形であったと、一応は考えられる。

しかし、法会之舞の独特の文句の末句「君が代は」は、ハタラキの前のワカ風の文句ではあるが、それを承けるめでたい文言が次に続くべきものであろう。その点、「あげまきや」に続くのは甚だおかしい。「れんげりやとんどや」

から法会之舞になり、「松や先、翁や先に生まれけん、いざ姫小松年くらべせん」に続くのなら、祝言的文句であるから、そうおかしくはない。が、これはこれで古歌を引いたまとまった文句で、「君が代は」のワカを承けるのにふさわしいとは言えまい。その点、翁舞の直後の文句、「千秋万歳の祝ひの舞なれば……」ならば、すこぶる接続がいい。現に今の観世流の法会之式は、翁舞のあとに法会之舞独自の謡を置き、「千秋万歳」につないでいる。そうした点から、法会之式の原形は、千歳之舞の直後または「れんげりやとんどや」の謡の後に、前掲の「万歳の亀これにあり」の謡があって乱拍子となり、それが終って「君が代は」のワカ(ここまでが法会之舞で権守の分担)、それに続くハタラキの部分が権守を含む複数の翁の舞で、舞い終って「千秋万歳の……万歳楽」で終了する形ではなかったか、と考えられる。**甲**の説も現行の形も改変を経たものと見、同じく〈翁〉の特殊演出で、立合の点も共通する父尉延命冠者や十二月往来が、ともに独得の謡が終ったあとすぐに翁の相舞になる形式である点を重視しての推測である。

右の推測の弱点は、父尉延命冠者や十二月往来の独得の文句がかなり長く、通常の〈翁〉から省略される部分とほぼ釣り合っているのに対し、法会之舞の独自の文句が僅か数句で、〈翁〉の全体が短くなりすぎる点であろうか。また、「君が代は」の直前に「まことにめでたきためしには、石をぞ引くべかりける」と謡うのに、前にも後にも石を引かずに(石のことを謡わずに)終ってしまう点も気がかりである。その点で注意すべきは、〈翁〉の三日之式の千歳之舞の中間の謡に、「君の万代経んことも、天つ乙女の羽衣よ、万歳ましませ巌の上に、亀やすむなりありうとうとうとう」とあることである。「石をぞ引くべかりける」と言ってから「君が代は」と謡う以上は、その後に、「君が代は千代に八千代にさざれ石の……」の歌か、「君が代は天の羽衣稀に来てなづとも尽きぬ巌なるらん」の歌か、どちらかの歌に基づく文句が続いて然るべきではなかろうか。三日之式の謡は後者の歌に基づいているが、「法会之舞」の乱拍子謡もそれに類する文句に続くものとして作られているように考えられる。そうした文句は伝存していないが、千歳之舞の中間は〈翁〉の詞章で最も変動の著しい所であり、現存のどの形式とも一致しない室町期の詞章が現に伝存しているる（『銕仙』一八五号〈昭和四十六年一月〉拙稿「室町期の〈式三番〉〈翁〉の文句」参照）。法会之舞の乱拍子謡と対応する形の文句がかっては存在したことは、十分考えられよう。それが退転してしまったのであれば、法会之舞の原形を推定することは一そう困難となるのであるが、ただ、千歳の舞の前半が終ってから法会之舞になり、千歳の舞の後半に代わるものとしてのハタラキがあって、散佚した文句に続き、「あげまきや」から通常の〈翁〉の文句に戻る形も考えられることを付言しておきたい。これらの問題は、法会之式全体の室町期の詞章が見出だされればすぐに解決できることであろうが、その期待は持てそうもないので、あえて推測を試みた。

以上、法会之舞、及びそれを含む法会之式の〈翁〉の特色を考察してみた。最初に述べた如く、残存する記録の多くは多武峰参勤が絶えた江戸期になってからのものであり、室町期に八講猿楽が中絶を繰返し、むしろ行われた期間の方が短かかったらしいことも、どの程度古法が維持されているかを疑わしめる。推論を多くまじえざるを得なかった所以であるが、推測に多少の誤りはあるにしても、多武峰八講猿楽に舞われた法会之舞のある〈翁〉が、極めて特異な形のものであったことは、確かな事実であろう。

それに比較して、現在の観世流の法会之式は、立合の翁舞でもなく、法会之舞が翁舞と別にあるわけでもなく、ほとんど昔の特色を残していないかのようである。普通の〈翁〉とほぼ同じ詞章（初日之式の形）で進行しながら、翁舞（それに乱拍子が加わるらしい）の後に「万歳の亀」云々の独自の詞章を挿入している点で、僅かに往古の痕跡を見せているに過ぎない。主役たる権守が室町末期以後全く生まれなかった事、多武峰参勤の廃絶などが上演の機会を失わせ、江戸中期には実際には退転していたに相違あるまい。それを十五代の観世大夫元章が再建し、明和二年（一七六五）刊の改正謡本の『九祝舞』に加えて復活させたのが今の法会之式である。再建に際して元章が参照し得た古記録は、あまり豊富ではなかったようである。追善の際の〈翁〉とする考えは、明治三十四年十一月の二十二世観世大夫清孝追善能に二十三世清廉が舞っているから、江戸末期にはすでに生じていたようであるが、元章の時にすでにそうであったか否かは明らかでない。元章より以後の誤解である可能性が強いのではなかろうか。

その点、薪猿楽の前夜、二月五日に春日大社で舞われた〈式三番〉、いわゆる「呪師走りの翁」は、立合の点と言い、元来は権守の役であったと伝えられ、年預が代行するとは言え白狩衣の権守姿で演じる点と言い、八講猿楽の法会之式と通じる面があるように思われる。演じる内容は十二月往来と父尉延命冠者の混じた形のようであり、法会之式と別種の〈翁〉であることは明らかであるが、八講猿楽と薪猿楽と、大和猿楽に最も縁の深い両神事に付随する〈翁〉が、ともに特異な形態であり、しかも普通の〈翁〉とは異なる共通点を持っていた事実は、翁猿楽の演出史を考える上ですこぶる興味深いことと言うべきであろう。

先に列挙した特色を綜合して言えば、立合勝負の色彩がすこぶる濃いことと、権守が主役であることが、法会之式の〈翁〉の最も顕著な性格かと思われる。立合勝負の色彩の濃さは、前節に見た新作能共演の風習にも現れており、八講猿楽全体を貫く基本的性格と言うべきであろう。恐らくは、たびたびの中絶がかえって昔の風習を尊重する結果を生じ、薪猿楽などよりも後まで古風が生き続けたのであろう。小鼓の頭取の争いにしても、後年になって新たに生じた習慣とは考えられず、猿楽諸座の間の競争が激烈であった時代の風習が多武峰にのみ残ったに相違あるまい。そうした意味で、立合勝負の色彩の濃さという八講猿楽の性格は、同時に八講猿楽の由緒の古さをも物語っていると言えるであろう。

権守が主役であるという法会之式の今一つの特色は、一座の長老が〈翁〉を舞うのが古い慣習であった事実とつなが

っていよう。『申楽談儀』十七条に、

おきなをば、むかしは宿老次第に舞けるを、今ぐまのゝ申楽の時、将ぐん家〈ろくおんいん〉はじめて御なりなれば、一ばんにいづべきものを御たづね有べきに、大夫にてなくてはとて、南阿み陀仏一げんによりて、清次出仕しせられしより、是をはじめとす。よつて、やまとさるがく是を本とす。

と言うように、大和猿楽で〈翁〉を大夫（一座の棟梁）が舞うのは観阿弥から始まったことで、それ以前は宿老次第に座の年長者が舞っていた。一方、権守は、第八節に述べる如く座の長老が任じられたと認められる。大夫が舞うのが原則となった後にも、多武峰八講猿楽では従来からの古法が重んじられ、宿老たる権守が法会之舞を舞う形が残されたのであろう。法会之舞に「ていとうの舞」の異称があることは前述した。「ていとう」は、鼓の音の擬声に基づくとも考えられるが、世阿弥が『五音曲条々』で「次第ていとうに習道のけいこにいたるべし」と用いている「梯登」であれば、順序・段階の意で、宿老次第の意に解し得る名称なのである。

また、権守の舞う法会之舞が乱拍子を含み、晴の芸であったらしいことは、権守に任ずる権限が多武峰衆徒にあったことと関連がありそうである。その事については、第八節に於いて言及するであろう。

なお、多武峰での〈翁〉には、法会之舞の他にも、現存しない特殊な演出が伝わっていたらしい。国会図書館蔵の『幸正能口伝書』は、慶長拾六年の幸五郎次郎正能の奥書を持ち、正能自筆の可能性の強い詳細な鼓伝書であるが、同書は、

一　ほうゐの哥ひ、「万歳の亀爰にあり」、一句ヲキテ、「千年の鶴庭にあり」、又一句ヲキテ、「誠に目出度みぎんにハ、石をも引べきためしなり」、わか「君が代の」ト云、打上申候。さて跡千歳ふるのごとく打候て、千歳を立たせ候て舞せ申候。此後常のごとくに翁あり。大夫「君が代の」ト云時、打上ておくべし。是ほうゐの分を

書しるし置也。多武ミねの八講の時に候。

という、**丙2**とほぼ同内容ながら、法会之舞が千歳の舞の中間に位置するとしか解せない不審な記事に続けて、次の如き注目すべき記事を書き連ねている。

一、こうのまひと云事、是も多武嶺あり。《(に)》是も初には翁のごとく立あがり、舞の橋の本《(舞台?)》にて此哥ひヲ云て、舞台の中へいで、一返まハりておく。鼓皆打上ル。

一、亀ハ万年鶴ハ千年、こうハ目出度折なれば、立まふ袖にとミぞふりける、〳〵、ト云、舞ゾ。

一、よせふりうト云、是も多武嶺ニアリ。又大和中の神事にあり。余所にハなし。狂言太鼓を持て、かたばちにて、舞台のま中にて哥ひうたふて

一、けふもさすがに、〳〵、天王せいしゆの御代なれば、こうがのながれもおだやかに、さんか草木なをなかす、参たりや〳〵、さつ〳〵さつ、と云てとめ申也。

前の二条が「こうの舞」、後の二条が「よせ風流」に関する記事であるが、両曲とも他書に言及された例を知らず、引用詞章も〈翁〉や風流に類例のない独自のものである。恐らくは八講猿楽の何かの機会にこうした特殊な〈翁〉や風流が舞われたのであろうが、立ち入って考察すべき手がかりが無い。翁猿楽や風流の演出史上も興味ある資料と思われるが、今はかかる記事の存在を報告しておくに留める。

《右に言及した「こうのまひ」や「よせふりう」については、天野文雄氏著『翁猿楽研究』(平成七年、和泉書院)に詳細な考察がある。第二篇「翁猿楽の周辺」の中の「狂言風流の成立—「よせふりう」とその周辺—」に於いてで、私が存在を知らなかった多くの資料を用いた興味深い論が展開されている。》

六　多武峰の六十六番猿楽

具足能といい新作能競演といい、はたまた法会之舞といい、多武峰で演じられた猿楽に他所での能に見られぬ特色があり、それがいずれも観世父子による猿楽能大成以前の古態を残しているらしいことは、多武峰と猿楽の結び付きが猿楽能大成に先立つことを思わせる。多武峰の古記録散佚がその文献的証明を妨げているが、寺社の行事に猿楽が参加する素地が多武峰で早くから形成されていたことを示唆する資料が、若干はある。

その一つは、多武峰で早くから延年が盛んだったらしいことである。延年は寺院の法会の後に僧徒が遊宴のため催したいわば芸能大会であり、平安末期から大寺で行われ、南北朝期には、連事・大風流・小風流と呼ばれる能に近い劇的演技を含むほどに成長していた。その発達の過程は不明確であるが、寺社を主要な活動場所としていた猿楽や田楽と相互に影響し合っていたことは確実視される。その延年が多武峰でも盛んだった。六月十五日の蓮華会の後に延年が催される習わしであったことが、「多武峰年中行事」に明記されている。その始行の年代は明らかでないが、現存する最古の延年台本として貴重視されているのが、天文十三年(一五四四)に多武峰念誦窟《ねずき》の僧が書写した本であり、その内容からも、同寺の延年がかなり大がかりなもので、古い由緒を持っていたことが推測される。寺勢が衰えた南北朝期以後に始まったとは考えにくいから、遅くとも鎌倉時代には多武峰の蓮華会に延年が舞われていたと見てよいであろう。蓮華会以外の法会の後にも臨時に催されたに相違あるまい。そして、興福寺・東大寺・法隆寺・延暦寺など、延年の盛んな寺はみな猿楽と縁が深かった。寺勢の強大さのみならず、歌舞・芸能を好む僧徒の気風が、猿楽の活動を盛んならしめる土壌となったからであろう。多武峰にも早くからそうした芸能愛好の気風が醸成されていたようである。

また多武峰では、「六十六番猿楽」と呼ばれる延年風の行事が僧徒によって正月に行われていたらしい。従来知られていないことなので、少し詳しく考察しておきたい。

〝聖徳太子が秦河勝に命じて演じさせた六十六番の猿楽が、村上天皇の御宇、河勝の遠孫の秦氏安の時までは伝来していたのを、その後、一日に六十六番を演じるのは困難であるとの理由から、その中の翁面・三番猿楽・父尉の三つを選んで〈式三番〉(翁猿楽)を構成した〟由が、『花伝』第四神儀篇に語られている。「六十六番」という番数は繰返し言及されており、『花伝』の序にも見えていて、ゆるがせにできない由緒ある数だったらしい。世阿弥のみならず、金春禅竹の『明宿集』や室町後期成立の能伝書にも強調されている番数である。禅竹は観世音菩薩の三十三身を重ねた数であると説明しているが(『明宿集』)、日本六十六ヶ国に関連させても考え得る数であり、由来は明らかでない。『叡岳要記』によれば、延暦十三年(七九四)の延暦寺落慶供養に参加した秦氏の楽人の数が六十六人であったというから、事実ならばすこぶる古い由緒の数ということになる。

そうした由緒ある六十六番の数の猿楽が、多武峰で早くから演じられていたらしいのである。禅竹の『明宿集』に次のようにあるのがその第一資料である(資料**D**から続く文)。

……惣ジテ、カノ寺ニ、昔ノ儀ヲアラタメズ、六十六番ノサルガクヲ年始ゴトニヲコナワル。ヲナジク翁ノ神ベンキドク面マシマス。ヲコナヒノコウヲヘテ、コノメンヲカケテノチ、一ラウノ位ニワナリ給フトカヤ。此儀委可」尋。〔資料**b**〕

「カノ寺」(多武峰寺)では毎年の年始めに古来の風習通りに六十六番の猿楽が演じられ、また神変奇特の翁面があって、修行の年功を経てその面を掛けた者が一﨟の位につくと言うのである。正月の行事であること以外は具体的な姿を記録していないものの、「昔ノ儀ヲアラタメズ」と言うから、禅竹をかなり遡る時代から続いてきた、古色を存する行事であったらしい。六十六番の猿楽と翁面の関係が示されていないが、勿論何かの関係があるからこそ翁面に言及したのであろう。その翁面を掛けて一﨟の位につくのが多武峰の僧なのか猿楽の役者なのかも不明確である(多武峰の僧の位階は、検校・上座・寺主・都維那師・一﨟・二﨟・三﨟の順であった。また参勤の猿楽へ能の開始を命じるのが一﨟の役だったらしいことが、『談山神社文書』三三八などから知られる。一方猿楽座の最長老を一﨟と称した可能性も考えられる)が、それは六十六番猿楽を演じるのが僧徒なのか猿楽役人なのかが不明確であることと一体である。末に「此儀委可尋」と注しているあたり、多武峰参勤の中絶していた時期の著述のためか、禅竹自身も具体的にはよくわかっていなかった面もあるらしい。

禅竹が資料**b**に伝える多武峰の六十六番猿楽が室町後期まで伝えられていたことを示す第二の資料が、観世新九郎家伝来文書(服部康治氏蔵)の中の『享禄三年二月奥書能伝書』(江戸初期以前転写、横本一冊)である。同書は、式三番次第(十二月往来の文句を含む〈式三番〉の全文)や五番立の由来など、能の故実説を主体とする伝書であるが、その中に左の如くある(66・67頁の図版参照)。

凡、宿神トイツパ、コレ、ブツポウノシユゴジンナリ。カルガユエニ、エイザン・タウノミネ、イヅレモ〳〵コレヲマツシヤトアガメタマウ。ナタラ神トハ此御事ナリ。六十六番トイウ事、イマモタウノミネニワヲコナイタマウ。マイ年一日ノ法事ナリ。ソノホンゾンハヲキナノメンナリ。法事スギテノチ、大酒アリ。ウミヽロ《(ウシロか)》ヨリシヤクヲトリテ、サケヲシイル事ハカリナシ。タウザ《座》ニ皆々ノミコロブナリ。シダイ〳〵ニシユトノエイタマウニツケテ、カヽリタマイタルメンノ色アカクナリタマウ。カヤウノキドク、マツセト申ドモイマダツキズ。此メンノナヲバソメント申也。キンネン、タウノミネランノトキ、此メン、ナニトシケルヤ、ウセヌ。トビタマエルトモイエリ。ソノ後、メンウセタマウ間、ホンゾンニコトヲカキタマウトコロニ、ホウシヤウ大夫座生一小二良ゴンノカミ事也(傍注)、ヲモテヲキシン申。コレヲカケタマイテ、マタ六十六バンヲ丶コナイタマエバ、コレモマタアカクナリタマウ。ソノ以後、タウノミネエンジヤウノトキ、此メンウセヌ。事ヲカキタマイ、十コクノソウノアルニ、サイクニウタセ申、ホンゾンニシタマエバ、コレモマタアカクエイタマウ也。タヾ、六十六バント申事、アリガタキ御事ナリ。コレヲツヾメテシキ三番ニナヅク。クリキイヅレモヲナジ事也。此メン、サイクウチニテ、御ヒゲヲミジカクウエタマエバ、年〳〵ニナガクナリテ、シキノシヤクニナリタマエリ。カヤウノアラタ(カ)ラナル事ドモ、ゲンテウナリ。ヨク〳〵タシナムベシ也。 〔資料c〕

「六十六番」とのみ言い、「猿楽」とは言っていないが、一読して『明宿集』の伝える「六十六番ノ猿楽」と同じ行事であることが明らかであろう。禅竹が続いて「翁の神変奇特面」に言及した理由もわかるし、奇特の内容も判明する。冒頭に宿神説があり、翁を宿神

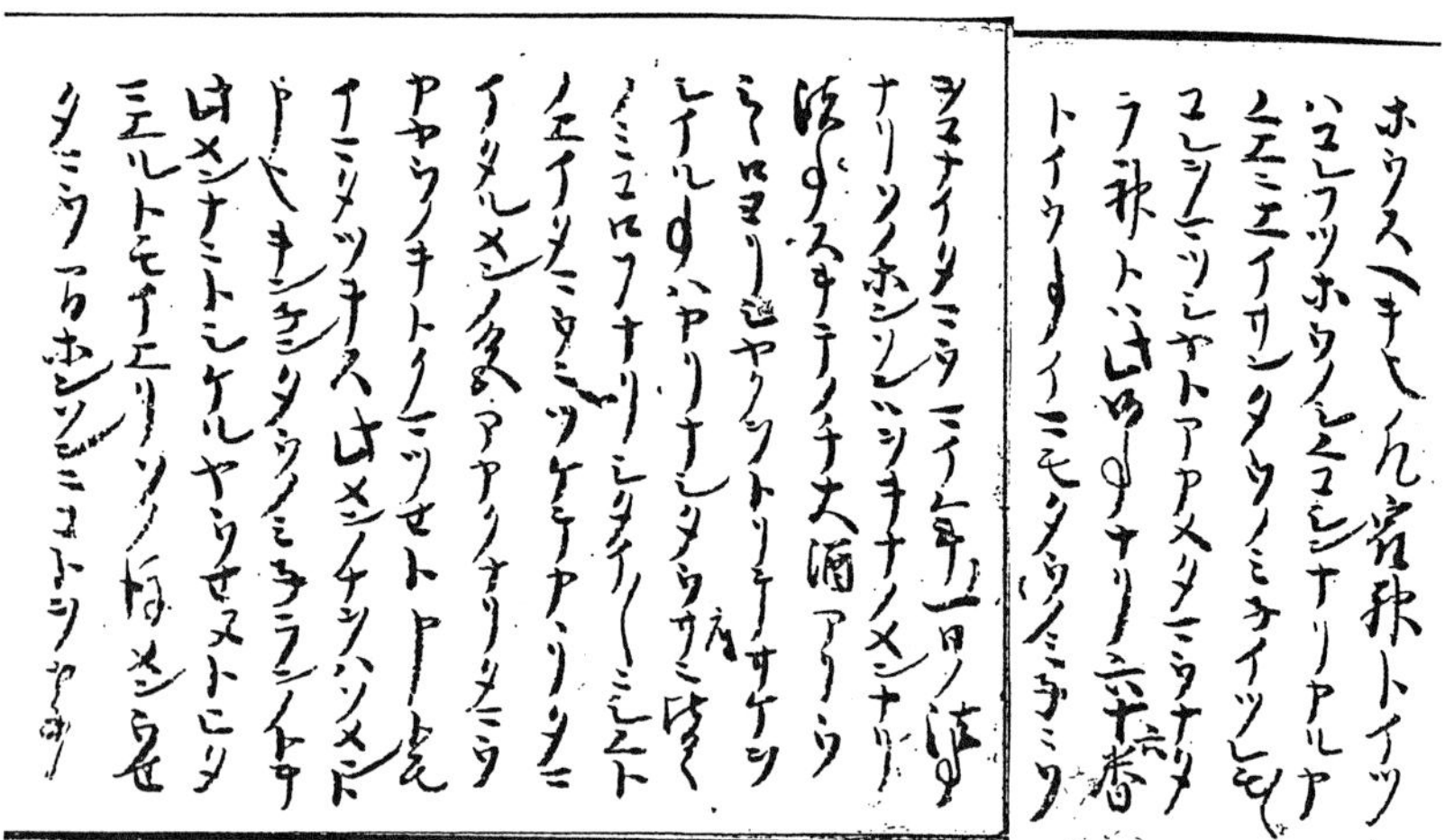

に結びつけることを主題としている『明宿集』の影響も認められるが、六十六番猿楽についての記事は資料**b**のみに基づいて演繹したものではあり得ず、後年まで続いていた同じ行事が、後の出来事をも添えて、別の経路で記録されたものに相違あるまい。

右の文中に見える生一小次郎は、『四座役者目録』の「宝生方脇之事」の条に、

生一《シャウイチ》小次郎　宮増太夫ガ弟子也。日吉与四郎ナド、押合テ脇ヲシタル者也。一度京ヘ被二召上一候ツル也。此時宝生太夫ハ音阿弥也。小次郎、声ハ用々ニ出ル也。謡《ウタイ》ガホヲソロシキトテ、宝生ヘ被レ帰候也。

とあり、宝生座から一度京都の観世座へ将軍の命令で召し加えられ、後に宝生へ復帰した脇之為手である。同書の「観世方脇之次第」の生一孫四郎の条に「又、生一小四郎ト云者有。宝生方ノ人也。生一三郎が弟也。謡手也」という生一小四郎も、多分同一人物であろう。「押合テ」(拮抗して)活動した日吉与四郎が文明十一年(一四七九)没である(『尋尊記』同年十一月十六日)から、その活動期もほぼ把握できる。明応六年(一四九七)四月十七日に興福寺瀧蔵社宮遷り猿楽に金春大夫とともに出演している宝生権守(『尋尊記』)が、資料**c**の注記を参

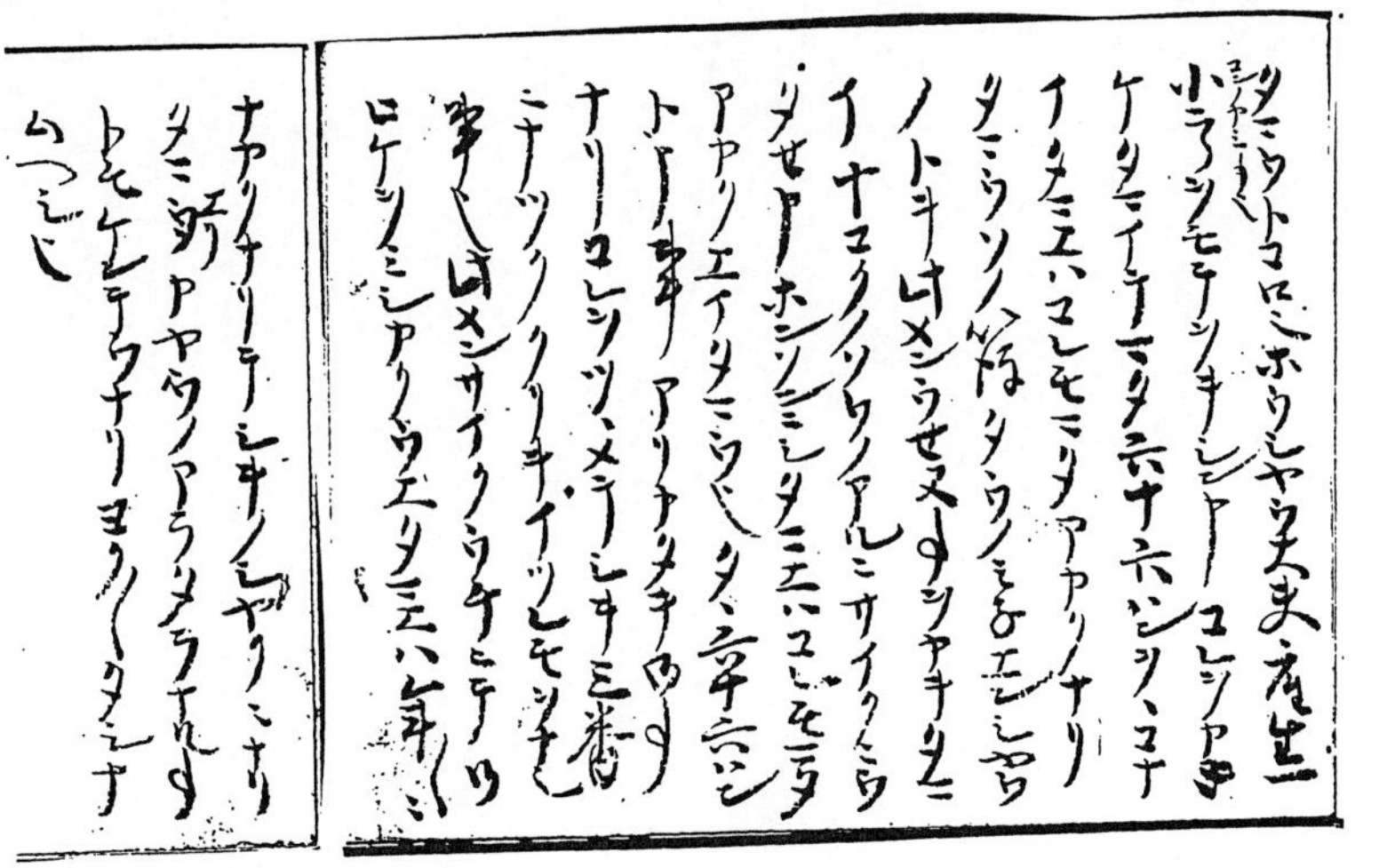

照すると生一小次郎とも考えられるから、日吉与四郎よりは後年まで活躍していたようである。

生一小次郎の活躍期が右の如くであったとすると、資料cが多武峰伝来の翁面が紛失または飛び失せたという「多武峰乱ノ時」とは、応仁三年(一四六九)二月の内紛による多武峰焼亡(資料J参照)を意味し、生一小次郎が替りの翁面を寄進したのは文明後半から明応にかけての頃と思われる。第二節に考察した如く、当時は八講猿楽参勤が比較的規則正しく継続されていた時期である。その小次郎寄進の翁面が焼失したという「多武峰炎上ノ時」とは、永正三年(一五〇六)九月の炎上に相違あるまい(26頁参照)。その後にもなお「十コクの僧」(勧進聖の一種らしい)の「細工打ち」(模作の意)の翁面を掛けて行なったというのであるから、禅竹がその風習の伝存に言及した多武峰の六十六番猿楽は、永正以後、恐らくは資料cが筆録された享禄三年(一五三〇)までも継続されていたと考えてよいであろう。

資料cは、法事の後の大酒を強いる風習や、衆徒の酔うにつれて翁面が赤くなったり、翁面の髭がひとりでに伸びたりする奇瑞の記録を主とし、六十六番猿楽の実態にほとんど触れていないが、本尊として翁面を掛けた行事であったことが知られるだけでも有益である。衆徒の参加のみを言い、bと同様猿楽役者の参加の有無に言及していないが、「法事」と言い「本尊」と言う点からも、六十六番猿楽とはいっても猿楽役者による芸能ではなく、多武峰衆徒による仏事的な行事であったと解すべきであろう。「毎年一日ノ法事」とあるのが舌足らずの表現であるが、「一日」が「一月」や「元日」などの誤写、または誤脱があるかで、bに「年始ゴトニ」と言うのが正しいに相違あるまい。

ところで、資料cの文脈をたどってみると、冒頭に宿神が仏法の守護神である由を言い、叡山や多武峰に祭る「ナタラ神」がすなわち宿神であるとの説を述べた後に、翁面を本尊とする六十六番の法事に言及している形であり、首部の宿神即ナタラ神説と、六十六番猿楽説とのつながりが必ずしも明瞭ではない。が、改行もせずに続けて書かれていることや、類似する内容の資料bとの対比からして、二つの話が一連のものであることは確実と思われる。そして、資料**c**と根を同じくすると認められる『明宿集』の根本主張たる翁即宿神説と、**c**の言う宿神即ナタラ神とを重ね合わせると、翁・宿神・ナタラ神の三位一体説が容易に導き出され、翁即ナタラ神説が**c**の背後にあったことが想像されてくる。つまり、六十六番猿楽の本尊として掛ける翁面はナタラ神(即宿神)の象徴であり、多武峰のナタラ神の奇特を語るために六十六番説が書き続けられている――資料**c**の二つの説はナタラ神に関する話としてつながっている――と解されるのである。

問題の「ナタラ神」とは、仏法守護の神といい、叡山・多武峰に祭るという点から見て、「摩多羅神《またらじん》」の訛りまたは誤写であることが確実である。摩多羅神は慈覚大師円仁が入唐して念仏三昧の法を日本に伝えた際に、念仏守護神として叡山東塔の常行堂に勧請したと伝えられる神で、天台系の諸寺院の常行三昧堂(常行堂)の守護神として広く祭られていた神であった。この摩多羅神が歌舞芸能の神としての性格を持ち、呪師・延年・猿楽などの発達と密接に関連していることを論証したのが、服部幸雄氏の「後戸の神――芸能神信仰に関する一考察――」(『文学』昭和四十八年七月号)である。氏の卓説は、資料**b**・**c**から知られる翁・宿神・摩多羅神一体説を媒介にして、より一そうの拡がりを持ち得るのではなかろうか。

その摩多羅神を祭る常行堂が多武峰にも存在していた。そして「多武峰年中行事」によれば、元日の夕刻から常行堂に於いて一七日の修正会が執行されるのが多武峰の習わしであった。正月の行事であり、翁面(即摩多羅神)を本尊とする六十六番猿楽が多武峰修正会に付随する行事であったことは、ほとんど確実と言えるであろう。

一方、多武峰常行堂での修正会には、室町期には延年が舞われていたらしい。談山神社蔵(即ち多武峰寺旧蔵)の天正二年(一五七四)奥書の『連事本』(延年の一部たる連事の詞章八種を集めた書で、前述の天文十三年本とは別種の本。『続歌謡集成』巻二に翻印)所収の諸曲が、すべて新年・初春の景を歌い、たとえば「若菜之事」の冒頭に「夫常行三昧之教法治国利民要術」と言い、「讃管絃連事」に「就中当堂修正偏如在之儀存」とあるなど、常行三昧の教法や修正会を讃えた文句を持つことから、志田延義博士が夙に推測しておられたことである（『続歌謡集成』巻二、十四頁参照）。「多武峰年中行事」などの寺側の文書は言及していないものの、多武峰の修正会に連事を含む延年が行われていたことは確かであろう。しかも注意すべきは、『連事本』所収の「若菜之事」に「尋二若菜一、献二摩多羅天一、人々翫申候バヤ」とあり、同じく「尋清涼山連事」に「夫勤行雖二夥多一不レ越二常行三昧之方軌一、神徳雖二掲焉一不レ如二摩多羅神利生一者歟」とあるなど、この延年が摩多羅神の徳を讃え、その神慮を慰める意義を持っていたと考えられることである。他曲にも、「当堂神事」（尋名香之事）、「献二神慮一」（尋上林苑菓事）、「此神ノ恵ノ春」（尋梅花之事）、「可レ通二神慮一」（讃管絃連事）など、神の語が多く、この延年が演じる衆徒に神事として意識されていたことが推測される。談山社のための神事ではなく、摩多羅神に奉納する神事であることは言うまでもあるまい。

こう見てくると、多武峰修正会の延年と、資料**b**・**c**の言う六十六番猿楽とは、ともに摩多羅神（即ち翁）と関連する正月の行事であり、実は同一の芸能ではないかと考えられてくる。六十六番猿楽が形を変えたのが連事を含む修正会延年であるとか、修正会延年のことが何かの理由で六十六番（猿楽）と呼ばれていたとかの関係が、両者の間に存在するのではなかろうか。延年の芸能が、舞楽くずれの芸から民間の歌舞にわたる雑多な芸が混在する形から漸次形式を整えたもので、往年の延年は六十六番の番数で形容される可能性を持っていたと考えられる点からは、多武峰の往古の六十六番猿楽がすでに延年の一種であったことも想像されるから、右の二つの想定は必ずしも明確に分かたれる対立した見解とは言えまい。また、どちらの可能性がより強いかを判断する他の資料を持ち合わせてもいない。いずれにしても、**b**・**c**の言う六十六番（猿楽）と多武峰修正会延年とは、広い意味で一体異名であり、同じ行事であったと考えてよいのではなかろうか。

室町期にあっては、猿楽と延年とは別種の芸能として人々に認識されていたと思われる。**c**が単に「六十六番」と呼び、猿楽とは言っていない点にもそうした認識の影響が感じられる。にもかかわらず、多武峰修正会の延年が**b**に見られる如く「六十六番ノ猿楽」と呼ばれたのは(「六十六番」の数と猿楽の結び付きの強さや禅竹の学識を考えても、それが禅竹の独断とは考え難く、古来の名称であったと見なすべきであろう)、それが翁面を本尊に掛けての行事であったことに由来するのであろう。翁の面は猿楽の本芸たる〈式三番〉の象徴であり、神事芸能としての猿楽の基本的性格たる呪術性・祝言性を象徴するものであった。その翁面を掛けた下で、翁面に奉納する形で衆徒が芸能を演じるのは、前述した宿神・摩多羅神・翁一体説に従い、翁面を摩多羅神と仰いでのことと考える以外に、理解のしようがあるまい。またそうした信仰が多武峰衆徒に受け入れられ、特異な行事が始まった時期は、翁面がまだ猿楽専用の面とは意識されず、延年に〈式三番〉が僧徒によって演じられることに違和感の感じられなかった頃かと思われる。それを具体的に示すのは容易でないが、猿楽衆と呼ばれる遊僧が多数登場し、猿楽と呼ばれる芸をも含んでいた鎌倉時代の延年が、南北朝以後に猿楽的色彩を減じているという延年の発達過程を考慮すると、室町期になってからの始行とは考えられない。弘安六年(一二八三)の春日臨時祭に興福寺の僧が演じた延年猿楽が〈式三番〉であった(内閣文庫蔵『弘安六年春日臨時祭記』)ことなどを参照すると、遅くとも鎌倉時代には多武峰六十六番猿楽は始まっていたと考えるべきであろう。いずれにしても猿楽能大成以前からであることは間違いあるまい。これまた、多武峰が早くから猿楽と縁が深く、特異な形の猿楽能を後世まで残すにふさわしい地であったことの例証と言えるのではなかろうか。

なお、多武峰の六十六番猿楽と、『花伝』が強調する「六十六番」との関係は、さまざまに考えられる。古来の六十六番説を背景として多武峰の行事が始まった(ないしは名付けられた)のかも知れず、逆に多武峰のそれに基づいて六十六番説が強調されているとも考え得る。**b**以外の資料がないだけに、常識的には前者の可能性が強いと言わざるを得ないが、『花伝』の猿楽由来説には、第一節に述べた維摩会説の如く、多武峰と猿楽との関係が意識的か否かは不明確なものの排除されている疑いがあるので、後者の可能性もなしとはしない。ことに六十六番の猿楽をつづめて〈式三番〉が成立したとの論には、翁面の関与する多武峰六十六番猿楽の影響が想像されるのではなかろうか。もしそうであれば、延年と猿楽の関係からも興味深いのであるが、所詮、推測の域を出まい。多武峰六十六番猿楽が修正会延年と一体異名と考えられること自体が、延年と猿楽の交渉を示す一資料であることを指摘しておくに留めたい。

七　大和猿楽と多武峰

【両寺参勤の背景と八講猿楽参勤始行の時期】

大和猿楽四座が多武峰八講猿楽に参勤する義務を負うていたことは第一節に述べた如くであり、第二節に列挙した寛正四年以後の参勤記録によっても確認できることである。しかし、それがいつ頃からどういう経過で確立されてきた慣行であるかは、直接的資料が乏しく、ほとんど明らかでない。この点に関する先人の研究も意外に少なく、管見では香西精氏の「山田猿楽―世子語抄(三四)―」(『宝生』昭和三十九年十二月号。同氏著『続世阿弥新考』に所収)を知るのみである。部分的には異論もあるが、大綱は同調し得るすぐれた考察なので、その香西説をたどりながら、多武峰と大和猿楽の交渉の初期の事情を考えてみたい。論題に示されているごとく山田猿楽との関係を重視して進められている香西氏の論旨を、私の志向する論点に少々引き寄せて要約すれば、次の如くである。

①春日興福寺への参勤を義務とし、興福寺の支配下にあった大和猿楽四座が、興福寺と対立関係にあった多武峰

へも参勤を義務づけられていたことは、疑問の多い特異な慣行である。
②興福寺参勤の慣行が固まる以前に、多武峰参勤が大和猿楽の義務として確立していて、興福寺としてもその先規旧例を認めざるを得なかったのではないか。
③外山座(宝生座)が元来は多武峰付きの猿楽ではなかったか。
④多武峰の末寺の山田寺付属だったらしい山田猿楽の座(山田座、後に出合座)も宝生とともに多武峰に参勤していたのではないか。
⑤出合座が衰微した後に結崎座(観世座)がそれに代わったものであろう。
以上五項目に整理して大過あるまい。

まず①の説には私も同感である。庇護する社寺と奉仕する猿楽座の支配・従属の関係の具体相は、保護者たる社寺の勢力範囲内での活動を若干の特権をも伴ないつつ保証される代りに、特定の寺社の行事——薪猿楽とか春日若宮祭——への参勤を義務づけられるといった程度の比較的緩やかなものであったようで(以後本稿で付属と称するのはそうした関係を意味する)、少なくとも他所や他寺で演能する自由は猿楽座に与えられていた。従って、ある猿楽座が幾つもの寺社に参勤すること自体は、なんら異とするに足るまい。現に『風姿花伝』によれば、法勝寺御修正参勤猿楽たる新座・本座・法成寺座の三座は、賀茂や住吉の神事にも参勤している。が、大和猿楽四座の興福寺・多武峰両寺への参勤は、それらと同一視できない現象のように思われる。

その第一の理由は、香西氏も指摘される如く、中世に於ける両寺の険悪な間柄である。中世の興福寺は、春日神社と一体で、春日の神威を借りて寺勢を拡大し、事実上大和一国を支配する守護的存在であった。寺格から言えば上のはずの東大寺・薬師寺・法隆寺なども、みな興福寺の支配下にあったのである。南都・北嶺と並称され、比叡山延暦寺とともに日本仏教界を両分した平安後期ほどの教学上の権威は、新興宗派の進出によって次第に低下しつつあったが、自負と北嶺への対抗意識は少しも衰えなかった。一方の多武峰は、興福寺の勢力範囲たる大和盆地を見下ろす所に位置し、古くは興福寺に属していたが、十世紀中頃から天台宗に変り、延暦寺の末寺となっていた。末寺とは言え、寺領も多く、天険を頼む僧兵も強力で、大和南部に大きな勢力を持っていたのである。従って、南都・北嶺の対立が激化するにつれて、多武峰は興福寺にとって目の上のタンコブ的な存在となり、平安後期から鎌倉時代にかけて、延暦寺と争いが生じるたびに興福寺衆徒は多武峰を襲撃し、一山を焼亡させたこともしばしばであった。興福寺は藤原氏の氏寺、多武峰は藤原鎌足の廟所という密接な関係にあり、ともに藤原氏一門の氏の長者の指令を奉ずる寺でありながら、両寺の間柄はすこぶる険悪だったのである。南北朝の争乱に際し、興福寺は北朝方に、多武峰は南朝方にくみする傾向があったため、両寺の敵対関係は室町時代にまで継承されていた。そのように対立していた興福寺と多武峰の双方に、大和猿楽四座は参勤の義務を負うていたのである。疑問を抱くのが当然であろう。

また、興福寺と四座の関係が、室町期の諸資料から見て、興福寺の勢力の強大さのせいか、他寺社と他猿楽の関係に比較して、支配・従属の度合いがより顕著であったと推測されるにもかかわらず、四座の役者を大夫とか権守に任命する権限が、興福寺衆徒と多武峰衆徒の双方にあったと見なされる——そのことについては第八節にまとめて考察する——こと、つまりは四座の支配について興福寺と多武峰の両寺が同等の力を持っていたと見なされることも、大和猿楽四座の両寺参勤が複雑な背景を持っているらしいことを思わせている。

右の如き①の疑問を解くためのほとんど唯一の推測と思われるのが、香西説の②である。多武峰への大和猿楽参勤の慣習の確立時期を、四座の興福寺参勤より以前であろうと考えるわけで、この点についても、私は香西説に賛成したい。

四座の興福寺所属がはっきりした後に多武峰への参勤が新たに義務として生じることは、極めて可能性が薄いが、多武峰へ参勤していた猿楽が興福寺へも参勤するようになり、多武峰の支配力よりも興福寺の支配力を多く受けるようになるということは、中世の両寺の力関係からして十分あり得ることである。もともとは法隆寺所属の猿楽であった坂戸座(金剛座)が興福寺へも参勤し、四座の一つとして興福寺に所属する形になった事例が、興福寺の勢威が周辺の猿楽座を吸引したことを物語り、右の推測を助けている。前述した大夫任命権を両寺の衆徒が共有していたことなども、多武峰への猿楽参勤が興福寺への四座参勤以前に慣行として固まっており、早くから多武峰衆徒が猿楽の補任に関与していたもので、興福寺側がその既定事実を認めざるを得なかったものであると考える以外に、理解のしようがあるまい。すでに見たような多武峰の猿楽に残されていた古色——具足能、新作競演、法会之舞、それらに通じる立合的色彩の濃さ——や、六十六番猿楽と称される延年の奇習などが、多武峰と猿楽の結び付きの古さを暗示していることも、右の推測の強力な支えとなろう。

多武峰への猿楽参勤が興福寺への四座参勤より先に確立した慣習であろうと考える背後には、私の場合、四座の興福寺参勤がさほど早い時期からではないとの認識が大きく作用している。大和猿楽四座は元来から揃って春日興福寺へ参勤していたわけではない。金春禅竹の『円満井座壁書』は、円満井座(金春座)が本座で、他三座とは別であるとの立場で書かれているが、それが事実で、他三座は金春との縁戚を頼るなどして後に春日興福寺に参勤するようになったらしい。そして、円満井座に坂戸(金剛)・外山(宝生)・結崎(観世)を加えた大和猿楽四座が揃って薪猿楽や春日若宮祭に参勤するようになったのは、どんなに早くとも観阿弥による結崎座創立(一三六〇年頃か)以後のはずであり(《ここは、結崎座と観世座を同一視し、観阿弥が結崎座を創始したと考える昔の通説に従っての発言である。それが誤りであることを初めて主張したのが後年の拙稿(後掲の「観阿弥と結崎座」など)であり、訂正を要するが、本論考の論の流れの上ではさほど大きな障害になっていないと思われるので、旧形のままにしておく》)、記録の上では応永年間(一三九四〜)にならないと四座参勤は確認できない。『花伝』第四神儀が「春日御神事相随申楽」として四座を列挙しているのが最古の史料と言えよう。実際にはもっと以前からのはずで、『申楽談儀』第二十七条に、薪猿楽神事について観阿弥清次が〝二月ならば、末代まで必ず出勤する〟と興福寺に約束した話が見えるから、観阿弥の没した至徳元年(一三八四)以前から結崎座を含む四座の春日興福寺参勤が慣例化していたと思われる。それにしても、薪猿楽が二月に固定し、観阿弥が右の約束をしたのは、彼の没する直前の頃だったと春日権神主師盛の『至徳二年記』から推測されるし、四座と興福寺の結び付きはそう古くからではなく、観阿弥の頃にはまださほど強固でもなかったようである。薪猿楽や若宮祭への猿楽参勤自体は鎌倉時代から始まっているが、参勤した座の数も座名も明らかでなく、かなり流動的だったらしい。また、興福寺大乗院の支配下にあった鎮守八幡宮の八月十日の祭礼に参勤したのが、元亨二年(一三二二)以前から宇治猿楽であり(『能楽源流考』八八七頁以下参照)、興福寺小五月会や大安寺の神事猿楽の楽頭を室町期になっても宇治猿楽が保持していた事実からも、鎌倉末期から南北朝期へかけての頃の奈良では、宇治猿楽の進出が可能な程度にしか、大和猿楽の興行権独占が進んでいなかったことが推測される。この事も、四座と興福寺の密接な間柄が比較的後代になってのものであることを物語っていよう。

従って、多武峰への大和猿楽参勤を興福寺への四座参勤より以前からの慣行であろうと考えるのは、多武峰八講猿楽と大和猿楽の結び付きを飛び離れて早い時期に想定することにはならず、実際には鎌倉時代からであろうが、南北朝時代の前半であれば十分なのである。八講猿楽の古態を思い合わせても、なんら無理のない、可能性の強い推測と言えるのではなかろうか。以上の見地から、私は香西説の②にも賛成したいのである。

なお、右の推測は、興福寺への四座参勤以前に大和猿楽の多武峰参勤(即ち八講猿楽参勤)が慣行となっていたろうということで、大和猿楽四座が揃って八講猿楽へ参勤したろうというのではない。以下の論と関係することなので、一応付言しておく。

【山田猿楽と多武峰】

興福寺への四座参勤の慣行成立以前にすでに始まっていたと考えられる大和猿楽と多武峰の結びつきの由来について、香西氏は、外山座(宝生座)が元来多武峰寺付属の猿楽ではなかったかと推測された(前記の論旨要約の③)。外山の地(今は桜井市内)が多武峰に比較的近いことが主たる理由である。猿楽座の成立の背後に有力な寺社の存在を想定するのは、座の性質から当然視されてきたことであり、逆に、寺社に参勤・付属した猿楽として、寺社近傍の座を考えるのも、自然な推測と言ってよいであろう。しかし、地理的な条件から言えば、宝生・生一・観世三兄弟を輩出した山田猿楽の住したと見られる磯城郡安倍村(今は桜井市内)の山田の方が、多武峰にもっと近い。多武峰から西へ下って石舞台へ出、北上して山田へ至る道は、幾度か私も歩いたことがあるが、同じ道、ないしはほぼ同じコースの道が昔からあったに相違なく、交通の便もよかったと思われる。従って、多武峰に縁の深い猿楽としては、まず山田猿楽を考えるのが順序のはずである。

にもかかわらず、香西氏が外山座を第一に想定されたのは、山田猿楽は山田寺に付属していたと考える従来の通説に従われたためである。だが、私はその通説は誤っていると確信している。観世座の前身と見なされる山田猿楽の帰属は、能楽史研究上の大きな問題点と思われるので、少し横道にそれるが、先にその点を吟味しておきたい。

山田猿楽とは、長男宝生大夫・次男生一《しやういち》・三男観世(清次)の三兄弟の父「山田の大夫」、及びその養父の「山田にみの大夫といふ人」系統の猿楽のことである(『申楽談儀』第二十三条)。その後身が出合座であり(同書)、山田座と言い換えて理解しても大過あるまい。その猿楽の居住地だったと見られる「山田」については、伊賀の山田とする説もあったが、大和の山田と見る吉田東伍博士や能勢朝次博士の説の方が、外山・出合・竹田などの関連猿楽座の所在地との近接からも妥当と認められ、今日ではそれが定説になっている。そして、この山田猿楽と山田寺を結びつけて説いたのは、能勢博士の『能楽源流考』が最初らしい(同書六三九頁以下)。博士は、三兄弟の仲子生一《しやういち》の家名を再興した生《き》一《いち》家に、先祖の墓が大和の天台宗山田寺にあるという伝承があったことを追求し(この方法自体には無理が感じられる。家名自体をシャウイチからキイチへ誤っている点からも明らかなように、京観世の林家から文政頃に分かれた生一家は、名跡を嗣いだ(再興した)だけのことで、同家の伝承が古来のものとは考え難い)、それは磯城郡安倍村の山田寺であろうと推測し、山田猿楽はその地の猿楽座であったろうとの説を導き出された。必ずしも山田猿楽は山田寺付属であったと主張されたわけではないが、そう理解して差支えないような論旨である。以後別に異論も出ないまま、山田猿楽を山田寺付属と考えるのが通説のようになっていた。永島福太郎氏著『中世文芸の源流』(昭和二十三年、河原書店)に「山田猿楽は山田寺の猿楽と見られるであろう」と言うのなどが、その一例である。

しかし、山田猿楽が活動したと見られる鎌倉後期から南北朝期へかけての頃に、山田寺は猿楽座を付属するほどの寺院として存在していたであろうか。同寺は『日本書紀』大化五年(六四九)の条に名の見える古寺であり、現存する礎石がかっての規模の壮大さを偲ばせているが、平安中期には多武峰の末寺となり、鎌倉初期にはすでに荒廃していたようである。建久八年(一一九七)の奥書を持つ『多武峰略記』(群書類従)下巻「末寺」の条に、

山田寺　法号華厳寺……堂塔鐘楼経蔵等跡、今猶存レ之。

とある記事がそれを物語っている。「跡が今も残っている」との文辞は、建久八年当時、今ほどではないにせよ荒れ

果てた状態になっていたことを示すと解さざるを得まい。織田得能氏の『仏教大辞典』も、「建久の頃諸堂荒廃し、その後沿革詳ならず」としている。だが、能勢博士は、『多武峰略記』を引用しながらも、「建久八年以後に、再興の金堂講堂等のあつた事は、七大寺巡礼記の山田寺の条によつて知られる」と、『七大寺巡礼記』を根拠として、南北朝の頃に山田寺は立派に存在していたと考えられた。なるほど、享徳元年(一四五二)八月の奥書を持つ『南都七大寺巡礼記』(大日本仏教全書)には、左の如くある。

山田寺　大和国十市郡

蘇我大臣建立寺也　金一間四面二階(金堂三間?)　金堂辰巳方仁　在蘇我大臣影

講　堂

五間四面、安十一面観音像、又在丈六金銅薬師三尊、今興福寺東金堂本仏是也

しかしこの書は、実際に寺々を巡礼して記録したかのような書名ではあるが、奥書に「以古記書写了」とある如く、古記録の書写、ないし古記に基づく編著であって、特に、七大寺の記事の末に列挙されている河原寺・法興寺・山田寺・橘樹寺の場合は、由緒ある廃寺の往昔の姿を古記録によって記載したものに相違ない。平重衡の兵火で焼失した興福寺東金堂を文治三年(一一八七)に再建した際に、その本尊として興福寺の衆徒が山田寺から奪ってきた金銅薬師三尊を、山田寺講堂のものとして記載しているのも、その一証である。従って、右の記事を根拠として享徳以前に山田寺が再建されていたと考えるのは、甚だ無理であると言わなければならない。大和地方の他の旧大寺の中世に於ける衰微の状況から推しても、多武峰末寺に零落していた山田寺が建久の荒廃の姿から二階建の金堂や五間四面の講堂を持つ堂々たる形に再建されることなど、あり得ないことであろう。旧跡を守る小庵程度のものは存在したであろうが(『磯城郡誌』に永享五年に焼失したという由の山田寺はその程度のものであったろう)、猿楽座を付属するほどの規模の山

田寺は、中世には存在していなかったと考えて然るべきであろう。

以上の見地から、山田猿楽を山田寺付属であったとする通説は、訂正を要するものと思う。山田寺よりも、本寺たる多武峰との関係を考えるべきではなかろうか。

山田の地には、末寺山田寺があった所だけに、多武峰の寺領が存在していた。『談山神社文書』中には、永正七年(一五一〇)の「勧進検断目録」(同書二五七)などに山田庄の名がしばしば見られ、それが寺領であり、安倍村の山田であることは確実である。中世の多武峰領は、減ることはあっても増加することは稀だったようであるから、それは鎌倉時代からの寺領であったと解される。多武峰最大の寺領だったらしい桜井庄に較べると六分の一程度の小さな所領だったようである(永正十四年の神殿造営反銭からの比較)が、「勧進検断目録」は山田庄を筆頭に上げており、公文職(荘園の代官)の交代の際には山田庄の公文に限って多武峰の宿老に挨拶する慣習があったことも同書から知られる。多武峰にとって山田庄は由緒ある寺領だったらしい。

そのような土地に本拠を置いていた山田猿楽を、多武峰と縁の深い猿楽であったと考えるのは、極めて自然な推測と言えよう。山田猿楽関係の資料が世阿弥の発言以外は皆無であり、多武峰また南北朝期の資料をほとんど残していないから、文献的に裏付けることは不可能であるが、八講猿楽などに参勤し、多武峰を主たる活動場所としていた猿楽、つまりは多武峰寺に付属していた猿楽が、山田猿楽であったと考えてよいであろう。とすれば、観阿弥の祖父にあたる「みの大夫」の活躍期は鎌倉末期のはずであるから、八講猿楽への大和猿楽参勤の始まりも、その頃までは遡らせて考え得ることになる。室町期のそれと同質ではなかったにしても、八講猿楽が鎌倉時代からの風習である可能性は、極めて強かろう。

以上、山田猿楽は山田寺付属と見てまず外山座と多武峰の関係を説かれた香西氏の方針には反対したが、山田猿楽が多武峰に参勤したと考える点では、香西氏も私と同意見であり（前記要約の④）、外山座を多武峰付属であろうと考える香西説にも、私は賛成なのである。

【外山座と多武峰】

山田猿楽は多武峰付属の猿楽であったろうとの右の推測は、外山座が多武峰付属であったろうとする香西説を否定することにはならない。なぜなら、多武峰付属の猿楽座が複数であったことが十分考えられるからである。

一体、外山座の素性については従来定説がなかった。外山の地が初瀬への街道沿いであることから初瀬寺との関係を想像された能勢博士説（『能楽源流考』三〇二頁）、宇陀郡榛原町付近に弘長四年（一二六四）〜応永十年（一四〇三）頃に存在した法性寺（宝生寺とも）に由来するかと疑う永島福太郎氏（『中世文芸の源流』）や川瀬一馬博士（『宝生』昭和三十七年七月号「とびの中楽座」）の説、山田寺付属とする永島氏の別説（日本歴史叢書『奈良』）など、諸説があるものの、いずれも推測の域を出るものではない。まず初瀬寺の場合は、初瀬与喜天満宮や初瀬滝蔵権現の神主を自称する猿楽役者がかなり早くから居たと見なされること、十二座や金春座がそれと密接な関係を持っていたことなどから、仮に初瀬寺付属の猿楽座があったとしても、外山座以外の座であった可能性の方が遥かに高いと思われる。禅竹が『明宿集』で、コンパルの名が「泊瀬与喜ノ宮ノ神主アイマス大夫」の和歌に基づく由を言い、「インエンヲヲモエバ泊瀬サルガクト号スベキコト、根本ナルベシ」と述べていることなどが、それを思わせる。外山座が初瀬寺の行事に参加する程度のことはあったかも知れないが、付属と言い得るほどの関係だったとは考えにくいようである。法性寺説の場合は、同寺が南北朝期に猿楽と関連していた形跡がないことがまず難点である。また、座名としては外山座が古く、宝生の座の名は観阿弥の長兄の宝生大夫の個人名に由来するらしい点も、名の類似だけで法性寺と宝生座（外山座）を結び付けることを拒否している。初瀬寺説以上に根拠が弱いと言わざるを得まい。山田寺説が可能性に乏しいことは、山田猿楽についての考察から、おのずと明らかであろう。

その点、地理的な近接を主たる理由として多武峰付属と推測した香西説は、同じ推測ではあっても、かなり可能性に富む説であるように思われる。外山の地は、桜井の市街の東に隣接しており、現在は桜井市の一部である。そこが多武峰の屈指の寺領であった桜井庄に含まれていたとは考えられないが、多武峰寺の勢力範囲内であったことは確実である。『談山神社文書』二三五の天文十三年奥書「御供所惣田数帳」には、「外山庄御年貢般若寺ヨリ寄進」と注して「合八町五反余　九石五斗五升上」とあって、外山庄に般若寺の寺領があり、その年貢の一部が多武峰に寄進されていた事が知られる。この般若寺は、奈良坂の般若寺(真言律宗)とは別の、多武峰の末寺の一つらしい。現存しないようで、旧所在地も探索し得なかったが、応永十年十月十二日付の多武峰法師告文(資料**d**参照)の署名に般若寺憲清の名が見え、また慶長十二年の大織冠神像破裂の告文使派遣について、般若寺秀盛なる人物が多武峰と朝廷や所司代の間の連絡にあたり、『談山神社文書』に数通の文書を残しているから、般若寺は室町期を通して多武峰の有力な末寺だったらしい。いずれにしても、右の文書は、外山が多武峰の勢威の及んだ地であり、浅からぬ関係を持つ地であったことを示す史料と評価できよう。

単に地理的な条件のみならず、後代の宝生座と多武峰の結びつきの強さも、外山座と多武峰の関係の深さを推測せしめる。第三節にも述べたように、多武峰での恒例の猿楽の催しは、十月十三・四日の八講猿楽と、九月十一日の談山社の祭礼、及び九月二十三日の鎮守一百余社の祭礼の三度であったらしいが、談山社の祭礼の猿楽のみは楽頭(祭礼猿楽興行の権利と義務を負う責任者)が任命され、その権益は代々宝生大夫が所持していたようである。時代は下るが、宝生大夫忠勝から多武峰へ宛てた元和五年(一六一九)霜月九日付の申状(『談山神社文書』五一三)に、左の如く見える。

今度、多武峰御造営、従二公方様一被レ成候付、御遷宮之御能拙者被二仰付一、忝奉レ存候。毎年九月十一日御祭之御能ハ、先々より拙者楽頭にて御座候条、無二相違一被二仰付一可レ被レ下候。其外御はれつの御能、並御宮移之はつのうの御能ハ、拙者楽頭にて無二御座一候条、以来毛頭構申様無二御座一候。御寺中より被二仰付一候ハヾ、何時も可レ仕候。自然御雇なく候ハヾ、拙者少も構申間敷候。為二後日一如レ此申上候。仍如レ件。

元和五年未霜月九日宝生大夫忠勝（花押）

多武峰御寺中人々御中

同年十一月十五日に談山社の遷宮が行われ、恒例の猿楽を宝生大夫が演じた際の念書である。文中に「先々より」とあるのをいつ頃からと見なすかが問題であるが、楽頭職はその性格上容易に変更されるものではなかった。猿楽にとっては極めて望ましい権限だったからであり、他の寺社での例を見ても世襲が慣行であったと見なされる。反証がない限り、室町期を通して宝生大夫が談山社祭礼の楽頭職を保持していたと考えることが許されるであろう。第六節に紹介した宝生座の権守生一小次郎が多武峰六十六番猿楽の本尊たる翁面を寄進したという話も、室町中期に宝生座が多武峰と深い関係にあったことを物語っている。『能楽源流考』（六七六頁）によれば、談山神社蔵の永正五年の『惣米仕日記』に「三石　御霊会猿楽禄物　宝生大夫ニ下行」とあると言う（『談山神社文書』には翻印されていない分。同書巻末の「談山神社所蔵文書目録」の四九七「惣方米納仕結解帳（永正五、一二、廿）」がそれと思われるが、確認の機を得なかった）。御霊会は即ち談山社の祭礼である。永正五年は多武峰が焼失した三年後であり、同年に御霊会は執行されなかった可能性が強い。恐らくは焼失以前の慣例を記録したものと思われ、宝生大夫が永正以前に談山社祭礼の楽頭職を保持していたことの一証と言えよう。観阿弥の長兄の宝生大夫の時からすでに外山座（宝生座）が談山社祭礼の楽頭職を保持していたことも、十分考え得る。

前述した地理的条件と、右に見た宝生大夫談山社祭礼楽頭職保持の事実とを考え合わせると、外山座が多武峰への参勤を重要な仕事として成長した座である可能性は、かなり強いと言えよう。付属という語に限定は必要であろうが、外山座を多武峰付属の猿楽座と推測する香西説に賛成したい所以である。少なくとも、それが外山座(宝生座)の素姓に関する他の諸説より遥かに有力であることは確かであろう。

先に山田猿楽(山田座)を多武峰付属と推測し、今また外山座を同様に考え、複数の座が多武峰に参勤したと想定するわけであるが、両座の間柄について言えば、外山座の方が由緒の古い座ではなかったろうか。前述した後年の宝生座の楽頭職保持がその推定の主たる根拠である。山田猿楽の三兄弟の長男が外山座を嗣いだのも、外山座の方が山田座より格の高い座であれば最も理解し易い。『申楽談儀』が三兄弟に言及するに際し、「宝生大夫嫡子、生市中、観世弟」と、嫡子にのみ大夫号を付している事実も、嫡子宝生大夫の地位が他の二兄弟より高かったことを反映するものと解される。宝生大夫が養子として嗣いだ外山座が多武峰参勤猿楽の本座格であったと見なしてよいであろう。

【八講猿楽三頭屋と三座】

ところで、南北朝期に多武峰に参勤した猿楽は、外山座・山田座だけであったとは限るまい。『申楽談儀』によれば、多武峰八講猿楽には「三トウヤ(頭屋)」が設置されており(資料**E**)、三人の頭が任命されていたことが知られる。『談山神社文書』一二三八の、天正十三年奥書の「一、御蔵納注文」に、「一、維摩八講頭三人　五十石」とある「維摩八講頭」がそれに該当しよう。名称からも、僧侶の中から選ばれて維摩八講全体を総括する責任者を勤めたものと思われる。世阿弥の頃から天正期まで続いていた制度であるから、世阿弥をかなり遡る時代から三人の頭がいたと推測できよう。この維摩八講頭に似た例が、春日若宮祭の際に興福寺の僧から選ばれる二名の田楽頭である。参勤する田楽へ装束を下給する役目を負うことからの名称であるが、もともとは若宮祭全般の奉行であったろうと考えられている(永島福太郎氏『奈良文化の伝流』参照)。そして、若宮祭は、二名の田楽頭に対し、参勤する田楽は本座・新座の二座であった。この事実から、維摩八講会に三人の頭が設置されたのは、参勤する猿楽が三座であったことに由来するのではないか、との推測が浮かび上がってくる。最初から頭三人、猿楽三座であったわけではなく、ある時期にそうだったのが後に制度化されて、参勤猿楽の座数にかかわりなく、頭は三人任命されるようになったのであろうが、とにかく、世阿弥以前に猿楽三座が参勤する時期があった可能性が強いように思われる。もしそうであれば、三座はどの座とどの座であったろうか。その三座が固定的であったか否かも問題であるが、他寺社に参勤する猿楽の例から類推して、かつては流動的だったとしても、南北朝期には漸次参勤猿楽が固定化する傾向を強めていたものと想像される。そうした観点に立って、南北朝期に多武峰八講猿楽に参勤した猿楽座について、改めて推測を試みたい。

まず、多武峰付属と先に推測した外山(宝生)座が三座の一つであったことは、ほとんど確実であろう。また、同じく多武峰付属と考えられる山田猿楽(山田座・出合座)も、八講猿楽へ参勤するに十分な資格を備えていたと言えるであろう。

山田猿楽三兄弟の、長男宝生大夫が嗣いだ外山座(宝生座)、仲子生一が継承したと考えられている出合座が、ともに八講猿楽に参勤したとすると、末弟の観世(観阿弥清次)が創立した結崎座(観世座)もまたそうでなかったかと考えたくなる。結崎座結成の背景や事情は全く不明であるが、すでに香西氏が前記論考で指摘しておられるごとく、『申楽談儀』所載の「定、魚崎御座之事」が、畿内に居て多武峰へ不参の場合は座を追放するという厳重な罰則を設ける(資料**A**)など、興福寺よりも多武峰への参勤を重視している点から見て、多武峰と強いつながりを持って成立した座であったろうと考えられる。また、『申楽談儀』第二十四条に、又、ふぢわかと申けるとき、やまとたふのみねのしゆとの、重代の天神の御自筆の弥陀のみやうがうを、天神よりれいむ二度に及とて、渡さる。いまに是有。もんじはでい也。

とあるが、世阿弥が幼名の藤若を称していたのは、父の観阿弥が結崎座を樹立してからそう年月を経ていない頃のはずである。当時すでに観阿弥が多武峰に参勤していて、多武峰衆徒が観世父子を知っていたからこそ、重代の宝物を譲渡したのであろう。従って右の記事を、結崎座創立後間もない頃に観阿弥が多武峰へ参勤していたことを示し、八講猿楽参勤三座の一つが結崎座であったことを示す傍証として評価することが許されるかと思う。

因みに、『談山神社文書』二二三の、丙戌(天正十四年)付の「多武峰知行目録」によると、当時の多武峰領三千石余のうち、千百八拾石余が結崎領の分であった。これが古来からの知行であれば、多武峰と結崎座の結び付きを説明する絶好の資料となるのであるが、残念ながらそうではない。多武峰寺は天正十三年(一五八五)に豊臣秀吉の命令で大和郡山へ移転したが、その際に、旧知行六千石を半減して配分された新知三千石の中に結崎の地が含まれていたのであり、旧領だったわけではない。天正十八年に旧地へ復帰すると同時に、結崎は多武峰領ではなくなった。念のために書き添えておく。

右に見た如く、外山・出合・結崎の、山田猿楽三兄弟が統率したであろう三座のいずれもに多武峰参勤の可能性を認めることは、八講猿楽参勤三座を右の三座と考えることと、必ずしも直結するわけではない。なぜならば、三座がそれぞれ八講猿楽に参勤したにしても、三座が揃って参勤したとは限らないからである。そうした回りくどい考え方を必要とする理由の一つは、結崎座が観阿弥によって創立された新しい座であり、三頭屋の設置が結崎座創立後に始まったとでも考えない限り、結崎座参勤以前には別の座と外山・出合の三座であったろうと考えられることである。出合座が、『申楽談儀』の頃までは存続していたと考えられるものの、その活動の痕跡すら他史料に見えないことから、生一大夫の早世などのため早くに猿楽座としての活動が衰え、その権益を新興の結崎座が譲り受けた場合も想像される。以前、新興の結崎座が他座を凌いで大和猿楽四座の中に地位を占め得た理由として出合座の権益継承を推測したことがあるが(『文学』昭和三十八年一月号「世阿弥の生涯をめぐる諸問題」)、多武峰参勤にも同じ推測を適用したいのである。香西氏もそう見ておられる(73頁の要約の⑤)。そうであれば、結崎座参勤以後もまた、山田猿楽系統三座が揃っての八講猿楽参勤ではなかったことになるのである。

一方また、円満井座(金春座)と多武峰の関係も考慮せねばなるまい。〈四位の少将(通小町)〉の能は唱導の作を金春権守が多武峰で演じたのに基づいて観阿弥が書き直したものである由が、『申楽談儀』に見えている(資料W)。金春権守は観阿弥とほぼ同代に活躍したと考えられるが、彼が多武峰で〈四位の少将〉を上演した(第四節で考察したように八講猿楽での新作上演であったろう)のは観阿弥の改作以前であるから、かなり早い頃の話のようである。従って、金春権守の、つまりは円満井座の、多武峰八講猿楽への参勤も、結崎座に劣らぬ古くからであると考えることができよう。秦河勝の直系と称し、大和猿楽の本家筋を自負していた円満井座は、春日興福寺のみならず、大和一円を活動の場としていたようである。金春権守が称し始めた〝金春〟の名について初瀬与喜天満宮の神主が「初瀬山谷の埋れ木朽ずしてこん春にこそ花は咲きつげ」と和歌を詠じたという『明宿集』のも、彼が初瀬寺近辺で活動していたからに相違あるまい。金春権守時代から円満井座の本拠地であったと見られる竹田の地も、東竹田・西竹田のどちらであっても奈良よりは初瀬や多武峰に近い。八講猿楽参勤の資格十分と言ってよいであろう。『申楽談儀』第二十三条に、「竹田の座、出合の座、宝生の座とうち入りうち入り有り」とあって、竹田座(円満井座)・出合座・宝生座の間に入り組んだ縁戚関係が存在したことが知られるが、ともに多武峰へ参勤する座であったことが、そうした縁戚を結び易くしていたのではなかろうか。

その他、結崎座と縁が深く、初瀬寺とも縁が深かったらしい十二座も、正長二年五月の室町御所笠懸馬場での多武峰様立合猿楽に、宝生(外山)座と組んで観世両座と競演した実績を持つ(資料S)だけに、多武峰に参勤した可能性なしとはしない。至徳三年(一三八六)にはすでに十二五郎の活動記録があり(内閣文庫蔵『至徳三年記』)、古い座らしいこともそれを思わせる。同じ年に十二五郎と並んで薪猿楽に参勤している大蔵八郎の座についても、同じことが言えよう。ただ両座の場合は、十二は観世座の、大蔵は金春座の、それぞれ中座的存在だった可能性が強く、南北朝期に独立した一座として活動していたかどうかが疑問視される点が難であろう。後に四座の一つとして八講猿楽参勤の義務を負うた金剛(坂戸)座も、記録こそ残していないものの、由緒の古い座だけに、多武峰とも早くから関係があったのかも知れない。そう見る方が後年の参勤の事実を理解し易いことは確かである。また、応永頃に吉野猿楽が活動していたこと(『能楽源流考』八七五頁参照)も気になる。吉野は多武峰の寺領の存在した地であり、その勢力範囲であったから。

こう見てくると、南北朝期に八講猿楽に参勤した猿楽三座を推定することには、かなりの困難が感じられるが、多武峰との関連の度合、地理的条件、その他種々の点を綜合して考えると、もとは外山・山田(出合)・円満井の三座であったのが、後に外山・結崎・円満井に変わったと見るのが、最も可能性に富むのではなかろうか。三頭屋の設置当時は三座参勤であったろうとすること自体が推測であり、その三座を固定的なものと見なすことにも問題があろうから、無駄な詮索である恐れなしとしないが、多武峰と関係のある、または関係の考えられる猿楽座についての言及を兼ねて、推測を試みた。

【四座揃っての参勤の有無】

前項で推定したように、八講猿楽に三頭屋が設置され初めた頃には、三座が参勤していた可能性が大であると思われる。一方、第二節で考察した如く、寛正四年(一四六三)に三十年ぶりに八講猿楽が復活してから以後の記録は、すべて金春と金剛、観世と宝生の組合せによる二座交替参勤の形である。問題は、その中間、永享頃の中絶以前の形がどうであったかということであり、具体的には大和猿楽四座が揃って八講猿楽に参勤した時期があったか否かである。

実際にそうした記録が存在してもいないのに、四座が揃って参勤した時代があったのではないかと疑うのは、幾つかの理由に基づく。その第一は、禅竹の『明宿集』に「多武ノ峯ニヲキテ、毎年法講(八講)ノ神事、四ノ座ヲモテツトムト」(資料D)という「四ノ座ヲモテツトム」の言が、すなおに読む場合、四座が揃って参勤する意に解されることである。両座交替参勤時代の多武峰側の文書の写しに相違ない資料Hが、四座が前日まで到着すると言い、「能は両座ばかり勤役、両座は後詰なり」と言って、一応四座が参加するのを立前とする立場を残していると解されることも、四座揃っての参勤が旧形であったことを物語るかのようである。第三節に考察した多武峰様具足能が、しばしば四座立合の能に演じられている事実(第三節の3・4がそうであり、1もそれに準じて考え得る)も、四座立合が八講猿楽の旧形であったことと関連するのではなかろうか。『わらんべ草』が「昔は多武峰の八講の能に四座共に立合なり」と言い(資料V)、多武峰独自のものだったらしい〈翁〉の法会之舞について『観世宗兵衛豊俊伝書』が四座立合が原則である由を主張している(資料甲1・3・4・6)のも、後代の資料ではあるが、能役者の側に四座立合を八講猿楽の原形とする伝承が生きていたことを物語る点、無視し得ないかと思われる。両座交代参勤という形が、他の寺社行事への猿楽参勤に例を見ない不自然な形であり、人為的条件が加わって決定された参勤形態であるらしく思われる点も、四座参勤が本来の姿であったろうと考えたくなる理由の一つである。

他方、永享以前に四座揃っての参勤であったことを疑う材料もないではない。八講猿楽への大和猿楽参勤に関する根本史料とも言うべき『申楽談儀』の「定、魚崎(結崎)御座之事」の、八講猿楽禄物配分に関する規定(資料E)が、四座参勤の形態に基づいての定めとは解しにくいことも、その一つである。この条は、「四カウ」「一カウ」の語義が不明確である上に、実際に事に携った者以外は具体相を把握しにくい内容であって、今日それを正しく理解することは困難かと思われるが、それにしても、たとえば「高坏の据ゑ物、染物なりとも布なりとも、三頭屋に一頭屋、長殿取らせ給ふべし」の定めなど、結崎座に一頭屋分の配分を受ける権利があるのなら、他の三座にも同じ権利があったはずで、四座が配分に預かる場合には不可能なことのように思われる。三人の頭から各一杯の据え物が四座に下給されたと解すれば、別に矛盾ではなくなるが、それならば余の二頭屋分の据え物の配分について言及していない点が不審となる。考え過ぎかも知れないが、どうも四座参勤を想定しての定めではなさそうである。そうした疑いの目で見ると、先に四座参勤が旧形であることを思わせるものとして列挙した各資料も、禅竹の言う「四座を以て勤む」とは必ずしも揃っての参勤を意味しないとか、『わらんべ草』や『観世宗兵衛豊俊伝書』等の説は寛正六年の南都での四座立合能などの形を八講猿楽の形態と混同しての説ではないか、などと疑われ、いずれも不確実な資料のように思われてくる。永享の中絶までが四座参勤、寛正の再開時から二座交替参勤に変更されたのであれば、当然興福寺がそれに関与したに相違なく、しかもそれは再開された寛正四年当時の改変であろうから、『尋尊記』などの興福寺側の文書に何らかの形で言及されていて然るべきなのに、その形跡がないことも不審である。

実のところ、当初は永享の中絶以前は四座揃っての参勤であったろうと考えていた。後に右のごとき疑念を抱き、どちらの判断を採るべきか迷い始めたのである。考えあぐねる中で強まってきたのが、二座交替参勤が猿楽の寺社行事への参加形態として極めて異例であること、寛正の再開時に二座参勤に変更されたにしては、記録や伝承にその事実が伝えられていないことの、二点は重視すべきであろうとの考えである。つまり、二座交替参勤の形が観阿弥時代からの旧習とは考え難いが、永享の中絶以前にすでに二座交替参勤の慣習が確立していたのではないかということである。三頭屋に対応する三座参勤の形態と、二座交替参勤の中間に、四座が揃って参勤した時代があったかも知れないが、今のところ、その点は疑問を残したままにせざるを得ない。金春権守が多武峰で演じた〈四位の少将〉の能を観阿弥が改作したのは、金春権守の所演を観阿弥が同じ多武峰で見ていたからであると解され、その頃には円満井座(金春)と結崎座(観世)が同時に八講猿楽に参勤した——円満井座と坂戸(金剛)、外山(宝生)と結崎の組合せによる二座交替参勤ではなかった——とは推測されるものの、それが三座参勤の形態の際であったか四座揃っての参勤であったかは、判定すべき手がかりがないのである。

さて、かつては三頭屋に対応して三座参勤であった可能性の強い多武峰八講猿楽は、恐らくは南北朝期後半から室町初期へかけての頃に、当初から二座交替参勤であったか四座参勤の時期が先行したかの疑問は残るものの、外山・結崎・円満井・坂戸(宝生・観世・金春・金剛)の四座が参勤するように変った。その慣行成立の時期や事情は明らかでないものの、興福寺への四座参勤の慣行成立とほぼ時期を同じくしており、両慣行が相関連して成立したことも十分考え得る。多武峰系猿楽の外山・結崎両座が春日興福寺への参勤を義務として負う代償として、興福寺系の円満井・坂戸両座が多武峰参勤を義務として負うといった事情があったのではなかろうか(円満井座が多武峰に参勤していた可能性が強いことは前述したが、本拠は春日興福寺だったに相違ない)。もしそうであれば、円満井と外山が縁戚であったことなども作用していようが、猿楽座だけで実現できることではない。多武峰・興福寺の両寺が談合し、合意したからこそ成立した慣行に相違あるまい。

本節の冒頭に、四座の両寺参勤の背景を考察し、四座の興福寺参勤の慣行確立以前から、八講猿楽への参勤が行われていて、興福寺もその慣行を尊重せざるを得なかったものであろうと推測したが、八講猿楽へ参勤したのが四座すべてである必要はない。新たに興福寺へ参勤するようになったのが一座だけであってもよい。たとえば、新風猿楽能の樹立に成功して人気の高かった観阿弥の芸を見んがために、従来は多武峰付属であった結崎座を春日興福寺の行事へ参加せしめようと興福寺側が望んだ場合なども、想定できるであろう(春日興福寺参勤猿楽四座の中に地位を確立した後に観阿弥が京洛へ進出したとする常識的見解は、別に根拠があるわけではなく、多武峰との関係を全く考慮に入れていない推測である。逆に京洛で名声を得、将軍足利義満の後援を獲得したことが、新興の座でありながら四座の一つに座を占める事につながった場合も想定してみるべきであろう)。とにかく、本来は多武峰付属であった座が興福寺へも参勤するようになったことが、両寺への四座参勤の契機であろうことは、すでに述べた通りであり、その逆は極めて考えにくい。そして、興福寺と多武峰の談合結果が両寺への四座参勤と思われる。多武峰八講猿楽への両座交替参勤という不自然な形も、興福寺との間に格差を設けるために定めた形態であると見れば、もっとも理解し易い。二座の組合せが観世と宝生、金春と金剛という、春日若宮祭の松之下立合の組合せ(金春と金剛が〈弓矢の立合〉を、観世と宝生が〈船之立合〉を舞った)と同じであることも、四座が本来は二系統であることを暗示するとともに、春日興福寺への参勤と、多武峰八講猿楽への参勤の関連を思わせている。

なお、四座の猿楽の多武峰参勤が興福寺の諒解なしには不可能であったことは、明応七年や永正二年の抑留の事例(資料**O**・**P**)からも明らかである。四座が両寺へ参勤するようになってからも、両寺の間には紛争が絶えず、しばしばそうした事態が生じたらしい。『大乗院日記目録』の応永十年の条には、

〔資料**d**〕

十月十二日、多武峰法師告文(致其沙汰)

とあるが、これは同年五月に足利義満が多武峰に参詣し、大和国宇陀郡の所領を安堵せしめたことから、多武峰衆徒が宇陀郡に入部し、興福寺衆徒との間で九月二十五日以後合戦があった事件(『大日本史料』七之六、三〇九頁以下参照)

の結末を示すものである。敗れた多武峰側が告文（誓約書）を提出して和解したわけであるが、この告文の日付が八講猿楽の前日である点が興味深い。『大日本史料』によってこの事件や告文の内容を確認する以前には、何かの揉め事のために参勤猿楽を抑留された多武峰側が、事態収拾のため告文を提出したものかと推測し、そうであれば、資料**d**が八講猿楽に関する興福寺側の最古の記録らしいと考えていたのであるが、告文には八講猿楽との関連を思わせる文言が見えず、日付が十月十二日なのは偶然らしい。それにしても、猿楽抑留の背景となった両寺の間の揉め事の好例と思われるので、ついでに言及しておいた。

八　多武峰の猿楽補任権をめぐって

多武峰が古くから大和猿楽と密接な関連を持っていたことを示すもっとも端的な現象は、大和猿楽の役者を大夫や権守に任命する権限――補任権――を、興福寺と並んで多武峰が握っていたことである。締め括りにその点を確認し、またそれをめぐる若干の疑問について考察してみたい。

【長・権守・大夫】

大成期の猿楽座の組織を知るための第一資料が『申楽談儀』の「定　魚崎御座之事」であるが、その第一項に、

右。長ザケ拾貫文。権守ザケ三貫文。大夫ザケ、下ハ二貫文、上ハタケ〳〵ニシタガツテモラセタマウベキ也。〔資料**e**〕

とあり(第二項は資料E)、第三項には、

一、トクブンノ事。三、ヲサドノ。二、ツマヲリ。三ザ、一ブハム。マタ、一ヲ三ニワケテ、四座ヨリ六エマデ、ワケテトルベシ。又、中ザノ一ラウハ、二ブン。中ザノツマヲリハ、三ヒトツトラセタマウベシ。コノホカ、四カウモロクモ、ザフリニワクベシ。〔資料f〕

とある。長殿《おさどの》(長)・権守《ごんのかみ》・大夫《たいう》・端居《つまおり》・三座・四座・六位《え》、中座《なかざ》の一臈、中座の端居など、座内の地位や職務と関係するらしい各種の名目が用いられているが(資料Eには二座・識事《しきじ》の名も見える)、金春座の座規である『円満井座壁書』に、

一、長殿の御得分三ぶ。二座・三座、六位までは、二ぶ半づヽ。其次より、推並《おしなめ》て二ぶづヽ、子座は一つづヽ。十四才迄は子座。十五歳より大座。

とあるのなどを参照して整理すると、長・二座(端居)・三座・四座・(五座)・六位の系列が座内の席次を示す呼称、識事は座衆が交代で勤める職務名で、ともに一座の内部的なものであるのに対し、権守と大夫とは、役者個人に対して外部から与えられる名誉ある称号だったと認められる。この点については香西精氏の論考「長の大夫」(同氏著『続世阿弥新考』所収)が詳しく、細部に異論はあっても、右のごとき大筋の把握は動かしようのない推測と思われる。かっては「一座の酒宴に対して、酒代支出の配分に関した事であろう」(『世阿弥十六部集評釈(下)』六一五頁)などと誤解されていた資料eを、役者が長・権守・大夫に就任した際の振舞酒に関する規定であると正確に読み取り(同氏の別論「大夫酒」〔『宝生』昭和三十五年九月号。同氏著『世阿弥新考』所収〕参照)、一座の収入配分に関する規定たる資料fに権守・大夫の分が全く言及されていない点に着目したことが、香西氏の卓説の基礎である。長・権守・大夫と並んでいる形の名目は直接座内の席次と関係せず、fの名目こそが席次を示すと見るわけである。長(長殿)だけがe・f双方

に顔を出しているが、一座の統率者たる長の地位に就いた際に振舞酒を出すのは当然であり、長酒が権守酒・大夫酒と並べられていることに、なんの不審もあるまい。

（右のごとき見解を演繹して具体的に言えば、(1)座の長〔統率者・代表者〕には、大夫の称号を持つ者もあれば権守の称号を持つ者もあり、そのどちらでもない長もいたろう。(2)端居や三座・四座で大夫や権守の称号を持つ者もあった。(3)一座に五人までは大夫がいたことが想像されるし――六位は五位相当官たる大夫に次ぐ位の意から出た名目らしいから、多分五人まであろう――、(4)脇の為手・狂言方・囃子方で大夫・権守に任じられる場合もあった、と考えられるのである。以上の諸点の考証や、長・権守・大夫の語が世間では「定、魚崎御座之事」とは異なる用法で用いられていたらしい事、及び時代が下ると別の意義を持つようになった事などの説明は、あまりに長大にわたり、別に一篇の論考を必要とすると考えられるので、本稿では省略することとした。）

【両寺の大和猿楽補任】

さて、猿楽（の役者）が大夫や権守になるのは、興福寺や多武峰の衆徒の任命を受けてのことであったと、能役者側の記録は伝えている。『四座役者目録』下巻の正保参年奥書の後の追記の、承応二年（一六五三）奥書の直前に、

一、太夫ニ成ル事。能ノ太夫ヲ初、家ノ惣領ヲモツグベキ器用ヲ見、衆徒、太夫《タユウ》ニ成ス也。太夫ニ成初ルハ大和ニテ成也。此外、其器用ヲ見、其ノ座ノ頭取ニモ成ベキ上手ヲ、狂言師迄狂言ノ太夫ニナス也。弥左衛門モ、多武峰ニテ法会舞ウタレ、褒美ニ鼓太夫ニナス。宗拶・道叱・宗治、イヅレモ大和ニテ初テ鼓被レ打候刻、褒美シ、小鼓ノ太夫ニナス。昔ハ太夫ニ成事ヲイカイ名望ニスル。今ハムサトシタル下手ヲモ、衆徒ザマクニ成、太夫ニ成ス也。ソレ故、太夫ニ成テモ、シカ〲シル者モナキ也。〔資料g〕

とある記事や、『わらんべ草』四十六段の本文に、

奈良薪の能に、太夫号をゆるすほうびあり。脇・つれ・狂言三人は太夫号、拍子《はやし》の衆は上手・名人になすと。しかるを、押並て太夫なりと云事、心得られず。昔は衆徒吟味ありて、芸出来たる時はいく度もなす事、尤きぼ也。たうの峰よりはふにんをいだす。南都には、権頭見物にひろうするゆへ、ふにんに及ばず。其時は、ゐぼし上下を着して礼に出る作法也。ゆるされずして、我と太夫の号はならず。〔資料h〕

とあるのがそれである。ともに江戸初期の資料であるが、**g**は鼓の大夫の存在を肯定し、**h**はそれを「心得られず」と言うなど、一致しない点もあるのは、すでに実質的意義を失い、廃絶したり崩れたりしていた風習を、両者とも室町期の故実と江戸初期の慣行とを混じて記し、**g**は小鼓方、**h**は狂言方の立場での評価をまじえているためであろう。**g**が「衆徒」と言い、「大和」と言うのは、興福寺とその衆徒を意味すると解されるが、宮増弥左衛門については多武峰と明言しており、興福寺・多武峰の双方に任命権を認めている点は**h**と同じである。**h**が多武峰では補任(状)を出すと言う点は、多武峰の文書の写したる資料**H**の第五条と一致しており、興福寺薪能の場合は権頭が披露するから補任状を出さないという点とともに、室町期以来の故実と見なしてよいであろう。興福寺は薪能の際であったことが**h**から知られるが、若宮祭後日能に任命されることもあったらしく、『わらんべ草』第八十九段の注記によれば、大蔵虎明は六歳(慶長七年)の「南都祭礼後日能」の際に「狂言大夫号」を賜わったという。多武峰は勿論八講猿楽の際であったろう。**H**の第五条がそれを示し、両寺ともに参勤ではない他の機会に任命することは原則としてなかったものと思われる。

猿楽側の伝承だけでは若干の不安を感じるが、さいわい、実際に大夫に任命した寺側の記録が残っている。その一つは、内閣文庫蔵『至徳三年記』に、

二月十三日　猿楽見物了金晴十二五郎以上五番仕了。金晴之小男被レ成二大輔一了。〔資料i〕

とある記事である。この日は薪猿楽の最終日だったようで、多武峰が広義四日間の八講猿楽最終日に補任状を出すというのと対応している。「金晴之小男」とは、当時円満井座の事実上の統率者だった金春権守の年少の子の意であろうが、能勢博士は、円満井座二十八代の毘沙王次郎から宗棟の地位を譲られた金春弥三郎(金春権守の嫡子。禅竹の父)であろうと推定しておられる。まだ年少の子を大輔(大夫)に任じているこの記録は、興福寺が参勤する猿楽役者を大夫に任ずるのが至徳三年(一三八六)の昔からの風習であることを示すのみならず、技芸の優秀さを讃える補任が本来の意義ではあったろうが、一座の長を嗣ぐような地位の者には少年でも大夫号を与える慣習が早くから存したことを教える点でも興味深い。

もう一つの記録は多武峰側のものである。慶長十二年(一六〇七)閏四月、多武峰の大織冠御神像破裂の事があったが、その平癒を祈る朝廷からの告文使派遣が遅延し、最終的に吉田兼治が告文使として多武峰に下向して平癒に成功したのは、翌慶長十三年九月二十四日であった。政治的な破裂・平癒であったようで、翌二十五日には用意されていた勅使饗応の能が演じられた。それについて、『談山神社文書』二一「御破裂記録」に左の如くある。

一、能太夫右(古?)ニ者今春ニ被二仰付一候へ共、其比駿河ニ祗候之間、同弟大蔵太夫ニ被二仰付一勤畢。

御能之次第

脇ニ白髯　二番田村　三番遊屋　四番船弁慶　五番龍田　六番鍾馗　七番猩々　以上七番。

一、御能依二神妙仕一、大蔵太夫ニ被レ任畢。

一、廿六日早旦、大蔵太夫政所へ御礼ニ参、補任頂戴ス。其時政所ヨリ引出物一束一本被レ下。一献在レ之。引出物入目惣分従出也。〔資料j〕

この時に大蔵大夫に任じられた今春の弟とは、今春大夫安照の三男氏紀で、慶長十年に十六歳で大久保石見守長安の養子になっていた。鉱山開発で名高い長安は猿楽大蔵大夫家の末裔であり、父の代に甲州武田家に武士として仕えて以来、芸道を離れた形になっていた。その由緒ある家名の廃絶を惜しんだ長安が、今春大夫の子を養子として、大蔵大夫の名を継承せしめたのである。大蔵家系譜では「権現様へ御訴訟あって」のことと言うが、一旦は能界から離れた大蔵家を四座に準ずる地位に戻すために採られた手段が、多武峰での勅使接待能の機会を利用しての大夫補任であったらしい。大久保長安は以前から多武峰と縁が深く、十兵衛時代に多武峰を訪れたこともあった。『談山神社文書』に数通の文書を残してもいる。そうした縁で、下工作をした上での大夫補任であったと思われる。前に、多武峰が役者を補任するのは資料**H**が示すように八講猿楽の際であったろうと推測したが、慶長十三年当時はすでに八講猿楽は廃絶していたと考えられる。それでいながら、八講猿楽の際の慣習を勅使接待能に復活・準用し、十九歳の大夫を誕生せしめたのであろう。その後、大蔵大夫氏紀が幕府の演能などにも出演し、四座一流の大夫に準ずる待遇を得た事実(江戸期を通して幕府の公式能のシテを勤める資格を持ち続けたのは、四座一流と、今春八左衛門家・大蔵家の七家のみである)は、多武峰の大夫任命権が当時もなお能界に容認され、権威を認められていたことを示すと言えるのではなかろうか。

右の二つの大夫任命の記録は、一つは至徳三年の古記録であり、一つは江戸時代に入った慶長十三年の事例であって、中間が空白であるが、後述する如く、文明年間の二つの資料(**K**・**L**)が多武峰の補任を思わせる間接的記録として評価できるし、先に引いた能役者側の伝承をも考え合わせ、室町期を通して、興福寺・多武峰の双方に猿楽への補任権があったことは確実と言えよう。

(1) 猿楽への補任の慣習が、平安末期の呪師猿楽の実際の受領に淵源し、形式的名誉号化するとともに任命者も朝廷外に移ったらしいこと、(2)田楽に補任の例がないこと、(3)興福寺・多武峰以外の寺社が任命している例もないこと、(4)両寺の補任権は、両寺が藤原氏の氏の長者の指令を奉ずる寺であり、氏の長者に代っての補任かと推測されること、(5)補任される猿楽は大和猿楽または両寺へ参勤した可能性のある猿楽にほぼ限られていること、(6)室町末期以降、朝廷が手猿楽の役者に受領せしめた例が続出しており、それが室町期を通して行われた風習である可能性もないわけではないこと、(7)両寺の補任の下限、等々、猿楽の補任をめぐって考察すべき問題はすこぶる多いが、主題たる多武峰を離れることになるので、それらについては別の機会に譲り、本稿では一切省略する。)

興福寺・多武峰の両寺に大和猿楽への補任権があったということは、大和四座に両寺への参勤義務があった事実とあいまって、四座が両寺に支配され、付属する座であったことの象徴と言えるであろう。そして、両寺への参勤が、中世の両寺の敵対関係から見て奇異な現象であり、多武峰八講猿楽への大和猿楽参勤が興福寺への四座参勤以前に慣行化していて、興福寺側もその規定事実を認めざるを得なかった結果であろうことは、第七節にすでに述べた。いわば、人事権とも言うべき補任権についても、全く同じことを、より強く主張してよいであろう。以前から多武峰に補任権行使の慣行が確立していた場合以外に、興福寺の衆徒が多武峰の猿楽補任を許容する理由がまったく想定できないであろうから。

【多武峰の補任をめぐる二つの問題】

ところで、前述の二つの補任記録が、興福寺側の**i**も多武峰側の**j**も、ともに金春座の役者を対象とする補任であることは、興福寺・多武峰の双方が大和猿楽四座の全体に平等の補任権を持っていたことを示すかのようである。だが、はたして昔からそうであったろうか。

『親元日記』によれば、文明十三年九月二十八日に、室町幕府は観世大夫に対し金剛四郎次郎を多武峰の能に同道すべき由を命じており(資料K)、同十七年十月三日にも、日吉源四郎を多武峰の能に出勤せしめることを命じている(資料L)。第二節にも少々触れた如く、金剛四郎次郎も日吉源四郎も、将軍の意向で他座から観世座へ加入させられた役者である。金剛四郎次郎の場合は、資料Kの「多武峰の能の時、当座中に可二召加一之由、御方御所様として仰出され候」の文言から見て、K自体が転座命令と多武峰への同道命令とを兼ねた文書であり、文明十五年九月二十八日に将軍義尚(御方御所)に観世座加入を命じられたと見てよいであろう(多武峰の能の時だけ観世座へ加えよとの命令でないことは、その後の四郎次郎が実際に観世座の一員として活動している記録や、後述する日吉源四郎の事例から見て確実である。また能勢博士は、観世宗家蔵の『雲上散楽会宴』(禁中や仙洞での演能番組集。十五世観世大夫元章編)によれば寛正六年の仙洞御所での観世大夫の能に金剛四郎次郎元正が三十五歳で脇を勤めていることを根拠として、Kより十六年前の寛正六年頃からすでに四郎次郎は観世座の一員として活動していたと見ておられる。しかし同書の役者名や年齢は元章の推測・捏造が大半と認められ、信じ得るものではない。後述する日吉源四郎を寛正六年に七十八歳としている(観世座加入が九十六歳になる)ことなどが一例である)。

一方の日吉源四郎の場合は、資料Lより二年前の文明十五年二月六日に大御所義政の転座命令が観世大夫宛て発せられており(『親元日記』)、同年三月二十日には観世座加入が終っていた(『尋尊記』)ことが知られている。そうした新規に観世座へ加入させた役者について、幕府(将軍)がわざわざ多武峰への同道命令を出しているのは、「観世座属といふことに対する、寺家方面の公式承認をさせる為であると考へられる。……大夫又は脇等に就任することに関しては、興福寺や多武峰等の衆徒の形式的承諾を必要としたことによるものと思ふ」(『能楽源流考』八〇七頁)との見解もあるが、具体的には、大夫や権守への補任を意図しての同道命令ではなかろうか。現に、金剛四郎次郎は『四座役者目録』に「坂戸四郎権守トモ云」と記され、同書末尾の権守に関する論(資料k)にも、昔からの四人の権守の一人として名が挙げられている。原本たる観世与左衛門国広の『四座之役者』にそうした記事がない点、『四座役者目録』の説の信頼度に疑問が感じられないでもないが、同書の編者観世勝右衛門元信が寛永十八年に転写した伝書の奥書に「永正拾年二月十四日　坂戸四郎権守元正(花押)　観世弥次郎殿」とある(観世新九郎家文書。観世弥次郎は金剛四郎次郎の弟子)のなどを参照すると、信じてよい説と思われる。一方の日吉源四郎は、『宗伍大艸紙』などによって宮王大夫とも称していたことが知られており、延徳元年(一四八九)頃に観世座を離れた後は、一座を組織して金春座の傍系猿楽として活動していた。このように、金剛四郎次郎が坂戸四郎権守と称し、日吉源四郎が宮王大夫と称していた事実と、両名に関して特に多武峰への同道命令が公式文書の形で発せられている事実との間には、何かのつながりが当然想像できよう。多武峰の補任によって大夫や権守の称号を得させ、両人の観世座内の地位を明確にし、寺社や四座の役者に両人の観世座所属を既定事実として承認させることが、同道命令の意図だったのではなかろうか。とすれば、右の二つの事例は、文明頃の多武峰の猿楽補任の例として見なすこともできるであろう。

ところで、金剛四郎次郎の場合は、同道命令が即ち観世座への加入命令でもあるので、多武峰で補任を受けたにしても何ら不審はないが、日吉源四郎の場合は、文明十五年の薪猿楽の期間に観世座加入が命じられ、三月にはそれが実現しているにもかかわらず、二年半後の多武峰参勤の時になってあらためて同道命令が出されている点が注目される。推定した如くに補任が目的であったにせよ、そうではなくて観世座加入披露の意味などであったにせよ、興福寺薪猿楽への参勤に同道し、そこで補任を受ければ目的は達せられたはずである。当時は、観世座が実質は室町幕府所属だったことを度外視すれば、大和猿楽四座は興福寺付属に近く、多武峰の支配力はほとんど及んでいなかったと見られるから、むしろ興福寺参勤に同道命令が出され、補任される方が、実質的意味があったはずである。文明十六年も十七年も、観世座は薪猿楽に参勤しており、その機会も十分にあり得た。にもかかわらず、多武峰への日吉源四郎同道命令が出されたのは、多武峰でなければならぬ理由があったのではないかと思われる。観世座の場合、本来が多武峰参勤猿楽として結成された座であるために、興福寺と双方へ参勤の義務を負うようになってからも、多武峰の承認を受けなければ観世座の正式座衆になれないとか、多武峰の補任でなければ観世座の大夫や権守とは認められないとかの、特別な関係・風習が文明頃には存在したのではなかろうか。

観世座役者の補任は多武峰に限られていたのではないかとの右の推測は、同じく多武峰と縁の深かった宝生座にも及ぼして考え得ることであり、それと表裏一体の関係で、金春・金剛両座の補任は興福寺に限られていたとの推測を付随する。その点から言って、多武峰が金春大夫の弟を大蔵大夫に任命している慶長の事例(資料j)や、金春座の狂言方だった宇治弥太郎が多武峰で狂言大夫に補せられたという『わらんべ草』の伝承(資料R)が、右の推測を妨げるかのようである。が、それらは後代の崩れた慣習ではなかろうか。江戸初期の資料たる**g**・**h**が、上掛り両座は多武峰、下掛り両座は興福寺などと一言も言っていない事にも、同じ想定を適用したい。たびたびの八講猿楽参勤中絶は、多武峰でなければならぬという慣習をおのずと消滅させ、興福寺が観世・宝生の役者をも補任する新例を開いた可能性が強い。それに付随する形で多武峰も四座の役者を補任するようになった後代の慣習を、**g**や**h**は記録しているのではなかろうか。参勤の中絶のみならず、大蔵虎明が六歳で大夫に任じられた類の補任の一そうの形式化も、慣習の変更を可能ならしめた一因であろう。

以上の推測は、日吉源四郎多武峰同道命令が実際の転座より後年であるというただ一つの事実に基づくものであり、憶測の域を出ないかも知れない。興福寺参勤猿楽の棟梁格たる金春座から引き抜いて、大御所義政の独断で日吉源四郎を観世座へ属せしめたために、興福寺側が彼の補任に難色を示し、やむを得ず多武峰参勤の機会を待って補任をはかったものではないかなど、別の推定も考慮してはみた。しかし、前述した多武峰と観世座の密接な関係を念頭に置いて、多武峰参勤に際し特に幕府の同道命令が発せられ、金剛四郎次郎も、日吉源四郎も権守や大夫に任じられたらしい事と、日吉源四郎の場合の実際の転座とのズレを重ね合わせて考察すると、右のように疑われてくるのである。これが、多武峰の猿楽補任をめぐる私の疑問の第一点である。

第二に、権守《ごんのかみ》への補任と多武峰との間に特別な関係があったのではないかとの疑問がある。

一体、権守――その称号を与えられた役者――の性格については、通常、『四座役者目録』の左の記事（資料gの直前）に基づいて考えられている。

一、権守《ゴンノカミ》ニ成テハ、出立、今ノ年用役スル者ノ出立ト同前也。権守ハ、太夫ノ次、大和ニテ二老《ニラウ》也。諸役ヲコト〲クヨクシ、習・秘事マデヨクシリタル名人ナラデハ、権守ニ成事ナラズ。太夫、モシサシアイアル時ハ、能ヲスル也。其外、イヅレナリトモ、事ノカクルトキ、スル役也。……権守ニ成タル者、昔ヨリマレ也。

（以下、観世小次郎権守信光・坂戸四郎権守元正・美濃権守吉久・金春九郎権守の四人の名と略歴を列挙する）

……右四人ナラデハ、昔ヨリノ目録ニナシ。……権守ハ太夫ノ名代ヲスル役也。サルニヨリ、権守トハ、カリニマモルト書タリ。昔ハ、薪ノ能ニモ、大門ニテノ式三番立合ニモ、権守舞《マウ》。……近年、四座トモニ、権守ニ成者ナキ故、ムサト仕タル者ヲ権守役ニナシ、今ニ式三番ヲ勤ル也。役者モ、本役ノ者ナドハセズ。四座ヨリ、配当米ノ内ヲ少シヤリ、年用役ヲツトメサスル也。　〔資料**k**〕

これによると、ムサトシタ者を権守に任じ、大夫の代りに〈式三番〉を勤めさせるようになった後代の例を除けば、権守は、大夫（この場合は長と同意）の代理を勤める者で、一座の二老（二臈）の地位にあり、諸芸に堪能な者が任じられ、古来、四人しかその地位に就いた者がいない、と言うのである。

しかし、資料**k**の説は、毘沙王権守（円満井座二十六代の棟梁）や金剛権守など、長に相違ない役者が権守を称している世阿弥以前の用法とは合致せず、権守の語の用法や実質に大きな変動があったことを思わせ、全面的に信頼し得るものではあるまい。少なくとも、一座の長を大夫と称することが猿楽座においても普通になった以後――室町後期――の権守についての説として受け取るべきであろう。四人しかその地位に就いた者がいないと言うのも事実とは考え難く、「目録ニナシ」（『四座役者目録』の原本の観世与左衛門国広編『四座之役者』に記載されていないの意であろう）の文言どおりに限定して理解すべきかと思われる。世阿弥時代の金春権守・金剛権守・十二権守は別扱いにするとしても、宝生座の生一小次郎権守（67頁参照）や金春座の智徳権守（46頁参照）など、資料**k**に洩れている権守がいるのであるから。

それはともあれ、資料**k**が列挙する四人の権守も、生一小次郎権守も智徳権守も、みな四座の多武峰八講猿楽参勤が比較的順調に行われていた時代に活躍していた能役者である。まず、観世小次郎信光は、『四座役者目録』によれば永正十三年（一五一六）に八十二歳で没したというから、永享七年（一四三五）生れであり、八講猿楽参勤が再開された寛正四年には三十歳の働き盛りであった（《この説は『四座役者目録』系の通説に従ったための誤り。実は宝徳二年（一四五〇）生まれで、寛正四年にはまだ十四歳の少年であった。『観世』平成十一年七・八月号、表章「観世小次郎信光の生年再検（上・下）――通説は十五年ずれている――」参照。ただし以下の論には影響しない》）。しばしば多武峰へ参勤したに相違あるまい。国広の『四座之役者』にも「権守ト号」とあるが、それがいつの頃からかは明らかでない。晩年に権守と称していたことは確実で、永正八年信光筆の曲舞〈虎送〉には「観世次郎権守信光」と署名している（『大日本史料』九編之六所収）。信光に限らず、権守にはかなりの高齢者が任じられたようで、大夫のごとく幼少の者が任じられることはなかったと認められる。坂戸四郎権守元正は、さきに考察した金剛四郎次郎のことである。彼の生没年は不明であるが、文明十五年（一四八三）に金剛座から観世座への転座を命じられた当時、将軍義尚の殊寵を蒙った子の彦次郎が結婚適齢期であったこと(『尋尊記』文明十六年五月廿六日)や、信光の子で長享二年(一四八八)生れの観世弥次郎長俊の師匠であったこと(『四座役者目録』)などから推して、信光とほぼ同代か若干後輩であったらしい。永正拾年に「坂戸四郎権守元正」と署名した伝書を残していることは前述した。彼が多武峰に参勤していることは改めて指摘するまでもあるまい。美濃権守吉久は小鼓の役者で、通称を与五郎と言った。金春座から観世座へ召し上げられ、明応九年に没した観世祐賢(之重)の代まで打ち、後に金春座へ復帰した由、『四座役者目録』に見える。永正初年までは生存していたことが『幻雲文集』(続群書類従)所収の「金春与五郎寿像賛」から推測され、観世宗家蔵『五音三曲』の「永正十六年大蔵九郎能氏在判」とある記事の中に、「是ハミノ、小ツヅ(ミ脱)与五郎権守ニ相伝也」とあって、権守を称したことは確実と見られる。金春九郎権守常春は太鼓方である。金春禅鳳の京都での勧進猿楽に出勤した当時若年だったという『四座役者目録』の記事などから推して、永正〜天文の頃に主として活動したらしい。多武峰で法会之舞を舞ったと伝えられることは27頁に言及した。

宝生座の脇之為手だった生一小次郎は、資料**k**には名が挙げられていないが、資料**c**が彼を「ゴンノカミ」と注している。活躍期が文明〜明応の頃であろうこと、及び宝生権守と呼ばれていた可能性があることは、68頁に述べた如くである。資料**Y**に名の見える金春座小鼓方の知徳権守は、『四座役者目録』等には「ちとく大夫」とあり、権守ではなくて大夫とされているが、同じ金春座の小鼓方だった幸流の伝承たる資料**Y**の説に左袒したい。笛の伝書たる資料**Z**も「ちとく権守」としている。彼は美濃権守よりは先輩だったようで、金春大夫と協力して多武峰で〈道成寺〉の乱拍子を打ち出したのは晩年と思われる。明応前後が活動の中心期であろう。

このように、大成期を過ぎてから権守と称したことの知られる六人の猿楽の活動期は、文明〜永正の頃であり、それは第二節に考察した如く、多武峰の八講猿楽が比較的順調に行われていた時期である。しかも、六人のうちの四人は多武峰へ参勤したことが確認されるのである。その事と、下間少進の『聞書』に、多武峰八講猿楽に舞われる〈翁〉の法会之舞を〝権守になる時の舞〟としている事(資料**a**)とを重ね合わせると、権守の称号と多武峰の間に特別な関係があったのではないかと疑われてくる。八講猿楽の中絶とほぼ時を同じくして正式の権守が誕生しなくなっている事実も、それを思わせる。『聞書』の説が真実を伝えるもので、権守への補任は多武峰に限られていたのではなかろうか。昔からそうであったのか、興福寺の補任が室町中期以後に大夫のみに変わってしまったために、たまたまそう見えるだけなのか、明らかではなく、また、江戸初期には存在した名目上の権守(資料**k**参照)がいつから生まれたか、同じ人物が権守とも大夫とも記録されている現象——例えば春日権神主師盛の『至徳二年記』二月十七日の条の「金春大夫」は金春権守のこととしか考えられない——をどう解釈するか、大夫には年少者でも補任されているが権守には一座の長老のみが任じられたらしい事との関係など、右の疑問と関連する多くの問題がありもするので、早急な結論は控えざるを得ないが、室町中期以降の権守補任と多武峰との間に浅からぬ縁があることはほぼ確かなようである。猿楽補任をめぐる一つの問題点として提起しておきたい。

なお、『四座役者目録』に、観世座太鼓方の似我(観世)与左衛門国広(天正八〔一五八〇〕年七十五歳没)が、織田信長に権守になれと勧められながら、振舞の出費を惜しんでならなかった話が見えるが、これは実現した事でもなく、為政者に猿楽補任権があったことを示すとはとうてい言えまい。信長としても、興福寺なり多武峰なりを動かして間接的に実現しようとしたのであろう。表立った形では記録されていないものの、足利将軍時代にも同様の働きかけがあったであろうことが、資料**K**や**L**から想像される。そうした圧力に弱かったろうとは思われるが、猿楽の補任権そのものはやはり興福寺・多武峰寺にのみあったと考えるべきであろう。それが消滅し、幕府による家督相続認可が大夫補任と同等の意義を持つようになったのは、江戸中期以後のことである。

結　び

以上、多武峰の猿楽、及び大和猿楽と多武峰の関係について、種々の観点から考察してみた。要旨を述べるならば、まず第一節では、多武峰八講猿楽への参勤が大和猿楽四座の義務であった事と、八講猿楽が多武峰寺維摩八講会に付随する行事であったことを確認した後に、『わらんべ草』所収の文書に基づいて、八講猿楽の輪郭を検討した。第二節では、室町時代の参勤記録の類を集成し、二座交代の形での多武峰参勤の実状の把握と、八講猿楽の性質・実態の側面からの検討を志し、かつ八講猿楽廃絶の時代について、天文頃までは継続していたと結論した。第三節は「多武峰様猿楽」の名で比較的著名な具足能についての考察で、小林静雄氏の論考を増補・修正した形である。第四節は、香西精氏の新説を補強する形で、八講猿楽に新作能競演の風習が続いていたことを論証した。第五節は八講猿楽特有の〈翁〉であったと考えられる法会之舞について、その特異な内容を伝える諸資料を紹介し、乱拍子を持つ演技内容や、立合色の濃い演出、その変遷などをめぐって考察した。第三・四・五節は、八講猿楽の実態の究明の一部でもあり、またそれぞれの風習が大成以前の猿楽能の姿を保存することを指摘し、八講猿楽参勤始行が鎌倉時代に遡るとの第七節の主張の伏線ともした考察である。第六節は金春禅竹が言及している多武峰の六十六番猿楽についての考察で、その奇習が同寺の修正会延年と一体であろうことや、摩多羅神・翁・宿神一体説が背景となっていることを指摘した。やや独立性の強い一節である。第七節は本稿の中核的な論で、多武峰と大和猿楽の関係を論述した。すなわち、四座が興福寺・多武峰の両寺に参勤していたことを疑問視することから、四座の興福寺参勤の慣行成立以前に多武峰参勤が慣習化していたろうとの香西精氏の主張に同調し、観阿弥ら三兄弟を輩出した山田猿楽が山田寺ではなくて多武峰付属であったろうこと、外山(宝生)座が多武峰参勤猿楽の棟梁格であったろうこと、結崎(観世)座も同寺参勤を主たる仕事として結成された座であろうことを推論した。また八講猿楽に三頭屋が設けられた事実と結びつけて、他座と多武峰の関係を考え、大和猿楽四座が揃って参勤した事期があったかどうかを詮索してみた。その点は不明確ながら、二座交代参勤という特異な形は、興福寺と多武峰の談合の結果に基づく慣習と考えられる。第八節は、多武峰と大和猿楽四座の関係を象徴する大夫・権守への補任権についての考察で、猿楽側の伝承と補任の記録とに基づいて、興福寺と多武峰の両寺に補任権があったことを確認した後に、文明頃には観世・宝生両座の役者への補任は多武峰に限られていたのではないか、権守への補任は多武峰が専らあたっていたのではないかとの、補任をめぐる二つの疑問を開陳した。

全八節、大和猿楽四座と多武峰の関係という視点と、多武峰で演じられた猿楽の実態という視点とが交錯し、全体を括る題名を「大和猿楽と多武峰」とすべきか、「多武峰の猿楽」とすべきかに迷ったが、前者は限定的であり過ぎるとの判断から、後者を採用したものである。

前述したように、多武峰寺で古くから猿楽が演じられ、能界の主流だった大和猿楽四座も多武峰と密接な関係を持っていたにもかかわらず、直接的資料の欠乏が研究を妨げ、多武峰と猿楽の関係を正面から追求した先人の論考は僅少であった。それがかかる長大な考察を必要とした所以である。長大ではあるが、資料の大半は間接的なものであり、どの問題も隔靴掻痒の感を禁じ得ない不徹底に終始した。論じ残した事柄や誤謬も少なくないと思われるが、それらは大方の御叱正・御助言を仰いで補正を期したい。

本稿は、『銕仙』に連載した「百々裏話」の五十一回から五十八回にかけて（昭和四十二年十一月～四十三年七月）、「多武峰の能」と題して執筆した小論を母胎とし、その後に調査し得た事どもを加えて増補・修正したものである。能楽懇談会第二十二回例会（昭和四十三年十一月）に「大和猿楽と多武峰」と題して発表したり、宝生流嘱託会昭和四十五年夏季講座に「宝生流の歴史」の題で話した事（『宝生流嘱託会会報』五十二号（昭和四十七年一月）所載の「宝生流の歴史――その発生期を中心に――」がその要旨）は、その中間発表的なものである。その間、資料調査の面で多くの方々のお世話になり、恩師能勢朝次博士を初めとする先学各位の学恩に浴することが多かった。法政大学研究助成金（昭和四十四年度）や文部省科学研究費（昭和四十七・四十八年度）の恩恵を得たことと共に、深く御礼申し上げる。

薪猿楽の変遷

大和猿楽四座が参勤を義務として負うていた春日興福寺の薪猿楽は、建長七年(一二五五)以前からすでに行われていた古儀であり、その由来や始行の年代、薪能の南大門への移転の時期などについては、『能楽源流考』第二篇の中の「薪猿楽考」に能勢朝次博士の詳細な考察がある。だが、能勢博士の論考は、南北朝期以前の薪猿楽の、定着までの過程の大筋の把握が主眼であって、薪猿楽の具体的行事についての綜合的な考察はなされておらず、興福寺修二会の行事として定着した後の形態の変遷にもほとんど言及していない。そのため、各種の史料から把握できる室町中期以後の薪猿楽の実態を基準にして、ほぼ同じ形で室町初期以前にも行われていたものと考えるのが、漠然たる常識になっているかのようである。そうした点を再検討し、南北朝期以後の薪猿楽の変遷の様相を具体的な問題に即して究明することが、本稿の目的である。

なお、薪猿楽は、『大乗院寺社雑事記』(以下本稿では『尋尊記』と略称する)等の諸史料によって知られる室町中期以後の形態に即して言えば、次の日程で四種の行事から成り立っていた。

a 二月五日……春日大宮社頭での〈式三番〉(呪師走り)

b 二月六日より七日間(十四日まで雨天順延)……興福寺南大門での猿楽(薪能・門の能)

c 薪能第三日(順調なら二月八日)より四日間……春日若宮社頭での一座ごとの猿楽(御社上り〔ミヤシロアガリ〕)

d 二月十日前後の二日間……一乗院または大乗院での二座ずつの猿楽(別当坊猿楽)

本稿でいう薪猿楽は、右の四種すべてを包含する広義の用法であり、**b**を意味する狭義の語としては「薪能」の語を用いてゆく。

一　薪猿楽の二月固定と両金堂参勤の廃絶

【西金堂・東金堂への猿楽参勤】

室町時代の薪猿楽の輪郭を示す好資料として能勢博士も重視しておられたのが、『円満井座壁書』(奥書年記は明応八年〔一四九九〕ながら、識語に「右此段、禅竹の筆也」とあり、内容・文言からも禅竹時代にまとめられた円満井〔金春〕座の規約に相違ないと認められる)の第四項の、左の記事である。

一、ナントタキヾノ神事サルガク、二月ノヲコナイ、西金堂ノ手水屋ノ薪ニ付タル御神事法会也。二月二日夜、サイコンダウヨリハジム。同三日夜、トウコンダウ。五日ハ、春日四所ノ御神前ニテ、四ノ座ノ長、式三番ヲツカマツル。ヲナジキ六日、衆徒ノ興行トシテ、南大門ニテサルガク仕ル。ソレヨリ時ノ寺務一乗院・大乗院ニテツカウマツル。然バ一七日ノ所作也。〔資料**ア**〕

最後の「然バ一七日ノ所作也」がやや曖昧であるが、南大門での薪能が都合七日間であるの意であろう。同書第五条に「ミヤシロアガリノノウ」に言及しているので、前述の**a**・**b**・**c**・**d**の四行事がすべて禅竹時代にも行われていたことになるが、右の文中の、二月二日夜の西金堂での行事と二月三日夜の東金堂での行事は、室町中期以後の薪猿楽には含まれていない。まずその点から吟味してみよう。

南北朝期の薪猿楽には、東西両金堂への参勤が確かに含まれていたようである。興福寺東金堂の記録たる『細々要記抜書』(大日本仏教全書本)の応安三年(一三七〇)九月の条に、

去春修二分薪猿楽、自二廿一日一於二南大門一在レ之。西金堂へハ十九日参云々。東金堂ニハ、堂上瓦葺最中、所ノ指合ニヨテ不レ召レ之。 〔資料**イ**〕

とある記事が、その事を示している。二月の薪猿楽が延びて九月に実施された際の記録であるため、日は合わないが、南大門での能の前々日に猿楽が西金堂に参勤し、(多分その翌日に)東金堂へも参勤するはずだったのが所の指合で参勤しなかった、と言うのであるから、当時の薪猿楽に於いては、南大門での芸能開始日以前に猿楽が西金堂・東金堂へ参勤する慣習だったと解してよいであろう。

応安三年は観阿弥三十八歳の時である。その時には行われていた東西両金堂への猿楽参勤が、薪能開始後の参勤で同質か否かが不明確な至徳二年の記録たる**コ**を除けば、その後の薪猿楽関係の記録に全く姿を見せない。わずかに、『中楽談儀』の「魚崎御座之事」(観世座規)の第四項に左の如くあって、「リヤウミダウ」(東西両金堂)への参勤が薪猿楽の期間中の座衆の義務であったと解される事から、この座規制定当時は両金堂参勤が続いていたと知られるのみである。

一、ワカミヤノ御マツリ、タキヾノクジヨウトウノ事。タキヾハ四百文。リヤウミダウヲカキタラバ一ヘイタルベシ。ミヤシロヘハヅレタラバナニモアツベカラズ。…… 〔資料**ウ**〕

だが、「魚崎御座之事」がいつ頃に定められたかは不明確で、それが、観阿弥による一座創立(《この説が誤りであることは395頁以下の別稿参照》)当時、つまりは資料**イ**と同時代である可能性も考えられるから、これを世阿弥時代の薪猿楽に両御堂参勤が含まれていたことを示すと評価することはできない。一見、両金堂参勤を背景とする如くに見える

『金島書』の曲舞「薪の神事」(資料ナ)も、後述する如く別の読み方をすべきものである。となると、乏しいとはいえ世阿弥の伝書がそれを補っている応永前後の薪猿楽関係の記録に、後に引く資料コ以外は全く姿が見えないのであるから、薪猿楽に於ける両金堂参勤は、応永以前に廃絶したものと考えざるを得まい。「魚崎御座之事」は観阿弥時代(《正しくはそれ以前》)の座規なのではなかろうか。薪猿楽関係の記録が豊富になる長禄(一四五七～)以降に両金堂参勤が行われていなかった事は確実で、『尋尊記』文明十六年(一四八四)二月六日の条の記事、

二月一日、衆中集会より、西金堂司方へ、如前々可有之由、遣書状、自堂方古年頭一臈ニ仰之、四座長方ニ相触之。可参申之由御請之旨、古年頭衆中沙汰衆辺ニ返事書上之。二月五日、於大宮殿拝屋辺、四座長共色三番之儀有之。号咒師走也。今日六日大門ニ参申。〔資料エ〕

も、二月一日以後の薪猿楽をめぐる故実に言及していながら、両金堂の行事には一言も触れていない。筆録者尋尊大僧正の豊富な故実知識にも、東西両金堂参勤の事は含まれていなかったようである。

しからば、金春禅竹(一四〇五～一四七〇頃)の手になると信じられる資料アが両金堂での行事に言及している事実を、どう解すべきであろうか。そうした疑問を持ちながら資料アを読み直してみると、「二月二日夜、サイコンダウヨリハジム。同三日夜、トウコンダウ」とある肝心の部分が、必ずしも猿楽側の行事として述べられてはいない事に気づく。続く五日以後の分が猿楽の参勤する行事であることが明白なため、それとつなげて理解し、二日には西金堂へ、三日には東金堂へ猿楽が参勤すると読み取るのが常であるが、逆に前文につなげて、興福寺の法会(修二会)が二月二日夜の西金堂行事で始まり、三日夜には東金堂で行われる事を述べていると理解することも可能であろう。「二日夜」「三日夜」とあるのも、それが修二会の行法の一部であることを思わせる。『尋尊記』応仁元年(一四六七)四月十四日の条に目録が掲出されている『類聚世要抄』(尋尊が「当門跡相承記、神事法会根源等記之、廿一巻也」と注しており、鎌倉時

代以前の興福寺の詳細な年中行事記）によると、二月の条に、

一、薪迎事 三・四日。行賢記云、八日長吏房参猿楽云々十四日、常楽会猿楽、著帳別会中御判　〔資料**オ**〕

とあって、二月三日・四日に「薪迎」なる行事が鎌倉期には興福寺で行われていたことが知られるが、それはまた「薪宴」とも呼ばれていたようで、天福元年（一二三三）奥書の『教訓抄』巻六に「薪宴。興福寺東西金堂ニ有レ之。二月三日ハ西金堂ノ薪ト名ケタリ。……四日ハ東金堂の薪ト名ク……」とある著名な記事が「薪迎」と同じ行事と見られる。**オ**は「三・四日」と注するのみであるが、勿論、三日に西金堂、四日に東金堂で行われたに相違あるまい。資料**ア**に言う二日夜・三日夜の行事は、その薪迎の行事を背景にしているのではなかろうか。**ア**と**オ**では一日ずれていることになるが、それが夜半から早暁へかけての行事であったとすれば――東大寺修二会の主要な行法がほとんど夜間や未明に行われるのを参照しても、その可能性は強い――、そのずれも容易に納得できる。**ア**に言う「二日夜」の行事が『教訓抄』に言う「西金堂ノ薪」の後身、「三日夜」の分が「東金堂ノ薪」の後身を意味していると解してよいのではなかろうか。**ア**の編者たる金春禅竹は、興福寺の故実にくわしい尋尊と深い交渉があった。**ア**には、冒頭に薪猿楽を「西金堂ノ手水屋ノ薪ニ付タル御神事法会也」と断定しているあたり、後に引く**ケ**・**サ**等と同説で、禅竹が尋尊らから聞き知った知識を織り込んでいることが十分想像できる。興福寺の修二会自体が室町期には実施されなくなっていた。両金堂への猿楽参勤も早くに退転していた。だが、もとは猿楽がそれに参加したことをも多分聞き知っていて、本来の修二会に於ける行事として禅竹が記載したのが、「二月二日夜、サイコンダウヨリハジム。同三日夜、トウコンダウ」の一文だったのであろう。これを根拠に、薪猿楽の両金堂参勤が禅竹時代まで続いていたと考えることは、とうてい不可能である。

以上は、資料**イ**によって応安三年には行われていたことの知られる両金堂への猿楽参勤が、応永以後の記録に見え

ず、その続行を示すかにみえる資料**ア**も実はそうではないことを述べ、西金堂・東金堂への参勤が薪猿楽の行事から早くに退転していたであろうことを推測したものである。退転の時期については後に考察する。

【薪猿楽が二月に固定した時期】

『申楽談儀』第二十七条に、次の如くある。

一、南とたきゞの御神事は、むかしは時せつさだまらず、夏なども有し也。されば、あふさるがくなかりし程に、清次をめされて御きうめい有べきよし有し時、子細を申。其時より、「げにも、申楽かんにん、ふびん」とて、二月になさる。其時、二月ならば末代かき申まじきよし、定申しあひだ、此座にをきて、二月の神事ならば、かくべからず。　〔資料**カ**〕

南北朝期の奈良は、興福寺の一乗院・大乗院両門跡の抗争、両門跡対六方衆の対立、あいつぐ神木入洛などのため、未曾有の混乱が続き、南都七大寺の神事・法会も満足に執行されなかった。興福寺の修二会も不執行があいつぎ、修二会に付属する薪猿楽も大きな影響を蒙ったのである。応安三年の薪猿楽が九月に行われたことが資料**イ**から知られるが、その三年前の貞治六年(一三六七)にも去春分(二月に行われるはずの分)の薪猿楽が九月に行われている(『細々要記抜書』)。同書の永徳四(至徳元)年(一三八四)二月の条に、

一、六日ヨリ薪猿楽セサセラル、如二去年一、無レ程事歟。　〔資料**キ**〕

とあるのも、文意不明確ながら、程なき頃——前年後半——にも延引分の薪猿楽が執行されていたための文言と解される。「夏なども有りし」と**カ**に言うのも事実に相違なく、すべて修二会の延引に伴なう異変であったろう。必ずしも奈良に居住せず、旅興行にも出ていたであろう猿楽が、時期不定の薪猿楽に参勤できず、「合ふ猿楽なかりし」と

いう状態になったのも、むしろ当然であろう。それが、観阿弥清次の申立てによって、修二会の有無にかかわらず、薪猿楽は二月執行に決定された事を、**カ**が物語っているのである。

それがいつの事であったか、資料**カ**は言及していないが、どうやら永徳三年頃のことらしい。春日権神主師盛の『至徳二年記』(続群書類従)の二月四日の条に、

今日、薪猿楽社頭へ参候、□酒等自二両惣官一下給。□但スシヲバ不レ走也云々。修二月始行ノ時必々可レ令三参勤二之由申レ之云々。此両三年ハ、修二月ノ不レ依二延否一、二月五日南大門ニテ猿楽ヲ令二参勤一云々。

〔資料**ク**〕

とあって、修二会の延否にかかわらず二月に薪猿楽を参勤せしめるようになったのは、至徳二年(一三八五)の数年前からであることが知られるからである。翌至徳三年の薪猿楽について、『細々要記抜書』の同年二月の条に、「一、薪猿楽近日為レ之。修二ハナケレドモ」と注記を添えて言及しているのも、修二会が行われないのに薪猿楽が執行されることがまだ常識化していなかった事を思わせる。また、至徳元年の記録たる**キ**の「程無き事歟」の文言が、その前年たる永徳三年の後半に延引分薪猿楽が興行された事を推定せしめるのも、有力な手がかりであろう。永徳三年の延引した薪猿楽に参勤できた座が無くて(あるいは遅参して)、観阿弥が糾明され、その釈明に基づいて二月執行に決定されたために、翌至徳元年には、前回の薪猿楽から程経ていないにもかかわらず、二月に薪猿楽が行われたのではなかろうか。それが考え過ぎであるにしても、『申楽談儀』の記事たる**カ**の内容と至徳二年の資料**ク**の記事が関連していることとは確実であり、時節不定だった薪猿楽が修二会の延否にかかわらず二月に決められたのは、至徳二年からは二、三年前、永徳三年かその前年だったと考えられる。観阿弥は至徳元年没であるから(『常楽記』)、彼が興福寺に召されて事情を説明したのは、その晩年のことだったわけである。**カ**が「観阿」ではなく「清次」の名を用いているのも、

「観阿はげんぞくのうち早世あり」(『中楽談儀』第二十三条)の文言に照らし、晩年の出来事の記録であることを思わせる。没する直前の頃には還俗して俗名の「清次」に戻っていたであろうから。

修二会が執行されると否とにかかわらず、二月に薪猿楽が行われるように変わった事は、薪猿楽にとって大きな脱皮であったろう。修二会に付随する行事から独立の行事への変容がその第一である。宗教的な意義そのものは、呪師猿楽の職能を猿楽が代行するようになって以来次第に薄れていたであろうから、衆徒の遊覧のための芸能としての性格は、独立行事への変容以前から強まっていたであろう。だが、時あたかも観阿弥の偉業に象徴される猿楽能の興隆期である。修二会からの離脱は、薪猿楽本来の宗教的性格を弱め、衆人快楽のための興行としての性格を強めることに、一段と拍車をかけたものと推測される。能勢博士は、「猿楽芸能の発達に伴つて、それを翫賞したいといふ要求が寺僧及び一般に熾烈となり、遂に修二会の延否に拘らず、二月五日より南大門で挙行せられるに到つたものである」(『能楽源流考』二七七頁)と、**カ**の出来事の背景に猿楽の魅力の増大があったことを指摘しておられるが、そうした寺僧側の風潮も、修二会離脱後の薪猿楽の質的変化や、期日等の形態の変化に、大きな影響を及ぼしたに相違あるまい。

また、興福寺の修二会は西金堂と東金堂とで修せられていた。従って、修二会に付随していた頃の薪猿楽は、両金堂と密接な関係を持っていた。『尋尊記』文明七年(一四七五)二月九日の条に、

惣而当能、元来ハ、為㆑翫㆓新堂童子㆒、呪師一人、於㆓手水所登廊㆒夜々令㆑炬㆑薪、致㆓芸術㆒故、号㆑薪也。一向堂衆致㆓奉行㆒也。……於㆓南大門㆒始行事、自㆓中古㆒儀也。両堂衆就㆓芸能事㆒及㆓確執㆒事在㆑之、自㆓衆中㆒令㆓折中㆒、於㆓南大門㆒修㆑之。然已来為㆓定例㆒云々。大門正面一間衆中、西一間西金堂衆、東一間東金堂衆也。〔資料**ケ**〕

とあるなど、南大門で薪猿楽が行われるのは中古以来の風習で、かつては両金堂で行われていたとする認識が、興福

寺でも定説であった。応安頃の薪猿楽で南大門での芸能以前に両金堂への参勤が行われたのも、薪猿楽と両金堂の関係の深さを示している。薪猿楽の修二会からの離脱は、そうしたつながりを弱める結果をもたらしたであろう。本来は両金堂からのみ支給されていた薪猿楽粮米も、応永二十年からは四目代(興福寺奉行職)からの支給が加わり、両堂分六石に対して四目代分は五十石であった(『大乗院日記目録』応永二十年二月)。両金堂の行事から興福寺全体の行事へと体質が変化したことを如実に物語る比率のように思われる。薪猿楽始行の命令が西金堂の堂司や古年頭を通して四座へ通達されたり(資料**エ**)、薪猿楽奉行が堂衆であったり(資料**ケ**)、室町中期以後にも形式的には両金堂——特に西金堂——と薪猿楽とのつながりが尊重されていたものの、修二会に付随して薪猿楽が行われた時代とは較べるべくもない稀薄な影響力しか、両金堂は持たなくなったものと考えられる。

【両金堂参勤退転の時期】

先に言及した両金堂への猿楽参勤の退転は、右に見たような事情——薪猿楽の修二会からの独立と、それに伴なう両金堂と猿楽の関係の稀薄化——に由来するに相違あるまい。退転の時期を具体的に追求することは困難であるが、薪猿楽が修二会を離れた直後にはまだ行われていたらしい。『細々要記抜書』の至徳二年正月の条の左の記事がそれを推測せしめる。

一、薪猿楽、五日為レ之、如二年記一。当堂当行沙汰ニテ、手水屋ニテアソバス。七日夜ヨリ也。存外ニ覚也。西ハセサセズ。　〔資料**コ**〕

この年の薪猿楽は資料**ク**によると二月に行われているのに、正月の条に加えられている不審(多分二月の誤りであろう)をはじめ、右の記事には難解な点があるが、至徳二年の薪猿楽に当堂(東金堂)の手水屋で七日夜から猿楽参遊が行われた事は確かであろう。**ク**を参照すると「五日為之」は五日から南大門での薪能が始まった事を意味するようである。「当堂当行(東金堂の堂司たる大行事であろう)沙汰ニテ」と言う点、それが恒例行事ではなかったことを思わせ、筆者が「存外ニ覚也」と不満を表明しているから、むしろ異例の事だったらしい。薪能開始後の参遊であり、「西ハセサセズ」(西金堂では猿楽を参勤せしめなかった)と明記されているから、薪能以前に両金堂へ参勤する応安当時の古例(**イ**参照)とは同質の参勤ではないと考えられるが、それにしても、猿楽が東金堂で芸能を演じているのであるから、**コ**は、まだ両金堂への参勤が全く退転していたわけではないことを物語る資料と評価できよう。「存外ニ覚也」「西ハセサセズ」の文言は、慣習を破って修二会から薪猿楽を離してしまったことに対する堂衆の不満が感じられるし、両金堂参勤退転寸前の状態のようにも思われる。至徳二年からそう年月を経ない頃に退転したのではなかろうか。

また、永島福太郎氏著『奈良文化の伝流』一三四頁所引の『西金堂縁起追書』に次の如くある。

一、和州四座猿楽者、為二西金堂修二月祈寄人一、咒師・十二天・太刀・榊・悪魔為二表示一預レ之。於二咒師庭一毎年二月五日猿楽致二其作法一外想也。兼又薪芸能事、往古者修二月御行依レ無二退転一、修中仁号二新堂童子翫一、上湯之薪余残為二篝火一、手水屋之内四座尽二芸能一之間、号二薪猿楽一。今般修二月依二邂逅一、明徳之比、不レ依二修二月之由来一、毎年正月十六日官符衆徒蜂有無二一七日於二南大門一薪之能令レ沙二汰之一、上下等任レ意云々。付二修二月之由来一、毎年正月十六日官符衆徒蜂起之次牒送、西金堂書状在レ之、則為二当堂方一任二先例一加二下知古年頭一大凡四座猿楽中仁令二相触一之条、不易之規式也。〔資料**サ**〕

この記事は、薪猿楽の由来は**ケ**に、猿楽への通達が西金堂を経由するとの説は**エ**に近似し、室町中期の見解と思われるが、修二会の有無にかかわらず薪猿楽が二月に行われるようになった事と、昔は両金堂で行われた薪猿楽が南大門に移された事(資料**ケ**参照)とを同時のように誤解しているものの、「明徳之比」としている点が気になる。興福寺衆徒の記録たる勝南院文書《片岡美智氏所蔵本。法政大学能楽研究所寄託。勝南院は一時的に所蔵していたに過ぎず、「興福寺衆徒引付(片岡本)」とでも呼ぶのが妥当な文書らしい》)の『薪芸能旧記』(正保三年(一六四六)奥書)にも、

　一、南大門之前江薪之能ヲ移ス事、後小松院御宇明徳年中ニ就㆓修二月行法退転㆒而移㆓薪芸能於南大門之前芝㆒也。四座猿楽勤㆓仕之㆒、興福寺衆徒等支㆓配之㆒者也。〔資料シ〕

と、薪猿楽の南大門への移転を「明徳年中」としており、『能楽源流考』二七四頁所引の菊岡家蔵『衆徒記鑑古今一濫』にも同文が見えるから、それが興福寺での通説であったらしい。南大門での薪能の記録が正安三年(一三〇一)にまで遡り得る(資料セ)以上、南大門での芸能始行に関しては誤った説であるが、両金堂での芸能がなくなって薪猿楽が南大門薪能に集約されたことが〃南大門へ薪の芸能を移した〃と伝えられたもので、それが明徳年中であると言うのではなかろうか。明徳元年(一三九〇)は**コ**の至徳二年よりは五年後である。その頃に両金堂への猿楽参勤が退転したと推定して大過あるまい。

両金堂へ参勤した猿楽がいかなる芸能を演じたかは、探索し得た参勤記録が**イ**・**コ**の二例のみで、考察の材料が無いに等しい。資料**サ**に「咒師・十二天・太刀・榊・悪魔」とあるのは、呪師芸を代行した当時のもので、猿楽の芸能ではあるまい。呪師猿楽の芸を継承しての参勤が続いていたのであれば〈式三番〉主体だったろうと推測されるが、**コ**に「手水屋ニテアソバス」と言う点、至徳二年当時は遊楽的要素の濃い、南大門での芸と同質のものだったことを思わせる。〃新堂童子を翫めるため〃と由来説に言われているほどであり、両金堂での芸も早くから遊楽のための芸能だったのではなかろうか。

二　世阿弥時代の薪猿楽

【薪能の開始日と期間】

冒頭に記したように、室町中期以後の薪猿楽では、中心行事たる南大門での薪能は二月六日に開始され、七日間演じる定めであった(雨天延引の際は十四日で打切る)。諸資料に徴して間違いないことで、金春禅竹時代にすでにそうだった事が資料**ア**から知られる。

だが、応永以前には薪能は二月五日に開始されていた。先に引いた至徳二年の**ク**には「修二月ノ不レ依二延否一、二月五日南大門ニテ猿楽ヲ令二参勤一」とあるし、同年の記録たる**コ**にも、誤って正月の項に於いてではあるが「薪猿楽、五日為レ之」とある。『能楽源流考』五九〇頁所引の内閣文庫蔵『至徳三年記』の二月八日の条にも、

猿楽金剛一ツレ懃仕了。三番仕了。自二五日一ニテアレドモ、別猿楽不参之間、□同見物了。〔資料**ス**〕

と、五日からが定例である由を明記している。南大門での薪猿楽に関する最古の記録として『能楽源流考』二七六頁に引く京大図書館蔵の『大乗院尋覚僧正具注暦御記』正安三年暦二月五日の条に、

於二南大門一令レ遊二薪猿楽一之処、粟地小讃岐・安堵願慶有二口論事一。〔資料**セ**〕

とあって、正安三年(一三〇一)当時(すなわち修二会に付随していた頃)の薪猿楽が二月五日に行われている(「開始された」と解してよいようである)事実を参照しても、至徳頃に薪猿楽の修二会からの分離が決定された時には、時節不定になる以前の旧例の通り、南大門薪能開始日は二月五日に定められたものであろう。至徳元年の資料**キ**には「六日ヨリ薪

猿楽セサセラル」とあるが、雨天順延が常で、猿楽不参の場合も開始が後れるのが薪猿楽の常であった（資料**ス**参照）から、遅く始まった例は基準にはなし得ないのである。

世阿弥が絶頂期の活動を展開していた応永年間の薪能も、やはり二月五日に始まっていた。『大日本史料』によると、『東院毎日雑々記』の応永四年（一三九七）二月五日の条に「薪猿楽始レ之」とあるし、『寺院細々引付』応永九年二月五日の条にも「一、今日ヨリ薪猿楽始レ之」とある。これらが、資料**ア**や同じ禅竹の『明宿集』が二月五日の行事とする春日社頭の〈式三番〉（呪師走り）でないことは、それの場合は資料**ク**の如く「薪猿楽社頭へ参候」などと場所を明記するか、通称の「呪師走」の語を用いるのが常で（しかもそれに言及するのは社家の記録が大半である）、興福寺関係の文書が単に「薪」とか「薪猿楽」とか言うのは常に南大門での薪能（またはそれに参勤した座や役者）の事である点から、極めて明瞭である。また、玉井義輝氏蔵『薪能番組』（《『日本庶民文化史料集成』第三巻「能」所収の同名資料の底本が同本》）の首部に抜書されている室町期古記録の中に、「応永廿三年祐富日記云」として、

〔資料**ソ**〕　二月四日、薪ノ猿楽ス、ヲ於二拝屋一ハシリ了。

とある。これは呪師走りの記録であるが、それが二月四日に行われたのは、翌日から薪能が開始されるはずだったことを示している。呪師走りが薪能開始日の前日に行われるのは、二月五日開始の頃にも六日開始の頃にも同様であった（詳細は後述する）。従って、応永二十三年（一四一五）にはまだ二月五日に薪能が始まる定めであったと見なしてよいであろう。

然るに、世阿弥晩年の頃、なぜか薪能は二月六日開始に変更された。『大乗院日記目録』を見ると、応永三十五（正長元）年（一四二八）二月六日の条に「薪無レ之」、永享六年（一四三四）二月六日の条に「薪猿楽在レ之」、永享九年二月六日の条に「薪猿楽如レ例」とあって、薪猿楽の有無が二月六日の条に記されている。その頃に二月五日に薪能が始ま

ったことを示す記事は一つもない。同書が薪能二月六日開始が定例化してからの編なので、編著当時の慣習に合わせて二月六日の条に薪猿楽の有無を注した事も想像され、これだけでは断定できないが、『能楽源流考』七二六頁所引の千鳥家蔵『永享二年御神事記』は、左の形で二月六日に薪能が開始された事を明示している（『薪能番組』に「享徳二年祐富日記云」として引かれている記事がこれと全く同文で、同書の「享徳」は「永享」の誤りに相違ない）。

二月五日　薪猿楽スシ於㆓社頭㆒ハシリ了。
同　六日　今日ヨリ於㆓南大門㆒猿楽在㆑之。
同　八日　自㆓今日㆒猿楽参㆓遊社頭㆒。……
同十三日　猿楽観是三郎参遊、皆々見物也。
〔資料タ〕

五日の呪師走り、六日の薪能開始、八日（薪能第三日）からのミヤシロアガリともに、室町中期以後の慣行と同一で、その慣行が永享二年にすでに始まっていた事が知られるのである。ソの応永二十三年からタの永享二年までの十四年間に、薪猿楽開始日が二月五日から二月六日に変更されたことは、確実視してよいと信ずる。

変更があったのは開始日のみではなかった。期間もまた一日延長されている。室町中期以後の薪能は七日間が原則であったが、二月五日開始の頃には六日間が原則だった。参勤の直接的史料ではないが、京大図書館蔵『尋尊御記』（『能楽源流考』二六五頁所引）の中の「興福寺並春日社法会御神事等」なる条項の二月八日の条に、

両堂御行薪呪師猿楽事　近来於南大門自五日六日猿楽在之、社頭並別当坊召入、云々。
〔資料チ〕

とある。「薪呪師猿楽」という古い語が使われているあたり、本文は鎌倉期の慣行を記載しているらしく、両金堂での猿楽行事を二月八日とする点も興味深いが、注記の部分は筆者尋尊からさほど隔った頃のことではあるまい。その注記に「五日より六日」と、五日に開始される薪能が六日間である由を明記しているのである。また、『細々要記抜

書』の貞治六年(一三六七)九月の条に、

一、廿三日ヨリ、去春分歟、タキヾノ猿楽南大門ニテ為レ之。廿八日マデ六ケ日 〔資料**ツ**〕

とある。これは薪猿楽時節不定時代の記録で、むしろ時節不定だったことの好例とされる記事であるが、ここにも「六ケ日」と明記されている。廿三日から廿八日まで連続してちょうど六日間であるから、雨天などのため六日間で打切られたわけではない。もう一つ、『至徳二年記』に、薪猿楽の二月固定と五日開始を示す資料としてすでに引いた**ク**(二月四日)に続けて、次の如くある。

七日。今日薪猿楽《(社)》頭ニテ令二勤仕一。凡八、五日ヨリ南大門ニテ令二勤仕一者、昨日六日必々社頭ニテ雖レ可二勤仕一、雨下之間、今日参二勤之一。 〔資料**テ**〕

二月六日に始まるはずの春日若宮社頭への猿楽参勤が雨のため七日になった事の記録であるが、室町中期以後の御社上りが薪能第三日から(六日開始で八日から)であるのに対し、五日開始の時代には第二日からであった事を示す点が有益である。詳しくは御社上りについての考察の中で再論するが、このずれは、五日開始の頃には薪能の期間が一日短かった事を示していると評価できるのである。時節不定時代(恐らくはそれ以前から)の薪能六日間の慣習が、薪猿楽二月固定後にも継承されていたことは確実であろう。

その六日間の期間がいつから七日間に変更されたかは明らかでないが、恐らくは開始日が二月六日に変更されたのと同時であろう。六日開始を示す最古の資料として先に掲出した**タ**(『永享二年御神事記』)が、第三日にあたる八日から御社上りが開始された旨を記録していて、期間が七日間に延長された事を推測せしめる最古の資料でもあって、それ以後の記録に期間が六日間だった事を示すものは皆無である。確証は得難いが、開始が二月六日に変更されたのと同時に、薪能の期間は七日間に延長されたものと考えておきたい。

右に見たような薪能の開始日繰下げや期間の延長は、興福寺側と猿楽側の双方が合意したからこそ実現したのであろうが、それがいかなる理由に基づくかは明らかでない。これという資料も無いがあえて推測を試みるに、二月六日開始、期間七日間の薪能の記録の初見たる永享二年の薪猿楽に、観世三郎(元重。後の音阿弥)が出演している事実(資料タ参照)が注目される。二年前の応永三十五年に足利義持が没して弟の義教が将軍となり、以前から義教の愛顧を蒙っていた三郎元重が伯父の世阿弥やその息男元雅を圧倒する気配の強くなっていた時の事である。前年の永享元年の薪猿楽には観世大夫元雅が参勤した。『申楽談儀』第二十八条にその旨が見え、別当坊での猿楽の脇能の演者を円満井(金春)と魚崎(観世)の両座が鬮引きで決定した由も語られている。元重が観世座の代表者としては始めて参勤したのが永享二年の薪猿楽であったろう。さて、薪猿楽では四座の席次(?)が古くから確定していて、金春・金剛・観世・宝生の順であった。従って、六日間の場合には、当時立合能で各座が奪い合った脇能(〈式三番〉と一体なので、それを演ずるのが名誉だったらしい)を演ずる機会が、金春・金剛には二日あるが、観世・宝生には一日しか無い。七日間にすれば観世も二日になる(詳細後述)。新将軍お気に入りの観世三郎元重の初参勤に際し、将軍の機嫌を取る一つの手段として興福寺側が考え出したのが、期間を一日延長して観世座に旧例以上の待遇をするという方法ではなかったろうか。その際、幕府御用猿楽たる観世座の都合で六日開始に変更したのが、後に恒例化したと考えれば、開始日変更の点も同時に理解できる。永享二年が六日開始・七日間興行の薪能の最初であるという確証は無いし、以上の詮索が徒労である惧れも強いが、変更の時期が義教の将軍就任直後である可能性が強い事と、一日延長して得をする(名誉を得る)のが観世座だけである事実とが印象に残るので、あえて推測説を展開してみた。少なくとも、将軍御用の観世座を拘束する期間が長くなるはずの薪能期間の延長が、幕府の許可なしに実現し得なかったろう事は確かである。

【『花伝』と『金島書』の薪猿楽関係記事についての検討】

『風姿花伝』第四神儀の末近くに次の一文が見える。

然ば、大和国春日興福寺神事おこなひとは、二月二日、同五日、宮寺におひて、四座の中楽、一年中の御神事はじめなり。天下太平の御祈禱也。〔資料**ト**〕

薪猿楽の語こそ用いていないが、これが薪猿楽そのもの、またはその一部の行事について述べた記事である事は、言うまでもあるまい。そしてここでは、二月二日と五日という日が特記されている。一体この日にいかなる行事が猿楽によって行われたのであろうか。

従来は右の記事を『円満井座壁書』の資料**ア**と対置させて理解するのが常であった。そうすると、**ト**の「二月二日」は**ア**の「二月二日夜、サイコンダウヨリハジム」にあたり、**ト**の「同五日」は**ア**の「五日ハ、春日四所ノ御神前ニテ、四ノ座ノ長、式三番ヲツカマツル」にあたるから、二日は西金堂参勤、五日は呪師走りの行事を意味することになる。以前は私もそう解することになんの不安も抱かず、後述する『金島書』の「二月第二の日、この宮寺に参勤し……」をも参照して、〝六日からの南大門での行事よりは、それ以前の、西金堂・東金堂、及び春日大宮での行事を重視しているように見える〟(『世阿弥 禅竹』補注一七七)などと述べていた。

だが、前項で考察したように、世阿弥時代の薪猿楽の行事日程が『円満井座壁書』のような室町中期以後の形とは異なる事が明らかとなった以上、右の解釈は全面的な訂正を必要とする。まず「同五日」は薪能の開始される日であり、その初日を以て薪能全体を代表させたものと解すべきであろう。

問題は二月二日の行事である。西金堂・東金堂への猿楽参勤が世阿弥時代に廃絶していたであろうことはすでに述べた。その推定に従う限り、二月二日を西金堂参勤の日と見なす事はできない。しかし、『花伝』神儀篇が『花伝』

全体の中で特異な性格を有し、円満井座の古来の伝承などに従って編んだ一編を『花伝』の一部として採り入れたものであるとの見解に立てば、「魚崎御座之事」に「両御堂ヲ闕キタラバ一瓶タルベシ」と規定した頃の旧習に基づいて**ト**が書かれたもので、そこに言う「二月二日」はやはり西金堂参勤を意味していると解する事も可能なようである。だが、そうではないらしい。永享八年(一四三六)二月奥書の世阿弥伝書『金島書』所収の曲舞謡「薪の神事」(仮題)に、二月二日の行事にも言及して左の如くあるのが、重要な手がかりである。

(曲舞)……又二月や、雪間を分けし春日野の、置く霜月も神祭の、今に絶えせぬは、国安楽の神慮也。しかれば小忌衣、二月《きさらぎ》第二の日、この宮寺に参勤し、□の歌をうたふも、さぞ御納受はあるらん。(上)しかれば興福寺の、西金東金の、両堂の法事にも、まづ遊楽の舞歌をととのへ、万歳を祈り奉り、国富み民も豊かなる、春を迎へて年を積む、薪の神事これなりや……。〔資料**ナ**〕

(□の所以外は『世阿弥 禅竹』の校訂本文による)

ここに「きさらぎ第二の日」の参勤に言及しているのが**ア**に言う西金堂行事のことで、続いて「西金東金の両堂の法事」と言うからには東金堂参勤も世阿弥晩年当時まだ行われていたのであろうと、かつての私は解していた。だがそれも誤りであった。

資料**ナ**は、慎重に文脈を考慮しながら分析してみると、語調を整える接続語として世阿弥が伝書や謡曲に多用している二つの「しかれば」を堺にして三つの文から成り、それぞれの文が別の事を表現している。まず第一文(又二月や……国安楽の神慮也)は、二月と十一月の初申の日を式日とする二季の春日祭のことを詠じている。第二の文(しかれば小忌衣……さぞ御納受はあるらん)は、具体的考察は後廻しにするが、二月二日の宮寺での参勤行事についての記述である。そして、初めて興福寺の名を出し、「薪の神事これなりや」と結んでいる第三の文こそが、狭義の薪猿楽――薪能――のことを謡っている部分に相違あるまい。〝薪猿楽は興福寺の東西両金堂で修せられた修二月会に行われていた呪師猿楽に淵源する〟との能勢博士の揺るぎない結論(『能楽源流考』二六七頁前後)を参照するまでもなく、「西金東金の両堂の法事」と世阿弥が言うのは、具体的には興福寺の修二会のことであり、両金堂への猿楽参勤ではない。「法事」の語もそれが寺の行事であることを示していよう。世阿弥の表現では猿楽は「神職」であり、猿楽の参勤は「神事」なのであるから(『花伝』神儀など)。「西金東金の両堂の法事」の語に基づいて世阿弥時代に両堂参勤が続いていたと考えるのは、確実に間違っている。

同時に、第二の文に述べる二月二日の宮寺参勤を西金堂参勤と見なすのも誤りに相違あるまい。春日神社と興福寺が一体で「春日興福寺」と呼ばれていた(資料**ト**など)事が示すように神仏混淆が常であった中世に於いては、「宮寺」の語が多用され、謡曲の用例を検しても、それは神社をも寺院をも意味し得た。〈野守〉(場所が春日神社)の場合は神社であり、〈大仏供養〉(場所が興福寺)の場合は寺である。寺社を兼ねるらしい漠然たる用例も多い。だが、興福寺の一部である西金堂のことを「宮寺」の語で表現するような用法は、一つも見あたらないし、あり得ないことであろう。また、資料**ナ**の文脈の中での用法を考えるとき、第一文で春日祭に言及した直後の第二文に「この宮寺に」と言い、第三文では「しかれば興福寺の」と興福寺の名を明記しているのであるから、この「宮寺」は春日神社のことと解するのが妥当であろう。従って、二月二日の宮寺参勤は春日神社への参勤と見ざるを得まい。

さて、薪能以前に行われる猿楽の春日社参勤と言えば、呪師走り以外には考えられない。春日大宮の神前拝舎《はいのや》で、原則的には四座の長《おさ》の立合で翁が舞われる呪師走りは、〈式三番〉のみで能を伴なわない点が薪能や御社上りの能と異なる点である。一方『金島書』の本文は、「二月第二の日、この宮寺に参勤し、□の歌をうたふも」と、その参勤の芸態を示す肝心の一字が欠字になっているが、吉田東伍博士が『世阿弥十六部集』の該本文右に振漢字の形で推定しているように、□の所は「翁」の字以外は考えられまい。「翁の歌をうたふ」ならば〈式三番〉のみの呪師走りと芸態も一致する。

しかしながら、呪師走りは、薪能が六日からの室町中期以後には二月五日が定日だった時代には、明確な記録は応永二十三年の資料**ソ**のみであるが、二月四日に行われている。至徳二年の資料**ク**も、その日にあるはずの呪師走りが行われなかった由の記録であるから、二月四日が定日だった事を示す資料と言い得る。薪能開始が二月六日の際も五日の際もその前日に行われているわけで、二月二日に呪師走りが行われた記録は見出せないのである。呪師走りの場は屋根のある春日社拝舎であったから、二月二日のはずが雨で四日に延期されたとも考えられない。先の推定と矛盾する右の点をどう考えるべきであろうか。

一体、呪師走りは、本来は西金堂で行われていたものらしい。先にも引いた『薪芸能旧記』に、次のような記事がある(『能楽源流考』一一九頁所引の『衆徒記鑑古今一濫』もほとんど同文)。

一、呪師法《シュシハシリ》者、興福寺賢憬僧都之製作也。軍多利明王之行法也。就二修二行之行法執行一、払二魔障一生二吉祥一之密伝也。此法者限二西金堂一行レ之秘密之行事也。系図等有レ之。〔資料**ニ**〕

一、呪師法《ハシリ》者、為二外想一毎年二月五日、西金堂修二月行者等行レ之事也。自二其比一此表示預二猿楽等一所レ令レ行レ之也。其以来就二修二月行法退転一而、猿楽之芸能者依レ難レ捨二去之一、呪師法者二月五日春日之於二社頭一至二于今一猿楽等懃レ之者也。〔資料**ヌ**〕

ニに賢憬僧都作という本来の呪師法まで振仮名でシュシハシリと読ませていたり、室町中期以後の慣習に従って二月五日の行事としていたりの難があって、全面的に信頼できる資料ではないが、〝本来は西金堂修二会で行われたシュシハシリを、預けられて演じていた猿楽が、修二会退転後にもその芸を捨て去る事を惜しみ、春日社頭で演じている〟という**ヌ**の説は、大いにあり得ることであろう。修正会や修二会は呪師が参加するのが一つの特色であった。その呪師の名を残す呪師走りの芸が、本来春日社のための芸であったとは考え難い。興福寺の修二会退転後に西金堂から春日社頭に移されたとすれば、はなはだ理解し易い。呪師走りに関する最古の記録が至徳二年(一三八五)の資料**ク**で、意外に後年であることも、**ヌ**の説の妥当性を思わせる点である。

また**ク**の文言も、当時の呪師走りが流動的だった事を思わせる。**ク**の前半は、〝至徳二年二月四日に薪猿楽(に参勤した役者)が春日社頭へ参上し、酒肴を下給されたが、呪師走りは行われず、修二会始行の際に参上してそれを勤めさせる旨を申した〟の意に解されるが、薪能は修二会と無関係に二月実施と決まっていた(**ク**の後半)にもかかわらず、呪師走りはまだ修二会の時に春日神社で演じるものと、猿楽側は理解していたようである。呪師走りを演じもしないのに酒肴にあずかったのは何か別の芸能を演じたからである——春日社頭での芸は呪師走りだけではなかった——とも考えられるから、至徳頃の呪師走りも春日社頭での芸能も、後代ほど固定的なものではなかったと考えてよいのではなかろうか。

以上のような呪師走りの性格から見て、かつてはその期日が二月二日であった事も、十分あり得る事のように思われる。論拠不十分ながら、他に考えようもないので、『花伝』神儀や『金島書』に特記されている「二月二日」の行事は呪師走りの事であったろうと推定しておきたい。薪猿楽の中で特に呪師走りを重視する態度は、禅竹の『明宿集』(『金春古伝書集成』二九四頁)にも見られる。

なお、二月二日が昔の呪師走りの定日だったにもせよ、応永二十三年にはすでに二月四日に行われている(資料**ソ**)のに、永享八年の『金島書』で世阿弥が二月二日とするのはおかしいとの見解もあろう。だがその点は、世阿弥らが実際には呪師走りに参勤しなかった(それについては別稿「大和猿楽の「長」の性格の変遷」を参照されたい)ため、新例よりは『花伝』の故実説に従ったものと考えたい。『花伝』の故実説が、西金堂で二月二日に呪師走りが行われていた頃の慣習を記録したものである事も、十分想像される。

三　御社上りの能をめぐって

前節は、薪能の期間や開始日の変更、呪師走りの変遷等に言及したが、薪猿楽の一部であり、薪能の期間中に行われた御社上りの能や別当坊での能も、室町中期の形は世阿弥時代とは違っていたようである。まず御社上りから検討してみよう。

【ミヤシロアガリと金春座の主張】

禅竹の『円満井座壁書』は、111頁に引用した資料**ア**に続けて、

一、芸能ノ次第事。初日、第一番ノワキノノウ、ヱンマンヰノヤク也。シゼンチサンノ時モ、マイリシダイニワキノノウヲツカマツルナリ。コレ、ホンザノイワレナリ。ミヤシロアガリノノウ、一バンニツカマツル。シゼンチサンノトキハ、ノコリ三ザ、三日マデミヤシロアガリヲサエテ、エンマンヰヲアイマツナリ。ソノホカワ、ミナマイリシダイナリ。……

〔資料**ネ**〕

と、薪能初日の脇能を勤める事と、御社上りを一番に仕る事とを、本座たる円満井座（金春座）の特権として強調している。薪能の期間中に、一座ずつが順番に春日若宮に参上し、その拝舎《はいのや》で能を演じるのが御社上りの能である。興福寺側からは春日社のことをミヤシロと言うのが常で、「宮白」（『至徳三年記』）とか、「宮城」（資料**フ**参照）とかの字を宛て

た例もあり、そこへ参上することをアガルと言っていた(**フ**参照)。**ネ**の仮名書が示すようにミヤシロアガリが正しい言い方で、ゴシャノボリと読むのは近年の誤伝である。**ネ**は何日からと明記していないが、薪能の第三日から始まり、雨天や遅参による延引が無い場合は、二月八日に金春座、九日に金剛、十日に観世、十一日に宝生座が勤めるのが、室町期(禅竹時代以後)の定めであった。この座順は早くから固定していたようで、『春日拝殿方諸日記』(続群書類従)によると、宝徳三年(一四五一)の座順がすでにそうであった(九日金春、十一日金剛、十二日観世、十三日宝生)。《『日本庶民文化史料集成』第二巻「田楽・猿楽」所収の『春日若宮拝殿方諸日記』には「永享十二年記」も含まれ、同年(一四四〇)にも同じ座順である》。これは薪能で脇能を演ずる順番でもあり、大和猿楽四座の春日興福寺内での席次と見なし得る。四座が御社上りの能に参勤するようになった当初からの順位であろう。**ネ**が「ソノホカワ、ミナマイリシダイナリ」と言うのは、他三座の御社上りの順番が到着順の意ではなく、例えば金剛が御社上りの予定日にまだ参勤しない場合に、金剛の到着を待たずに観世が御社へ上る類の事を意味していると解される。

資料**ネ**が、金春座遅参の場合に他座は「三日マデミヤシロアガリヲヲサエテ」金春の到着を待つと言うのは、ほぼ事実だったらしい。『尋尊記』長禄四年(一四六〇)二月八日の条に「一、薪、金晴一座参二社頭一。毎度金春座参仕之以後余座ハ令レ参」とあるのが、金春優先の慣習を興福寺側が認めていたことを語っている。また同書によると、文明五年の薪猿楽は、金剛・宝生・観世の三座は二月六日から参勤したが、金春座は「西方ニ御用之間在京」の理由で遅参し、八日から参勤した。その八日に金剛の御社上りが行われたが、翌九日には金春が御社上りを勤めている。御社上りは早朝から開始される(『中臣祐維記』大永六年(一五二六)二月十日の記事などに明証がある)ので、金春が到着した時にはすでに金剛の御社上りの能が始まっていて、金剛よりは遅れたのであろうが、後述する薪能を二日勤めてからでなければ御社上りはできないという慣習を破って、金春が観世や宝生に先んじて勤めている事に、**ネ**の主張が事実だったことが推測される。ついでながら、この年の金春座は遅参分を他座が十三日で終った翌日に一座だけで勤めており、『尋尊記』十四日の条に「今日薪金春一座。依二遅参一也。自余座ハ至二昨日一了」とある。遅参の場合に七日間の期間終了後に別に追加参勤している例は、文明二年二月十三日(観世・宝生)・文明十八年二月十四日(観世)・明応三年二月十五日(観世)・永正元年二月十四日(観世)など、他にも見え(『尋尊記』)、明応三年度は観世の御社上りは翌十六日であった。薪猿楽は延引しても二月十四日には終るというのは原則で、こうした例外もあったのである。

【始行の年代】

薪猿楽が興福寺のみでなく春日神社でも芸能を勤めることは、十三世紀末にはすでに行われていたようである。『春日神主祐春記』(内閣文庫蔵)の徳治二年(一三〇七)二月十一日の条に、

御神事如レ例。今日午刻薪猿楽等参遊、其故ハ、夜陰如レ此物参遊事、狼藉之基也トテ、日中ニ可レ参由、衆徒去比下知之故也。当時ハ移殿雖レ為二料理之時一、猿楽等遊了。　〔資料ノ〕

とある(『能楽源流考』二七九頁より引く)事から、十四世紀初頭にはすでに薪猿楽の行事の一部として春日参勤が慣行化していたと考えられる。昼間参遊に変更されたのが「去比」であると言うから、夜間の参遊は十三世紀まで遡るに相違あるまい。**ノ**は猿楽参遊の場所を春日大宮とも若宮とも記していないが、筆録者の祐春は春日若宮の神主で、『新後撰集』以下の勅撰集に詠歌を採用されて著名な歌人でもあった。その祐春が場所を特記しないで猿楽参遊を記録しているのは、それが若宮であったからと解してよいであろう。また『大乗院尋覚僧正具注暦』正安三年暦に、二月五日の南大門薪猿楽の記事(**セ**)に続けて、二月八日の条に、

薪猿楽等於二供所前庭一令レ遊了。貴賤成レ市者也。其儀如二小五月一。　〔資料**ハ**〕

とあるのも、能勢博士は薪猿楽が興福寺内のあちこちの場所で演じられたことを示す資料として評価された(『能楽源流考』二七六頁)だけであるが、御社上りの能の前身と見なし得る記録と思われる。「供所前庭」がどこであるかによるが、『大乗院日記目録』永徳二年(一三八二)の条、閏正月廿四日の春日社回禄に関する記事に、「……社頭焼失、相残分、一切経蔵・安居坊・御供所等也」とあって、春日社には供所が存在していた。後代の御社上りと日が合う点からも、ハは春日社での猿楽を記録したものと解すべきであろう。「其儀如二小五月一」とあるが、当時の春日興福寺の小五月会では、春日若宮での猿楽が主要な行事の一つであった。春日大宮が藤原氏の氏神であるのに対し、春日若宮はいわば興福寺衆徒の神社であり、興福寺の行事が春日若宮にまで延長されるのは自然なことだったのである。ハも恐らくは若宮での猿楽参遊であったろう。ハの正安三年(一三〇一)はノの徳治二年より六年前である。右に述べたところから、ハを薪猿楽御社上りの最古の記録と見なしてよいものと思う。まだ夜間参遊の頃であったかも知れない。

なお、興福寺の小五月会は、弘安元年(一二七八)にはすでに行われていた行事であり、猿楽や郷民の素人芸能が、五月五日には大乗院門跡、六日には天満社、七日には春日若宮、八日には榎本社で催される習わしだった。薪猿楽が南大門のみならず東西両金堂・春日若宮・別当坊と、春日興福寺内のあちこちで演じられたのと似ており、一方が他方の形態を似せていることが想像される。どちらが先かは明らかでないが、恐らくは薪猿楽が先行しているのであろう。

【開始日の変更】

正安や徳治は、まだ観阿弥も生れておらず、四座の春日興福寺帰属以前である。そうした頃の薪猿楽の春日参遊の形態――薪能開始以後だったらしいこと、貴賤の見物が群集する芸能だったこと、夜間参遊が昼に変更されたこと以外は、ほとんど不明――が、室町中期以後の御社上りの能と違っていたのは当然視され、なんら異とするに足るまい。問題は大和猿楽四座の成立後に於いても、御社上りの能の形態に変化があったらしい事である。

その一つは期日の変更で、すでに**ニ**の項に言及した事であるが、『至徳二年記』の左の記事がそれを語っている（**テ**の分は再掲）。

〔資料**テ**〕

七日。今日薪猿楽（社）頭ニテ令二勤仕一。凡八、五日ヨリ南大門ニテ令二勤仕一者、昨日六日必々社頭ニテ雖レ可二勤仕一、雨下之間、今日参二勤之一。

八日。一、今日モ薪猿楽□雨下之間無レ之。

十日。一、□猿楽社頭ニテ□也。

欠字部分が多くて文意不明確ながら、八日には雨のため猿楽は社頭に参勤しなかったのであろう。十日の分の上部欠損部は、続群書類従完成会本が傍記で推定しているように「今日モ薪」またはそれと同意の文言で、この日は薪猿楽が社頭に参勤したものと解される。七日の冒頭部が「今日薪猿楽社頭ニテ」の社を誤脱した形であることは明らかであろう。社頭は勿論春日若宮の社頭である。

さて、五日に南大門の薪能が開始され、七日に猿楽が社頭に参勤し、八日にも参勤するはずだったのが雨天のため延引し、十日にはまた参勤している右の記録は、御社上りの能が至徳二年（一三八五）当時すでに一座ずつ交代で参勤していた事を示す点でも貴重であるが、七日の条に〝五日から南大門勤仕（薪能）が開始された場合には六日には社頭に参勤するのが定まりである〟由を明記している点が特に有難い。室町中期以降の薪能第三日からの定めとは違って、南北朝期には薪能第二日から御社上りの能が開始されていたのである。

至徳二年には薪能第二日から始まっていた御社上りの能が、室町中期には第三日開始に変更されていたのは、薪能の期間が前回に考察したように六日間から七日間に延長されたことに由来するものと考えられる。一体、期間七日間の薪能では、四座の席次と、御社上りを勤めた座は翌日に薪能で脇能を勤めるという習慣(御社帰りの脇能と通称されていた)とがからみ合って、四座参勤の場合の演能順が厳密に定められていた。般若窟文庫蔵の慶長十七年二月金春大夫安照筆の文書に基づき、整理して示せば次の如くである。

初日	金春	金剛	観世	宝生
二日目	金剛	観世	宝生	金春
三日目	観世	宝生	金剛	(御社金春)
四日目	金春	観世	宝生	(御社金剛)
五日目	金剛	宝生	金春	(御社観世)
六日目	観世	金春	金剛	(御社宝生)
七日目	宝生	金春	金剛	観世

冒頭の座が脇能を担当し、同じ座順を繰返して五〜八番程度演じるのが常であった。欠勤の座があれば次の座が繰上って演じる。遅参や名代参勤、観世の名義で宝生が演じる類の代理演能などの関係で若干変動することもあったが、大よそは右の定めに従って演じられていた事が実際の番組からも知られる(但し、第四日目は金春・宝生・観世が旧形の可能性もある)。四座で日数が七日間のため、宝生座は最終日(打ち合わせと称した)になってはじめて脇能が廻ってくるなど、不平等の感が無いでもない。六日間で御社上りが二日目からならば、後代の慣習を適用させると、初日は南大門で四座立合(脇能金春)、二日目は社頭金春・南大門三座(脇能金剛)、三日目は社頭金剛・南大門三座(脇能金春)、四日目は社頭観世・南大門三座(脇能金剛)、五日目は社頭宝生・南大門三座(脇能観世)、六日目は南大門で打合せの四座

立合(脇能宝生)の形になって、初日と最終日のみが四座立合、脇能に於ける下掛り両座の優先など、かなり形がスッキリする。御社帰りの脇能の風習も期間六日間の形に基づいて成立したかのようである。期間七日間で第二日から御社上りを開始し、しかも御社帰りの脇能の慣習を生かすとなると、七日目の脇能をどの座が担当するかが厄介になる。その点を勘案し、しかも前回に述べたように将軍お気に入りの観世三郎元重に名誉を与えるために、永享二年に期間を七日に延長すると同時に採られたのが、御社上りを一日繰り下げて三日目からにするという方針ではなかったろうか。理由はともあれ、御社上りの開始繰り下げが薪能の期間延長と一体であることは確実視される。薪能の開始日一日繰り下げが期間延長と一体で永享二年かららしい事は124頁に述べた。二月五日薪能開始で六日から御社上りだったのが、薪能開始が一日遅くなった上に御社上りが三日目からになったのであるから、結果的には御社上りは以前より二日遅れ、二月八日開始になったわけである。

【慣習の二、三について】

室町中期以後には、御社上りは、南大門の薪能を二日勤めてからでなければ許されないという慣習が成立していた。宝生以外の三座は、自座が薪能で脇能を演ずる日に間に合うよう参勤すれば御社上りが可能だったわけで、しばしば薪猿楽に遅参した観世座が第三日目にあたる二月八日から参勤している例が多い(文明十六年・明応五年・同六年等)のも、その観点から理解できる(以上の点については『能楽研究』第二号拙稿《Ⅱとして載せた別稿のこと》参照)。こうした風習も、第二日御社上り開始の時代に、一日南大門で勤めてからでなければという風習があったのが、第三日開始に変更された以後、二日薪能に参勤してからという形に変わったものと推定される。

また、御社上りの能を勤めることは、資料**テ**が「令勤仕」の語を用いていることからも知られるように、薪猿楽に参勤した座の義務であった。雨天が続いて後半の観世や宝生の分が行われないうちに期限の十四日が来てしまう場合は別として、薪能があれば必ず御社上りが実施されている事によっても、不可欠の義務だったことが知られる。室町後期以後の資料には、後に引く**フ**など、この御社上りを「法楽」（自発的意志に基づく奉納）の語で表現している例が多いが、これは興福寺衆徒が薪能こそが薪猿楽本来の芸能で、その期間中に猿楽の御社上りを許可するという態度を持していた（御社上りの前日に各座は権守を使者として衆徒に暇乞いする習わしだった）ことに影響されたものであろう。神を背にして、社人や衆徒に見せる形で演じる御社上りの能が神への法楽であるはずはあるまい。御社上りをすませた座が薪猿楽終了後にしばしば若宮社頭で法楽能を演じている（永正十八年二月十四日の金春大夫法楽〔中臣祐維記〕、翌大永二年二月十四日の観世大夫法楽〔同上〕など）事実も、御社上りが法楽ではなくて参勤だったことを物語っている。

【御拝殿の楽頭について】

禅竹の『円満井座壁書』第六条の左の記事（資料**ア**・**ネ**に続く）も御社上りの能の変動の一つと把えてよいことであろう。

一、御ハイデンノガクトウノ事。コレハ、キンネン、ワタクシノチナミニヨツテ、ミヤシロアガリノツイデヲエテ、御ハイデンノガクトウハ、ヲキナメンヲツカマツル也。ホンシキナラヌイワレニヨリ、イランノギドモアリシニヨツテ、惣別コンランセズサダメヲク所也。（以下別本による補足）惣座中の得分・配分にいろい有べからず。依て、御拝殿の楽頭に付、五百文の所を、百文楽頭得分に定、残りは惣座中へ出る也。後々末代、此定違乱有べからざる也。

返す〲此外いろい有まじき也。〔資料**ヒ**〕

これによれば、金春座の御社上りの際に「御拝殿の楽頭」が翁面を勤める風習は、〝近年、私の因み〟によって始まったものという。〝私の因み〟即ち私的理由とは、具体的にはわからないものの、興福寺衆徒や春日社家など寺社側の命令や要請によるのではなく、金春座自体の事情に由るとの意味であろう。

祭礼などの猿楽興行に関する権利と義務を負うのが楽頭であり、その任免に将軍足利義教が関与した醍醐寺清滝宮の楽頭の如き大規模な催しの楽頭から、遠国小社の祭礼で〈式三番〉を勤める権利を持つだけの楽頭まであった。興福寺内の猿楽に於いても、中院宮遷り猿楽の楽頭が観世大夫であったり（『尋尊記』文明四年四月二十九日）、滝蔵社宮遷り猿楽の楽頭が金晴であったり（『尋尊記』明応六年四月十七日）したが、薪猿楽自体にはそれが定まっていた形跡が無い。四座に楽頭以上の参勤義務があったので定める必要もなかったのであろう。にもかかわらず、御社上りの能について楽頭が存在した事実は、御社上りの能の性格を考える上で無視できないことであろう。「御拝殿の楽頭」なる言い方は、若宮の楽頭と同意にも受けとられ、四座ともにその楽頭と関連を持っていたことも想像されるが、昔は不明ながら、四座の御社上りに関する最古の具体的記録と思われる『春日拝殿方諸日記』（続群書類従）の宝徳三年（一四五一）の記事によれば、その頃には金春座の御社上りにのみ楽頭が同行していた。同書宝徳三年二月九日の条に「円満井座、金春大夫・同楽頭マイル」とある楽頭こそが、ヒに言う「御拝殿の楽頭」であろう。《前述した「永享十二年記」にも、三月十日（この年は薪猿楽がなぜか三月に延引して施行された）の条に「エンマンイノ座……其夕部、ガクトウ・金春太夫拝殿へまいる」とある。》

その「御拝殿の楽頭」が〝私の因み〟で（金春の）御社上りの際にヲキナメン（〈式三番〉の翁）を勤めると、ヒは言う。一方、他座の御社上りには楽頭など同行していなかった。その金春座と他座の相違をそのまま継承しているとみられるのが、後代の御社上りの〈式三番〉の形態に金春座と他座とでは相違があった事実である。別稿（「大和猿楽の「長」の性格の変遷」）に詳述したように、南都神事猿楽（薪猿楽や若宮祭）の〈式三番〉は、一般の座衆は原則的には参加せず、年預(ネンヨ・ネンニョー)と呼ばれる特定のグループの人々が勤めたもので、翁を勤める役者は権守(ゴンノカミ)と呼ばれていた。そして御社上りの際の〈式三番〉は、他三座が「父尉・延命冠者」の形であるのに、金春座だけは春日若宮祭後日能や南大門薪能の〈式三番〉と同じく「十二月往来」の入る形であった。「父尉・延命冠者」の形が一座のみの〈式三番〉であるのに対し、「十二月往来」は複数の座の立合の〈式三番〉である(現在の観世流の十二月往来は江戸中期に工夫された別種の演出)。金春一座だけの御社上りの能に立合形式の〈式三番〉が演じられたわけで、そのために、宝生座の権守が参加して、金春座の権守とともに翁面をつけ、十二月往来をやりとりするという奇妙な形が採用されていた。以上の事は江戸時代の諸資料によって知られることであるが、それが室町期以来の伝統に従っての演じ方であることは確実である。金春座の御社上りの〈式三番〉に宝生の権守が参加する事実は、室町末期にはすでに奇異の感を持たれていたようで、慶長十六年(一六一一)の奥書を持ち、内容的には室町末期の薪猿楽の形態を伝えていると見られる『幸正能口伝書』(国会図書館蔵)に、

一、八日に宮城へ今春大夫早々にあがり候て御法楽を被〻参候也。此時に宝生方より権守あがり、立合に翁を舞申候也。不思儀なる事ト申也。是ハむかしよりの事にて候間、其子細ハ御座候ハんと存知候。門にハ金剛・観世・宝生三座にて仕候。〔資料フ〕

とあって、〝不思議な事ではあるが、昔からそうなのだから何か子細があるのだろう〟と評されている。ここに「むかしよりの事」と言われているのが金春禅竹以来のことで、資料**ヒ**の言う「御拝殿の楽頭」の後身が、不思議なる参勤をする宝生座の権守らしい。

右の推測に従う限り、『円満井座壁書』の**フ**に言う「御拝殿の楽頭」は、具体的には宝生座の権守であるということになる。後代の常識からすれば不可解なことのようであるが、必ずしもそうではあるまい。**ヒ**の文脈を注意深くた

どってみると、「近年、私の因み」によって始まったのは、「御拝殿の楽頭」が金春座の御社上りの際に翁を演じることであって、「御拝殿の楽頭」の存在は近年に始まったというわけではない。猿楽の楽頭はもともと〈式三番〉を演じる権利の保有者であったらしいから、四座の御社上りが恒例化する以前から若宮拝殿での〈式三番〉の権利を持っていた楽頭がいて、四座の御社上りの恒例化後に、最初にそれを勤める金春座の〈式三番〉に加わって立合の翁を演じるようになったもので、その楽頭が後に宝生座の長(権守)になったとか、宝生の権守がもともと御拝殿の楽頭の権利を持っていたとかの事情があるのではなかろうか。室町後期に宝生大夫が春日の楽頭であるとの説があったことや、『花伝』第四神儀が「大和座春日御神事相随申楽四座」として「外山・結崎・坂戸・円満井」の順に四座を掲げ、なぜか外山座(宝生座)を筆頭に置いていることなども参照され、拝殿楽頭と宝生座の関係は能楽史研究上すこぶる興味ある問題である。だが、私自身がまだ判断に迷っており、詳説するだけの用意がない。とりあえず問題の存在を指摘するにとどめ、解明は他日を期したい。

四　別当坊猿楽について

【始行の時期など】

南大門での薪能の期間中に、御社上りの能と並んで猿楽が参勤した行事に、寺務別当坊での能がある。その時の興福寺の別当(最高責任者。通称が「寺務」)を勤める僧の所属する門跡・院家へ猿楽が参上して演能したもので、管見では明徳三年(一三九二)の事例が最も早い参勤記録である。『大乗院日記目録』同年の条に「二月九日　薪猿楽別当坊召

レ之」とあるのがそれで、「大日本史料」同日の条所引の『孝尋日々記抜書』がより詳しく、諸準備に関する記事に続けて、

一、今日九日、薪猿楽召了。金春男計参申了。余座猿楽者依二他行一寺門へも不レ出。於二南大門一衆徒及二異儀一之由有二其聞一。雖レ然参了。如レ例酒肴修理目代好継下行了。……
〔資料ヘ〕

とある。筆者大乗院主孝尋が当時の別当であった。この年の薪猿楽参勤は金春一座だったため、その金春が別当坊へ参上しては南大門での薪能が実施不能となる。それに関する衆徒の異議にもかかわらず参上したことや、酒肴料を興福寺の修理目代(作事奉行)が負担することを「如レ例」と言っている文言から、別当坊への薪猿楽参勤が当時すでに恒例であったことが知られる。鎌倉時代の史料に基づいている『類聚世要抄』の「薪迎事」に関する記事(資料オ)の注記に「行賢記云、八日長吏房参二猿楽一云々」とある(永島福太郎博士の御教示によれば行賢は鎌倉末期の一乗院の僧の由)から、鎌倉時代にすでに行われていたはずである。長吏は別当と同じく大寺の最高責任者の呼称であり、「長吏房」即別当坊である。

ヘは九日であり、「行賢記」は八日であって、五日に薪能が開始されて数日後に別当坊へ猿楽を召すのであるから、当然それは薪能や御社上りの能と重なることになる。従ってヘに言及されているような衆徒の異議はしばしば生じた。だが、別当坊が召せば、御社上りを延期し、時には(参勤の座が少ない時)薪能を休んでも、猿楽は別当坊に参勤した。薪猿楽に関する諸慣行固定以前からの別当側の慣行が後代まで継続されていたため無理が生じたのであろう。薪能や御社上りが必ず行われる行事であったのに対し、別当坊猿楽は毎年ではなく、別当が希望する場合にだけ行われる行事だった点も、他の薪猿楽の諸行事とは異なるところである。後述するように別当坊猿楽の形態に変遷が多いのも、この行事が別当の個人的な希望を許容する性質のものだったことに由来するのであろう。

【「大乗院へは一座一座参りし」】

右の寺務別当坊での能について、『申楽談儀』第二十七条に次の記事が見える。筆録者観世七郎元能の見聞に基づく記事であろう。

一、永享元年三月、たきゞの神事。五日、一ぜうゐんにて、円満井・魚崎、両座立合のとき、わきはくじ也。ゆうざきとりあたりて、観世大夫元雅、八幡はうじやうゑののうをす。それも、先年、じむの能をひく。大ぜう院へは、一座〱参りし程に、わきのさたなし。　〔資料**ホ**〕

永享元年(一四二九)の薪猿楽は、前年の土一揆の影響か、二月ではなくて三月に行われたらしい。二月ならば薪能が始まる日である五日に別当坊での能が行われたのも、開始が三月二日か三日あたりだったことを推測せしめる。この時の興福寺別当は一乗院の昭円大僧都であった。南北朝以降の興福寺は、一乗院・大乗院の両門跡から別当が出ることが多かったし、他の院家出身の別当は経済的負担に堪えられず召さないことが多かったらしい事情も加わって、別当坊薪猿楽の記録はすべて両門跡でのものであり、資料**ホ**も両門跡での事にのみ言及している。『円満井座壁書』にも「ソレヨリ時ノ寺務、一乗院・大乗院ニテツカウマツル」(資料**ア**)とあった。

それはともあれ、**ホ**によれば、当時の別当坊での薪猿楽は、一乗院では複数の座が同時に参上して立合能を演じる形であり、大乗院は各座が別々に参上する形であったと見られる。一乗院については**ホ**以前の資料を見出せなかったので確認できないが、大乗院の場合は確かに**ホ**に言う通りであったようである。『大乗院日記目録』の応永三十四年(一四二七)の条に、

二月九日　別当坊猿楽在レ之。大蔵。

十　日　観世十郎・三郎・十二次郎　〔資料**マ**〕

とあるが、九日の大蔵は金春大夫の代勤と認められるし、十日の三人は観世座の役者であるから、九日には金春座が、十日には観世座が別当坊に参勤したのであって、「大乗院へは一座〳〵参りし」の例証である。一方、同じ『大乗院日記目録』の応永十年の条には、

二月八日　寺務坊薪入レ之。金剛法性　〔資料**ミ**〕

とある。当時の別当は大乗院の孝円権僧正であり、寺務坊とは大乗院であるから、金剛・法性(宝生)両座の参勤では「一座一座参りし」と合わないことになる。だがこれは、『大乗院日記目録』に誤りがあるようで、同年二月の薪猿楽に宝生座は参勤していなかった。『大日本史料』所引の『孝円御寺務応永九年記』の応永十年の条に左の如くあって、宝生座は二月の不参分を八月に勤め、寺務坊へ参勤したのは八月二十九日だったのである。

一、八月廿九日天晴、猿楽宝生男被レ召レ之、以二当番寛舜権寺主一被二仰出一云、当年薪猿楽不参分ニ於二南大門一昨日既尽レ芸之上者、今日可レ参二御寺務一之由、御下知之。宝生申入云、昨日ハ先且一座仕候了。来冬四座猿楽定可二皆参一候。其時一度ニ被レ召者可二畏入一之旨申レ之。重仰云、一座ニハヨルベカラズ、薪猿楽トテ既於二南大門一遊之上者、いかさま可レ参。尚申二子細一者可レ被レ経二厳密之御沙汰一由御下知之間、則申二領状一罷出了。……日中程猿楽参上、於二寝殿南庭一遊了。五番之後給レ暇了。　〔資料**ム**〕

「当年薪猿楽不参分」と明記されているから、応永十年二月の薪猿楽に宝生座が欠勤していることは確実である。資料**ミ**は、二月八日に別当坊へ参上した金剛の分と、八月に参上した宝生の分とを、二月八日の項に一つにまとめてしまうミスを犯しているに相違なく、応永十年の寺務別当坊薪猿楽は金剛一座の参勤と断じてよい。

なお、資料**ム**は『能楽源流考』が宝生座の最も古い活動記録として言及しているものであるが、薪猿楽に欠勤した

座が期日を遥かに過ぎて不参分を演じたことを示す稀有な例でもある。室町中期以後にはこうした記録を見出せず、義務の遂行を強制する興福寺衆徒の四座支配力にも、時代によって差があったことがうかがわれる。また**ム**は、別当坊薪猿楽について宝生側と別当側とで理解を異にする点があったことを示してもいる。時期はずれの一座だけの薪猿楽だったための食い違いかも知れないが、別当坊薪猿楽自体の性格が曖昧で、慣行も確立していなかったことを示すものとも言えよう。

右に見た応永十年と三十四年の二つの事例から、『申楽談儀』に「大乗院へは一座〳〵参りし」というのは、応永前後の慣行をそのまま記したものと解される。各座がそれぞれ別の日に参上したとすると、四座皆参の場合は四日間を要することになるが、応永三十四年の資料**マ**をはじめ、別当坊薪猿楽は二日間で終了するのが通例であった。大乗院では四座が参勤しても全座を召すのではなく、その内の二座を両日にわたって召したのであろう。偶然とも見えるが、応永十年は(二月と九月に離れてはいたが)金剛座と宝生座であり、応永三十四年は金春と観世である。下掛りの金春・金剛から一座、上掛りの観世・宝生から一座という定めであったろうか。

《応永三十四年の別当坊猿楽については、当時の興福寺別当だった経覚自筆の番組が『尋尊記』の紙背に残されていた事が、八嶌幸子氏によって平成十一年に報告された。観世分十五番の曲目・演者を明記した貴重な資料である。『観世』平成十二年八月号の同氏「応永卅四年演能記録について」や、『能と狂言』創刊号(平成十五年四月)のテーマ研究を参照されたい。》

【室町中期以後の別当坊猿楽】

しかしながら、記録が豊富になり、具体的な姿が比較的明瞭になる康正二年(一四五六)以後の別当坊薪猿楽は、一乗院・大乗院ともに、二座が同時に参勤して立合能を演じるのが通例になっていた。初日には金春・金剛、後日には観世・宝生の両座で、二日間で終るのも通例であった。若干例を挙げるならば、一乗院での記録としては、『経覚私要抄』康正二年二月の条に左の如くある。

九日　今日召㆔薪猿楽於㆓別当坊 一乗院 ㆒云々。但元二座 金春・金剛

十日　今日モ猿楽召㆓一乗院別当坊㆒。今日モ二座。観世・宝生也云々。

〔資料メ〕

永正十二年(一五一五)や同十三年にも同じ組合せだったことが『一乗院旧記抜書』から知られ、それが室町中期以後の一乗院での慣例だったと考えられる。資料ホによれば永享元年には円満井座(金春)と結崎座(観世)の立合であったから、それが特殊例でない限り、一乗院での別当坊猿楽にも若干の変動が生じたことになろう。

資料メと同じ康正二年二月十日付で大乗院の尋尊が興福寺別当に任じられたので、翌康正三年の別当坊薪猿楽は当然大乗院で行われた。その模様は『尋尊記』に詳しく、別当坊薪猿楽の実情を知るのに有益であるが、肝要の部分のみを引けば次の如くである。

一、猿楽金剛・金春両座参了。就㆑其ワキノ能ヲバ金剛了。尤可㆑為㆓金春㆒之由彼座申㆑之。可㆑為㆓其儀㆒之由仰処、先ニ私ニテサグリヲ取処、金剛之由申テ、金剛仕了。両座合十二番也。夜ニ入間カヾリヲタキ了。(二月十日)

一、宝生・重石・観世十郎・同三郎参仕了。芸能十三番。夜入間カヾリヲ仰了。(二月十一日)

〔資料モ〕

十一日分の冒頭は「宝生 黒石」の誤写である事が他史料から知られ、この日は宝生座と観世座の参勤である。従って、康正三年の大乗院での薪猿楽は、前年の一乗院でのそれと同じく、初日は金春・金剛の両座、後日は観世・宝生の両座だったわけで、その後の記録からもそれが大乗院薪猿楽の基本形であったことが知られる。

大乗院での別当坊薪猿楽が二座立合の形に変わったために生じた問題が、脇能をどの座が演ずるかであった。一乗院では早くからクジで決めていたことが永享元年の**ホ**から知られるが、その慣習が大乗院にも適用されたものか、康正三年に金剛が脇能を演じたのはサグリ(クジ)に勝ったからであった(**モ**)。だが、大和猿楽四座の本座を自認する金春座には無条件で金春が演ずべきであるとの主張があり、大乗院主尋尊もそれに同意していたことが**モ**から知られる。にもかかわらず金剛の主張が通ったのは、金春も一旦は同意してクジビキが既に行われていたからであろうが、クジに負けてこりた金春大夫(禅竹)は、院主尋尊に願って、今後は金春が脇能を沙汰すべきである由の一札を書いてもらった。金春大夫が重要証拠書類として家に伝え、宝山寺蔵金春家旧伝文書中に現存する『大乗院尋尊下知状』がそれで、『尋尊記』翌長禄二年三月十六日の条にもそれが転載されている。だが尋尊のこの下知状は、応永十年二月八日に金春・宝生両座が参勤した(前述したように実は金剛一座)時や、応永三十四年二月九日に金春・観世両座が参勤した(実は観世一座)時に金春座が無条件で脇能を担当したという、明白な虚偽を証拠として持ち出しており、意識的に金春をひいきした決定であった。忿懣やるかたない金剛大夫は、**モ**の翌年(長禄二年)の大乗院での別当坊猿楽にはサボタージュの挙に出たが、結局は告文(詫状)を入れて尋尊の決定に従わざるを得なかった。『尋尊記』にその経過が詳しい。観世・宝生両座参勤にそうした争いがあった形跡が無いのは、公方の猿楽たる観世の優先が認められていたためであろうか。

先に、初日金春・金剛、後日観世・宝生で二日にわたるのが室町中期以後の別当坊薪猿楽の恒例である旨を述べたが、若干の例外はあった。長禄二年(一四五八)には前述の金剛のサボタージュの影響で、二月八日金春一座、九日観世一座、十日金剛・宝生両座という異例の形になり、『尋尊記』には「薪事、両日可レ召之処、三ケ日召レ之、今度始也」とある。寛正三年(一四六二)の大乗院でのそれは、「計会(貧乏)之時分」だったため二月十二日だけで金春・観世両座であった。文明二年(一四七〇)も二月十二日一日だけで、金春・宝生の両座で十六番の能を演じた。『経覚私要鈔』同年二月十二日の条に、

一、今日猿楽、金春・法性両人被レ召レ之了。芸能各八番、合十六番沙汰了。先者金春・金剛可レ為二両人一処、法性能殊勝由令二風聞一之間、金剛ヲ指置、被レ召二法性一畢。

とあって、金春・宝生という異例の組合せになった理由が判明する。『尋尊記』同月十三日の条によれば、観世又三郎(正盛)が薪能に参勤していれば三座を召すはずだったのが、代参のため二座になったものであった。この年は応仁の乱を南都に避けていた一条兼良や鷹司房平らが見物したという特殊事情も考慮せねばなるまいが、別当坊薪猿楽は時の別当の恣意に左右される面が大きかったと言える。文明十九年の大乗院での分も、金剛・観世の両座を召して一日で済ませる予定であったが、先年の一乗院での立合能のことで金剛・観世両座に遺恨の事があり(脇能の争いか)、観世大夫が恒例通りの執行を嘆願したために、予定を変えて二日間にしたものであった(『尋尊記』)。この年は青蓮院門跡が薪猿楽見物に下向していた。

別当が召した場合にのみ行われるものであったため、別当坊薪猿楽は、興福寺の経済がより不如意になった室町後期にはほとんど実施されなくなってしまった。『能楽源流考』四九七頁には「長享元年以後は殆ど記録に見えない」とある。だが長享の分を最後に退転したわけではなく、同書も別の条では『一条院旧記抜書』に見える永正十二年(一五一五)と翌十三年の例(ともに二日間で四座)を引いている。管見では、天文十七年(一五四八)の薪猿楽に際し、二月十五日に金剛座が、十六日に観世・宝生両座が一乗院に参勤した(『天文年中衆中引付』同年二月廿四日の条)のが、最も後年の別当坊猿楽である。永禄以降は薪猿楽自体が「田舎之秋祭風情」(『多聞院日記』天正十三年二月六日)と評されるさびれ方で、実施されない事も多かった。別当坊猿楽も天文十七年が最後のものであった可能性が強い。江戸時代に

なってからは全く行われていないようである。

なお、これまでに言及した別当坊薪猿楽の事例はすべて一乗院・大乗院両門跡で行われたものである。両門跡に限らず時の別当の僧坊へ参上するのが原形であったろうと推測されるものの、室町期には他の院家の僧が別当の時には薪猿楽を召さないのが慣例になっていたと認められる。むしろ逆に、別当でもない時に一乗院が薪猿楽を召そうとした事があり、『尋尊記』長禄四年二月七日の条に、

一、薪猿楽事、以下入二別当坊一之儀上、可レ被レ召二一乗院一之由及二御沙汰一、光宣僧都ニ被二仰合一云々。大ニ不レ可レ然事哉。仍召二別当坊修南院一テ、可レ申三入一乗院二之由、雖レ及二寺務辺之沙汰一、為二大儀一之間不二成立一歟云々。

とある。当時の興福寺別当は修南院の権僧正光兼であった。文意不明確な点はあるが、別当でもない一乗院主が薪猿楽を召そうとする動きがあるが、それは然るべからざることで、大がかりな行事でもあるので実現はすまい、の意であろう。一乗院主がこうした事を思い立ったのは、別当坊修南院が一乗院の子院にあたる関係からで、修南院が召す形で場所を一乗院にしようとしたのであろうが、尋尊の予測通りこの企ては実現しなかった。別当坊薪猿楽は別当が召すもので、一乗院・大乗院の院主が召すものではなかったのである。

五　江戸期の薪猿楽

【江戸初期までの概況】

室町末期に絶えだえの状態になっていた薪猿楽は、豊臣秀吉の天下になって息を吹きかえした。文禄になって能を

溺愛した秀吉は、金春大夫安照など個々の能役者に知行や俸禄を与えて後援したのみならず、南都の神事猿楽――薪猿楽と若宮祭――の復活にも助力した。そのため文禄三年(一五九四)には久しぶりに薪猿楽への四座皆参が実現し、別当坊猿楽以外の諸行事が旧儀の通り執行された。慶長二年(一五九七)に秀吉が諸大名に割当てて四座に各千石程度の配当米を支給した――それが四座が武家式楽と言われる地位を獲得した始まりである――のも、南都神事に参勤する四座のみを正統の猿楽座と認定したことに由るものと解され、四座は南都神事から大きな恩恵を蒙ったことになる。だが、武家の厚遇になれた猿楽は、秀吉に弾圧されて実力を失っていた寺門や衆徒を軽視する態度を持ち始めたようで、慶長五年の薪猿楽の際には、主催者たる衆徒の命に従わず、「近年猿楽衆以外無礼緩怠也」(『春日神主祐範記』)とか、「猿楽物而無礼恣ヲ申儀曲事至極也」(『薪芸能旧記』)とか記録されている。興福寺の訴えで郡山城主増田長盛らが乗り出し、金春大夫の知行を差押えるなどの処分をしている。慶長六年まで(八年・九年も)四座皆参が続いたが、豊臣氏なり徳川氏なりが参勤を命じたからこそ続いたのであろう。

【観世座の参勤免除と二座交代参勤制度の確立】

慶長八年に徳川家康が将軍に任ぜられ、同十年に秀忠が跡を襲った頃から、観世座の欠勤が目立ってくる。江戸初期の薪猿楽資料としては玉井家文書の『薪能番組』や勝南院文書の『薪芸能旧記』があって、各座の参勤状況がほぼ把握できるが、慶長十年以降で観世座が参勤しているのは、慶長十四年、元和八年(一六二二)、慶安五年(一六五二)の三度だけである。興福寺も手をこまねいていたわけでなく、元和五年に秀忠が上洛した際には「薪猿楽零落之儀」を陳情し、永井右近大夫を通じて色よい返事をもらって喜んだ(『薪芸能旧記』)ものの、実効はなかった。観世座は江戸幕府の猿楽四座一流の筆頭であり、正月の謡初めなど江戸での公用が多かった。それが神事不参の理由で、興福寺も認めざるを得なかったのであろう。他三座も活動の本拠を江戸へ移しており、奈良への往復は大きな苦痛であったろうが、寛永十九年(一六四二)までは三座参勤が続いていた。然るに、寛永二十年からはなぜか宝生座も両神事に参勤しなくなり、寛文二年(一六六二)までは金春・金剛両座の参勤が続く。

十一月末の若宮祭から翌年二月の薪猿楽にかけて西下を常とし、正月の謡初めに参加できないことを不満とする金春大夫・金剛大夫の内々の嘆願が効を奏して、幕府は寛文二年六月七日に両神事参勤についての新方針を決定した。『徳川実紀』同日の条に、

この日四座の猿楽に令せらるゝは、春日両度祭の時、金春・宝生・金剛三人の内、二人づゝ参てこれを勤め、一人は府に侍るべし。但、観世大夫はこれまでのごとくたるべし。両祭料として、年々八木五百石づゝ給はるべしとなり。

とあるのがそれで、観世大夫の長期の不参勤を既成事実として認めてその参勤義務を免除し、宝生には金春・金剛両座と同じ負担を義務として課したことになる。この決定に基づいて、寛文三年の薪猿楽は金剛・宝生、同年の若宮祭と翌四年の薪猿楽は金春と宝生、同年の若宮祭と翌五年の薪猿楽は金春・金剛が参勤し、以後同じ順番で三座の内の二座が参勤して幕末に及んだのである。

なお、寛文二年の幕府決定の背後にあった金春・金剛両大夫の嘆願が薪猿楽参勤に謡初め参勤をからめたものである事は、享和二年(一八〇二)の観世大夫由緒書に明証が見える(能楽資料集成『能楽諸家由緒書』〔平成八年、わんや書店〕十五頁参照)。事実、それ以前は観世大夫と喜多大夫が独占した形だった謡初めに、南都へ参勤しない一座の大夫が加わるようになったのは、寛文三年以降であるらしい。

【その他の事ども】

室町期には二月六日に開始されていた薪猿楽は、二座交替参勤が決まった頃には二月七日開始に変更されていた。その間の経緯は明らかでないが、慶長八・九・十・十一年、元和七年には六日に開始されたものの、寛永年間には六日開始の例が見えず、慶安五年と承応二・三・四年と四年間六日開始が連続した後は、七日またはそれ以後の開始ばかりである。『薪能番組』等によると、明暦以後は二月六日の条に「猿楽座不調ニ付能無之」と書くのが定例化していたようで、六日開始が立て前であるとの立場を残しつつも、実際には七日開始が恒例となっていた。参勤座数が二座に決まったことが、開始日繰り下げの固定に影響しているのであろう。七日間演能の定めは不変だったが、十四日で打切る慣例も昔のままであったから、実際に七日間演じることは少なくなっている。

最後に、江戸後期の薪猿楽参勤の形骸化を指摘しておきたい。享保三年(一七一八)の薪猿楽に宝生大夫友春が薪猿楽に参勤したが、それは元禄六年(一六九三)以来二十五年ぶりの参勤だった。その間はすべて弟子に代勤させていたのである。三役の代勤はもっと早く、寛文頃にはすでに恒例化していた。正徳三年(一七一三)に興福寺が奈良奉行を通して神事参勤正常化を幕府に働きかけた事の一時的効果の一つが右の宝生大夫の参勤である。だが、江戸後期には金剛大夫も専ら代勤を立て、奈良に領地を持つ金春大夫が稀に参勤するだけで、薪猿楽も若宮祭後日能も、京阪方面在住の弟子筋の者が勤めるのがあたりまえのことになってしまった。明治初年に廃絶する以前に、四座の春日興福寺両神事への参勤は形骸化していたと言ってよいであろう。

江戸期の薪猿楽については、衆徒による大夫補任(万治四年が最後らしい)の廃絶、雨模様の際の延否をめぐる慣習、奈良奉行の介入、藤堂家から出ていた扶持米のことなど、言及すべき事はすこぶる多いが、まだまとめ得ていない。今回は残念ながら割愛する。

II

大和猿楽の「長」の性格の変遷

はじめに

南北朝期以後に芸能界の主流を形成した大和猿楽四座には、長(オサ)と呼ばれる人物がいた。当初は一座の統率者・代表者であったらしいが、室町中期以後には、奈良での特定の神事猿楽の〈式三番〉の翁を勤める者を意味するように変わった。その翁を勤める長が江戸時代には権守(ゴンノカミ)と呼ばれ、明治以降には座の解体もあって消滅した。こうした長の性格や名称の変遷の背後には、猿楽が呪術的芸能から諸人快楽のための演劇に脱皮する過程での重要な側面が隠されているように思われる。

そうした点を考察するのが本稿の主目的であるが、副次的には能楽史上の他の若干の問題についても論及することになろう。従来の常識を打破したり、無視されていた事を掘り起したりしながら論を進めざるを得ないので、いささか長大になるが、第一節では、この論考の手がかりとなった「観世座ノ長十二大夫」の問題をめぐって、室町期の長の性格を考えてみたい。第二節では、江戸時代の年預と権守の実態を明らかにし、それと室町期の長の関係を究明する。第三節では室町時代に戻って、長の性格変遷の背景や、長・権守をめぐる諸問題について考察する予定である。

《予定とは違って、第三節は長・年預をめぐる基礎的な問題についての考察だけにし、長の性格の変遷や年預の本性の究明は第四節を別に立てて論じた。三年にわたった論考のため、途中で新資料の存在を知って意見を変えた点が少なくなかった結果である。論旨に一貫しない面も生じたようである。》

なお、論の全般が薪猿楽と密接に関係しているので、初めに、室町中期(金春禅竹の活躍期)から江戸初期へかけての頃の薪猿楽の慣行を略記しておく。禅竹編の『円満井座壁書』や、諸史料に見られる実際の参勤記録に基づいて整理して言えば、当時の薪猿楽は、次の日程で四種の行事から成り立っていた。

a 二月五日……春日大宮社頭での〈式三番〉(呪師走り)

b 二月六日より七日間(十四日まで雨天順延)……興福寺南大門での猿楽(薪能・門の能)

c 薪能第三日(順調なら二月八日)より四日間……春日若宮社頭での一座ごとの猿楽(御社上リ(ミヤシロアガリ))

d 二月十日前後の二日間……一乗院または大乗院での二座ずつの猿楽(別当坊猿楽)

このうち、**d**のみは、時の興福寺別当が両門跡(一乗院・大乗院)以外の院家の僧である場合や、別当が経済的理由などで猿楽を召さない場合など、行われないことも多かったが、召されれば猿楽は参勤する義務があった。**a**・**b**・**c**は常に行われる定めであった。**c**や**d**は**b**の薪能と併行して行われるので、**c**・**d**に参勤した座は**b**には参勤しないことになる。そして雨天などで延びた場合でも、十四日で打切るのが恒例であった。一連の行事である**a**・**b**・**c**・**d**のすべてが薪猿楽の一部であるが、**b**の薪能が最大の行事だったので、興福寺の僧の記録などには**b**のみを薪猿楽と称している例も多い。本稿で言う薪猿楽はすべて広義のそれであり、**b**を意味する狭義の語としては、「薪能」または「門の能」の語を用いてゆく。

第一節　室町期の「長」――「観世座ノ長十二大夫」考――

一　十二大夫父子

室町期の能楽史料として貴重な『尋尊大僧正記』（『大乗院寺社雑事記』所収。以下本稿では『尋尊記』と略称する）の、長禄二年（一四五八）二月四日の条に、次のような記事が見える。

一、去二日、観世座ノ長十二大夫参ス。去年金剛・金春脇能事及㆓相論㆒、所詮当年ハ彼両座事ハ各日ニ可㆑被㆑召之由申㆑之。於㆓其段㆒者不㆑可㆑叶之由仰了。所詮猿楽中可㆓参向㆒間、其時可㆓申定㆒云々。〔資料ア〕

前年（康正三年）の薪猿楽に際し、二月十日の別当坊大乗院での能に参上した金春・金剛両座が脇能の上演権を争い、サグリ（鬮引）によって金剛が演じるという紛争があったので、本年は両座が別々に参上する形にしてほしい旨を十二大夫が申し出たのに対し、尋尊がそれを許可しなかったわけである。

資料アに名の見える十二大夫は、前年にも薪猿楽のついでに大乗院へ挨拶に参上している（『尋尊記』同年二月八日）が、『蔭涼軒日録』寛正五年（一四六四）正月十八日の条に、

……先十四日松拍、陰雨午晴、御快哉之由、御雑談刻移也。猿楽十二、以㆓八十余齢㆒尚強健之事、日吉座狂言蝦蟹大夫勤㆓狂言二番㆒之事、在㆓談余㆒也。〔資料イ〕

とある「猿楽十二」が同人に相違なく、将軍足利義政の口の端に上るほどの役者であった。同書の寛正七年（文正元

年)正月十八日の条に、

……御談余、前十四日松拍、十二年齢八十三、老而益健之由被二仰出一。音阿弥、又河原善阿弥、益健之由、共被二仰出一。皆老後寵栄也。　〔資料ウ〕

ともあって、当時八十三歳というから、至徳元年(一三八四)生れで、世阿弥よりほぼ二十歳年少であったことも判明する。資料アの時には七十五歳である。『尋尊記』応仁二年十二月三日の条に、

一、十二大夫来、対面、当所ニ止住云々。

とあるのは、尋尊が初瀬寺に参詣した際の記事であるから、八十五歳までは生存していたことと同時に、当時は長谷に居住していたことも知られる。寛正五年八月廿八日の初瀬寺観音堂上葺の際の猿楽をも十二大夫が勤めており(『尋尊記』同日の条)、もともと初瀬寺と縁の深い猿楽だったらしい。

また、『大乗院日記目録』(『大乗院寺社雑事記』所収)の応永三十四年(一四二七)の条に、

二月九日　別当坊薪猿楽在レ之 大蔵

十日　観世十郎・三郎・十二次郎

とあり、観世十郎元雅・観世三郎元重(音阿弥)とともに十二次郎なる役者が大乗院へ参上しているが、この十二次郎も前述の十二大夫と同人と考えられる。当時はまだ先代と見られる十二五郎康次が健在であったし、観世座の三名がともに参上したせいもあって、大夫号を伴なわぬ通称の形で記録されたものであろう。同人ならば、十二次郎は時に四十四歳である。室町後期成立の『自家伝抄作者付』が〈那須与一〉〈小手巻〉〈秩父〉〈飯沼〉の作者として十二次郎の名を挙げているのも、多分十二大夫のことであろう。《応永三十四年の別当坊薪猿楽の詳細な番組が出現したことは145頁の補説に述べたごとくである。十二次郎が演じたのは全十五番中〈酒天童子・猩々・忠信・逆鉾〉の四番である》。

右の十二大夫の先代と見られるのが、『申楽談儀』に世阿弥宛ての書状が転載されている十二権守康次(十二五郎)である。至徳三年・応永三年・同十九年・同三十年・正長元年・永享元年の活動記録が知られており、永享六年(一四三四)にも八十二歳の高齢で活動していたが、同年に没したらしい(『看聞日記』同年三月十七日の条)。十二大夫との年齢差は三十一年であり、親子と解して大過あるまい。父子ともに観世座と密接な関連を保ちながら活動しているが、この親子が統率していたと見られる十二座については、『能楽源流考』に考察があるほか、香西精氏に「十二」と題する論考がある(『宝生』昭和四十三年四月号。同氏著『続世阿弥新考』所収)。それについては後に触れることになろう。

二　「観世座ノ長十二大夫」に関する通説と疑問

さて問題は、資料**ア**に「観世座ノ長十二大夫」とあり、右に見た十二大夫(十二次郎)が「観世座ノ長」とされていることである。

このことについて、能勢朝次博士は、『能楽源流考』の越智観世(世阿弥の長男観世元雅の遺子が大和の越智に結成したらしい座)に関する考察の中で、私なりに要約すれば次のように解しておられる(同書七六〇頁)。

① 当時は、京都の観世座は又三郎政盛が観世大夫になり、父の元重が出家して音阿弥と称したばかりの時であるから、音阿弥や政盛をさしおいて大和の十二大夫が観世座の長になるはずがない。

② 従って、資料**ア**の「観世座」は京都の観世座ではなく、当時活動していたことの明確な越智観世の座ではないかと思われる。

③ 十二大夫は当時の大和猿楽の古老であり、その父の十二権守康次は世阿弥に恩顧を受けた人物である。そう

した縁故から十二大夫が元雅の遺子の越智観世を応援し、古老の故を以て越智観世座の長になっていたのではないか。

④とすれば、越智観世座の創立には十二大夫座も相当の役割を演じたものと考えられる。

③は②の理由・背景についての合理的推測であり、それに基づく別の推測が④であって、能勢説の根幹は①と②である。①が成立してこそ可能となる推定が②であることも説明の要があるまい。

この能勢説については、これまでの所、異見が出ていないようである。前述した香西氏の論考「十二」も、能勢説を肯定し、十二大夫が越智観世座の長であった事を手掛りの一つとして、先代の十二権守と観世座との関係について、〝京都にいる長とその直属の座衆とは別に、大和観世一座を率いて活動していた〟ものと推定しておられる。永島福太郎博士の『中世文芸の源流』に「越智観世に十二大夫が種々援助を与へてゐる……」とあるのも(同書九二頁)、資料**ア**に関する能勢博士の説を容認しての文言と見られ、能勢説はほぼ学界の定説になっていたと言ってよいであろう。

能勢博士が資料**ア**の「観世座の長十二大夫」の観世座を京都の観世座ではなくて越智観世の座であろうと考えられたのは、

(1)「長(オサ)」とは猿楽座の統率者・代表者を意味する。

(2)当時の観世座は、将軍足利義教のひいきによって世阿弥・元雅父子を圧倒し去った観世三郎元重(一三九八～一四六七)が、観世大夫の地位を子の又三郎政盛に譲って出家入道し、音阿弥と称し始めた直後であって、統率者は出家後も第一線で活躍した音阿弥だったに相違ないと考えられる。

(3)『尋尊記』によれば資料**ア**の前年にあたる康正三年の薪猿楽に「観世十郎」なる人物が三郎(音阿弥)とともに参勤しており、それは十郎元雅の遺子(世阿弥の『却来華』に「嫡孫は未だ幼少なり」と記されている人物)と見られる。同代のその他の記録を参照しても、京都の観世座とは別に、「観世十郎」の座、すなわち越智観世座がすでに結成されていたと解されること。

の、三つの観点を総合してのことである。⑵は誰しも異存のない所であろう。観世大夫になった政盛が名義上は統率者だったとしても、将軍足利義政のひいきをも受けていた音阿弥が実質上の統率者だったことは確かであろうから。⑶も、越智観世座が座と称するに足りる実質を備えていたかどうかの疑問や、京都観世座との具体的関係についての疑義などは残るものの、一応承認してよい見解と思われる。問題は⑴である。

「長」とは猿楽座に於いては一座の統率者を意味するとの解釈は、『中楽談儀』の用例から帰納して得られたものである。同書の永享二年奥書のすぐ前に収められている「定　魚崎御座之事」は、観阿弥・世阿弥時代の観世座の（《『鎌倉時代には創立されていたであろう結崎座の」と改めるべき所》）規則集と見てよい内容であるが、その冒頭に、

長ザケ、拾貫文。権守ザケ、三貫文。大夫ザケ、下ハ二貫文也、上ハタケ〳〵ニシタガツテモラセタマウベキ也。

とあって、長酒（長に就任した際の座衆への振舞酒）が権守酒や大夫酒に比較して著しく多大に定められているのをはじめ、「ヲサドノ」の語が多出し、猿楽座では長が最も大きな権限と責任を持っていたことが知られる。一座の収入配分に関する規定たる同書第三項に、

一、トクブンノ事、三、ヲサドノ。二、ツマヲリ。三ザ、一ブハン。マタ、一ヲ三ニワケテ、四座ヨリ六ヱマデ、ワケテトルベシ。又、中ザノ一ラウハ二ブン。中ザノツマヲリハ三ヒトツトラセタマウベシ。コノホカ、四カウモロクモ、ザフリニワクベシ。〔資料エ〕

と言うのも、数値をわかり易くすれば、長18、端居12、三座9、四座より六位まで2、中座一臈3、中座端居2であり、長への配分比率が著しく高い。多武峰八講猿楽の禄物の先取特権（飾り造物の最良の物一つ、馬代の内千文、大瓶〔酒〕

一つ)もあり(第二項)、入座料の内の千文、中座入座料の内の五百文を受け取る権利もあった(第八項)。義務としては、寄合の酒や若宮祭の見参酒の長殿負担が明記されている(第十項)。他の座衆とは全く別格の待遇を受けている「魚崎御座之事」の「ヲサドノ」が、一座の統率者・代表者であることは、ほとんど疑問の余地がないと言えよう。金春禅竹の『円満井座壁書』に、

一、長殿の御得分三ぶ。二座、三座、六位までは二ぶ半づゝ。其次より推並て二ぶづゝ。子座は一つづゝ。十四才迄は子座、十五歳より大座。〔資料**オ**〕

とある「長殿」も、配分比率こそ結崎座(観世座)ほど高くはないものの、「魚崎御座之事」のヲサドノと同質に相違なく、一座の統率者・代表者を「長」とか「長殿」の名で呼ぶことは、猿楽諸座に共通することだったと思われる。

しかしながら、「魚崎御座之事」や『円満井座壁書』に用いられている一座の統率者を意味する「長殿」と、資料**ア**に尋尊が用いている「長」とが同義であるかどうかは、かなり疑わしい。能勢博士はその点には疑念を抱かれず、自明の事として同義に解されたのであるが、実は、「長」が一座の統率者の意で世間に通用していたわけでもないらしいし、少なくとも尋尊は、それとは違う意味に「長」の語を用いていた可能性が強いのである。

そうした疑いを持ちはじめたきっかけは、「長殿」や「長」の語が「魚崎御座之事」に集中的に用いられているだけで、『中楽談儀』の他の部分や世阿弥の他の伝書に一つも用例が無いこと、及び、一座の統率者・代表者を意味する言葉として世阿弥が別の語を用いている事実である。永享二年成立の『習道書』に世阿弥が多用している「棟梁の為手」(略して「棟梁」とも)の語は、「脇の為手」の語が対置されているため一曲のシテを演じる役者の意に誤解される惧れもあるが、「一座棟梁」とも言っていることから明らかなように、一座の統率者の意である。また『中楽談儀』第十七条に、

おきなをば、むかしは宿老次第に舞けるを、今ぐまのゝ申楽のとき、将ぐん家ろくおんいん、はじめて御なりなれば、一ばんにいづべきものを御たづね有べきに、大夫にてなくてはとて、南阿み陀仏一げんによりて、清次出仕し、せられしより、是をはじめとす。よつて、やまとさるがく、是を本とす。……　〔資料**カ**〕

という記事の「大夫にてなくては」の文言は、海老名南阿弥陀仏の発言のままなのか、語り聞かせた観阿弥や世阿弥の語彙が混じているのかは判定困難であるが、具体的には〝清次(観阿弥)でなくては〟の意であることが明瞭で、「大夫」が一座の統率者・代表者を意味する語として用いられていると解することが出来る(香西精氏著『続世阿弥新考』所収「長の大夫」参照)。「長殿」ではなくて、「棟梁の為手」とか「大夫」の語を、世阿弥や周辺の人が統率者の意に用いていたかのようである。

　この事だけではなんとも言えないが、観阿弥の死を記録した『常楽記』(至徳元年五月十九日)が「大和猿楽観世大夫於駿河死去」と大夫号で観阿弥を呼んでいるのを初め、『満済准后日記』応永二十一年四月十八日の条の「猿楽ヱナミ大夫」など、一座の統率者や代表者を大夫号で呼ぶことが世阿弥時代からすでに一般化しつつあったと解されることをも考え合わせると、後代の尋尊が資料**ア**に用いている「長」の意味内容が「魚崎御座之事」の「長殿」と同意であるかどうか、少なくとも検証の必要があると言わざるを得ない。

三　『尋尊記』の「長」の性格

　右の如き観点から、『尋尊記』における「長」の用例を抜き出し、その性格を検討してみることにしたい。

『尋尊記』には、長禄二年(一四五八)二月四日の資料**ア**の分を初出として、同年同月七日、同八日、同年三月十六日、文明三年（一四七一）二月二日、文明六年二月六日、文明十六年二月六日、文明十七年二月十一日、明応四年（一四九五）二月六日、明応五年二月六日、同十二日、明応六年二月七日、同十日の条などに「長」（猿楽座の）の語が用いられている。現れる順序にはとらわれず、用例の若干を引いて長の役割・性格を考察してみよう。

〔用例1〕　文明三年二月二日

一、上皇崩御間、薪猿楽等事任㆓先例㆒不㆑可㆑有㆓始行㆒之由、衆中一決畢。在俗衆儀猶以如㆑此。然而六方衆等、就㆓内外計略㆒、是非共以可㆓始行㆒之由、申㆓合学侶㆒了。学侶又同心、申㆓送衆中㆒。仍如㆑例可㆓始行㆒旨、以㆓沙汰衆㆒加㆓下知四座長㆒云々。以外次第也。寺社掟当㆓于此時㆒破了。……一天上皇崩御、尤以可㆑歎事也。神慮且如何。

後花園院が前年十二月廿七日に崩御されたため、慣例（諒闇三ヶ月の間は薪猿楽も執行されない定めだったことが同月十四日の記事から知られる）通り不執行に決まっていた薪猿楽が、六方衆の発議で強行されることになったのを嘆いている記事である。薪猿楽実施の下知が沙汰衆を通して〝四座の長〟に加えられており、四座にそれぞれ長がいたことが知られると同時に、興福寺衆徒から大和猿楽四座への通達が長を通して行われる慣習であったことが推測される。但し、四座の長が当日奈良に居たかどうかは、右の用例のみでは明確ではない。

〔用例2〕　文明六年二月六日

一、薪猿楽不参。子細何事哉之由為㆓衆中㆒致㆓糺明㆒之処、金剛座長申入趣ハ、自㆓金晴方㆒四座面々方ェ遣㆓書状㆒。其子細ハ、四目代粮米事、如㆓本々㆒無㆓其沙汰㆒者、不㆑可㆓罷上㆒之由令㆑申之間、自㆓衆中㆒御成敗無㆓一行㆒者不㆑可㆓参上㆒云々。以外金晴大夫緩怠也。衆中一向失㆓面目㆒上者、及㆓厳蜜之執行㆒、高間郷之内金晴大夫住屋進発了。就中四座猿楽当国可㆑停㆓止出入㆒、打㆓留人躰㆒、於㆓荷物㆒者可㆓落取㆒之由、加㆓下知三党㆒畢。……

金春の主唱による薪猿楽不参のストライキ的行為として著名な事件の記録である。注目すべきは、四座の猿楽が不参であった時に、金剛座の長が不参の事情を申し述べていることで、彼は奈良に住んでいたか、座衆とは別に彼だけが奈良へ来ていたかの、いずれかであったと解される。また衆徒の糺明が長を通して行われている点も、長の役割を考える手がかりの一つとなり得よう。

〔用例**3**〕　文明十六年二月六日

一、薪猿楽初レ之。金晴・金剛・法性三座参申、云々。観世座長計参申。不レ可レ然旨加二下知一。明後日ハ自二京都一可二下向一之由申、云々。今日三座而六番仕了。　〔資料**キ**〕

観世座は長だけが参上し、座衆は二日遅れて京都から下向するという右の記事は、長が座衆とは離れて行動していることを明確に示している。一座の座衆は予定通り八日には奈良に来て薪猿楽に参勤したようで、『尋尊記』同月十日の条には観世が社頭に於いて芸能を沙汰した（御社上りの能を勤めた）旨が見え、十一日の条には、観世・宝生両座が別当坊（大乗院）での能を勤めたことや、芸能終了後に観世大夫（之重）を召し出して盃を与えた由が記録されている。観世座の長と大夫が別人であったことも、十一日の記事からほぼ確実と言えるであろう。

〔用例**4**〕　文明十七年二月十一日

一、観世自二早旦一参申、芸能九番、法生之長計参申……。　〔資料**ク**〕

これも薪猿楽別当坊能についての記録である。この年の薪猿楽には、始行日たる二月六日には金春・金剛両座のみが参勤し、観世座は八日から参加したが、宝生（法生）座は参勤した形跡がない。にもかかわらず、観世・宝生両座が揃って参勤する慣習だった別当坊猿楽第二日に、「法生之長」のみが顔を出している。用例**3**とあいまって、一座の長が座衆とは離れて行動していることが明らかであり、一座が参勤しない場合でも長だけは薪猿楽に顔を出すのが慣らわしだったことも推測される。

〔用例**5**〕　明応六年(一四九七)二月七日

一、薪猿楽初レ之。金晴・金剛・宝生参申。京都観世妻女逝去、二日三日比歟、仍不二罷下一、長一人祗候了。……

〔資料ケ〕

翌八日に観世大夫の代理として「十郎観世子」が参向して「四座満足」の形になったが、これまた長だけが参勤している例である。大夫とは別に一座に長がいたことは確実であり、わざわざ「十郎観世子」が大夫代理として参勤したのであるから、長が大夫の代理を勤める性質のものではなかったことも推測される。

〔用例**6**〕　明応四年二月六日

一、薪猿楽初レ之。金晴・宝生参申。座中無人数之間、宝生大夫長也、脇致二其沙汰一了。

〔用例**7**〕　明応五年二月六日

一、薪猿楽於二大門一如レ例初レ之。……

一、沙汰衆弁・堯善・帥公来。薪珍重云々。今晴・金剛・宝生三座。宝生大夫ハ一座之長也。依二無人衆一併レ長芸能云々。不便次第也、云々。宝生大夫来。珍重旨仰了。

〔用例**8**〕　同、二月十二日

一、薪今日四座召合、七ケ日無為、珍重〳〵。

一、宝生大夫扇一本給レ之。座中芸能躰無レ之間、無レ力辞レ長為二大夫一懃仕、云々。

〔用例**9**〕　明応六年二月十日

一、宝生大夫参申。見参。扇一本給レ之。一座長也。

以上の**6**・**7**・**8**・**9**の用例は、明応四年から六年にかけての宝生座の長に関する記事である。宝生大夫が一座の長であることを言う**9**だけを見れば、一座の大夫がすなわち一座の長であることを物語る資料と誤解される惧れすらありそうである。長である宝生大夫が脇役を勤めたという**6**の記事も、「座中無人数之間」と理由が明記されているものの、然るべき人材がいなかったために、本来はシテを勤めるべき大夫(長)がワキを勤めたことの記録と解することが可能で、やはり、大夫即長の用例の一つと誤解されそうである。しかし、**6**(明応四年)と**9**(明応六年)の中間の、明応五年の用例たる**7**・**8**に、「無人数に依て長を併せて芸能」に及んだことを「不便次第也」と言い、「力無く(やむを得ず)長を辞して大夫となって勤」めたと言うのであるから、宝生座の長が南大門の能に出演したのは、極めて例外的な気の毒な現象であり、長を辞任する形を採って大夫として勤仕したことが知られる。つまり**7**・**8**は、長が南大門での能に参加しないものであったこと、長と大夫とは別々であったことを示す資料なのであって、**6**や**9**も、**7**・**8**を参照し、同じ宝生座の特異な事例を、特異であったがゆえにわざわざ記録したものと理解すべきであろう。

なお、森末義彰氏の論考「薪能と大和猿楽」(同氏著『中世芸能史論考』所収)は、明応四年の用例**6**について、「脇致二其沙汰一」を〝脇能を演じた〟の意に解されたようで、薪能初日の脇能は金春座が演じる定めであったが、この時のみが例外である由を述べておられる。翌年や翌々年の記事を参照すれば、「座中無人数」が宝生座のことであることに疑問の余地がない。無人数の宝生座が金春座の権利を奪って脇能を演じるはずもない。当然脇役を勤めたの意に解すべきであろう。

〔用例**10**〕　文明十六年二月六日(用例**3**に続く記事)

二月一日、衆中集会より、西金堂司方へ、如二前々一可レ有之由、遣二書状一、自二堂方一古年頭一臈ニ仰レ之、四座長、、方ニ相二触之一。可二参申一之由御請之旨、古年頭衆中、沙汰衆辺ニ返事書二上之一。二月五日、於二大宮殿拝屋辺一、四、

座長共色三番之儀有レ之。号二呪師走一也。今日六日大門ニ参申。 〔資料**コ**〕

これは、直前に書かれている**3**のような出来事の記録ではなく、薪猿楽に於ける故実・慣習を記録した部分に相違ないので、論証上の便宜もあって、**3**とは分離して掲出した。薪猿楽関係の論考にしばしば引用される著名な記事である。

薪猿楽に関する衆中集会の決定が堂方・古年頭を経て四座の長に通達されるという点は、**1**と同様、興福寺と猿楽四座との連絡が長を通して行われる慣習であったことを示している。それよりも貴重なのは、南大門での薪能開始日の前日、二月五日に春日大宮で舞われた〈式三番〉――いわゆる呪師走り――が四座の長の役割であることが明記されている点である。呪師走りは冒頭に述べた如く薪猿楽の開始を告げる行事であり、四座立合の〈式三番〉だけが、ほとんど例外なしに二月五日に舞われた。一座が薪猿楽にまだ参勤していないのに長だけが奈良へ来ている(用例**2**・**3**・**4**・**5**)のも、呪師走りを勤めるためということでなっとくできるし、長が南大門の能に参加しないということも、実は説明が可能となるのである。『尋尊記』の長に関する記事で、長の芸能上の役割に明確に言及しているのはここのみであり、最も貴重な用例と言ってよいであろう。

〔用例**11**〕 長禄二年(一四五八)二月八日

一、金晴計参上了。然者、金剛ニハ、三番猿楽分ニテ、為二長ガ沙汰一可レ致二其沙汰一旨仰処、不レ可レ有二子細一云々。但遅参之間、無レ力一座令二沙汰一了。 〔資料**サ**〕

これは資料**ア**の四日後の、別当坊猿楽(薪猿楽の行事の一つ)に関する記事である。前日の条には、明日参上するよう金春・金剛両座に伝えるように役人に命じた事、長が参上したので同じことを命じた事、金剛座がまだ薪猿楽に参向していない事が記されている。両日の記事を参照すると、何座とも明記されていない前日参上の長が金剛座の長(または両座の長)で、その際に「三番猿楽分ニテ……」云々と尋尊が命じ、金剛の長はそれを承知したのであろう。だが、八日には金剛座は参勤せず、金剛の長も大乗院へ遅参したため、金晴一座で別当坊能を行ったと言うのである。**サ**に尋尊の言う「三番猿楽」とは、三番叟のことではなく、実は〈式三番〉のことであったと解される。二日後の十日の条に記載されている金剛大夫の告文(謝罪状)に、

敬白　起請文事

右子細者、今度薪猿楽事、違例ニヨリ候テ、昨日御能・御寺務之御ヤクニモ不参候。又、式三番之事、役人ヲマ(ア)ツメ候間ニ、スデニ御能ハジマリ候。此両条サラ〳〵緩怠ニアラズ候。向後ニヲキ候テモ、緩怠アルマジク候。若イツワリ申候ハヾ、神ノ御バチヲカウブルベク候。ヨツテキシヤウモンノ状如レ件。

長禄二年二月　　金剛大夫判

とあることが、それを物語っている。〈式三番〉を「三番猿楽」と誤記した例は、尋尊以外にも見られ、後に引く資料**ツ**などもその一例である。つまり尋尊が金剛座の長に命じたのは、〝金剛大夫や座衆はまだ来ていないにしても、〈式三番〉だけは汝の責任で勤めるようにせよ〟ということだったのである。そして用例**11**は、別当坊猿楽にも〈式三番〉が舞われたことを示す資料でもあるが、長が芸能について責任を持たされている事例としても貴重である。金剛大夫の告文が、自己の不参のみならず、長が命じられた〈式三番〉の役人の遅参を含めている点、長を含めた金剛座全体の責任者は大夫であったことが確認されるが、長も若干は責任を有する地位であったらしい。但し、用例**10**によって呪師走りの翁を舞うのが長であったことを知った上でこの事例を見ると、長が〈式三番〉について責任を持たされたのは、別当坊猿楽の翁もまた長の職能の一部だったからではないかと考えられてくる。文明十七年の別当坊猿楽に、宝生座不参ながら長だけが参上した(用例**4**)のも、観世の長と立合で〈式三番〉を舞うためだったのではなかろうか。少なく

ともその可能性は否定できまい。もしそうであれば、自己の本分に関して命令を受けたことになり、資料**サ**を、長が責任を持つ役者であったことを示す資料として重視するのは、妥当でないことになろう。

以上に見た諸用例から帰納される、尋尊の言う長の性格は、次のように整理できるであろう。

a 四座にそれぞれ長がおり、長は大夫とは別人であった。

b 長は興福寺と猿楽各座の連絡にあたる役割を持っていた。

c 長は一座の座衆とは必ずしも行動を共にしていなかった。

d 長は呪師走りの翁を勤めた。別当坊猿楽の翁もそうだった可能性がある。

e 長は南大門の薪能には参加しないのが原則であった。

若干補足するならば、猿楽座の座衆が常に行動を共にしていたわけではないことは、「魚崎御座之事」などからも知られることであるが、**c**の意味するところはそれと同じではない。金剛座が薪猿楽に参勤しなかった時に金剛座の長が奈良に来ている例(用例**2**)の如く、長が座衆全体と別行動を取っていること、つまり長は座衆には入らないとも解されるほどに、長が座から遊離した存在であったことを指摘したものである。それは**e**ともつながる。明応五年に宝生座の長が長を辞した(用例**7**・**8**)のも、大夫になるための長辞退であるよりは、南大門の能に座衆の一員として参加するためには長辞退が必要だったのであろう。これまた、**c**と並んで、座衆と長との質的な違いを示す現象と解される。最後に、『尋尊記』の長の用例がすべて薪猿楽関係の記事に限って現れているという注目すべき特色が存在することを指摘しておく。その見地からは、**b**には〝薪猿楽の際に〟とか〝神事猿楽について〟とかの限定を添えるべきかも知れないが、偶然的な片寄りの結果とも見られるので、あえて限定しなかったものである。

尋尊の言う長は右の如き性格のものであった。それが一座の統率者でないことは明白であろう。むしろ、〈式三番〉専門の、一般座衆とは性質を異にする役者であったかの如くである。だが、尋尊が長の語について独得の用法を採用している——独自の語義に用いている——惧れがないではない。同時代の他書の用法をも検討してみる必要があろう。

四　長の職能再検

『尋尊記』によれば、呪師走りの〈式三番〉を勤める人物が長であった(資料**コ**)。それが尋尊独自の用法ではないことは、禅竹編の『円満井座壁書』にも

……五日ハ、春日四所ノ御神前ニテ、四ノ座ノ長、式三番ヲツカマツル。　〔資料**シ**〕

とある事や、続群書類従所収の『明応六年記』(『春日神主師淳記』)の二月十一日(記事内容からも二月五日の誤りに相違ないと思われる)の条に、

一、今日、薪猿楽呪師馳在レ之。於二幣殿一、四座ノ長参ジテ翁面沙二汰之一　〔資料**ス**〕

とある事から確実視される。**コ**や**シ**は長が〈式三番〉を勤めると言うのみで、シテの翁とは言っていないが、当然そう解すべきであり、**ス**が「翁面」の語を用いているのがそれを裏付けている。「翁面」は〈式三番〉のシテの老翁を意味する鎌倉時代以来の通称であった。勿論、長だけで〈式三番〉が演じられるはずはなく、千歳や三番叟や囃子方も当然参加したに相違ない。それらの参勤をも含めて「四座ノ長参ジテ」と記録しているものと解すべきである。「翁面沙汰之」が〈式三番〉全体が演じられたことを意味していることも、言うまでもあるまい。「翁面ヲアツル」が〈式三番〉を演じることの代名詞的表現ですらあったのである。

「呪師走り」の翁を勤めるのが長である――長は「呪師走り」の翁を勤める――という点で、尋尊と他の諸記録の長の用法に差が無いという事実は、特別の反証でもない限り、前節で整理して記した『尋尊記』に現れる長の性格（170頁の**a〜e**）が、世間一般で言う長の性格でもあることを意味しよう。さほど多くは見出せなかった他書の長の用例は、確かに尋尊の言う長と同性質の役者を意味しており、中には、『尋尊記』からは知り得なかった長の職能の一部を明らかにする用例もある。

例えば、『大日本史料』所引『春日社司祐称記』の永正五年（一五〇八）二月八日の条に、左の如くある。

一、今日、猿楽於二社頭一如レ常在レ之。今春大夫参レ之。七番沙汰也。仍、長、ヲキナメンノシテ、丑寅角ノ柱ノモトニ著候。仍、以二神人一、如二先規一辰巳ノ角ノモトニ可二著座一旨、自二神前一被レ加二下知一候了。〔資料**セ**〕

これは薪能の第三日に慣例通り四座のトップを承って金春座が若宮社頭へ参上した、御社上りの能の初日の記録である。御社上りの能では、各座とも六番程度の能を演じたが、冒頭には〈式三番〉が演じられる習わしであった。その〈式三番〉の翁の役を長が勤めているのである。長が携わる具体的な芸について『尋尊記』から知り得たのは、「呪師走り」の翁を勤めることだけであった。資料**セ**によって、御社上りの翁もまた長の職能の一部であったことが知られる。別当坊猿楽の翁が長の役割であったろうとの、資料**サ**に基づく推測も、右の二つの職能と関連して、確実視できると言ってよいであろう。どうやら長は翁専門の役者であるらしい。そしてそれは、室町末期以降に「権守」と呼ばれた役者の職能と重なり合っているのである。**セ**に言及されている長は、翁を勤めはしたものの、舞い終っての坐り所を誤まり、神官に注意される程度の芸力の持ち主であった。この点もまた後代の「権守」に似合わしい。資料**セ**は、長が江戸期の「権守」の前身であったことを示す有力な材料のようである。

また、興福寺衆徒の記録たる『天文年中衆中引付』(保井家旧蔵。永島福太郎氏蔵の影写本による《原本は天理図書館蔵》)の、天文十三年(一五四四)二月十七日の条にも、左の如く長の語が見える。

一、薪芸能事。金春・今剛為二両大夫一初日・第二日懃仕事。然バ、十日ノ日、観世脇。然共、座衆・大夫不二罷下一間、為レ長種々雖レ致二懇望一、不レ可レ叶旨下知候間、脇一番為レ長調法仕、致二沙汰一候事。就中、社頭法楽之儀ニテ、観世不レ下間、翡(翁)面迄ニテ懃仕事。社中ニハ例悪ヨシ被レ申、五ケ屋参籠衆并社中無二出仕一候。観世大夫曲事、不レ能二是非一者歟。宝性大夫方ハ美濃大夫罷上、其役懃者也。雨下芸能十五日迄有レ之。今一日ハ被二故実一者也。六日芸能有レ之。

一、観世脇能時、美濃大夫ヲカタラヰ致二沙汰一処、次二番メ宝性番ナリ。宝性代ヲ美濃仕間、二番トモニ同大夫出候テハ、外様ノナリ悪候間、先金剛ニ可レ致二沙汰一旨下知候処、馳而致二領納一沙汰仕者也。宝性二番メノ能三番メニ仕也。観世・宝性何ヒ(モ)依レ無二本大夫一如レ此也。　〔資料ソ〕

この記事には若干の誤認か錯覚が含まれていることが、当時の薪猿楽に於ける慣習や、『多聞院日記』同年二月の薪猿楽関係の記事から推測される。同書によると、金剛大夫は参勤せず、宮王大夫がその代理として参勤していた。薪能の初日は六日であった。八日に金春が社頭能(御社上りの能)を勤めているから、それが第三日である。むろん七日が第二日であったろう。九日は雨で能が無く、十日が第四日で宮王(金剛代理)が社頭に上った。十一日は雨で薪能はなかったが、社頭の能はあったという。順番から言えば観世が御社上りを勤める日である。十二日が薪能第五日で、次の番組であった。

脇　西王母（宮王）　二、ユビラ（観世代ニテ太夫）　三、西行桜（金春一郎）　四、俊観（宮王）被乞了　五、(ママ)

十三日・十四日は能が無く、十五日が第六日であった。

右の事実を背景にして資料**ソ**を見ると、第一条首部に「十日ノ日」とあるのが、実は「八日」であることが判明する。観世が脇能を演じるのは第三日(金春の御社上りの日)の決まりであったし、第二条によればその日に金剛(実は宮王)が薪能に参加していることになっているのに、十日は金剛(宮王)が御社上りを勤めた日である。能を演じる順番が観世・宝生・金剛になるのも第三日だけである。薪能が終ってから書き留めたため、筆者に錯覚があったのであろう。

さて、資料**ソ**は、長と座の関係について種々の問題を投げかける記事である。この時の薪猿楽には観世座は大夫も座衆も参勤しなかった旨が明記されているのに、観世座の長は参勤していた(観世座の長とは明記していないが、文脈から見てそうとしか解せないはずである)。資料**キ・ク・ケ**などと同じケースである。その長が、観世に脇能が廻ってくる第三日(実は八日)に、衆徒に何事かを種々懇望したが許されず(多分脇能を沙汰せずにすむよう願ったのであろう)、調法して脇能を沙汰したと、第一条に言う。一見、長自身が脇能を演じたかの如くにも読まれ、長は南大門での能には出演しないと解した『尋尊記』の長の性格(170頁の**e**)と抵触するかのようである。だが、第二条によれば、観世座の長は、自分が演じたのではなく、宝生大夫の代勤を勤めた美濃大夫に依頼して脇能を演じてもらったのである。そのため、美濃大夫が観世分の脇能と宝生分の二番目とを続けて演じる事になり、それでは見た目に恰好が悪いとの衆徒の判断で、原則を変更し、三番目のはずの金剛(宮王)を二番目に繰り上げて演能させたわけである。ここには引用しなかったが、**ソ**に続く第三条には、次の日(第四日にあたる十日)にも観世の分として〈呉服〉一番が演じられ、その大夫(シテ)は「金春方脇大夫云子性」だった由が記されている。これまた観世座の長が委嘱して演じてもらったに相違あるまい。また、先に引いた『多聞院日記』所収の第五日(十二日)分の番組で、二番目の「ヱビラ」の肩書に「観世代ニテ太夫」とあるのは、そのままでは意が通じない。恐らくは「ニテ」が「ミノ」の誤写か誤校で、「観世代ミノ大夫」が原形と推定される。第三日(八日)と同様、宝生大夫代理だった美濃大夫が依頼されて観世分をも演じたのであろう(曲名不記の五番目が宝生分と推測される)。とすれば、三日目・四日目・五日目ともに、観世座の長は他座の役者に観世分を代演してもらったことになる。六日目も多分そうだったのであろう。従って、資料**ソ**は、むしろ〝長は南大門の能には出演しない〟ことの有力な例証となる記事なのである。

それにしても、能を演じもしない観世座の長が、薪能の観世分の能について第三日以降に責任を負わされたらしい事実は、いろいろの意味で注目に値する。こうした例は他に全く見られないのである。長禄二年の薪猿楽の際に金剛座の長が別当坊猿楽の〈式三番〉について責任を負うている事例(資料**サ**)が若干類似しているが、すでに見たように、長は翁専門とも言うべき役者だったと考えられる。とすれば、資料**サ**の金剛座の長は、自己の本分とする芸を演じることを命令され、引き受けたに過ぎない。**ソ**の観世座の長の立場をそれと同一視はできまい。むしろ、同じ天文十三年の薪猿楽に、金剛大夫が参勤せず、宮王大夫に代勤させたような、しばしば生じた代勤の形が似ているとも言えるが、一座不参の場合に代勤者を依頼する義務が長にあったとは考えにくい。現に**ソ**には「観世大夫曲事、不ㇾ能二是非一者歟」とあって、衆徒が非難しているのは観世大夫である。一座の参勤義務を負い、不可能の場合には代勤を立てる義務を有したのが大夫だったからに相違ない。もしも、一座不参・長参勤の際に長が他座の役者に依頼して自座が演能した形を整えることが慣例だったとすれば、長はかなりの責任を有する役者であったと考えねばなるまいが、それは大夫の責任と同質のものではなかったはずである。慣例だったにしても、資料**ソ**が、〝長は一座の責任者ではない〟という前節の論旨に影響を与えるものでない事は、間違いないであろう。

十四日には終了する慣習が破られて十五日まで持ち越されている事実は、薪能の主宰者たる興福寺衆徒が天文十三年当時には故実を重んじなくなっていたことを思わせる。前例のない奔走を観世座の長に要求したことも想像されるし、その他の理由による、この年だけの特異な現象だった場合も、考えられないではない。しかし、金春と金剛(実は宮王)が演能した初日、第二日にはその形跡がなくて、観世に脇能が廻ってくる第三日から観世名義の能が一番ずつ加わっている事実が、そこに何らかの慣行が介在していることを物語っている。そう言えば、観世座はしばしば薪猿楽に遅参しているが、大体は第三日目にあたる八日には間に合うように参勤している。資料**キ**(文明十六年)、**ケ**(明応六年)などの時もそうであった。八日には来なければならぬ理由があったのではなかろうか。そしてそれは、次に述べる御社上りの能と関係があったらしい。

天文十三年の資料**ソ**の第一条に「就中、社頭法楽之儀ニテ、観世不レ下間、翡(翁)面迄ニテ懃仕事」とあるのは、薪能の第五日に行われる慣習だった観世座の御社上りの日に、大夫や座衆不参のため、参勤した長らによって〈式三番〉だけが演じられたの意に解される。これと同じケースと見られるのが、『薪能番組』所収の『享禄五年祐維日記』の左の記事である。

今日(二月)十一日、観世大夫可二勤仕一候処、依二無力一座衆以下不二相調一間、任二先例一、御神供以前ニ翁面バカリアテ、不レ及二芸能一者也。次御神供後ヨリ宝生大夫芸能進之。然間当年者三ケ日在レ之。……南大門観世大夫一向代官無レ之(原注)虫喰——四ノ座ヲ被レ放畢。〔資料**タ**〕

この日は薪能第五日で、観世座の御社上りの日であったが、観世大夫は薪猿楽に参勤せず、代理すら立てなかった。だが長は来ていたようで、同書の二月五日の条には「呪師走り」が四座の役者によって行われたことが記録されている。そうした場合には、参勤した観世の長らによって御神供前に「翁面バカリアテ、」(〈式三番〉だけを演じて)終了する慣習が成立していたらしい。翌日に参勤するはずの宝生座が繰り上げて御社上りの能を演じたのも、「先例に任せ」たことなのであろう。**ソ**の「翁面迄ニテ勤仕」も、享禄五年(一五三二)の**タ**と同じく先例に基づいて行われたものと解される。『多聞院日記』によるとそれは十一日のことらしいが(社頭の能はあったが門の能はなかったと言う)、翌十二日の門の能(薪能)には宝生代の美濃大夫が出演しているから(前掲番組参照)、宝生の御社上りは前日に済んでいたと見られる。夕の場合と同様に観世の〈式三番〉の後、御神供後に、宝生座分の御社上りの芸能が演じられたのであろう。

だが、こうした異例の御社上りも、無条件に認められていたわけではないようである。前にも引いた『薪能番組』は、奈良の某家に伝わった番組集(《201頁のQ。その解題参照》)で、文禄三年(一五九四)以降、享保二年(一七一七)までの薪能(御社上りの分を含む)の番組を主体とし(年を逐って詳細になる)、首部に室町期以前の社家の日記からの抄写を収めた本であるが、その慶長七年(一六〇二)の条に興味深い記事が見える。この年の薪能に観世は参勤せず、宝生は遅参し、初日(九日)と第二日(十日)の南大門薪能は金春・金剛両座が勤めた。第三日(十一日)から宝生が参勤し、薪能を宝生と金剛が、御社上りの能を金春が勤めた。十二日・十三日は雨で薪能はなかったが、十三日に金剛が御社上りを勤めた。芝の上で舞う薪能は行われず、若宮拝殿での御社上りの能のみが行われる例は少なくなかったのである。薪能の最終日たる十四日が第四日になったが、御社帰りの脇能(御社上りを勤めた座は翌日南大門で脇能を勤める権利があった)を金春に取られたことを不満とする金剛は出勤せず、金春・宝生両座が南大門の能を勤めた。宝生は御社上りの能をせずに終ったわけである。その事について、『薪能番組』は十四日の番組の末に次のように注記している。

……又此日、宝生御社へ可二罷上一処、門にて二日能無レ之候へば不レ成由にて、門にて今春・宝生二座にて能有レ之。春日にて宝生の能無レ之。〔資料チ〕

南大門での薪能を二日勤めてからでなければ、御社上りの能は出来ないと言うのである。これは室町期以来の慣習だったに相違あるまい。御社上りの前日、各座は権守を使者として衆徒の許可を得る習わしだった。単なる形式かと思っていたが、実質的な認可が原形だったのであろう。二日勤めてからという条件を満たすためには、各座とも脇能が廻ってくる日(金春は初日、金剛は第二日、観世は第三日)には参勤していなければならない。観世座が遅参の時でも八日には来ている場合が多いことは前述したが、理由は恐らくこれであろう。この一座の御社上りに付随した慣習が、長らだけが御社で〈式三番〉を舞う場合にも適用されたために、天文十三年の観世座の長は、第三日から他座の役者に自座分の代演を依頼せざるを得なかったものと思われる。代演が無報酬であったとは考えにくい。にもかかわらず代演を依頼したのは、それをしなければ御社上りが許されず、御社上りがなければより損失が大きかったからであろう。同じような制約が座自体について存在してもおかしくない。薪猿楽の禄物自体は些少なものであった(天文頃には全座分で十貫前後だった)が、「魚崎御座之事」によれば、観世座の座衆は御社上りに参加しない場合には何も貰えない定めであった。同じような欠勤の場合は権利面での喪失が大きかったのであろう。長にも同じような事情が存在したことが考えられる。天文十三年の観世座の長の奔走(資料ソ)は、せっかくの参勤を無駄な行為に終らせないための、慣行に合わせる努力だったのではなかろうか。衆徒に種々懇望したが拒否されての努力であることも、それを思わせる。

それはさておき、享禄五年の資料タが「任二先例一」と言う所を見ると、慣習が成立するほど、〈式三番〉を演じる長らのみが参上し、一座が不参する場合が多かったらしい。長らが一般座衆とは離れた存在であったことを物語る現象と言えよう。また、大夫や座衆不参の座の御社上りでの長らの〈式三番〉上演を寺社側が一応認めていた事実は、彼らの特殊な立場を寺社側でも認め、一般座衆とは区別して扱う慣行が存在していたことを示すようである。タの場合、長らの〈式三番〉が上演を許されたにもかかわらず、観世座は「四ノ座ヲ被レ放畢」——四座から追放する——という処分を受けている。長らの参勤は座の参勤に代わるものではあり得なかったし、長らは一座追放の埒外にあったと考えられるのである。(もっとも享禄五年の観世座追放がどの程度の実効を伴なう処分であったかは疑わしく、間もなく許されたらしい。)

一般座衆と長らを区別する慣行の存在は、長らによってのみ行われる「呪師走り」が、時には薪能と分離した形で行われた例があることにも現れている。『多聞院日記』永禄十二年（一五六九）二月五日の条に、

一、薪能可レ在之通、於二大宮神前一三番猿楽祝義在レ之。

一、薪能無レ之。粮米以下乱ニテ依二申事一無レ之。　〔資料ツ〕

とあるのは、「三番猿楽祝義」が〈式三番〉で、「呪師走り」のことに相違ないから、薪能が行われなかったのに「呪師走り」は行われたという希有なる事態の記録である。この時の薪能不成立は、薪能の雑用を担当する興福寺の専当・仕丁らが手当を要求してストライキを起したためである（『能楽源流考』五二四頁）が、「呪師走り」はその影響を蒙っていないのである。また、天文十七年の薪能は、若宮祭での金春・金剛の席次争い（天文十三年）の影響で、各座が遅参し、ようやく十一日から初まったが、「呪師走り」は二月五日に行われている（『天文年中衆中引付』）。薪猿楽の一部ではあるが、「呪師走り」を特別の行事として取扱うことが、春日興福寺側で一般化しつつあったようである。それには一般座衆が参加せず、特殊な立場にある長らによって行われた事が、その原因の大きな部分を占めているものと思われる。五日の呪師走りを無視し、南大門の能の始まる日に「薪猿楽初レ之」などと記録するのが、室町後期の興福寺の記録の通例だったのも、そうした事情によるのであろう。

以上は、『尋尊記』以外の諸書に於ける「長」の語の用法・用例を検討し、長の職能・性格を再吟味してみたものである。多くの問題を含む資料ソについて深入りし過ぎたが、長が翁専門の役者らしいこと、長らと一般座衆の遊離性など、第一節で述べたことを若干は強化し得たかと思う。

注意すべきは、『尋尊記』をも含めて、「長」の語を用いているのがほとんど春日神社・興福寺関係の文書であり、

禅竹のもの(シ)を除けば、能楽関係の書にほとんど薪猿楽の翁役者を意味する「長」の用例が見られないことである。そして、それに代わるかの如くに江戸期になって多用されている語が、「権守」や「年預」なのである。

詳しくは第二節に考察するが、記録によって具体的な姿が明らかな江戸期の薪猿楽の呪師走りは、四座の大夫(棟梁)や一般の座衆が勤めるのではなく、年預(ネンヨ・ネンニョ・ネンニョウ)と呼ばれる特定の役者が勤める習わしであった。その中で翁を勤める役者は特に権守(権頭・ゴンノカミ)と呼ばれていた。この権守や年預は、南大門の芸能にも参加したが、脇能以下の能に出演することは決してなく、〈式三番〉のみを勤めた。薪猿楽と若宮祭に参勤して座中に加わるものの、日ごろは座衆と行動を共にしていなかったし、権守は、衆徒と座の連絡を受け持ってもいたのである。尋尊の言う「長」は、この権守とほとんど重なり合う性格を持っている。一方、明治維新まで存在していた権守たちは、「長」と自称していたのである。後代の「権守」にあたるのが『尋尊記』の「長」であることは、確実であると言い得よう。

五　一応の結論

さて、次節で権守・年預の実態を考察する前に、冒頭に掲出した資料**ア**の「観世座ノ長十二大夫」の問題について、一応の結論を出しておこう。

長禄二年の記録たる資料**ア**の「長」を、同じ『尋尊記』の他の用例と同意に解すべきことは、論証の必要もあるまい。ここだけを別の意に採るべき理由はなんら存在しないのであるから。従って、「観世座ノ長十二大夫」の「長」も、一座の統率者を意味するのではなく、呪師走りに観世座から参加する、後代の「権守」に相当する役者のことに相違ない。そうした地位に当時は十二大夫が就いていたと考えるべきであろう。当時の観世大夫政盛も、その父で隠居したばかりの音阿弥も、南大門などの能には勿論出演しており、逆に、呪師走りなど南都での〈式三番〉を演じた形跡がないのであるから、彼等は尋尊の言う「長」ではあり得なかったのである。

それを、長を一座の統率者と理解したために、〝十二大夫が当時の観世座の長であろうはずがない〟と考え、〝従ってここの観世座は京都のそれではなく、越智観世座のことであろう〟と推定したのが能勢博士以来の通説である。誤っていることは明らかである。その誤解から導き出された〝十二大夫が越智観世座の創立に相当の役割を果たしていたであろう〟との推定が根拠を失うことも、言うまでもあるまい。他に傍証が存在するわけでもないから、十二大夫は越智観世とは無関係と考えて然るべきであろう。

『尋尊記』に於いて尋尊が「観世座」と言うのは、常に京都の観世座のことである。座としての実体を有したかどうかさえ疑わしい越智観世座を意味している例は、一つもない。その点から言っても能勢説には無理があったのである。そうした無理を犯してまで能勢説が提起され、それが学界で承認されて定説化してしまったのは、猿楽座の統率者を「長」と呼ぶとの常識化した見解が背後にあったためである。その常識が「魚崎御座之事」の「長殿」の用法から帰納して得られたものであることは前述した。問題は、「魚崎御座之事」の「長殿」と、『尋尊記』の「長」とのズレである。従来気付かれずにいたその間のズレが、いつ頃から、どのような事情で生じたかの問題は、第三節で考察するつもりである。

第二節　江戸期の「権守」と室町期の「長」――年預考――

前節では、『尋尊記』等の室町期の諸書に見える「長」が〈式三番〉の翁専門の役者と見られる由を述べた。それと同じ職能を果たしていると見られるのが、江戸期の南都関係の諸資料に現れる「権守」である。その権守、及び権守も一員であった「年預」の実態を明らかにし、江戸期の権守が室町期の長の後身であることを論証するのが、第二節の主たる目的である。

一　薪猿楽・若宮祭と年預・権守

江戸時代の薪猿楽は、観世座が参勤を免除され、残る三座も寛文三年(一六六三)以降は交代で二座が参勤する形になるなど、かなりの変貌を余儀なくされた。四座が徳川幕府のお抱えとなり、本拠地を江戸に移したためである。しかし、前節冒頭に記した薪猿楽の四行事のうち、別当坊猿楽のみは行われなくなったが、呪師走り(二月五日)・薪能(二月七日から)・御社上り(薪能第三日から)の三行事は、幕末までほぼ昔通りに行われていた。薪能の開始日(従って御社上りの初日も)が一日遅くなったが、期間はやはり七日間で、雨天順延の場合に十四日で終了する慣習も昔のままであった。

また、薪猿楽と並んで大和猿楽四座に参勤の義務があった春日若宮祭の諸行事への参加も、交代で二座が参勤する形で継続されていた。室町後期以降は十一月二十七日が式日になっており(それ以前は九月十七日)、翌日の後日能にも勿論出勤した。十一月に若宮祭のために西下した二座の役者が、そのまま翌年二月の薪猿楽にも参勤したのである。

【(1) 年預・権守の存在】

そして、若宮祭や薪猿楽の際に演じられる〈式三番〉は、「年預」と称される特定の役者によって担当されていた。年預はネンヨ・ネンニョ・ネンニョウなどと発音され、「年豫」「年用」とも書かれた。その年預の中でも、〈式三番〉の主役たる翁を勤める役者が「権守」(ゴンノカミ)と呼ばれていた。「権頭」とも書く。年預の代表格が権守だったと解して差支えあるまい。彼等はまさに〈式三番〉専門の役者であって、薪猿楽と若宮祭の〈式三番〉に参勤するだけで、普通の能を勤めることは全くなかった。薪能や御社上りの能や若宮祭の後日能は、シテ方も三役もすべて四座(の内の二座)の役者が勤めたのである。逆に四座の役者が薪猿楽や若宮祭の〈式三番〉に参加することも、原則的には(年預の欠を補うため以外には)なかったのであり、奈良での両神事に於いてのみ奇妙な形の分業が成立していたのである。

右に述べたことは、証明を必要とする問題ではなく、紛れもない事実なのであるが、その事実が意外に知られていない。能楽通史的な書物はもとより、薪猿楽に関する論考に於いてすら全く触れられていないのである。明治維新後に年預が廃業を余儀なくされてしまった事、四座の役者と年預の間に交渉がほとんどなく、能役者の記録類に年預に言及した記事が少ない事、従来の能楽史研究に江戸時代を軽視する傾向があり、しかも江戸の能中心であった事、などの悪条件が重なって、年預のことは忘れられかけていたのが実情であろう。年預・権守に関するまとまった考察も一つもないようである。以下、年預・権守の職能や性格について、基本的な事柄から説明的考察を余儀なくされる所以である。

平凡な事実を証明することは意外にむつかしい。年預・権守(以下、この両者を合わせて「年預衆」と呼ぶことにする)の場合も、彼等の存在が昔ながらのことであり、〈式三番〉のみを演じるという奇妙な職能も昔からの慣習であったためか、年預衆のことを特にまとめて記述した文献が見あたらないのである。しかし、年預衆が関与した薪猿楽や若宮祭については比較的資料が多く、それらの中に権守や年預に言及した記事が散見している。そうした記事を寄せ集めて考察せざるを得まい。

年預・権守に関する比較的まとまった記事としては、『中楽伝記』(江戸中期の編。「中楽伝来記」「倭楽伝記」などとも呼ばれ、写本が多い。『燕石十種』等に翻印されてもいる)上巻の、翁猿楽由来説末尾の左の一節がある。江戸期の若宮祭や薪猿楽の形態の説明にもなっているので、長文ながら全文を引いておく(引用は、観世新九郎家文庫本を底本とし、一部を琴堂文庫本で改訂した形である)。

南都にて春日の神事、薪の能に、毎年、翁三人出る。千々尉・延命冠者の有形にて、今の翁三人は四座の大夫銘々の名代也。四大夫両人づゝ、冬の内より罷上て十一月の神事を勤め、夫より翌年二月の薪の能迄を勤む。観世は公儀の御大夫に付、罷上りて神事を勤めず。故に、残り三大夫のみにて両人宛毎年相登て勤レ之。依レ之、大鳥居の前にて翁渡しの規式をば、名代を常に定め置、是を、今春が権頭、金剛が権頭、宝生が権頭と呼て、翁を相勤しむる。是等三人、残らず毎年罷出相勤む。故に、銘々に面箱持を先に立、出る。其囃子方も常に定置を以、渠等式三番を打つ。是等を年豫と呼也。

南都の冬の神事、十一月廿七日には、御旅に神輿を舁居置し前にて能あり。廿八日には、大鳥居の前にて、当番の座付の脇師、開口を勤。其作文は毎年同文を用ゆ。畢て直に弓矢の立合を舞。これは、当番の大夫面々に連を伴ひ、開口を勤る脇師と五人、始より装束にて太刀を指て出て並び居て、其中より脇師出て開口を勤。其後大夫・連共に立て同く是を舞。事畢て、各座したる処へ銚子出て、大夫より順々に飲也。是を一献と云也。昼(幕)の中の事也。

春の神事は、二月七日より始り、十四日迄、南大門前、芝の上にて相勤。能三番あり。日の有中に一番半ほど有て、暮かゝるに及を以、其前にて篝火をたく。故に薪の能と号す。此七日の間に、若宮の神前にて昼の間に能三番有。七日の日数の内、定日なし。惣而、冬・春共に雨降れば能止レ之、其日廃りと成る。七日共に雨降れば不レ残廃りと成る。此七日共に、権の頭等毎日式三番を勤。渠等が勤料、薪の能料として、春日に五百石づゝあり。その内より一人に三石宛取来る。元は、権の頭は、今・金・宝の三人、両人宛年番として登り、是を相勤るを、御用として御止有歟、又は服忌の差合の時は、名代なり。　〔資料テ〕

この記事には、十一月二十七日の松の下渡りの行事を二十八日としていたり、二十七日にお旅所で能があると言ったり(実は〈式三番〉のみ)、薪能の番数を三番とし(実は四番と祝言)、御社上りの若宮での能を「定日なし」とする(実は定まりがある)など、明らかな誤りが含まれている。『申楽伝記』の編者は不明であるが、南都の神事に詳しい人物ではなさそうである。末尾部分の意味が不明瞭ながら、権守(権頭)は大夫の名代であるとの解釈が強く出ている説のようであり、年預(年豫)の職能についての説明が簡略で、囃子方だけのようにも解される。江戸期に年預衆のことが人々に知られていたことを示す資料ではあるが、誤謬を多く含む点からも、権守・年預の職能・性格を考える際の資料としては、さほど評価できるものではあるまい。実際に参勤した能役者の記録を宗とすべきであろう。

【(2) 史料八種解題】

能役者側の、薪猿楽や若宮祭関係の文書で、年預衆について言及することの多い史料として、これまでに見出し得

たのは次の諸文書である。(般若窟文庫は、宝山寺蔵の金春家旧伝文書で法政大学能楽研究所に寄託《後に移譲》されている分)

A『祭礼薪万事覚帳』(般若窟文庫蔵) 合綴大本 一冊
明暦元年(一六五五)霜月以降の金春大夫元信の書付を主体とし、寛文・貞享・元禄・宝暦までの書き込みがある。

B『春日若宮御祭礼之諸式』(般若窟文庫蔵) 大本 一冊
安永三年(一七七四)十一月筆。金春八左衛門元鄰筆らしく、金春大夫氏綱の需めに応じて年預衆にも問い合わせて記録した書。次本と一対で、江戸期の若宮祭参勤の実態を教える好資料。

C『春日大宮翁之式薪御能之式』(般若窟文庫蔵) 美濃本 一冊
安永四年筆。前本と一対で、江戸期の薪猿楽の実態を教える好資料。両冊とも金春大夫氏綱の朱筆書入れが多い。

D『歌舞後考録』(般若窟文庫蔵) 中型横本 一冊
金春八左衛門安住筆。安住の日録風の芸事書留たる同名の書が他に数冊伝存するが、文政十一年(一八二八)末から翌年にかけて執筆の分で、特に若宮祭に関する記事が詳しい。自ら「書物三昧書集メ置候」と称した安住には多くの著述・書留があり、他にも年預衆関係の有益な記事を書き残している。それらをも参照するであろう。

E『興福寺南大門芝薪能ノ事』

F『春日若宮御祭礼之事』
右の両書とも池内信嘉著『能楽盛衰記(上)』(二七七頁以下)に「金春家の記録」として引用されているものである。**B**・**C**・**D**をも参照して江戸末期に編んだ書らしい。年預がすべて「年頭」と誤られており、校訂者が年預なるものの存在を知らなかったことが推測される。広瀬瑞弘氏著『能と金春』にも孫引されている。

G『慶安五年南都薪能番組』(観世宗家蔵) 半紙本 一冊

江戸時代を通して観世座が薪能に参勤したのは慶安五年(一六五二)だけであった。その際の番組等の記録で、〈式三番〉の担当者についても記載している点が有用である。

H『春日大宮若宮御祭礼図』(安永九年刊)　美濃本　二冊

寛保二年(一七四二)序。若宮祭全般について詳細な絵図主体の書。

大半(**G**・**H**以外のすべて)が金春座関係の文書なのは、金春座が大和に領地を持ち、薪猿楽や若宮祭礼に最も忠実に参勤した座で、従って年預衆との交渉も多かったことに由来する。金剛・宝生両座の史料を求め得なかったのは遺憾であるが、大夫はほとんど参勤せず、近畿またはその近辺在住の弟子に代勤させるのが常だったため、記録があまり残らなかったものらしい。

右の諸史料に基づいて、まず権守と年預の両神事に於ける職能を見てゆくが、史料の片寄りの関係上、金春座と他の一座(金剛か宝生)が参勤した場合の、金春の年預衆のことが中心にならざるを得ない。説明の便宜上、若宮祭を先にする。また諸書に共通して言及されている明確な事柄については、一々典拠を記さないことにする。

【(3) 若宮祭と年預衆】

江戸期の春日若宮祭の猿楽参勤は、(1)十一月二十七日のいわゆる松之下渡りの風流(南大門の渡りや芸能を含む)への参加と、(2)お旅所神前での夜の芸能、(3)翌二十八日のお旅所での後日能の、三つの行事に参加することであった。年預衆は二十五日には奈良に到着し、大夫宅へ挨拶に参上した後に渡り宿に泊る。二十七日朝、座衆も年預衆も大夫宅に集合して装束を着るが、権守は大夫・連(二人)と同じく翁烏帽子・狩衣・指貫姿であった。他の役者は侍烏帽子・素襖姿である。その後の一献に最初に盃を取るのは権守、次いで大夫・連・家の衆・名代衆の順であった。十時頃に大夫宅を出発する金春座の行列の先頭に立つのも権守である(先導の下人を除く)。「下の渡り」(B・D)とか「南大門交名」(H)とか呼ばれた、風流一行の南大門での衆徒への挨拶には、猿楽では金春座のみが参加する定めであったが、その時に芝上へ進んで礼をするのは権守・大夫・連だけで、その順だった(Hは脇も参加すると解される形に記す)。金春座が非番の年でも、年預衆は参勤し、この「下の渡り」にも参加したのである(H)。その後興福寺の四周を廻って大湯屋で休息(中食)し、相番が金剛座の場合はそこで合流する。宝生座の待機場所は不開門あたりだった。

大湯屋から松の下への渡りは、金剛相番の場合、金春の権守と金剛の権守が右左に並んで先頭に立ち、大夫以下がそれに続く。注意すべきは、金剛非番の年にも金剛の権守は大湯屋に来てやはり先頭に並ぶことである。金春非番の年に金春権守が先頭に並ぶのも同様である。宝生が当番の年は、下掛り(金春か金剛)の行列が先を行き、権守が前に立った宝生の行列が後に続く。宝生が非番の時にも宝生の権守らは参勤しており、恐らくは、金春・金剛が並んで進む後から、宝生の権守や年預が小人数ながら渡ったものと推測されるが、この点は前記の諸資料に言及されていない。

さて、大鳥居を入ってすぐ下掛りの行列は停止して横に並び、まず「千歳がかり」が謡われる。両権守が地謡と掛け合いで「鳴るは滝の水、〳〵、日は照るとも、絶えずとうたりありうどう〳〵」の文句を二度繰返して謡うのであり、権守の芸と言い得る。千歳がかりを囃す笛や鼓は年預の役目であった。地謡は一般座衆が担当したが(D)、本来は年預の担当すべきものだったのではなかろうか。千歳がかりが済むと一同は影向の松(その下に寺僧や衆徒や児が居る)に向き合うように位置を変え、狩衣衆や脇は床几に腰を下して横に並ぶ。座衆の囃子方が置鼓を打ち、脇が進み出て開口を言い、次いで大夫と連が〈弓矢の立合〉を舞う。両座ならば六人の相舞になるわけである。立合を舞うため大夫と連が床几を立つと同時に権守も立ち、舞い終るまで立っている(D)。本来は権守も立合に加わった事の名残なのではなかろうか。奉行所へ提出する「松の下番組人数書」に、

十一月松之下

開口　　　　　　　　　　　　　竹村清五郎

権守・金春八左衛門・金春猶五郎・勝間為七

弓　矢　立　合　　　　西川七三郎
　　　　　　　　　　　小松原伝右衛門
　　　　　　　　　　　　　　多波田城四郎

などと(B)、権守を〈弓矢の立合〉の一員に加えて記載する習わしだったことも、それを思わせる。

立合が終ると再び行列して一同はお旅所まで進む。前記諸資料には見えないが、この時に権守は「どうどうたり」と謡いながら歩むのが古い形らしい（由良家蔵『薪能書物』）。お旅所前の中門には猿楽到着の直前に埒が結われるが、その埒の結目を切るのが金春の権守の独特の仕事であった。その後に金春大夫・金剛大夫が中へ入って拝礼するのである。これで下掛りの松之下渡りは終了する。宝生座が当番の年は、下掛り（金春か金剛）の〈弓矢の立合〉が済んだ後に、宝生座の行列が大鳥居を入り、千歳がかり・開口・〈船の立合〉を勤め、お旅所まで来て渡り終える。宝生非番の年には、参勤した年預衆が千歳がかりのみを勤めたかと推定されるが、前記の諸資料にはそれに言及した記事が見えない。

渡りの終了後に、「幕之内の行事」とでも呼ぶべき行事が行われる。金春を例に取ると、渡り終えた一行はお旅所から少し離れた山（と称している）の中に張られた休み幕に入り、装束を着替える。大夫や連は烏帽子・素襖姿になるが、権守だけは浄衣姿である。上座に面箱（すなわち翁面）を安置し、東側上座に権守、西側上座に金春大夫、以下一同が着座し、特定の料理——餅、橘・栗・昆布、焼豆腐——を据えての酒宴がある。「魚崎御座之事」に「ナラノ御マツリノゲンザウサケ（見参酒）」と言うのが、この休み幕での酒宴と関係があるのではなかろうか。この酒宴でも権守がまず呑み、年預は給仕に廻る。その後に、年預の一人が、別の場所の休み幕で休憩している相番の座(金剛か宝生。同様の酒宴を行なっていたものと推測される)の年預を呼びに行く。他座の年預が来ると権守が挨拶し、翌日演じられる後日能の脇能の鬮引きが両座の年預によってなされる。脇能の担当決定後に後日能の番組が決定され、「幕の内の行事」は終了する。なお雨天の際などは、二の鳥居近くの車止り(クルマヤドリ)で「幕の内の行事」が行われる習わしであった(**D**)。

以上が松之下渡りとそれに付属する諸行事の概要である。若宮祭のハイライトである渡りの先頭に権守が立つ事実が象徴するように、権守は一座を代表する存在であると考えざるを得まい。〈弓矢の立合〉を舞うのが大夫や連であって権守ではない点のみが、右の想定の妨げとなるが、それも権守がなすべきことの代行と解し得る形である。『中楽伝記』は権守を大夫の名代としていたが(資料**テ**)、大夫と権守の双方が参勤している事からだけでも、その説がおかしいことが明らかであろう。〈弓矢の立合〉以外は大夫より権守が一座を代表する形で行動している点も、名代ではないことを物語っている。

さて、二十七日夜は、若宮お旅所の前で各種の芸事が奉納されるが、猿楽の芸としては〈式三番〉が舞われるだけである。この〈式三番〉は、非番の一座をも含めた三座の年預衆だけで勤め、参勤両座の一般座衆は全然参加しない。そのためか、**D**・**F**はこの行事に一切言及しておらず、年預からの聞書に基づく**B**に詳述されているのみである。それによれば、直垂姿の千歳が三人、面箱を持って出る。千歳と面箱持を別人が勤める上掛り方式ではなく、狂言方一人が両役を兼ねる下掛り式である。シテの翁も三人で、三座の権守が翁烏帽子・浄衣姿で勤める。「どうどうたらり」の謡を三人の翁が謡い出し、やがて千歳の舞になるが、これは三人の千歳が一人ずつ舞う。同じ舞が三度繰返されることになる。さて三人の翁が立ち、「あげまきやとんどや」以下の謡を地謡と掛合いで謡うが、「千年の鶴は……ありはらやなじよの翁ども」の部分(祝禱の言葉の部分)がなくて、そこが三翁(一翁と二翁)掛合いの十二月往来になる。翁の舞は三翁列舞の相舞である。続いて三番叟であるが、これは三人の千歳の内の一人が舞う。奈良以外には類例を聞かぬ形である。続いて千歳の一人が延命冠者の面を着て「生れし所は……」の謡を歌い、ついで権守の内の一人が父之尉の面を着て「一天風納まつて……」の謡を歌い、かつ舞う。Bは父之尉と延命冠者とを入れ違えているが(最初に謡うのを父之尉、後に謡い舞うのを延命冠者とする)、それが筆録者の誤りなのか、実際に面まで取り違えて演じられていたのかは明らかでない。明治期の年預の記録は正しい形を伝えているから、多分、Bの記事に錯誤があるのであろう。以上のように、十二月往来と父之尉延命冠者之式とを兼ねた形の〈式三番〉が、権守と年預によって舞われるのである。

翌二十八日の後日能は、すでに前夜半に御神体が帰座した後のお旅所の前で演じられる。その冒頭に〈式三番〉があるが、それは前夜と同じく三座の年預衆だけで勤め、形式も同じだった。続いて参勤二座の能(四番と祝言)があるが、これは大夫や一般座衆の担当であり、権守や年預は一切参加しない。

春日若宮祭への猿楽参勤は後日能で終るが、翌二十九日、興福寺の経理を担当する唐院から、「若宮御祭礼申楽粮米」として米五石が支給される(A・B)。三座の年預が立ち合って三座に配分するが、Bが唐院米と言うそれを、先行するAは年預米と称している。非番で一般座衆が参勤せず、年預衆のみが参勤する座にも平等に配分される事実(B。五斗は茶屋の費用、一座一石五斗ずつ)が、それが本来年預衆へ下給される粮米であることを思わせ、年預米の呼称の古さを推測せしめる。但し、Bの頃には、松之下渡りの前後の酒宴の費用に宛てられたりして、金春座の年預衆には五斗未満しか支給されなかったらしい。参勤両座には別に藤堂家(大和にも領地があった)から扶持米が出るが、それが年預衆にまで配分されたか否かは明らかでない。Gを参照すると、そのための人数書には年預の名も加えられていたと推定されるものの、人数書と実際の配分とは別だったようである。扶持米はむろん江戸期になってからの慣行であるが、年預米は室町期以来の慣習に相違あるまい。

以上が若宮祭の猿楽参勤に於ける年預関係の行事の概要である。非番で一般座衆が参勤しない座の年預衆も毎年参勤する事と、神事全般にわたって権守が一座を代表するかのような役割を果たしている事が、特に注目される。

【(4) 薪猿楽と年預衆】

次に薪猿楽に於ける年預衆の職能を見てみよう。

年預衆が来寧して大夫宅に挨拶に出るのは、二月五日の昼頃の定めだった。その日の夕刻から呪師走りの〈式三番〉が舞われるが、Cに「暮六ツ時前ニ三座之年預役之者共不レ残八講屋江相詰ル」と言うごとく、非番の座の年預衆も参勤しての、年預衆だけで演じる〈式三番〉であった。十一月二十七日の若宮祭の〈式三番〉と同じく十二月往来・父之尉延命冠者之式を兼ねた形である。一般座衆は参加しないため、江戸期の呪師走りの具体的な記録は稀有なのであるが、さいわい、文政六年（一八二三）に金春八左衛門安住が呪師走りを見物した際の書留一通が般若窟文庫に蔵されている。貴重な記録なので、その全文を翻字しておく。《文字づかいや改行は底本に従ったが、句読点・濁点を打ち（傍線の文字は底本に濁点がある分）、謡の文句は「　」で囲むなどの校訂を加えた。》

《なお、山路興造氏の論考「翁猿楽異考」（『芸能史研究』五十五号〔一九七七年五月〕。同氏著『翁の座―芸能民たちの中世』〔九〇年、平凡社〕にも「〔翁〕と群小猿楽座」と改題して所収）は、享和二年（一八〇二）の金春安住の同種の書留を紹介・翻印している。本資料の方がより詳しい。》

文政六未二月五日
春日大宮舞殿呪師走翁式ニ付、
参詣スル。来ル八日、申祭之由、夫故か
今宵巳ノ日ノ祓有レ之。右相済候巳後
翁相勤申様との事之由。夕方社家
不レ残舞殿拜所ノ木ニ皆と腰懸被レ居。
其内壱人、衣冠黒装束也。是神主
成べし。追と社家風折浄衣ニて于レ爰
群参也。暮合ニ、ヲ、ト云声メ、幣ニ榊ヲ添、
祢宜舞殿江来ル。舞殿向ノ横木ヲ取退ケ
其所ニ圓座ヲ敷、其上ニ神主座ス、幣・榊ヲ
神主ニ渡ス。祢宜左右ニ紙燭ヲ持。祢宜
シデヲ持来リ、神主ノ冠ノ中ニ付ル。神主、
暫何哉覧微音中臣祓程ノ祈念有レ之。
其後、幣・榊祢宜渡シ、柏手打。群参ノ
社家皆以柏手打、退散。向ノ横木又如レ元
直ス。此節八構ノ屋北之ゟ三間程半分也、
中祭勅使ノ座ノ為ニ掃清メシメ引廻ス。
南ノ方半分程ニ、爰も三間程ニ、北ノ方ゟ
金春・金剛・宝生ト楽ヤ取リ、浄衣・

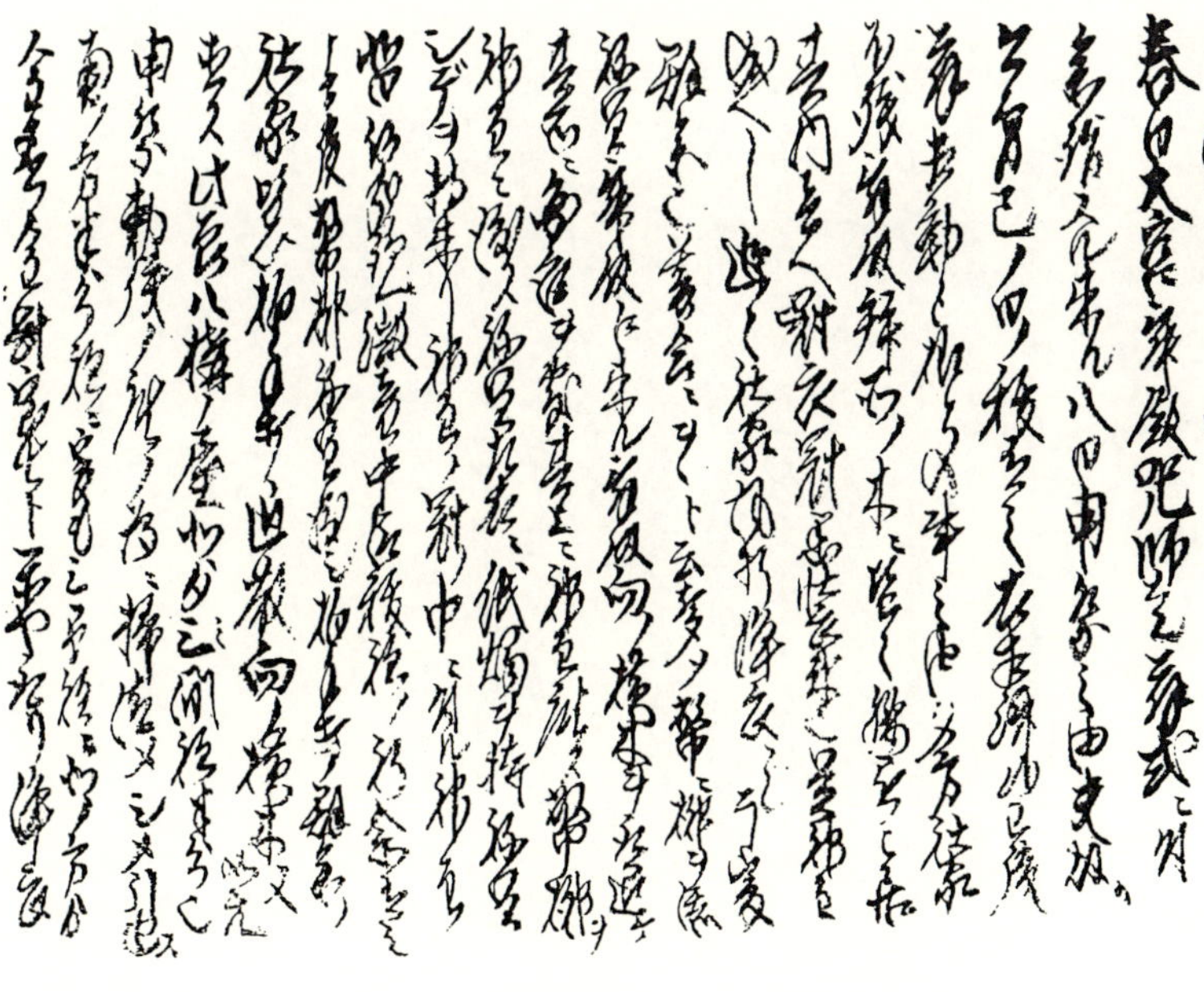

直垂・素袍等装束スル。敷物計。幕ナドハナシ。扨、無レ程、前ノ方横木ノ南手へ皆〻来リ、爰ヨリ土足ニ成リ、東手ヲ上ニメ、面箱ノ跡権守ト、一座ヅヽ一行ニ立並ビ、横木ヲマタゲ越シ、向ノ横木ノ前へ行。面箱ハ中腰ニ居ル。権守三人ハ、立ナガラ神前ノ方拝メ、西ノ方へ行、一行ニ東向。袖内ヨリ小ぶとん様ノ敷物ヲ土間へ敷、其上ニ座ス。面箱其前へ面〻ニ置。三人ノ千歳ハ面〻ノ権守へ向、東ノ方ニ座ス。北ノ方上ミ也。右ノ跡ヨリ拍子方モ横木ヲ越、内へ入、横木ノ前ニ座ス。但鼓打ハ横木ニ腰懸ル様子也。笛二管ニて三クサリ程何か吹。三人権守「どう〳〵たらり」諷出ス。鼓ハポこ〳〵ト計打居ル。千歳壱人ヅヽ、立、舞。地取二度、地壱人諷。三人目千歳ノ前ノ時分、権守面掛ル。笛計ハ仮成リ也。「まいらふ」ト、箱ハ其儘ニ置、箱脇ヨリ立、真中へ出ル。此時ハ西ノ方上座ニ成ル也。此立前ニ千歳ハ立退キ、拍子ノ前へ行。

「千早振」ヲ諷、「そよやりいちゃとんどうや」ト
敬身メ、此方権守十二月往来云懸ル。金剛・
宝生二人ニて請ル。「ならびつれて御祈祷
申さん、ありうどう〱、地あれハなじよの
翁共」と諷、「そよや」トメ舞ニ成る。趣同断。
「千秋万歳」ト留メ、敬礼メ箱ノ下座ノ
方脇ヨリ、面〻本ノ座へ入リ、面取ル。座ス。
此内、此方千歳、剣烏帽子着メ、笛ヒシグト
「ほゝさへ〱」ト云、立、少舞。夫ゟ宝生ノ箱ノ
前へ行、黒色懸ケ立出、アドヲ呼出ス。鈴
持出渡ス。宝ノ方千歳也。三番三舞済、
又箱ノ前へ行、面取。金剛千歳、剛ノ箱ノ
前へ行、父尉懸ケ出、父尉文句云。左右メ
礼メ入、面取。此内、此方権守、延命面懸ケ
出、云。拍子アリ。文句云、少舞。一廻リメ、
扇畳、敬礼メ入。面取、皆〻箱紐スル。
千歳三人面箱持、横木越し入ル。
権守ハ神前へ向、立礼メ、横木ヲ越へ入ル。
右相済、御供一座ヅヽ被」下候也。
右、荒増一寸書留ル。〔資料ト〕

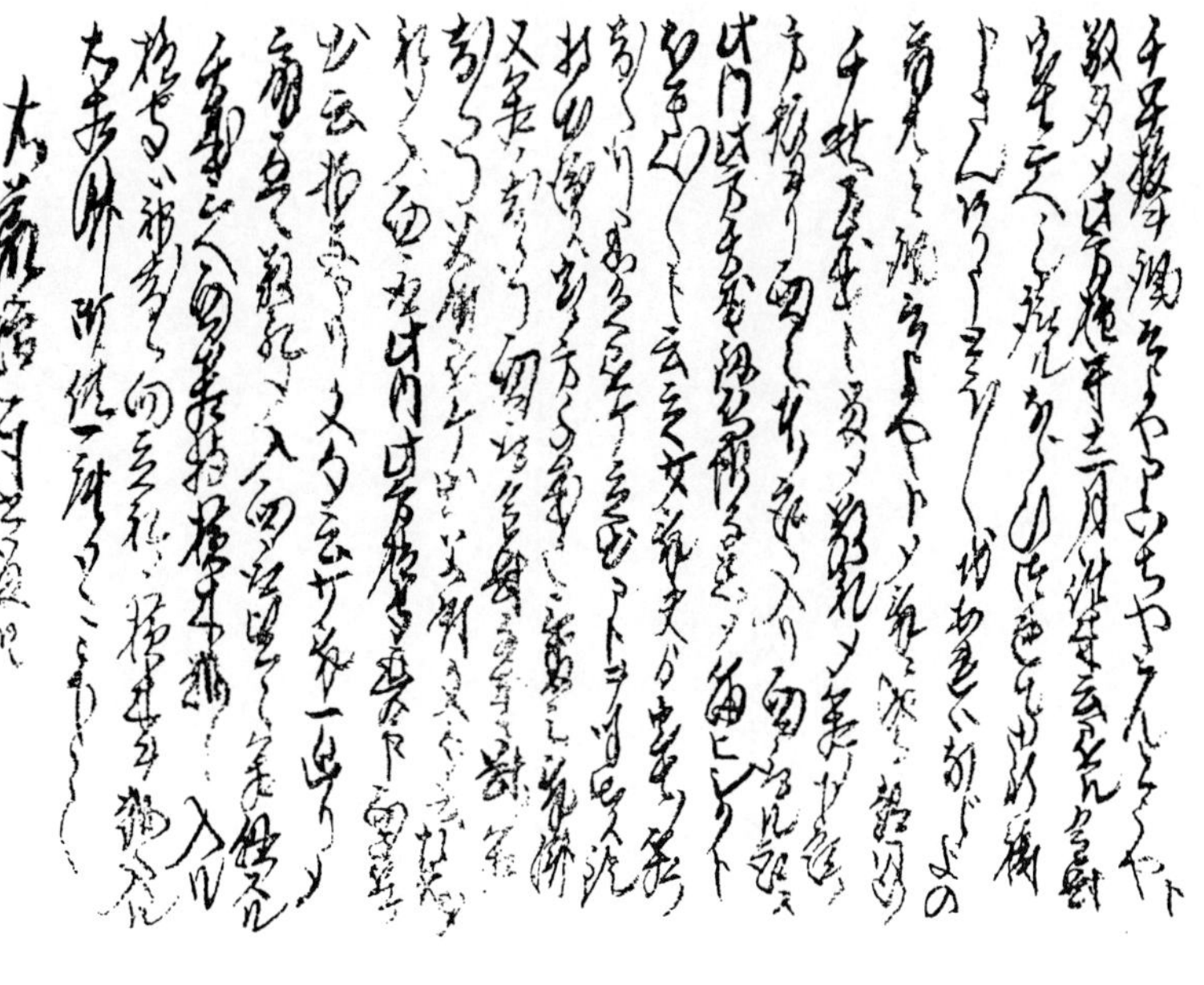

批評めいた文言もまじり、それを参照しても全般に古拙な〈式三番〉であったらしい。父之尉と延命冠者を取り違えている点はBと同様である。年預衆のみが担当し、安住らとは無縁であったがための錯誤であろう。

さて、二月七日から薪能が始まる。七日間とも〈式三番〉が冒頭に演じられる。初日と二日目のそれは三座の年預衆が勤める。能への参勤は二座だったが、年預衆は三座ともに参勤し、呪師走りと同じく十二月往来・父之尉延命冠者のある形の三座立合の〈式三番〉を演じるのである。三日目は金春座が御社上りの能、残る一座が南大門の能を勤めるが、両方とも〈式三番〉で始まる。金春の御社上りの〈式三番〉は、なぜか宝生の権守も同行し、両権守の立合で舞われた。これまた十二月往来と父之尉延命冠者之式を兼ねた形であるが、面箱は一つで、宝生権守の翁面も金春の面箱に収めて出る(C)。一座だけの御社上りで立合の翁が舞われたという奇異な形だったのである。宝生の権守が加わるのは室町期からの慣習であった。また金春の御社上りの場合には、金春座の狂言方たる大蔵流の人が参加して千歳と三番叟を勤める習わしだった(A・C)。金春座の年預衆の数が足らず、殊に狂言方がいなかったためらしく、慶安五年にすでにそうである(G)。御社上りの際は年預衆も一座だけになるため、そうした必要が生じたらしい。他座にも同じ現象があったようで、慶安五年の観世座の御社上りの〈式三番〉は、梅若六郎が千歳を、鷺仁蔵が三番叟を勤めている(G)。金春が御社へ上る日の門の能は別の一座だけであるが、そこでの〈式三番〉は金剛・宝生両座の年預衆による二座立合の形である。宝生の権守は、金春座の御社上りの〈式三番〉で翁を勤めた後に、門の能でも翁を勤めたのである。第四日は別の一座が御社へ上り、金春座が門の能を勤める。社頭での〈式三番〉は年預衆が一座だけ、権守も一人であるから、十二月往来は無く、常の形の後に父之尉延命冠者之式が続く形だったらしい。但し「一人翁之時」の独自の文句(翁の祝禱の詞の部分)が年預の家に伝わっていた。それを謡ったのかも知れない。南大門の〈式三番〉は、金春の年預衆と非番の座の年預衆との立合である。第五日(打込と称した)・第六日・第七日の門での〈式三番〉は、初日・

二日目と同じく三座の年預衆が勤め、三人の権守による三翁立合の形である。但し、金春座が非番の年には、第五日の〈式三番〉は金剛・宝生両座の年預衆が勤め、金春座の年預衆は御社上りを勤めるという名目で休んだ(C)。非番の座の年預衆が第五日に御社上りの名目で休むことが、宝生・金剛にも存在した慣習だったのかも知れない。実際に年預衆だけの御社上りが行なわれた形跡は無い。

一方、南大門や御社(若宮社頭)での〈式三番〉の後の能は、二座の時は四番と祝言(別に狂言が一番か二番)、一座の時は二番と祝言(別に狂言一番。但し宝生座は狂言を演じない)が演じられたが、それらはすべて大夫や一般座衆が担当し、年預衆は一切それに参加しない。南大門では〈式三番〉終了後も年預衆はその場に残り、各種の雑用を勤めたが、第二日の脇能終了後に金春の権守が翌日の御社上りの認可を衆徒に申し入れるなど、座と興福寺衆徒との連絡が主要な任務であり、今日の後見的な役割を果たしたわけではない。

薪猿楽終了後、唐院から「薪申楽粮米」が支給される。安永四年の**C**によれば金春座分が三石であった。三座が参勤した慶安五年には全部で拾弐石だったが(**G**)、それは非番の座(年預衆は参勤している)の分も含まれているからで、一座分三石の定めだったのであろう。金春座の三石の内の一石は、御社上りの翌日のうどん振舞の費用に宛てられている。座衆も年預衆も好きなだけうどんを喰べられたというこの振舞を、**A**は年預振舞と称している。年預衆のみが参勤する座の分も支給されたと見られる点とあいまって、若宮祭の分と同様、薪猿楽の唐院米も年預米だったのであろう。別に藤堂家から扶持米が出る点も若宮祭と同じだったが、慶安五年二月五日付の観世座の「請取申薪扶持方之事」の参勤者連名には、権守や年預の名も含まれている(**G**)。実際に年預衆に配分されていたか否かは明らかでない。

なお、**G**によると、宿舎から南大門へ参勤する道中、観世座の一行は行列を組んで進んだが、先頭が権守、その後が大夫、続いて座衆の順であった。若宮祭の松之下渡りの行列を思わせる形である。

以上が年預衆の職能を中心に見た江戸期の薪猿楽の概要である。〈式三番〉が年預衆の担当、能や狂言は一般座衆の担当という基本線が堅く守られていたと認められ、御社上りの〈式三番〉に座衆が参加する例外は、年預衆の人員不足から生じた便法であったと見なすべきであろう。非番の座の年預衆が参勤し、それに対して興福寺から粮米が支給された点も、若宮祭と同じである。権守が一座を代表する形である点は若宮祭ほど顕著でないが、参勤の行列の先頭に立つ現象にその名残が見られる。南都神事に於ける年預衆の職能や地位、座と年預衆の関係などは、薪猿楽と若宮祭の両神事の慣行を綜合して把握すべきもののようである。

若宮祭・薪猿楽ともに、年預衆は〈式三番〉のみを勤め、能や狂言には一切参加しないという事は、年預や権守の性質を考える上で最も重要な点であるが、実は、能や狂言に参加しない由を明言した資料は一つも存在しないのである。それは自明の事だったからで、**G**や前節にも言及した『薪能番組』など、囃子方の分まで記録した明細な資料を見ても、権守や年預が能や狂言に参加した形跡はどこにも見当らない。後述する幸王家(金春座の年預の家)の文書を検しても、芸事関係は〈式三番〉の事ばかりで、一般の能や狂言には全く触れていないのである。年預衆は〈式三番〉専門の役者であり、権守は翁専門の役者であった。だから能や狂言には出演しなかったのである。明言した資料こそ無いが、それは疑問をさしはさむ余地のない事実であった。

一方、大夫や座衆らは、江戸や京都など他の地では〈式三番〉をも勤めていた。にもかかわらず、奈良の両神事ではそれを勤めず、年預衆に任せていたのである。年預衆の権限を座衆が犯さない慣習が成立していたわけで、それはむろん、室町期からの慣習が江戸期にも踏襲されたものであろう。権守の地位の高さなども同じく古来からの慣習に相違あるまい。

本稿の論の流れから言えば、ここで江戸期の権守・年預と室町期の長らの関係に進むべきであろうが、事のついでに寄り道し、従来放置されていた江戸期の年預衆の実態を、もっと立ち入って考察しておきたい。

二　江戸期の年預の諸性格

南都の両神事――薪猿楽と春日若宮祭――に権守とか年預とか呼ばれる特殊な役者が参勤し、〈式三番〉を独占的に演じていたことは、これまでの説明で明らかであろう。だが、人数や待遇、座との関係など、年預衆(権守・年預)の具体的な諸性格は不明確なままである。そうした点を本項にまとめて考察しておきたい。

1　史料解題

以下の考察に主として使用する史料は、すでに解説ずみの**A**～**H**と、左の諸書である。

I『天明三年御役者分限帳』(観世新九郎家文庫蔵)　中型横本　一冊

四座一流の全能役者の姓名・禄高・役名を記した書で、天明三年(一七八三)の年記があり、触流し松井慶次郎の帳面から写した信頼し得る史料。四座一流の能役者を網羅した分限帳としても、年預に言及した能役者姓名書としても、管見では本書が最も早い時期のものである。《後に『元禄十一年能役者分限帳』が出現した。371頁以下参照》。

J『重修猿楽伝記』(原本は田安徳川家蔵。史料編纂所蔵の影写本による)　五冊

資料**テ**として一部を引用した『申楽伝記』とは全く別種の、四座一流の能役者の姓名書・由緒書・拝領屋敷書上の類を集成した史料。各座の姓名書が天保十四年(一八四三)の分限帳的内容で、それに年預の分も含まれている。

K「幕末能役者分限調」(雑誌『能楽』明治三十六年八月号〜三十七年十月号に分載)

慶応二年(一八六六)の分限帳。出所が示されていないが、幕府関係の文書の写しに相違ない。年預を「年頭」と誤っているが、参考にはなる。後に池内信嘉著『能楽盛衰記』上巻(一三一頁以下)に「幕府能役者分限調」(府は誤植か)の名で収録されているが、この転載分には省略や誤りが多い。

L「万治元年四座一流役者付」(観世新九郎家文庫蔵)

慶応三年書写の『御能組并狂言組』(大型枕本一冊。寛文初年以前の諸流曲目書上)の末尾に合写されている、四座一流と紀州家・水戸家の能役者の姓名書。末に貞享五年(一六八八)の年記があるのは親本の書写年代と認められ、記載された役者名から見て、万治元年(一六五八)またはその前年あたりの役者付であることが確実視されるので、仮称を付した。江戸期の能役者姓名書としては恐らく最古の内容であろう。役名のみで禄高を記さず、年預を含んでいないと認められる(後述)が、年預家の由緒を探る上での好資料である。

M「寛文七年頃金春座中配当書付」(般若窟文庫蔵) 一通

「金春座中」と首書し、末に「七月八日」とある金春座衆の知行・配当高の一覧。石高順に列記されている人物の過半は**L**と共通し、**L**より若干は後年の役者付である。狂言の長命弥次兵衛に「今徳之丞也」と注記があること(『薪能番組』によれば、先代の弥次兵衛は寛文八年まで出勤し、その子の徳之丞の名は寛文七年から十三年まで見え、延宝以後は徳之丞改めと見られる弥次兵衛の名になる。天和三年が最終記録)などから、寛文七年(一六六七)の前後五年間ほどの期間の文書と考えられる。役名の注記は一切無いが、年預に相違ない人物を含んでいる。

N「勝南院文書」(片岡美智氏蔵) 一箱(六十八冊)

興福寺衆徒の名家だった勝南院に伝来した文書。《「興福寺衆徒引付(片岡本)」とでも呼ぶのが妥当な資料であることについては120頁参照》。享禄四年（一五三一）から明治四年にわたる間の衆徒記録が主体で、薪猿楽史料として貴重。全体を**N**として総括し、個々の文書を〝**N**の『元禄二年官府衆徒記』〟などの形で掲出する。

O「幸王家文書」（幸王久郎氏蔵）　十八点

金春座の権守だった幸王金十郎家伝来文書。故実研究家多田嘉七氏がかつて調査された際に助手に写させたノートを借覧して利用していたが、最近『神戸の民俗芸能　灘　葺合　生田編』（昭和五十一年三月、神戸市教育委員会発行）に名生昭雄・中西健治氏の手でその全容が翻印紹介された。誤植と見られる若干の点を名生氏御所持写真のコピーで訂正し、(1)〜(18)の番号や名称は翻印のそれに従って、〝**O**の(5)「急訴嘆願書」〟などの形で引用する。明治維新直後の文書が主体。

P『安住行状之大概』（般若窟文庫蔵）　小型横本　一冊

小型本ながら小字でぎっしり書き込んだ厚さ二寸近くの大著。金春八左衛門安住（一七六一〜一八三〇）の自伝。安住は別家八左衛門家の八代目で、寛政十一年（一七九九）に金春大夫隆庸が没した後は本家の後見役を勤め、文化・文政の頃には金春座を代表する地位にあった。前回の**D**の解題に言及した如く、安住は尨大な著述・書留を般若窟文庫に残しており、その多くを本稿で参照する。

Q『薪能番組』（玉井義輝氏蔵。奈良県立図書館郷土資料室のマイクロフィルムによる）　二冊

第一節でも資料**タ**・**チ**を引用した文禄三年（一五九四）〜享保二年（一七一七）の薪猿楽番組集。177頁では原本素姓不明確のまま影写本の写真に基づいて引用・解説したが、奈良町奉行与力玉井家伝来本であることが後に判明した。玉井家伝来本の大半は奈良県立図書館郷土資料室にフィルムで収められている。

2　観世座の年預衆

最初に、後に触れることのない観世座の年預衆の、廃絶以前の状態について言及しておこう。

前述した如く、観世座は寛文二年(一六六二)冬以後は南都神事への参勤を免除されていた。それ以前にも、薪猿楽には、元和八年(一六二二)に参勤した以後は久しく欠勤を続けており(**Q**)、若宮祭参勤も同じく欠勤続きであった(玉井家文書『春日若宮祭礼後日能番組』)。それが、慶安五年(一六五二)に三十年ぶりで薪猿楽に参勤している。前年四月に三代将軍家光が没し、四代家綱が将軍となった代替りを記念しての、上意に基づく参勤であった(**G**)。その時の観世座側の記録たる**G**(『慶安五年南都薪能番組』)は、**Q**の『薪能番組』などでは記載を省略している〈式三番〉関係の演者をも、一部ではあるが記録しており、それによって当時の観世座には権守や年預が健在だったことが知られる。

Gが記載する〈式三番〉の番組は、例えば二月五日の呪師走り(「出仕初」と誤記しているが、これは江戸初期の他資料にも見られる形で、当時の薪猿楽に関する知識の不正確さが推測される)の分は次に掲げる通りで、さほど詳しくはない。が、姓名を注しているのは観世座の関係者と認められ、他の記事や六日以後の番組を参照することによって、彼等が年預衆なのか一般座衆なのかを判別することができるのである。

一、二月五日ノ夜　大宮出仕初之次第
　権頭ノ并居様　今春　保生　金剛　観世　但年老次第　是ハ翁ノ役人也
　千歳　今春　金剛　観世　保生
　三番三　観世 日吉与次郎
　ヱメクワシヤ　今春ノ千歳　笛　四管 日吉又兵衛

チヽノ尉　同　権頭　小鼓三挺
鈴持　金剛　大鼓一挺　弥石清左衛門

この記事から、まず、観世座に権守(権頭)が居て、彼は四座の権守の中では一番の若輩であったことが知られる(なお、右の記事は呪師走りの翁の並ぶ順が年臈次第だったことを教える資料でもある)。六日(薪能初日)の〈式三番〉の番組によると、観世の権守の名は野口茂太夫である。彼は勿論、南大門でも御社上りでも能には出勤していない。五日に三番三を勤めた日吉与次郎は、年預の狂言方と考えられる。三番三は四人の千歳の内の一人が勤める定めだったから、同日の観世の千歳も日吉与次郎であろう。彼は薪能や御社上りでの狂言には出勤しておらず、六日の南大門へ参勤する行列の交名(地謡を除く観世座の一般座衆十八名の名が列記されている)にも加わっていないから、一般座衆ではなかったと認められ、観世座の年預の一人だったに相違あるまい。「笛四管」の下に一人だけ名を注されている日吉又兵衛は、年預ではない。薪能にも出勤しており、六日の行列交名にも名が見えて、明らかに座衆の一人である。観世座の年預に笛方がいなかったため、手助けに参加したのであろう。金春座の御社上りの〈式三番〉に一般座衆の狂言方が参加したのと似たケースである。それは一座だけの御社上りの場合で、呪師走りには稀有の例と思われるが、この年の薪猿楽の〈式三番〉は、三十年ぶりで観世座が参勤したためか、笛四管を揃えるなど異例の形が入りこんだらしい。第五日にあたる十四日の観世座の御社上りの〈式三番〉も、翁(ならびに父尉)こそ権守が勤めたが、千歳(ならびに延命冠者)は梅若六郎、三番三は鷺仁蔵、鈴持は逆水兵吉が勤めた。三人とも観世座の一般座衆であって、年預ではない。〈式三番〉は年預が担当するという原則を侵犯した形であるが、これも久しぶりの観世座参勤に由来する特異現象なのであろう。

笛方日吉又兵衛の呪師走り参勤も同様に解される。

五日の呪師走りで大鼓を打った弥石清左衛門は、南大門の〈式三番〉でも六日(初日)と十二日(第四日)にやはり大鼓を勤めているが、八日(第三日)の〈式三番〉では宝生の年預が大鼓を打ち、金剛の年預と観世の弥石とが小鼓を担当している。弥石清左衛門は大鼓と小鼓の両役をこなしているわけで、そうした両役兼務は当時の一般座衆には許されていなかったことである。〈式三番〉以外の能には出勤していないから、弥石清左衛門が観世座の年預の一人であったことが確実視される。当時の年預衆には両役兼任も許されていたと解すべきであろう。後代にも同様であったらしい。

以上のように、慶安五年当時の観世座に、権守(野口茂太夫)と、少なくとも二人の年預(弥石清左衛門と日吉与次郎)がいたことが、Gから知られる。三十年間南都神事に欠勤し続けた観世座に年預衆が健在だったのは、二座交代参勤の制度が確立した寛文二年以後に非番の座の年預衆が参勤した事例と同じく、観世座の年預衆は座衆が欠勤を続けていた間にも参勤を続けていたからであると考えられる。宝生座の場合も、寛永二十年(一六四三)から寛文二年までの二十年間、大夫や座衆は一度も参勤しなかったが(Q)、その間の慶安五年には宝生の年預衆が参勤しているのである(G)。座が参勤しない時にも年預衆が参勤するのは寛文以前からの慣習に相違なく、だからこそ観世座の権守や年預も健在だったのであろう。

それが、寛文二年に三座の交代出勤による二座参勤の制が定まり、観世座の南都参勤が正式に免除された際に、観世の年預衆も参勤できないことになり、その結果、観世座の年預衆は消滅を余儀なくされたものらしい。その間の経緯を示す資料の存在を知らないが、Gの慶安五年より六年後、観世参勤免除の寛文二年よりは四年前の資料たる万治元年頃の役者付Lの観世座の分に、狂言方として日吉与次郎、地謡方として弥石清左衛門の名が見えることが注目される。他座の分を参照するとLは年預を含まぬ役者付のようであるから、右の事実は、両人が万治元年頃にはすでに一般座衆に転じていたことを物語ると解され、観世座の年預衆の解消が寛文二年に一挙に行われたのではなく、徐々に進行したことを推測せしめる。寛文二年の観世座参勤免除が、慶安五年の例外を除けば四十年に及ぶ不参事実のいわば追認であったことを思えば、それは十分あり得ることであろう。慶安五年当時すでに日吉与次郎・弥石清左衛門が名義上は一般座衆に加えられていたもので、大夫の例外的出勤に伴なって、昔の職能を再現したことすら想像できよう。慶安五年に権守だった野口茂太夫の名がLに見えない点は、一般座衆に組み入れられた年預と然らざる年預の差があったことを思わせる。権守だったために、若宮祭礼参勤などの事情から編入が遅れたことも想像できる。

いずれにせよ、寛文二年以後の諸資料には観世座年預衆に関する記事が皆無で、観世座に権守・年預が存在しなくなったのは確かである。以下の年預衆に関する考察が金春・金剛・宝生の三座の年預衆にのみ言及し、観世座に一切触れないのは、そうした事情に基づく。(《旧観世座年預の宝生座への移籍については239頁③の補説参照》)

なお、Gの末尾には、「請取申薪御扶持方之事」と首書した、藤堂家からの扶持米(八十石が支給された)の観世座分の請取書の写しがあり、それに観世大夫以下四十九名の連名があるが、その末近くに弥石清左衛門と野口茂太夫の名が見え、日吉与次郎の名は無い。扶持米の配分にあずかる年預と然らざる年預の差があったかのようであり、後述する幕府からの配当米のある年預と然らざる年預の差に類似している。江戸後期には請取書の名義と実際の参勤者は一致しないものだったらしい(B)が、一応言及しておく。(『春日社司祐範記』元和七年二月の条に「五日、呪師三座、観世座闕除也」とある。欠勤に言及しているのは、参勤するのが通例であったからと見なし得よう。)

3　年預の人数

これまで、一般座衆と年預衆という形で、年預衆を座衆とは区別して述べてきたが、諸資料に「金春の権守」とか「宝生の年預」とか書かれているように、年預衆もそれぞれ特定の座に所属しているのであって、年預衆も広義の座員の一人ではあったかのようである。ことに注目されるのは、各座の姓名書・分限帳の類に年預が含まれ、年預にも配当米が定められていた事実である。人数の把握をも兼ね、その点をまず吟味してみよう。年預を含む分限帳としては最も早い天明三年のIを主体とし、J・Kを参照して考察してゆく。《後に出現した『元禄十一年能役者分限帳』にも年預についての記載があり、本節の細部はそれの大きな影響を受ける。371頁以下にまとめて言及するであろう。》

Iの年預関係の記事は各座それぞれ記載の形を異にするが、金春座は最末尾に次の四人の名を並べている。

配当七石　年預　幸王金十郎
同断　同　弥石庄八
同断　同　長命茂兵衛
配当拾五石　中村六兵衛

中村六兵衛には「同(年預)」の肩書が無いが、Jは同じく四名を同じ順に並べ(但し長命茂兵衛が弁蔵になる)、配当高も変らず、中村にも「年預」の肩書がある。Kは中村・弥石(庄八郎)・長命(甚之助。祖父が茂兵衛)・幸王の順になり、「年預」(年頭と誤る)と注し、幸王金十郎の配当が五石に減じている。それが座内の調整の結果であることは後述する。I・J・Kとも役名を記さないが、幸王金十郎が権守、弥石が笛、長命が狂言、中村が地謡の家であったことが他資料から知られる。なお中村六兵衛家が名義上の年預だったことは次項に詳述する。

次に宝生座の分は、最も詳しく、かつ人数も多くて、Iは狂言方の後、地謡役者の前に左の如くある。

配当拾五石　年預狂言　春藤七左衛門
同断　年預大鼓　小倉長左衛門
配当七石　年預権頭代　生一五兵衛
同断　年預小鼓　三谷源助

同断　年預笛　高安吉助
同断　年預狂言　巳野治郎右衛門
同断　年預小鼓　栃原伝右衛門

役名をも一々記す点が他座の分と違う特色である。Jは小倉が抜けて六名になり、高安十助(父吉助)・巳野次郎右衛門になる他は、配当高・順序、役名を肩書する点も同じである。Kも小倉を除く六名で、春藤・生一・巳野・高安万治郎(祖父吉助、父十助)・栃原・三谷の順に変り、役名が除かれるものの、配当はI・Jと同じである。小倉の名がJ・Kで除かれてしまった事情については後に考察する。

Iの金剛座の分は、最末尾に、配当についての記載無しに、次のようにある。

南都御神事薪能翁相勤申候　年預　長命八郎兵衛
右同断　同　中嶋市兵衛
右同断　同　高安嘉兵衛
配当七石　笛　長命嘉兵衛　南都御神事(計)相勤申候
配当拾五石　大鼓　春藤治郎兵衛　右同断
配当七石　同　高安九左衛門　右同断
同断　狂言　高安　甚兵衛　右同断

配当高を記さないのは無足だったからであろう。Jは無足の由を明記している。またJは中島と高安の間に長命又市が加わって四名である。Iが長命又市を誤脱したものらしい。後述するRによれば、長命八郎兵衛が権守、長命又市が笛方だったが、中島・高安の役柄は不明である。また注意すべきは、Iが地謡役者の前に、右の三名とは別に、と、南都の神事にのみ参勤するらしい四人の名を列記しており、これも年預かと疑われることである。Jも同じ形で(四人目が高安甚左衛門になり、肩書「狂言」を脱する)右の四人の名を出している。Kの場合は無足の年預については記載がなく、その位置(最末部)に、右の四人の内の長命嘉兵衛と高安九左衛門に「年頭」(年預)と注し、高安(高橋と誤る)甚左衛門には「狂言」と注して並べているから、右の四人が年預であった疑いが一そう濃いかのようである。しかし彼等は年預ではない。金剛座にのみ年預とは別に、江戸表では勤めないが奈良の両神事では座衆の一人として能や狂言に出演する特異な役者が存在したのである。それについては別項8にも触れるが、宝暦十年(一七六〇)刊『能訓蒙図彙』所載の役者付によれば、笛の長命嘉兵衛は大阪住の春日流の役者、太鼓(Iの大鼓は誤り)の高安九左衛門は大阪住の又右衛門派(観世流)の役者だったし、大鼓の春藤治郎兵衛は高安流で、Kでは一般座衆に転じている。狂言の高安甚兵衛(大坂住の大蔵流狂言役者高安仁兵衛と同家か)を含む四名ともに、Qの『薪能番組』によると、享保三年当時に同名の人物(Jの四人の先々代あたりであろう)が薪能に出勤しており、代々が能役者だったのである。Kの「年預」の注は誤りに相違あるまい(《誤りではなく、名目上は年預としていたらしい。373頁参照》)。

となると、I・J・Kなどから知られる江戸後期の三座の年預の人数は、金春座が四人、宝生座が七〜六人、金剛座が三〜四人で、意外に少ない。一座の年預衆だけで〈式三番〉を演じることも不可能である。最も人数の多い宝生座の場合も、役柄が明記されていて一応〈式三番〉の各役が揃うことになるが、地謡がいない。そうした点をどう解決していたのか明らかでないが、常は二座ないし三座の立合であるから、融通し合って勤めていたのであろう。御社上りの〈式三番〉のみは一座で勤めるが、金春の場合に座衆の狂言方が参加した如く(それは恒例で、記録もすこぶる多い)、一般座衆の応援を仰いで切り抜けたこともあったらしい。宮城県図書館伊達文庫蔵の『古之御能組』によれば、承応三年(一六五四)二月十一日の金剛座の御社上りの〈式三番〉には、座衆狂言方の高安山三郎が三番三を勤めている。御社上りは午前中、門の能は午後からであったから、御社上りの〈式三番〉に他座の年預衆の手助けを仰ぐことも時間的には可能だったが、そうした実例を見出すこともできなかった。

実は、**I**などに記載されているのは幕府の配当帳に正式に登録されている年預衆であって、配当帳には登録されていないが実際には活動していた年預も存在したのである。金春座の幸王喜三郎や橋村仁兵衛がその例で、両名とも般若窟文庫蔵の天明末年頃の文書『座衆石高増減控』に年預として名が見える。この文書は、金春大夫(隆庸)の裁量で、一般座衆五人の所定の配当高から計十八石を減じ、その分を長命弁蔵(増三石で七石)・弥石庄八(同上)・幸王喜三郎(無足を七石に)・橋村仁兵衛(無足を五石に)の四人に配分した際の記録で、幸王喜三郎には「年預」と注している。長命弁蔵も弥石庄八も年預であるから、残る橋村仁兵衛も年預に相違なく、この時の配当増減は無足の年預二名に他の年預なみの配当を与える事を主目的とした工作だったと解される。年預橋村仁兵衛については先行する資料を見出せなかったが、幸王喜三郎は同姓の年預幸王金十郎家とは別の家であり、安永三年の**B**の「御神事出座仕候者」の人数書(資料**ニ**)にも年預と明記して登載されている。万治元年の**L**にも地謡として名が見え、もとは一般座衆だったらしい。寛文十年頃の**M**によれば配当七石であった。その家が何かの事情で一般座衆を離れ、配当帳からも除かれ、**B**よりは以前から無足の年預として活動していたらしい。年預幸王喜三郎家は恐らくは地謡方であったろうが、橋村の役柄は明らかでない。

宝生座にもまた**I**・**J**・**K**に名の見えない年預がいたようである。『加越能楽』第六・七号(昭和二十四年十一・十二月)に殿田良作氏が紹介された天保十年十一月付の『南都薪能心得記』は、ワキ宝生新之丞の代理として若宮祭と薪猿楽に参勤した弟子の柳川全作(加賀藩御手役者)が、南都下向に際して師から付与された文書であるが、それに、

一、脇連渡宿外に無之候間、同宿致候事。併、宿手狭にて稽古成悪候はゞ、其訳を着後早々太夫方へ相談の上、

権頭命尾伝左衛門へ相頼、別宿請取候事も相成候事……。〔資料ナ〕

と、権頭命尾伝左衛門の名が見える。宝生座の役者の宿舎の世話をしているから、宝生の権頭と見られる。もっとも、同書の「権頭」は権守と年預の両方を含めた用法と認められるから、年預と見なす方が妥当であろう。

こうした分限帳に名の見えない(幕府の役者名簿に登載されていない)年預衆が他にどのくらい存在したか、明証は得難いが、幸王家文書の中に含まれている明治初年の年預衆の連名二種(**O**の⑸と⒂)には、**I**・**J**に登載された三座の年預十五家と、金春座の幸王喜三郎・橋村仁兵衛と右の命尾伝左衛門の三家、計十八家以外に、書かれた位置から見て宝生座年預と見られる巳野善吉と、金剛座年預らしい高安市十郎の名が加わっている。両名とも同座に同姓の年預がいたが、**O**の⑸・⒂ともに親子や兄弟が名を連ねている文書とは考え難いから、両人とも配当帳に登録されない年預家として、江戸期から活動していたのであろう。その他にもいたかも知れないが、知る由は無い。こうした登録外の年預に加えて、後継者達も応援に参加し、一座の年預だけでなんとか〈式三番〉を演じていたものと思われる。

なお、『観世』昭和五十二年二月号に山路興造氏の論考「群小猿楽座の動静(上)」が発表された。同論もまた拙稿と同じく年預衆の実態究明に力を注いでおり、同じ資料をも用いているが、山路氏が発掘して同論に紹介された長命茂兵衛文書一通は、年預家に伝わったものだけに、拙稿と関連するところの多いすこぶる有益な資料である。この位置に全文を引用させていただき、この長命茂兵衛文書を**R**としたい。

金春座歳預

一、七石　権之守 幸王　金十郎

一、七石　同　喜三郎

一、七石　千歳 長命　茂兵衛

一、七石　笛　弥石　庄　八

宝生座歳預

一、七石　権之守　高安　吉　助

一、七石　千歳　己(巳)野治郎右衛門

一、七石　小鼓　小倉長左衛門

一、六石　笛　己(巳)野　三　蔵

一、四石　命尾伝左衛門

金剛座歳預

一、金五両　権之守　長命八郎兵衛

一、金五両　笛　長命　又市

右之通　例年十一月　春日御祭礼之節　金春大夫殿ゟ頂戴仕候　当番歳ニハ御神事料金五両づゝ銘々ニ頂戴仕候　非番年ニハ御神事料無之候

金剛座御役者

一、七石　太鼓方　高安九左衛門

笛　長命　嘉兵衛

年記が無く、山路氏も「江戸後期の実態」を示すと認定しておられるだけで、年代推定の困難な文書であるが、宝生座の高安の名が吉助である事(**I**が吉助、**J**が十助、**K**が万治郎)、宝生座に小倉の名が見える事、長命が所属した座で脱漏の可能性の比較的少ない金春座の分に橋村の名が無い事などから、天明三年の**I**に近い頃の文書ではないかと思う。末尾の金剛座御役者が高安九左衛門と高安嘉兵衛の両人のみである点はKと類似し、RがKに近い事を思わせるが、この点は別の説明が可能で、年代の手がかりとしてはあまり重視できない事のようである。なお年預を「歳預」としているのは気取って書いた異例の表記と思われ、年預(ネンヨ・ネンニョウ)がサイヨとかトシアズカリとか呼ばれていた形跡は全く無い。

このRとI・J・K等の分限帳類とを比較すると、人数・人名にも出入があり、個々の年預の石高・役名にも相違があるが、これは、Iなどの分限帳がいわば表向きの帳簿で、実態とは相違する面を持っている事(本項や次項がその事の論証を兼ねてもいるが、その裏付けとなる点がRの大きな価値である)と、Rが年預側の記録で、実態に則してはいるが必ずしも年預の全員を網羅しているわけではないらしい事(ある年の神事に参勤した年預だけであるといった可能性もあろう)と、両方に由来するようである。Rが年預側の記録である事は、金剛座の「南都御神事計相勤申候」役者両人を「金剛座御役者」と敬意を表した形で表現している事や、役名を「狂言」とはせずに「千歳」としている事、及び配当や神事料頂戴に関する付記の内容から明らかであろう。年預の実態をより正確に反映している事は、幸王喜三郎・命尾伝左衛門・巳野三蔵(Oの巳野善吉の先祖であろう)を含む点や、金剛座の年預に金高が示されている点(5及び8参照)から断言できる。RをIと同じ頃の文書とする前述の推定が正しいとすれば、命尾家も巳野善吉家も天明頃からすでに年預だったと言えることになるなど、Rから新たに知られる事はすこぶる多い。それらについては次項以下にも漸次言及するであろう。

4 金春座年預中村六兵衛家の特異性

配当帳には記載されていない年預が実際には活動していたのとは逆に、配当帳には年預として登録されていながら、実際には一般座衆として活動したらしい年預も存在する。金春座の中村六兵衛がそれである。彼の名は先に掲出したようにＩの金春座の年預の項の末(従って金春座全七十人の最後)に位置する。前の三人と違って彼にだけ「年預」の注記が無いが、ＪやＫは年預と明記しており、彼を年預と見なすのが自然であろう。Ｉが注記を脱したものと考えたい所である。同役の場合は配当高の多い順に並べるのが普通なのに、彼だけがそうでない点は異例であるが、宝生座の年預に配当十五石の者が二人居り、本来は年預に与えられるべき配当を流用して受けていたらしい金剛座の神事参勤役者にも配当十五石の者が一人居ることとの釣合いからも、金春座に配当十五石の年預が一人居る方が自然である。Ｉの記載法に疑点はあるものの、中村六兵衛が配当帳で年預として扱われていることは確実視してよいであろう。

ところが、中村六兵衛に関する記録を通覧すると、彼の家は金春座の地謡方だったのではないかと疑われるのである。中村六兵衛の名は金春座の役者八十三名を役柄別に記載する万治元年のＬには無く、配当高順に役名無しで四十四名を列記する寛文七年頃のＭには、配当十五石の役者の最後の位置に書かれている。彼の前の役者五人も後の二人(配当十石と八石)もＬによって地謡方だったことの判明する人物であり、中村もそうだったと推定したくなるが、Ｍは年預をも加えていることが確実視されるので、配当十五石の年預中村六兵衛を同じ配当の地謡方の末に並べたとも見られ、Ｍだけでは彼が年預か地謡か不明確ということになろう。Ｍに次ぐ中村六兵衛関係の資料は管見では安永三年のＢであるが、同書の若宮祭参勤役者の人数書の首部には左の如くある。

御神事出座仕候者

一、南都　金春八左衛門

一、〃　連　金春清之丞

一、〃　〃　金春猶五郎

一、〃　後見　吉川重三郎
一、〃　〃　吉川恒二郎
一、伊賀　地　中村六兵衛
一、〃　〃　中村普治
一、南都　〃　松村辰之助
一、兵庫　年預　幸王金十郎
一、〃　〃　同　喜三郎
一、〃　弥石庄八
一、山城　長命弁蔵
雇之者
一、京　脇　中村孫三郎
〔以下、脇四名、笛三名、小(鼓)四名、大(鼓)三名、太(鼓)三名、狂言四名、地(謡)六名、物着二名の名を連ね、末に「安永三年午十一月廿七日 金春大夫名代 金春八左衛門」とある〕　〔資料二〕

幸王金十郎・同喜三郎・弥石庄八・長命弁蔵の四人の年預とは別に、「地」と肩書を添えて並べられているのであるから、中村六兵衛は年預ではなくて地謡方だったと見なさざるを得まい。続いて同じ地謡として並んでいる中村普治は、同じ伊賀住でもあり、六兵衛の子と思われる(後記参照)。この記録が若宮祭参勤人数書という特殊なもので、普通の能の番組や役者付ではないだけに、年預の地謡方だった中村父子を「地」として記録したのではないか疑われもするが、安永頃の中村六兵衛が他の四人の年預とは異なる立場だったことは否定できまい。

この安永三年の中村六兵衛が、十年後の天明四年に、伜新次郎への〈翁〉相伝を金春大夫（八郎隆庸）から認可されたことを示す二通の文書が般若窟文庫に所蔵されている。一通の文面及び裏書は次の通り。

一筆致二啓上一候。弥無二御別条一珍重存候。然者今般新次郎へ翁免シ候間、其元より口授可レ有レ之候。麁略不二相成一様ニ御心得可レ有レ之候。右可二申進一如レ斯候。謹言。

九月　　　金春八郎 名乗判

中村六兵衛殿

尚以右本文之儀、御神事・藤堂家之外ニ而相勤候義有レ之候ハヾ、此方江被二申越一、指図之上相勤可レ被レ申候。以上。

（紙背追記）天明四 甲辰 九月　中村六兵衛伜新次郎江翁御免之節六兵衛江御状有。

安住云、一向不当之文躰也。已後不レ可レ掛。

〔資料ヌ〕

紙背の追記は全体が金春八左衛門安住の筆で、「安住云」以下はかなり後年の加筆らしい。感じは異なるが本文も安住筆かも知れない。もう一通は中村六兵衛自筆の書状で、大夫の認可の状に対する返書と見られる。文面は次の通り。

貴札奉二拝誦一候。先以御機嫌能被レ為レ遊二御座一恐悦ニ奉レ存候。世伜新次郎此度翁御免被レ下候様御願申上候処、願之通御免被二仰付一、難レ有仕合奉レ存候。被二仰下一候通口授可レ仕候。勿論麁略被（不）二相成一様ニ可二申付一候。恐惶謹言。

十月廿日　　　中村六兵衛　保孟（花押）

金春八郎様

猶以御端書之趣、御神事・藤堂家ゟ外相勤候ハヾ、其砌可二申上一候。以上。

〔資料ネ〕

両通に名の見える六兵衛伜の新次郎は、資料**ニ**の中村普治と恐らくは同人であろう。その伜への〈翁〉相伝は具体的には父の六兵衛が口授したのであり、父もまた金春大夫から〈翁〉を免許されていたに相違ない。中村六兵衛家は代々金春大夫から〈翁〉を許される家柄であったらしい。その〈翁〉は原則的には「御神事・藤堂家」で勤めるために免許されていたことが両通の端書から判明するが、御神事とは言うまでもなく薪猿楽と若宮祭のことであり、それへの参勤が年預の本務であった。この点は中村六兵衛家がやはり年預であったことを思わせるかのようである。一方御神事と並んで藤堂家の名が出るのは、中村の居住地が伊賀だった(**ニ**参照)ことと関連するに相違なく、中村六兵衛家が代々伊賀の領主藤堂家に出入していたことを思わせる。管見のせいか他の年預にそうした例を知らず、これは年預らしからぬ点と言えよう。

ところで、天明四年に〈翁〉を免許された伜の新次郎は後に六兵衛を襲名したと思われるが、二十九年後の文化十年(一八一三)に新次郎改めらしい六兵衛が伜への〈翁〉伝授を金春大夫から免許されたことを示す文書が別に存在している。般若窟文庫蔵の金春安住筆に相違ない左記の書状控がそれで、金春大夫七郎元照の名義で実際には八左衛門安住が免許したに相違なく、**ヌ**を「不当の文躰」と評した安住にふさわしい横柄な文体になっている。

一筆致二啓達一候。今般(「子息」の二字を消去)貞七儀翁免許之儀、願之趣聞届候間(「致承知候間」を改む)、引付之通、従二其方一相伝可レ有レ之候。両御神事之節年預方権守差支有レ之節用意之心得ニ候間、此段承知可レ有レ之候。若無レ拠義ニ付外ニ而相勤候仕義有レ之候者、其儀(「時宜」を改む)を以前度ニ願之趣可レ有レ之候。勿論相勤候儀者可レ為二差図之上一候。右一件仍而如レ此ニ候。以上。

酉五月　　　　　　　　　　七郎

中村六兵衛殿

〔裏端書〕　翁神文不レ為レ致候也。年預方振合之式法。

文化十四年、先六兵衛存命中願之趣ニ取扱遣ス。発端願ハ弟子中迄。請書も披露之状。其節入門神文差越ス振合。

〔資料**ノ**〕

紙背の端書（文意不明確な点がある）によれば、実際には六兵衛没後に免許を与えたらしい。免許を乞い、それを与えるのが慣例になっていたからであろう。**ヌ**に比し全般に厳しい内容で、藤堂家のことに触れていない点も気になるが、最も注目されるのは中村六兵衛への〈翁〉免許を「両御神事之節年預方権守差支有之節用意之心得」のためと明言している点である。両神事の〈式三番〉で翁を舞うのは権守であった。従って右の文言から中村六兵衛が権守でなかったことが明確となる。権守が故障の場合にそれを補うのは同じ年預の中からであるのが自然であり、中村六兵衛が年預の地謡であったとすれば、囃子方や狂言方の年預よりは彼が権守の代理を勤めるのが最も自然である。中村家が代々金春大夫から〈翁〉を免許されたのはその為であり、藤堂家へ出入したのも領内の神事能で〈翁〉を勤めるためだったと解することが出来るから、天明四年当時の中村六兵衛もやはり年預であった、安永三年の**B**も年預の地謡を他の地謡と併記したまでのことで、中村が年預だったことを疑う必要はない、ということになりそうにも思う。しかし、裏端書を含めた安住の文言には、**ヌ**と比較してみると、中村六兵衛は年預であるとの見解が濃くにじみ出ているように感じられる。その背後に中村家が一般の年預とは違う待遇を受けていたという事実があるのではなかろうか。

そうまで疑うのは、中村六兵衛が一般座衆なみ、または大夫の弟子の身分だったらしいことを思わせる若干の資料が存在するためである。資料**ヌ**によって天明四年九月に〈翁〉を免許された中村新次郎（保貌）が同年月付で金春大夫父子（八郎と式太郎）に提出した神文が般若窟文庫に残されているが、その「起請文前書之事」に列挙されているのは、

一、御流儀之うたひ仕舞御指南被レ下、忝次第ニ奉レ存候。

以下、一般の弟子の入門神文〈般若窟文庫に数種伝存する〉となんら変りのない条項ばかりで、〈翁〉については全く言及せず、年預らしい点は一かけらもない。第一、年預が大夫から芸事について指南を受け免許を仰ぐこと自体が極めて異例なのであって、般若窟文庫に存するそうした資料は、**ヌ・ネ・ノ**など中村六兵衛家のものに限られている。他の金春座年預が芸事に関して金春大夫と交渉を持っていた形跡は、全く見当らないのである。中村六兵衛家のみが、配当帳での身分は年預だったものの、金春大夫と師弟の関係にある特殊な地位だったらしい。そうした曖昧な中村家の地位を、**ノ**の筆者安住は年預の位置へ押し戻そうとしていたのではなかろうか。故実に通じ、別項8に言及する如く年預にきびしい姿勢を保っていた安住であるから、その可能性は小さくはあるまい。

中村六兵衛家がなみの年預ではなかったことを示す最も決定的な資料は、彼の出演記録である。般若窟文庫蔵「明和六年松之下・後日番組」は、同年の若宮祭の金春座分のみの番組であるが、その松之下の分には次のようにある。

〔資料八〕

開口　　中村四郎三郎

権守　金春式太郎　中村六兵衛

弓矢立合　西川七三郎　関口伝次郎　明田利右衛門

恐らくは金剛座が相番で、両座で〈弓矢立合〉を舞ったため、金春座からは金春式太郎と中村六兵衛の二人だけが出勤したのであろう。「権守」の次に書かれるのが大夫(または代理)、その下が連役である。従って、明和六年(一七六九)には中村六兵衛は〈弓矢之立合〉の連として出勤していることになる。これは年預にはとうてい考えられないことで、連役か地謡方の重だった者が勤めるのが常であった。また、奈良県立図書館郷土資料室蔵の藤田文庫の中に『南都乃能楽』と題する藤田祥光著の稿本があり、全三十九項の第六項に「安永五年薪御能」の番組が収められている。藤田祥光は金春広運の弟子でもあった能の数寄者で、同書所収の諸記録は生の記録と同一視してよいものばかりである。その番組によると、中村六兵衛は安永五年の薪能で〈西行桜〉と〈猩々〉のシテを勤めている。年預が〈式三番〉専門で、薪猿楽でも一般の能や狂言には出演しないことは前回に述べたが、右の記録は明らかにその原則と抵触する。しかしこの例外は、年預も能や狂言に出演することがあったことを示すと評価すべきではなく、安永三年のBが中村六兵衛を「地」として登載している事実を参照し、当時の中村六兵衛は地謡方であって年預ではなかったことを示す資料として評価すべきであろう。当時は地謡方がツレやシテを勤める事が珍しくなくなっていた。地謡方だったとすれば、明和五年に〈弓矢之立合〉を舞ったことも、安永五年の薪能にシテを勤めたことも、容易になっとくできるであろう。

《中村六兵衛が宝暦〜文化の間に薪能や若宮祭能に出演した記録が多数判明している。378頁補説B参照。》

もしも、明和・安永の頃には一般座衆の地謡方だった中村六兵衛家が、天明三年のI以前に年預に転じたのであれば、右に提起した疑問は抱かずにすむ。だが、そう見なすことは不可能である。安永五年(一七七六)から天明三年(一七八三)までの七年間にそうした事態が発生し、それが直ちに公的な分限帳に反映したとは、とうてい考え難い。四座一流の役者の身分的な固定は遥か以前からのことだったからである。また、後述するが、寛文七年にはすでに中村六兵衛が配当帳に年預として登載されていたことを示す資料があり、逆に安住没後に中村家が年預としては扱われていなかったことを暗示する資料も存在している。年代不明ながらRが中村六兵衛を含んでいないのも、彼が年預でなかった事を思わせる。

結局、Iに於ける中村六兵衛の記載形式の特異さ(「年預」の肩書を欠き、配当十五石でありながら七石の年預の末に位置する点)や、地謡方としての活動の記録、〈翁〉免許をめぐる大夫との交渉、安住の態度などを勘案すると、中村六兵衛家は分限帳には年預として登載されていたものの、実際には金春座の地謡方として活動していたもので、金春八左衛門安住はその特異性を異例の事と見なし、本来は年預家であるとの立場を採って資料ノを書いたと解釈するのが妥当かと思う。いつから、なぜに、中村六兵衛家がそうした特異な年預であったかは明らかでないものの、ヌの書き様から中村家への〈翁〉免許が恒例的なものだったと解されるので、江戸前期からすでにそうだったことが想像される。藤堂家に縁ある役者だったことも、そうした特殊な身分になった原因かも知れない。金春大夫の弟子筋の役者ながら藤堂家に出入していたため江戸住を原則とする一般座衆に加える事ができず、両神事にのみ参勤する年預の名目で配当米を与えたといったケースが考えられる。江戸初期の金春座と藤堂家の密接なつながり、藤堂家が大和に領地を持ち、南都神事に扶持米を出していた事を考慮すると、そうした可能性は十分あり得よう。

以上、不明確な点は残るものの、中村六兵衛家が特異な性格の年預家だったことは確かであろう。金春家旧伝文書たる般若窟文庫にも、既に紹介したように中村六兵衛家関係文書が比較的多いにもかかわらず、中村六兵衛が実際に薪猿楽や若宮祭で年預として活動した記録は皆無であり、分限帳に於いてのみ彼は年預として扱われているのである。こうした特異な性格の中村六兵衛家を他の年預家と区別せずに考察してゆく事は、例えば年預衆は薪猿楽に於いて能には出演しないという原則が成立しなくなるなど、年預衆の性格把握に大きな障害となる。特に一項を立てて考察した所以である。

5　年預の待遇

I・J・Kなどに記載されている年預衆の給与は、配当十五石と七石と無足とに分かれている。十五石とか七石とかの配当は、ほぼ一般座衆の地謡方なみであるが、地謡方などの一般座衆は配当米の他に五人扶持など扶持米をも支給されるのが常であった。扶持米だけの役者は多いが、年預のように配当米だけの例は四座一流を通じて稀である。

金剛座の年預のみが無足であるが、「南都御神事計相勤申候」と注されたIの四人の配当が他座の年預分にほぼ相当している。金春安住が推測しているように(後述)、本来は年預に配当すべき分が年預に非ざる神事参勤役者に廻されたものらしい。一般座衆にも無足の役者はいた。Lにすでに登載され、江戸初期から広義の座衆の一員とされていた物着せや作り物師もそうである。しかし彼等には、大夫からの手当など別途収入があったのであり、金剛座の年預衆も実はそうだった。その点は別項8に触れるであろう。

権守が他の年預より必ずしも配当米が多かったわけではないことが、役柄を明記した宝生座の分から知られる(金春座の権守の幸王金十郎も配当七石である)。その宝生座の生一五兵衛の肩書に「年預権頭代」とあるのは、彼が一時的な権守代理だったことを思わせないでもない。Rは高安吉助を宝生の「権之守」としているし、配当高十五石の小倉が権守家だったことを思わせる資料も存在している(後述)。しかし、IのみならずJも生一を「権守代」としているから、表向きは生一家が代々宝生座の権守であり、それを「権守代」とするのが分限帳での恒例化した記載法だったと解される。技芸の達人に贈る称号が権守であるとの意識が残っていた頃に、翁役を勤める年預の権守を正式のものとは認めない立場を示して、代の字を添える風習が生じたものと思われる。明治五年のものではあるが、生一家が権守役だったことを示す文書が幸王家文書(Oの(8)「国樔由来記」)に含まれてもいる。ついでながら、「年預権頭代」の肩書は、「年預小鼓」などの肩書と並べてみるとき、年預が権守を含む年預衆全体の身分的な呼称であり、権守が役名的なものである事を明示していよう。

配当帳に石高が明記されている年預が実際にその配当を受けていたとは限らないことについては、別項8に言及する。また定まる配当の他に、南都両神事に参勤するための御神事料として幕府から両座に五百石が支給されたが、両神事に出勤する年預衆もその配分にあずかっていた。般若窟文庫蔵の嘉永七年の記録たる『春日御神事料割方帳』によれば、金春座では、金剛座と組合せの場合の御神事料配分高二百七十三石余、金に換算して百八拾二両余のうち、金拾両が「年預五人」に配当されていた(ここに「年預五人」と言うのは、金春座の年預が配当帳登録者四名、非登録者二名、計六名だったのと合わない。前項に考察した中村六兵衛が嘉永七年当時に年預として扱われていなかった事を示すものと受け取れよう)。大夫以下各役とも一人二両ずつの配分のようで、年預が特に低かったわけではない。それとは別に、大夫に配分される金八両のうちの五両は「年預江渡ス」とある。別文書に「権頭料」と言うのにあたるらしいが、五人の年預に均等にわたったとすると、両神事に際して年預が受け取るのは一人三両程度ということになる。他座の年預もほぼ同額だったらしい。別に興福寺から年預米が出され、その若干が年預の手に渡ったことは191頁に述べた。藤堂家からの両神事のための扶持米八十石が年預にどう配分されたかは明らかでない。幕府からの御神事料も藤堂家の扶持米も、薪猿楽の分と合わせて前年の若宮祭の時に配分される定めだった。座が非番の年にも年預衆は参勤したが、その際は御神事料が配分されなかった事が**R**の付記から知られる。**R**の付記はまた年預一人当りの御神事料配分を五両としており、上述の〝三両程度〟説と一致しない。これは、藤堂家扶持米分や欠勤した年預分が加算されたためであろうか。配分法に時代による差が少々あった事も想像される。

なお、両神事に参勤する年預衆の使用する装束・道具・楽器の類は、一切大夫から貸与する定めであった。**A**の明暦元年の記事にその事が言及されているし、他書にも見られる。だがそれは、年預の待遇が悪かったことと直接関連することではあるまい。もっとも、資料**フ**の文言によると装束の貸与は幕末にはいい加減な形になっていたらしい。

6　年預家の世襲をめぐって

年預の家や配当は、少なくとも江戸後期に於いては、世襲が原則であったと認められ、また襲名が普通だった。

I・J・Kを比較することによってそのことが明瞭であろう。宝生座年預小倉長左衛門の名が天明の**I**にはあって天保の**J**や慶応の**K**にないことが、年預の家が世襲だったと考える上での例外的現象であるが、これは、第**8**項に述べる小倉の訴訟事件が原因となって、文政頃に幕府の配当帳から小倉の名が除かれることになったものらしい。配当帳から名は消えたものの、年預小倉家が絶えたわけではなく、明治維新後まで同家は続いていた(後述)。また金春座の幸王金十郎の配当高が**I・J**で七石だったのに**K**で五石に減少しているのが、配当高世襲の例外であるが、これは、無足の年預に配当を廻すための金春座内の調整の結果らしい。第**3**項に言及した『座衆石高増減控』がそうした調整の行われたことを物語っている。座内の私的調整が幕府の年預帳に反映するようになったことにも、小倉の訴訟事件の影響が感じられる。

　年預の家督相続に関しては、一々公儀に願書を提出しない慣習だったようで、**K**は年預の姓名ごとに「年頭(預)ノ者ハ前々ヨリ跡式ノ義不レ奉レ願候」と注している。跡目相続を一々幕府に願い出て認可を仰いだ一般座衆とは大きく相違する点で、大夫一存で処理できたのである。後述するが、金春安住も**P**の中(資料**ム**)でこの点を強調しているし、幸王家文書にも、嘉永五年十一月に幸王金十郎が河州大井村百姓仁兵衛次男栄蔵を養子として家督を相続せしめる事を金春大夫が認可した事を示す書状(**O**の(2)「養子許可状」)が含まれている。

　跡目相続が安直にできたためか、年預の一跡は株として売買されたようである。鴻山文庫蔵『宝生流座付人名録高席順帖』一冊は、**K**と原本を同じくすると認められる慶応二年の役者付で、宝生座の分のみを収め、年預に関する部分は「年頭」と誤る点まで**K**と同一であるが、年預六人の連名の前に次のように付記を添えている。

　　以下奈良其外へ常詰ノモノ　実ハ明株ナリ　　〔資料**ヒ**〕

宝生座の年預の配当高が名目的なもので、実際は宝生大夫が過半を収納していたことは後述するが、**K**には無いから宝生座の誰かの私的注記らしいヒは、単にその事実を述べたものなのか、小倉長左衛門の訴訟などで宝生大夫へもそれが渡らなくなっていたことを示すのか、不明確である。不明確ながらも、「実ハ明株ナリ」の文言は、その配当を受ける権利の所有者が当時定まっていなかった事を示すかのように受け取られ、年預の権利が売買されていた事を思わせる。前述した山路氏の論考によれば、川路聖謨(奈良奉行を勤めた)の『寧府記事』弘化四年十一月二十八日の条に、

……はつかの配当米にて株のうりかひに成、もと〳〵百姓など兼職のものにて、冠りも浄衣もなよびたる限りにて、三番叟の素袍など破れたるもの多し……

〔資料フ〕

とある由で、年預の株が売買されていた事を明言している。ヒの「実ハ明株ナリ」もそれと関連するに相違あるまい。一般座衆にも類似の現象は存在した(明治初年の能楽復興の旗手だった梅若実が五百両の持参金で商人の家から観世座ツレの梅若家の養子になった例など)が、年預の場合は家督相続が面倒でなかっただけに、半ば公然と行われたのであろう。となると、年預の家が世襲であったと言っても、名義上のことに過ぎず、血統上の相続ではなかった場合が少なくなかったものと思われる。大夫がほとんど来寧しない宝生座・金剛座に特にその可能性が大きいのではなかろうか。もっとも、株として売買されていたからといって分限帳の年預の記事がでたらめだったわけではないようで、Jの年齢書とKの年齢書とでは二十三年後で計算が合うし、世代の交替も反映している。

配当米のみならず、年預家の役柄もまた、笛の家は代々笛の家、狂言の家は狂言という形で世襲されていたことが、IとJの宝生座分を比較して知られる。しかし、これも表向きのことだったようで、より忠実に年預衆の実態を伝えているらしいRと比較すると、Iでは小鼓の小倉がRでは大鼓、Iでは笛の高安がRでは権守であるなど、相違が見られる。恐らくこれは、金春座の特殊な年預家だった中村六兵衛家が権守差支えの場合に備えるという名目で〈翁〉を免許されていた事実(第4項参照)が暗示するように、慶安五年に観世座の年預弥石清左衛門が大鼓と小鼓の両役を勤

めた類の自由さが後代の年預にも残されていて、一役に固定しない年預が多かったことと関連があろう。Iを若干遡る江戸中期に、笛方の年預が権守を代勤した事例や、I以後の役柄とは別の役を勤めていたことを示す事例が存在している。ここで言及すべきかも知れないが、資料的に重複することが多いので、便宜上次項の考察の中で言及することにしたい。

7　年預家固定の時期をめぐって

Iなどによって天明以降には世襲によって継承されていたことの確実視される年預の家々が、いつ頃から配当米を支給されることになって固定したかは、Iの如きまとまった分限帳の江戸中期以前のものが伝存していないらしいので、必ずしも明確ではない。しかし、比較的資料の豊富な金春座の分についてはかなりの程度までの推測が可能であり、それらから年預家全体の傾向を類推することができるように思われる。

第1項で寛文七年前後の書写と推定したMは、金春座の配当帳とも言い得る内容で、知行・配当のある役者四十四名を原則的には高順に並べており、末尾に「合千三拾石」とあるのは配当米の分のみの合計である(知行は合計七百石)。慶長二年に豊臣秀吉が諸大名に割り当てて四座に支給した配当米は、観世座が九九五石(観世宗家蔵『観世座支配之事』)、金剛座が八一五石(三井家蔵『金剛座支配之事』)、宝生座が九六〇石(雑誌『能楽』明治四十年五月号口絵写真『宝生座支配之事』)で、金春座の分のみが不明確だったが、千石前後だったろうことは想像されていた。従って、Mによって知られる寛文七年頃の金春座の配当高は、慶長二年当時の配当がほぼ踏襲されていたと考えてよいであろう。一方、天明三年のIの金春座役者の配当米の総計は七七五石で、Mよりかなり減少している。これは、配当百石の大蔵源右衛門家(大鼓方)など絶えた家があるのと、配当二十石の大蔵八右衛門家(狂言方。金剛座に移る)など転座させられた家があるためで、継続している家の場合は**M**の配当高と**I**の配当高がほとんど一致している(連の春日四郎右衛門家が**M**で七十石、**I**で三十五石に半減しているのが唯一の例外。大鼓金春又右衛門家が**M**で「三拾五石」、**I**で三十石になっているのは、**M**の「五」は小字で書き加えたものであり、本来三十石だった可能性が強い)。配当米に限らず、また能役者に限らず、江戸幕府の俸禄全般が世襲制を前提として組み立てられていたのであり、当然の現象とも言えよう。この点から、**I**に配当高の記載されている家々は、金春以外の座の場合も、後代に新規に召抱えられた家(少数ながら存在した)でない限り、**M**の頃にも同じ配当米を支給されていたと推定してもよかろう。

ところで**M**には、配当十五石の役者十名の末に「中村六兵衛」の名があり、配当七石の役者十六名の末部(十人目〜十三人目)に「幸王喜三郎・同金十郎・弥石庄八・長命茂兵衛」の四人の名が連ねられており、天明三年の**I**に登載されている年預四家が寛文七年頃の**M**の時代から継続していた家であることが知られる。配当高も同じである。**M**には役名を記していないものの、中村六兵衛の場合は配当十五石の役者の末に書かれている点から、幸王金十郎・弥石庄八・長命茂兵衛の場合は固まって記載されている点から、後代と同じく年預として配当米を受けていたことが想像される。他座の年預もほぼ同様で、年預の配当米に関する制度と家とは、寛文以前にほぼ固まっていたと考えてもよいのではなかろうか。

そうした推測に関連して注意されるのは、安永三年の**B**に年預として名が見え、**I**などの配当帳には登録されないまま活動していた幸王喜三郎の名が、**M**に配当七石として他の三人と並んで記載されている事実である。並んでいるだけに、幸王喜三郎家も**M**の時代には配当七石の年預だったもので、なんらかの事情で**I**以前に配当帳から名が除かれてしまったのであろう、と考えたくなる。私も最初はそう推論した。だが、実はそうではないらしい。

幸王喜三郎の名は、**M**よりほぼ十年遡る万治元年の**L**に地謡役者として見えている。**L**は配当高を記さず、年預の由をも注記していない資料であるが、先に第2項でGに基づいて慶安五年頃の観世座の年預と推定した野口・弥石・日吉の三名の内、野口茂太夫の名は無いが、狂言役者の中に日吉与次郎、地謡方の中に弥石清左衛門の名があって、Lが年預を諸役の項に分散して登載する立場を採っていることも想像される。そう解して他座の役者付を見ると、宝生座の狂言役者の中に春藤七左衛門（Iでは年預狂言）、金剛座地謡方の中に長命八郎兵衛の名があって、後代の年預と姓名が一致している。宝生座狂言の巳野次郎作がIの巳野治郎右衛門家の祖かと疑われる類の、後代の年預との関連を思わせる同姓の人物もかなりLに含まれている。少なくとも、Iと姓名の一致する春藤・長命の両人がLに含まれている事実は、幸王喜三郎を含む点と並んで、Lが年預をも含む立場で編まれたものであることを物語るかのようである。

しかし、見逃せないのは、Mにすでに名が見え、寛文七年頃には金春座の年預家として確立していたと見られる四人の名が、Lに一人も含まれていない事実である。LとMの隔たりは約十年に過ぎない。その間に配当を頂戴する年預が四人も増加したとはとうてい考えられまい。四代将軍家綱の時代はむしろ能楽に対する幕府の態度が冷淡だったのであるから。従って、Lが金春座の年預四人を含んでいない事実は、金春座に関する限り、Lは年預を加えない立場で編まれたことを物語ると解さざるを得まい。宝生座の場合も、Iの年預七人の内Lに含まれるのは春藤七左衛門一人であり、金剛座の年預も後代の四家のうちLは長命八郎兵衛を含むのみである。観世座の分も、前述したように、寛文二年の南都神事参勤免除以前に年預の組織を解消し、一般座衆へ編入した人物のみを登載していると考えられるから、Lの全体が年預を含んでいないのではなかろうか。一座の知行・配当のある役者を網羅するため年預をも加えたMとは違って、いわゆる部屋住の御曹司連や、無足だったはずの物着せ・作り物師・脇鼓・後見の人物まで加えているLは、大夫の輩下の江戸の座衆の名簿と見なし得る内容であり、それが南都神事の際にのみ座に合流する年預衆を加えていないことは、十分考えられる。後年の年預と姓名の一致する幸王喜三郎(金春)・春藤七左衛門(宝生)・長命八郎兵衛(金剛)も、万治元年には年預でなかったがゆえにLに含まれているのではなかろうか。

まず幸王喜三郎の場合は、Mに於いて配当が同じ七石の年預三人と連なる形で記載されている点が彼も年預だったことを思わせるのであるが、彼の前には一般座衆の名が連なっており、彼までが一般座衆、次の「同(幸王)金十郎」からが年預とも考えられる位置である。直前の中村平左衛門はLでも幸王喜三郎の直前に書かれている地謡方である。それと同じく一般座衆地謡方だった幸王喜三郎家が、後代(Mよりは以後)に何かの事情で(一度絶えたりして)座衆から外され(配当帳から除かれ)て、後に子孫がIなどの配当帳には記載されぬ年預として活動したのではなかろうか。それを思わせる現象が、後代の金春座地謡方に幸王姓の別の人物がいた事実である。宝永元年(一七〇四)以降の武鑑の類に名の見える幸王小兵衛(または伝兵衛・福次郎)家がそれで、小兵衛・伝兵衛・福次郎が同一の家であることは確実である。配当高は、天明三年のI(伝兵衛)では八石、天保十四年のJや慶応三年のK(伝兵衛)では七石で、寛文七年のMの幸王喜三郎の配当七石をほぼ踏襲している。宝永元年以前の武鑑は能役者に関する記載が簡略で主要な役者しか挙げていないので、幸王小兵衛家がいつ頃から金春座座衆だったか不明確であるが、L・Mにはその名が無い。Lの幸王姓の役者は喜三郎のみ、Mも喜三郎と金十郎の二人のみであるから、同じ幸王姓、同じ地謡方、同じく配当七石の幸王喜三郎家の配当米を継承したのが幸王小兵衛家であるとの推測は、極めて自然であろう。恐らくは、Mよりは後、宝永元年以前のある時期に幸王喜三郎家に適当な後嗣がいない事態(後継者の幼少など)が発生し、その際になんらかの名目で幸王小兵衛家がその配当を継承して座衆に登録され、後に幸王喜三郎家の名跡は再興されたものの、受けるべき配当が無く、配当帳に登録されない年預として命脈を保ったものと思われる。以上のように考えられるので、Lに幸王喜三郎の名があるのは彼が地謡方であったからと解するのが妥当で、彼の名を含むことはLが年預を含む事例とは言い得ないものと思われる。

同じことが宝生座の春藤七左衛門についても言える。I・J・Kに宝生座の年預狂言として登録されている春藤七左衛門と同姓・同名の人物がLの宝生座狂言役者の項に見える事実は、ともに狂言方でもあり、Lは年預を包含する資料であり、春藤七左衛門家が万治以前から宝生座の年預だったことを示すかのようである。だが、Q(『薪能番組』)によれば、二座交代参勤の制度が定まって最初の南都参勤たる寛文三年の薪猿楽(宝生座は寛永十八年以来二十二年ぶりの参勤)の第四日、二月十一日の宝生座の御社上りの能の際に狂言二番――〈二千石〉と〈仏師〉――が演じられ、両曲とも出演したのは七左衛門と清兵衛であった。この両人がLの宝生座狂言役者の項に名の見える矢田清兵衛と春藤七左衛門であることは確実視してよかろう。何度も繰返すが、年預は〈式三番〉専門であり、薪猿楽に於いて能や狂言に出演することは決してなかった(中村六兵衛の例外については第4項参照)。従って、寛文三年の春藤七左衛門は一般座衆の狂言方だったのであり、五年前のLの時にもそうだったに相違ない。だからこそLに登載されていたのである。現に、春藤七左衛門の名は、『大武鑑』所収の武鑑類にも宝永元年分から享保十七年分まで見えており、やはり宝生座の狂言方であった。当時の武鑑は年預を一切加えておらず(幕末の出雲寺万次郎版――弘化四年・文久元年・慶応三年・同四年版――のみは金春座の年預四名を加えている)、春藤七左衛門が江戸中期まで宝生座の一般座衆の家であったことは確実である。元文六年(一七四一)以後の武鑑には彼の名が見えないから、春藤七左衛門家が配当帳に年預として登録されるようになったのは、享保十七年(一七三二)からIの天明三年(一七八三)までのほぼ五十年間のことであろう。宝生座は将軍綱吉に贔屓されて、江戸中期に座衆の顔ぶれに大きな変化があった。Lの頃にはろくな狂言方が含まれていなかったが、綱吉の頃から大蔵姓の役者が加わった。Qを見ても薪猿楽の宝生座の狂言(宝生座に限り門の能では狂言を演ぜず、御社上りの時だけ演じた)は大蔵流の弟子筋の人物が勤めることが多く、寛文三年以後に春藤七左衛門が活躍した形跡がない。武鑑から名が消える以前に座衆としての実質を失っていたとも想像される。いずれにせよ、**L**の時代に春藤七左衛門が年預ではなく、一般座衆の狂言方だったことは、右の考察で明らかであろう。

Lに金剛座地謡として名が見え、**I**の金剛座年預と姓名の一致する長命八郎兵衛については、他に皆目資料が無く、**L**時代に年預ではなかったことを証することもできない。江戸中期までの番組類には地謡まで記載することは無かったし、金剛座自体の資料も乏しいのである。長命八郎兵衛の名は武鑑類にも現れないから、宝永以前に座衆でなくなっていた可能性は強い。しかし、**L**に於ける彼の位置は、地謡方十七名の首部に「長命五左衛門・同助右衛門・同八郎兵衛・同五郎右衛門・同次兵衛」の形で現われ(同役の同姓の役者はまとめて記載するのが**L**の編集方針)、特別扱いされている形跡がない。筆頭の五左衛門、五人目の次兵衛の両家が江戸後期まで続いた地謡の家であったことを参照しても、長命八郎兵衛は**L**の頃には一般座衆の地謡方だった可能性が強いのではなかろうか。**R**によれば年預長命八郎兵衛家は金剛座の権守だったらしいが、もと地謡方ならば権守の職能とも縁が深い。とにかく、**I**と姓名の一致する長命八郎兵衛の名が見える事が、**L**が年預を包含する立場で編集されていたことを示す根拠となり得ないことは主張できるであろう。

以上、**L**が年預を含まぬ立場で編まれた資料であろう事を長々と述べたのは、もし年預を含んでいるとすれば、そこに名の見えない年預家は万治以後に新たに年預になったと考えねばならないからである。だが、その必要はなさそうである。**M**に見える金春座の四人の年預と同様、宝生座や金剛座の年預の場合も、寛文以前から年預だった旧家が多かったと推測してよいのではなかろうか。江戸末期には六人いたと見られる金春座の年預の内、分限帳に名の見える四家(その内の中村六兵衛家は名目上の年預)が寛文以前からの旧家だったのに対し、幸王喜三郎家は江戸中期に一般座衆の家から転職したらしく、天明以前の役者付に同姓の人物すら見出せない橋村仁兵衛家は江戸後期になって外部から登用されたと見られる事が、各座の年預家の傾向をほぼ代表しているのではなかろうか。

そうは言っても、宝生座の春藤七左衛門の名が享保十七年までは武鑑の役者付に登載されていたのに天明三年の**I**では年預とされている事実は、幸王喜三郎家や長命八郎兵衛家の年預への転出とあいまって、江戸中期までは年預家が固定していなかった事を示している。それを裏付ける別の記録も存在しているのである。

186頁にも言及した『祭礼薪万事覚帳』(**A**)は、明暦元年以降宝暦年間までの南都神事関係の書付であるが、その中に、

一、宝永三年戌二月改ル。権守指合ニ候ヘバ、権守名代、笛弥石庄八相勤候。□□(虫損)いニ而候。先年もケ様ニ候。当年も伊右衛門指合ニ付、庄八権守名代相勤候。尤二月権守名代庄八相勤、祝義金子二百疋遣候。又同年十一月廿七日・八日も庄八相勤、御祝義金子百疋遣レ之候。〔資料**ヘ**〕

とある。権守の名代を勤めた弥石庄八は資料**ニ**や**I**以後の分限帳にも名の見える金春座の年預である。彼が**R**以前から笛方であった事や、宝永三年当時実際に年預として活動していた事を示す意味でも資料**ヘ**は有意義であるが、より注目されるのは、当時の金春座の権守が伊右衛門だった事が判明する点である。同書の、若宮祭松之下渡りの〈弓矢之立合〉に雨が降った際の傘の使用の事で衆徒と猿楽座の間でやりとりがあった事を記録した記事の首尾に、

○元禄十六年未二月九日ニ権守ヲ以衆中へ申入候口上　(首部注記)

○右之段ヒ、幸伊右衛門使ニ而候ニ付、伊右衛門方ニも留書致置候様ニと申渡候。(末尾付記)　〔資料**ホ**〕

とあって、資料**ヘ**の伊右衛門が幸伊右衛門であり、彼が確かに当時の権守であった事も判明する。また同書の元禄十四年の記事(薪能に〈祝言呉服〉を初日にも四日目にも演じ、衆徒から苦情が出た事に関する記録)には、

幸伊左衛門ニヶ様成能之儀僉儀申越候儀在レ之やと尋候へバ、私義も三十年之余参り候へ共、ヶ様成儀不レ承と申候。重而申越候ハヾ返事之仕様可レ有レ之事ニ候。此段と弥右衛門・源七も被二聞申一候。〔資料**マ**〕

とあり、元禄十四年当時の権守の幸は三十年以上も薪猿楽に参勤した長老であったらしい。なお、資料**ヘ・ホ**は草体で難読ながら伊右衛門と読まれるが、**マ**は明確に伊左衛門である。同年の薪能の番組(**Q**)を見ても幸姓の人物は役者としては出勤しておらず(大蔵弥右衛門や春藤源七は出勤)、幸伊左衛門は権守に相違ないと思われるから、伊右衛門と伊左衛門が別人とは考え難い。草体難読の**ヘ・ホ**より**マ**に従って、元禄前後の金春座権守だった幸の名は伊左衛門であったと見ておきたい。この幸伊左衛門の名が、**L**や**M**にも、**I**等の分限帳を初めとする江戸後期の記録にも全く見えないのである。江戸中期まで年預や権守として活動していながら、配当にもあずからず、後には断絶した家があった事を示すものと言えよう。

また、**N**の『寛文十年官府(ママ)衆徒記』によると、同年の薪猿楽の第二日(二月九日)に宝生座の狂言役者大倉次郎太郎が南大門で〈昆布柿〉を演じ、衆徒から大夫に任じられたが、その旨を観客一同に披露したのが「権守小倉藤左衛門」であった。役者の大夫補任を披露するのが権守の仕事の一つだった事は『四座役者目録』にも見えるが、**N**の『正保三年祭礼薪能執行規式』にも次のように明記されている。

一　猿楽太夫成リノ儀、衆徒中ゟ申付候事。則、太夫ニ成候猿楽能場へ罷出頓首仕候時、権ノ守場中ニ立テ、只今ノ何ヲ神妙ニ仕リタルニ依テ太夫ニ被レ為レ成ト、高声ニ披露申候事。昔ハ三度迄名人ニナシ、事先例ニテ候。

同じ座の権守がその役を勤めたと見なすのが自然であろうから、寛文十年当時は小倉藤左衛門が宝生座の権守だったと見なされる。この小倉藤左衛門の後裔が天明三年の**I**の宝生座年預小倉長左衛門かと思われるが、**I**は小倉に「年預大鼓」と注している。かつて権守だった小倉家が大鼓役に転じているわけで、この現象は、江戸中期以前に年預の役柄がまだ固定していなかった事を示すと言えよう。先に慶安五年の観世座年預弥石清左衛門が小鼓と大鼓の両役を勤めた事例に言及したが（第**2**項）、笛役の弥石庄八が宝永三年に権守の名代を勤めた事例（資料**ヘ**）をも参照すると、年預衆の役々はもともと固定的なものではなく、一般座衆とは違ってかなり後代まで融通性を持っていたらしい。**A**には宝暦十一年の薪猿楽に金春座年預（**R**では千歳役）長命茂兵衛が病気の権守の名代を勤めた事も記録されている。そうした条件があったからこそ、小倉家の役儀変更が生まれたのであろう。

寛文十年の宝生座権守小倉藤左衛門（または襲名した後嗣）は、十九年後にもやはり宝生座の権守であった。**N**の『元禄二年官府《（符）》衆徒記』の同年若宮祭の松之下での立合の記録に左の如くあるのがそれを示している。（「船之立合」は誤脱を補った）

〔資料**ミ**〕

開口　高安治左衛門　大 七良兵衛　小 喜兵衛　笛

弓矢之立合

権守新兵衛　又兵衛　幸久左衛門　春日平七

開口　春藤　新之丞　大 威徳源四郎　小 石井六兵衛　笛　清甚兵衛

（船之立合）

権守藤左衛門　九郎　八子半兵衛　横川与兵衛

この年の若宮祭参勤は金剛座と宝生座であった。金剛座の〈弓矢之立合〉と宝生座の〈船之立合〉がそれぞれ開口を添えて演じられたわけで、曲名の「船之立合」が抜けているのは誤脱に相違ない。松之下の番組は前回に引用した**B**の分（189頁）や資料**ハ**の形のようにただ「権守」とのみ書くのが後代の通例で、資料**ミ**は権守の名まで記録した稀有の例である。衆徒側の記録であるため生じた例外であろう。この資料**ミ**によって元禄二年当時の宝生座権守が寛文十年と同じく小倉藤左衛門だった事と同時に、金剛座の権守が新兵衛だった事も判明する。そして新兵衛の名はI以後の分限帳の金剛座年預の中に無い。小倉が藤左衛門から長左衛門に変った例の如く、Iの中嶋市兵衛なり高安嘉兵衛なりの先祖が新兵衛だったのかも知れないが、後代には断絶した別の年預家だった可能性がより強いように思われる。

元禄二年頃の宝生座の権守が小倉藤左衛門、金剛座の権守が新兵衛、そして金春座の権守が幸伊左衛門だったのに、天明三年の分限帳たるIには幸と新兵衛の名が無く、小倉は後裔らしい長左衛門が大鼓方になっているのであるから、元禄期の年預の実態とIの間には大きなズレがあると言わざるを得まい。このズレは、後代の分限帳の類(I・J・K)が年預衆を網羅する立場に立っていない事と、江戸中期までの年預家が後代ほど固定的でなかった事の二つの条件から生じたものと解されるが、常識的には後者の方がより大きく影響していると考えるべきであろう。だが、年預への配当米の定めがIの形に決まった時期は、配当米の出る年預の数が宝生座のみ多い事実から、宝生座を特に贔屓した五代将軍綱吉の在職期(延宝八年〜宝永六年)である可能性が高いように思われる。享保年間にはまだ武鑑に名が見える春藤七左衛門の名をも含むIの形に配当帳での年預関係の記事が固定したのは若干後れるであろうが、それにしても、元禄期の三人の権守が一人も権守として登載されていないのは、分限帳に登録されている年預が、その形に記載されるようになった当初から、年預衆の実態を離れていた面が大きかったからではなかろうか。興福寺参勤猿楽の本座的存在で年預関係の慣習が最も早く確立していたかと思われる金春座に於いてすら、一般座衆として活動していた中村六兵衛が年預としてIに登載されている。一般座衆だった宝生座の春藤七左衛門がIで年預になっているのも、実際に年預衆に転身したものかどうか、一般座衆の年預蔑視の風潮を考えると疑わしいようにも思える。金剛座が本来は年預へ行くべき分らしい配当米を南都神事にのみ参勤する役者に配分しているのと同じ事を、年預名義のまま中村六兵衛や宝生座の何人かに適用していた事が考えられないだろうか。その為に、実際には年預として活動していた人々が配当米に与らず、分限帳に登録されずに終ったとすれば、前述したズレの大きさは、分限帳の類の特異な性格に起因する所が大きい事になろう。このあたり、勘だけの推測の感じを自身でも抱いていたが、分限帳の年預関係の記事が年預の実態からズレている事を裏付けてくれたのが前述の**R**である。**R**を見出した山路氏に深く感謝したい。

ともあれ、後代の分限帳に名の見えない年預家が江戸中期に活動していた事は、幸伊左衛門や新兵衛の例から明らかであり、それらの家が江戸後期に存続していなかった事もほぼ確かである。年預家にも時代による出入があったのである。

なお、これまでに述べた人々以外にも、江戸期の諸資料に年預として記録されている人が若干あるが、それは実は年預衆ではないのを誤認している可能性が強いので、ここでは触れずに置く。一部は後に言及することになろう。

8　座と年預との関係

Iや**J**の如き分限帳の類に一緒に記載されている以上、年預も座の一員として登録されていたことになる。だがそれは、幕府から支給される配当米が年預の分をも含む形に昔からなっていたため、手続き上一緒に記載されていたに過ぎまい。実際には、江戸住の一般座衆と近畿在住の年預衆の間には日頃は全く交渉が無く、南都神事に参勤した座衆のみが奈良で顔を合わせるだけであった。大和に拝領地のある金春大夫は別だったが、江戸時代後半には宝生や金剛の大夫は南都参勤もほとんど毎回代役を立てて自身は行かず、年預の顔も知らない有様だった。一般座衆も大夫にならってほとんど参勤せず、京阪の弟子筋の者に代勤させるのが常だった。芸事上の交流も全く無かった。従って、大夫や座衆と年預衆との間に意志の疎通を欠く事が少なくなかったと思われるし、配当米が配当帳通りに支給されなかった事もあったようである。

そうした事情を物語る好資料が、『安住行状之大概』(P)の文化十五年(一八一八。文政元年)の条に見える宝生座年預小倉長左衛門の訴訟をめぐる記事である。

前年にすでに騒ぎの兆しがあったようで、文化十四年三月に奈良町奉行所から、両神事について下給される米の配分方法、年預の身分・待遇などについて問い合わせがあり、差支えがあって返答できない旨を五月に金春八左衛門安住が返答した事を示す文書(文化十四年安住筆「南都神事知行米書付」)が般若窟文庫に残されており、薪猿楽の頃から年預衆が報酬に関する不満を町奉行所に訴え出ていたらしい。Nの『文化十四年日記』によると興福寺衆徒にも小倉らが願書を出したようで、若宮祭の前後に衆徒はその問題でしばしば会合を重ね、十二月五日に願書を差戻しているから、年預衆の訴えは聞き入れられなかった事になる。その事を安住は、宝生座年預小倉長左衛門を主謀者として団結した年預一同が「不当共申募」ったが「従来我等書物三昧書集メ置候事」を役立てて、年預衆の言い分を粉砕したとPに記録している。《その具体的な内容を示す文書が「薪能臨時書抜」に含まれている。377頁補説参照。》

その後、安住は江戸へ戻ったが、翌文政元年五月二十二日に宝生大夫の弟子梅若彦左衛門(Iにも名が見え、配当七石・五人扶持の地謡方)が訪れて「年預小倉長左衛門事、座頭大夫を相手取、可レ及ニ公訴一とて、頓而出府可レ致旨、上方弟子共より申越候処、南都向之儀者一向不案内ニ御座候へバ、万端宜御差図被レ下候へ」との宝生大夫の依頼を伝え、安住はそれを承諾した。同年十二月十二日に小倉が出府し、若年寄堀田摂津守に直訴に及んだが、幕府はそれを正式には取り上げず、右筆組頭を通して、幕府と四座との連絡を業務とする触流しに取扱いを命じた。その段階で、安住が梅若彦左衛門を呼んで事情を聞き、対策を相談した内容が、Pに克明に記録されている。安住が金剛大夫三郎に問い合わせた事も含まれていて、当時の三座の大夫(または代理者)が年預をどう処遇していたかを示す絶好の資料なので、長大ではあるが、その全文を引いておく(段落・句読点・返点のすべてと濁点の大半は、表の判断で付したもの)。

同（十二月）十二日、宝生方年預小倉長左衛門事、若年寄堀田摂津守殿江直訴ニ罷出候付、長左衛門義者領主高家衆織田主殿殿江御引渡し、直訴之趣ハ、座頭宝生大夫相手取、種々無量不当之旧式等数ヶ条書立候事故、表立御取揚ニハ無レ之候得共、御右筆組頭を以、触流之者取扱候様との御事也。宝生ゟ彦左衛門を以、如二兼約一何分宜と頼申越ス。触流中よりも振合問合せ有レ之也。已後夫と申諭ス。彦左衛門呼寄、年預方之事段と承糺候処、宝生方ニハ、配当取年預方此方などのとハ倍とも有レ之、過半ハ大夫手前ニ私して、当時之年預方之者共へも減石して渡し来り候事従来ニて、何頃と申事も相知レ不レ申、自然是等之事をも長左衛門存候而申立候ハヾ、如何可レ致哉と、当惑之余り、かゝる内密をも申聞候也。

返答ニ、手前方ニ而者相定リ候年預方之者斗ニ而者不足ニ付、大夫手前ゟ両三人程者配当並ニして手当遣し、年預方江差加相勤させ候ニ、御手前方数人年預方有レ之事何共不審成り。若、寛文年中ニ観世方依レ頼南都之勤役御免ニ相成候節、観世方年預方御手前方江附励（属）ニ相成候故、左様ニ大勢有レ之儀ニ者無レ之哉と申聞候所、何様左様之訳合ニ而茂御座候半哉、一切書留・申伝等無二御座一候、御賢察之通相違不レ可レ有二御座一候。金剛方者いか様之振合ニ御座候哉覧と申ニ付、

其儀も先頃三郎へ尋合置候所、アノ方も南都向之事者高安彦太郎方従来手取ニて、委敷事ハ不レ存候。但、年預方三四人之者へハ配当等一切無レ之、大夫手元より金三両宛やら手当遣し相勤させ候様申候ニ付、御座ニハ外座ニ無レ之南都方斗相勤申候笛・大鼓・太鼓等有レ之者、いかゞ有レ之訳ニ哉と相尋候所、其訳者不二相知一、右之者共、配当帳面ニハ肩書ニ南都斗相勤候と相認、請取来候と申事也。我等申ニハ、御座ニ限リ年預方ニ配当一切無レ之、又南都斗相勤候拍子方ニ配当米拾石程ヅヽも有レ之事、何共不審也。愚意を以相考候ニハ、全躰年預方ハ御前相

勤不レ申、南都斗勤役之者共ニて配当有レ之事、畢竟、年預方と申ハ南都勤斗之者故、発端ニ大夫手取りニ被二仰付一候事と相見へ、家督万端大夫手儘ニて申付候程之事故、御座ニハ拍子方少キ故、南都一座切ニて勤役差支不レ申様之手当ニ、年預方配当を拍子方御引揚、年預方へハ御手許ゟ御手当被レ遣候御進達ニ而も有レ之故之事哉、と申聞ケ候処、何様最初左様之訳合ニ而も有レ之候半、何等之伝来も無レ之、聊之配当米之内ゟ年々年預方へ手当差出候事、迷惑成事と、三郎被レ申候。

か様ニ手前・金剛仕来りに引替り、御手前方ハ余程かげニ相成有レ之事多候得者、自然御糺之節、従来仕来り候共申訳ニハ相成がたく候半歟。何とか申訳其儀不二相立一共、已来者ケ様とか御下知御請候而御改正候ハヾ、外聞之所も可レ宜哉と申諭候所、

何分御賢慮偏相伺度旨大夫初私共同前相願旨申ニ付、

返答ニ、近頃恐入候偽言ニハ候得共、万一長左衛門義自分之配当減石之事并年預方誰々斗と及二公訴一候場ニ相成候ハヾ、仕来りと斗ニ而御咎を被レ請候事有レ之候ハヾ、御先祖、子孫迄之家之瑕瑾ニ相成候事。其節御返答ニ、年預方之儀者、前々より大夫方手取ニ相成来り候義故、家督万端御進達不二申上一大夫了簡を以申渡候儀ニ御座候故、配当米之事も、其者共之勤方を勘弁仕増減申儀と被二仰上一候ハヾ、金春・金剛方御糺可レ有二御座一歟。其時同前之趣を以御返答申上候ハヾ、無二子細一候半歟。扨かげニ相成居候年預方之事者甚難事也。是者、上方表ニ南都向を定式ニ為二相勤一候弟子誰々江配当何石々々と、大抵年々請取高ニ都合致候様ニメ、事露顕之節、古春左衛門已下江心得御申通じ置候ハヾ、全く押領而已ニ落申間敷、愚案此外ニなし。是金剛方之取計方より存寄所也。猶克々勘弁を以急迫を可レ淩と申諭ス。触流嘉膳・喜左衛門へも内咄申所、至極之御賢慮と、云々。〔資料ム〕

あまりに長大なので、年預に関する慣行に焦点を合わせ、安住の意見をも含めて、要点を整理して掲出しておこう。括弧内は論者の補足や意見である。

① 宝生大夫は南都関係の事は「一向不案内」で、自座の年預小倉の訴訟に際しては安住の助言をひたすら頼りにしていた（当時の宝生大夫は弥五郎友于で、文化八年に家督を嗣ぎ、当時二十歳だった。南都参勤は一度もしていなかったらしい）。

② 宝生座の年預への幕府からの配当米は、過半を大夫が横領し、年預には減石して渡していたが、それはいつからとも知れぬ長年の慣行だった。金春・金剛両座の年預の待遇と比較しても「かげに相成」事（不明朗な点）が多い由、安住も感想を述べている（小倉の訴えの内容が具体的には書かれていないが、多分、配当米をめぐる問題が中心だったろう）。

③ 宝生座だけ年預の数が多いのは、寛文二年に観世座の南都参勤が免除された際に、観世の年預が宝生座に吸収されたからではないか、と安住は推測し、梅若彦左衛門もそれに同意していた（慶安五年の観世座の年預三人（第2項参照）と同姓の人が一人も宝生座の年預に含まれていないから、安住の推測通りではないと思われるが、人数も配当高もほぼ二座分であり、観世座の参勤免除と宝生座の年預の人数が多い事との間には、何らかの関係はありそうである《この点は、241頁の補説に言及する小倉長左衛門書状が、春藤七左衛門・生一五兵衛・栃原伝右衛門・三谷源助の四人がもと観世座年預だったのが宝生座に加えられた旨を明言している。安住の推測通りであった》）。

④ 金春座では配当米のある年預だけでは人数が足らず、大夫自身の負担で別に二、三人を雇い、配当なみの手当を支給して年預を勤めさせていた（これはほぼ事実に近い。無足の年預幸王喜三郎・橋村仁兵衛の両人に七石・五石を与えていた事を示す天明末年頃の文書『座衆石高増減控』がある事は第3項に言及した。但しそれは他の座衆の配当を減石して捻出したものであり、大夫自身の負担とは言えまい）。

⑤ 金剛大夫は南都神事のことは高安彦太郎に一任しており、年預について詳しい事を知っていなかった（当時の金

剛大夫は三郎氏栄である。高安彦太郎は金剛座のワキ方で、奈良の南半田中町に邸を持ち、薪猿楽にもほとんど参勤していた)。

⑥ 金剛座の年預は三、四人で、配当は一切無く、大夫の手元から金三両ほど(一人あたりであろう)を手当として支給して勤めさせていたが、大夫はそれを甚だ迷惑な事と感じていた(**R**が金剛座の年預の得分を「金五両」としているのは、金剛大夫からの手当三両と南都御神事料の配分二両とを合算した金額なのであろう)。

⑦ 金剛座に限って、年預には配当が無い一方、「南都斗相勤候」と配当帳に肩書のある囃子方がいた。金剛大夫三郎もその理由を知らず、安住は、金剛座に囃子方が少なく、江戸から下向する役者だけでは手薄なのでそうした制度を採用したのではないか、その際、本来は年預への配当米だった分を南都でのみ座衆に加わる囃子方へ廻し、年預へは大夫から金子で手当を支給する事にしたのではないかと推測した。金剛大夫は、何の伝えも無いがそうかも知れないと答えている(天明三年の分限帳たる**I**に見られる金剛座独自の役者の存在が、かなり昔からの慣習だったことが判明する。安住の推測はほぼ当っていると見られ、**I**の四人の南都参勤役者の配当——一人が拾五石、三人が七石——が本来は年預の分だった事は確実であろう)。

⑧ 年預の家督相続は大夫の一存で決定できる事で、幕府に届け出たり認可を仰いだりする必要が無かった(この点は**K**に基づいて第**6**項にすでに述べた事である。現に安住は、金春座年預長命茂兵衛が宝生の小倉長左衛門に加担した事を理由に、文化十四年十二月に「退役申付ル」処分を長命に加えているし、文政八年十一月二十五日には、幸王金三郎(金十郎の誤りらしい)の伜栄助(後に金十郎)と弥石庄八の伜儀八郎とに年預の家督相続を認可し、奈良の自宅へ両人を召し出して言い渡している。勿論、大夫の名代としての行為であった。翌日に両人が家督の礼に金百疋と酒二升とを持参している。両例とも**ム**と同じ『安住行状之大概』に見える事である)。

以上が資料**ム**の要点かと思う。

さて、ピンハネをしている事の歴然たる宝生大夫の苦境を打開するために安住が考え出した申し開きは、〝年預は家督相続すら大夫の一存で決められる存在であり、配当米も当人の勤務ぶりを勘案して大夫が増減して渡すのが慣例である〟ということであった。勿論虚偽の申し立てであり、金春・金剛に問い合わせがあった場合には口裏を合わせる事を予定している。年預への配当米で年預に渡さない分の処理を質されたなら、大夫や江戸の座衆に代って南都神事に参勤している京阪や尾州の役者へ配当している事にし、古春左衛門（宝生大夫の弟子で大坂在住の宝生流能役者。大夫の南都参勤の代役を勤める事が多かった）らに言い含める事まで計算しており、取り扱いを命じられた触流しの山田嘉膳・松井喜左衛門も「至極之御賢慮」と賛同した対策であった。

この小倉長左衛門訴訟問題がどう結着したかは、安住も記録しておらず、明らかでない（『安住行状之大概』の翌文政十二年九月廿一日の項に「宝生ゟ弟子使梅若彦左衛門を以年預小倉長左衛門一件頼有」之、彦左衛門江心得等申含遣ス」とあって、依然訴訟が続いていたことが知られるが、結果は書かれていない）が、触流しも内談に加わっている程であるから、小倉に勝目はなかったであろう。恐らくは正式に採り上げられないままウヤムヤに終ったものと思われる。天明三年の**I**には登録されていた小倉長左衛門の名が、後年の**J**（天保十四年）や**K**（慶応二年）で除かれているのは、文政元年の訴訟の影響に相違なく、訴訟が小倉に不利な結果を招いた事を物語るかのようである。小倉の家は明治まで年預として続いたものの、宝生座からは冷遇されていたのであろう。また、慶応二年当時の宝生座の年預への配当が「実ハ明株ナリ」（資料**ヒ**）という状態であった事も、小倉の訴訟と関係があるのかも知れず、名目上は分限帳に記載されていたものの、幕府からの支給が停止されていたことも想像できる。

《天野文雄氏著『翁猿楽研究』（平成七年、和泉書院）第一篇の「奈良豆比古神社の翁舞の詞章」の中に、文政元年の訴訟中に小倉長左衛門が年預仲間の長命茂兵衛に江戸から出した書状五通が長命茂兵衛旧蔵文書中に含まれており、その中の一通(文政二年八月十二日付)に、「先月晦日、土井大炊頭様へ御訴訟奉二申上一候処、万事都合よろしく御座候。是ニ付、御配当滞之儀者、弐百両受取、為二相済一候得共、相残者御神事料滞、藤堂様ゟ被レ下候御扶持米滞之分……」とある由が紹介されている。それによれば、小倉の訴訟はかなりの成果を挙げたようである。もともと年預たちに支給されるべきものを大夫が横領していたのであるから、当然と言えようか。この書状発信当時未解決だった神事料や藤堂の扶持米の件がどう決着したかは、依然明らかでない。またこの書状は、宝生座年預七人の内の春藤七左衛門・生一五兵衛・栃原伝右衛門・三谷源助の四家が、もとは観世座の年預だったのが観世の南部参勤免除に伴って宝生座年預に転じた由や、その四人の住所が不明で連絡不能であることをも伝える、貴重な資料である。》

それはともかく、文化頃の大夫達の年預に対する認識や態度は、資料ムに見られる如くである。年預が分限帳(配当帳)の類に名を連ねているのは、昔の配当帳にそうなっていたのが形式的に踏襲されていたに過ぎず、年預衆は一般座衆とは同一の扱いを受けず、その存在がむしろ邪魔物視されていたことが推測できよう。大夫や三役(ワキ・囃子・狂言)の弟子筋の人々の方が能役者であるだけに座衆に近い存在であり、年預は能役者に加えない方がむしろ妥当とすら言えよう。

宝生大夫の年預配当米ピンハネは、大夫の年預軽視を象徴する出来事であるが、それがいつからとも知れぬ慣習であるというから、大夫らの年預蔑視も根が深そうである。三座の中で南部参勤に最も不熱心だった宝生座にそれが特に顕著に現れたのであろうが、宝生に口裏を合わせることを約束しているあたり、金春や金剛の年預に対する態度も五十歩百歩の感じである。名目上は座の一員であったものの、実質は座衆とは言えず、不安定で疎外された境遇にいたのが年預だったと言ってよかろう。

9　年預の芸

年預衆が一般座衆から疎外・蔑視されていたのは、日常的な交際が無いとか身分が違うとかの理由からだけではなく、たまたま南都へ参勤する座衆が見聞する年預衆の芸が、座衆の目から見れば甚だ拙劣なものだったことにも由ると思われる。幕末から明治初年にかけて薪猿楽に出演した経験を持つらしい笛方森田操（一八四六～一九二二）の遺稿に基づく『千野の摘草』に次のようにあるのが、年預の芸の質や、森田操ら能役者達の年預観を推測せしめる。

奈良の薪能に出勤するのは年豫と書いて音便でネンニヨーと唱へたのである　是は四座以外の猿楽で南都薪能に出勤するものゝ総名で　シテ方の翁を勤むる者を権頭と唱へたのである　年豫の住つて居たのは河内の国で昔の河内の新座の末葉である　平日は農業を営み薪能には帯刀で出掛けて来る　芸は無論至つて未熟なもので　三番叟の揉の段　鈴の段の如きも　雨垂れ拍子でチョンポチョンポと打つのであつたから　其頃未熟な者を評して「年豫《ネンニヨー》のやうだ」と笑つたのでも大抵は察せられる。〔資料**メ**〕

ふだんは農業に従事していたと言うし、若宮祭と薪猿楽の二度の機会のために〈式三番〉だけを繰返して稽古したところで技芸の上達が可能とも限らないから、年預衆の芸が未熟者のたとえに引かれるほど拙劣だったことは十分考えられる。金春安住が呪師走りの〈式三番〉を記録した資料**ト**（193～195頁）の評語「鼓ハポこ〳〵ト計打居ル」「笛計ハ仮成リ也」からも、年預衆の芸が古拙なものだったことが知られるし、江戸期を通してそうした芸風が年預の特色だったのであろう。

また、般若窟文庫蔵の元禄十六年（一七〇三）前後の竹田権兵衛広富（加賀藩能大夫。金春大夫家の分家筋）の書留『家書

抜書・安信よりの聞書』(安信は竹田権兵衛家初代。金春大夫氏勝の子。寛文十年歿)に、

和州ノ土民ニ権守ノ長ト云者有テ、春日神前・興福寺門前等ニテ翁猿楽ヲツトムル。是昔権守ニ任タル者ノ子孫也。〔資料モ〕

と、権守を土民と称しているのも、年預衆が日常は農業に従事していたことを反映していよう。観世元信編『四座役者目録』下冊の礼紙への追記(承応二年奥書)にも、諸芸を兼ね極めた本来の権守について言及した後に、

……近年、四座トモニ、権守ニ成者ナキ故ニ、ムサトシタル者ヲ権守役ニナシ、今ニ式三番ヲ勤ル也。役者モ、本役ノ者ナドハセズ。四座ヨリ配当米ノ内ヲ少シヤリ、年用役ヲツトメサスル也。〔資料ヤ〕

とあって、本来の権守との対比を意識した文とは言え、年預の権守を〝ムサトシタル者〟と形容している。江戸初期にすでに、本役の者(主だった座衆)の目には年預衆の芸が拙劣なものとして映じていたことが推測される。時代による芸質の変動も少々はあったろうが、今の民俗芸能に残る〈式三番〉と同程度の芸、ないしそれを少々上廻る芸を想像すれば、ほぼあたっているのではなかろうか。『寧府記事』の川路聖謨の言(フ)もそれを思わせる。

年預衆の芸の拙劣さは、もし彼等が芸事について大夫なり一般座衆なりの指導を仰いでいたならば、そう極端にはならなかったであろう。だが年預衆は一般座衆とはなんら芸事上の交際は無く、独自の芸風を年預相互の間で伝承してきたもののようである。第4項に言及した中村六兵衛家の例外を除けば、般若窟文庫の数多い文書にも芸事上の両者の交流を思わせる資料は皆無である。幸王家文書(O)の⒀「起請文前書反古」は謡や能の指導を受けるため金春大夫へ入門する際の起請文前書と思われるが、これは明治初年以降のものに相違なく、実際に提出したものかどうかも明らかでないから、年預幸王金十郎家が歴史的に金春流の弟子筋だった事を示す資料とは言えない。同じ幸王家文書の⑻「国樔由来記」は、国樔の翁が年預の祖先であるとの故実説と〈式三番〉詞章とを合写した一巻であるが、明治五

年に生一五兵衛改め小林三郎から幸王金重郎へ相伝した伝書である。宝生座権守が金春座権守へ伝書を与えているわけで、芸に関しては年預は年預の間で相伝していた事の例証と言えよう。年預衆には、我々こそが翁猿楽の本流を伝える者で、四座の座元であるとの自負があった(Oの(5)「急訴嘆願書」等)。拙劣と評されようとも、座衆の指導でそれを変更する意志を持たなかったのは当然の事と言えよう。

10　年預の活動範囲

これまで、南都神事猿楽(薪猿楽と若宮祭)の〈式三番〉専門の役者として年預衆(年預と権守)に言及してきた。だが、年預衆の活動する機会は両神事の場合だけではなかったし、活動場所も奈良に限られてはいなかったのである。前項にも一部を引いた幸王家文書(O)は、金春座の権守だった幸王金十郎家伝来文書であり、明治維新前後の文書が主体ではあるが、年預家の江戸期の活動の実態を偲ばせる各種の資料をも含んでいる。例えばOの(11)「翁口伝書」の末尾に、付載の形で次のような記事が見える。

〔資料ユ〕

さげ札書付

奉捧翁祝詞雨乞満願五穀成就悦　神楽舞所
年号月日
十二月往来
奉捧翁祝詞小遷宮満願成就悦　神楽舞所
奉捧次翁家内長久五穀成就安全子孫繁栄　神楽所

右提札之翁献上之時は十二月翁を捧申候。其時入用之物、御神酒、祝詞上テ翁を上る方也。……

不明確な点が多いが、〈式三番〉を奉納する際に願意を示す提札を掲げる風習があって、その提札の書き様三種を記した資料には相違あるまい。これが南都神事の〈式三番〉の際の風習とは考え難い。別の機会に演じる〈式三番〉の作法であろう。願文によれば、雨乞や小遷宮(祭礼のことであろう)などが年預の〈式三番〉奉納の機会であったと見られるが、雨乞といえば、『申楽談儀』堀本の末尾に付載されている永正十一年(一五一四)十月二十八日の南都雨悦びの能(雨乞いの能と同意。願を立て降雨後に演じる能)に関する記事に、

一、シキ三番ノヤウ、ヲンマツリノゴトシ。……

とある事が想起される。猿楽の故郷とも言うべき奈良では、室町期には両神事以外にも猿楽の催しが多かった。降雨に感謝して催されたこの時の猿楽のように、冒頭に〈式三番〉を演じる形が多かったであろう。その雨悦びの能の〈式三番〉の形態がヲンマツリ(若宮祭)と同様だったというのである。場所も若宮祭後日能と同じ御旅所前であったし、当然それは長らのグループによって演じられたはずである。中院能とか滝蔵社宮遷り猿楽とか、室町期の奈良での恒例だった催しでも、恐らくは長らのグループが〈式三番〉を演じたことであろう。本節の主題で後に改めて論証する事ではあるが、室町期の長らのグループの後身が江戸期の年預衆なのである。年預衆が両神事猿楽以外の機会にも奈良で〈式三番〉を演じていた事は、当然の事と言ってもよいと思われる。

だが、資料**ユ**の「提札之翁」は、奈良などの都会で演じるものではなさそうで、どうみても農村での祭礼行事などの〈式三番〉のようである。幸王家文書によれば、幸王金十郎家は、自己の本拠地たる摂津近辺の村落を廻って「氏神」や「地神」のための〈翁〉を舞い、「氏神御翁料」を受け取り、「上野御面太夫様」と通称されていた(**O**の(14)(16)(17)(18)(19))。上野は幸王家の住した村名である。それが幸王家だけのことではなくて、年預衆全般の実態であったらしい。**O**の(6)「規定書」は、明治維新によって年預の職能が廃絶状態になった際に、京都神祇官に嘆願する運動を始めようとして、発起人の小倉泰輔(恭)が年預諸家へ送った趣意書的な一札で、明治二年二月付であるが、その中に次の如くある。

……此度京都神祇官江歎願致、飽迄も一家相立度ト存意ニ候故、所存有レ之方者同心致し、諸雑費等無二二言一出

銀可レ被レ成、且又所存無レ之（無之方者相省?）相省申候ニ付、願成就相成候上者、所業差留、且是迄楽頭場所茂取上ゲ申候間、左様御心得可レ被レ成候。……

〔資料ヨ〕

この運動に参加せず費用を分担しない人は、嘆願が聞き届けられたあかつき、「所業を差留め」、「是迄の楽頭場所も取り上げ申し候」と言うのであり、これは、幕末に至るまで、年預衆がそれぞれ「楽頭場所」なる権利を保有していた事を物語っている。楽頭は寺社の祭礼に付随する猿楽の興行権保有者を意味する。醍醐寺清滝宮の楽頭職の事が世阿弥らの関与もあって特に名高いが、能をも伴なったそうした大規模な楽頭とは違って、〈式三番〉が演じられるだけの小規模な猿楽の楽頭も存在していた。年預衆の保有した「楽頭場所」とは、農村の小社の祭礼などに〈式三番〉を演じる権利のある場所の意に相違なく、そうした場所での活動が年預衆の生活基盤であったかのようである。

注意すべきは、そうした楽頭場所の権利保有者が三座の年預衆に限らなかった事である。観世十郎元雅が永享二年に能面を奉納している事で名高い吉野の奥の天河大弁財天社では、江戸期には禰宜衆による猿楽の座が組織されていた。それについては永島福太郎氏の論考「大和天川坪内弁才天社の能楽座」(『芸能史研究』第六号。『奈良県指定文化財』第九集に増補転載)に詳しいが、同座の活動を物語る若干の文書が天河大弁財天社に残されている。中でも最も古いのが元和四年(一六一八)六月八日付の「売渡し申猿楽学頭之事」と首書する文書で、同年に「ひの春日座」より天川郷一円から紀州高野山へかけての村々の楽頭職を買得した事が、天川禰宜座の初まりらしい。同座が江戸後期には能や狂言を演じていたため、能をも伴なう猿楽の楽頭と誤認される惧れがあるが、その楽頭の権利を保有する場所の事を「翁場」とか「翁場所」とか呼んでいる左記の文書などから、〈式三番〉だけの楽頭だった事が確実視される。

売渡シ申証文之事

一、紀州翁場所　細野村　毛原村　中川村　高野村　善田村　右五ケ所

外ニ小宮　毛原村　五反田村　申川村　今西神野市場

右之通リ場所、我等持来リ、楽頭代と相勤候得共、此度用要之義ニ付、右之場所銀三拾目ニ売渡シ申所実正明白也。此翁場ニ付後日ニおいて他之違乱申者是有間敷候。後日之ため証文印形仍而如件。

売主　柿坂隼人佑株　藤木与介

天明七丁未七月

社中年預　宮坂民部丞（印）

同断　柿坂内膳亮

右之通り相違無レ之故
社中年預奥印可レ致者也

辻坊右大夫殿

別にまた、同じ場所を「楽頭場」とか「楽頭場所」とも呼んでいる文書（嘉永四年「売渡申楽頭場所之事」）も同社に伝存しており、天川禰宜座文書の「翁場所」が年預の保有した「楽頭場所」と同質のものである事が推測できる。

また、「日本庶民文化史料集成」第二巻所収の「若狭猿楽座記録」は、中世に若狭で活動した気山座関係の南北朝期から江戸末期にわたる十四点の文書であるが、その過半は楽頭職をめぐるもので、芸事については〈翁〉のことしか見えない。大永五年（一五二五）に七十七歳の「気山権上（守）」なる人物も存在していた。気山座も楽頭場所を保有して専ら〈翁〉を演じる座であったらしく、後裔と見られる江村家は江戸期にも村々を廻って祭礼の〈翁〉を勤めていたのである。

金春禅竹の『明宿集』が力説する翁・宿神・諸神一体説はともかくとして、〈式三番〉が呪師猿楽の芸を継承した祝禱的な舞であり、中世には呪術的効用が認められていた事は確かであろう。能の〈式三番〉こそ儀礼化したものの、大和や近畿一円の農村では江戸時代になっても〈式三番〉の呪術性が支持され、翁信仰が生き続けていたからこそ、祭礼の際には〈式三番〉が演じられ、「翁場」や「楽頭場所」が継続したのであろう。天川禰宜座の如き宮座規模の猿楽にとって、それが最大の活動場所であったと思われる。〈式三番〉専門の役者だった年預衆もまた、あるいは自らが権利を持ち、あるいは権利の保持者に雇われて、そうした「翁場」で活動していたに相違あるまい。後の考察と関連することであるが、「翁場」「楽頭場所」で活動していた宮座の芸人などが年預衆の出身母胎であることも十分考えられるし、奈良の神事猿楽でなぜ年預衆が〈式三番〉を担当したかを考える際にも、「翁場」「楽頭場所」の存在に留意すべきかと思われる。

11　年預の居住地

先に、天明三年の**I**や天保十四年の**J**などに基づいて各座の江戸後期の年預の人数・氏名を調査し、さらに分限帳以外の資料から数人の年預家を追加した。それらの年預の家々は、幕末まで家業を継承し、明治初年まで健在だった。幸王家文書の中に、明治初年の年預衆の連名二種があって、その事が確認できる。その一つ(**甲**)は明治元年十一月付の「急訴嘆願書」(**O**の⑸)末尾の十六名であり、他の一つ(**乙**)は年月不記ながら明治五年以前のものと認められる住所録風の十六名の「連名書」(**O**の⒂)である。**甲**・**乙**で四名前後の出入があるが、江戸後期の年預として言及したすべての人々と同名または後嗣と見られる人の名が、**甲**・**乙**のいずれかに含まれている。しかも**乙**には各人の住所が記載されており、慶応二年の**K**の本国・生国の注記をも参照することによって、ほとんどの年預の居住地を知ることができる。江戸後期の年預の姓名の確認をも兼ねて、それを一括して掲出しておこう。

[座名]	[**I**等の氏名](注1)	[**K**の注記]	[**甲**の氏名]	[**乙**の氏名]	[**乙**の住所]
(金春)	幸王金十郎	本国摂津／生国同	幸王金十郎	(同上)	摂津菟原郡上野村
(金春)	弥石庄八	本国摂津／生国同	弥石儀八郎	(同上)	摂津三島郡清渓村ノ内泉原

(金春)	長命茂兵衛	本国山城／生国同	長命茂兵衛	(同上)	城州相楽郡上狛村
(金春)	中村六兵衛	本国伊賀／生国同	中村六兵衛	氏名なし	
(金春)	幸王喜三郎	(注2)(摂津)	幸王喜三郎	氏名なし	
(金春)	橋村仁兵衛		橋村仁兵衛	氏名なし	
(宝生)	春藤七左衛門	本国大和／生国同	春藤七左衛門	(同上)	和州宇陀郡山辺村
(宝生)	小倉長左衛門		小倉孝助(注3)	小倉泰輔	和州宇陀郡山辺村
(宝生)	生一五兵衛	本国大和／生国同	氏名なし	生一五兵衛	城州相楽郡上狛村
(宝生)	三谷源助	本国大和／生国同	氏名なし	三谷源助	城州相楽郡上狛村
(宝生)	高安吉助	本国河内／生国同	高安吉輔	高安重介	河州高安郡恩地村
(宝生)	巳野治郎右衛門	本国摂津／生国大和	巳野治郎右衛門	巳野宇三郎	和州宇陀町
(宝生)	巳野三蔵		巳野善吉(注4)	巳野武八郎	和州十市郡出垣内
(宝生)	栃原伝右衛門	本国丹波／生国同	氏名なし	栃原伝右衛門	和州添下郡高山村
(宝生)	命尾伝左衛門		命尾伝左衛門	(同上)	和州十市郡橋本村
(金剛)	長命八郎兵衛		長命八郎兵衛	(同上)	河州古市郡誉田村
(金剛)	中嶋市兵衛		氏名なし	中嶋市兵衛	城州相楽郡上狛村
(金剛)	高安嘉兵衛		高安嘉兵衛	氏名なし	
			高安市十郎(注5)	(同上)	奈良町
(金剛)	長命又市		長命又市	(同上)	奈良町

(注1) 上欄の氏名は大半が**I**に基づくが、金春の幸王喜三郎は**B**、橋村仁兵衛は般若窟文庫の『座衆石高増減控』、宝生の命尾伝左衛門は『南都薪能心得記』、巳野三蔵は**R**、金剛の長命又市は**J**に基づく。

（注2）　幸王喜三郎はKに記載されていないが、Bに〝兵庫〟と注されている。本国・生国とも摂津であろう。
（注3）　甲の小倉孝助と乙の小倉泰輔は同人らしい。甲の二ケ月後のOの(5)「規定一札」の振出し人は小倉泰輔である。またOの「泰助」「泰輔」は「恭助」「恭輔」が正しいらしく、後掲のをの「恭輔」ならば甲の「孝助」と音通である。
（注4）　巳野善吉が宝生座であることは甲の位置から判断し、Rの巳野三蔵の後裔と見なした。甲に並んでいる巳野治郎右衛門とは別の家と認められる。また乙の巳野宇三郎・巳野武八郎のいずれが甲の治郎右衛門・善吉の後身ないし後嗣であるかは不明である。仮に宇三郎を治郎右衛門の、武八郎を善吉の後嗣として扱った。
（注5）　高安市十郎が金剛座であることは甲の位置から判断した。

右の一覧表からも明らかなように、金春の橋村仁兵衛以外は、慶応二年の本国・生国か明治初年の住所かのいずれかが判明し、年預の人々の居住地が把握できる。本国・生国ともに丹波の栃原伝右衛門の住所が和州高山村だったり、本国・生国とも大和の生一五兵衛・三谷源助の住所が山城の上狛村だったりするから、乙の住所がどの程度固定的なものだったかが疑問視されるし(特に上狛村に四名が集中している点は、寄留ないし気付的な住所も含まれていることを思わせる)、Kの本国・生国に関する注記がどの程度厳密なものだったかも問題ではある。が、年預衆の居住地の大概の傾向を把握するに差支える程のことはあるまい。

便宜上、乙に住所の記されている人の家はそこを、然らざる家は生国を居住地と見なして整理して言えば、奈良町が二名、奈良以外の大和各地の人が七名、山城が四名、摂津が三名、伊賀が一名、河内が一名である。大和国内の家と他国の家とが相半ばしているわけで、年預衆の半数は他国から薪猿楽や春日若宮祭にはるばると参勤していたのである。春日若宮祭や薪猿楽に際し、江戸や各地から参勤する役者のために「御役者宿」(渡り宿)が用意されるのと並んで、年預のための「年預中宿」が用意されたのも、当然のことであった。この事実は、春日興福寺の社領・寺領が中世には大和国内のみならず近隣各国に散在していたという事情を考慮しても、すこぶる奇異な現象と言わざるを得まい。年預家が、大和猿楽四座系統の役者よりも地方の群小猿楽、ないし前項に見た宮座的猿楽から出自した家が多かった事を物語ってはいないであろうか。こうした居住地と、年預の称している姓に猿楽とゆかりのある姓が多い事とが、年預の素姓を探る有力な手がかりになると思われるが、その点の考察は第四節に廻すことにしたい。

付　年預の廃絶

江戸時代の末まで薪猿楽や若宮祭で独自の職能を果たしてきた年預衆は、明治初年に活動の場から締め出され、廃絶の途を辿った。薪猿楽も若宮祭も明治初年に中絶したのであるから、それと運命を共にしただけの事ならば、あえて別項に立てて考察するまでもなく、その旨をどこかに追記するだけですむ。だが実情は、金春大夫による年預の職能の「横領」という経過があっての廃絶であった。さいわい、その経過を示す好史料が近年になって出現してもいるので、ついでのついでに、年預衆対金春大夫の紛争事件の経過を略述しておきたい。

明治維新直後の頃の薪能楽や若宮祭の状態、ならびに年預の動向を把握できる史料に、次の諸文書がある。

い　明治二年二月大蔵千太郎虎長筆『両御神事記憶《ママ》』一冊

奥書に「明治二巳年二月十五日　於奈良記之　大蔵千太郎虎長（花押）」とあり、明治元年の若宮祭と翌年二月の薪猿楽の様子を、出演した狂言大蔵流の家元が詳細に記録した書。観世新九郎家文庫蔵。

ろ　明治元年十一月廿日付、興福寺衆徒宛、年預衆「嘆願口上書」（**0**の(4)の前半）

は　明治元年十一月廿五日付、別会代延寿院宛、年預衆「口上書」（**0**の(4)の後半）

に　明治元年十一月廿六日付、別会代延寿院宛、年預衆「上申書」（**0**の(3)の前半）

ほ　明治元年十一月廿六日付、金春式部宛、年預衆「懸ケ合状」（**O**の(3)の後半）
へ　明治元年十一月付、奈良府御役所宛、年預衆「急訴嘆願書」（**O**の(5)）
と　明治二年二月付、宛名不記、年預衆「口上書」（**O**の(7)）
ち　明治二年二月付、小倉泰(恭)輔触出し「規定書」（**O**の(6)）
以上の**ろ〜ち**の七点は、いずれも幸王家文書の一部で、年預側の関係文書の控や写しである。
り　『明治二年勝南井弘基私記』一冊（勝南院文書の内）
ぬ　『明治三年勝南井弘基私記』一冊（勝南院文書の内）
る　明治三年五月十九日付、金春八郎「御答書」一冊（勝南院文書の内）
を　明治三年『三座弟子年預一条書付写』一冊（勝南院文書の内）

以上の**り〜を**の四点は、勝南院文書(**N**)の一部である。**り・ぬ**は「私記」と称してはいるが興福寺衆徒の公的日記と見なしていい克明な記録で、維新直後の南都の実情を見る上での好史料である。**る・を**の二点は金春大夫提出の文書である。当事者である年預衆と金春大夫のみならず、興福寺側の記録まで存在しているのは、まことに幸運と言わねばなるまい。これらの史料に基づいて、以下の考察を進めてゆく。

【明治元年の若宮祭】

慶応三年(一八六七)十月に徳川慶喜が大政を奉還し、同年十二月に王政復古が宣言され、翌年正月に鳥羽・伏見の戦いが起った前後の、三年十一月の若宮祭や四年二月の薪猿楽が恒例通りに執行されたか否かは明らかでないが、**を**所収の明治三年三月晦日付の年預衆の嘆願書に、若宮祭参勤に関して「去卯年迄無怠慢相勤来罷在候」と言うから、慶応三年卯年の若宮祭は一応実施されたらしい。慶応四年二月の薪猿楽は多分執行されなかったであろう。

慶応四年三月には神仏分離令が出され、仏都奈良は大混乱となった。興福寺の僧徒はみな復飾して、衆徒らは春日神社の「新神司」と唱えるに至る。そうした混乱の中で同年九月に明治と改元されたが、明治になってからの最初の南都神事たる明治元年十一月二十七日の春日若宮祭は、略式の面が多かったらしいものの式日に執行されている。実質は興福寺衆徒の支配する行事であったが、名目は若宮社の祭礼であることが幸いしたのであろうか。神社保護は新政府の方針であった。

その若宮祭への猿楽参勤について、衆徒と相談した上で、金春大夫は神役料の支出を奈良府役所へ願い出た(り)。徳川幕府が支給した神事料五百石に代る給付を新政府に期待したらしい。だが、奈良府役所からは、京都の弁事会計局に問い合わせた上で、「春日若宮祭礼猿楽興行之儀ハ先ヅ差止、追而能役者共之儀御規則被二仰出一候上ニ而、尚御沙汰可レ有レ之事　辰十一月」という拒絶に近い内容の回答があった(り)。祭礼への猿楽の参加を全面的に差止めるようにも受け取れる回答だったためであろうか、衆徒と金春大夫は、松之下渡りに猿楽の埒明け(御旅所前に結われた埒の結び目を金春座の権守が切り明ける行事)があった後に礼拝になるのが往古からの慣習である事を理由に、「御渡式」はぜひ勤めたい由を再願し、これは認可された(り)。奈良府役所としては神役料の支出が伴なわないのであれば、別に差止める必要もなかったらしい。このため、二十七日の祭礼行事にのみ猿楽が参加し、二十八日の後日能は行わないことになった(り)。

問題は二十七日の若宮祭への猿楽参加の形である。他座が来ないため金春一座で勤めるのはやむをえないとしても、金春大夫(八郎広成。式部とも。時に三十八歳)の打ち出した方針は、松之下の〈弓矢之立合〉も、埒明けも、夕方の御旅所での〈式三番〉も、一切金春大夫を初めとする座衆(または門弟)で行ない、年預衆は参加させないという、江戸期の慣習を全く無視したやり方であった。府役所への出願の過程で衆徒側の内諾を得て、十一月中旬には決定していた事のようである。

こうした金春大夫の横紙破りの方針に仰天した年預衆が、自分達の権利を防衛すべく各方面に嘆願したり掛合ったり訴えたりした文書の写しが、ろ～ちの諸文書である。最も早い衆徒宛てのろは十一月廿日付であり、文面は左の通りである。（権正は権守の宛て字と解され、年預とほぼ同意に用いていると見なされる。宛名の「御年預」は、興福寺衆徒の執行委員的性格の人を意味し、衆徒が交代で勤めていた。）

奉二歎願一口上書　　　春日御神役之内
翁　権　正(守)

一、累年薪・祭礼能営之儀者、春日社神備ニ而、以前能家四座之処、当時者金春・金剛・宝生等之三座ニ而、右三家者何れも能役之儀、私共仲ケ間翁之義者、祝初為二法楽一、三番叟ニ千歳、千々之尉・延命館者等之類舞納、終而能役者江之伝通方御差図承リ、式例之神能相初リ候儀者、古来ゟ之規則ニ付、苗字帯刀御免ヲ蒙リ、夫〻神備之供物も配当罷在候。然ル処、来ル御祭祀ニ限リ、能座之内金春方ニ私共仲ケ間翁権正神営ヲ兼行可レ仕風説承リ、何共当惑、早速同家へ及二尋問一候処、前段之通リ示合之由ニ而、私共仲ケ間おゐてハ不用ニ候へ共、参リ度者勝手ニ可レ致旨ト之義、一円難レ得二其意一、尤今般御一新ニ付、御神祀事御再興被二仰出一之趣者承知仕居候得共、右神祇式例者旧幕府ゟ之許しとも不レ承、其先前ゟ被二立置一候。翁権正之神役御癈省被二仰出一茂無二御座一、勿論金春之配下とも不レ限者、能役者と翁権正方とハ二タ派ニ而、差別も違ひ有レ之儀ニ、私共神備之業体無レ謂被二奪取一候儘空敷差置候而者、忽一統流浪之身分と罷成、家名相続方ニ差支、至極歎わ敷次第ニ付、無レ拠此段奉二歎願一候。右ニ付、私共神役勤方ニ付由緒之義茂申上度、取調罷在候得共、何分年古キ義ニ而容易ニも難二行届一ニ付、追とニ取調可二申上一候得共、（現在之所、御旅所埒明ハ私共之役前ニ而、此埒不レ明ハ何等神営之式例難二相初一ハ、先規ノ仕格）最早来ル御祭礼ニ差懸リ、日数茂無レ之儀ニ付、頓而押移リ有レ之、右御祭祀・後日御能之前式者、旧例通リ私共仲ケ間之規格御用ひ御座候而、家名相続方可二出来一様、御披露之上宜御沙汰被二成下一候様、幾重ニ茂奉二歎願一候。以上

明治元辰年十一月廿日

権正翁役惣代

幸王　金十郎

長命　八郎兵衛

巳野　善兵衛

興福寺衆徒　御年預中

これによると、「風説」を耳にした年預衆が金春方へ抗議したのは二十日より以前である。だが、〝お前達はもういらないが、来たかったら勝手に来い〟という木で鼻を括る挨拶だったので、若宮祭を主宰する興福寺衆徒へ嘆願したのであろう。**ろ**以前に口上で願い出て、年預の由緒などを問われた経過もあったことが、**ろ**の文面から推測される。〈式三番〉専門の「私共仲ケ間」（年預衆）と能を勤める三座の役者が別系統である旨を強調し、旧例通りの執行を願い出ている**ろ**の内容は、年預衆の当然の主張を述べたものと言ってよかろう。が、恐らくは金春大夫の方針にあらかじめ許可を与えていたらしい衆徒は、**ろ**が御旅所での埒明けの事を特に強調している点に着目してか、〝衆徒の権限は松之下に於いてだけであり、御旅所は管轄外である〟という責任逃れの言辞を弄して嘆願の口上書を差し戻した（**ろ**の付記）。困惑した年預衆は、興福寺の寺務の主宰者たる別会五師成身院の代理延寿院に同内容の嘆願書を提出したが、その際に年預衆の「家元」の事を尋ねられ、乱舞大夫方（四座の役者）とは違ってそうした制度が無い旨を返答したのが**は**である。別に元別当だった一乗院主に嘆願したりもしたらしいが（**を**）、何の効果もなくて祭礼前日となり、

改めて金春大夫式部に文書で抗議し(ほ)、延寿院に対しても、明日は旧例通り装束を整えて場所へ罷り出るので、金春方と争いになって祭礼の妨げとなる場合もあり得る事を、念の為に予告している。それがにである。しかし実際には、〝金春大夫から祭礼参加を奈良府役所へ願い出た関係で本年は特別なので、明年からの事はまた別に決めるから、今回の神事出勤は差控えてほしい〟との衆徒の要請もあって、年預衆は混乱を回避し、参勤しなかったのである。従って、明治元年十一月二十七日の若宮祭の猿楽行事は、年預衆が参加せず、金春座と金春大夫の雇った役者だけで、実に奇妙な形で行われたのである。

即ち、松之下式は、春藤六右衛門の〈開口〉、金春大夫と連二人の相舞の〈弓矢立合〉に続いて、大蔵千太郎が〈松竹風流〉を舞う形であった。開口に続いて一座だけの〈弓矢之立合〉が舞われるのは宝生参勤の年(下掛りは一座になる)常の事であるが、前例の無い〈松竹風流〉が割り込んでいるのである。風流は〈式三番〉に付属する形で狂言方が舞う芸で、〈松竹風流〉はいわゆる三番三の風流に属する。三番叟の揉之段が終って千歳から鈴を受け取った所で、松の精と竹の精が登場し、それぞれ松と竹のめでたい謂れを物語り、鈴之段の後に三番叟と三人で舞い納める形が完全形である。その最後の相舞の部分「ちとせの松の」以下を大蔵流家元の大蔵千太郎一人が舞い、終ると大夫方の地謡が「タエズトウタリ」と謡い留めにしたのである(以上い)。恐らくは、一座だけで〈船之立合〉が無い空白(または〈弓矢之立合〉が一座だけになる点)を埋めるため、その名通りきらびやかに出で立つ風流を新たに差加えたのであろう。

続く御旅所での埒明けは、金春大夫が勤めた(い)。金春の権守独特の仕事として数百年続いた慣習を無遠慮に破ったわけであるが、府役所への出願に「埒明け」が行われなければ祭礼が始まらないことを理由にしていたのを参照すると、この埒明けを担当せんが為に金春大夫は年預衆の排除を思い立ったのかも知れない。

夕刻に御旅所神前で舞われる〈式三番〉は、年預衆が演じる形に合わせて、十二月往来を言い、父之尉・延命冠者の文句が入る形だったが、ワキの春藤六右衛門とワキツレ春藤万右衛門とが出て十二月往来を唱え、千歳を勤めた茂山忠三郎が延命冠者の面を掛けて父之尉を舞うという奇妙キテレツな〈式三番〉であった。ワキが〈式三番〉に登場するとか、二人が掛合いで演じる父之尉と延命冠者を一人でやってしまうとかいう形は、まさに前代未聞の演出であり、今日の能界の常識では考えられない事である。証拠としてい̇の当該部分の記事を引用しておこう。

○楽済テ、翁。於二神前芝居一。夜篝。

金春大夫　森田作次郎 ワキツヾミ
翁　三番三　大蔵千太郎　幸四郎次郎 ワキツヾミ
千歳　茂山忠三郎　谷元四郎
十二月往来　春藤六右衛門
春藤万右衛門

○仕手楽屋江、黒式・延命冠者・鈴、相廻ス。幕掛。

面箱出、翁出、ワキツレ直垂ニテ出、三番三出、ワキツレト三番三、面サバキノ内市ノ松所ニ片膝、但風流ノ格 舞台江入、常之通。但御前掛無レ之。

〈注記略〉

千歳ノ次席ニワキ連座。千歳舞済、翁掛リ常ニ不レ替。翁済、入ト、ワキ狩衣ニテ出、十二月往来ツレト掛合。脇橋掛リ江引ト直ニ揉出し。鈴之段済、三番三引。千歳、延命冠者ヲ掛、父ノ尉ヲ舞。延命冠者面箱江納メ、引入。

「ワキツレ」はワキとツレではなくてやはり脇連の意らしいから、ワキツレは翁と共に最初から登場し、ワキは翁の退場と入れ替りに狩衣姿で登場したらしい。い̇に別記されている装束・道具付にも父之尉の面の事は全く言及されておらず、千歳が一人で父之尉と延命冠者の二人分を勤めた事も確かである。年預衆を排除したものの、金春大夫方に年預が勤める芸についての伝承が無かった事を暴露する現象と言えよう。

年預衆を排除し、金春大夫を中心として演じられた若宮祭の猿楽は、右の如き乱暴な形のものであった。維新直後の混乱下に企画され、監督者たる興福寺衆徒が新政府の出方を計りかねて右往左往していた状況下だったからこそ、そうした伝統破壊の新形態も容認されたのであろう。金春大夫方も、幕府の俸禄に離れ、今後の見通しも立たず、手近な南都行事での自分の活動分野の確保・拡大に狂奔するに至ったものと思われるが、それにしても金春大夫広成はかなりのヤリ手であったらしい。この金春一座の若宮祭参勤に対し、興福寺からは唐院米が半減の形で二石五斗金春座に支給されている。

若宮祭から締出された年預衆は、興福寺に嘆願するだけでは実効を期待し難いと感じたものか、奈良府御役所に嘆願書を提出した。十六人の年預が連署した**へ**がそれである。年預の由緒、乱舞方(四座)との違い、金春方の横領と興福寺への訴えの経緯を詳述した内容であるが、効果はなかったらしい。その情勢のままで翌年の薪猿楽の時期を迎えるのである。

【明治二年の薪猿楽】

明治二年の薪猿楽をどうすべきか、春日祠新神司衆徒(旧興福寺衆徒)の間で正月十日頃から話題になっており、旧別当一乗院でも「薪御能可㆓捨置㆒義ニテも無シ」との意向だった。薪猿楽関係行事の先駆けたる正月十六日の衆徒の蜂起始は「御祓」の名で行われたが、翌十七日の新屋集会の後に西金堂堂司に遣すのが恒例の「薪催之状」は、「未治定ニ付遣不㆑申」の状態で、衆徒は方針を決められないでいたのである。ところが、その日か翌日かに、金春大夫から、「……是迄通三座打揃相勤候義難二相叶一義ニ御座候ハヾ、私一座之者共ニテ、譬三日之御能ニテも奉納仕度、懇願之至ニ御座候……」と、例年通りの薪猿楽執行を願い出た口上書が衆徒宛てに提出された。この口上書が興福寺側の態度決定の契機になったようで、これに添願書とも言うべき衆徒からの口上書を添え、両門跡家からも人が出て衆徒代表に同行し、一月二十日に奈良府役所へ薪御能執行を願い出て、即日許可されている。「たとへ三日でも」の文言通り、二月七日から十四日までの間の晴天三日間で、初日は南大門、中日は御社、結日は南大門という事で番組が決定したのが一月二十七日であった。二月になってから、春日若宮側から神祇官の許可を受けていないという事で中日御社能について異論が出たりしたが、予定通りの形で、二月九日・十日・十一日の三日間に金春一座だけの薪猿楽は興行された。以上の経過については**り**に詳しい。

さて、薪御能興行を認可された金春大夫は、例年二月五日に春日大宮で年預衆によって舞われる呪師走りの〈式三番〉をも自家で演じるつもりで、京阪の弟子を四日には奈良へ参集させていた。だが、このたびは年預衆も前例の無いやり方を座視はせず、自分達が出勤し、先格通りの呪師走りを演じた。**い**の次の記事がそれを物語っている。

二月五日夜、神前大宮之翁式、今春家ニ而相勤候趣ニ付、両都之弟子江其段申遣ス。依レ之、四日出南、丸屋太兵衛方旅宿。然ルニ先格之通年預之者相勤ル。依而逗留。

黙視していては永年の職能を奪われ、家名断絶の惧れがある事を痛感した年預衆が、前年の若宮祭の失敗から強硬な態度に出たらしいが、春日神社側の諒解が無くては年預衆の参勤も不可能だったものと思われ、社家が年預衆にやや同情的であった事も想像される。能役者(座衆)が呪師走りを勤めた前例が無い事も、年預衆には有利に作用したであろう。年預衆も金春大夫の動きを傍観していたわけではなく、薪猿楽開始以前に府役所へ嘆願書を提出していた(**と**がその写し。同文書は年記が二月か十一月か紛らわしいが、文面から見て二月に相違ない)が、それが効を奏して呪師走りが遂行できたわけではあるまい。争いを覚悟で場に出た事が、呪師走りを金春大夫に奪われずにすんだ最大の理由と思われる。

薪能初日の二月九日には、南大門前で能四番と狂言三番と祝言能が演じられた(高砂・末広がり・箙・猿座頭・熊野・舎弟・土蜘・賀茂)。当初は〈式三番〉が予定されていた(りの一月二十七日の条の予定番組の冒頭に「三番三」とあるのは〈式三番〉の意であろう)が、実際には舞われなかった(い)。年預衆との間にゴタゴタが生じるのを避けたのであろうか。同じく南大門で行われた第三日の分も同様で、〈式三番〉は取り止め、能四番・狂言三番・祝言能の形(熊坂・千鳥・葵上・武悪・大和詣・膏薬練・融・嵐山)で演じられている。

問題は若宮社頭で行われた中日(第二日)二月十日の分である。場所が同じだけに、本来は第三日に行われるはずの金春座の御社上りの形を踏襲したかのようであるが、金春大夫には古法を尊重する意識があまり無かったようで、御社上りでは神殿を背にして舞うのが定形なのを変更しようとしたらしい。が、多分神主や衆徒から異議があったためであろう、従前通りの形で行われた(いに「是迄御社ヲ後ロ座ニ致ス、逆勝手也、此度者御社正面ニ可二相成一哉之処、先格通逆勝手、神楽殿正面也」とある)。能三番・狂言二番(蟻通・文相撲・吉野静・土筆・猩々)を演じたのも御社上りの形式の踏襲である。この若宮での能の冒頭には〈式三番〉が舞われ、翁を年預の幸王喜三郎、三番三を茂山忠三郎、千歳を高安又太郎が勤めた。茂山・高安は大蔵千太郎の弟子でいわば座衆側の人物であるが、金春座の年預に狂言方がいなかったため、金春座の御社上りの〈式三番〉に座衆狂言方が二人出て三番三と千歳を勤めるのは、江戸初期以前からの慣習だった。だが、金春座御社上り〈式三番〉特有の慣習だった宝生座権守の同行はこの時には無く、金春権守と宝生権守の立合で謡われるはずの十二月往来の文句を、幸王喜三郎が一人で唱えて終ったのである。いに、

翁、年預相勤。翁壱人也。十二月往来茂翁唱候。

千歳末ニ父尉舞候故、巻鈴、延命冠者、年預江送ル。

とある事がそれを物語っている。父尉延命冠者の祝詞は、延命冠者面を着た翁役と、父尉面を付けた千歳役とで唱えたらしい。193頁以下に資料**ト**として紹介した文政六年の呪師走りの形と同様、翁が延命冠者、千歳が父之尉を兼ねる形であり、安住らの記録の誤りではなくて、年預衆の伝えた〈式三番〉自体がそうだったらしい。座衆から千歳が出る金春座御社上りでも、その千歳が父之尉の面を掛けて謡い舞ったものらしい。

それはともあれ、若宮での中日の能の冒頭に〈式三番〉が舞われ、金春座年預の幸王喜三郎が翁を舞っている事実が、金春大夫と年預衆とが対立していた時だけに注目される。その背景については幸王家文書にも衆徒の記録にも言及されていないが、明治三年の**を**の後半の年預方の「侘書写」に、

……其後、昨巳年御神事前ニ至リ、今春御座年預共、右出訴之儀後悔致、御侘書差上候ニ付、早速御聞済ニ相成、不二相替一御神祭ニ茂相加リ、両御神事翁式都而往古之通リ御直ニ相成、御座方而已以来御奉納ニ而候得共、……

とあり、金春座の年預が元年十一月の訴訟を後悔し、年預方の結束から脱落して金春大夫方に服従したという出来事が存在した。「巳年御神事前」というのが薪猿楽前なのか若宮祭前なのか不明確であるが、薪猿楽第二日に幸王喜三郎が翁を勤めている以上、薪猿楽前と見なしてよかろう。但し、権守の幸王金十郎ではなくて幸王喜三郎が翁を勤めている事実は、金春の年預の全員が明治二年二月段階で金春大夫に屈伏したわけではない事を思わせる。少なくとも幸王金十郎が屈伏したのは同年冬になってからの事らしい。

注意すべきは、四座側の役者にも金春大夫のやり方に批判的で、年預に同調する人もいた事である。**い**の末部に

一、春日市右衛門弟、旧冬年預ト交リ、不埒之義有レ之候。当春及二後悔一吉川小右衛門ゟ侘書為二請取一、已後両御神事ニ役義相勤度段、我々承知之上免レ之。　長命嘉兵衛

とあるが、文末にポツンと記されている長命嘉兵衛が「春日市右衛門弟」に相違あるまい。長命嘉兵衛は金剛座の「南都御神事斗勤申候」笛方で春日流だった。同流の関係で家元の弟が長命家を嗣いでいたのであろう。嘉兵衛の子が春日市右衛門の養子鉄五郎でもあるらしい。その長命嘉兵衛が旧冬に年預と交わって不埒な義があったと言うのは、明治元年の若宮祭に金春大夫が年預の仕事を横領した事と当然関係があろう。両神事にしばしば参勤して旧習を熟知していただけに、金春大夫の横車に賛同できず、年預衆に同情的な言動を採ったのであろうか。金剛座の一員なので、金春大夫の独占を快く思わなかったのかも知れない。

しかし、その長命嘉兵衛が明治二年二月には詫状を金春大夫に提出して両神事出勤を願い出ているのである。元年の若宮祭に続いて二年の薪猿楽も猿楽参勤は金春座の独占の形で実施された実績が、金春大夫の意向に反対する事が両神事から締め出される結果となる危惧を関係者一同に与えた事は、十分考えられよう。金春座の年預の一部が年預衆の結束から離反したのも、多分同じような危惧が強かったためであろう。宝生・金剛の年預衆とは違って、金春座年預には金春大夫に従っていれば自分達だけは生き延びられるという計算もあったと思われる。明治二年の薪猿楽に金春大夫が与えられた報酬は興福寺唐院米拾石（半減はされなかった）だけだったらしく(い)、個々の参勤者への配分は微々たるものであったろうが、藤堂家から出る扶持米は三分渡し（本来は八十石であるから二十四石になる）ながら明治二年にはまだ出ていた(い)。維新直後の混乱で将来への見通しが立たない時だっただけに、関西方面の能役者にとっても年預衆にとっても、両神事との関係はぜひ保って置きたかった事であろう。

それにしても、金春座年預の一部の離脱は他の年預衆にとって大きな打撃だったに相違ない。薪猿楽から事実上締め出された事もあって、宝生座の年預小倉泰（恭）輔が触出し（発起人）となって「規定一札」と題する明治二年二月付の趣意書を廻し、京都神祇官へ年預の職能継続についての嘆願書を提出しようとした。その趣意書の写しがちである。その文中に願意成就の暁には賛同しない人の楽頭場所を取り上げる旨を言っている事については先に言及した。この嘆願にどれだけの年預が賛同したかは明らかでないが、幸王家文書の中の十六名の年預衆の住所・氏名を列記した連名書(Oの⒂)には、離脱した事の明白な幸王喜三郎を初め、中村六兵衛・橋村仁兵衛・弥石儀八郎の四人の金春座年預が含まれておらず、これが賛同者の名簿かも知れない。だが、恐らくは京都神祇官もこの嘆願を取り上げてはくれなかったであろう。後の経過がその事を示している。

【明治二年の若宮祭】

明治二年度の若宮祭をどうするかについて、興福寺衆徒は十月段階から奈良県役所と交渉していたが、十一月六日に後日能にも出勤したい由を内容とするらしい金春大夫の口上書が衆徒宛てに提出され、衆徒からの添願書を添えて、衆徒が県役所に願い出た。しかし、能役者に関する規則未定を理由に、自発的奉納を希望する形の願書に書き直すよう内示があり、金春大夫は口上書を書直し、十日に提出した。十二日にそれが許可され、前年とは違って後日能をも含む若宮祭が執行されることが決定したわけである(り)。

祭礼前日の十一月二十六日夜には恒例の田楽への装束賜りの式が執行され、二十七日は雨模様であったが、南大門の式も松之下渡りも「人馬餢昨年減少相成、都而昨年通」の形で行われた。松之下式も「猿楽方昨年通、今春大夫開口・弓矢立合、大蔵千太郎松竹風流」の形であった(以上り)。埒明けは金春大夫が担当したであろうし、夕方の御旅所での〈式三番〉も、ワキ方が十二月往来を唱える奇妙な形だったものと推測される。二十八日の後日能には能四番と狂言三番と祝言能(蟻通・宝之槌・項羽・土筆・吉野静・三人片輪・鍾馗・嵐山)が演じられ、〈式三番〉は舞われなかった。年預衆は一切加えられなかったようで、翌年に年預衆が県役所に提出した嘆願書(をに収める)にも「去巳年御神祭茂同様翁方差除キ、今春ニ而兼行仕候様之次第ニ御座候」とある。
右のような金春大夫の兼行を、年預衆も傍観していたわけではあるまいが、幸王家文書には明治二年若宮祭の前後の年預衆の活動を示す文書は含まれていない。をに「去冬御侘書差上候幸王金十郎…」とあるから、薪猿楽にはまだ金春大夫に屈伏していなかった幸王金十郎(金重郎)も明治二年若宮祭には詫書を提出して金春大夫に屈したらしく、そのため年預衆の嘆願行動を示す文書が幸王家には残らなかったものと思われる。とにかく、金春大夫による南都神事猿楽独占が一そう固定化する傾向を顕著にしたのが、明治二年の若宮祭であった。

【明治三年の薪猿楽】

明治三年の薪猿楽については、同年の衆徒記録たるぬに詳しい。正月廿四日付の金春八郎の口上書(願書)に元衆徒の口上書(添願書)を添えた願い出が認められ、従前通り七日間奉納する事が奈良県から許可されたが、「座中之者不調ニ付」という理由で、期日は三月七日から十四日迄という一ヶ月遅れの形だった。金春一座ではあったが二座参勤の時の形に準じたと見えて、第三日と第四日が御社(若宮)、他の五日が南大門と、正月二十八日の段階ですでに予定が組まれていた。

薪能に先立つ大宮神前での呪師走りが二月五日ないし三月五日に行われた形跡は、ぬには見えない。南大門での薪能以後の行事にのみ言及して呪師走りを無視するのが、興福寺衆徒の薪猿楽関係の記録では通例だったから、前年同様に年預衆が呪師走り参勤を強行した可能性も考えられないではないが、金春座の両神事の猿楽独占態勢が前年より強化されていただけに、困難さが大きかったろう事は想像できる。実行できなかったのではなかろうか。

薪能開始前日の三月六日に「今春ゟ三番三模様替之義願出ル」という事があり、それを引き継いで衆徒が県役所に届け出た口上書には次の如くある。

口上書

一、薪御能三番三相勤候者俄ニ差支候ニ付、当年之所指懸リ候義ニ御座候間

初日　結日　翁（三番三 千歳）

第二日目第五日目第六日目　一人翁

右之通模様替ニ而相勤申度旨申出候ニ付、此段御届奉二申上一候。以上

明治三年三月七日　元衆徒惣代　椿井景房　印

奈良御県

ここに言う「三番三」が例によって〈式三番〉の意かとも疑われるし（大蔵千太郎改め弥太郎やその門下がかなり参勤しており、三番叟の演者のやりくりがつかなかったとは考え難い）、第三日・第四日の御社での分に言及していないのも不審で、年預衆との紛争がこの予定変更に影響しているのかも知れないが、これだけでは断定困難であろう。注目されるのは「一人翁」の語が見えることである。「翁（三番三 千歳）」と並ぶ形に記されている「一人翁」は、三番三・千歳が登場しない形の〈式三番〉らしいが、そうした形が金春座や他の三座に伝わっていたとは考えにくい。一方年預衆の側には、三番三・千歳が登場するか否かは明らかでないものの、「一人翁」と称する形が確かに伝わっていた。幸王家文書の「国栖由来記」なる一巻（**O**の(8)）は、明治五年八月に宝生座の権守だった生一五兵衛（改め小林三郎）から金春座権守の幸王金重郎に相伝した伝書で、国栖翁が年預の祖先であるという由緒と〈式三番〉の文句を合写しているが、その中に「謡掛合一人翁之時」と題して、「凡千年の鶴ハ……あしたの日のいろふろそ《ママ》」の後に「阿女賀之太平耳四方乃国安良加仁、生日乃足日乃祈也」の文句があって、「ありはらや……」に続く詞章が記載されている。これは複数の翁が登場

する十二月往来などの形に対する「一人翁」の意に解するのが穏当であろうが、村落の小社の祭礼などの際の〈式三番〉が翁だけであった事は、十分考えられる。金春八郎が第二・五・六日に予定していた「一人翁」は、そうした年預の伝えていた〈式三番〉ではなかろうか。とすれば、これは一部の年預衆の参加を考慮しての変更と推定することもできよう。前述したように、金春座権守の幸王金十郎は明治二年冬に金春大夫に屈伏していた。彼等にも活動場所を与えるための変更が「三番三相勤候者俄ニ差支候ニ付」という名目でなされたのではなかろうか。前年の薪猿楽で幸王喜三郎が十二月往来を一人で唱えた形だったにしても(それには千歳・三番三が出ていたから、違う可能性が強い)、やはり年預の参加が予定されていたことにはなろう。但し、立合ではない「一人翁」の形にしたのは、年預衆の全面参加を認めていなかった事をも示している。依然、年預衆と金春大夫とは係争中であったに相違あるまい。

さて、明治三年の薪猿楽は、十一日に雨が降った以外は好天に恵まれ、三月七・八・九・十・十二・十三・十四日の七日間に実施された。ぬはその七日分の番組を記載しているが、〈式三番〉が記録されているのは初日(南大門)と三日目(御社第一日)と七日目(南大門)の分のみである。前引の変更届に言及されていない第三日にも〈式三番〉が舞われたのである。翁は金春八郎(初日・三日目)と大蔵錠次郎(八郎の弟)の両人が勤め、千歳と三番三は茂山千作・山田弥五二・茂山忠三郎(三人とも大蔵弥太郎弟子)が交代で勤めているから、年預衆は参加していないことになる。右の三日分以外の日には「一人翁」が舞われたはずであるが、ぬは何も言及していない。金春方から提出された番組にすでにそれが除かれていたのであろう。年預の分は番組に書かないのが江戸期からの例であった。ぬの第二日にあたる三月八日の条に「金春八郎明日御社上りニ付暇願出候事」とあって、御社上りの前日に衆徒に許可を仰ぐ旧例を踏襲している事が知られるが、それは本来は年預衆の権守が担当する仕事であった。金春座権守幸王金十郎は詫状を入れて何らかの形でこの薪猿楽には参加していていたかと思われるのに、金春大夫がその仕事を担当してしまったのである。年預衆の仕事奪取が一つ進んだことになろう。七日間の薪猿楽奉納は金春大夫の南都神事参勤独占を、一そう強めたと見てよいと思われる。

【年預衆の屈伏と廃絶】

金春大夫八郎による年預の職能横領が着々と既定事実化してゆく状況の下で、両神事から全く締め出された金剛・宝生両座の年預衆は一そう危機感を強めたのであろう、一旦は詫状を出して金春八郎に屈伏した幸王金重郎をも引き入れて、奈良県役所に願書(訴状)を提出した。従来の嘆願には特に反応が無かったらしいのに、今度は県役所が乗り出し、興福寺元衆徒に事情を聞いたり、金春八郎に質問を出して返答書を提出させたりした。その間の一件書類三通を合写したのが**を**であり、**ぬ**にも関連記事が見える。

をの冒頭に収められているのは、明治三年三月晦日付の、年預衆(「春日両宮 長権守 翁一座之者」)から奈良県御役所に宛てた嘆願書である。神護景雲二年(七六八)の春日降臨の際に先祖が翁申楽を奏したという起源から書き出して、若宮祭・薪猿楽に年預が参勤する由緒の古さを強調し、乱舞方(四座)は永徳(一三八一〜)年中から新たに神事に加わることを我々が認めてやったのだとし、明治元年若宮祭以来の金春の横領に言及した後に、「翁申楽之儀者私共江被仰付、乱舞方ハ乱舞而巳相務候様」に命じていただきたいと願った内容で、末尾には「翁一座長権守 幸王金重郎」「同一座惣代 小倉恭輔」「同断 巳野宇三郎」の三人が署名している。以前に提出した嘆願書(**へ**・**と**)と趣旨は同じであるが、「翁一座」の語を用いて四座と年預は別の座であるとの立場を強く打ち出している点が注目される。末尾の署名の肩書から見ると、幸王金重郎をその翁一座の代表——家元——に擬していたらしい。以前に家元は誰かと問われた(**は**)経験などに基づいての工作であろうが、とってつけた感じは否み難い。年預の由来説も、従前より詳細になったものの無理な故事つけも目立つ。神仏分離直後の情勢を考慮してであろうが、薪猿楽の起源を若宮祭の初まった保延三年（一一三七）に結び付けて不明瞭なものにするなどの難点も生じている。こうした難点や工作が、江戸時代の慣行通りに〈式三番〉は年預に勤めさせてほしいといういわば当然の要求を、印象の弱いものにしている感じの内容である。

年預衆の嘆願書に続いて、**を**は同年五月十九日付の金春八郎の「御答書」を載せている。別冊の**る**と全く同内容である。第一項では、両神事の翁役や若宮祭の埒明けは元来金春大夫が勤めるもので、江戸へ詰めて参勤出来ない時に年預衆に名代を勤めさせたに過ぎず、年預の翁役に権頭代の称号を与え、「翁式」（〈式三番〉の演じ方）を伝えたのは安永三年（一七七四）の事であり、年預の家にもとから〈式三番〉が伝来していたはずはなく、「出仕始」（呪師走リ）の翁も大夫の代勤に過ぎない、と主張している。『申楽伝記』にも見られる誤った通説（184頁資料**テ**）を背景に、資料**B**（186頁参照）の年記の安永三年を「翁式」伝授の年とし、禅竹より三代前の喜氏（毘沙王権守）の権守号を金春が権守役を勤めた証拠に持ち出した荒い論法であるが、金春家歴代の系譜をも別紙に添えて形を整えた、部外者の目には権威ありげな返答と言えよう。第二項は、年預の身分は大夫の弟子に過ぎず、別派の者ではあり得ないとの主張で、入門誓紙を取ってある事や、家督相続も大夫の一存で決定できた事を、証拠風に挙げている。特異な立場の年預だった中村六兵衛の入門誓紙（**4**参照）や、江戸期の年預の曖昧な身分を象徴する家督相続の慣行をうまく使った返答で、末尾に「尤、已来師弟之義忘却不ㇾ仕様御利解被㆓下置㆒候ハヾ、私ニおゐて隔心無㆓御座㆒候」と、師弟関係さえ確認されていれば必ずしも年預を排斥するわけではない旨を匂わせているあたり、金春八郎のなみなみならぬ政治的手腕がうかがわれる返答書ではある。

右の金春八郎の主張が「御答書」と題されているのは、県役所が年預の嘆願書に基づいて幾つかの事項を具体的に金春八郎に質問したからであろうが、県役所側は、年預が四座とは別の一座であるか否かを裁定の重要な基準と考えていたらしい。金春八郎の返答書が五月十九日に出される以前に、県役所は両神事を管轄していた興福寺衆徒にその事を質問し、返答を得ているのである。すなわち、ぬの五月の条に左の如くある。

一、十四日、従レ県被レ招、椿井出。翁年預方ゟ出願之義ニ付御尋、口上書指出候事。

口　上　書

一、今般、猿楽共之中翁年預方之者共ゟ、別派之趣ヲ以出願仕候ニ付、翁座ト称シ一座別派ニ有レ之候哉之旨御尋ニ相成、左ニ言上仕候。

金春座翁年預方　某
金剛座翁年預方　某
宝生座翁年預方　某

右之通座毎ニ翁年預方有レ之、一座別派ト申義無二御座一候。以上

明治三午年五月　元衆徒惣代　椿井景房　印

奈良御県

南都両神事の〈式三番〉を担当したのが年預であるか否かという問題が、年預が別派の一座であるか否かという問題にすりかえて質問され、返答されているのである。年預衆の嘆願書がしいて一座の形を整えていたのが裏目に出たわけで、これでは年預衆に好ましい裁定が出されるはずはない。四座とは別系統の猿楽であることは疑いもない事実であったが、年預がまとまった一座でなかった事もまた事実である。「金春座翁年預方某」の形で一応は各座に所属する形で活動していたのであるから、衆徒総代の椿井が偽りの証言をしているわけでもない。仮りに椿井が年預は座方と別系統である事を知っていたとしても、金春八郎の年預の職能横領に衆徒も間接的ながら手を貸してきたのである

から、自分達の立場を不利にする返答をするはずもなかった。県役所が論点を誤認して受け留めた事によって、年預衆の敗北はもはや決定されていたと言ってもよかろう。

さて、五月十四日の衆徒総代の口上書と十九日の金春八郎の返答書を受理した県役所は、五月二十二日に金春と年預衆代表を呼び出し、年預の願意を不分明とし、早急に示談にするよう勧告した。その結果、年預衆は金春八郎に詫書を入れ、全面的に屈伏した示談を取り結ばざるを得なかったのである。**を**が末尾に収める、金春八郎が示談の結果を県役所に報告した五月廿七日付の口上書がその経過を示している。

一、五月廿七日、双方ゟ連印ヲ以奈良県御役所江別紙之通リ侘書写等相添差上申候事。

乍レ恐口上書ヲ以奉二申上一候

一、先般、年預共、身分并勤役之儀、願書ヲ以出訴仕候ニ付、当五月廿二日双方御呼出之上、穿合御糺ニ相成候処、年預共願面之趣意不分明ニ付、疾与示談可レ仕旨御慈悲之奉レ蒙二御沙汰一、難レ有仕合奉レ存候。依レ之、願書之件と悉ク利解申聞候処、一統屈伏仕候。則、年預共連印之書面取置、向後心得違無レ之様確定仕候。依レ之、取置候書面写し奉レ入二御覧一候。右様不心得之義出願仕候段、全不締故之儀与、重と奉二恐入一候。猶此上年預共身分之儀、寛大之思召ヲ以、御許裁被レ為二成下一候ハヾ、難レ有仕合奉レ存候。宜御聞届之程奉二願上一候。以上

午五月廿七日　金春八郎　印

幸王金十郎

金十郎病気代　巳野宇三郎　印

小倉恭輔　印
巳野宇三郎　印

奈良県御役所

侘書写

差上申一札之事

一、年預共儀、旧幕府之頃ゟ、春日社御神祭之砌権頭代相勤候処、御一新以来今春御座一座御神役御直勤ニ而、日数御能御奉納ニ相成候ニ付、宝生・金剛之両座年預共者、名代勤者勿論、御席江連候事茂不㆓相叶㆒、愁歎罷在、去ル辰年十一月廿二日衆徒江罷出、押而翁式相勤度旨申出候処、段々御利害相成候得共、何卒毎茂之如く相連相勤度ト只と一途ニ存込、元寺務様迄江申出候処、是亦御利害ニ付、過去申候。其後、昨巳年御神事前ニ至リ、今春御座年預共、右出訴之儀後悔致、御侘書差上候ニ付、早速御聞済ニ相成、不㆓相替㆒御神祭ニ茂相加リ、両御神事翁式都而往古之通リ御直ニ相成、御座方而已以来御奉納ニ而候得者、宝生・金剛之年預共者、迚茂御席ニ相連候事茂難㆓相成㆒、何卒翁式相勤度発念仕、年預共申合、去冬御侘書差上候幸王金十郎茂差加江、不心得之願書奈良県御役所江去ル三月晦日出訴仕候処、今般御役所様ゟ御(以下欠)

をが末の数丁を欠き、付載の詫書の全容を知り得ないのが残念であるが、年預衆が金春八郎に屈伏した事は明らかであろう。金春八郎の口上に「年預共身分之儀、寛大之思召ヲ以、御許裁被ㇾ為㆓成下㆒候ハヾ」云々とあるから、年預の身分がなんらかの形で保証される事も示談の一部になってはいたらしいが、本来の権利である〈式三番〉にどの程度関与する事を認められたのであろうか。大夫の参勤が望めなくなった金剛・宝生両座の年預を含めての身分保証であるから、呪師走りを演じる事を認める程度が、金春八郎の最大の譲歩ではなかったろうか。

ともあれ、南都神事の〈式三番〉や若宮祭の埒明けを勤めるのは本来大夫の職能であり、年預はその名代に過ぎないという金春八郎の言い分を年預衆は止むを得ず承認し、大夫の弟子の身分である事をも認めざるを得なかった。金春八郎の言葉で言えば「屈伏」したのである。実際には、金春大夫が両神事の〈式三番〉の翁を演じたり若宮祭の埒明けを勤めた事は、江戸時代を通して一度も無く、それが年預の職能である事を歴代の金春大夫も既定事実として認めていたのであるから、金春八郎の言い分は理不尽であり、明治元年の若宮祭の時以来彼及び門弟・座衆らが年預の職能を兼行したのは、年預の言葉通り「横領」であった。そうした横領が衆徒の容認（ないし黙認）のもとに実現し、理不尽な言い分が県役所に認められて年預衆も従わざるを得なかったのは、座衆であるような無いような曖昧な地位、由緒書一つ持たぬ低い家柄、奈良以外の地を本拠とする人が大半だったための興福寺衆徒との結び付きの弱さなど、江戸期以来の年預衆の特異な諸性格がマイナスに作用した事と、明治維新後の興福寺の混乱が、一方では金春八郎の横車的行為の実現を可能にし、一方では今後の見通しを持てない年預衆の判断を狂わせた事など、種々の悪条件が重なり合ってのことであろう。無理が通れば道理が引っ込むの俚諺通りになったのが、明治三年の年預衆の屈伏であった。

だが、金春八郎が無理を通して年預衆の職能を横領したのも、年預衆が家の存続のため道理を引っ込め、屈辱に甘んじて金春八郎の配下の形で南都神事参勤を続けようとした事も、ほとんど実効をもたらさなかった。明治三年の若宮祭こそ従前通り興福寺衆徒の管轄下に行われたらしいが（ぬは明治三年閏十月二十五日までの記事で終り、十一月の若宮祭は記録されていないが、諸準備を整えていた事が知られる）、翌明治四年正月五日に全国の寺社領が官に没収され、興福寺は息の根を止められた形となり、薪猿楽も若宮祭も執行不可能になってしまったのである。経済的基盤が失われたのみならず、一旦は春日社新神司に姿を更めて続いていた元衆徒も散り散りになり、両神事の主催者がいなくなったのであるから、両神事の廃止も当然のことであった。

薪猿楽が明治四年から行われなくなった事については、先に言及した藤田祥光氏の稿本『南都の能楽』にも、「大乗院公私日記」(明治三年の薪能の記事はあり、四年・五年には言及が無い由)に基づいて、明治三年の分が最後のもので、同四年から中絶したものであろうとの説が見えるが、まさにその推定通りであろう。明治十三年に森勝治郎らが薪能の再興を画り、明治十九年までは続いたが(『南都の能楽』)、名こそ薪能であっても、その後の種々の復興——昭和十八年以降の復活など——と同様、往時の薪猿楽と同一視できるものではない。年預衆の参加など、無論なかった。

一方若宮祭は、明治三年のそれがすでに「春日一社　若宮祭今年限可_レ為_二従前之通_一事　庚午閏十月　神祇官」という神祇官通達によって、今年限りの条件で認可され執行されたものであった。「今年限」の通達に仰天した旧興福寺僧徒が対策を協議している段階でぬの記事が終っている。この通達が翌春の寺社領上地を予想してのものか否かは知り難いが、まさに「今年限」となって、明治四年以後の若宮祭は薪猿楽同様中止されたに相違あるまい。春日大宮恒例の春冬二期の春日祭も春祭のみ執行するよう神祇官から通達を受けていた(ぬの十月三日の条。通達は九月付)。神仏分離の混乱が静まった明治十二年になって、祭日を十二月十七日に改め、摂社若宮神社の例祭として若宮祭は復活したが、それは有志が組織した春日講社の主催であって、興福寺衆徒の主宰した若宮祭の継続ではないことは、翌十三年に復活した薪能の場合と同様である。ここでも年預衆の参加はなかったものと思われる。

かくて、明治四年の両神事廃止に伴ない、年預衆は、前年に職能の一部なりとも継承しようとして金春大夫に屈伏したかいもなく、奈良での活動の機会を奪われてしまった。大半の年預はこの年に廃業せざるを得なかったであろう。奈良の神事に年預として活動するのみならず、農村小社の楽頭をも勤めていた幸王金十郎家の如き家々は、楽頭としての仕事はもっと後年まで続けてはいたであろう。だがそれは、年預家の本来の家業ではあったかも知れないが、南都両神事の年預の仕事ではない。南都両神事の年預は明治四年に薪猿楽や若宮祭が廃止されたのと運命を共にして、廃絶を余儀なくされたと考えてよいものと思われる。

なお、先にも言及したが、明治五年八月に、宝生座の権守だった生一五兵衛改め小林三郎から幸王金重郎に「国楳由来記」(0の⑻)一巻が相伝されている。由緒ある生一《しょういち》の姓を改めて小林と称している事実に、年預の業をすでに廃したことが想像されると同時に、その奥書から、小林・幸王の両人がなお家業を子孫に残そうと意図していた事が知られる。両人とも再び南都で年預として活動する機会が到来することを期待していたに相違ないが、その夢はついに実現することが無かったのである。

三　「権守」と「長」

1　「権守」即「長」であること

これまでに考察してきたように、江戸期の南都の両神事――薪猿楽と春日若宮祭――に於いては、年預(ネンョ・ネンニョ・ネンニョウ)と呼ばれる人々――年預衆――が〈式三番〉を独占的に演じていた。年預衆は奈良以外の地でも活動していたが、能や狂言を演じた形跡が無く、〈式三番〉専門の猿楽だったと認められる。その年預衆の中で、〈式三番〉の主役である翁を演じる役者がゴンノカミ(権守・権頭)と呼ばれており、権守が年預の代表者的存在であった。

一方、第一節で考察した如く、室町時代の薪猿楽では、各座に「長《おさ》」と称される役者がいて、〈式三番〉の翁の役を担当し、興福寺と座衆の連絡なども担当していた。座衆が参勤しない時でも長は参勤して呪師走りなどの〈式三番〉を勤めたが、その長は能や狂言にはけっして参加することがなかった。長一人で〈式三番〉が演じられるはずはないから、記録には現れないものの、長と共に〈式三番〉に参加する他の役者たちが当然いたものと推定される。その一群の人々を「長ら」と第一節では呼んだが、以下では翁グループと仮称したい。

この翁グループが江戸期の年預衆に相当し、室町期の長にあたるのが江戸期の権守であることは、〈式三番〉専門で能や狂言は演じないという特異な芸態の一致や、薪猿楽の際には一応座に属する形でありながら日常は座衆と行動を共にしていないという活動形態の一致からだけでも、十分推断できるであろう。しかし、それが本節の主題でもあるので、慎重を期してなお若干の根拠を追加しておこう。

その第一は、「長」なる呼称が江戸期になっても用いられており、それが権守を意味しているに相違ないことである。例を**Q**（『薪能番組』）のみに限定しても、長の用例は左の四種が見られる。

(1) 元和八年二月十二日（上欄加筆）　御社江上リ候前日、申楽ヨリ長《ヲサ》を以、専当坊迄いとま願申候。是昔ヨリノ法例とぞ。

(2) 正保五年二月　金剛右京相果子服也、宝生大夫煩故、金春一座ニテ薪之能相勤候也。南大門十一日・十二日能有レ之ニ付、御社江上リ候也。然者南大門之能無レ之事不レ叶之間、金剛・宝生ノ長《ヲサ》翁ニテ《(計?)》相勤候ヘト申付、十三日翁ニテ《(計?)》相勤候也。

(3) 元禄八年二月八日　申楽四ツ少過ニ出仕。奉行所ヨリ四ツ過ニ出仕。保生座ノ長遅ク、三番三九ツノ鐘鳴と始ル。能ハ九ツ過ニ始ル。狂言ノ時八ツノ鐘鳴。

(4) 元禄十七年二月七日　如レ例九ツノ鐘鳴出仕。長出所八ツ半。能始ル処七ツ前。大夫出ルト七ツノ鐘鳴。

(2)は十三日の薪能が宝生・金剛の長による〈翁〉（即ち〈式三番〉）だけであったことの記録であり、(3)は宝生座の長が遅参して〈式三番〉(「三番三」とあるのは〈式三番〉のこと。同書に同じ誤用例が多い)の開始が遅れたことを示し、(4)の「長出所」とは「翁出候ハ」(同書元禄十五年二月七日の条)などと同じく〈式三番〉開始の時刻の意である。(2)(3)(4)の長はいずれも〈式三番〉の翁を勤めているわけで、それが権守であることに疑問の余地は無い。(1)は御社上りの前日に衆徒に暇乞いするのが長の役割であることを述べた注記であるが、その仕事もまた権守の担当であった。江戸後期編の衆徒の記録『祭礼薪衆徒故実』(永島福太郎氏よりコピーを頂戴)に、

一、八日　御能第二日目……

一、今日、権守ヲ以、座方より明九日御社御能相勤分、御暇被レ下度由願出ル。令二許容一。
但シ金春・金剛之時者、八日之暇金春、九日之暇金剛。金剛・宝生之時者、八日暇金剛、九日之暇宝生。金春・宝生之時者、金春・金剛ニ同じ。　〔資料ラ〕

と、権守が暇乞いを担当することを明記しているし、金春安住の『歌舞後考録』(D)の文政十一年の薪能の記事に、

八日　……今日翁相済、権守を以、明日御社上り之事衆徒中へ申入、其後年預方之者を以春日拝殿江申入ル。

とあるのも、恒例に従ってのことであった。衆徒への申し入れ(暇乞い)は「権守」、春日拝殿(若宮)への連絡は「年預方之者」と、権守・年預衆を書き分けている点に、暇乞いが権守の担当に定められていたことが示されている。かくて、**Q**に現れる四例の「長」が、いずれも権守のことであることが明確なのである。

長がすなわち権守であることを最も端的に語っているのは、具体的な個人名を添えた長の用例である。**O**(幸王家文書)の(1)『薪猿楽伝聞記』は、春日若宮神主春貞が著述して幸王金十郎に与えた故実説であるが、その奥書は左の如くである。

右薪能芸呪師走之数説者、今般、金春座之長摂州兵庫住人幸王金十郎、訪二来陋室一而懇望及二再三一。是以、予雖

レ非二職掌之事一、難二黙止一、聚三録年来伝聞之故実一而附三与之一者也。

文化十二乙亥年二月　　八旬翁　若宮氏春貞（印）

金春座の年預の一人であり、しかも権守だったことが**R**（長命茂兵衛文書）などから知られる幸王金十郎を、ここでは「金春座之長」と明記しているのである。年預の代表者的存在で、〈式三番〉の翁を演じる役者が、長とも権守とも呼ばれていたと断定してよいであろう。

長・権守の江戸期の用例を通覧して気づくことは、興福寺・春日社の側の記録は主として「長」と書き、四座の側の記録は専ら「権守」としていることである。寺社側の記録が権守の語を用いている例は稀にある（**ラ**など）が、四座側の記録が「長」を用いた例は一つも見あたらない。室町期の「長」の用例が禅竹以前のものを除けば寺社側の記録に限られていることを第一節に言及したが、同じ現象が江戸期にも見られるわけで、「長」は寺社専用の語の感じすらある。その「長」の語を寺社側は室町期以来の慣習に従って江戸期にも用いているに相違ない。長らが関与する両神事自体も細部の変動はあったが伝統保守の立場で執行されていた。従って、室町期の長と江戸期の長に大きな差はなかったはずである。江戸期の長は四座側の言う権守であった。室町期の長も同様であったと考えてなんら差支えあるまい。室町期の長は薪猿楽関係の記録にのみ見られ、若宮祭に関与した記録は見出せないが、江戸期の権守と同様、下の渡りや松之下の渡りで先頭に立っていたはずである。たまたま若宮祭の詳細を記録した室町期の資料が残存していない（管見に入らない）ために、室町期の長の若宮祭参勤を実証できないだけであろう。

長が権守のことであるからには、室町期の長グループの後身が江戸期の年預衆に該当するのも、自明のことであろう。〈式三番〉専門の猿楽を意味する「年預」の語の用例を室町期の記録に見出すことはできなかったが、旧習を守ることにやかましかった両神事に於いて江戸初期にその職能が固定していた年預の発生が、そう近い頃であるはずはない。記録には見えなくとも、室町期にはすでに年預衆も存在し、活動していたものと考えて然るべきであろう。代表者的存在である長のみは『尋尊記』等に記録されたものの、その他の年預衆は、表立った記録に名が現れないのも当然なほどに、室町期の両神事では(江戸期と同様に)軽視されていたものと思われる。

また、蛇足かも知れないが、長がすなわち権守であったことの現われと見られる現象として「長権守」なる言い方が江戸後期に存在していたことを指摘しておきたい。**N**(勝南院文書)の『文化十四年日記』には、前項の**8**に言及した宝生座年預小倉長左衛門の訴訟事件の前触れ的な記事が含まれているが、その中に、

(十一月廿五日)　於₂椿井家₁惣会合有₂之、出仕。此儀者、猿楽長権守小倉長左衛門一儀也。廿六日早天相済。

(十二月三日)　……猿楽一件評定也。金春座松村重三郎□外壱人、宝生座権守、金剛座権守来。……

(十二月六日)　於₂富永家₁会合。猿楽一件也。昨日金剛・宝生長権守召出し、願書差戻し候事。

などとあって、「権守」の語と「長権守」の語が混用されている。**I**(『天明三年御役者分限帳』)には年預小鼓として登録されている小倉長左衛門を「長権守」としている点は、天保十年の『南都薪能心得記』が「権頭」の語を年預の意に誤用しているらしい(資料**ナ**参照)のと同類ではないかを疑わせるが、公的な登録と実際の職能とが相違していたことは**R**からも明らかであり、元禄二年当時の小倉藤左衛門が宝生座の権守であった事実(資料**ミ**参照)を考え合わせても、文化頃の小倉が実際には権守を勤めていた可能性もあろう。どちらであるにせよ、「権守」と同意に相違ない形で「長権守」なる語が使用されていたのは、長と権守が同じものであるとの認識があったればこそであろう。元禄の竹田権兵衛広富の書留に「和州ノ土民ニ権守ノ長ト云者有テ」とある(資料**モ**)「権守ノ長」なる言い方の背景にも、同じことが考えられる。

なお、明治初年の幸王家文書(**O**)にしばしば「長権守」の語が見えるが、それは「年預」と同意らしい用法である。

同文書は年預のことを「権守翁年預」「翁権守年預」「翁権正」「権正翁役」「長役」「長権守」「翁権守」などさまざまの言い方で表現しているが、最終的には「長権守」の形に統一したようである。(5)の「急訴嘆願書」に

……爰を以翁権守方ヲ座ニ於而者長役年預と申伝へ……

とあり、(7)の『口上書』にも

……私共之神営翁役之儀者諸座之内ニも年預長役と唱へ……

とあるから、「長」とか「年預」とかは四座の側の言い方であるとの立場に立っていたと認められる。金春座と争っていた際なので、臨時雇的な語感のある「年預」と自称することを意識的に避けたのであろうが、年預衆全体を「権守」と称していたと解される用法ではある。役柄が配当帳では明記されていたものの融通性があり、地方の楽頭場所などでは年預のすべてが翁役を勤めたことも考えられる。そうしたことから年預各人が「権守」と自称するようになっていたのではなかろうか。それをより箔付けした形が「長権守」と思われ、前引のNの用法などもそれが反映しているのかも知れない。

2 『幸正能口伝書』の権守・年預

室町期・江戸期の寺社側の記録に見える「長」が江戸期の四座側の記録に見える「権守」であり、室町期の翁グループがすなわち江戸期の年預衆であることを、前項で論証したつもりである。だが、確実に〈式三番〉専門の猿楽を意味している「権守」「年預」の用例を室町期の資料に見出していないことは、前項の推論の大きな弱点であろう。その弱点をかなり補強するのみならず、権守・年預の本来的な性格についても示唆を与える有益な記事が、国会図書館蔵の『幸正能口伝書』に存在している。それを紹介しておこう。

幸五郎次郎正能（一五三九～一六二六）は小鼓幸流の二代目で、初代四郎次郎忠能の子である。天文八年に生れ、永禄頃から慶長中頃まで活動した。慶長十一年の出演は番組から確認できるが、晩年は隠居して月軒と称した。寛永三年に八十八歳で歿している。室町末期から江戸初期にかけて活躍した著名な能役者の一人である。その幸正能が嫡孫（長男久次郎の子）の幸清二郎（了能。幸清流の祖）に書き与えた自筆伝書が『幸正能口伝書』で、慶長十六年十月廿四日の奥書と、寛永元年九月吉日の追加奥書とがある。江戸期の『幸清次郎家由緒書』にも相伝の由がしばしば言及されている由緒正しい書物であるが、維新の後に流出して国会図書館に移る結果になったらしい。この書を史料**S**とする。その『幸正能口伝書』の首部に、薪猿楽と若宮祭の故実・慣習が詳細に記録されている。両神事に関する四座側の具体的な記録としては最古の部類に属するものなので、詞章の引用部分など一部を省略し、長文ながら引用しておく。底本はかなり難読で、誤字・宛字の類も多いので、括弧で囲んだ傍記の形で私見を添えておく。

一、二月五日、太宮殿御前八講屋にて式三番アリ。其後、呂律しゆつしばしり《(呪師走)》と云事御座候也。　〔**S**(イ)〕

一、べいじう《(陪従)》の御楽と申事御座候也。其時ハ、近衛様京都より御下向被㆑成、七日之御祈念候也。其外せつけ《摂家〔原注〕》・半下《家》卅六人御参詣候て、御音楽候。春日殿へ日供参候也。其外にハ無候か。

二季の御神事役仕候様躰、何も〳〵書付申也。御能の時に寺門より四座又役人衆へ、四座の能を御所望被㆑成候へバ、何方之能成共御所望次第に仕候事、芸上手の柄《(てがら)》にて候。是ヲ望候ても悪役人は不㆓仰付㆒候也。御所望被㆑成後に、大夫にか又権守に上位よりなさせられ候。是ハちいさきあひだハ御ざ候か。大きくなり候てハ、芸上手ならねバなき事ニ候。二季の御能に御神事にならでハ無㆑之候。又薪木御能には四所に御のふ御ざ候事あり。一乗院殿、大乗院殿、春日殿、又門、かやうに御能ある事にて候。　〔**S**(ロ)〕

一、六日ヨリ門に能御座候。金剛・金春・観世・宝生、門へ参、式三番御座候。四座より権守一人ヅヽ罷出、翁を当申也。又年預ト申者御座候。是ハ本座ニ入、帳に付たる役人にて候。三番申楽く《(が)》なりとも大小成共笛成共千歳ふる成共仕候。ぬしならず候へバ、人かたらひ候てなりとも納申事にて候。〔S(ハ)〕

一、六日の脇能をバ金春にはじめ申候也。二番め金剛ニ仕候。三番め観世に仕候。四番めを宝生に仕候也。〔S(ニ)〕

一、門に六日・七日仕候。七日の能の内に、金春の権守して衆中へ御宮城《(みやしろ)》へ法楽く《(ら)》に罷上り申候よし安内を申事にて候。衆中より参候へと被ㇾ申候返いで申候。〔S(ホ)〕

一、八日に宮城《(御社)》へ今春大夫早ヽにあがり候て御法楽を被ㇾ参候也。此時に宝生方より権守あがり、立合に翁を舞申候也。不思議なる事ト申也。是ハむかしよりの事にて候間、其子細ハ御ざ候ハんと存知候。門にハ金剛・観世・宝生三座にて仕候。金剛太夫先のごとくに権守して御暇申候て、九日に宮城へ参、御法楽く被楽《(参らせ?)》申候。金春ハ門にて宮城がへりの脇能仕候。観世大夫も宝生も先のごとくに御暇申候て、御宮城あがり御法楽を仕候。宮城がへりの脇能ハ観世大夫も宝生も仕候。殊ニ宝生にハ脇能を十二日の日ならでハ不ㇾ仕候。十二日を打合と申候。雨ふり候へバ十四日までハ仕候。十五日に仕たる事ハ無ㇾ之候。寺門より硇略《(賄略＝まかないカ)》四座へ四十石と四十貫いで申候を、今春方にハ座中より南念《(円)》堂の観音へきしん申候て、于ㇾ今に《(衍)》観音へ納申也。薪木の分ハ大かたかくのごとくにて候か。〔S(ヘ)〕

一、霜月廿七日御祭礼松下渡りの事。金春一人御へい《幣(原注)》に付て御供申、筑垣ヲ南大門より、国の大名・とう人、其外の役人、大がきを御へいに付てまハり申也。跡三座ハ拵居候て金春参候待居候也。金春参、大湯屋参候て、弓矢の立合のいひ合を仕候て、場へ罷出申也。金春・金剛・観世・宝生の被ㇾ越《(こしらへ)》申候居所も定て御座候。松下渡り申候事、先へ今春・金剛二座参、鳥居の柱を分て、南に金春権守居候。北に金剛権守居候。其次ニ大夫、又役人衆。満中をばあけ候て、其日とう取出候て鼓を仕候也。わき鼓一人ヅヽ二人出申候。其年の開口へ付て、かいのたか《(かた)》よりハ一人多くいで申候。かく年にて候。笛呂ヲ吹ぬさきに小鼓如レ此打出し申也。〇〇〇◉◉〇〇　此ごとくに打立をうちしづめて、笛座付ヲ吹なり。さて小鼓頭を打て、ゃ◉ぁ〇ゃ◉ぁ〇　〱　打候て、うちしづめ候て、権守「なるハ滝の水」ト二度諷候て、後の二度目に立あがり、金春ハ御寺門の方へまいり候。金剛ハ北の方へ参申也。其跡に座中参候。〔S(ト)〕

一、役者の床木、鳥居の本へ参候時に殿原小者共先へ被レ遣候て、床木立させ置申也。役人衆・大小のそれにこしをかけ候て、身ごしらへ仕、かたをぬぎ候。其内に笛呂を吹候て、本の音とりを吹申也。〔S(チ)〕

一、小鼓笛の呂を……(以下、開口の打様、弓矢の立合の文句などあり。省略)

舞納て、役人衆場ヲ渡りて崎《(先)》へ行申候。大小ハしづかにかたを入候て、御旅所へ参候也。跡の渡りみ度候へバ、場末ニかしこまり見物申也。むかしハ役人廿人も廿五人も弓矢の立合を申候。宮王大夫かけりの内に舞候てにしの鳥居の方へ舞候て被レ参候。大蔵大夫ハ東の方へ舞候て参候へバ、太大夫《(大太夫)》七良殿ハ寺門関務《(官符)》方へ舞候て被レ参候へバ、あまりに見事に出来候て、寺門関務よりも御音物被レ下候由を語り伝へ申也。先の衆御旅所へ参、其より山の中へ参、いしやうをぬぎかへ、ゑぼし・上下ちや《(着し)》申候て、何も嘉例の三さかづき祝出申候。〔S(リ)〕

一、跡の二座、先の金春・金剛渡りたるごとくにして、鳥居の本ゐ《(に)》候て、小鼓先のごとくに打、権守に「鶴ハ千歳ふる」と申させ候て、さて立あがり、先へ参、床木にこしをかけ申候也。笛も小鼓も先のごとく、かハり申事ハ無レ之候。脇立あがり候て開口申候。是もかく年にて候間、其かいこあるかたに小鼓わき鼓以上二人、一人ヅヽ出申候也。わきのかいこ、引足、けんばいの足、何も先にちがい申候事ハひとつもなく候。云すまして、わき

「天長地久御願円満誠目出度御代なれば、嘉例の舟の祝を申納」と云て、其時役人衆皆々立申也。〔S(ヌ)〕

一、(舟の立合の文句あり。省略)……舞納候て、役人場を渡り、御旅所へ参候也。大小しづかに被レ越《こしらへ》候て御たび所へ参候也。先ご《の》とく山の中へ参候て、上下ヲき候て、嘉例の三さかづきにてゆわゐ申候也。〔S(ル)〕

一、金春より使ヲ三座へ被レ遣候て、「如二嘉例一くじを執に御出候へ」と申、人ヲ被レ遣候へバ、三座よりくじ執に参候。さ候て、廿八日の脇能のくじ執候て、春日殿へ参、宿へかへり申候也。廿八日の能過候て、四座より一人ヅヽ人のこし置候て、天が《田楽》くに面をあてさせずに能させ申候はづ。むかしよりにて候。〔S(ヲ)〕

一、大和国の諸大名衆関務《官符》に寄合御座候時に、大名・小名によらずして、一礼被レ成候て座へ御なをり候。其ごとく、四座にもより合之時ハ、一礼して、年次第に、芸の所へもかまわずしてざ敷へなをり申候。是、大和大名も年次第にて候間、如レ此候。書付て置申也。余所ハ不レ存候。〔S(ワ)〕

(イ)は呪師走り、(ロ)は大夫補任その他に関する記事、(ハ)〜(ヘ)が薪猿楽、(ト)〜(ヲ)が若宮祭に関する記事、(ワ)は座寄合についての説である。(イ)に〈式三番〉の他に呪師走りが行われると述べていたり、(ロ)で一乗院・大乗院の両方で能があると書かれていたりする明瞭な誤謬も含まれているし、(リ)には語り伝えが記録されてもいる。また、ほとんど同内容の記事が由良家蔵笛伝書の中の『薪能書物』(略号**T**)にも見られるから、右の記事の全体が幸五郎次郎正能の編ではなくて既存のものの転載である可能性が強い。しかし、幸五郎次郎正能は金春座の一員としてしばしば両神事に参勤していた。当時は囃子方の参勤が記録される例は稀有だったにもかかわらず、正能の場合は、天正十六年・文禄五年・慶長二年・同五年に薪猿楽に参勤したことが**Q**(『薪能番組』)から知られ、**Q**と一対の史料たる『春日若宮祭礼後日能番組』(玉井義輝氏蔵)から慶長元年の若宮祭に参勤したことも確認できる。両神事参勤に最も忠実だったのが金春座であり、幸家は初代四郎次郎忠能の時代から金春座の小鼓方であった。記録に現われない時にも正能はしばしば両神事に参勤していたに相違ない。従って、**S**の当該記事は、かりに既存の書物に基づいているにしても、正能自身の経験に裏打ちされての所説に相違なく、彼が参勤した室町末期から慶長初年にかけての両神事に於ける慣習をほぼ忠実に伝えていると評価してよいであろう。(ヘ)に薪猿楽に際して興福寺から支給される禄物(「硝賂」は「賄賂」の誤字らしく、マカナイと読ませるつもりだったらしいことが同書の他の用例から推測される)を四十石・四十貫としているあたり、江戸初期には九貫文(代米十八石)であり(**N**の『祭礼薪能執行規式』)、天正八年には九石、天文九年には十貫文であった(**N**の『薪芸能旧記』)ような実状とはかけ離れた説であり、古きよき時代を念頭に編まれている感じはあるが、永正～天文の頃に活動した金春大大夫(氏昭)の立合を語り伝えとして記録している(リ)から、より古い時代の慣習に基づいてはいるらしいものの、天正～文禄の頃の記録と見なすのが穏当であるように思われる。

その史料**S**が、(ハ)・(ホ)・(ヘ)・(ト)・(ヌ)に「権守」の語を含み、(ハ)には「年預」の語も含んでいる。そして権守の果たしている役割は、薪能の〈式三番〉の翁を勤め(ハ)、衆徒に御社上りの暇乞いをし(ホ)(ヘ)、御社上りの能で〈式三番〉の翁を勤め(ヘ)、若宮祭の松下渡りでは座の行列の先頭に立ち(ト)、千歳がかりの主役を勤める(ト)(ヌ)ことであって、呪師走りの〈式三番〉を勤める点に言及していないことを除けば、江戸期の四座側の記録が伝える権守の職能、室町期・江戸期の寺社側の記録が伝える長の職能と、全く同じである。「年預」に関する記事は(ハ)のみであるが、そこに示されている職能は〈式三番〉の一役を担当することで、これまた江戸期の年預の職能と同一である。役柄が固定していない点は、配当帳などでは一応役柄を明記している江戸期の年預と異なるようであるが、江戸期の年預の役柄が実際には流動的であったことはすでに述べた。同じ性格と見なしてよいであろう。「権守」「年預」の両語ともに別の語義でも通用していた語であり(後に詳述する)、〈式三番〉専門の猿楽を意味していることの確実な室町期の用例を見出し得ていないことは前述したが、Sの用例は明らかにそれである。いわゆる「権守」「年預」の、管見では最も古い用例がSなのである。

一体、Sに記録されている両神事に於ける猿楽の職能や行事の形態は、江戸期のそれとほとんど変りがない。江戸幕府の治世になって、奈良奉行所の関与、興福寺の勢力低下などのため、両神事ともに形態の一部は変化を余儀なくされ、ことに猿楽の参勤は四座皆参が原則の形から三座中二座交代参勤の形へと大きく変動していた。にもかかわらず、〈式三番〉は年預衆が担当するとか松之下渡りの先頭には権守が立つとかの基本的な故実は昔ながらに守られているのである。興福寺関係の他の史料からも江戸期の両神事が極力故実を尊重しつつ執行されていたことが確認できる。薪猿楽・若宮祭ともに極めて保守性の強い、故実にやかましい行事だったのである。

そうした見地から、権守や年預が両神事で活動する形態が天正頃に新たに発生したものであるとはとうてい考えられない。Sをかなり遡る頃から権守や年預は両神事で江戸期と同じように活動していたに相違あるまい。記録には現われないものの、「権守」とか「年預」とかの名称も室町期には用いられていたであろう。Sが「権守」の語をすでに定着している言葉としてなんの説明もなく多用していることがそれを思わせる。その点「年預」の語は(ハ)に見えるのみで、しかもその役割がわざわざ説明されてもいるので、「権守」よりは定着の度合が浅いように感じられる。しかし、慶長十一年にはすでに「年用」と訛った形で記載されている例があり(伊達文庫蔵『古之御能組』)、明暦元年奥書の『祭礼薪万事覚帳』(A)には「ねんにやう」の形まで見られるから、他の分野での訛った言い方を踏襲したものであるにしても、猿楽でもさほど後年から使い出した語でもあるまい。「権守」よりは遅れたにしても、室町後期には〈式三番〉専門の猿楽を意味する用法も定着していたであろう。ただそれらが、一般の用法ではなく、四座の猿楽の側で専ら用いていた用法であったために、寺社側の史料が主体の室町期の記録には「権守」も「年預」も現れず、代表者的存在で寺社と交渉の機会の多い権守が、寺社の用語である「長」の名で記録に留められたものと推定される。

とにかく、慶長十六年奥書の『幸正能口伝書』の、天正〜文禄頃の両神事の様態を伝えると見られる記事に「権守」や「年預」の用例が見え、その職能が江戸期の権守・年預と同じである事実は、権守や年預が室町期から存在していたことを示している。その事に室町期の諸記録に見える長の職能が権守と全く同じである事を重ね合わせると、室町期の長がすなわち権守であり、翁グループがすなわち年預衆であることは、ほとんど確実視してよいと信じる。

（補記）　第二節**二10**の中で、年預衆の楽頭職保持に関連して若狭猿楽気山座に言及し、〝気山座も楽頭場所を保有して専ら〈翁〉を演じる座であったらしく〟と述べた（248頁）。その後、早稲田大学演劇博物館安田文庫蔵の「笛ノ伝」と仮称されている笛伝書（「永正九年三月十二日　宮増弥六判」の奥書を持つ鼓伝書も含む。書写は江戸中期らしい）の奥書に、「観世左衛門判・保正勝次郎判・宮増弥左衛門判　気山五郎三郎殿参」とあることを知った。宛名の気山五郎三郎は、『日本庶民文化史料集成』第二巻所収「若狭猿楽座記録」の、天文十六年三月朔日付の文書「為学頭職申付禄物之事」の宛名にも名が見え、気山座の座衆の一人であったと考えられる人物である。観世座笛方の左衛門（日吉左衛門尉国之）と宝生座の笛方勝次郎（『四座之役者』に見える同名笛方の後裔か）と観世座小鼓方宮増弥左衛門親賢が連署した伝書が実在したとは考えられないが、気山五郎三郎が能伝書を所持していたことは事実であろう。従って、右の記録は気山座を〈式三番〉専門の年預的猿楽と見なした前説を否定する材料であるかのようにも思われる。しかし、五郎三郎が気山座の責任者ではないらしいことや、若狭が能の盛んな地で気山座の座衆が能役者に転じたりそれを兼ねたりした可能性が考えられること、などを考慮すると、気山五郎三郎が笛伝書を所持していたからと言って、気山座が年預的猿楽であったとの見解は訂正を要しないと思う。女子が楽頭職を保持していたりで、気山座の性格、並びに楽頭職の性格はすこぶる複雑なようである。

第三節　権守(長)・年預をめぐる基礎的諸問題

『尋尊記』など室町期の春日興福寺の諸資料に散見する「長」は〈式三番〉の翁を勤める猿楽であった。『幸正能口伝書』や江戸期の四座側の資料に現れる「権守」も同様であり、長がすなわち権守であって、同じ猿楽のことを、寺社の側では「長」と呼び、四座の側では「権守」と呼んでいたものと解される。また江戸期の諸資料によれば、「年預」と呼ばれる特定の人々が両神事の〈式三番〉を独占的に演じており、権守も年預衆の一人であったと認められる。一方、四座の大夫らは、南都以外の地ではもとより、南都でも両神事の時以外には〈式三番〉を演じていたにもかかわらず、両神事では〈式三番〉を年預衆にまかせ、自分達は演じていなかった。〈式三番〉専門の権守や年預の存在も、大夫らが両神事では〈式三番〉を演じない慣習も、なぜかこれまでほとんど無視されてきたが、江戸時代以後の能の制度や慣習からは飛び離れた、すこぶる奇異な現象と言わざるを得まい。

そうした特異な存在や珍奇な慣習が、いつ頃から、どんな背景のもとに成立したかを、これから検討しようとするのであるが、僅かな手がかりに基づいての推論を積み重ねざるを得ず、しかも能楽史上の根源的なる問題と関連しているので、整然たる叙述を展開することは不可能に近い。当初は以後の考察の全体を第三節として一括するつもりであったが、予想以上に錯雑した論になったため、権守(長)や年預の発生と変遷についての論は第四節にまとめ、それ以前に果たすべき基礎的諸問題についての検討を、第三節とすることにした。

一　権守と年預は異質か

江戸期の権守は年預の一員であったと考えられる。**I**の『天明三年御役者分限帳』など分限帳・配当帳の類が権守をも含めた年預衆を「年預」の名で一括していることや、笛役や小鼓役が権守役を勤めるなどの役柄の融通性の強さ、特に権守が別扱いされた形跡がないこと、などからそれが言えるであろう。江戸末期に「権守」の呼称が「年預」と同意にも用いられていたらしいことも、身分的には権守も年預も同じであったからであろう。

しかし、いわゆる「権守」「年預」の最も早い用例として前節の末に引いた『幸正能口伝書』**S**(ハ)の文言は、権守と年預とが本来は性格を異にするものではなかったかを疑わしめる内容である。同じ資料の再掲は避け、**S**とほとんど同内容を持つ『薪能書物』(史料**T**とする)の、**S**(ハ)に該当する部分を引いてみよう。**T**は所蔵する由良家の伝えに従って『薪能書物』と呼ぶものの、内容は**S**の首部を独立させた形の巻子本で薪・若宮祭の両神事にわたっている。末に天文廿一年(一五五二)に千野与一左衛門親久から牛尾小五郎へ伝授した由の奥書を初め、千野→牛尾玄笛→宍戸伯耆守玄劉→村尾長左衛門と相伝した由の歴代の奥書があるが、これは由良家笛伝書のいずれにも存する形で、そのままには信じがたい。

一、六日より門に能御座候。金剛・金春・観世・宝生、門へ参候。四座より権守一人づゝ罷出、翁をあて申候。又御年預と申者御座候。是ハ本座ノ帳ト申者に付たる役者に候。さんばさ成共大小成共笛成共せんざいふ成共仕事に候。ぬしならず候へバ、人かたらひ候て成とも仕事に候。　(**T**(イ))

「御年預」とあるなど小異は見られるものの、**S**(ハ)と同文に近い。これらによると、年預は「本座に入、帳に付たる」

〈S(ハ)〉役人で、〈式三番〉の一役を担当する義務を有し、当人が勤めることが出来ない場合は代役を立てて義務を果たす必要がある特殊な役者であったと解されるが、権守がその年預の一員であるとは、文脈上考えられまい。この「本座に入、帳に付」ことについて『幸正能口伝書』はなんの説明もしていないが、『薪能書物』は、S(ワ)にあたる条（若宮祭の渡り後の山での行事）の後半部がSとは異文で、次の如くある。

……廿八日の脇能の鬮《クジ》取申候也。〔又帳に付と申事ハ、比時に四座之内へ入、帳に付て、年預と申事を仕候て、来年の薪の能の役者に成候て被レ遣事にて候。是に入たる者共、式三番の役をつとめ申候。山に居候事も、金春と金剛ハ道より北の山にて候。観世と宝生は南の山に居申候也。かいこ中事もかく年にて候。かいこの方へ小つゞみも付申候〕。ゆはゐ過候て、春日殿へ参候而、宿へ帰り申候事候。　〔T(ロ)〕

括弧で囲んだ部分がS(ワ)に無い文言で、かつS(ワ)にはある二十八日の田楽能監視のことがTには見えないが、どちらが原形に近いにしても、さほど年代を隔てた記事とは思えない。そしてTによれば、若宮祭松之下渡り後の山での行事（幕之内の行事）の際に、四座の内のいずれかの座への加入を認められて帳面に名を登録され、翌年の薪猿楽の〈式三番〉の翁以外の諸役を勤めることになるのが年預であると解される。「年預と申事を仕候て」の文言に誤写が無いとすれば〝汝に明年の〈式三番〉役を預ける〟といった類の任命的作法が行われたかのようである。恒例の行事の一つとして「帳に付」ことが行われたようであるから、一年間に限って座衆に加える意味の帳面登載であったと受け取れる。もともと「年預」なる語は、辞書にも広く採用されている普通名詞であり、『日本国語大辞典』（小学館）を例にあげると、「一年間の事務を預り行なうの意」と説明した上で、

①平安時代中期以後、院・女院・摂関家などに置かれ、執事の下で雑務をつかさどった職。

②宮中の御厩の預り役。左右近衛の中少将の中から任じた。

③ 毎年交代で祭務を預り行なう当番。神社などでその年の祭礼の当番役。

④ 高野山・東大寺などの寺院で行事・預などとともに寺内の議決機関の運営を指導し、事務を執った職。

の四種の用法を並べている。いずれも任期一年が原則であったからこそ年預と呼ばれたのであろう。右の四種に限らず広く通用した言葉のようで、郷村の自治組織の役員も「年預」と呼ばれていた(永島福太郎氏著『奈良文化の伝流』二六二頁参照)。④の用法は特に広範だったようで、興福寺内にも「菩提山年預」(『経覚私要鈔』嘉吉四年正月十五日)などの例があるし、両神事の主宰者であった興福寺衆徒も江戸期には輪番の執行部を「年預」と称していた。猿楽が〈式三番〉の諸役を勤める役者に「年預」の語を用いたのも、世間一般の用法に従ってのことに相違ないから、原則として任期一年であったがゆえに年預と呼ばれたものと思われる。

年預が年ごとに本座の帳に登録される臨時雇的なものであったと解される形で**S・T**に説明されているのに対し、権守は、なんの説明もなく**S・T**に多用されている。ともに〈式三番〉専門の役者ではあったものの、室町末期にあっては、年預と権守とは本座(四座のそれぞれの座)に於いて別の待遇を受けていたかのようである。年預だけは本座の帳に入り、権守はそうではないらしい事は、一見、年預の方が本座により深い関連を持つことを示すかのようであるが、そうではあるまい。一般座衆が年ごとに帳に登載される必要がなかったと思われるのと同様に、権守は座衆の一員、または常任的な存在であったがゆえに帳に加える儀式を必要としなかったもので、座とのかかわりは権守が一段と強かったのであろう。権守を意味するに相違ない「長」の語が室町期の寺社側の記録に時どき現れるのに「年預」の語が全く現れないことも、その観点で納得できる。江戸期に於いては「年預衆」の語(**A**に用例がある)で一括して扱って差支えない存在であったし、室町期に於いても実際の活動面では翁グループとして一体であったものの、権守と年預とは、その生い立ちの事情を異にするかのようである。室町末期の座に於いて、権守が常任的存在であるのに対し、年預が臨時雇的な存在として意識されていたという差異があったことは、ほとんど確実であろう。

二　年預と識事

SやTに存在が示されている「帳」「本座の帳」と関連があるのではないかと思われるものが、A（『祭礼薪万事覚帳』）に一度だけ現れる「年預帳」である。同書は明暦元年（一六五五）の金春大夫元信の奥書があり、両神事の際に大夫がなすべき事や小性・座衆・年預衆にさせるべき事柄を日付別に書き付けたもので、明暦元年に書いた分とその後の書き加えが混在しているが、その冒頭部「霜月御祭礼之事」の第三項、当初から存在したことに疑問の余地のない記事（明暦元年筆であろう）に、次の如くある（《下部写真参照》）。

一、お旅ニ而　年預帳ヲくり、三人書出し、帋二枚ニかき、一ツハ中へ入、一ツハ取出ス事。〔資料リ〕

何日になすべき事なのか明記していないが、「お旅ニ而」とは若宮祭の当日（十一月廿七日が当時の式日）に相違あるまい。

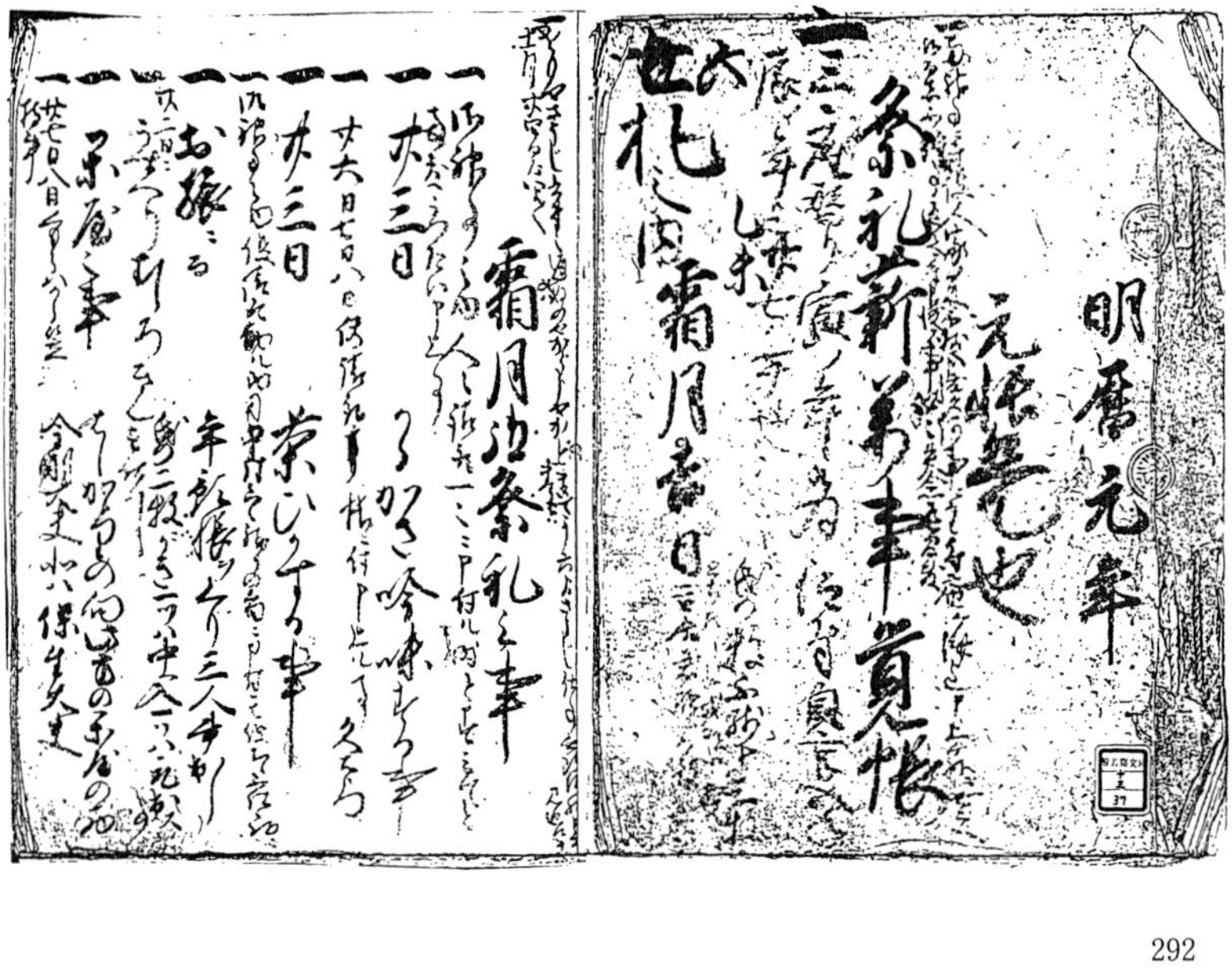
明暦元年
祭礼薪万事覚帳
霜月御祭礼之事

また「お旅ニ而」はお旅所の建物での意に解するのが素直ではあろうが、お旅所で実際にそうした事務的な仕事をなし得たかどうかが疑問であるし、お旅所で拝礼した後の、山での行事(幕之内の行事)の際と拡大解釈することも許されよう。同じ**A**の小性のなすべき事項の廿七日の条に「お旅ニ而、金剛・保生公事(鬮)の事中、ゐぼしぎ二人やる事申付ル事」とある用例も、具体的には山でのことのようである。とすれば、**リ**の行事は**T**(ロ)の記事と日時・場所が一致することになる。いずれにしても、「年預帳をくり、三人書出」すのは年預の名であろう。そして紙二枚に書いて「一ッは中へ入」るのが**S**・**T**に言う「帳に付」けることではなかろうか。もう一通は登載した証拠として年預に渡すか、衆徒に届けるかしたのであろう。右の推測があたっているならば、**S**・**T**の「帳」が元信の言う「年預帳」であり、室町末期には行われていた若宮祭の年預任命の作法が明暦頃までは行われていたことになる。後年にその作法が廃絶したためか、「年預帳」の用例は**リ**以外に見出し得ていない。僅か一つの用例に基づく推測なので確信は持てないが、同じ若宮祭の作法だけに、**T**(ロ)の伝える室町末期の行事の具体的内容が**リ**の形であった可能性はかなり強いと思われる。年預が名の如く一年任期のものであるとの意識や、それを前年の若宮祭に任命する慣習は、江戸初期にはまだ生きていたのであろう。その慣習が廃絶したらしいのは、幕府の配当帳にまで年預が登録されて年預の家が固定した事が最大の理由と思われる。年預と権守の素性の相違が忘れられたのも、ほぼ同じ時期からであろう。

T(ロ)に見える年預任命の行事と**リ**の行事とを一体のものと把握して想起されるのが、明応八年(一四九九)の奥書を持ち、禅竹筆の写しと伝える『円満井座壁書』の第三項、識事役に関する次の定めである。

一、識士役の事。薪より若宮御祭礼迄、一年づつ、三人、役を勤む。御祭の馬場末へ出合ざる座衆、明年の識士役をこさるべし。　〔資料**ル**〕

「識士」は「識事」の宛字である。識事は「諸種の組織にあって実務を担当する者」(『日本国語大辞典』⑥)の称で、

「魚崎御座之事」にも見え、猿楽の座では、若干の特権を有し、座衆が交替でその任にあたったようである。**ル**によれば円満井座(金春座)では三人で、一年交替で勤めたわけである。「御祭の馬場」とは若宮祭の松之下渡りの行われる参道のことであるから、「馬場末に出合ざる座衆」とは、単に松之下渡りに参勤しない座衆の意ではなく(神事渡りの参加者は宿老十人に限られていたことが『円満井座壁書』第八項から知られる)、松之下渡りの末に行われる山での寄合(幕之内の行事)に出席しない座衆の意であろう。この寄合は座衆にとって年に一度の総会的な会合であったようで、「魚崎御座之事」第十項に「ナラノ御マツリノゲンザウサケ(見参酒)ハ、ヲナジクヲサドノ、ヤクタルベシ」とあるのも、この会合の酒代負担に関する規定に相違あるまい。そして、それに出席しない座衆が識事役の選出からはずされるというのは、翌年の識事を選出するのが山での寄合の際であったからと考えられる。明年の薪猿楽から若宮祭までが任期の識事を決定する機会は、日常は分散して活動していた座衆にとって、前年の若宮祭の時しかなかったはずである。とすると、「一年づつ三人役を勤む」と言う点が**リ**の三人の年預を書き出すのと通い合うし、松之下渡り後の会合で選び出す点は、**T**(ロ)が年預の委嘱を山での行事の際としているのと重なり合うから、**ル**によって知られる識事の選出形態と、**T**(ロ)や**リ**から知られる年預の任命形態は、酷似していると言わざるを得ない。任期が一年、人数が三人の点も一致する。室町初期の猿楽座の実務担当者だったらしい識事と、室町末期以前から存在したらしい年預の間には、なんらかのつながりがあると断定してよいであろう。識事が明らかに座衆の一員であるのに対し、年預にはその証拠が無いから、識事の後身が年預であると早急に主張することはできない。だが、もともとは識事が担当していた職務を代行したのが年預であると考える類の推測は、当然許されよう。『円満井座壁書』以後の猿楽座の「識事」の用例を見ず、**S**・**T**以前の「年預」の用例を知らない以上、両者の関係を具体的に追究することはできない。しかし、右の如き推測の余地がある事と、室町末期以後の記録にしか現れない年預に、意外に古い時代の猿楽座の姿が投影しているらしい事とを指摘して、以後の考察の伏線の一つにしておきたい。

三　権守と楽頭

猿楽座の昔の姿が投影しているらしい点は権守も同様である。「権守」が本来は「大夫」とともに猿楽が他から与えられる名誉号であったことについては別項に述べるが、その事ではない。楽頭とのかかわりである。

S(ヘ)は、薪猿楽の金春の御社上りの際に宝生の権守が同行して(金春の権守と)立合の翁を舞うことを述べ、「不思議なる事と申也。是ハむかしよりの事にて候間、其子細ハ御ざ候ハんと存知候」と感想を添えている。**T**も右の傍線部は欠くものの、ほとんど同文である。御社上りの能の〈式三番〉が、他座の場合には千歳・翁・三番三の後に父尉・延命冠者の文言が続くいわば通常の形であるのに対し、金春の場合だけは、宝生座の権守が同行し、金春の権守と二人で十二月往来をやりとりする二人翁の形になることは、第二節のはじめ(**一**の「若宮祭と年預衆」の条)に述べた。その事を**S**や**T**は不思議がり、「昔よりの事」としているのである。

この古来からの奇異なる慣習と同じ事を述べていると解されるのが、『円満井座壁書』第六項の左の記事である。

一、御ハイデンノガクトウノ事。コレハ、キンネン、ワタクシノチナミニヨツテ、ミヤシロアガリノツイデヲエテ、御ハイデンノガクトウハ、ヲキナメンヲツカマツル也。ホンシキナラヌイワレニヨリ、イランノギドモアリシニヨツテ、惣別コンランセズサダメヲク所也。＊惣座中の得分・配分にいろい有べからず。依て、御拝殿の楽頭に付、五百文の所を、百文楽頭得分に定、残りは惣座中へ出る也。後々末代、此定違乱有べからざる也。返す〴〵此外いろい有まじき也。(『金春古伝書集成』三一三〜四頁。＊印以下は別本で補った部分)　〔資料**レ**〕

これによれば、金春座の御社上りの際に「御拝殿の楽頭」が翁面(〈式三番〉の主役の翁のこと)を勤める慣習は、〝近年、私の因み〟によって始まったものという。〝私の因み〟即ち私的理由とは、興福寺衆徒や春日社家など寺社側の命令や要請によるのではなく、猿楽側(特に金春座)の事情に由るとの意味であろうが、猿楽側の事情だけで寺社側が簡単に慣習の変更を承認したことは考えにくく、〝私の因み〟という理由説明には裏がありそうである。

それはともかく、祭礼などの猿楽興行に関する権利と義務の保有者が楽頭であった。その任免に将軍足利義教が関与したことで著名な醍醐清滝宮の楽頭の如き大規模な催しの楽頭もあれば、江戸期の年預衆や天川弁才天社の禰宜たちが保有したような、遠国小社の祭礼で〈式三番〉を勤める権利を持つだけの楽頭もあった。興福寺内の猿楽に於いても、中院宮遷り猿楽の楽頭が観世大夫であったり(『尋尊記』文明四年四月二十九日)、滝蔵社宮遷り猿楽の楽頭が金晴であったり(『尋尊記』明応六年四月十七日)したが、薪猿楽自体にそれが定まっていた形跡は無い。四座に楽頭以上の参勤義務があったので定める必要がなかったのであろうか。にもかかわらず、御社上りの能について楽頭が存在した事実は、御社上りの能の性格を考える上で無視できないことであろう。「御拝殿の楽頭」なる言い方は、春日若宮の楽頭と同意にも受け取られ、四座ともにその楽頭と関連を持っていたことも想像されるが、四座の御社上りに関する最古の具体的記録と思われる『春日若宮拝殿方諸日記』(『日本庶民文化史料集成』第二巻所収)の「永享十二年記」によれば、永享十二年(一四四〇)当時は金春座の御社上りにのみ楽頭が同行していた。この年の薪猿楽は三月に執行されているが、同書の金春御社上りの条の記事は左の通りである。

三月十日より薪サルガクアリ。(春日若宮側の記録が言う「薪猿楽」とは御社上りの能のことである。)
同日、エンマンジノ座。金春太夫・小太郎まいる。下行物事、酒二桶二斗。大魚一喉。慈仙二箱。料足一貫五百文下行。

其夕部、ガクトウ・金春太夫、拝殿へまいる。其時拝殿ニテ、ガクトウニ五百文、金春ニ三百文、金春子ニ三百文、春松ニ百文、五百文、合一貫三百文給之。（末尾の「五百文」は「五郎百文」などの誤写か。そうでないと合計金額が合わない）　〔資料ロ〕

以下、十一日に坂戸座金剛大夫、十二日に結崎座観世大夫、十四日に外山座宝生大夫の参勤が記録されているが、楽頭が同行しているのは円満寺座（金春座）の時だけである。これだけでは断定できないが、十一年後の宝徳三年にも同様であった。同じ『春日若宮拝殿方諸日記』の宝徳三年（一四五一）の条にも、

同二月九日より薪猿楽在」之。次第日記。

九日　円満寺座。金春大夫、同楽頭まいる。

　酒二桶二斗。大漁一喉。慈仙二箱。塩・味噌在」之。用途一貫五百文、楽屋へ下行送了。

其後聽楽頭拝殿へまいる。一献時、五百文、引手物給了。

同　金春大夫まいる。三百文、引手物給了。同　春松まいる。百文給了。

金春三郎御礼申候。二百文給了。　〔資料ワ〕

とあって、金春座の御社上りには楽頭が同行しているが、続く十一日の金剛、十二日の観世、十三日の宝生の御社上りの記事にはそれらしき人物が参加した形跡が見えない。金春の場合にのみ楽頭が同行したに相違あるまい。永享十二年度には観世大夫も金春と同じく能の終了後に拝殿に参上しているが、それは観世大夫が今を時めく観世三郎元重であったがゆえの異例らしく、宝徳三年には金春のみが拝殿に参上した。それが恒例であったろう。下給される酒（金春は二斗、他座は一斗五升）や料足（金春は一貫五百文、他座は一貫文）が金春の場合のみ多く、若宮拝殿で円満井座が他座とは異なる待遇を受けていたと見られるが、それも楽頭の同行と関連するのではなかろうか。永享十二年・宝徳三年ともに拝殿に参上した金春座役人の中心が楽頭であると思われる形に記載されている点も注意を要しよう。下給さ

れる銭も楽頭が最も多い。「御拝殿の楽頭」と呼ばれるのにふさわしい待遇を受けているかのようであり、永享・宝徳に金春の御社上りに参加している楽頭が**レ**に言う「御拝殿の楽頭」であることは、間違いないであろう。**ロ**・**ワ**とともに楽頭が五百文を下給された旨を記しており、**レ**が〝楽頭に下給されるのは五百文だが、百文だけ楽頭に渡し、残りは惣座中に渡す〟と重大げに述べているのと金額が合うことが、何よりも明確にその事を示している。

レによれば楽頭の具体的な仕事は金春の御社上りの際に「ヲキナメン」を勤めることであった。一方、他座の御社上りには楽頭など同行していなかった。そうした金春座と他座の相違をそのまま継承しているのが、**S**や**T**で不思議がられている慣習——金春座御社上りに宝生の権守が同行して(金春の権守と)十二月往来の入る立合の翁を舞うこと——であって、「御拝殿の楽頭」にあたるのが宝生座の権守なのではなかろうか。いかに「昔よりの事」とは言え、権守が存在していたかどうかも明らかでない永享十二年にまで遡らせて考えるのは無謀の推論とも聞えようが、それを思わせる手がかりが存在しているのである。

江戸期の薪猿楽の実態を教える好資料で、第二節にも言及した**C**(『春日大宮翁之式薪御能之式』)は、金春大夫氏綱の需めに応じ、分家の金春八左衛門元鄰が金春座の年預衆に問い合わせて安永四年(一七七五)に記録した文書であるが、金春の御社上りの際の宝生座権守も参加する〈式三番〉について詳述した後に、次の如くある。

一、能之内ニ神楽所ヨリ銭壱貫文、豆腐、塩肴一本、酒来ル。能済テ、右豆腐ト塩肴トヲ塩煮ニシテ、楽屋ニて土器ニモリ、一献有。尤、権守・大夫、跡ハ連・地うたひ迄也。小豆餅藤馬内膳より来ル。是又三勺宛モリスヱル。右済テ、内膳案内ニテ御ロヲ江アガル。大夫、金春名字之者両人、此方権守、宝生権守、左之通リ。

(神楽所御廊での位置を示す絵図あり。省略。以下は絵図の下方にやや小字で注記風に書く。写真参照。)

今日者天気能相済申候段、五郎左衛門アイサツ有。御請申。ヘギニ土器、内ニこんぶトたこ二切、はしツケ、壱人宛スヱル。五郎左衛門土器ニテ呑、慮外申トテ大夫へサシ被レ申候。大夫呑、こん付して次へ廻ス。次之連呑、次へ廻ス。連呑テ此方権守へサス。権守呑テ宝生権守へサス。ヲサメ。カイ桶之フタニ鳥目入、持出ル。五郎左衛門アイサツニ、御サイセンデゴザルトアイサツ有ル。有難由申、頂戴。大夫三百文、連百文ヅヽ。権守百文。宝生権守江者五百文。内百文、レイ年之通ト申テ、百文、給仕之者取かへシ、カイ桶ニ入レ這入。

一、能半ニ雨降出シ、祝言迄無レ之時ハ、御ロヲアガリ無レ之候事。尤御ロヲアガリハ此方斗之由。宝生モ金剛モアガリ不レ申候。〔資料廾〕

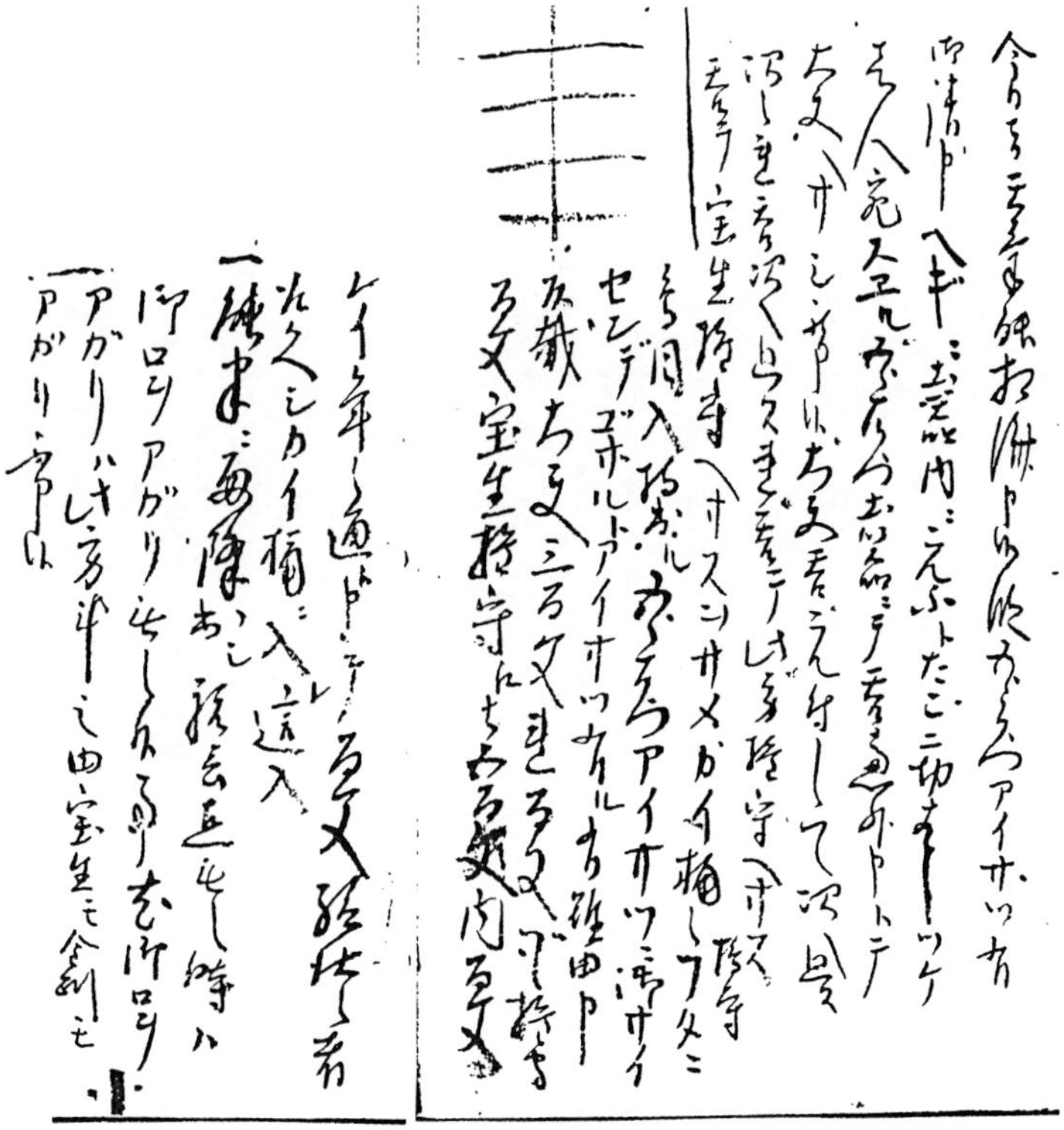

御社上りの能終了後の御廊上りの行事についての詳述である。文中の五郎左衛門は神楽所方(拝殿方)の役人であろう。この御廊上りが三百年以上も昔の**ロ**(永享十二年)や**ワ**(宝徳三年)の「拝殿へまいる」行事に相当することは説明の要もあるまい。金春座の時にのみ実施されるという点も**ワ**の記事と一致する。大夫への下行が三百文、ツレ(**ロ**・**ワ**の「春松」はツレ格の役者であろう)への下行が百文の点も三百年前と合致し、春日社に於ける故実遵守が想像を越える厳重さであったことを強く印象づけられる。金春座への下行が**ヰ**で「銭壱貫文」になっている点は、**ロ**・**ワ**の「壱貫五百文」より減少し、**ロ**・**ワ**の他座なみに変わったことになるが、これは**ヰ**に誤写があるらしい。**C**とほぼ同内容ながら若干簡略で筆者も同じく、**C**の下書か控と認められる『薪御能諸式』(般若窟文庫蔵)では、**ヰ**にあたる記事の組立てが少し違うが、「座中へ之銭壱貫五百文」とあり、**ロ**・**ワ**の金額と一致する。清書する際に誤写を生んだのではなかろうか。

注目すべきは、金春の権守が百文なのに、宝生の権守には五百文も出ていることである。これは**ロ**・**ワ**に於ける楽頭への下行分と一致する。かつて楽頭に支給された分が三百年後の**ヰ**では宝生の権守に渡されているのである。しかも、楽頭に下行される五百文について、実際には百文だけ楽頭に渡し、残り四百文は座中へ渡す旨を、**レ**が重大事のように記載しているが、同じような慣習が宝生権守に下行される五百文についても行われていた。**ヰ**の傍線部がそれを示す。ここは、〝宝生権守へは五百文の内の百文を渡す。「例年の通り」と挨拶して百文だけ渡し、残り四百文は給仕の者が取返し、カイ桶に入れて席を退く〟と解することが可能で、それならば**レ**に規定されている通りの事が安永四年にも実施されていたことになる。掲出した形に句読を切れば、五百文の内の百文だけを取返すもので、宝生権守は四百文を受け取ると解することになる。後者の解が原文に忠実ではあるが、同じ権守が百文ずつであるのが自然である事、五百文がそのまま宝生権守の得分にならないのは**レ**の規定の影響に相違ないと考えられる事などを勘案すると、前の解釈の如き意味のつもりで不完全な文章にしてしまったのではなかろうか。『薪御能諸式』はここが簡略で、「大夫三百文、残り連・権守百文づゝ」とあるのみで、宝生権守への下行が五百文である事も、その一部を取返す事も言及していない。

このように、**ロ**・**ワ**の楽頭と同じく五百文を下給され、**レ**の「御拝殿の楽頭」と同じく五百文の一部を供出させられてしまう**ヰ**の宝生権守は、往昔の楽頭の後身であるかのように思われる。ともに翁を勤めた役者でもあり、両者になんらかのつながりがあることは否定できまい。先に、室町前期の金春座の御社上りにのみ楽頭が同行した事実と、後代の金春の御社上りが宝生権守の参加する十二月往来の〈式三番〉である事実とにつながりを想定し、**S**や**T**で「昔よりの事」とされているのを室町初期まで遡らせる推論を提出したが、楽頭と宝生権守との縁の深さを示す後代の資料**C**(引用資料**ヰ**)の存在が、右の推論の強力な支えとなるであろう。

なお、天文十一年(一五四四)の若宮祭の際に金春大夫と金剛大夫が松之下での席次を争い、数年間紛糾が続いたことは能楽史上に名高いが、それについて判ずるための天文十三年十一月二十六日の興福寺衆徒の集会の記録によれば、金春側が「金春春日ガク頭之間、自余之猿楽相替」由を申して常に上席と主張したのに対し、金剛側は大夫の年齢順と主張し、金春の言い分には「金春大夫ガク頭ニテハ無シ。宝生大夫ガガク頭」である、と反論していた(『天文年中衆中引付』)。宝生大夫が楽頭であるとの説は、金剛の言い分が衆徒によって記録されるに際して誤解が混入しているようで、宝生の権守が往昔の「御拝殿の楽頭」の職能を継承して金春座の御社上りに翁を勤めていた慣習と関連する見解のように思われる。宝生の権守が「御拝殿の楽頭」であるとの認識が天文頃にまだ生きていた可能性もあろう。

それにしても、御社上りの際に金春座に同行して翁を勤めた「御拝殿の楽頭」の職能を宝生の権守が継承していた事実は、どのように理解すべきであろうか。『円満井座壁書』によれば、御拝殿の楽頭が金春座の御社上りの際に翁を勤めるのは、「近年、私の因み」によってすることで、「本式ならぬ」ものであるという。永享十二年にそれが行われていたと解される(ロ)から、「近年」が事実か否かも多少疑問ではあるが、とにかく、近年初まったのは御拝殿の楽頭が金春座の御社上りの際に翁を演じることであって、「御拝殿の楽頭」の存在は昔からのことであろう。猿楽に於ける楽頭は、もともとは〈式三番〉を演じる権利・義務の保有者であったらしいから(後述)、四座の御社上りの恒例化する以前から若宮拝殿での〈式三番〉の権利を持つ楽頭がいて、四座の御社上りの恒例化後に、最初にそれを勤める金春座の〈式三番〉に加わって立合の翁を演じるようになったもので、その楽頭が後代に宝生座の長(権守)になったとかの事情があるのではなかろうか。もともと宝生座の長が御拝殿の楽頭職を持っていたことも考えられるし、楽頭職が売買される性質のものであったことも考慮せねばならない。

右の問題について明確な答えは得難いものの、どんなケースを想定するにせよ、宝生座の権守が春日拝殿の楽頭となんらかのつながりを持っていたことは確定的な事実である。そして、宝生の権守だけが他座の権守と根本的に異質であったとは考えにくいから、宝生座権守と若宮拝殿楽頭とのつながりは、いわゆる権守一般が楽頭なる存在と通じ合う性格のものであることを示唆していよう。楽頭なるものの性質は、別に一篇の論考を必要とするほどに多様であるが、〈式三番〉の権利・義務の保持者を意味する用法があったことは第二節の**ニ**の**10**の項に述べた。それが本来的用法である可能性がかなりに強い。**ル**に言う「御拝殿の楽頭」がその類であることは翁を演じる旨が明記されている点からほぼ確実である。そうした楽頭と権守が関連を持っている事もまた、以後の考察の伏線の一つとして確認しておきたいことである。

四　補任権守と翁権守

室町末期の薪猿楽・若宮祭の実態を伝えていると思われる『幸正能口伝書』の権守や、江戸期の諸資料に現れる権守は、翁役専門であったと見られるが、それが権守の本来の姿ではなかったはずである。

もともとは官位名である「大夫」とか「権守」とかの称号を猿楽が用いるのは、大和四座の場合、猿楽を支配する立場にあった興福寺や多武峰寺の衆徒が、朝廷での補任にならって(両寺と藤原氏の特別な関係が背景であろう)、座の主要な役者をそれに任じた慣習に由来すると考えられる。大夫が衆徒に補任される事は、『至徳三年記』二月十三日の条の「金晴之小男被レ成二大輔一了」の記事や、『四座役者目録』『わらんべ草』など江戸初期の諸書にその慣習への言及があって、早くから知られていた。江戸期の補任の記録も少なからず残っている。権守の場合は、大夫と同様であったろうことは推定されていたものの、実際に補任された記録が見えず、積極的な裏付けとなる資料も知られていなかったのであるが、『幸正能口伝書』の**S**(ロ)にその慣習への言及がある。**S**と同系の書たる**T**(『薪能書物』)は当該部分が「寺門より御所望なされ候へバ、何方なりとも仕申候」とあるだけで補任のことに言及していないが、**S**がより原形に忠実な形と考えてよかろう。

その**S**(ロ)はいささかわかりにくい文脈であるが、後半の補任に関連する記事は、要するに

① 寺門(具体的には興福寺衆徒)がすぐれた役者に芸を所望して演ぜしめ、演能後に大夫または権守に補任する。

② 補任は年少の役者については比較的多いが、上手の役者でなければ年長の役者にはめったに行われない。

③ 補任は両神事の能(薪能と若宮祭後日能)の際にのみ行われる。

の三つの事を述べていると解される。②も③も江戸初期の大夫補任の実例と合致しており、年少主体であるとの説が至徳三年(一三八六)の古例が「金晴之小男」であったことと照応する点からも、信頼度の高い記事と言えよう。そこに、大夫と同じく権守も興福寺の与える称号であることを明言しているのである。実際の補任例は見出されていないものの、室町期には権守に任じられる猿楽がいたに相違あるまい。観世次郎権守信光・美濃権守吉久など、通称に「権守」を添えて呼ばれていた役者が現実に存在したことも、それを裏書きしている。

さて、補任された権守についての最も詳細な記事として著名なのが、観世勝右衛門元信編『四座役者目録』の、正保三年(一六四六)奥書の後に元信自身が書き加えた左の記事である。末尾部分は先に資料ヤとして引いてもいるが、多くの問題を含んでいるので、ほぼ全文を引いておく。

一、権守ニ成テハ、出立、今ノ年用役スル者ノ出立ト同前也。権守ハ、太夫ノ次、大和ニテ二老也。諸役ヲコト〴〵クヨクシ、習・秘事迄ヨクシリタル名人ナラデハ、権守ニ成事ナラズ。太夫モシサシアイアル時ハ能ヲスル也。其外イヅレナリトモ、事ノカクルトキスル役也。近年ノ権守ハ今春九郎権守也。宮増弥左衛門ヲ向ニヲキ、今春大太夫宗瑞蘭拍子ヲ打ホドノ名人也。主ノ役太鼓打ニハ、肩ヲヌガズ、脇ノ下ヨリ左右ノ手ヲ出シ、撥ヲ持、ウタレタルト也。是権守ニ成テノ打ヤウ也。宗拶モ宗意モ度々ミタルト被レ申ト也。権守ノ出立、又打ヤウナド、当代シリタル者ナシ。咄ニモスル事アルベカラズ。秘スベシ〳〵。権守ニ成タル者、昔ヨリマレナリ。

観世小次郎権守信光——音阿弥ノ子也。大蔵九郎が師匠也。……

坂戸四郎権守元正——観世弥次郎が師匠也。金剛ヨリ観世ヘ被二召上一ル。

美濃権守吉久――与五郎権守トモ云。後宗祐ト云。……
金春九郎権守――今春禅珍ノ弟子也。彦九郎ト云。……
右四人ナラデハ昔ヨリノ目録ニナシ。昔ハ太夫諸芸堪能ニテ、能ヲ自身作リ、其上、ツレ・脇・大鼓・小鼓・笛・太鼓・狂言ノ間迄、ソレ〲ニ作リ、座ノ器用ノ者ニヲシエ、サスル。権守ハ太夫ノ名代ヲスル役也。サルニヨリ、権守トハカリニマモルト書タリ。昔ハ、薪ノ能ニモ、大門ニテノ式三番立合ニモ権守舞《マウ》。役者モイヅレモ上手ドモハヤシタルト也。弥左衛門、又道善ナドモ打タルト也。近年、四座トモニ、権守ニ成者ナキ故ニ、ムサトシタル者ヲ権守役ニナシ、今ニ式三番ヲ勤ル也。役者モ本役ノ者ナドハセズ。四座ヨリ配当米ノ内ヲ少シヤリ、年用役ヲツトメサスル也。　〔資料**エ**〕

さまざまの事を述べているが、権守についての所説を次のように整理してよいであろう。

① 権守になった者の出立は今の年預役の装束と同じである。
② 権守は大和では二老の地位にあり、大夫の名代をする役である。
③ 権守には諸芸を極めた者のみがなり、諸役の代理を勤める。
④ 囃子方が権守になった場合は出立・打ち様などが常の役者とは変る。
⑤ 権守になった者は古来稀で、目録に記載されているのは列記した四名のみである。
⑥ 昔は薪能の〈式三番〉の翁も権守が舞った。役者も上手の者が〈式三番〉の諸役を勤めた。
⑦ 近年は権守になる者がいないため、むさとした者に権守役を代行させ、役者も本役の者は出演せず、配当米を少しやって年預役のものに代行させている。

⑦に近年の「ムサトシタル」権守（年預衆の権守）に言及しているから、①〜⑥は本来の権守、補任された権守につ

いての説と解される。列挙されている四人がその本来の権守の具体例であろう。混乱を避けるため、翁役専門の権守を「翁権守」、補任による権守を「補任権守」と区別して、以下の論を進めてゆきたい。

従来は、右のヱの説に従って補任権守の性質を考えるのが常であった。「目録ニ」とことわって元信が四人の名をあげている(元信の言う「目録」は『四座役者目録』の本体部分を意味するようで、同書の基になった観世与左衛門国広編『四座之役者』は、金春九郎権守に言及していない)のを拡大解釈して、室町期の権守は四人だけであると説明されてきた(実際には他にもある)ことが示すように、全面的にヱの説が信じられていたと言ってよかろう。だがそれらは、翁権守の存在を全く知らないでいての見解である。翁権守の存在を念頭に置いてヱを吟味してみると、そこには多くの誤謬が含まれていると断ぜざるを得ない。補任権守の性格把握の上で重要なのは②③⑥であろうが、②に権守が大夫の名代であるとする説は明らかに誤りである。大夫が不参の場合は、宝生大夫が黒石大夫を(文明十三年)、観世大夫が十郎観世子を(明応六年)、金春大夫が大蔵大夫を(天文五年)代理に依頼している例の如く、別の大夫を代勤に立てるのが両神事の常であった。権守が大夫の代理として寺門へ挨拶に行った程度のことはあろうが、大夫の名代をすることが補任権守の本来の勤めであったとはとうてい考えられない。名誉的な称号が本来の意義であって、特に職務が定められていたわけではあるまい。「太夫ノ次、大和ニテ二老也」は座に於ける地位が大夫の次位であったことを意味すると解され、それはあり得たことのように思われる。但し元信が「大和ニテ」と言うのは興福寺ではの意であることが他の用例から確実視される。そうした限定があっての「二老」とされている点、もし一臈が大夫のことであれば、翁権守にむしろ該当することであるから、②の説は翁権守と補任権守とを混同しているのではないかと疑われる。

いずれの役の秘事をも極めた人物でなければ権守になれないとか、どんな役の代理をも勤めるとか言う③も、補任権守の理想像であったかも知れないが、現実にそうした人物がいたとは考えられまい。弱小の座はいさ知らず、四座の諸役は一人がすべてを兼ね行なうことが可能なほど幼稚なものではなかったはずである。権守が諸役を代行する例とも受け取れる金春九郎権守が金春大夫の〈道成寺〉の蘭拍子を打った話は、『四座役者目録』の金春九郎権守の条に「今春七郎宗瑞蘭拍子ヲモ打タル人也」とあるのに基づくが、事実だったとしても権守であったがゆえの事とは解し難い。③の説にも、翁権守ら年預衆の間に役々がさほど固定的ではなかったことが反映しているのではなかろうか。

⑥も信じ難い。かつて上手の役者(座の正式の囃子方など)が両神事の薪能の〈式三番〉を勤めたことは、狂言方などにはあり得たろうが、列記された四人の権守が薪能で〈式三番〉の翁を舞った形跡は全く無い。それが翁権守(長)の担当であったことは第一節に見た如くで、よほど明確な記録でも見出されない限り、補任権守が翁を勤めたとの説は認め難いことである。『四座役者目録』下巻の今春彦九郎権守の条に

多武峰ニテ、二老ノ役タルニヨリ、権守、法会之舞ヲモ度々被レ舞ル。コレモ宗意ミタルト被レ申候。　〔資料**ヲ**〕

とあり、南都両神事と並んで四座が参勤の義務を負っていた多武峰寺の八講猿楽の際に金春(彦)九郎権守が翁の舞の一種である法会之舞を舞った由を述べているのが、両神事外ではあっても補任権守が翁を舞った記録である。しかしこれが事実か否かが疑わしい(金春宗意が二十歳の年が天文二十四年であり、その当時まで金春九郎権守が生存していた可能性は大きくない)上に、法会之舞が特異な翁舞であったことも関連し、この例を**ヌ**の説の裏付けになるものとは言い難い。⑥にも、**ヲ**にも、翁権守と補任権守との混同があるかのようである。

以上に見たように、**ヌ**の元信の説は、少なからぬ誤謬が含まれ、殊に翁権守の職能を補任権守の性格に上乗せして説いている感じが強い。元信自身が、その両者の権守を識別し得ていないのではなかろうか。

一体、資料**ヌ**は、『四座役者目録』下巻の正保三年奥書の末の礼紙に編者元信が書き添えた五ヶ条の記事の第三条である。第一条が小鼓の裏皮、第二条が太鼓の皮についての説で、両条が同質である。第四条は呪師走り、第五条は

大夫補任の話であるから、第三・四・五条は薪猿楽関係の記事として一括できる。従って、第五条末に「承応二癸巳正月十七日書之」とある奥書は第三条にもかかわるものと解される。その奥書年記の前年の慶安五年(一六五二)に観世座が三十年ぶりで薪猿楽に参勤した。観世座の最後の参勤であった。ヱの筆者元信はその薪猿楽を見物に京都から奈良に出かけていた(「観世新九郎家文庫目録」九7〜9参照)。この時に翁権守や年預の活動を実際に見聞し、観世十郎兵衛が大夫に補任された実例を見たのに触発されての追加記事がヱなどであったに相違あるまい。「ムサトシタル」江戸初期の翁権守と『四座役者目録』の四人の補任権守とが別であることを末に強調してはいるものの、ともに「権守」であることに引きずられ、翁権守が江戸初期に担当していた仕事をも補任権守がやっていたことのように受け取り、「権守ニハ乱舞道不残達タル者ナサル、也」(信光の条)という従前からの誤解に、補任権守が翁を舞ったという類の誤解をも加えてしまったのがヱなのではなかろうか。いずれにしても、ヱが元信の主観の加わった説で、さほど重視し得ないものであることは確かであろう。ヱを離れて、権守と称していた人々がどんな役者であったかを見ることから補任権守の性質を考えるのが妥当のようである。

権守を称する猿楽は、文永八年(一二七一)にすでに存在した。『文永八年高神社造営流記』に、同年同社の本殿造営の際の「宝堅事」に参加した猿楽として、石王座・若石座の両座名と、「紀州石王権守」「宇治若石権守」の名が見えることは著名で、『花伝』神儀篇が秦氏安の妹聟とする「紀のこの守」がその紀州若石権守と関係があるのではないかとの推測もある。また『申楽談儀』には金春権守・金剛権守の芸風への言及があり、十二権守康次の世阿弥あて書状も転載されている。『円満井座系図』によれば金春権守の父が毘沙王権守であった。これらの権守はいずれも経歴が詳かでないが、それぞれに一座の統率者ないしは代表的存在であったと見なされ、かつては座の統率者を権守と呼ぶ風習があったのではないかと思われるほどである。

一方、『四座役者目録』等に記載されている室町中期以後の権守は、観世小次郎信光が観世座の大鼓方、坂戸四郎権守は観世座のワキ方、美濃権守は金春座小鼓方、金春九郎権守は金春座太鼓方、鼓伝書などからやはり権守と称したと見られる知徳権守も金春座小鼓方であって、シテ方の役者は一人もいない。信光以外の経歴は不明確ながら、いずれも一道の達人であったらしい事と、長年月にわたって活動したらしい事は共通している。シテ方以外の技芸に秀でた長老を権守に補任するのが室町中期の慣習だったように思われる。永正十三年(一五一六)に八十二歳(《正しくは六十七歳。104頁の補説参照》)で没した信光の通称は小次郎だったが、永正八年筆の曲舞〈虎送〉(『大日本史料』所収)の奥書では「観世次郎権守信光」と署名しており、他の転写奥書の類からも、権守の称号を用いる際には「次郎権守」と称したと認められる。「小次郎」が権守にふさわしくないと感じられたためであろう。金春彦九郎が「金春九郎権守」とされているのも同じ意識からと思われ、長老が権守に補任されたことを裏書している。年少の御曹司が大夫に補されたのと対照的な現象であり、往昔の権守が一座の統率者的人物の称号だったらしい事とも通じ合う。シテ方の補任が大夫に限られ、三役の長老のみが権守に補任されるように変化したのではなかろうか。

翁権守が補任権守と同じく「権守」と呼ばれたのは、右に見たような長老が権守に任じられることと、恐らくは関係しているであろう。翁権守が年長者を意味するのが原義である「長」と呼ばれていたことも、それを思わせる。だがその事については、本稿の結論的な部分である次節の中で、他の諸問題と合わせて考察することにする。

第四節　座と長（権守）と年預――その性格の変遷――

一　翁の担当者

〈式三番〉が猿楽の演じる芸の根源的なものであることは、あらためて言うまでもあるまい。能が猿楽の芸の主体になってから後も、大がかりな催しや神事猿楽では冒頭に〈式三番〉を演じるのが定まりであった。続いて演じる最初の能を脇能と呼ぶのも、〈式三番〉奉納が主体でそれに添えて演じられる能であったからに外なるまい。薪能や御社上りの能の際に、〈式三番〉さえ済めば、雨などで能が一番も演じられなくても、猿楽のその日の参勤義務が果たされたとされる慣習であったのも、神事猿楽に於ける〈式三番〉の比重の高さを示している。その〈式三番〉の主役が、白色尉の面を着け、国土安穏を寿ぐ賀詞を述べて舞う翁《おきな》であり、〈式三番〉を「翁」の名で呼ぶことも室町期から生じていた。今はもっぱら「翁」と呼んでいる。

さて、〈式三番〉の主役の翁は、往昔は一座の最長老が担当する習わしであったのが、観阿弥の時に棟梁の大夫が舞う新例が開かれたものであった。第一節にも引用した『申楽談儀』第十七条の左の文がそれを語っている。

おきなをば、むかしは宿老次第に舞けるを、今ぐまの丶申楽のとき、将ぐん家ろくぉんいん、はじめて御なりなれば、一ばんにいづべきものを御たづね有べきに、大夫にてなくてはとて、南阿み陀仏一げんによりて、清次出仕し、せられしより、是をはじめとす。よつて、やまとさるがく、是を本とす。〔資料カ。再掲〕

応安七年(一三七四)か翌永和元年かであったらしい観阿弥清次の今熊野猿楽は、以前から観阿弥を後援していた海老名の南阿弥の周旋によって義満来臨が実現したものと解されるが、その際の南阿弥の忠告に基づいて、宿老次第に最長老が翁を舞ってきた慣習が破られて、当時四十二、三だった観世大夫の清次が翁を舞い、以来大夫が翁を担当するのが大和猿楽の原則になったと言うのである。

ここに言う「翁をば宿老次第に舞ひける」慣習と、薪猿楽の翁を江戸末期まで長とか権守とか呼ばれる猿楽が舞っていた慣習とは、まっすぐにつながっているに相違あるまい。「長」はもともと長老を意味する語である。権守に長老が補任されたろうことも先に述べた。将軍来臨という稀有の機会に京都で開かれた新例が、大和猿楽の本拠地である奈良の、古い伝統を持つ両神事に於いては認められず、昔ながらに一座の長老が舞う慣習が守られてきたに相違あるまい。世阿弥もまだ長老ではない段階で翁を舞っていたし(『申楽談儀』第三条に義満御前で榎並と世阿弥が立合の翁を舞った話が見える)、新例が恒例化する傾向は確かにあったろうが、「よつて大和猿楽これを本とす」の文言には、旧例に従っていない事についての弁明的な匂いも感じられる。一般の猿楽では依然として宿老次第であったろうし、宇治猿楽など他の系統の猿楽参入の機会も多かった春日興福寺の、しかも由緒ある両神事では、新例の入りこむ余地がなかったであろう。宿老次第に一座の最長老が翁を舞う古来の掟を守った形、それが薪猿楽や若宮祭で江戸末期まで長(権守)が翁を舞ってきた慣習であることは、疑問の余地がないと信ずる。

二　猿楽座の性格――長と棟梁は別人である――

ところで、観阿弥は、結崎座が彼の時代に彼を中心に組織されたらしい事や、彼の芸名の「観世」がそのまま座名に転じている事から、一座の統率者だったたに相違ないと考えられる。だが、**カ**によれば彼は一座の最長老ではなかった。当時の観阿弥が「大夫」と呼ばれていたことも**カ**によって判明する。しからば、旧習によって今熊野猿楽の際に翁を舞うはずだった最長老は、座に於いてどんな名で呼ばれていたのであろうか。

古い頃の猿楽座の組織を知り得る資料は、『申楽談儀』末尾に付載されている「定　魚崎御座之事」(「魚崎」は結崎の宛字)と、『円満井座壁書』の二つだけである。これまでもしばしば両書に言及してきた。その両書の記事――主として「魚崎御座之事」第三項(資料**エ**)と、『円満井座壁書』第一項(資料**オ**)及び第二項――を総合すると、猿楽の座は、

長殿《おさどの》　端居《つまおり》(二座)　三座　四座　五座　六位《ろくえ》

の六階級の役者が上座衆であった。その下に中座と呼ばれるグループがあり、それにも一臈・端居などの階層があった。それらの大人の座衆グループ(大座)とは別に、十四歳以下の子供で構成される子座が付随してもいたらしい。上座衆の構成・名称が両座同一であったことは確実である。その中の、敬称を添えて呼ばれ、得分も格段に多く定められている「ヲサドノ」を、一座の統率者――観阿弥・世阿弥の如き存在――と見なすのが通説であり、本稿の第一節でも、その通説に従い、『尋尊記』に言う「長」が両座規に言う「ヲサドノ」、観阿弥的存在とは別のものであることを論証している。

一方、「魚崎御座之事」の第一項には、

長ザケ、拾貫文。権守ザケ、三貫文。大夫ザケ、下ハ二貫文也。上ハタケ〴〵ニシタガツテモラセタマウベキ也。〔資料**あ**〕

とある。これは長や権守や大夫になった際の座衆への振舞酒の金高についての規定と解される(香西精氏『世阿弥新考』所収「大夫酒」参照)が、ここに名の出る「権守」や「大夫」が、得分の配分を規定した第三条には見えない。「権守」

も「大夫」も座の組織体系とは無関係で、興福寺や多武峰寺の衆徒に補任されて与えられる栄誉号であったからであろう。長だけは第一条・第三条の両方に名を出しているが、最高位である長の地位についた役者が補任によって栄誉号を得た役者と同様に振舞いをすることは当然視され、長酒・権守酒・大夫酒と並んでいるからといって、長を栄誉号的なものと考えねばならぬ必要は毫もあるまい。長と栄誉号の関係を具体的に言えば、長が大夫であることも権守であることもあり、理論的にはどちらにも補任されない長もあり得たと思われる。年少の頃に大夫に任じられ、長老になってから権守に補された長もいたかも知れない(世阿弥が「金春権守」と呼んでいる人物が『至徳二年記』に「金晴大夫」と記録されている例もある)。

ところで、長が一座の統率者(以下「棟梁」と呼ぶ)であるとすれば、観阿弥は当然、長であったと思われる。その長たる観阿弥ではなくて翁を舞うはずだった長老は、どの地位にあった役者であろうか。その点について香西精氏は、「宿老次第」と題する論考(『宝生』昭和四十三年五月号。『続世阿弥新考』所収)の中で、上座衆は座内の年臈とは無関係に衆徒が補任した役者によって構成されていたとの推測のもとに、補任されず、年臈が絶対視されていたであろう中座衆の長老が舞ったものであろうと推定された。それならば、当人が欠勤しない限り「中座ノ一臈」が、ついで「中座ノツマヲリ」が担当することになる。後に香西氏は「長の大夫」なる論考(『続世阿弥新考』所収)で前説を若干修正し、長だけは世襲で年臈と無関係にその地位に就いたもので、他の座衆の序列は古参順に定められたものであろうとされている。その場合には、宿老次第の原則を適用すると、上座のツマヲリ(二座)、ついで三座が翁を舞う有資格者ということになる。観阿弥から子の世阿弥へ、世阿弥から子の元雅へと、座の棟梁は世襲によって継承されていたかのようであるから、長が棟梁であるならば、棟梁の後嗣で若年にして大夫に補された役者はどの地位であったかなどの疑問は残るにしても、香西氏の前説よりは後説の方がより有力であるように思われる。

しかしながら、長が一座の棟梁の為手であることの確証は存在しない。言葉自体が年長者を意味し、組織の代表者を広く意味している事と、得分の配当が最も多いことから、常識的判断に基づいて推測されているだけである。統率者であったに相違ない観阿弥が力で「大夫」と呼ばれているのをはじめ、世間一般では猿楽の統率者を大夫号で呼ぶことが世阿弥時代にすでに一般化していたことや、世阿弥が『習道書』で統率者を「棟梁の為手」とか「棟梁」と称していること、及び「長殿」や「長」の語が「魚崎御座之事」に集中して用いられているだけで世阿弥の他書に用例が無いことは、第一節にも述べた如くである。その事と、宿老次第に翁を舞う旧習を守ってきたに相違ない南都両神事で翁を勤める猿楽を、寺社側が「長」と呼んでいた事とを重ね合わせると、「魚崎御座之事」や『円満井座壁書』の「長殿」がはたして座の統率者——棟梁の為手——のことであるのか否か、根源から考え直してみる必要があるのではなかろうか。長とは一座の最年長者が就任する地位であって、その長が翁を舞う定めだったことや、棟梁と長とが別々に存在したことも考えられるのではないか、との疑問である。

そうした観点を導入して「魚崎御座之事」や『円満井座壁書』の内容を検討してみると、両座規ともに、能を演ずることを主体とする猿楽座の規定としてはすこぶる不備なもので、〈式三番〉専門だった後代の年預衆にこそピッタリする内容であることに驚かされる。これまで両座規を、観阿弥・世阿弥や金春禅竹らの棟梁の為手を中心に能を演じていた芸団の全体的活動についての規定として理解していた事が、そもそも間違いなのではなかろうか。

まず「魚崎御座之事」は、首部に加筆された清次の四重戒と末尾の付記を除くと、次のような構成・内容である。

第一項　長酒・権守酒・大夫酒に関する規定　（資料あ参照）

第二項　多武峰八講猿楽の禄物配分に関する規定　（資料け参照）

第三項　得分の配分比率に関する規定　(資料エ参照)
第四項　薪猿楽の際の給付に関する規定
第五項　若宮祭参勤に関する罰則
第六項　八講猿楽参勤に関する罰則
第七項　参勤中の滞在期間と席順の規定　(資料い参照)
第八項　入座料の配分に関する規定
第九項　子供の役者に関する規定　〔第四項細則〕
第十項　座衆の会合の酒代に関する規定　〔以上を甲とする〕

一方の『円満井座壁書』は、規定的な記事の他に故実の説明や訓戒が混在しているものの、次の諸条項から成る。

第一項　得分の配分比率に関する規定　(資料オ参照)
第二項　多武峰・南都神事に不参の場合の得分についての規定　〔第一項細則〕
第三項　識士役に関する規定　(資料ル参照)
第四項　薪猿楽の日程
第五項　薪猿楽の演能座順に関する慣習と注意
第六項　御拝殿の楽頭の得分に関する定め　(資料レ参照)
第七項　薪猿楽の禄物に関する慣習
第八項　若宮祭に関する故実
第九項　右の補説と跋文　〔以上を乙とする〕

これで見ると、甲の第二・四・五・六・七項、第一項を除く乙の全項が、多武峰八講猿楽・薪猿楽・春日若宮祭の参勤に関連する規定であり、義務であった三参勤以外の行事には両座規とも一言も言及していない。得分の配分(甲の三項、乙の一項)や入座料の配分(甲第八項)や振舞酒の金額(甲第一項)など、他の機会に及ぶとも解し得る規定もあることはあるが、参勤行事に際して寺社から支給される分のみを対象とした得分配分規定であるとも考えられるし、日頃は分散して活動していた座衆が参集する機会にこそ新加入者の承認や補任披露の振舞が行われたであろうことを考慮すると、両座規の全項が三大義務ならびにそれに付随する諸行事のみを対象として定められていると解するのが正しいと思われる。僅か五十文・百文の罰金や手当について細かく規定していながら、勧進猿楽や幕府での演能の際の収入——それは参勤とは比較にならぬ高額であり、またそれらが甲第三項・乙第一項の規定通りに配分されたとはとうてい考えられない——の配分方法などに一言も触れていないことも、参勤行事のみを対象とした座規であるとすれば容易に納得できる。

両座規ともに三大参勤行事のみを対象として作られているのは、両座がその三つの行事と密接な関係を持って成立していたことに基づくに相違ないが、密接な関係と言うよりも、その三行事のために両座が存在したと言ってよいほどのものであったらしい。それを示すのが、甲の第七項に、

一、ザニイルコト、タキヾハソノアイダ。ナラノ御マツリ、タンノミネハ、ゼンゴ四日ノアキダ。年アニハヲソクトモサキニツクベシ。ヲナジトシハクジニトルベシ。コノホカハサキガサキニテアルベシ。〔資料い〕

とある規定の前半部である。無論これは全座衆に適用される規定であろう。「ザニイル」は〝座に居る〟で、座衆の一人として結崎座なる組織に参加し滞在することに相違ない。その期間が右の如く三回だけに定められているのであ

るから、結崎座は恒常的に座として機能していたわけではなく、座衆が各地から参集して座に居る期間――薪猿楽の開催中(十日間前後)と若宮祭の前後四日間と八講猿楽の前後四日間――のみが座としての活動を展開した時であると考えねばなるまい。少なくとも、そう理解するのが素直な読みかたであろう。将軍の南都下向の際の猿楽や、興福寺衆徒の主催する降雨祈願の猿楽など、本所たる春日興福寺の要請で臨時に座衆が参集して座として活動するような例外もあったであろうが、原則的には、結崎座が座として機能したのは右の三度の機会のみであったということになる。『円満井座壁書』にはいに該当する規定が含まれていないが、第二項に「多武峰・南都の御役」とあり、第三項に識士役の任期を「薪より若宮御祭礼迄」と定めているから(資料ル参照)、やはり三度の機会のみに円満井座としての活動が展開されたものと解される。外山座・坂戸座も何の資料も無いが同様だったものと思われ、猿楽座全般が同じ性格のものであったことすら想像できる。少なくとも、「魚崎御座之事」や『円満井座壁書』が作られた頃の両座がそうした性格であったことだけは認めざるを得まい。

猿楽座の性格を右の如く把握することは、従来の常識とはかなり違っている。観阿弥にせよ世阿弥にせよ、室町期の観世大夫は、義務的参勤たる三行事よりは京都での活動を主体にしていたと認められる。その観世大夫の京都での勧進猿楽や将軍邸での演能を、薪猿楽への参勤と同じく、観世座すなわち結崎座の活動として受け取るのが、これまでの常識であった。だが、それらの活動は「観世大夫」とかその略称たる「観世」とかの個人名で記録されているのが常である。観世座の棟梁たる観世大夫を中心とするグループ(そのほとんどは観世座の座衆であったろうが、他座の囃子方がまじっていることもあったろう)の活動ではあったが、観世座・結崎座としての組織的な活動ではなかったのではなかろうか。参勤以外の活動を「観世座」の出演であるように記録している例も稀にはあるが、それは観世座所属の役者のグループによる演能であったために座の活動と誤認されているだけであろう。三大参勤行事の際にのみ座としての組織的活動が行われることを伝える両座規が、「魚崎御座之事」と題し、「円満井」の座名を用いていて(乙第五項)、通称の観世座・金春座の名ではないこと、世阿弥伝書や寺社の記録に現れる本来の座名(結崎・外山・円満井・坂戸)が参勤行事と関連する記事の中に限られていること、などを参照すると、本来の座名たる結崎座・円満井座の名を用いている場合と、役者個人の芸名が座名に転用された観世座・金春座の名で記録されている場合とは、基本的には区別して考えるべきなのかも知れない。座本来の活動が三参勤の時だけなのに、棟梁の為手たる観世大夫・金春大夫を中心とする活動が恒常的なものであったため、本来の座名よりも棟梁の芸名に由来する新しい呼び方が一般に通用し、参勤行事の時ですら、寺社側・猿楽側ともに観世座・金春座と呼ぶように変化したもののようである。座の性質については後に再論するので、ここでは深入りを避けるが、座が参勤行事の際にのみ機能することや、両座規が三大参勤行事のみを対象としている規定であることは、動かし難い事実であると信ずる。

「魚崎御座之事」『円満井座壁書』の両座規がともに三種の義務的参勤のみに関する規定であり、結崎座・円満井座の座としての活動が本所への参勤の場合だけであったと考えるならば、参勤以外の各地での演能活動の比重がはるかに高かったであろう観世大夫などの座衆にとって、座規は活動の一部を制約するものに過ぎないことになる。『申楽談儀』の末に「魚崎御座之事」を付載した観世七郎元能は、当然彼も結崎座の座衆の一人であったと思われるにもかかわらず、十項目を列記した末に、

アノヂヤウニ、シキジノウケトリワタシノ年キ、ザニ入料足ナドクワシクナシ。ヨクヨクタヅネテキスベキ者也。

と付記を添えている。識事の任期や入座料について彼は知らないでいるのである。座規が座衆にとってさほど身近なものではなかったことを物語っていよう。座規に制約されぬ、結崎座としてではない演能活動が主体であったがゆえ

に、そうした現象が生じたものと思われる。

そうした性質のものであった座規に於いて、座衆の最高位に位置づけられ、最も高い配分を受けてもいる「長殿」が、一座の演能活動の中心である棟梁の為手——観世大夫など——とは別個の存在であっても、何の不思議もなく、また支障も生じなかったであろう。恐らく創座当時に制定されたであろう「魚崎御座之事」は、既存の座の制度に則って作られているはずである。禅竹が手を加えているらしい『円満井座壁書』の前身などが規範とされたのかも知れない。その円満井座が大和猿楽では最も由緒の古い座と考えられているが、座が発生した当時の猿楽座は〈式三番〉を本芸としていたと考えられる。論証は省略するが、まず間違いのないことであろう。そうした座が〈式三番〉の主役である翁——その名の如く老翁の役であり、高齢の役者が演じるのが最も似合わしい——を演じる役者を最高位の座衆—長—として組織されることは極めて自然である。〈式三番〉主体の時代には長が同時に座の棟梁でもあったろう。能が猿楽の芸の主体になるにつれて、能の主役を勤める観阿弥の如き役者が一座の実質的統率者の位置を占めるようになったものの、座の制度としては、〈式三番〉主体の時代の旧習のままに、最長老が長に就任し続けたものと思われる。「座」はもともと席次を意味する語であり、長に続く座内の席次が「二座」「三座」「四座」の語で示されている事にも猿楽座に於ける席次重視が現れているが、席次の基準となるのは年齢または年臈に相違なく、甲の第七項の「年アニハ、ヲソクトモサキニツクベシ」の文言からは、結崎座では年齢順だったと思われる。他座も同じであったろう。『幸正能口伝書』が寄合の時の座順を「年次第」としている(**S**(ワ))のも、座の席次を定める基準が寄合の座順にも適用されて、室町末期まで慣習が守られていたことを示している。座に於けるそうした年功序列重視が、〈式三番〉の比重低下後も最長老が長となる慣習を残す結果になったのであろう。座衆の一人として参勤して、参勤に伴なう利益——本所の支配力の及ぶ範囲内での自由演能など——を享受するだけで、参勤行事のための組織である座の責任者にはならない方が、棟梁にとって制約が少なくて都合がよかったことも考えられる。

猿楽座の最高位者が「長」と呼ばれ、その長が翁を担当する習わしは、鎌倉時代から、各地の猿楽座に共通して行われたことであるらしい。鎌倉時代末期に編まれた『住吉太神宮諸神事次第』の御田植神事(四月)に関する記事は、住吉参勤猿楽たる本座・新座・法成寺座の史料として著名であるが、その中に

……次翁面三座、猿楽長以下数輩立也、……三座猿楽長以下起座……長以下上座輩少々相残……

とある。これが管見では猿楽の長に関する最も古い記録であるが、この時も長は「翁面」(〈式三番〉の翁のこと)と関連している。三座の長が翁の役を勤めたものと解して然るべきであろう。鎌倉末期以前から猿楽座の最長老が「長」と呼ばれ、その長が翁を勤めたもので、室町中期以後の春日興福寺の記録が翁役を勤める猿楽を「長」と称していたのは、古来の習わしに従ってのことであったと考えられる。その中間に位置する「魚崎御座之事」や『円満井座壁書』の「長殿」もまた、観阿弥・世阿弥の如き棟梁の為手のことではなく、翁を勤める最長老のことであると断定してよいであろう。第一節で、両座規に見える長殿を一座の統率者と解する通説に従い、『尋尊記』などに見える長の性格がそれとは異なると論じたのは、前提が誤っていた。両座規の「長殿」も『尋尊記』等の「長」も同じ性格のもので、ともに古来の用法に従っていただけなのである。座が参勤行事の際にのみ座として機能する性格のもので、両座規がその参勤行事のみに関する規定であることに気付かなかったのが、通説や第一節に於ける私見の誤りの原因であろう。長と棟梁とは別々の存在なのであった。同人であることを論証しようとしても恐らく不可能であろう。

なお、「魚崎御座之事」『円満井座壁書』の両座規がともに〈式三番〉が本芸だった時代の座の活動形態に即した形で

作られている事実は、「呪師走り」の語が示すように〈式三番〉がもともとは呪師系の芸であると考えられることと結びついて、興福寺付属の猿楽座が本来は呪師猿楽の座であったことを推測せしめる。住吉参勤猿楽三座の一つたる法成寺座が呪師系であることについては能勢朝次博士の論考があるが(『能楽源流考』三二八頁以下)、大和猿楽にも同じ現象が存在したのではなかろうか。当面の論題からはずれることを避けて深入りしないが、能楽史上の見逃せない問題点の一つであろうことだけは指摘しておきたい。

三　長(権守)の性格の変遷

猿楽座の最長老が「長」と呼ばれ、その長が〈式三番〉の主役たる翁を勤めるのが鎌倉時代からの慣習であったことや、観阿弥の時に棟梁の為手が翁を舞う新例が開かれた後にも南都では古来の慣習が守られてきたことなどを、前項で論述した。薪猿楽や若宮祭に於いて、「権守」と呼ばれる特異な役者が翁を舞う慣習が明治維新まで続いていたのも、鎌倉期以来の古風の名残に相違なく、寺社側がその権守を「長」と呼び続けてきたことが、それを語っている。

そうは言っても、寺社側が「長」と称しているものを四座の側では「権守」と呼んでいることや、江戸期の権守をけっして一座の最長老ではない人物が勤めている事実が、長が翁を勤める風習にも実質上大きな変化があったことを示している。その変化の跡を考察してみよう。

1　長の遊離性

参勤行事の際に組織的に活動する猿楽座の最高位者たる長と、演能活動の中心的存在たる棟梁の為手とが同一人ではなかったろうことを前項に述べたが、棟梁の為手も座衆の一人であった。薪猿楽などに参勤の義務を負い、門の能・御社上りの能、別当坊での能や若宮祭後日能に棟梁として活動している。自身が参勤不能の場合は代役を立てねばならず、参勤行事の実質上の責任者は能を演じる棟梁であったと言ってもよい。従って、その棟梁が長命を保って座中の最長老になった場合、棟梁の為手が同時に長でもあるという事態が、理論的にはあり得たはずである。だが実際には、室町期を通してそうした事態は生じなかったようである。長に関する史料が乏しいためか見出せないだけなのかと疑ってもみたが、そうではないらしい。

『尋尊記』に見える長の性格を第一節で**A**〜**E**の五項に整理して掲出した際に、**C**として「長は一座の座衆とは必ずしも行動を共にしていなかった」ことを挙げ、〝長は座衆には入らないほどに〟〝座から遊離した存在であった〟ことを指摘した(ここでの「座」とか「座衆」とかは、座が参勤行事の際にのみ機能する組織であることに気付かないでいた段階の用法であり、〝棟梁〟を中心とする演能グループを「座」、そのグループの構成員を「座衆」と称しているものと理解いただきたい)。『尋尊記』以外の資料の長の用例からもそれが裏付けられることも第一節の**四**に述べた通りである。そうした遊離性は、演能グループの中核である棟梁とは全く矛盾する性格である。長が前述の如き性格を持つようになってから以後は、棟梁が同時に長でもある事態は四座のいずれにも生じなかったと断定してよいであろう。

長が演能グループから遊離した存在になった時期が『尋尊記』をどの程度遡るかは不明確であるが、座衆の活動が参勤猿楽よりも京都などでの活動を主体とするようになって以来のことであろうから、結崎座について言えば世阿弥が棟梁の時代にはすでにそうであったものと思われる。『申楽談儀』第十七条の、資料**カ**に続く文には、

たうせい、京中、御前などにては、しき三番こと〴〵くはなし。今は神事のほかはこと〴〵くなし。〔資料**う**〕

とある。「たうせい」は世阿弥が観世大夫の時代、「今」は元雅が大夫を嗣いだ永享頃と見て大過あるまいが、世阿弥

らの主たる活躍場所であった京都に於いては〈式三番〉が演じられる機会が稀であったことが知られる。稀なる機会にも観阿弥の前例にならって棟梁が演じたであろうから、長は京都では棟梁らと行動を共にする必要がなかったわけである。〈式三番〉が猿楽の芸の主体であった頃――鎌倉末期まで?――にのみ長はその名の如く座の実質上の代表者であり得たもので、三種の参勤行事が座衆の主要な活動機会であった当時でも、〈式三番〉よりは能に重点が移った頃――南北朝期?――にはすでに、実質的な代表者の棟梁への移行、長の演能グループからの遊離が始まっていたのではなかろうか。永享二年(一四三〇)に成った『習道書』の中で、世阿弥は脇の為手の心得を説いて、

たとひとうりやうのふそくなりとも、共に就ても、ちからなきしてとして、一座をもつほどの主頭には、ことわけ、わきのしてしたがふべし。とうりやうふそくなればとて、わきのしての上手、別心の曲をなさば、一座ふどうにして、能の順路あるべからず。

と述べている。力量不足の若年の棟梁の為手(当時の観世大夫元雅もそれに該当しよう)を「一座を持つほどの主頭」と表現しているのであり、世阿弥が座の責任者として意識していたのも棟梁であって、長ではなかった。参勤行事の際にのみ機能する結崎座の名目上の代表者である長が、演能活動を展開する観世グループ――世阿弥の言う「一座」がそれである――から遊離していたことは、ほとんど確実である。「魚崎御座之事」が制定された当時も、同じ状態であった可能性が強かろう。

それはさておき、長が演能グループから遊離した存在であるとなると、棟梁に限らず、棟梁と行動を共にして演能活動を続けているすべての役者が長の性格と合わないことになる。まして、『尋尊記』その他の史料によって長は能には出演しない定めであったことが知られている(第一節参照)。これもいつ頃から生じた慣習であるかは明らかでな

いものの、往昔の能が「五十有余」を「せぬならでは手立あるまじ」き段階と見なすほどに肉体的な条件が重視され、美しい声や容姿の魅力が大きな比重を占めていたことを考えると、一座の最長老が能に参加しないことはむしろ当然視される。かなり早い時期に長が演能には参加しない慣習が成立していたもので、演能グループからの遊離性と一体の関係で長にそうした性格が付随していたものと思われる。そうした性格の長に演能グループの現役の役者が就任したとは考えられない。演能グループに属する座衆は、現役を引退した場合にのみ長になり得たのではなかろうか。

2　長十二大夫をめぐって

右の推測に関して参考になりそうなのが、『尋尊記』に最も早く現れる長であり、第一節に考察した「観世座ノ長十二大夫」の経歴である。彼は寛正七年(一四六六)に八十三歳であった。その九年前の康正三年の薪猿楽の際に大乗院尋尊の所へ挨拶に参上しており、『尋尊記』に明記されてはいないものの、彼が果たしている役割(別当坊猿楽に関する尋尊の出勤命令の大夫への伝達)から見て、同年には観世座の長であったに相違ない。当時七十四歳で、翌長禄二年の薪猿楽では『尋尊記』に「観世座ノ長」と記されているのである(資料**ア**)。彼は応永三十四年二月十日の別当坊薪猿楽出演者として『大乗院日記目録』に観世十郎(元雅)・三郎(元重)と並んで名を記録されている「十二次郎」の後身らしく、その推定が間違っていなければ、かつては観世座の主要な役者として活動したと考えられる。同年には四十四歳である。一方、康正三年(二月十一日の別当坊猿楽の出演者として『尋尊記』は「宝生・黒石・観世十郎・同三郎」の名を挙げ、十二大夫の名は無い)にも長禄二年にも薪猿楽の能には出演した形跡が無い。七十歳頃に現役を引退して観世座の長に就任し、〈式三番〉の翁を演じるなど長の職務のみに携わったものと推定してよいであろう。『尋尊記』長禄四年二月十日の条に、「一、薪、観世社頭参ス。十二座云々」とあり、観世の御社上りの能を十二座が代勤しているかのように読まれるのは、十二大夫の後嗣が観世大夫の代理として演能したか、観世座に同行して十二大夫が翁を勤めたか、いずれかの記録であって、十二大夫が現役として活動していたことを示すわけではない。十二座は至徳三年(一三八六)から天文五年(一五三七)まで代々続いた演能グループである。十二大夫引退後は誰かが継承したはずである。また、『蔭涼軒日録』によって寛正五〜七年に「猿楽十二」が「老而益健」なる状態で将軍近辺で活動していた事が知られる(資料**イ**・**ウ**)ので、彼は現役を引退していなかったのではないかとの疑念も持たれるが、寛正五年の**イ**も同七年の**ウ**も、「十二」の名が記録されているのは正月十四日の将軍邸での松拍(松囃子)に関連してである。当時の将軍邸松囃子では、祝禱的な囃子物たる松囃子に続いて能も演じられたが、十二大夫はそれに出演するために参上したのではなかった。『親元日記』寛正六年正月十四日の条に、

……入レ夜松御庭松囃能有レ之。……田楽・近江申楽各一両輩并十二大夫、為二見物一如レ例祗候。

とあり、見物のための祗候だったのである。「如レ例」と言うから、前年も翌年もそうだったに相違なく、かつ単なる見物ではなくていわゆるホメ役だったことが推定される。従って、**イ**・**ウ**の記録に基づいて十二大夫がまだ現役として活動していたと主張することは困難なのである。それよりは、『尋尊記』寛正五年八月廿八日の条に、

一、長谷寺観音堂上葺。去廿二日悉以葺二立之一云々。仍今日於二執行坊一勧進聖梵阿ミ饗応之猿楽在レ之。十二大夫以下召レ之。満山沙汰也云々。〔資料**え**〕

とある記事が、十二大夫が必ずしも現役を引退していたわけではなかったことを示す資料として有力であろう。観音堂上葺の際の猿楽である点は、寺社の新造の際に方固めの名残で〈式三番〉が演じられる例が多いので、十二大夫の参加は〈式三番〉のためであろうとの推測の余地を残すが、「饗応之猿楽」であるから、芸能を演ずべく召されたと解するのが穏当であろう。時に十二大夫は八十一歳であり、規模の小さい催しらしいので、十二大夫が能のシテを演じた

りしたかどうかは疑わしいものの、彼がまだ能役者として活動していた事を示すとは評価できよう。但し、注意すべきは、十二姓の猿楽がもともと初瀬と縁が深く、十二大夫も八十五歳の応仁二年には初瀬に止住していたことが知られており、えがいわば彼の本拠地での活動を示す記録であって、観世大夫らによる演能に十二大夫が参加した形の活動ではないことである。八年前の康正二年四月二十六日の長谷寺拝堂落慶供養の際の大がかりな猿楽にはわざわざ観世三郎(音阿弥)が呼ばれていることも参照される。薪能などでの本格的な活動からは引退していたものの、個人的な地盤などで宴席に興を添える程度の活動を展開することはあった、という程度に理解すべきであろう。

なお、「観世座ノ長十二大夫」などと尋尊が観世座の長を大夫号で記録しているのは、長が大夫号で呼ばれている稀有の例である。『尋尊記』全体の「大夫」の用法がさほど厳密ではないらしい事や、『満済准后日記』が単に「十二」と記録している事も顧慮せねばならないが、『親元日記』にも「十二大夫」とあった。彼がかつては演能グループの棟梁格の活動をしていたからこそ、大夫に補任され、引退して長になってからも大夫号で呼ばれたと解して然るべきであろう。

諸記録に現れる長のうち、その活動の跡を十二大夫程度に辿り得る例は他には無い。その彼が、かつては演能グループの一員として活動した経歴を持ち、長になってからは薪能などに出演していないと見られる事と、前述した演能グループからの長の遊離性を勘案すると、演能グループの役者が長になるのは、現役を引退した場合であると考えて、ほぼ誤りないであろう。現役引退が条件だったろうことについては、後述する宝生座の長の例が有力な証拠でもある。演能グループを引退した長老が長になるのが原則であったと見なすことも、必ずしも不可能ではあるまい。

3　明応の宝生座長をめぐって

いかなる人物が長になったかについて、十二大夫関係の記事に次いで有益なのが、『尋尊記』の明応四年(一四九五)から六年にかけての宝生座の長に関する記事である。第一節に引用したものであるが、必要部分を再び引いてみよう。

一、薪猿楽初レ之。金晴・宝生参申。座中無人数之間、宝生大夫長也、脇致二其沙汰一了。(明応四年二月六日)

一、……薪珍重云々。今晴・金剛・宝生三座。宝生大夫ハ一座之長也。依二無人衆一併レ長芸能、云々。不便次第也、云々。宝生大夫来。珍重旨仰了。(明応五年二月六日)

一、宝生大夫扇一本給レ之。座中芸能躰無レ之間、無レ力辞レ長為二大夫一懃仕、云々。(同年二月十二日)

一、宝生大夫参申。見参。扇一本給レ之。一座長也。(明応六年二月十日)

これらの記録が、一座の大夫と長が同一人であったことを示す資料として理解すべきではなく、宝生座が無人数であったため、やむを得ずに長が長を辞任する形を採って宝生大夫となり、薪能でシテやワキを勤めたことを記録したもので、むしろ長と大夫が別々で、長は能に参加しないのが原則であったことを示す資料と理解すべきであることは、第一節《167頁》に述べた如くである。長を辞して大夫として勤仕したと言う事は、演能活動から引退していたのが復帰したという事であるから、長には演能活動の現役を引退した人物が就任したことの例証ともなるわけである。また、三年間にわたって宝生大夫が長であることを尋尊が注しているのは、「長を辞して大夫となる」ことを三度繰返していると解されるから、ここに言う宝生大夫が宝生座の棟梁の為手を意味する用法であるのかどうか若干疑問で、宝生大夫代理程度の意味かも知れない。それにしても、この時の宝生座の長は、長を辞して大夫になり、薪能で宝生座の演能の中心となって活躍することができる芸力を備えた役者であった。それを可能ならしめる前歴があったからに相違なく、宝生座の脇の為手くらいは勤めていた人物であろう。当時はまだ、座衆としての長い経歴を持つ長老が引退して長に就任していたことを示す事例と見なしてよいものと思う。

さて、明応六年二月の薪猿楽に於いて宝生座の大夫を勤めたのは、本来は長である役者であった。一方、同じ『尋尊記』の同年四月十七日の条に左の如き記事が見える。

一、瀧倉社宮遷也。於二中院一猿楽在レ之。金晴大夫・宝生権守也。金晴ハ楽頭分也、云々。悉皆本方取沙汰也。花林院新在家七十貫文出レ之云々。此瀧蔵ハ本所ハ長谷寺也。川上ニ御殿在レ之。観音堂之東新宮社則瀧蔵也。三社也。本地ハ地蔵・虚空蔵・薬師也。空晴僧都之時北院ニ御影向。禄物両座三十(貫)宛、両大夫十貫宛、金晴大夫楽頭分十貫、合九十貫歟。〔資料お〕

瀧蔵社宮移り猿楽に出勤した両座の代表が「金春大夫」と「宝生権守」の名で記録されているのである。この「宝生権守」は同年二月の薪猿楽に長を辞して大夫として参勤した宝生大夫と、恐らくは同人であろう。能勢朝次博士もそう解しておられる(『能楽源流考』六七五頁)。同じ記事の中に「両大夫」とあるのは金春大夫と宝生権守に相違ないから、宝生権守は大夫扱いされてもいるわけである。『尋尊記』の翌日の条に

一、宝生大夫社頭法楽、云々。

とあるのは前日と同じ人物のことであろうから、二月の条と言い、これと言い、尋尊は長を辞して大夫となった役者を宝生大夫として認識していたと思われるのに、おにのみ「宝生権守」と記されているのは、この猿楽を主催した本方(六方衆の戌亥方)からの報告をそのまま記載した類の伝聞が混じたためではなかろうか。もっとも、『尋尊記』の猿楽関係の記事には末尾に「云々」が添えられていて伝聞に基づいている事の明らかな場合がすこぶる多い。にもかかわらず、猿楽の役者が権守号を添えて記載されている例は、ここ以外に無いようである。伝聞に由ると否とを問わず、ここに「宝生権守」なる稀有の呼称が採用されたのは、「長を辞して大夫になる」という異例の手続きを取った役者が宝生座を統率していたという稀有の事態が原因に相違あるまい。そして、本物と代理との区別がされていないらし

い「宝生大夫」の形よりも、稀有の事態にふさわしく例外的な形で記録されている「宝生権守」が、長を辞した宝生座の役者の実態に即していると考えてよいであろう。長には大夫に補任された役者も権守に補任された役者もあったろう事や、権守には年長者が補されたろう事は、すでに考察した如くである。この前宝生座長は、以前から権守に補任されていたもので、それが資料おにたまたま記録されたのではなかろうか。そう考える以外に、尨大な『尋尊記』のここにのみ権守号が現れる理由の説明が不可能であるように思われる。

寺社側が「長」と記録している翁担当の役者を能役者側の記録が「権守」としていることの理由について、最も常識的なる推測は、長が権守の称号を持ってもいたために、寺社側が古来の言い方に従って長と称し続けたのに対し、能役者側は棟梁を大夫号で呼ぶのに準じて称号の権守で呼んだであろうとの考え方である。以前にそうした推測を述べておいた。その考え方の傍証になると思われるのが、右に見た宝生権守の事例である。明応六年の「宝生権守」が前宝生座長であることが絶対確実とまでは言えないであろうし、観世次郎権守信光など長とは別種であったらしい補任権守との関係などの問題も残るが、長のことを四座の役者が権守と呼ぶ風習が、権守に補任された人物が長に就任した事実に由来していることは、ほとんど確実であろう。長になってから権守に補任されたとは考え難く、現役時代に権守に補任されていた長老級の役者が最長老の年齢に達して長に就任したのであろうから、権守の称号を持つ長はごく一部であったかも知れない。それでも、翁を勤める長を栄誉号を持つ長に準じて権守と呼ぶ風習は十分成立し得たであろう。明応年間の宝生権守が再び長に専念したことを想定すると、彼あたりが権守と呼ばれた長の先がけなのかも知れない。

なお、室町中期以後の補任権守にシテ方の役者の例が見えないことを前に述べた。明応の宝生権守の前歴はどうであったろうか。確証は無いものの、『四座役者目録』に宝生方脇として名が見える生一《シヤウイチ》小次郎ではないかと推測している。彼は宝生座から一度京都（観世座）へ将軍の命令で召し加えられ、後に宝生座に復帰した脇方で、文明頃に活躍していた。一方、観世新九郎家文庫蔵『享禄三年二月奥書能伝書』の、多武峰の六十六番猿楽の翁面の奇瑞を述べた記事の中に、

……ソノ後、メンウセタマウ間、ホンゾンニコトヲカキタマウトコロニ、ホウシヤウ大夫座生一小二良ゴンノカミ事也、ヲモテヲキシン申。コレヲカケタマイテ、マタ六十六バンヲ、コナイタマエバ、コレモマタアカクナリタマウ。……

と、宝生小次郎に「ゴンノカミ」と注した記事が見える。文明頃と解し得る記事で、年代的にもほぼ合致しているし、将軍の命令で観世座に引き抜かれた程の脇の為手であるから、生一小次郎が権守に補任されている可能性も強い。彼が明応年間まで生存していれば相当の年齢だったはずで、長に就任する条件は十分整っている。多武峰に翁面を寄進していることも長にふさわしいし、現役に復帰した宝生座の長が明応四年に脇を勤めていることも納得できる。明応四～六年に長を辞して大夫として勤仕し、明応六年に「宝生権守」と記録されている人物が脇方の生一小次郎であることは、ほぼ確かなのではなかろうか。江戸期の宝生座の権守が生一姓を称していた事とのつながりも想像されて、興味深い。

4　宿老の長から楽頭的長への変質

明応頃の長は、宝生座の長の事例から見て、長禄頃の「観世座ノ長十二大夫」と同じく、座衆の中の宿老が現役を引退して就任していたと考えられる。間に応仁の大乱があって、大和猿楽は甚大な影響を蒙っているものの、長の性格にはさほど変化はなかったかのようである。僅か二人の長の、しかも確実とは言えない経歴に基づいての推論であ

るが、一応そう考えておきたい。然らばその後はどうであったろうか。

問題は、経験豊富な一座の長老が就任した明応頃までの長(権守)と、座衆でもない〈式三番〉専門らしい年預衆の一人がそれであった江戸期の権守(長)との間に存する大きな隔たりが、いつ頃から、どんな事情で生じたかである。この点については、実証的な検討によって結論を得るほどの資料が知られておらず、断片的な資料に基づく推測に頼らざるを得ないが、明応以後に徐々に江戸期の権守的なものに性格が変わったと考えるか、室町末期までは明応頃と同じ性格であったのが、秀吉による四座への俸禄支給、家康による四座の東国常住命令などによってもたらされた猿楽全般にわたる大変動の際に、長の性格も一変したと考えるかの、いずれかではあろう。右の二つの考え方は、資料の読み取り方の微妙な違いに左右される面があって、明確な断定はできないが、以下に述べるような様々な観点から、徐々に長の変質が進んだと考えるのが妥当であると思う。

永正五年(一五〇八)二月八日の金春座の御社上りに参勤した長は、翁を舞った後に丑寅の柱のもとに着座しようとし、神官から先規の如く辰巳の角の柱のもとに着座せよとの注意を受けている(資料セ)。金春の御社上りの〈式三番〉が金春の長(権守)と宝生の長(権守)との立合の翁であることは何度も述べた如くである。注意されたのが宝生座の長か金春座の長かは知り難いものの、着き所を誤る程度の芸力の持ち主が長を勤めているのである。新任であったため、或は老耄による錯覚とも受け取れないこともないが、座衆として豊富な経験を持つ長老にはあり得べからざる事のように思われる。長老などではない「ムサトシタル者」を権守(長)にすることがその当時から始まっていたと見ることもできるであろう。

永正五年は宝生権守の名が記録された明応六年からはわずか十一年後である。そんな短い間に長の性格に大変動があったと考えるのは無理なようにも思えるが、宝生権守あたりが座の長老が就任した最後の頃の長で、座によってはその当時から「ムサトシタル」長に変わりつつあったことも想像できよう。明応年間までは薪猿楽や多武峰八講猿楽もほぼ順調に執行されていたのが、永正三年の多武峰炎上以後に八講猿楽の参勤記録が見出せなくなる(別稿「多武峰の猿楽」参照)のみならず、薪猿楽も永正になってから不執行や代勤や不参が激増し、天文以後には四座皆参が珍しいほどになっている(『能楽源流考』第三篇第九章参照)。戦国乱世の世で大和にも戦乱が続いたこと、幕府の崩壊などに影響されての四座の困窮と地方下向の増加、興福寺の勢力減退に伴なう座衆の神事軽視などが原因であった。四座と興福寺との連絡にあたることが長の重要な職務だったが、そのためには興福寺の勢力範囲内にほぼ定住する必要があったろうし、棟梁や座衆との連絡の困難化、天文十三年(一五四四)に観世座の長が経験しているような大夫や座衆の不参がもたらす負担の増大(資料ソ参照)などを考慮すると、長就任を希望する座衆が演能グループにいなかったことすら想像できる。長の変質が永正頃から始まっていることは十分にあり得よう。前述の天文十三年の観世座の長など、座衆・大夫の不参のため多大な迷惑を蒙り、宝生大夫代理の美濃大夫や金春方脇大夫の子供に委嘱して観世座分の能を演じてもらっているが、大夫や座衆が長の立場を顧慮している形跡が無く、旧座衆などではない「ムサトシタル」猿楽に長の仕事を任せていた感じが濃厚である。享禄五年(一五三二)に観世大夫が四座から追放される処分を受けた(資料タ参照)時に、座衆とは離れて参勤して御社上りの翁を勤めた観世の長についても、同じことが考えられる。

右の如く考えるについて、一見、傍証になり得るかと思われるのが、**S**(『幸正能口伝書』)や**T**(『薪能書物』)の権守に関する記事である。両書が伝える両神事に於ける権守の職能が、江戸期の権守の職能と全く変わらない事は前節の末に述べた通りである。また**S**や**T**が一応は天正頃の両神事猿楽の実態に即していると考えられるものの、より古い時期の故実に則っている可能性が強いことも、前項の**2**に言及した。従って、職能が同一である点から、両書に記載されている権守を江戸期と同じ「ムサトシタル」権守であったと見なし、両書がその権守について一言の説明もせず、昔ながらの存在であったことを思わせる形で言及している事から、「ムサトシタル」権守(長)への変質を永正頃まで遡らせて考えることも出来るであろう。しかし、一方、年預が臨時雇的取扱いを受けているのと違って権守は座衆と同じく常雇的なる存在であったという重要な相違がSやTには見られる(2参照)。その点からだけでも、まだ江戸期の権守とは異質であったと主張できようし、一座の長老が現役を退いて就任した長(権守)から「ムサトシタル」権守(長)に変質した後にも、両神事に於ける権守の職能には変化が無かったと考えれば、S・Tの権守を昔ながらの長と見なすこともできる。両方の見解ともに成立し得ると思われるので、両書の記事は前述の考え方の傍証とはなし得まい。若宮祭の松之下での立合で、権守も大夫や連と同時に立上ることから昔は権守も相舞に参加したであろうと推測されるのに、S・Tともに舞は大夫と連のみと解される形である点を、変質後の権守である事を示すと言えないわけでもないが、長(権守)が実質的な棟梁でもあった時代はともかく、脇の開口から続く立合を大夫や連など現役の座衆のみが勤める形は、長老が長に就任した時代からすでにそうだったと考えてもおかしくない。これまた判定の材料にはできまい。天正以前ではあるがいつの時代の権守の実態であるか明瞭に限定し得ないという基本的難点もあるし、SやTは今の場合は資料として用いないのが無難であろう。

そうなると、長老が就任する長から「ムサトシタル」権守への変質を、室町後期に徐々に進行したであろうと見る推測は、永正五年の金春座御社上りの長の失態が唯一の具体的な手がかりで、格別の根拠は無いことになる。室町後期の能界の情況判断に基づいて臆説を展開しているだけの感じがないでもない。だが臆説ついでに、なお若干の推測を追加したい。

永正八年に観世小次郎信光は「観世次郎権守信光」と署名している(曲舞〈虎送〉)。転写ではあるが金剛四郎次郎が永正十年に「坂戸四郎権守元正」と署名した形跡もある(観世新九郎家文庫蔵『腋応答長俊授息書』)。そうした肩書に用いられている「権守」には栄誉号の意識が感じられるが、**S・T**以後の「権守」は、「観世権守」とか「金春権守」とか座名を添えることすら稀で、シテの意の「大夫」や、「脇」「連」などと同じく、役名に準じて使用されていると認められ、栄誉号とか敬称とかの意識は全く感じられない。「魚崎御座之事」や『円満井座壁書』では「長殿」と敬称つきだった長を、四座の座衆が、本来は栄誉号だったのを役名風に転用して「権守」の語で呼ぶようになった背後には、職能は同じであっても出自が異なるという長の変質が存在しているのではなかろうか。そうであるならば、〈式三番〉の翁役を権守と呼ぶようになった時期が長の変質がかなり進んだ時期でもあったと見なしてよかろうが、その意味の「権守」の用例としては**S・T**が最古のもので、いつからそう呼び初めたかは明らかでない。だが、補任権守がいつ頃まで存在したかが、一応の目安になるであろう。なぜなら、権守に補任された長老が長に就任したことが「長」を「権守」と称した原因ではあろうが、長に就任した人物以外にも権守の称号を持つ役者が座内にいたり、他座であっても長老が続々と権守に補任されるような状況下では、「権守」の語が「長」の別称として通用することはなかったであろうし、逆に「権守」の語が栄誉号の意義を失い、翁役を意味する役名的なものとして通用してから後には、権守に補任される事を能役者が欲しなかったろうと推察されるからである。

そして、世阿弥時代の金春権守・金剛権守・十二権守の三人を除くと、補任権守らしいのは**ヌ**掲出の四人と知徳権守と生一小次郎権守の六人のみであるが、永正〜天文が活躍期らしい金春九郎権守以外の五人は文明〜永正の頃に活動している。それが多武峰八講猿楽が順調に執行された時代であることから、かつて権守補任は多武峰に限られていたのではないかと推測したことがある(「多武峰の猿楽」)が、その説の当否はともかく、時期的に片寄っていることは事実である。補任権守の内の一部の人のみが後代に知られているのであろうが、永正十年あたりを堺に、権守補任が急速に減少したと見てよいであろう。その頃から「ムサトシタル」猿楽に長を任せ、それを権守と呼ぶことが始まっているのではなかろうか。金春九郎権守が天文後半の補任らしくて飛び離れて遅いことについては、大和猿楽の本家筋で春日興福寺と最も縁が深かった金春座が、他座よりは後まで旧習を守ったことなどが想像される。

確たる証拠も無いのに、長老が就任した長(権守)から「ムサトシタル」猿楽が勤める権守(長)への変質があったろうと考えたい理由の一つは、前項の**3**に述べた権守と楽頭との関係である。宝生座の権守が「御拝殿の楽頭」の後身であるという事は、代々の宝生座の長が同座の長老であった場合にはすこぶる理解しにくい。宝生座がもともと春日若宮と密接な関係を持っていた座で、古くに春日若宮の楽頭職を獲得していたのが代々の長に継承されたことも、考えられないではない。『花伝』第四神儀篇が「春日御神事相随申楽四座」を「外山・結崎・坂戸・円満井」と書き、外山座(宝生座)を筆頭に置いていることが、外山の由緒の古さを示しているようにも思える。しかし、この順序が春日社との縁の深さの順とは考え難いし、薪猿楽の御社上りの筆頭が円満井座であるなど、円満井座が春日興福寺参勤猿楽の本座的存在として尋尊らに認められていた事実も重視せねばなるまい。世襲ではない長が権益を代々継承したと考えることにも無理があろう。こうした点から、古来宝生座の長が「御拝殿の楽頭」を勤めたのではなく、「御拝殿の楽頭」を代々勤めていた猿楽が後代に宝生座の長に就任したのではないかと推測するわけで、これは「ムサトシタル」権守の素姓についての推測でもある。

永享十二年の円満井座の御社上りにすでに同行していた楽頭の職務は、『円満井座壁書』によると翁を勤めることであった。以前から春日若宮拝殿で翁を舞う権利を有したがゆえに、「御拝殿の楽頭」と呼ばれ、金春大夫以上の銭を下給され、昔は単独で演じた翁を、ある時期から円満井座の御社上りの日に円満井座の長と立合で演じる権利・義務を持つようになったのであろう。能を演じた形跡が無いから、江戸期の年預衆と同じく〈式三番〉専門の猿楽であったと思われる。若狭の気山座や「ひの春日座」の如き〈式三番〉専門の猿楽座(第二節二9参照)は近畿一円に多数存在して各地の神社の楽頭を勤めていたに相違なく、若宮拝殿の楽頭も恐らくはその類であったろう。翁を勤める職能が長と一致するし、四座の正式の座衆に長のなりてが無かった事態が生じた際に、職能を同じくする楽頭の類にそれを委嘱することは、十分あり得たと思われる。明応四〜六年の宝生座の如く、正式の長がやむを得ずに長を辞した場合など、その当座になって代りの長を必要としたはずである。そうした際などに拝殿の楽頭が宝生座の長に起用され、両方を兼ねることが後に固定化してしまったのではなかろうか。宝生以外の座でも、類似のケース——長のなりてのない事態——が発生して、拝殿の楽頭と同類の猿楽を起用したことが想像できる。「ムサトシタル」権守の素姓については、年預衆の発生事情や素姓について考察する次項に於いて再度考えるが、〈式三番〉専門の楽頭の類が長(権守)の代理に恰好の存在であったことは否定できまい。そして、**S・T**以前(遅くとも室町後期)に宝生座の権守(長)が春日拝殿の楽頭を兼ねていた事と、江戸期の年預衆が各地の楽頭職を保持していた事(第二節二10参照)とが共通しているのである。現役を引退した長老が勤める長(権守)から、年預衆的なる「ムサトシタル」権守(長)への移行が宝生座に於いて室町期に終了していたことは確実であると思われるし、宝生以外の三座でも同様であったと考えて大過ないであろう。

5　長の変質をめぐる異説

これまで、室町中期までは座衆の長老が現役を引退して長に就任していたであろうとの**2・3**での推論に基づいて、楽頭的長(〈式三番〉専門の猿楽が勤めた長をそう仮称しておく)への変質は、室町末期から江戸初期へかけての変動期に突然に実現したのではなく、室町後期に(永正頃から)徐々に生じていたであろうとの方向で論を進めてきた。前提に誤りがないとすればそう考えるべきものと思う。

だが、そうではなく、長禄二年の観世座の長十二大夫や明応年間の宝生座の長が例外的な存在であって、室町初期にはすでに楽頭的な長が普通の存在だったかも知れないのである。高齢者が就任するため短期間で次々と交代したであろう事や、能が猿楽の主要な芸になって以後は現役に留まるのが有利であり、長就任希望者が座衆にいない事態が早くからしばしば生じていたろう事を考慮すると、先の二人が例外的存在であるとの見方も十分成り立つであろう。しかも、長を中心として〈式三番〉を担当する翁グループと棟梁を中心とする演能グループの間の遊離性が室町初期に極めて強いものであった事を示すかに見える資料が存在してもいるのである。

春日権神主師盛の『至徳二年記』二月四日の条の左の記事は、呪師走りに関する最古の記録として著名である。

今日、薪猿楽社頭へ参候、［　　］酒等自二両惣官一下給。［　］但スシヲバ不レ走也云々。修二月始行ノ時必々可レ令三参勤二之由申レ之云々。此両三年ハ修二月ノ不レ依二延否一、二月五日南大門ニテ猿楽ヲ令二参勤一云々。〔資料か〕

もともと薪猿楽は興福寺の修二会に付随する行事であった。その修二会が南北朝期の混乱のため期日通りに執行されず、薪猿楽も修二会延引に伴なって夏に催されたりしたため、参勤できる猿楽がいない事態が発生した。その点を糺明された観阿弥が猿楽側の事情を説明した結果、薪猿楽は修二会とは切り離して二月に実施されることになった由、『申楽談儀』第二十七条に見えている。右の記事はその新しい慣行が至徳二年の「両三年」前から始まっている事を示す意味でも貴重な資料である（別稿「薪猿楽の変遷」参照）。応永末年以後は南大門での薪能が二月六日からで、前日の二月五日に呪師走りが行われたが、それ以前は薪能が五日からで、呪師走りが二月四日であった。かの前半は、欠字部分があるものの、〝至徳二年二月四日に薪猿楽に参勤した役者が春日社へ参上し、酒肴を下給されたが、呪師走りは行われず、修二会始行の際に参上してそれを勤めさせる旨を猿楽が約束した〟の意に解されるが、猿楽が参上しながら呪師走りが行われなかったのは、それを勤めるべき長らが来ていなかったからに相違あるまい。当時は、薪猿楽の東西両金堂への参勤がまだ行われていたし、呪師走りの当日にそれを演じもしない猿楽が春日社に参上したことも応永末年以後の慣行とは合わないことなので、後代の慣習とは多少の違いはあったろうが、呪師走りの〈式三番〉の翁を長が勤める定めには変動はなかったであろう。往昔の呪師の芸系を引くのが〈式三番〉であることを示唆する「呪師走り」の語が生き続けたこと自体が、同行事の保守性を物語っている。呪師走りも薪能などと同じく薪猿楽の一部として修二会に付随して行われたことも勿論であろう。それが、修二会の有無や実施時期にかかわらず薪猿楽は二月に行われることが決定された際に、その事が翁グループに徹底せず、演能グループのみが参勤したのではなかろうか。翌日から薪能が始まっている(『細々要記抜書』)点からも、この日に春日社へ参上した猿楽は演能グループに相違なかろうが、彼等が〝修二会始行の際に必ず(翁グループを)参勤させます〟と約束しているのは、翁グループの呪師走り勤仕は従来通り修二会執行の際なのだと演能グループが思いこんでいたことを思わせる。同じく修二会に付随していた薪猿楽の一部ではあったものの、呪師走りが特に修二会の行法の一部であるかのように猿楽に受け取られていたことが想像され、呪師走りの性格を考える上で注目すべきことであろう。とにかく、翁グループが参勤しなかったために「スシヲバ不」走也」という事態になったことは間違いあるまい。そうであるならば、演能グループと翁グループの遊離は至徳二年(一三八五)当時に早くも存在していたと考えられるし、長がすでに楽頭的な長であったことも想像されるわけである。

至徳二年は観阿弥が歿した翌年であり、今熊野猿楽で棟梁が翁を舞う新例が開かれてから僅か十年後である。そんな早い段階で長や翁グループが演能グループと遊離していたと考えることを疑問視する見解も当然あろうが、結崎座の場合は創立当初からその遊離が存在していたのではなかろうか。猿楽座が寺社と結びついたのは〈式三番〉が猿楽の本芸であったことに由来すると考えられる。観阿弥が結崎座を組織したと見なす通説(『中楽談儀』第22条の記事が根拠とされるが、その記事は別に座の創始者を観阿弥としているわけではない)が正しいとしても、春日興福寺や多武峰の神事猿楽に参勤する権利と義務を(それを保持していた他座から買得するなどして)獲得するために誰かを長とする座を組織したもので、その座に籍を置くことによって薪能などで演能することが、一座創立の主たる狙いであったと考え得る。そうした事情で一座が成立したのであれば、表向きの本芸たる〈式三番〉を担当したグループと、猿楽の主要な芸である能を演じたグループが、創立当初から分離した存在であったことは十分あり得よう。観阿弥以前から結崎座が存在し、そこに所属していた観阿弥が能役者としてスター的存在になって以来、参勤行事よりは他の機会の演能の方が主たる活動の場になったと考えるにしても、参勤行事で〈式三番〉を担当する翁グループと演能グループの遊離が観阿弥時代に進んでいたと考え得ることは同様である。至徳二年の段階で長が遊離していたことを想定するのは、けっして無理ではあるまい。

そう言えば、世阿弥の時代にも〈式三番〉を演じる座衆が演能グループとは遊離した存在であったことを思わせる記事が『中楽談儀』に見える。資料**う**のみならず、同書の最末条、「魚崎御座之事」の直前に位置する第三十一条の次の記事である。

一、ジヤウゲトテ、神事ヲソバニナシテ、アルヒハヲソクノボリ、アルヒハ春日ノ御神事ニハヅル。カカル故ニ、イヨ〳〵シヤウジワロシ。タトエ一タンヨクトモ、シジウ、バチヲアタルベシ。神事ヲホンニシテ、ソノアヒマノ身シヤウタスカランタメノジヤウゲナリ。又ジンジノグハンノヲキナナド、レウジニスル。ソトマイテ百文ヅヽトル。グワンスクナケレバツラ(面癖?)クサナドスル。カヽルセヲバイカヾスベキ。カヤウノ心中モチタラン人

ハ、シヾウアルマジキ也。キタラン世ニハアク所ニヲモムクベシ、ト云々。〔資料き〕

この記事を従来は座衆全般への訓戒と解してきた。旅行の意である「ジャウゲ(上下)」をも観阿弥が駿河へ下った類の演能活動と解してきた。今でもそう解することはできる。だが、座が神事参勤の際にのみ組織されるものであり、座に所属する人員にも、座本来の職務たる〈式三番〉を勤める翁グループと演能グループとがあったらしい事を念頭に置き、後半に願立ての翁など後代の年預の芸態に通い合う記事がある点を重視すると、この条は翁グループの実態に即しての記事ではないかと思われる。そう解すれば、座本来の職能を担当した翁グループと縁が深い「魚崎御座之事」を直後に付載している事とも関連することになる。『中楽談儀』の各条のつながりがかなり有機的である点を考慮しても、恐らくそれが第三十一条の正しい読み取り方であろう。

きは必ずしも翁グループの遊離性を直接示している記事ではない。が、第二十九条で貴人に奉仕する立場の猿楽――演能グループ――の日常の心得(貴人の機嫌をとることの重要性)を説いた後に、その条の名人説から派生した第三十条(習道体系確立論)をはさんで、非難が主体の翁グループに関する第三十一条が置かれている事に、本来は座の主流であるはずの翁グループが演能グループから疎外される存在となっていた事を、私は感ぜずにはいられない。翁グループの遊離は世阿弥時代にはかなり進んでおり、結崎座の成立事情がその遠因になっていると見てよいのではなかろうか。

《この前後の論は、観阿弥が結崎座を創立したのではないとの別稿の主張をまだ明確にしていない段階のため、論旨に渋滞が見られるが、そのままにしておく。》

その点、結崎座ほどの史料のない他三座は、新しく組織されたのではなくて古来の座であるらしいから、結崎座とは事情が違っていたかも知れない。依然として座の職能に占める〈式三番〉の比重が高く、演能グループと翁グループの遊離が結崎座よりは後れた可能性があろう。金春禅竹の『明宿集』は、翁を宿神と結びつけて猿楽の神聖さを強調した特異な性格の伝書であるが、その第三条に

……サレドモ、宿神ノ御メグミ、イトクカワラネバ、アンヤニトモシビヲウルガゴトシ。ワ光同ヂンノ御ハウベンナレバ、(A)国々ニ、サルガク神事、在々所々ニヒマナシ。アルトキワマタ、(B)リンジユウ舞ノ興トシテ、貴セン上下見物ス。……上下万人ノノコサザル御メグミ、翁ノ利生方便ニシクワナシ。……

とあるのは、**A**が〈式三番〉主体の神事猿楽、**B**が演能活動に関連すると解され、両方を平等に猿楽の芸として意識していたかのようである。だがそれは、翁の神秘説の中での立て前論に過ぎまい。禅竹の頃に円満井座でも演能グループと翁グループの遊離がかなり進んでいたことは、禅竹自身の業績からも容易に推測できることである。棟梁らがやはり演能活動を展開していた外山座・坂戸座も、それが比較的低調だっただけに、結崎・円満井両座よりは後れたろうが、応仁以前には演能グループと翁グループの分離が進んでいたのではなかろうか。

新興の座らしくて成立事情が他座とは違っている可能性の強い結崎座のみならず、他三座にも演能グループとは別に猿楽本来の職務たる〈式三番〉を担当する翁グループが存在したろうと考えるのは、格別の根拠があってのことではない。しかし、『明宿集』第十条の左の記事は、そう考えなければ理解できないのではなかろうか。

……近年、神事ニコトヨセ、ソノ所ニ至テガウギヲナシ、カギリアル神物・恩禄ヲムサボル。古人ノ詞云、「ウスウスルコトモナク、アツウスルコトモナシ。儀ト、モニヒス」ト。サレバ、アツキヲウスウスレバ、所ミヤウリヨニソムクベシ。ウスキヲアツウセバ、サルガク神慮ニチガウベシ。シカルニ、其所々ニ至テ、神事物ノミナラズ、事ヲ頭ニヨセ、山木ヲトル事、世タイニヲヨボシ、他所ニハコブ。サトヲアラシテハウラツセリ。神事ノ時山木取事、其所ニ留間ノ用分也。過分スルコト不ㇾ可ㇾ然。天ノ照覧アキラカ也。地神智見カクレナシ。……サ

ナガラ、近年神事所ニ至コト、軍陣乱入ノテイタラクナリ。カヤウニテワ、始終タイテンノ時節キタラバ、家業ヲノヅカラスタルベシ。ナニ事カコレヨリ外ノ道ノシヤウゲアルベキヤ。……

〔資料く〕

これは「事ヲ頭ニヨセ」とか「サトヲアラシテ」とかの文言から推しても、村々の小社の楽頭として〈式三番〉を演じて廻った楽頭的猿楽の実態を示すものであろう。そしてそれは、能が主体になる以前の猿楽の姿をそのまま継承したものであったに違いあるまい。神事のため村落に滞在する費用として山木伐採を許される風習——岩国徴古館蔵『秘伝書』に薪猿楽の期間に猿楽が春日の神木を薪にすることを許されたのが「薪猿楽」の名の由来であるとの説が見えるのも、その風習と関連があろう——も、猿楽が一般良民と区別され、山野に起居して村々を廻ったことの名残を思わせる。それはともかく、禅竹がかかる猿楽の実態を暴露してその不心得を戒めたのは、それが円満井座に属する猿楽であったからに相違ない。だが、京都や奈良で貴人相手の演能活動を展開していた金春大夫グループの姿がそうであったとはとうてい考えられない。そんな一面をも兼ね備えていたと考えることすら困難である。棟梁を中心とする演能グループとは別に、〈式三番〉主体のグループが同一座内に存在したと考えて然るべきであろう。結崎座についての想定を一般化し、翁グループこそが座の本流であり、演能グループは春日興福寺での演能権を獲得するために座に寄生したとすら考えてよいのではなかろうか。翁グループが昔ながらの猿楽の姿を保持していたのに対し、演能グループは貴人に近づいて洗練の度を増したであろうから、参勤行事の際にこそ同じ円満井座や結崎座の座衆として行動したものの、互に異質の猿楽として意識し、遊離性を強めたのは当然の結果であろう。

演能グループの長老が就任した事例が例外的なのであり、長には楽頭的猿楽——翁グループ——の長老が就任する場合がむしろ多かったであろうと考えるのは、室町中期以前の猿楽座の実態を右の如く把握する立場に立ってのことである。そう考えるならば、室町期の長は、いかなる人物がそれに就任したかについては基本的には変化がなかったことになる。

右に述べたような考え方と、以前に**4**で展開した推論と、いずれがより妥当であるか、まだ判断できる段階ではない。だが、演能グループを引退した長老の就任が恒例だったか例外的現象だったかは二者択一が要求されるが、長の変質そのものはどちらの場合にも生じ得たであろう。翁グループ自体が演能グループとの遊離を強めて芸力が低下したことや、演能グループ座衆の異端視・蔑視などによる後継者難が外部の楽頭的猿楽の導入を促進した事態などが想像できるからである。**4**の推論の前提に狂いが生じても、少々の修正は必要かも知れないが、**4**での推論はそのまま生かせるものと思う。なお、演能グループの長老が就任した長については、次項で年預について考察する中でも、引き続き検討するであろう。

四　年預衆の素姓

管見では猿楽の年預に関する最古の史料たる**S**『幸正能口伝書』や**T**『薪能書物』によれば、前年の若宮祭の松之下渡り後の山での寄合の際に、本座の帳に登録され、翌年の薪猿楽で〈式三番〉の翁以外の諸役を勤めるのが年預であった。両書とも若宮祭での年預の職能に言及していないが、勿論若宮祭でも〈式三番〉その他の仕事に携わったであろう。渡り後の寄合に出席することがそれを示している。以下、その年預の素姓等について考察するが、**S**・**T**では年預と別扱いされているかに見えるものの江戸期には年預に包含されていた権守(長)についても、同時に考えざるを得ない点が多いので、表題は「年預」ではなくて「年預衆」にしておいた。

1　翁グループの後身が年預衆なるべし

南都の両神事猿楽の〈式三番〉の翁を勤めるのは各座の長(権守)であった。長一人では〈式三番〉は演じられないから、当然、長と行動を共にして千歳・三番三・笛・小鼓・大鼓・地謡などの諸役(以下、翁関係諸役と呼ぶ)を担当する役者がいたはずである。どんな素姓の役者がそれを勤めたのであろうか。まず考えられるのは、本来はそれは識事の担当であったのではないかということである。前節**二**に述べた如く、**S**・**T**等の諸史料に現れる年預は、任期一年、正式に帳面に登録される人数が(金春座の場合)三人、渡り後の寄合での任命など、『円満井座壁書』第三項(資料**ル**)の識事をめぐる慣習をほぼそのまま踏襲している。座衆が輪番制で一年間勤めた識事は「年預」と別称されるにふさわしい存在でもある。その識事が後代の年預と同じく両神事などでの翁関係諸役を勤めたのではないかと考えるのは、極めて自然な推測であろう。

資料**ル**は識事の任期(薪猿楽から若宮祭まで)と人数(三人)を規定しているものの職能に言及していないが、「御祭の馬場末に出合ざる座衆、明年の識士役を越さるべし」と、寄合欠席者の権利制限を付記しているところを見ると、損な役ではなく、ボーナス的収入を伴なう役だったに相違ない。勿論、何か特別の仕事があったからであろう。その仕事の一部または全部が両神事で翁関係諸役を勤めることだったのではなかろうか。「魚崎御座之事」には識事に関する規定は無いが、結崎座にも識事が存在していた。同書第二項に

一　タンノミネノ四カウノ事。……マタ四カウノカザリツクリモノアラバ、ヨカランモノヲ一、ヲサドノトラセタマウベシ。又ツギノツクリモノヲバ、シキジトルベシ。三トモアラバ、二ザヨリ六ヱマデハブキテワクベシ。ウチ、ムマアラバ、トカク、千、ヲサノトノトラセタマウベシ。タイヘイ、二日ノウチニ、ヨカランズルヲ一、

ヲサドノメサルベシ。マタ、一ヲバシキジワケテトルベシ。〔資料け〕

とある。難解な語を含んではいるが、飾り造り物・大瓶(酒)ともに長殿に次いで識事が先取特権を持ち、「二座ヨリ六位マデ」の上座衆より優遇されている。多武峰八講猿楽の際にも、南都両神事と同じく長が主役の〈式三番〉が大きな比重を占めていたもので、だからこそ寺から下給される品物に長が大きな権利を持っていたのであろう。とすれば、長に次いで識事が多くの分け前にあずかっているのは、識事が長につきあって翁関係諸役を勤めたからであると解することが可能である。末尾の「シキジワケテトルベシ」の文言から、結崎座の識事が複数だったことが知られもする。資料けは、参勤行事の際に長につきあって翁関係諸役を勤めるのが本来は識事の役割であったことの傍証として評価できるのではなかろうか。

(ついでに言えば、本稿では、南都の両神事猿楽の事のみを言い、多武峰での権守や年預の活動についてはほとんど言及していない。南都両神事と同じく多武峰八講猿楽でも翁グループが〈式三番〉を勤めたに相違ないと思われるものの、八講猿楽が室町末期に廃絶し、資料が皆無に等しいためである。多武峰独自の〈式三番〉の一様式だったらしい法会之舞が権守になった際の舞であるとの伝承などは、当然長の異称としての権守との関連を追求すべきであるが、旧稿「多武峰の猿楽」での考察は年預衆の存在をまだ十分視野に入れておらず、法会之舞についての説はもとより、全般に不満が多い。それらの補正は他日を期したい)。

長が一座の演能グループから遊離した存在であったことは前項に述べた。その長と行動を共にしていたのであれば、翁関係諸役を勤める役者も演能グループから離れた存在たらざるを得まい、そのような損な役割を識事が勤めるのでは、一般座衆より収入が多いことにはならないはずである、との異論が予想されるが、損なのは能が猿楽芸の主体となった以後の演能グループと比較した場合である。まだ〈式三番〉が猿楽の芸の主体であった頃、あるいはそれと同じ状態を維持していた猿楽のグループを想定すれば、両神事の翁関係諸役を担当するのはかなり有利な仕事だったと思われる。翁役以外に最低六人の役者が〈式三番〉には必要であり、三人の識事だけでは不足するから、識事だけが翁関係諸役を担当したわけではあるまい。翁役の長と三人の識事だけは必ず参勤し、残りの役は一般規約に従って参勤する座衆が加わって演じた形などが考えられる。〈式三番〉ではなくて翁だけならば四人でもなんとかなる。薪猿楽の期日が不定だった時代が長く続き、「合ふ猿楽なかりし」(『申楽談儀』第二十七条)状態も生じたことを考慮すると、最低の参勤義務を果たすために〈式三番〉の最少人員だけは前年から参勤を確約しておく慣習が座に於いて成立していた可能性は、かなり高いと思われる。三度の参勤行事の際のみに組織的に活動する猿楽座に三人もの識事が置かれていたことも、右の観点で納得できる。確たる証拠は無いに等しいが、識事が「年預」と呼ばれるにふさわしい輪番制任期一年の職であった事、識事の慣習が後代の年預に踏襲されている事の二点を手がかりに、かつては識事が年預的な職能を果たしていたものと考えたい。

『円満井座壁書』には明応八年(一四九九)の奥書がある。まだ座規が効力を持っていたからこそ書写されたもので、識事なる職制も残っていたと考えられるが、すでに能が猿楽芸の主体であったその当時に於いてもなお、識事が年預的な役割を果たしていたであろうか。その点は、座の性格・実態をどう把握するかという前項に述べた問題と関連し、当時いかなる座衆が識事を担当していたと考えるかによって、論が分かれるであろう。明応期に限らず、それ以前、それ以後の両神事の翁関係諸役について考えるにしても同様である。従ってここでは、明応頃まで識事なる職制が残っていたことを念頭に置きつつ、明応という限定を設けず、識事担当者について考えられる二つのケースに沿って、翁関係諸役を誰が担当したかを探索してみよう。

猿楽の座に演能グループと翁グループがあり、識事の役割が翁関係諸役を勤めることであったとすると、演能グループの座衆は識事に就任せず、すべて翁グループに任せていたと考えることができる。むしろそう解すべきであろう。その場合は、後代の年預が〈式三番〉専門の猿楽であった事実と性格が合致することになり、名称が「識事」から「年預」に変っただけで、両神事の翁関係諸役は室町期を通して翁グループの座衆が担当したことになる。多分そうであろう。

ただ問題は、識事は確実に座衆の一人であったのに、年預は、その初出資料たる**S**や**T**によると、任期一年の臨時雇的存在であったようにも解され、正式の座衆とは違っていたらしい点である。第三節の**二**で年預と識事のつながりを指摘しながら、識事の後身が年預であると言い切れなかったのも、その難点のためであった。だが、**S**や**T**の年預関係の記事を仔細に吟味してみると、それを筆にした演能グループの役者が翁グループの慣習をよく知らなかったための誤解、ないしは不明確な表現が、年預を臨時雇的な存在であるかのように思わせる記事を生んでしまったことが考えられるようである。

○又年預ト申者御座候。是ハ本座ニ入、帳に付たる役人にて候。(**S**(ハ))

○又御年預と申者御座候。是ハ本座ノ帳ト申者に付たる役者に候。(**T**(イ))

とある両書の首部の文言からは年預が臨時雇的な存在であったとは言えず、「本座」の語が見える点から、年預が本来の座衆であったとすら言えそうである。ただ、**T**(イ)をさらに詳しく説明した形の**T**(ロ)に、

又帳に付と申事ハ、此時に四座之内へ入、帳に付て、年預と申事を仕候て、来年の薪の能の役者に成候て被〻遣事にて候。是に入たる者共、式三番の役をつとめ申候。

とある記事が、「此時に四座之内へ入」が各座への新規加入を思わせ、同じ行事が例年繰返される事から、一年と任期を限って座に加えられると解されるので、こうした手続きを経ない座衆や権守が常雇的であるのに比し、年預は臨

時雇的存在であったろうと考えられるわけである。しかしT(ロ)の「四座之内へ入」は、演能グループのみが観世座とか金春座とか認識されていた状況下で、山での寄合に年預衆も加わり、識事任命の作法を踏襲した年預任命が行われるのを見聞した演能グループの役者が、その時だけ年預衆が演能グループに加わると受け取っての文言ではなかろうか。「本座の帳」にあたるのが明暦元年に金春大夫元信の言う「年預帳」であるが(第三節二参照)、「年預帳をくり、三人書出し」(資料リ)とあるから、もともと年預帳に登載されている人名——年預衆すなわち翁グループの座衆の連名——の中から三人の名を書き出して、年預帳に明年の年預担当者の記録として綴じ込むのであろう。T(ロ)の行事も同じ事の記録で、輪番で年預に任命されてそれを勤めるものの、座衆の一員であることに変りはなかったと思われる。翁グループの構成員は、権守(長)と、交替で年預になる人々と、二種類しかなかったはずである。T(ロ)にはそれを座衆と非座衆と認識しての誤解が含まれているに相違あるまい。

右の如き見地から、S・Tに見える年預は『円満井座壁書』に言う識事の後身であると考えたい。識事から年預へ呼び方が変更された時期は、明応以後であろうということ以上には明らめ得ない。職能の変化が付随していたとは考えられないから、呼称変更の時期はさほど重大な問題ではあるまい。猿楽の支配方であった興福寺の衆徒が輪番の執行部を年預と呼ぶようになったのはもっと後のようであり、それの影響でもなかろう。識事の最後の用例たる『円満井座壁書』の書かれた明応八年頃にすでに両様の呼称があったもので、実態に近い年預の語が通用するに至ったことも考えられる。

以上は翁グループが専ら識事の職に就いたろうとの推測に基づく考察である。そうではなくて演能グループの座衆も識事を勤めていたとしたら、両神事の翁関係諸役はどんな形態で演じられていたと考えるべきであろうか。演能グループの座衆は、太鼓の役者を除けば〈式三番〉の一役を担当することは可能である。呪師走りのために他の座衆より一日早く奈良へ来る程度の負担増は、さほどの苦痛でもなかったろう。長が演能に加わらないのと同じく翁関係諸役を勤める役者が能や狂言に加わらない原則が、後代の年預衆と同様に識事にも適用されていたとすれば、演能グループの役者は識事にならず、翁関係諸役を勤めることもなかったと思われる。かりに識事を勤めるのが座衆全般に課せられた義務であったとしても、翁グループの座衆なり、それが存在しなかったとすれば座外の楽頭的猿楽なり、別の役者に依頼して演じさせたであろう。従って、能や狂言に出演しないとの原則がなかった場合にのみ、演能グループの座衆が翁関係諸役を勤めたことが想定できるわけである。だが実際には、そうした形跡は全く無い。後代に発生したとは考え難い先の原則が**S・T**の年預にすでに適用されている点――それはその原則が古来のものであることを思わせる――からも、演能グループの座衆が翁関係諸役を勤めたケースは想定しなくてよいであろう。識事になった演能グループの座衆が他の猿楽に翁関係諸役を委嘱したとすれば、それは特異な芸態を持つ年預なる猿楽の発生経緯を理解するのにすこぶる好都合である。当初は結論をそこに持っていくことを予定していたのである。しかし、その形跡もまた全く無い。それを思わせる手がかりすら存在しない。〈式三番〉を専門とするグループが座内にあり、そのグループの座衆が輪番で識事になって翁関係諸役を勤めたもので、その後身が年預であると考えて然るべきであろう。

2　翁グループが座の主流

前項の**5**で、長には翁グループの長老が就任したであろうと推測した。今また識事も翁グループの座衆のみが勤めたろうと推測した。まるで「魚崎御座之事」や『円満井座壁書』などの座規によって運営されていた猿楽座の主体が翁グループであったと認識しているかのようである。当初からそうした予測を抱いて本稿を書き始めたわけではない。結果的にそうなったのである。そして結崎座とか円満井座とかの猿楽座の実態は、右のように認識するのが正しいのではなかろうか。両座規が演能活動を主体とする組織の規定としてはすこぶる不備が多いことはすでに述べた(第三節二)。〝後代の年預衆にこそピッタリする内容である〟とも述べた。座が〈式三番〉を演ずることを主眼に組織されたもので、〈式三番〉のための役者――翁グループ――が構成員の主体であった往昔の実態に基づいて座規が作られているために、演能活動がほとんど無視されたのであり、翁グループの後身が年預衆であるがゆえに、その座規が後代の年預衆の実態に合致しているのではなかろうか。長や識事のみならず、二座(端居)・三座など上座衆のすべても翁グループであったことすら想定できよう。能が猿楽芸の主体になってから以後に組織された可能性の強い結崎座の座規が、古い座の規則にならったとは言え、演能グループが座のいかなる地位を占めるのか全くふれていないのは不自然であるとも言えるが、円満井座にはなくて結崎座にはあった「中座」が演能グループである場合など、さまざまの説明が可能であろう。〈式三番〉主体の座に寄留して春日興福寺での演能権を獲得した演能グループが、漸次肥大化して母屋を乗っとるほどになったものの、座規は昔ながらに存続し、両神事でも権守(《=昔の「長」》)が形式上は座の代表者の地位を占め続けてきた、というのが実状であるように思われる。

それについて想起されるのが、遥か後代の年預衆に〝翁猿楽を勤める我々こそが座元であり、乱舞猿楽を勤める四座は後代に我々が仲間に加えてやったのだ〟との主張があったことである。例として、明治元年十一月に十六名の年預衆が連名で奈良府役所に提出した「急訴嘆願書」(〇〔幸王家文書〕の(5))の一節を引いておく。

……然ルニ乱舞猿楽宝生観世金剛金春等之四座者、人皇百一代後小松院様之御宇永徳年中ニ相始、其後追々繁栄ニ付、翁能座ヘ立入度段所望ニ付、明徳年中ニ翁能方ヘ差加ヘ、右ニ付、翁方装束并鼓其外入用之品々、乱舞大夫方より永々差出し候筈ニ而、翁能方一座神役ニ差加ヘ……翁方ハ座元之義ニ付……

「翁能座」「翁能方」「翁方」などの語が年預衆のことである。永徳・明徳などの年号を明示している点などとうてい信じられないし、維新の混乱に乗じて年預の職を横領しようとした金春大夫と争っていた段階で急にまとめた文書であるから、伝承をそのまま反映しているとも言えまいが、自分達こそが参勤猿楽の座元であるという程度の伝えはあったであろう。

初めて右の年預衆の主張に接した時、それを信用する気はさらさらなかった。だが、年預衆の性格について考究しているうちに、まず猿楽座が参勤行事の際にのみ座として機能するものであることに気づいた。続いて、参勤する座衆に演能グループと翁グループとがあったと考えるべきことを経由して、翁グループこそが本来の座衆であり、年預衆がその後身であるとの結論に達した。正確な伝承に基づいているものかどうかが疑わしく、文献的にそれを確かめるすべもない明治初年の年預衆の主張に、結果的には同調することになったわけである。**S**や**T**に年預が「本座の帳」に名を登載される由が記されているが、ここの「本座」は、禅竹が用いた用法（四座の中の本家筋たる円満井座の意。資料くなど）とは別であると認められる。年預が本来の座衆であったことがそうしたところに痕跡を残していたのではなかろうか。

3　分派演能グループと翁グループ

室町末期までの翁グループの後身が江戸期の年預衆であるとの主張は、「翁グループ」に長を含め、「年預衆」に権守を含めての考えである。その主張の根底には、室町期の座に結集する座衆には猿楽本来の職務であった〈式三番〉を専らとする翁グループと、猿楽の主要な芸となった能を演じるグループとがあって、日常は別々に活動していたろうとの認識が存在している。翁グループと演能グループの分離を前提としているわけで、そう考えれば、年預衆が〈式三番〉専門の猿楽であったことが容易に納得できるし、大夫らが両神事で〈式三番〉を年預衆に任せていた理由も理解できるのである。

だが、翁グループの中で翁関係諸役を担当した人々の後身が年預であることについては、格別の異論も出ないものと思われるが、権守(長)の場合は、例外的な就任であったとしても、長禄年間の観世座の長十二大夫や明応年間の宝生座の長など、かつては演能グループに属して活動したと思われる役者がその地位についている。翁グループと演能グループの遊離が至徳二年にすでに進んでいたと見なした前提に誤りがあるのであろうか。それとも長のみは両グループに所属し得る理由があったのだろうか。翁グループの後身が年預衆であると主張する上での難点の一つなので、その点を考えてみたい。

演能グループの座衆であっても、高齢になって演能から引退した後には翁グループに加わって長になり得る慣習であったとすれば、事は簡単である。長がただ翁を演じるだけではなく、興福寺と座衆との連絡を担当するなど、形式上は座を代表する存在だっただけに、演能グループと縁の深い役者が適任だったろうし、そうした慣習は確かにあり得たと思われる。だが、演能グループ引退後に長に就任したと見られる長禄年間の観世座の長が十二大夫であり、明応年間の宝生座の長の前身が生一小次郎であるらしい事は、右に推定した慣習とは異なる何かの条件が彼らの長就任に作用していることを思わせるのである。迂遠な推論になってしまうが、その何かを探ってみよう。

座を形成する演能グループは、必ずしも単一のグループにまとまっていたわけではない。棟梁格の為手——大夫——が同じ時期の一座に複数存在し、各大夫ごとにグループを組織して活動していたのである。世阿弥の弟の四郎が兄とは別に活動したのもそうであろう。永享元年(一四二九)五月三日の室町御所笠懸馬場での多武峰様猿楽は、

観世大夫両座一手、宝生大夫・十二五郎一手ニテ、出合申楽在之。(『満済准后日記』)

と記録されており、「観世大夫両座」の語が示すように、結崎座の演能グループたる観世座にも、観世大夫元雅のグ

ループと観世三郎元重のグループがあって、ともに観世座と呼ばれていたのである。この時に宝生と一手になった十二五郎権守康次もまた結崎座所属と見られる為手であり、一派の棟梁として独自の活動を展開していた。香西精氏の論考「十二」(『続世阿弥新考』所収)に詳しい。元雅の遺子の観世十郎も寛正~文明頃には京都の観世大夫グループとは別のグループ(いわゆる越智観世)を形成して行動し、「惣領ノ藤若観世大夫」とか「十郎観世大夫」とか呼ばれている。金春座にも金春大夫グループの他に大蔵大夫・宮王大夫・春日大夫らの分派グループがあったことは著名である。宝生座でも長享~明応にかけて三郎次郎大夫や黒石大夫らが活躍している。金剛座の分をはじめ記録に名を現わさないグループも多かったであろう。

こうした棟梁の大夫とは別の分派グループには、中核となっている為手が棟梁の兄弟またはその子孫だったり、脇之為手またはその子孫だったりして、別グループを形成し得た事情がほぼ推測できる場合もあるが、それが不明確なグループもある。金春座の大蔵グループと観世座の十二グループも形成事情不明確な分であるが、この両グループはともに至徳三年(一三八六)に同姓の役者が薪猿楽に参勤しており(『至徳三年記』)、室町末期まで続いてもいた。その由緒の古さと歴史の長さを考えると、演能グループとしての金春座・観世座が組織された当時から別グループとして行動し得る条件があったものと推測される。大蔵グループの場合は特にそれをさぐるべき手がかりがないが、十二グループについては、『申楽談儀』序段の観阿弥の芸風を語ったくだりに、観阿弥当時の脇之為手として「十二三郎」「十二六郎」の名が見えることから、観世座の創始時代から十二姓の役者が座の主要メンバーだったことが知られる。その観阿弥より二十歳若い十二五郎康次が十二グループ最初の為手だったと考えられるが、康次の率いる十二グループと観世座の関係について、前述の香西精氏の論考「十二」は、京都中心に活動した棟梁直属の座衆――棟梁グループ――とは別に、大和観世一座――十二グループ――を率いて活動していたのが十二五郎権守康次であろうと推定している。まさにその通りであろう。その十二五郎の後嗣と見られるのが、後に観世座の長となった十二次郎大夫なのである。初代と同じ想定を彼に適用し、結崎座所属の十二グループを統率して大和中心に活動していたと見なしてよいであろう。初代は義満の北山別邸で棟梁グループに合流して演能したり、義教の御前で演能したりしているが、二代目にはそうした実績が無く、松囃子でホメ役を勤めて「老而益健」なることを将軍義政に賞されている程度である。地方猿楽の色を濃くしていると見てよいであろう《応永三十四年の別当坊薪猿楽番組(145頁補説参照)によって、十二次郎が観世十郎元雅や観世三郎元重と並んで観世グループの大夫として出演し、四番の能のシテを舞ったことが判明したので、ここは少々表現を改める必要があるが、京での活動記録がない点には変わりがない》。

一方、もう一人の問題の長、明応年間の宝生座の長については、前身が脇の生一《しょういち》小次郎であろうことを先に推測したが、生一姓の猿楽と宝生座の関係は、前述した十二姓の猿楽と観世座の関係に近似している。『四座之役者』によれば、生一小次郎の他に小鼓の生一三郎や脇・笛の生一小四郎なる役者も宝生座の役者だった。もともと生一姓は、『申楽談儀』第二十三条に記録されている山田猿楽三兄弟(長男が宝生大夫、次男が生一、三男が観阿弥)の仲子の名に由来している。兄の演能グループに弟が参加したケースも考えられるし、世阿弥時代には存在したもののその後消滅したらしい出合座の棟梁が生一だったかも知れない点を考慮すると、出合座が外山座に合流して生一の子あたりが宝生大夫グループに加わったケースも想定できる。その後裔と見られる生一小次郎は、名門出身ではあり、権守に補任されていることや、一度観世座へ召し加えられて宝生座に復帰した経歴からも、一グループの統率者として活動していたことが想像される。同じ経歴を持つ金春座の脇日吉源四郎が、文明十五年に将軍の命令で観世座に加えられたものの、明応頃に金春座へ復帰した後に宮王大夫として棟梁とは別行動で勧進猿楽を興行したりしていることも参照されるし、宝生座の長(生一小次郎)が長辞任後に宝生大夫の代理を勤めたのも長就任以前に為手として活躍していたから

であると考えることができる。『天文年中衆中引付』の天文十七年の薪猿楽の記事に、

……十六日ニハ観世大夫并宝性代ニハ宝性小次郎罷入事。翁面ヲ観世一座宛候間、曲事由申付処、宝性小次郎座者一人モ無レ之間、観世座ヲヤトヰ致二沙汰一候条如レ是候。宝生座於二相調一者以後ノ不レ可レ成レ例旨申事也。……

とあるのは、長らの欠勤を示す稀有なる例、当時も薪能の〈式三番〉が立合で演じられた事を示す例としても貴重であるが、この時に宝生大夫の代理を勤めた宝生小次郎は、同じ頃の他の記録にも名が見え、恐らくは生一小次郎の後嗣と思われる。宝生座の重鎮生一小次郎が宝生姓で呼ばれたり自称したりする可能性はすこぶる強い。天文十七年の薪能には座衆を一人も伴なっていないが、それは長らの欠勤と同様、天文末年の薪猿楽が金春・金剛の座論で未曾有の混乱期だったせいであろう。棟梁の代勤は別グループを統率する大夫格の人物が選ばれるのが常であったから、宝生小次郎もそうだったと思われ、先代の生一小次郎もやはり別派グループの統率者であったことを推測せしめるのである。仮りに生一小次郎が統率したであろう分派を生一グループと呼んでおこう。

ところで、棟梁グループ以外にも分派の演能グループがあったとは言っても、京都や奈良で花々しく活動できたのは、観世大夫・金春大夫などの有力な棟梁に率いられ、腕達者を揃えた少数のグループに限られていた。記録の片寄りがそれを示している。多くのグループは田舎廻りが主体で、遠国諸社の祭礼などを活躍の場としていたであろう。そうした演能グループには、猿楽本来の芸たる〈式三番〉の占める比率の高い、翁グループとの中間的性格のものもあったのではなかろうか。一方、翁グループは都市で活動する棟梁グループにとっては無縁の存在であった。〈式三番〉を演ずることが稀であったし、たまたまそれを必要とする際にも棟梁らが演じればよかったからである。従って翁グループは〈式三番〉の背後にある翁信仰・宿神信仰が浸透していた農村を主たる活動の場としていたに相違ない。地方廻り主体の演能グループとは活躍する地盤を同じくしているわけで、両者が交流ないし合体して活動していたことも

当然考えられるであろう。十二グループも生一グループも、地方廻り主体で〈式三番〉の比重の大きい、翁グループとの関連の深い演能グループだったのではなかろうか。そしてその事が、十二大夫や生一小次郎が長になった重要な背景なのではなかろうか。彼らは棟梁グループを含めた座衆の中での長老であったがゆえに長になったのではなく、翁グループと行動を共にしていた長老だったために、現役引退後に長になったのではないかとの推測であり、最長老になれば誰でも長になれたわけではなかろうとの推測でもある。

誰でもなれたわけではないとの考えを一歩進めて、特定の家柄のもののみが長になったのではないかとの考え方も、十二次郎や生一小次郎と関係づけて可能であると思われる。演能グループも所詮は〈式三番〉主体だった猿楽の成長した姿に相違ない。従って、座として行動する参勤猿楽の際には専ら〈式三番〉に従事していた翁グループが、参勤行事を離れた分派活動の際に演能をも兼ねたことや、それが棟梁とは別の分派演能グループに成長したことも想像できる。十二猿楽がむしろ座の主体だったのではないかと思われる程の観阿弥時代の観世座の構成や、それと似た事情らしい宝生座と生一猿楽の関連を考慮すると、十二グループや生一グループがもともとは翁グループだったことは十分あり得よう。棟梁が世襲になったのにつれて、あるいはそれ以前に、翁グループの責任者に世襲に近い慣習が生じていたもので、十二や生一が長の家柄であったために、十二大夫や生一小次郎が現役引退後に長に就任したというケースが考えられよう。ついでに言えば、明応八年に『円満井座壁書』を書写している「行盛」なる人物は、永正二年(一五〇五)や大永八年(一五二八)に「竹田日吉大夫行盛」と署名していたことが他の文書から知られ、彼もまた一派のグループの中核だったことが想像される。前述の日吉源四郎(永正十三年には生存)と活躍期が重なっており、同人である可能性が強い(『金春古伝書集成』解説)が、彼が『円満井座壁書』を書写したのは長の家柄であったからと考えることができよう。十二大夫・生一小次郎に日吉大夫行盛を加えるならば、長が分派演能グループと強い関連を持っているのではないか、長になり得る家柄が固定していたのではないかとの疑問は、一そう強まるであろう。

以上は、十二大夫や生一小次郎が現役引退後に長に就任している事例が、単に座衆の高齢者が演能グループ引退後に翁グループに加わって長になったことを示すのではなく、それ以外の何かが長就任の要因であったろうとの推測を、分派演能グループと翁グループとの交流という視点から説明しようと試みたものであり、長に世襲的要因も加わっていたのではないかとの別の考え方をも提示した。両説のいずれにより可能性が強いかは明言し得ないが、その両人に備わっていた何かの要因——翁グループと通いあう特性——が彼らの長就任を実現させていることは確かであると思われる。

それにしても、もと演能グループで活躍した役者が長に就任しているのは事実であるから、そうした事例が室町末期まで続いているのであれば、翁グループの後身が江戸期の年預衆であると主張することには無理があることになろう。だが室町末期の記録に現れる長は、前項**4**《330頁以下》に述べた如く、楽頭的な長、「ムサトシタル権守」へ変質している可能性が強い。辞任して大夫役を勤めることの出来るような長がいたなどとはとうてい考えられない。長も、それと行動を共にしていた翁グループも、グループ外の楽頭的猿楽の編入や芸力の低下などで室町末期にはかなり変質していたに相違あるまい。その変質した翁グループの後身が江戸期の年預衆であったと考えたいのである。前論を訂正する必要はあるまい。

4　翁グループの変質——年預家の系統——

右に、翁グループも室町末期にはかなり変質していたであろうと述べた。勿論、まだ演能グループ引退者が長に就任した事例の見られる明応頃に比較しての話である。だがそれは、格別な文献的資料があってのことではない。本節三の**4**に考察した長(権守)の変質が恐らくは長グループ全体の変質と一体であると考えられる事と、江戸期の年預衆の家々が室町末期の年預衆の後裔(血統上の関係の有無は問わない)である場合が多いと考えられ、江戸期の年預の家々の系統を考えることによって、室町末期の年預衆の素姓がある程度推測できる事の、二つの類推からである。後者については若干の注釈が必要であろう。

天文~天正にかけて満足に執行されることの稀だった南都両神事は、文禄二年(一五九三)の若宮祭から四座皆参の状態に戻った。豊臣秀吉の肩入れによることである。秀吉はこの年に四座にそれぞれ千石前後の配当米を支給する制度を定め、両神事参勤の四座(但し、演能グループとしての観世・金春・金剛・宝生の四座)が豊臣政権の公的な保護を受けることになった。この時に四座が揃って武家式楽に採用されたわけで、徳川家康がその制度を踏襲したため、後に一流として認められた喜多流を加えた四座一流が明治維新まで幕府の保護を受け続けたのである。秀吉の四座召抱えは、四座以外の他系統の猿楽の由緒ある家や力のある役者を四座に編入する事をも伴なっており、猿楽全般に大きな影響を与えたが、〈式三番〉専門だった年預衆が演能グループたる四座の座衆に加えられることは、恐らく生じなかったであろう。能も狂言も囃子の各役も彼等には不可能だったに相違ないからである。しかし、配当米は年預にも行き及んでいたようである。直接その事を示す史料は無いが、江戸期の四座一流の配当帳の類に年預への配当が明記されている(第二節**二**の**3**参照)ことがそれを暗示している。大夫のピンハネが早くから慣例化し、規定通りには年預衆に渡らなかった配当が帳簿にのり続けたのは、配当米の制度が定められた当初の形をそのまま踏襲したためと考える以外に理解が困難だからである。観世元信が「ムサトシタル者ヲ権守役ニナシ……四座ヨリ配当米ノ内ヲ少シヤリ、年用役ヲツトメサスル也」(資料**エ**)と、幕府が支給するのではなくて四座(の大夫)が分与するかのように述べているのも、承応二年(一六五三)当時から小倉長左衛門が訴訟を起した文政元年(一八一八)と同じ状態であったことを示すと解され、年預への配当米支給決定がかなり早くからであることを思わせる。豊臣氏の両神事重視が、年預衆への配当米支給の背景だったのではなかろうか。第二節**二**の**7**に於いて、**M**(「寛文七年頃金春座中配当書付」)に基づいて、〝年預の配当米に関する制度と家とは、寛文以前にほぼ固まっていた〟と述べたが、恐らくそれは文禄にまで遡らせてよいであろう。文禄二年の配当米支給は、どの座の誰にどの大名から何石という形で決定されたものであった(「観世宗家所蔵文書目録」**三6**「文禄二年結城少将あて観世座配当米割付状」解題参照)。慶長以後に何度か配当米の制度は変更され、所属の座の変更などもあったが、配当を受ける家も石高も原則的には世襲されていた。従って、年預の家もまた、文禄頃から続いている場合が多いと考えられるのである。江戸期に新たに年預となったことの明らかな数家を除けば、配当帳に登録されていないのに実際には活動した年預も、何らかの事情で当初に支給対象にならなかったものの、多くは昔ながらの年預の家であったろう。

以上の見地から、江戸期の年預衆の家々の出自を考えることによって、室町末期の年預衆の実態を推測することがかなり可能であると私は思う。家の出自・系統を考える手がかりは姓である。もともと姓氏など持たなかった猿楽は、自己の所属した座の名や流派名を姓に用いていることが多い。年預家の場合も同様である。中には格別の縁も無いのに由緒ある姓を称しているような例も混じているであろうが、全体の傾向を把握するのに大きな支障は生じないと思われる。

さて、第二節に考察した江戸期の年預衆の姓氏を全部書き出してみると、次の通りである。＊印は配当帳に記載されておらず、他資料によって年預だったことが知られる分である。金春座の橋村は新しい家なので除いてある。

(金春座)　幸王　弥石　長命　中村　＊幸

(宝生座)　春藤　小倉　生一　三谷　高安　巳野　栃原　＊命尾

（金剛座） 長命　中島　高安
（観世座）＊野口　＊弥石　＊日吉

このうち、小倉・中島・野口の三姓は、『四座役者目録』や番組類から知られる室町末期以前の能役者に同姓の人を見出だせない。中村も、素人出身の笛方の家はあるが、玄人の家には同姓が無い。残る家々はそれぞれに猿楽と縁の深い姓である。各家の系統を簡略に概観してみよう。

幸王　金春座の権守が幸王金十郎であり、その分れらしい金春座年預幸王喜三郎家もあった。幸王金十郎家は年預衆の家で系譜等の文書を残す唯一の家であり、**O**（幸王家文書）の(9)「宗譜」（由緒書的内容）は、元祖以来春日社に奉仕した旧家で翁面を家宝として伝えていること、讒言のため須磨へ流され、元暦年間に源平の乱を避けて摩耶山南麓の上野村に移り住んだこと、旱魃に際し家宝の翁面の髭を和田岬で洗ったところ大雨が降り、帝から王の一字を賜わって幸王と称したことなどを記している。室町期から摂津に住したことは確実なようである。摂津在住の点は摂津猿楽出自を思わせ、摂津の榎並座が室町末期に解体して金春座に吸収されたらしい事も参照されるが、もと幸姓だったのを幸王姓に改めたとする家伝——小鼓幸流の地位が高まった江戸期になってからの付会であろう——を尊重すべきであろう。宇治猿楽幸座の系統には室町中期に「幸菊」「幸世」など幸の下に一字を添えた役者が他にもあった。『永禄四年三好亭御成記』（続群書類従）によれば同年三月一日・二日の将軍義輝接待の観世大夫の能の大鼓を幸王六郎次郎が勤め、「幸六」と略記されてもいる。同じ能の狂言方として幸源右衛門・幸彦左衛門が出演してもいるから、幸王姓の猿楽が幸座の流れである可能性はかなり強いと思われる。その末流が金春座の権守を勤めたものであるらしい。出自が摂津猿楽にせよ宇治猿楽にせよ、大和猿楽とは系統の異なる猿楽が金春座の長（権守）の地位に就いたと考えられるわけで、長の変質を象徴しているかのようである。

弥石　金春座の笛役年預弥石庄八と慶安五年当時の観世座の鼓役年預弥石清左衛門が弥石姓である。『四座役者目録』が観世座のツレとする弥石《いやいし》源大夫（天文〜天正が活躍期。ワキをも勤めた）を統率者とする一派があったらしく、それが観世座に合流したためか、**L**（「万治元年四座一流役者付」）の観世座の項には、ツレの弥石八郎左衛門を初め地謡に弥石姓の人が十一人も並んでいる。他座では金春座地謡に弥石五右衛門がいるのみであるが、それも寛文十年の**M**では消えており、金春座年預弥石庄八家のみが観世座以外の弥石姓の役者だったらしい。珍しい姓であり、源は同一であったろう。**K**（「幕末能役者分限調」）によれば弥石庄八は本国・生国ともに摂津であり、後裔たる明治初年の弥石儀八郎も摂津三島郡（宿猿楽や鳥飼猿楽の本拠地）に住んでいた。観世座の弥石姓の役者も**K**では本国を摂津としており、素姓不明の弥石源太夫が摂津猿楽の流れであることが想像される。その系統の一人が観世座の年預、一人が金春座の年預になったものと思われ、翁グループが傍流猿楽の役者を集めて編成されていたことを示すかのようである。

《『鎌倉遺文』第十九巻（竹内理三編。昭和五十五年、東京堂出版）に収められている『兼仲卿記』紙背文書の中に猿楽関係の文書が含まれている事は、多くの研究者が論及していて著名であるが、その中の一通「一四三九七　猿楽長者弥石丸申状」は、弘安四年（一二八一）に法成寺の「御堂後戸猿楽長者弥石丸」が、法勝寺猿楽の春若丸が七月二十一日に法成寺猿楽の石王丸を殺害したことをめぐって、朝廷に提出した訴状である。弥石丸・春若丸・石王丸と三人みな「丸」なのは、猿楽の芸人は年齢にかかわらずそう呼ぶ習わしだった事を思わせ、それを除いた形が芸名であろうが、「弥石」はそんな古くから猿楽と縁の深い名だったのである。同じ文書の「石王」の名が世阿弥も言及している能面作者石王兵衛に継承されている点ともども、猿楽の伝統の根深さに驚かされるが、「弥石」の場合は、年預猿楽の歴史の長さがその姓名に反映していると言ってよかろう。》

長命　金春座の千歳役年預長命茂兵衛と金剛座の権守長命八郎兵衛と同座笛役年預長命又市が長命姓である。寿命長遠を端的に表現しためでたい名が示すように、長命は由緒ある猿楽の家であった。大永・享禄・天文年間の長命大夫の各種の活動が『能楽源流考』に指摘されており、薪猿楽にも観世大夫や宝生大夫の代勤として出演している。『証如上人日記』天文六年七月十八日の記事から、脇・狂言を伴なう一座を組織していたことも知られている。この長命大夫の率いた猿楽の系統が不明確で、能勢朝次博士は大和猿楽系ではないかと推定されたが（『能楽源流考』八七六頁以下）、後藤淑氏は『中世芸能の展開』の「長命大夫考」に於いて、享徳三年（一四五四）や文明八年（一四七六）の関東での長命の記録に基づいて、もとは関東を本拠として活動し、後に畿内に進出した猿楽であろうと推定しておられる。しかしその後、文明四年の山城国相楽郡和岐神社（涌出宮）の祭礼の楽頭が長命孫太夫だったことが伊東久之氏によって指摘されており（『芸能史研究』昭和四十五年十月号「棚倉・涌出宮居籠神事と宮座」）、貞和三年（一三四七）には山城南部で活動していた山城猿楽（『浄瑠璃寺流記』）の系統と考えるべきであると思うが、それについては長命猿楽と金剛座や南都禰宜衆の関係などをも合わせて考察した別稿を用意している（《後に、「長命猿楽考」と題し、永島福太郎先生退職記念論集『日本歴史の構造と展開』（一九八三年、山川出版社）に発表した》）ので、ここでは深く立ち入らない。本来は楽頭的猿楽だったようで、文明四年の和岐神社の楽頭が長命孫太夫だったのみならず、大永三年の高神社の秋の楽頭が長命大夫だったことも知られている（『日本庶民文化史料集成』第二巻所収「山城国綴喜郡多賀郷惣社大梵天王法堅目録之事」）。文禄頃に長命座は解体し、一部は金春座に合流したが、大半は金剛座に吸収されたようで、**L**の金剛座の連名には、ツレの長命次郎大夫をはじめ、長命姓の役者が十三名も並んでいる（他に観世座四名、金春座五名）。金剛座の権守・年預、金春座の年預もその長命猿楽の流れであったろう。これまた四座以外の猿楽の系統である。

《なお、金春座年預の長命茂兵衛が大和の小社で〈翁〉を舞う楽頭猿楽として活動していたことを明示する文書が後に発見された。平成六年三月十四日の『奈良新聞』が報じた大和郡山市今国府町と小林町の杵築神社宮座所蔵の翁面に付随する文書がそれである。その一通は「差入申一札之事」と首書する借用証書で、寛政元年(一七八九)七月十一日に「城州駒村之住/能代今春太夫組」と肩書した長命茂兵衛から、「和州平群郡今国府村/御宮座中」と「同州添下郡小林村/御宮座中」に宛てたものである。それによると、長命茂兵衛は、両宮座から銀二百目を借用し、両宮座から預かっていた能面を質に置き、八月十日の神事にその面を借りて楽頭料十匁(各村五匁ずつ)で〈式三番〉を勤める旨を誓約し、継翁料をも下されることに感謝し、一年でも不参の際には楽頭を他人に命じても文句は言わないと約束している。その翁面と付属文書を両宮座が共有し、交代で管理してきたのであった。年預衆の活動形態や楽頭猿楽の実態について多くの事を教える好資料であり、第二章**二**9・**10**あたりの論と縁が深いが、便宜上ここに紹介しておく。なお、この杵築神社文書の存在は、金春欣三氏からコピーを頂戴して知った。氏の御好意に感謝する。》

幸　元禄十四年当時の金春座の権守が配当帳には登載されていない幸伊左衛門で、三十年余も薪猿楽に参勤した古老であることは第二節**二**の**7**に述べた。幸姓は宇治猿楽の本座格であった幸座に由来するのであろう。幸座の流れとしては小鼓の幸家が著名で、『幸正能口伝書』の奥書に「山城宇治三座頭幸大夫五郎次郎正能(花押)」と署名があるなど、小鼓幸家が直系を自負していたが、事実か否かは疑わしい。室町末期には幸四郎次郎が金春座に属するなど解体の状態だったようで、江戸期の金剛座のツレを勤めた幸六兵衛家が幸座シテ方の末流であろう。年預の幸も小鼓幸家の別れではなく、解体した宇治猿楽幸座の残党の流れかと思われる。

春藤　配当帳に宝生座年預狂言として登載されている春藤七左衛門家が実際には一般座衆だったろうことは第二節**二**の**7**に述べた。しかし、本来は年預家だった可能性もあるので、春藤姓についてもついでに考察しておく。摂津榎並猿楽の春童(春藤・春同)大夫の名は永享十年(一四三八)から天文年間まで諸記録に見えている。春藤座とも呼ばれ、天文・永禄頃の春藤六郎次郎やその子の六右衛門が金春座の脇を勤め、脇方春藤流の名を残したが、**L**では笛(金春座)・太鼓(金剛座)・狂言(宝生座)・地謡(金剛座)にも春藤姓の役者が見える。座の解体(天文中頃?)後に分散して活動していた座衆の一部が四座に吸収されたのであろう。慶長六〜八年頃に春藤仁介なる狂言が活動してもいた。年預になった者がいてもおかしくない傍系猿楽である。《もと観世座年預だったのが宝生座に移ったことが後に判明したが、その事が江戸初期の春藤七左衛門が座衆の狂言方だったこととつながりがありそうである。》

生一　宝生座の権守が生一姓である。生一姓猿楽については生一小次郎に関する考察の中で述べた。生一小次郎以後の同姓の猿楽は室町期の記録に見えないが、天文十七年二月の薪猿楽に参勤した宝生小次郎が生一小次郎の後嗣であろうことは前述した。『証如上人日記』天文九年十二月七日の条にも宝生小次郎の名が見え、大夫と勘違いされて過分の下行を受けている。『薪能番組』によると、慶長三年・同五年の薪能で金春大夫のワキを「しやう一」が勤めており、文禄二年に生一権右衛門なる役者がいたことも知られる(宮城県図書館蔵『古之御能組』)。生一グループの余流は江戸初期まで続いていたのであるが、万治元年の**L**には一人も生一姓の役者がいない。いわば最後の生一姓猿楽が宝生座の権守生一五兵衛家であった。それが明応の宝生座長生一小次郎とどうつながるか、勿論わからないが、室町中期の長と同姓の権守が江戸期に存在したことだけでも珍重するに価しよう。《年預生一家も本来は観世座だったことが判明したが、もともと宝生・生一・観世が三兄弟の流れであり、本稿の論旨に影響はあるまい。》

三谷　宝生座(《もとは観世座》)年預小鼓が三谷源助である。『四座之役者』に宝生座小鼓として三谷与四郎の名が見え、万治元年の**L**にも宝生座地謡として三谷太郎右衛門の名があるから、三谷は早くから宝生座座衆の家であったらしい。別に金春座にも天正八年に三谷金蔵なる役者がおり(『薪芸能旧記』)、『天正十八年毛利亭御成記』に名の見える太鼓方三谷吉蔵も金春座らしい。文禄二年の観世座にも「みたに彦介」なる役者がいて二十石の配当を与えられている(「文禄二年結城少将あて観世座配当米割付状」)。年預の三谷源助が縁のあるのは同じ宝生座で同じく小鼓方の三谷与四郎であろうか。名は観世座の彦介が近い。いずれにせよ、三谷は一派・一グループを示す姓ではなさそうである。

高安　宝生座年預笛方高安吉助と金剛座の役不明年預高安嘉兵衛がいる。享禄三年(一五三〇)の薪能に金剛大夫代理で「高安」が参勤しており(『春日神主祐維記』)、当時すでに大夫格の高安なる猿楽がいた。『四座之役者』に見える高安与右衛門道善(観世座大鼓。天文頃に活躍)や高安弥三郎(金春座狂言。永正頃?)も同系統の猿楽であろう。永禄四年には笛方に高安孫太夫がいた(『三好亭御成記』)。一方、文禄五年以後に金剛座脇となった高安太郎左衛門家は、河内国高安の出自と伝え(『享保六年書上』)、もとは河内国玉藻大明神の神職との説もあった(『猿楽伝記』)。享禄三年の高安が河内国の猿楽だったことも考えられよう。**L**によれば万治元年の金剛座衆計四十八名中の十七名が高安姓で、享禄の代勤の例からも高安姓猿楽が金剛座と早くから密接な関係を持っていたと考えられるので、金剛座の年預が高安姓であることに不審はないが、宝生座年預が高安姓であることの背景は知り難い。但し宝生座年預高安は本国・生国とも河内であり(**K**)、明治初年にも高安郡恩地村に住んでいた。高安姓猿楽が河内出身であることの例証ともなし得よう。

巳野　宝生座年預千歳役が巳野治郎右衛門である。『申楽談儀』が宝生大夫・生一・観世(観阿弥)三兄弟の養祖父とする「山田にみの大夫と云人」が巳野(美濃)姓猿楽の源であろう。『四座之役者』は観世座笛方に美濃又六、金春座小鼓に美濃権守与五郎吉久の名を挙げ、また美濃権守の兄の三郎四郎(観世座狂言)、子の次郎大夫国忠(観世座太鼓)をも収めているが、この両人には美濃姓を冠していない。『四座役者目録』には別に美濃三郎次郎(金春座小鼓)と美濃彦六(小鼓。座名不記)の名が見え、囃子方の名手が多い。彼等の出身母胎となったであろう美濃座の存在も想像されるが、室町中期までは記録が無く、天文十三年の薪猿楽に宝生大夫の代理を美濃大夫が勤めている(資料**ソ**参照)のが、美濃大夫に関する唯一の記録である。その当時から宝生座と関係が深かったと見えて、美濃大夫系は江戸初期には宝生座に吸収されたようである。万治元年の**L**によると、宝生座にはツレの巳野九兵衛以下八名の巳野姓の役者がおり、他座には一人もいない。年預の巳野もその系統の出自であろう。

栃原 宝生座年預小鼓が栃原伝右衛門である。『四座役者目録』の観世座狂言の条に「満五郎 吉野とちハら大夫座の者也、尊若養子也」とあって、吉野猿楽(応永十一年の記録がある)の一派に栃原大夫座があったことが知られる。満五郎の活動期は永正前後と推測されるから、室町末期には栃原座も存続していたと思われるが、記録に全く見えない。ただ**Q**の『薪能番組』によると、文禄五年から慶長五年にかけて、宝生大夫の能のワキを「とちハら」が勤めており、栃原座の残党が宝生座に加わっていたことが推測される。年預の栃原も同類であろう。《ただし、年預栃原も観世座から宝生座に移った家であった。吉野猿楽との縁をより重視すべきかのようである。》

命尾 配当帳には登載されていないが**R**(長命茂兵衛文書)等から命尾伝左衛門が宝生座年預だったことが知られる。宝生座には命尾姓の役者が多く、万治元年の**L**には、ツレの命尾権三郎以下八名が見え、他座には一人もいない。その源流は大永元年(一五二一)や享禄二年(一五二九)に京都で勧進能を興行している命王大夫(『能楽源流考』九九四頁以下参照)であろう。命王がつまって命尾になることは十分考えられる。注意されるのは、その命王大夫の後裔かと思われる明王姓の猿楽が京都松尾神社の御霊会の猿楽の楽頭職を室町末期に保持していたことである。松尾社では六月の御田植祭には丹波猿楽矢田座、八月の御霊会には丹波猿楽日吉座の大夫が演能する慣習だったが、『言継卿記』によれば、永禄八年の御霊会には大夫日吉孫四郎とは別に楽頭命王又六が参加し、天正四年には大夫日吉の他に楽頭命王源左衛門が参加していた。天文二十二年の御田植祭の際に矢田大夫と明王新左衛門が行動を共にし、永禄七年にも命王又六が矢田大夫と一緒であったから、御田植祭の楽頭であった可能性もあろう。別に大夫がいる以上この楽頭が能を演じたとは考えられず、恐らくは〈式三番〉の上演権利保持者であり、それを勤めたのであろう。その丹波猿楽系らしい楽頭命王源左衛門と宝生座年預命尾伝左衛門とは、名まで類似している。かなり近接した関係にあったと見なされ、各地の楽頭的猿楽が南都両神事猿楽の年預衆に進出したことを思わせる。

日吉　慶安五年の観世座年預の千歳役が日吉与次郎である。日吉姓を名乗る猿楽は、近江猿楽日吉座(比叡座)と丹波猿楽日吉座があった上に、『円満井座壁書』の筆者竹田日吉大夫行盛など金春座にも日吉大夫がいたりした関係上、その系統を識別することは困難である。日吉与次郎の場合、第二節**二**の**2**で述べた如く慶安五年当時は年預だったと認められるが、慶長八年の家康将軍宣下能などで同名の狂言方が出演している。〈式三番〉の千歳は四座では狂言方が担当するのが本来の形と認められるから、座衆狂言方の後嗣が年預になったケースかも知れないし、両神事欠勤を続けていた観世座の年預が特別な性質(京阪方面在住の現役引退者の勤務など)を持っていたのかも知れない。

以上、江戸期の年預家の姓十二種について、同姓猿楽の系統を略述した。室町後期から慶長にかけての頃に解体を余儀なくされて四座に吸収された類の、大和猿楽四座とは別系統の猿楽の座名または大夫名を継承している姓――長命・幸・春藤・椛原・命尾・日吉――、及びそれに準ずる姓――幸王・弥石・高安――が多く、四座と縁の深い姓――生一・巳野・三谷――も分派グループないし地位の低い座衆の称した姓のようである。室町末期の年預衆(翁グループ)がそうした非主流猿楽出自の人々によって構成されていたことは、ほぼ確実であろう。命尾(命王)の如く、楽頭的猿楽を勤めていた明確な記録を持つ姓が含まれている点や、吉野椛原大夫座の如き群小猿楽の姓が見える点も注目される。同姓の役者が演能グループの一員として花々しく活動している例が多いから、四座とは別系統の猿楽が〈式三番〉を専らとしていたわけでは勿論ない。別系猿楽も四座の分派グループと同じく、演能活動を展開してはいたものの〈式三番〉の比重が高かったのであろう。中には演能グループから脱落して四座の年預衆に加わった者もあろうが、〈式三番〉専門の猿楽が同じ職能の年預衆になっているケースが多いのではなかろうか。

四座の翁グループが本来そうした姿であったとは考えられまい。立合の〈式三番〉を演じるのが常であった関係上、四座の年預衆の間の移動は演能グループの役者の交流以上に多かったであろうが、各座にその座出身の翁関係諸役を勤める役者がいて翁グループを形成していたはずである。「魚崎御座之事」第六項によれば座衆は日頃は近畿一円に分散して活動していたと見られるが、だからといって翁グループがもともと各地の楽頭的猿楽の寄合い所帯だったと考えるのは無理であろう。少々はそうした色彩があったにしても、別系統の猿楽の座名や大夫名を称する人々が翁グループの過半を占めていたらしい室町末期の状態は、座衆の活動範囲の広さとは異質のことに相違ない。四座内部に於ける翁グループの地位の低下――それは有能な役者の離脱や後継者難をもたらしたであろう――や、応仁の乱以後の社会情勢の変化がもたらした別系統猿楽諸座の崩壊――それは残党の四座志向を促進したはずである――などの諸条件が重なって、長(権守)を含む翁グループ全体の変質が徐々に進行し、室町末期には別系猿楽や四座の傍系猿楽出自の役者が年預衆の主体となるにいたったものであろう。

これまでの考察は、江戸期の年預衆の諸家と同姓の猿楽が室町末期にすでに年預衆であったことを前提として進めている。だが、この前提はいささかあぶない。文禄から慶長にかけての変動期に座衆には加われずに年預として残った家や、その後に年預になった家が含まれている可能性もかなり強いであろう。しかし、江戸初期に年預衆の顔ぶれに大変動があったと仮定しても、従来の年預衆が座衆になったとか、能や囃子の家として続いていたのが年預になるとかの、革命的な変動ではなかったはずで、室町末期の状況を継承しての変動であったと思われる。前提に若干の狂いはあっても、考察の結果には大過ないものと信じている。権守が年預衆の一人であると解されるほどに権威を失っていたのも、室町末期からの事と考えてよいであろう。かりに、長(権守)には特定の家柄の者のみがなり得たものであったとすれば、その条件を備えた猿楽が生一家しか続かなかったために、別系統猿楽の有資格者が長として入りこんだもので、それにつれて翁グループ全体に別系猿楽出自の者が増加したと考えることになろうが、宝生座の年預家の出自から見て、かなり無理な説明のように思われる。

室町末期にはすでに「ムサトシタル」権守や同質の年預に変質していたらしい翁グループの後身たる年預衆の江戸期の実態については、第二節に詳述した。室町期に於ける演能グループと翁グループの遊離が、江戸期には一般座衆と年預衆の遊離の形で引き継がれたわけであるが、四座が本拠を江戸に移し、座衆がほとんど両神事に参勤しない状態となっては、両者の遊離は増幅される一方であった。年預の職が株として売買されたこともそれに輪をかけたであろう。蔑視され、冷遇されながらも、明治初年まで年預衆が存続し、その職能が両神事に於いて守られてきたこと自体が、奇跡に近いかのようである。

結び

これまで、『尋尊記』に見える「観世座ノ長十二大夫」を越智観世座の統率者と解してきた通説の吟味から始めて、室町期の薪猿楽に翁役専門の「長」と呼ばれる猿楽がいて、その長らが〈式三番〉を担当していたことを指摘し(第一節)、江戸期の南都両神事で〈式三番〉を独占的に担当していた権守・年預の職能と実態ならびにその廃絶の経緯の解明を経て、室町期の長らの後身が年預衆である事を論証した(第二節)。さらに、権守・年預をめぐる基礎的な諸問題の考察(第三節)の後に、猿楽座やその座規の性格を根元から見直す仕事と並行しつつ、楽頭的権守への変質など長をめぐる諸問題について論述し、猿楽本来の芸たる〈式三番〉を担当した翁グループの直系が年預衆であって、彼等こそが四座の座衆の本流であったが、室町末期にはすでに別系統猿楽出自の役者がそれを勤めるように変貌していたろうことを推測した。当初は「魚崎御座之事」の「長」を観阿弥・世阿弥の如き棟梁の大夫とする通説に従っていたため、棟梁の意であった「長」が室町中期には参勤神事の翁役を勤める長老の座衆を意味するようになり、それが一そう変質して「権守」と呼ばれるようになったのであろうとの予測を持ち、論題をも「大和猿楽の長の性格の変遷」とした。然るに、第三節分を書き終えた段階で「魚崎御座之事」の「長」もまた翁役であったと考えるべきことに気づき、予想もしなかった座や座規の性格の問題に立ち入らざるを得なくなったため、後半は論題をはみ出す考察がかなりの比重を占めている。思いがけず多くの資料にめぐり合って年預についての考察が詳細になり得た点も勘案し、「大和猿楽四座と〈式三番〉と長——権守・年預考——」とでも改題したい気持が今は強い。

すでに出来上っていた論考を分載したのではなくて、資料の探索を続けつつ三度(三年間)に分けてまとめているため、前述の如き重大な論旨の変更があったのみならず、既発表分には補正を要する点が少なからず存在するが、さほど大きな障害を生ずるとは思えないので、長大になり過ぎてもいるし、一々言及しなかった。常識を越える長さになったのは、整理のまずさにもよろうが、従来ほとんど無視されていた、しかも能楽史研究の根元的な問題を、はじめて掘りおこした考察のためであり、問題の難解さのためであると御理解いただきたい。

本稿は、薪猿楽の変遷について考察している過程で、権守・年預の性質が少しも解明されていないことに気付き、「観世座ノ長十二大夫」が権守の前身ではないかと考えたことから出発した。権守・年預の存在を知ってもらうだけでも意義が大きいと思っていたが、それは第二節の考察で十分目的を達していると信じる。第四節のかなり大胆な推論については大方の御批判を仰ぎたい。なお、一緒に考えてきた薪猿楽の歴史については、『観世』昭和五十二年七・八月号に「薪猿楽の変遷(上・下)」と題して大綱を発表してある《110頁以下の別稿のことである》。参照していただければ幸甚である。本稿の一部にそれと重複する点があることもお断りしておく。
末筆ながら、『能楽源流考』を初めとする先学各位の業績から蒙った学恩の深さと、資料調査について御協力いただいた方々の御好意に、厚く御礼申し上げる。

〔本稿の第二節の**1**・**2**の項は、昭和四十七〜四十九年度に文部省科学研究費補助金(一般研究**C**)の交付を受けた「近世能楽史の総合的研究」の、私の分担部分についての報告の一部である。
また、本稿に利用した資料のうち、**P**の『安住行状之大概』、**Q**の『薪能番組』、**T**の『薪能書物』の三点は、『日本庶民文化史料集成』第三巻「能」(昭和五十三年六月、三一書房刊)に翻印された。**S**の『幸正能口伝書』も「能楽資料集成」の一つとして近く翻印の予定である《「能楽資料集成」13として、竹本幹夫氏の校訂で、昭和五十九年三月にわんや書店から刊行された》。〕

補説

《A『元禄十一年能役者分限帳』をめぐって》

本稿執筆当時は206頁等に述べたように、天明三年(一七八三)奥書の史料**I**(『天明三年御役者分限帳』)が年預に言及した能役者分限帳としては最古のものだった。従って、第二節の江戸期の年預衆についての考察——「**3** 年預の人数」「**5** 年預の待遇」など——は、史料**I**を基本的資料として進めて来た。然るに、平成四年になって、八十五年も遡る時期の、しかも年預関係の記事をも含む能役者分限帳が出現し、国文学研究資料館蔵となった。『国文学研究資料館紀要』十九号(平成五年三月)に樹下文隆氏が「影印・解題『元禄十一年能役者分限帳之控』」と題して紹介した史料がそれで、半紙本一冊、全二十九丁の全容が同稿に影印されている。観世座地謡方日吉太兵衛家の三代目が元禄十一年(一六九八)に諸座の書上を写した本を、四代目の日吉太兵衛集堅が明和五年(一七六八)暮秋に転写した本である。原本の形を忠実に伝えていると認められ、本稿の年預に関する考察の全般に関与するので、以下、同書を「元禄分限帳」と呼んで——史料Uと略記もする——年預関係の記事を紹介し、検討を加えておく。

「元禄分限帳」は、計二〇四名(観世座分95、金春座分66、宝生座分61、金剛座分45、喜多座分32、その他5)を登載するが、年預を記載するのは金春・宝生・金剛の三座の分で、三座分ともに、「地謡」を列記した後、脇連や囃子方後見などの前に、年預の記事がまとめられている。以下の列挙では、小字二行の役名・配当高を一行にし、氏名右肩注記の父の名を氏名上に、氏名左下部傍記の寅年(元禄十一年)の年齢を下左に移すなど、注記の位置を少々変更している。

まず金春座分は、左の四名で、順序は異なるが天明三年の史料I(206頁)と同じ四家である。弥石庄八郎の名がIで「庄八」の点を除けば姓名も一致し、配当米の石高も同じである。

年預役配／拾五石　父藤七　中村　六兵衛　寅年九十一

年預権頭役／七石　父金十郎　幸王　金十郎　寅年七十九

年預翁笛／七石　父庄八　弥石　庄八郎　寅年八十

年預千歳役／七石　父弥七　長命　茂兵衛　寅年八十九

父の名や年齢書は分限帳にはあるのが当然のもので、Iが省略したらしい。中村が筆頭なのは、他座分も石高十五石の家が筆頭なのと同じで当然のことである。それをIが四番目に位置せしめて年預とも注記していないのが異例なのであって、分限帳での名目は年預だが実は地謡方で年預ではないという中村家の特性(第二節二4に詳述した)が反映した形であろう。**I**の金春座分にはなかった年預の役柄を**U**が明記している点が有用であるが、冒頭の中村六兵衛に「年預役配」と注するのは不可解である。「役配」なる名称が存在したはずはなく、「年預役・配当」と書くつもりで「当」を書き落とした形かと推測される。前述した中村家の特異な性格が投影した誤記であろうか。弥石庄八郎の役名の「翁笛」も不審で、他の史料(**R**など)は同家の役柄を「笛」としている。年預の笛役は〈翁〉の笛しか吹かないので「翁笛」と書いてしまった誤写であろうか。翁役と笛役とを兼ねているとも読める形であるが、実際にはそうした兼業もなされたものの、役名として両役を書くはずはない。翁役すなわち「権頭」であり、右の幸王金十郎の役柄がそれである。権頭役の年預が必ずしも高禄でないのは、宝生座も同様である。

不審なのは、四名の年預の年齢がいずれも高齢なことで、これが実態の記録とはとうてい考えられまい。他の金春座衆六十二名では七十三歳の金春大夫(八郎元信)が最高齢なのである。年預は家督相続も大夫の裁量で行えたので、実際には世代交替があって子や孫への相続がなされていたのを、金春大夫が幕府に届け出ていなかったため、分限帳には先代や先々代の年齢が年ごとに加算されていたらしい。大夫の年預軽視の現れと言えよう。他の座衆分には「御配当米七石」などと丁寧に書いているのに年預については「拾五石」「七石」だけで配当米であることすら記していないのは、宝生座・金剛座の年預分には「御配当米」とあるのとも釣り合わず、金春大夫元信の年預衆への姿勢の反映と解される。彼は歴代の金春大夫の中でも横紙破りの奇行の多い人物だった。

宝生座分は左の七名で、七家の記載順も配当高も史料**I**(206頁参照)と同じである。

春藤七左衛門	御配当米拾五石／年預狂言	父七左衛門	寅年四十五
小倉長右衛門	御配当米拾五石／年預狂言	父藤左衛門	寅年三十四
生一　五兵衛	御配当米七石／年預権頭役	父五兵衛	寅年四十八

御配当米七石／年預小鼓　父源助　三谷　源　助　寅年四十八
御配当米七石／年預笛　父吉之助　高安　吉　助　寅年六十三
御配当米七石／年預三番叟　父九助　己《巳》野次郎右衛門　寅年四十六
御配当米七石／年預小鼓　父彦七　杤原伝右衛門　寅年三十八

小倉の名が長右衛門・長左衛門と異なる以外は姓名もIと一致するが、役名は、右のUでは「権頭役」なのがIには「権頭代」とあり(生一)、Uでは「三番叟」なのがIでは「狂言」とある(巳野)。それらは同役の表記の違いだけとも言えるが、「権頭役」を「権頭代」とするのは、年預の権守は本来の補任権守とは異なるとの能役者の意識に基づく言い換えのようにも思われる。明治初年の金春大夫による年預の職能横領をめぐる裁判で、金春八郎が「権頭代」の名称を年預の権頭が代理に過ぎないことの例証に持ち出していた(269頁参照)ことが想起される。小倉の役がUでは「狂言」なのがIでは「大鼓」なのは、分限帳記載の年預の役柄が固定的なものではないことの例証と見なしていいであろう。実際の役柄分担に融通性が強かったことは233頁に述べた。右の七家の内の春藤・生一・三谷・杤原の四家が、寛文三年(一六六三)からの観世座南都神事猿楽参勤免除に伴って、本来は観世座の年預だったのが宝生座年預に転じたことは、242頁に述べたごとくである。元禄十一年段階にすでにそれは確定していたのだった。

金剛座分は左の二名(二家。以下、個人として数える)だけで、天明三年の史料Iの金剛座分(207頁参照)が、最末尾(作物師の後)に、俸禄注記の部分に「南都御神事／薪能翁相勤申候」とのみ記し、名の右肩に「年預」と注して長命八郎兵衛・中嶋市兵衛・高安加兵衛の三人を列記し、別に、狂言方の後、地謡の前に、「南都御神事相勤申候」と傍記して、長命嘉兵衛(配当七石・笛)・春藤治郎兵衛(配当拾五石・大鼓)・高安九左衛門(配当七石・大鼓〔太鼓が正しい〕)・高安甚兵衛(配当七石・狂言)の四名を列記する形なのと比較すると、相違が大きく、問題が多い。

御配当米七石／年預太鼓　父九左衛門　高安九左衛門　寅年三十八
御配当米七石／年預笛　父加兵衛　長命　加兵衛　寅年六十七

右の両人は、Ｉでは年預ではなく南都神事の役者として登載されていた四人の内の二人である。高安九左衛門は大阪住の観世流太鼓役者、長命加兵衛(嘉兵衛)は春日流の笛役者である由を208頁に述べた。然るに、資料Ｑは、Ｉの無禄の年預三人は一人も記載せず、右の両人を「年預」として登載しているのである。これが事実を伝えるのならば、元禄十一年には金剛座年預だった高安九左衛門・長命加兵衛が、天明三年には能役者に転じて他の二名と共に南都神事の能に出演する特殊な立場の座衆となり、別に無足の年預三名が金剛座に加わったことになる。だが、高安・長命を年預とするＱの記事が実態とは違っているらしい。それを思わせるのは、Ｉでは南都神事役者とされていた他の二名が、Ｑでは、地謡の前の位置に、左の形で登載されていることである。

御配当米拾五石　大鼓　父次郎兵衛　高安三右衛門弟子　春藤次郎兵衛　寅年六十六
御配当米七石　狂言　父弥吉大蔵弥右衛門弟子　高安　甚兵衛　寅年六十六

右の記事と史料Ｉの記事とをつなぎ合わせると、彼ら両人は元禄十一年には金剛座の大鼓方や狂言方だったが、天明三年には何かの事情で南都神事だけの役者に転じたということになろう。だが、彼らの俸禄が、ＵもＩもまったく同じく、一人が配当米十五石、他の三人が配当米七石なのが、金春座の年預四人の俸禄と一致する点からも、本来は年預に支給されるべき配当米が南都神事参勤の座衆に流用されたもので、なんらかの事情で四人の内の二人は年預名義にし、他の二人は座衆扱いしていたのがＱの形であることを思わせる。もともと、史料Ｉの金剛座分は、年預が無禄なのも、南都神事の役者を並べるのも、他座と異なる異例の形である。その異例の形について、金春八左衛門安住は文化十五年(一八一八)の宝生座年預小倉長左衛門の訴訟(第二節8参照)に際して、本来は年預に支給すべき配当米を、江戸の座衆ではないが薪能・若宮祭には金剛座の能に出演する役者に配分したものだろうと推測し、私もそれに賛成していた(240頁の⑦)。そのIの金剛座の特異な形の成立過程を示すのがQの形なのであろう。年預分の配当米なのに年預が一人もいないのでは具合が悪いので、二人は年預名義にしていたと推測されるのである。名目は年預だが実際は能役者である例は金春座の中村六兵衛に見られる。それを、本来の年預三名を無禄の形で登録し、年預分の配当米を流用した南都神事役者四名を一括して地謡の前に列挙する形に変更したのが、史料Iの形なのであろう。南都神事役者の四人の一部を一般座衆扱いすることは後代にも行われており、Iと同じ頃の史料らしいRが、三座の年預十一名の連名の末に「金剛座御役者」として高安九左衛門と長命嘉兵衛の名を列記しているのも、慶応二年の史料Kが右の両人を年預と注して末尾に加え、春藤次郎兵衛だけを囃子方の中に加えているのも、その例である。年預分の配当の流用であるがゆえに、幕末まで九左衛門・嘉兵衛を名目上の年預とする扱いが残ったのであろう。

なお、史料Uの金剛座分には、配当米が拾五石・七石の家は他にもある(十五石は四名、七石は十二名)のに、春藤次郎兵衛と高安甚兵衛の分を年預分の配当流用分と認定したのは、史料Iとの比較からではあったが、Uの内部にも根拠が存在していた。両人の俸禄が配当米だけで扶持方がないことがそれである。他座分を含むUの全体を見渡しても、無足の役者は大勢いるし(U全体で九十八名)、扶持方だけの役者もかなり多い(U全体で三十七人)が、配当米だけなのは、他史料との比較からUが「五人扶持」を誤脱したと認められる宝生座笛方の清甚兵衛(配当七石)と、大夫以外で配当米を頂戴するのが一人だけという特異な座衆構成を持つ喜多座の狂言方脇本藤十郎(配当五石)とを除くと、年預の十三名(金剛の高安・長命を含む)と、右の両人だけなのである。これはこのたび初めて気づいたことであるが、年預は配当米だけで、扶持方は頂戴できない定めだったらしい。恐らくは、配当米の制度が定められた時(豊臣秀吉時代のはず)には年預もそれに与かる権利が認められたものの、扶持米支給が定められた時(徳川家康時代以後のはず)には、年預にはその権利が認められなかったのであろう。そんな特異な形である春藤次郎兵衛の配当七石が年預分の配当流用であることは確実と言えよう。年預二人と座衆二人とになぜか分載されているものの、四名がQ時代から南都神事にのみ参加する特異な座衆であったことも、同じく確実なはずである。

右に見たように、史料Uの金剛座分は実は年預ではない能役者二名を年預として登載しており、無禄の年預を記載する後代の同座の慣習がまだ確立していないことを示す形であるが、金春座・宝生座分は年預の家も配当米も天明三年と同じ形に元禄十一年段階ですでに成立していたことが知られる。そしてこの史料Uの内容は、本稿の第二節の考察に多くの影響を与える。例えば、225頁以下の年預家の固定の時期をめぐる考察がそうで、225頁前後の金春座の分限帳に名の見えない年預幸王喜三郎家と地謡方幸王小兵衛家の縁をめぐる詮索には、Uに小兵衛が「御配当米七石・御扶持方五人」の地謡方として記載されていることを追加して論を整理する必要があろうし、229頁以下の宝生座年預狂言役の春藤七左衛門の一般座衆から年預への転身についての推論も、元禄十一年にすでに年預だったことがUによって明らかになった以上、根本的な変更を余儀なくされる。だが、そうした点に一々言及していてはキリがないし、本稿の論旨の大きな流れに影響するほどの事ではないと思われるので、今は言及・改訂を省略し、新史料の出現によって改訂を要する点が多く生じていることを報告するにとどめたい。読者諸賢の適正な御判断をお願いしたい。

《B『南都両神事能資料集』をめぐって》

大森雅子氏編『南都両神事能資料集』(一九九五年、おうふう刊)は、薪能や若宮祭能に関する江戸後期の資料を集めた書で、本稿の内容と関わりのある記事を多く含んでいる。〔甲〕大倉三忠氏蔵「南都両神事能留帳」、〔乙〕般若窟文庫蔵「春日若宮御祭礼之諸式」と「春日大宮翁之式　薪御能之式」、〔丙〕京都大学付属図書館蔵「薪能臨時書抜」の、三種の資料が翻印されているが、乙は本書186頁の史料B・Cであり、甲・丙に有用な記事が多いのである。

まず甲は、宝暦十一年(一七六一)から安政七年(一八六〇)までの南都両神事能の番組(揃ってはいない)が主体で、本稿の説を補ってくれる面が多々ある。例えば、金春座の名目上の年預中村六兵衛が薪能などに出演した記録として、本稿は218頁以下に明和六年若宮祭能の番組に言及するだけであるが、甲では、宝暦十二年分を初め二十番以上も指摘でき、後裔の分まで含めると、江戸後期を通じて中村家当主が能役者として活動していることが確認できる。金剛座の「南都御神事計相勤候」家であった長命嘉兵衛・春藤治郎兵衛・高安九左衛門・高安甚兵衛の出演記録も、208頁に享保三年当時の分にのみ言及したが、甲によれば無数に指摘できる。彼らが年預ではないことが明確なのである。

丙「薪能臨時書抜」は、奈良町奉行所の役人だった橋本政孝が編んだ安永年間(一七七二〜)以降の薪能関係の史料の抄出・集成で、本稿との関連で特に有用なのは、236頁以下に詳述した文政元年(文化十五年)の宝生座年預小倉長左衛門の訴訟事件の前触れである同年薪能直前の奈良での事件の一件書類が一括転写されていることである(同書の整理番号では(55))。宝生大夫名代の古春増四郎、「宝生年預座/御役者」と肩書した小倉長左衛門、金春大夫名代金春庄之丞、「金春長権守座頭取役者」と肩書した長命茂兵衛らの、奉行所宛の願書や「受書」がそれである。この薪能直前に宝生座年預の小倉と金春座年預の長命茂兵衛が大夫から退役を申し付けられたのが訴訟の発端なのであった。金春庄之丞(金春座連役)名義の奉行所宛の長文の願書は、文言も内容も金春八左衛門安住の主張そのままで、実際には安住が書いたものに相違ない。その金春庄之丞分が幸王喜太郎・橋村仁兵衛を金春大夫が手当を支給する年預と明言し、古春の分に小倉の本名が中屋藤左衛門とされているなど、他にも年預関係の有益な記事が含まれている。

Ⅲ

世阿弥以前

世阿弥以前に観阿弥がいた。観阿弥以前にも、奈良朝の唐散楽の伝来から数えれば七百年にわたる日本芸能の歴史があり、劇形態の能が誕生するまでの複雑な発達過程があった。それらのすべての面に言及することは紙数が許さないし、跡を残さないのが宿命の芸能の歴史には不分明な所が多く、学説の対立点を整理するだけでも容易ではない。錯綜した能の発達史の要約は先行する解説書の類に譲り、今は、南北朝時代前後の芸能界の様相と、観阿弥の業績に関する若干の問題点に言及することによって、世阿弥の業績を正しく認識する一助とすることのみを心がけたい。

一　貞和五年の「猿楽」をめぐって

【貞和五年の「猿楽」】

南北朝時代初期の貞和五年(一三四九)二月十日、奈良の春日若宮の臨時祭が行われ、春日神社に奉仕する巫女《みこ》や禰宜たちが、常の若宮祭(おんまつり)の松之下渡りを模した行列を終えた後に、若宮の拝殿で猿楽や田楽を演じた。若宮祭の翌日に御旅所で演じられる猿楽・田楽を、御旅所への神幸も無い略式の祭礼だったため、拝殿で演じるという異例の形(薪猿楽の御社上り〔ミヤシロアガリ〕の能の形)で模したものらしい。その時の詳細な記録が『貞和五年春日若宮臨時祭記』(『日本庶民文化史料集成』第二巻所収)で、劇としての能の具体的な姿を伝える資料としては同書が最古のものである。

同書によると、巫女たちが演じた「サルガウ」(猿楽)の具体的内容は、露払・翁面・三番猿楽・延命冠者・父允《ちちのじょう》の五人が出る完全な形の翁猿楽と、「憲清(後の西行)が鳥羽殿で十首の歌を詠む」猿楽と、「和泉式部の病気を紫式部が見舞う」猿楽とであった。禰宜たちが演じた「デンガク」(田楽)の内容は、立合の舞(タケノサルガウ)と、「村上天皇の臣下が入唐して琵琶の三曲を日本に伝える」内容の猿楽と、「班足太子が普明王を捕える」猿楽とであった。猿楽固有の芸である翁猿楽(式三番)と田楽固有の芸だったらしい立合の舞とを除く四曲は、明らかに劇としての能である。四曲とも古典的な説話を素材としており、巫女の演じた二曲は歌や舞が重要な要素だったと解されるし、禰宜の演じた分は能面の使用が明記されている。当時すでにかなり進歩した能が演じられていたことが明らかで、台本の存在を推定してもよいであろう。素人である巫女や禰宜が猿楽や田楽の専門の芸人(猿楽の師匠はトウ大夫)を招いて指南を受けた上で演じたのであり、そうした行為自体も、当時、能が人びとの間で高い人気を博していたことを示している。これは観阿弥が数え十八歳の時のことである。

【猿楽と田楽】

貞和五年の臨時祭に、巫女が猿楽を、禰宜が田楽を演じ、共に能がその主体であったことは、猿楽と田楽が能を主要な芸としてわざを競っていた南北朝期の芸能界の実態を反映している。

中国伝来の散楽に淵源し、日本古来の諸芸能と融合しつつ発達した猿楽は、平安後期には、各種の芸を網羅する広範な演目を持ち、なかんずく滑稽な言語遊戯や物まねわざが大きな比重を占め、劇に近い内容の芸をも演じていたことが、藤原明衡（一〇六六年没）の著と伝えられる『新猿楽記』から知られる。その猿楽が、寺院の呪師の芸と結びついて平安時代にすでに派生していた呪師猿楽の系統を引く翁猿楽を表芸にして民間信仰と結びつき、大寺の庇護下に座（同業組合的な組織）を組織するようになる一方、その芸に歌舞の比重を増し、歌・セリフ・舞・物まねの諸要素を融合させた劇形態の芸を持つようになったのは、鎌倉時代中頃と推定されている。また、田植行事などの際の農村の民俗から発展した芸能たる田楽は、広く人びとに歓迎されて平安時代から各地の祭礼行事に進出し、専門の芸人を輩出するほどに成長していた。京都白河の本座、奈良の新座なども院政期にはすでに成立している。そうした職業的な田楽の芸人が、田楽本来の芸たる囃子物・歌舞の他に、猿楽系統の高足・刀玉などの曲芸的な芸をも吸収して演じてきたのである。その猿楽と田楽とは、各地の祭礼で一緒に演じる機会も多く、相互に影響し合い、芸を移入し合って、独自の芸を保有しつつも共通の芸が多かった。その共通の芸の代表が後に能と呼ばれるようになる劇形態の芸である。『貞和五年春日若宮臨時祭記』に見られる能に関する具体的な最古の記録が、猿楽の能二曲、田楽の能二曲である事実は、偶然のことながら、猿楽と田楽が拮抗する形で能を競っていた当時の芸界の実態を、ほぼそのまま象徴していると言えよう。

共に能を演じ、わざを競ってはいたものの、鎌倉末期から南北朝期にかけての頃は、田楽の能の方が質が高かったようである。春日若宮祭などの行事でも田楽の役割の方が大きかったし、『太平記』等で名高い北条高時の田楽溺愛（わざわざ本座・新座を鎌倉へ呼び寄せて鑑賞した）も、質が高かったがゆえであろう。南北朝時代になっても田楽能の優位は続き、将軍足利尊氏・義詮父子も田楽両座を後援した。春日若宮臨時祭と同じ貞和五年の六月には、京都四条河原で四条橋建立のための大規模な勧進田楽が催され、将軍足利尊氏・摂政二条良基・梶井宮尊胤法親王らの貴顕が見物している。この勧進田楽は「日吉山王ノ示現・利生ノ新タナル猿楽」の時に観客のドヨメキで三階建の桟敷が崩れ、多数の死傷者が出たこと(『太平記』)で名高いが、本座の一忠、新座の花夜叉らの名手が出演していた(『申楽談儀』)。これらの名手の出現が田楽能の質を高めた主要な原因であったろう。勧進(寄附募集)に田楽両座が利用されたのも、観覧料を支払うことを厭わない人が多いほど田楽の芸が魅力的だったからに違いあるまい。

だが注意すべきは、田楽の優位を示す記録はほとんど京都白河の本座と奈良の新座の両座の活動に限定されており、職業的な田楽座が僅少だったらしいことである。両座とも特定の寺社と結びついていた形跡がないという基盤の浅さも無視できまい。それに対し猿楽は、大和・近江・丹波・摂津・伊勢などの諸座が近畿一円に散在し、多くは特定の寺社と結びついた形で、底辺の広い活動を展開していた。庶民の宿神信仰と結合していた翁猿楽の需要が、多くの座が共存し得た基盤らしい。世阿弥による能の大成後に、田楽が衰微の一途をたどったのは、底辺の狭さ、基盤の脆弱さが大きな原因であったろう。

【「猿楽」と「能」と】

『貞和五年春日若宮臨時祭記』は、禰宜たちが演じた田楽の能を、「ハジメノヲモサルガウ」「ノチノサルガウ」などと、「猿楽」の語で表現している。これは同書に限ったことではなく、当時の文書一般の現象であった。『太平記』の勧進田楽についての記事も、田楽が演じた能を「日吉山王ノ示現利生ノ新タナル猿楽」と書いている。『至徳三年記』に「田楽之孫一法師、於社頭猿楽可仕旨申之間……」とあるなど、世阿弥が活動していた頃にもやはりそうであった。当時「能」という言葉が使われていなかったわけではなく、現に『貞和五年春日若宮臨時祭記』も、田楽の行列のヲカシ法師の役を勤めた春忠なる人を「ソノホカ、ノウノジヤウズナリ」と記している。だがこの「ノウ」

は、能力・技能などの意の原義に沿った形の用法で、芸能といった程度の意である。同書の田楽に関する記事の冒頭に「デンガクカタノノウノシダイノコト」とあるのも、以下に記された各種の芸(初めの舞、立合の舞、ヲモ猿楽、白拍子、後の猿楽)を総括して「ノウ」と言っているのであるから、これまた芸能の意である。能という言葉はあったが、それは芸能という程の広い意で、劇形態の芸を特に意味してはいなかったわけである。

それにしても、田楽が演じる能を「猿楽」と記録している事実は、猿楽の能を単に「猿楽」と書くのと合せて考えると、能が本来は猿楽の芸であったことを思わせる現象と言えよう。そう解して、猿楽も田楽も共に演じてはいたものの、劇としての能を演じ初めたのは猿楽であろうと解するのが通説である。『貞和五年春日若宮臨時祭記』が田楽芸の一部である立合の舞をも「タチアイノサルガウ」「タケノサルガウ」などと「猿楽」の語で表現しているあたり、「田楽」の語が比較的固定したイメージを思い浮かばせるのに対し、「猿楽」の語は用法が広く、芸能の総称にも個々の芸の意にも使用された語であることを思わせるので、田楽の能が「猿楽」と記録されているからといって猿楽が先に能を生み出したとは断定できないようにも考えられる。しかし、立合の舞が本来は猿楽の芸だったがゆえに田楽の分も「立合の猿楽」と書かれたとの解釈もできるから、一応通説に従って、猿楽が田楽より先に能を演じ初めたと解してよいであろう。

なお、猿楽や田楽が演じる劇形態の芸を「能」の語で表現した記録は、管見のためか世阿弥の『風姿花伝』以前には見出し得なかった。その『風姿花伝』も、「所詮、これ体なる能をばせぬが秘事なり。能作る人の料簡なきゆへなり」(第二物学、物狂)など、明らかに劇としての能の個々の曲を意味する「能」が存する反面、芸能・技能・芸力などの意に解すべき「能」の用例も第一年来稽古条々などには多く、まだ過渡期的な姿を見せている。正長元年(一四二八)の十二権守康次の世阿弥あて書状(『申楽談儀』所収)に多用されている「能」が、劇としての能、及びその個々の曲を意味しているところを見ると、応永末年ごろには猿楽たちは自己の演じる劇形態の芸を「能」と呼ぶのが普通になっていたものらしい。芸人以外の記録では、応永二十年(一四一三)前後に成立した今川了俊の『落書露顕』(彰考館本による)に、

> さても、師直うたれて二三年後にて侍りしやらん、祇園の勧進の田楽侍りしには、四頭八足の鬼と云ふ能をせしに……

とあるのが、管見では劇形態の芸を意味する「能」の最も早い用例である。同じ話が、応永十八年の『了俊弁要抄』には、

> 其一両年後に、田楽のうに四頭八足と云さるがうせしに……

とあって、「能」「猿楽」が同居し、催しを「能」、曲目を「猿楽」の語で表現している。まだ「能」の用法が不安定だったと言えよう。「能」が猿楽などの演じる劇形態の芸を意味する語として安定し、世間一般も多用するようになるのは、室町時代も中期を過ぎてからである。総じて、世阿弥が能を大成した頃からその芸を「能」と呼ぶようになった、と言ってもよいであろう。

二　観阿弥の業績をめぐって

田楽と猿楽が能を競っていた中から抜け出て、将軍足利義満の後援を獲得し、猿楽を田楽と対等の地位に引き上げたのが、大和猿楽結崎座に所属した初代の観世大夫清次(一三三三〜八四)、すなわち観阿弥である(正しくは観阿弥陀仏。

観阿・観阿弥はその略称。同様に世阿・世阿弥は世阿弥陀仏の略称である。共に略称であるのに、観阿・世阿と呼ぶのは正しくて観阿弥・世阿弥と呼ぶのは正しくないと主張する説は甚しく無理である。阿弥陀仏号者を他者が第三字までで略称するのは当時からの恒例であった)。

観阿弥の業績については、子の世阿弥がその著書の中でしばしば言及しているものの、ごく限られた事績を伝えるのみである。第三者の当時の記録も僅少である(二つか三つだけ)。従って彼の経歴にも業績にも不明確な点がすこぶる多いが、それを明らかにする材料があるわけでもないので、ここでは、観阿弥の業績をめぐる幾つかの問題点について考察するにとどめたい。

【観阿弥と結崎座】

観阿弥は大和盆地の南部で活動した山田猿楽の出身である。勿論大和で生れたであろう。一部に今なお彼を伊賀出身とする誤伝が流布しているが、それが誤りであることは香西精氏の「観阿弥生国論再検」(『能楽研究』第一号。同氏著『世子参究』所収)に詳しい。芸名を「観世」と称し、当初は長兄の宝生大夫らと共に多武峰寺(談山神社)近辺で活動したらしい。彼が所属した結崎座は、『申楽談儀』付載の「魚崎御座之事」(結崎座規)によれば多武峰八講猿楽への参勤を最も重視していた。

この結崎座と観阿弥の関係について、かつては、結崎座は観阿弥が伊賀小波多で新たに建立した座であると考えられていた。その唯一の根拠が、『申楽談儀』第二十二条に、

一、面のこと。翁は日光打。弥勒、打手也。此座の翁は弥勒打也。伊賀小波多にて、座を建て初められし時、伊賀にて尋ね出だしたてまつし面也。

とある記事である。だが、その通説は近年根底から覆えされている。まず、香西精氏が「伊賀小波多」と題する論考(同氏著『続世阿弥新考』所収)で、右の文中の「伊賀小波多にて」は、「座を建て初められし」にかかるのではなく、後文の「伊賀にて」を補足する注記が転写の間に本文に混入したもので、「尋ね出だし……」にかかる句と解すべきことを主張した。伊賀創座説を支持する傍証が皆無であること、有力な寺社を本所とするのが常の猿楽座の性質から推しても、大和の猿楽たる観阿弥が伊賀の僻地で座を組織するなど有り得べからざることであること、『申楽談儀』の伝本に注記を本文に加えた類の誤写が少なくないこと、問題の一文が能面についての話の中で、創座の場所に言及するはずのない所であること、等々を勘案しての見解で、眼光紙背に徹する卓見と言えよう。談話筆記である『申楽談儀』の編者元能が、〃コノ座ノ翁面ハ弥勒打デネ、伊賀ノ小波多デ、ソレハ結崎座ガ初メテ結成サレタ時ノコトダガ、伊賀デ探シ出シタ面ナノダ〃といった類の世阿弥の話を右の如く文章化していることも考えられるから、誤写を想定しなくとも香西説は十分成立する。かつて通説に従っていた私が、伊賀で結成された新興の座が大和へ進出し、由緒の古い他座を押しのけて大和猿楽四座に連なり得たことの理由・背景・手続きを疑問視し、その解明を能楽史研究上の一課題として指摘したことがある(『文学』昭和三十八年一月号「世阿弥の生涯をめぐる諸問題」)が、伊賀小波多は結崎座の翁面が探し出された場所に過ぎなかったのである。「観阿弥ははじめから春日興福寺を本所と仰ぎ、大和結崎の地を本拠として一座を建立した」というのが香西氏の結論であった。

だが私は、観阿弥が結崎座を新たに結成したと考えること自体が誤りであろうと、最近は考えている。第一に、観阿弥創座説には格別の根拠が無い。観阿弥創座説の出発点は、前掲の引用文に「座を建て初められし」と敬語が用いられているので、その主語を観阿弥と解してのことらしい。だが、これは、後文の「尋ね出だしたてまつし(奉っし)」が翁面を尊崇しての敬語であるのと似た特殊な用法の敬語表現で、「魚崎御座之事」と座規に題していることに示されているような、座については敬語を添えて表現する習わしの発露と見るのが正しいであろう。仮りに創立者への敬語であるとしても、それが観阿弥とは断定できないはずである。本所たる春日興福寺かも知れず、観阿弥より遥か昔の猿楽かも知れず、誰が創立者とも特定し得ない文章であることは明らかであろう。観阿弥創座説は格別の根拠を持たないわけである。

第二に、観阿弥が結崎座の長《ヲサ》ではなかったことが確実視される事も、観阿弥創座説を否定したい理由である。「大和猿楽の「長」の性格の変遷」なる拙稿(『能楽研究』第二・三・四号)に詳述したことであるが、「魚崎御座之事」の内容や「長」に関する室町期の諸記録を精査した結果では、猿楽座は薪猿楽など参勤義務のある行事の際にのみ機能した組織で、しかも最長老の「長」を中心とする翁猿楽専業の人たち(翁グループ)が主体であり、観世大夫らの演能グループは、一応は座に所属して参勤行事には結集して演能したものの、日常は座とは無関係に活動していた。そして観阿弥は勿論「長」ではなかった。『申楽談儀』第十七条に、義満来臨の今熊野猿楽の際、本来は「宿老次第に」最長老の「長」が舞うはずの「翁」を、南阿弥陀仏の進言によって旧例を破って観阿弥が勤めた話が見えていて、それが確実なのである。「長」ではない観阿弥が一座を創立したとは考え難かろう。

一体、大和猿楽四座の正式の座名が外山・結崎・坂戸・円満井(『花伝』第四)であるにもかかわらず、その活動が本来の座名で記録されている例は室町期を通して極めて稀で、それも参勤行事の一つたる薪猿楽の御社上《みやしろあが》りの能の記録(春日神社の記録)に限られている。世間一般には、宝生・観世・金剛・金春という演能グループの代表者(棟梁の為手)の名が座名以上に通用し、しかも室町中期以前には金春座・観世座などと記録することも稀で、「金春」とか「観世大夫」とか、個人名で活動が記録されるのが常であった。演能活動が座としての活動ではなく、大夫(棟梁の為手)を中心とする演能グループの活動だったことを裏書していよう。そして、四座ともに、観阿弥時代の棟梁の為手の芸名

――「観世」は観阿弥の、「宝生」は外山座に所属した宝生大夫(観阿弥の長兄)の、「金春」は円満井座の金春権守の、「金剛」は坂戸座の金剛権守の芸名だったと推測され、この四人はほぼ同時代に活動した能役者である――が代々世襲されて後代に伝えられている事実から、演能グループの座からの分離性が観阿弥時代に急速に強まったことが推測される。翁猿楽主体の猿楽から能が主体の猿楽への脱皮が急速に進展したとも言えよう。そうした時代に翁猿楽を本務とする猿楽座が新たに結成されたと考えること自体が、かなり無理なのではなかろうか。以上の見地から、観阿弥が結崎座を結成したのではなく、以前から存在した結崎座に所属して観阿弥が活動したと考えるのが至当であると、私は思う。

なお、結崎座などの大和猿楽四座が春日興福寺の行事にいつから参勤するようになったかも、明らかではない。観阿弥の晩年にそうなっていたことは『申楽談儀』第二十七条の記事から確実視されるが、それ以前の四座の参勤記録は一つも残されていない。薪猿楽や若宮祭への猿楽参勤は鎌倉時代からのことであるが、座名が記録されていないのである。それが、本来は初瀬寺所属だった可能性の強い円満井座、法隆寺が本所だった坂戸座、多武峰寺参勤猿楽だったらしい外山座・結崎座の四座に固定したのは、興福寺が勢力範囲内の有力な座を呼び集めた形であり、観阿弥の出現以後であったのかも知れない。観阿弥が京都で名声を高めたことが、彼の所属する結崎座が春日興福寺参勤四座に連なり得た契機であったことすら想像できるのではなかろうか。

【観阿弥と曲舞(くせまい)】

数多のライバルを押しのけて観阿弥が芸能界の第一人者にのし上り得たのは、猿楽能の音曲―謡(うたい)―の改革に成功したことが最大の理由だったろうと考えられている。世阿弥がその音曲論に繰返し述べている所によると、従来の猿楽能の謡は旋律の面白さを主眼とする小歌がかりであったが、観阿弥は、白拍子系統の芸で南北朝期に流行したクセマイ――世阿弥は「曲舞」と書くが世間一般では「久世舞」が普通――の音曲に学んで、拍子の面白さを重視する曲舞がかりの音曲を謡い出したと言う。それが好評で、観阿弥風の謡が一世を風靡したらしい。世阿弥が父について「何にもなれ、音曲をしかへられしこと、神変也」と讃えている(『申楽談儀』)のも、小歌がかりだった曲を次つぎと曲舞がかりに改めたことを具体的には意味するのであろう。小歌がかりと曲舞がかりの融和も観阿弥の晩年にはかなり進んでいたようである。なお、林屋辰三郎氏著『中世芸能史の研究』に小歌がかりをも観阿弥が新たに猿楽謡に採り入れたとする見解が見られるが、これは氏の錯覚と思われる。世阿弥の伝書をどう読んでも、観阿弥以前から猿楽の普通の謡(只謡)が小歌がかりだったのであり、彼が新しく加えたのは曲舞がかりだけである。

この曲舞の音曲を、観阿弥は、南都の女曲舞百万の流れである賀歌女の乙鶴に就いて学び、応安(一三六八〜七五)初年ごろに自身が作曲した〈白髭の曲舞〉の形で謡い出したのが、曲舞摂取の始まりである。それは独立の謡い物であって、能の一部ではない。続いて発表した〈由良湊の曲舞〉もやはり独立の謡い物である。当時の猿楽や田楽の役者は、能を演じることだけが職務だったのではなく、貴人の酒宴の席に参上して謡ったり舞ったりすることも、能に劣らぬ重要な仕事であった(それは江戸初期まで同様であり、観阿弥や世阿弥を舞台俳優として把握するのは正しくない)。そうした際の芸の一つとして曲舞を謡ったのである。

当初は謡い物として作られた猿楽の曲舞が、やがて一曲の能の中でも謡われるようになってくる。観阿弥作であることが確実視される能〈自然居士〉の中で〈船の曲舞〉が謡い舞われるのがその好例である。恐らくは観阿弥が開発した手法だったろう。自然居士が曲中で演じて見せる種々の芸の一つとして曲舞が加えられているだけの単純な形ではあるが、それにしても、曲舞が一曲の中に組み込まれたことは、作劇法の上で画期的な進歩であった。名こそ舞ながら、曲舞は舞的要素が稀薄で、物語を聞かせることが主眼の音曲であった。文体も散文的で、叙事性が豊かである。そうした曲舞の長所に着目し、一曲の中心部に曲舞を置いて、主題をそこで語り聞かせる形の台本(謡曲)が作られるようになったのは世阿弥時代であり、いわゆる夢幻能の完成にもそうした作劇法が密接にかかわっていると考えられるが、その端緒を開いたのが〈自然居士〉的手法である。観阿弥による猿楽能への曲舞の導入は、音曲面で絶大な効果があっただけではなく、能の作劇法にも大きな影響を与えたことを忘れてはなるまい。この面でも、観阿弥が世阿弥による能の大成の基礎を固めているのである。

【観阿弥の貴人志向】

観阿弥と世阿弥とを対比し、〝観阿弥の芸は大衆的であったが、世阿弥の芸は貴人本位であった〟と総括されることがしばしばある。果たしてそうだろうか。世阿弥が将軍などの意向を重視し、貴人本位に能を演じたことは、否定すべくもない事実である。彼の芸論にも作品(能)にもそれが明瞭に現れている。問題はむしろ、観阿弥を大衆的芸人であったと評価することにある。

観阿弥の手に成る能の台本を読んでみると、意外に難解な文辞が多いことに驚かされる。例えば、前述の〈白髭の曲舞〉は、世阿弥は『五音』でこの曲を「亡父曲付・亡父作書」としているものの、『太平記』巻十八「比叡山開闢之事」に見える玄慧法印の物語をほとんどそのまま借用しており、「大智広学ノ物知」たる玄慧の言葉だけに、仏教的知識がよほど豊かでないと聞いただけでは理解できそうもない文言が多い。〈卒都婆小町〉にしても、卒都婆問答がすこぶる難解な上に、『玉造小町壮衰書』を借りて小町の古今の境遇を語る文辞も極めて高級である。比較的理解し易い〈自然居士〉でさえ、冒頭の説法の段の文句(『五音』所収)はかなり難解で、そこが世阿弥時代にすでに省略されていたらしいのも、難解さと無縁ではあるまい。最も極端なのは彼の得意の能の一つだったたらしい〈葛の袴〉(『五音』所収)で、最近ようやくその一部が『文選』に基づくことが解明されたものの、注釈不能に近い難文が多い。観阿弥はこの曲の作曲者で、作詞者は別人と思われるが、そうした難解な文辞を持つ曲を彼が得意曲としていた事実に変わりはない。これらの諸曲は、かなりの有識者、つまりは貴人層を主たる観客に予想して作られたと考えざるを得ず、それは同時に観阿弥が貴人を重視していたことを物語っていよう。世阿弥が『花伝』奥義篇で「亡父は、いかなる田舎・山里の片辺にても、その心をうけて、所の風儀を一大事にかけて芸をせしなり」などと述べているからといって、安易に観阿弥を大衆的芸人と認定してしまうことは危険であろう。

大和を本地としていた観阿弥が京都に進出したこと自体が、貴人の後援を求めてのことであったに違いあるまい。「乞食之所行」とさげすまれていた猿楽芸人の社会的地位からいっても、それは当然の希求であった。一旦獲得した貴人の支持を継続すべく貴人本位に能を演じることもまた、当然の方向であったろう。田舎廻りに終始していた時代はいさ知らず、京都で名声を挙げて以後の観阿弥は、京都の武家貴族を主たる観客として意識し、後の世阿弥と同様に貴人本位の芸を演じていたに違いないのである。

そうした観点からも注目されるのが、二条良基の尊勝院あての消息詞に、当時十三歳だった藤若(世阿弥)について、

……わが芸能は中〳〵申におよばず、鞠・連歌などさえ堪能は、たゞ物にあらず候……

と述べている事実である。「堪能」は褒めすぎにしても、鞠や連歌の嗜みが少年時代の世阿弥にすでにあったことは疑いない。連歌は当時流行の文芸であったが、少年時代からそれを嗜むのは並のことではなかったろう。貴人専用のスポーツであった蹴鞠に至ってはなおさらである。それを世阿弥が少年期にすでに身につけていたのは、彼が早くから貴人向きの芸人として育てられていたことを示している。勿論、父観阿弥の教育方針に従ってのことであろう。舞

台芸だけですむのなら鞠も連歌も必要ないが、酒宴やその他の席で貴人の御機嫌を取る幇間的役割も猿楽芸人の重要な仕事であり、そのためには貴人同様の教養を身につける必要があったのである。そうした藤若少年の姿に、貴人の賞玩を重視した父観阿弥の姿勢が明確に投影している。良基の消息詞は観世父子が将軍義満に見いだされた今熊野猿楽の翌年に書かれているが、「堪能」になるには歳月を要したろうから、観阿弥が子を貴人向きに育てたのは早くからのはずである。応安六年(一三七三)に没したバサラ大名佐々木高氏(京極の道誉)の話を世阿弥が聞いており(『申楽談儀』)、十歳未満の頃からすでに世阿弥は貴人の許に出入していた。彼を育てた観阿弥の貴人志向は京都進出以前からのことに相違なく、それは芸人として当然の志向だったのである。観阿弥を大衆本位の芸人と買いかぶるのも、それと対比させて世阿弥を貴人本位の芸人として軽んじるのも、当時の芸能者の実態からかけ離れた空論であると言ってよいであろう。

世阿弥は確かに貴人本位の芸人であった。だがそれは、観阿弥の行き方を世阿弥が改めたのではなく、父の教育方針に従い、父の願った方向に子が進んだ結果である。そしてその方向が、舞歌幽玄を本風とする質の高い能を生んだのである。能の大成者世阿弥を生んだのはやはり観阿弥であった。

観阿弥清次と結崎座

観阿弥清次の経歴に関する近年の研究で最も重大な発言は、拙稿「世阿弥以前」(『國文學』昭和五十五年一月)《前稿》が提起した〝観阿弥は猿楽座の創始者に非ず〟との見解であろう。発表誌の性格や与えられた論題の制約があって、重大な発言でありながら十分な論証には程遠いことに責任を感じているし、能楽史上の根本問題と関わる説でもあるので、少しく視点を変えて再論しておきたい。

一　観阿弥創座説

春日興福寺(中世の春日神社と興福寺は一体で、そうも呼ばれた)の神事芸能――薪猿楽と春日若宮祭――に参勤する、いわゆる大和猿楽四座の一つが結崎座であることは、『風姿花伝』第四神儀に「大和国春日御神事相随申楽四座」として「外山・結崎・坂戸・円満井」の名を列挙していることなどから明白である。だが、結崎座に関する『風姿花伝』以前の記録が皆無で、いつ頃から存在した座なのかは不明である。春日興福寺への参勤の記録も、他の三座と同様、南北朝期までのものは一つも残されていないのである。但し、観阿弥が最晩年に薪猿楽に参勤したことは確実であり、二代目以降の観世大夫と同じく、初代の観世大夫たる観阿弥が結崎座の一員として春日興福寺に参勤したことも確かである。

その結崎座の前身を観阿弥が伊賀の小波多(三重県名張市)で創立したと考えるのが、かつての通説であった。通説の出所はただ一つ、『申楽談儀』第二十二条「面の事」の冒頭の左の記事である。

一、めんのこと。おきなはにつくわううち。みろく、打て也。此座のおきなはみろく打也。いがをばたにて、ざをたてそめられし時、いがにてたづねいだしたてまつしめん也。〔資料A〕

傍線部から観阿弥が伊賀小波多で猿楽の座を創立したと考えたわけで、観阿弥伊賀出身説——それが誤りで大和出身と考えるべきことは香西精氏「観阿弥生国論再検」(『能楽研究』一号〈昭和四十九年〉。同氏著『世子参究』〈昭和五十四年、わんや書店〉所収)に詳しい——が跡を絶たないのも、伊賀出身ゆえ伊賀で座を組織したと考えたいためであるらしい。ただ、結崎が大和の磯城郡の地名であるため、伊賀で結崎座を建てたとは言えず、最初は伊賀の小波多で猿楽座を創立し、後に大和の結崎に移って座名を結崎座に改めたと説くのが常であった。能勢朝次博士著『能楽源流考』(昭和十三年、岩波書店)に、「伊賀に於て座は建てたが、伊賀在住は長くはなくて、大和の結崎村に居を構えるに到り、その地名を以て結崎姓を称した」とあるのも通説の一例で、「結崎姓を称した」は、「結崎座と改めた」の意をも含む発言のようである。伊賀に建てた座の名については誰も言及していない。

二　伊賀創座説の否定——香西説——

そうした通説の一角をまず崩したのが、香西精氏の論考「伊賀小波多」(同氏著『続世阿弥新考』(昭和四十五年、わんや書店)所収)である。氏は、伊賀創座説が観世家に伝承された形跡もなく、傍証が皆無である事、有力な寺社を本所と頼むのが常の猿楽座の性質から推しても、本場の大和の猿楽たる観阿弥が伊賀の僻地で座を組織するはずがない事、『中楽談儀』には注記を本文に加える類の誤写が他にもある事、資料Aが能面についての話の中で、創座の事情を述べるような段ではない事、等々を勘案し、Aの文中の「伊賀小波多にて」は、「座を建て初められし」にかかるのではなく、後文の「伊賀にて」を補足する注記が転写の間に本文に混入したもので、「尋ね出だし」にかかる句と解すべきであろう、との新見を提示したのである。短い一文に「伊賀小波多にて」「伊賀にて」とよく似た句が重出する点に本文の乱れを感じ取っての推論であり、紙背に徹する氏の眼光の鋭さを象徴する論考と言えよう。伊賀小波多は結崎座の翁面を求め得た場所に過ぎず、〝観阿弥は、はじめから興福寺(春日大社)を本所と仰ぎ、大和結崎の地を本拠として一座を建立した〟というのが、香西氏の結論であった。

この新説に対し、伊賀で結成された新興の座が大和へ進出して由緒の古い他座を押しのけて四座に連なり得た理由・背景をかねて不可解視していた私は、誤写を想定せずに、〝コノ座ノ翁面ハ弥勒打デネ、伊賀ノ小波多デ、ソレハ座ガ建テラレタ時ノコトナンダガ、ソノ時ニ伊賀デサガシ出シタ面ナノダ〟といった調子の世阿弥の話を筆録者の元能がAの形に書いてしまったものと解しても同じ結論になろう、との補足意見を添えて、全面的に賛成していた(日本思想大系『世阿弥　禅竹』補注一七三)。新潮日本古典集成『世阿弥芸術論集』(昭和五十一年)の頭注で田中裕氏も香西説を評価する姿勢を示しており、香西説は研究者にはほぼ認められつつあったかのようである。

三　観阿弥創座説に根拠なし

だが、その後に、観阿弥創座説は資料の誤読から生じたもので根拠がなく、観阿弥の頃に新たに猿楽座が結成されたと考えること自体が誤りであると、私は考えるに至った。まず無根拠説から述べる。

資料**A**を唯一の資料とする観阿弥創座説は、世阿弥の談話筆記たる**A**の「座をたてそめられし」の敬語「られ」を、父の行為について添えた敬語と理解して生れたに違いあるまい(他には理由がない)。しかしこの敬語は、後文の「たづねいだしたてまつし」が翁面を尊崇しての敬語であるのと同質の用法で、座を尊崇する立場からの敬語と解すべきであろう。『申楽談儀』付載の結崎座規に「定　魚崎御座之事」と題していることからも、座には敬語を添えて言う習わしだったと認められるからである。その事実のほうを機械的な文法解釈よりも優先させるのが正しい読み方と信じる。万一創立者への敬語であるとしても、**A**は「建て初め」の主語を書いておらず、誰が創立者とも特定できない文である。本所たる春日興福寺かも知れず、遥か昔の人であってもいい。それなのに、「られ」を創立者への敬語と速断し、主語が書かれていないのを無視するという二つの誤りを重ねて、観阿弥創座説は生れているのである。根拠がないと言わざるを得まい。

そうした根拠のない説を、綿密な読みで知られる香西氏すら疑わず、伊賀創座説の誤りは指摘しながら結論で結崎座を創始したと明言しているのは、観阿弥が観世座の棟梁の為手であったことが確実な上に、観世座イコール結崎座との把握が昔から常識化していて、観阿弥以外に結崎座を創立した人物がいるはずはないとの先入主があったためであろう。観世座＝結崎座と把握することが誤りであることは後述する。また、観阿弥が結崎の地に住んで結崎氏を称したとの「観世小次郎画像讃」(『翰林葫蘆集』所収。長亨元年〔一四八七〕頃の景徐周麟〔宜竹軒〕の述作《十五年後の文亀二年〔一五〇二〕の述作とするのが正しいことを後に論証した。104頁の補説に言及した拙稿参照》)以来の観世家の伝承がなんとなく信じられていたことも、観阿弥結崎座創立説が疑われなかった理由の一つであろう。だが、観阿弥や世阿弥やその後の観世大夫や観世座が結崎の地と関係を持っていたことを明示する文言は、世阿弥伝書のどこにも見えず、同代の諸記録はもとより、後代の諸資料にも明証は一つもないのである。その一事からだけでも、観阿弥の結崎居住説や結崎座創座説は疑われて然るべきであった。

ついでに言えば、歴代の宝生大夫・金春大夫・金剛大夫がそれぞれ外山《とび》・竹田(円満井座の別名が竹田の座)・坂戸《さかど》に居住した形跡もない。《『尋尊大僧正記』文明九年(一四七七)五月十五日の条に、法隆寺南大門の外(坂戸郷の一部のはず)に「金剛座猿楽屋」が存在したのが大雨で流失した由が見える。金剛座と坂戸郷・法隆寺の縁の深さを示す記事ではあるが、金剛大夫がそこに居住していたわけではあるまい。》四座の大夫が本来の座名の地に居住したと考えるのは、すべて誤りと思われる。いわんや、その地を領有していたとの後代の説は、すべて捏造であり、一切無視して差支えない。

四　結崎座創立は鎌倉期ならん

より重大なのは、観阿弥時代に新たに猿楽座が創立されたと考えること自体が誤りと思われることである。そうした見解は、「世阿弥以前」に先立つ拙稿「大和猿楽の「長」の性格の変遷」(『能楽研究』第二・三・四号)《前々稿のこと》に於いて猿楽座の性格を考究していて徐々に形成されてきたもので、逡巡して同稿には明言しなかったものの、発表後にそう考えるのが当然であると確信するに至ったのである。土台である旧稿の論旨を当面の課題に引きつけて要約する一方、旧稿に言及しなかったことを補足し、なぜそう考えるべきかを略述しよう。①と、②の大半は、旧稿の論の要約である。

① 大和猿楽四座が参勤の義務を負うていた南都の両神事――興福寺薪猿楽と春日若宮祭――では、〈式三番〉(翁猿楽)は各座に所属する年預(ネンヨ・ネンニョ・ネンニョウ)と呼ばれる人々(年預衆)が担当し、主役の「翁《おきな》」を演じる年預は「長《おさ》」とか「権守《ごんのかみ》」とか呼ばれていた。その長(権守)を代表者とする年預衆の演じる〈式三番〉は、世阿弥以後の四座の大夫系の形とは違って、千歳・翁・三番叟の他に父尉・延命冠者も出る、鎌倉時代の古形を継承するものであった。四座の能役者は両神事の〈式三番〉に出演することは原則的になく、逆に年預衆は能や狂言には決して出演しなかった。〈式三番〉は年預衆、能や狂言は能役者が担当する分業形態だったわけで、これは両神事の具体的内容の判明する室町後期にはすでに成立していた慣習であり、明治初年に両神事が廃絶するまで続いていた。

年預衆は、両神事に際して山城・大和・摂津・河内などの諸国から奈良へ参集して四座の役者と合流して参勤したのであり、日頃は本国で農業などに従事するかたわら、「楽頭場所」と称する農村の小社を廻り歩いて「翁」(式三番)を舞っていた。そこでも能や狂言を演じた形跡がなく、年預衆は〈式三番〉専門の芸人であった。但しその芸は能役者から見ると拙劣なものであったらしい。

一方、『尋尊大僧正記』など室町期の諸記録に見える大和猿楽四座の「長」は、大夫とは別人である事、大夫ら座衆とは行動を共にしていない事、〈式三番〉の「翁」を勤めた事、能や狂言には出演していない事など、年預衆の「長」(権守)と全く同じ性格であり、両神事の猿楽が、「長」を代表とする翁グループ(後の年預衆)と大夫を代表とする演能グループが合流して分業の形で行われるのは、室町中期以前からの慣習だったことが確実視される。

② 猿楽座の組織や慣行を把握する資料の双璧が、『申楽談儀』付載の「定　魚崎御座之事」(結崎座規)と、金春禅竹編の『円満井座壁書』であるが、両座規ともに、大和猿楽四座の三大義務(南都両神事と多武峰八講猿楽への参勤)ならびにそれに付随する諸行事のみを対象とした規定であると認められ、また「魚崎御座之事」第七項の「座ニイルコト。タキヾハソノ間、ナラノ御マツリ・タンノミネハゼンゴ四日ノアイダ」との規定からは、座衆が座に結集するのが三種の参勤行事の期間だけだったことが知られる。それは、座が恒常的に機能する組織ではなく、三種の行事に於いてのみ座としての活動が展開されたからであろうし、両座が参勤神事のために組織されたことをも推測せしめる。

しかも、両座規とも、僅か五十文・百文の罰金や手当については細かく規定していながら、勧進猿楽や幕府での演能の際の収入の配分などには一言も触れておらず、演能グループとしての規定とはとうてい考えられない内容であるが、参勤神事の際にのみ奈良に参集した〈式三番〉専門の年預衆(翁グループ)の実態にはほぼ適合している。両座規は翁グループについての定めの観が濃いのである。

そうした両座規の内容に、〈式三番〉が猿楽の本芸だったことが確実視され、南都の両神事や多武峰八講猿楽でも〈式三番〉の比重がすこぶる大きかったことを重ね合わせると、結崎座や円満井座は(他の二座や別系統の猿楽の座の多くも)、参勤神事に〈式三番〉を演じるための組織として結成されたと考えるのが至当であるように思われる。両座規によれば、最も大きな権利と義務を持つ「長殿《おさどの》」が座の統率者だったことが確実であるが、室町中期以後には翁グループの代表者が同じ「長」の語で呼ばれていた。形式上は彼が座の代表者だったからであろう。興福寺の参勤指令なども「長」を通して大夫らに伝達されていた。参勤猿楽の主体が能になった後にもなお翁グループの代表が座全体を代表していたことも、猿楽座が〈式三番〉のための組織だったことの傍証と言えよう。鳥が社壇の上から翁面を落したので猿楽となることを決意したとの『申楽談儀』第二十三条の近江猿楽山科座の話や、資料**A**など、猿楽座の創立がしばしば翁面との関連で伝えられるのも、翁猿楽のための座であったことを暗示している。

③ そうした猿楽座が結成された時期としては、能が猿楽芸の主体になる以前、まだ〈式三番〉が猿楽の芸の代表であったと思われる鎌倉時代以前を想定するのが自然であろう。現に大和猿楽四座も、円満井座は『風姿花伝』時代に秦氏安から二十九代の遠孫たることを誇り、世阿弥もその由緒を尊重していた古い座である。元来は法隆寺の猿楽だった坂戸座も、元応二年(一三二〇)にすでに「坂戸袈裟大夫」の活動が記録されている(『法隆寺往代年中行事』)。外山座も、観阿弥の長兄宝生大夫が所属する以前からの座に相違なく、後代まで特異な様式の翁猿楽が演じられていた多武峰猿楽の中心が同座だったと認められる。鎌倉時代から存在した座に違いあるまい。結崎座だけは観阿弥以前からの存在を示す直接的資料がないが、だからといって観阿弥時代に新たに創立されたと考えるのは、同系の他三座の由緒とも釣り合わず、よほど明確な資料でもない限り、肯定できることではない。結崎座も、他三座と同様、翁猿楽のために組織された座であり、その成立は鎌倉時代にまで遡ると考えるのが至当であろう。そうでなければ、古い伝統を持ち、後年までやかましく故実が尊重されてきた薪猿楽や若宮祭や八講猿楽に参勤する義務と権利を手に入れることなど、あり得なかったであろう。

④ さらに言えば、呪師(猿楽呪師・呪師猿楽)系の芸と考えられている〈式三番〉(翁猿楽)のための組織だったと解される大和猿楽四座は、本来は呪師の座だったのではなかろうか。薪猿楽の冒頭(南大門薪能の前日)に四座の翁グループ(年預衆)が春日大宮社頭で演じた〈式三番〉は、後代まで呪師走(シュシハシリ)と呼ばれていた。『至徳二年記』にも

「スシヲバ不レ走」とある。薪猿楽そのものも、永仁六年（一二九八）の奥書を有する『興福寺年中行事記』（『能楽源流考』所引）に「薪呪師猿楽析」の語があり、『尋尊御記』（同上）の古記録に基づく記事に「両堂御行薪呪師猿楽事」とあるなど、かつては「薪呪師猿楽」と呼ばれていた。『風姿花伝』神儀が列挙する猿楽諸座も、伊勢の分は「主司、二座」と明記されている。「主司」はもとより呪師である。「法勝寺御修正参勤猿楽三座」の「新座・本座・法成寺」が呪師と密接な関連を持っていたことは早くから指摘されている。大和猿楽四座が本来は呪師座であっても少しもおかしくはないし、その可能性が強かろう。

その呪師は、『能楽源流考』の精細な研究によれば、平安後期が最盛期であり、鎌倉期にはすでに衰運に向かっていた。翁猿楽をも呪師の芸に加える観点からは把握が若干異なるであろうが、それでも、能が発達してきた鎌倉後期に呪師が衰退していたことは認めざるを得まい。南北朝時代になってから、呪師系の芸たる〈式三番〉を主体とする猿楽座が新たに創立される可能性はほとんどないと断定していいであろう。

以上に述べたように、観阿弥時代に猿楽座が新たに組織されたと考えることは、猿楽座についての理解を誤っていた――翁猿楽のための座であることに気付かず、演能のための組織と誤解していた――からで、明らかに誤りと思われる。しかも、観阿弥創座説は、前述した如く史料の誤読に由来するもので根拠がない。従って、観阿弥が結崎座（またはその前身）を創立したとのかつての通説は、誤りと断定してよいものと信ずる。旧稿「世阿弥以前」では、後に引く資料**E**によって観阿弥が結崎座の「長」ではなかったことが明らかなことをも、観阿弥結崎座創立説を否定する根拠にあげた。観点を変えたこれまでの論で十分と思われるので、再言はしない。

なお、同稿発表後に、金井清光氏著『能の研究』（昭和四十四年、桜楓社）の「観阿弥研究」に、〝結崎座は観阿が創立したわけではない〟との論が含まれていることを知った。但しそれは、伊賀小波多で座を組織し、後に大和に移って、既存の結崎座に加入したとの説である。伊賀創座説は当然否定されるが、資料**E**に基づいて、早くに観阿弥結崎座創立説を否定しておられることには敬意を表したい。

また、観阿弥の猿楽座創立の可能性を否定する本稿の論は、香西氏の論考「伊賀小波多」の光を奪うものではない。むしろ、氏の読み方が正しかったことを裏付ける結果になっているはずである。

五　結崎座と観阿弥の関係

座の創立者ではなかったものの、観阿弥が結崎座に所属していたことは確かである。山田猿楽出身の観阿弥が、いかなる背景下に同座に加入し、具体的にはどんな関係で活動したのであろうか。

猿楽座の本芸たる〈式三番〉を南都の両神事で「長」らの翁グループが担当していた事実は、翁グループこそが本来の座衆であり、江戸期の年預衆がその後身であったことを物語っている。翁猿楽が呪師系統の芸であることを考慮すれば、猿楽呪師の末裔が年預衆だったとも言えよう。その年預衆が、明治元年に両神事での仕事を金春大夫に横領されかかって滅亡の危機に瀕した際に、奈良府役所に提出した訴状によれば、彼らは、「翁方」(年預衆)こそが「座元」であり、「乱舞方」(演能グループ・能役者)は明徳年中に座に加えてやったものであると主張していた。明徳(一三九〇〜四)の年号を持ち出したのは、興福寺衆徒の間に薪能の場が南大門に移されたのは明徳年間であるとの伝えがあった(『能楽源流考』所引『衆徒記鑑古今一濫』等)のに由来する誤りであろうが、先祖からの伝承に基づくと思われる彼らの主張には、真実が含まれているのではなかろうか。

早い時期の猿楽座の座衆が翁方(翁グループ)と乱舞方(演能グループ)とに画然と分かれていたわけではないことは考えられるし、もと乱舞方の大夫級の人物が引退して翁方の「長」に就任したケースも室町期にはあった。だが、『申楽談儀』第二十三条の、

金剛は、松・竹とて、二人、鎌倉よりのぼりし者也。〔資料B〕

との記事は、観阿弥とほぼ同世代だった金剛権守との関係が不明確であるが、系統の異なる鎌倉出身の能役者が坂戸座に加入して乱舞方の棟梁になった具体例と考えられる。能が猿楽芸の主体になるにつれて、座は〈式三番〉後の「脇の猿楽」以下の能を魅力あるものにするため有能な能役者を必要としたろうし、スター役者の有無が座の盛衰を左右したであろう。有能な能役者にとっては、春日興福寺での猿楽に出演する権利と義務を持つ四座に所属することが、春日興福寺の勢力範囲内での活動に便宜を与えられることもあって、名声を高める近道であったはずである。翁方に乱舞方を加えてやったとの年預衆の主張の背後に、〈式三番〉主体の猿楽座への能役者の加入(それは呪師猿楽と乱舞猿楽の合体とも言えよう)があったことを想定して差支えあるまい。山田猿楽出身の宝生大夫が外山座に所属したのも、その弟の観阿弥が、山田とはかなり離れている結崎が本拠であったろう結崎座に加入したのも、資料Bの「松・竹」と同じケースであろう。有能だった観阿弥が懇望されて結崎座に加入したことも考えられる。兄が宝生大夫、弟が観世大夫として活動した点から推すと、山田猿楽は兄弟の祖父「みの大夫」当時から能主体の乱舞猿楽であったらしい。兄弟の父の「山田の大夫」は早世したと言うから、世襲によって観阿弥が結崎座演能グループの棟梁の地位を獲得したわけではないことは確実視される。

五　結崎座と観阿弥の関係

いつ頃から観阿弥が結崎座に属して活動したかは明らかでないが、永和元年(一三七五)の春日若宮祭の装束給《たば》りで

の田楽喜阿弥の能を当時十二歳の世阿弥が見ている(『申楽談儀』序段)のは、観世父子が若宮祭に参勤すべく奈良に来ていたからと考えられ、当時すでに観阿弥は観世座の一員であったに違いあるまい。同年の出来事だったはずの今熊野猿楽の際には観阿弥が「大夫」と呼ばれていたらしい(資料E参照)から、それ以前に興福寺か多武峰寺の衆徒によって大夫に補任されたことも想定される。勿論すでに棟梁の為手だったろうし、「観世」と称していた可能性も強い。また、観阿弥が田楽本座の一忠を「わが風体の師なり」と仰いだ(『風姿花伝』奥義)のも、盛りの頃の一忠の芸を見聞する機会があったからに違いないが、そうした機会としてまず想定されるのが、若宮祭の装束給りと祭礼翌日の後日能である。確証はないが、観阿弥が結崎座の一員として薪猿楽や若宮祭に参勤したのは若年の頃からではなかろうか。

　また、修二会延引のため時節不定だった薪猿楽に参勤できる猿楽がなかった際に、興福寺の衆徒が「清次を召されて」糺明しようとしたが、清次(観阿弥)が参勤できない理由を説明し、それ以来、修二会の有無にかかわらず薪猿楽は二月に執行されるようになった由、『申楽談儀』第二十七条に見える。これは修二会の一部であった薪猿楽が衆徒たちの鑑賞のための催しに変質したことをも意味する重大な変更であるが、それは観阿弥の没した至徳元年の一年か二年前の出来事であった。『至徳二年記』に「……此両三年は、修二月の不㆑依㆓延否㆒、二月五日、南大門にて猿楽を令㆓参勤㆒」とあることからそれが知られる。猿楽欠勤の責任糺明の対象が清次だったことは、当時の清次が結崎座のみならず四座を代表する人物と衆徒に目されていたことを思わせる。彼の事情説明が認められて多年の慣習を破る新例が開かれたのも、〝猿楽芸能の発達に伴って、それを翫賞したいといふ要求が寺僧及び一般に熾烈となり〟(『能楽源流考』)といった状況からでもあろうが、説明したのが観阿弥であり、衆徒が最も見たかったのが観阿弥の芸であったことに由る所が大きかったのではあるまいか。ともあれ、観阿弥は、時節不定だった薪猿楽を二月に固定するという大きな置土産を四座に残して世を去ったのである。

六　結崎座と観世座

能が猿楽の芸の中心となり、座が参勤した神事猿楽も〈式三番〉より能が主体になるにつれて、演能グループが座内での重みを増し、棟梁の為手が実質上は座を代表するようになったのは、自然の趨勢であったろう。しかも彼等は、参勤行事以外の場での活動に力を注いでいたが、それは観世大夫や金春大夫を棟梁とする演能グループの活動であって、結崎座とか円満井座の名で行われたものではなかった。世人もそれを「猿楽観世三郎有レ之」（『春日御詣記』明徳五年三月十三日）、「有二勧進猿楽一観世」（『迎陽記』応永六年五月二十日）などと、棟梁の為手の名で記録するのが常であった。奈良以外の地での猿楽能が四座本来の座名で記録された例は絶無のはずである。そうした実態と、芸能者のグループを「座」と呼ぶ風習（『満済准后日記』正長二年五月三日の「観世大夫両座一手」〔両座とは観世三郎元重のグループと観世十郎元雅のグループを意味する〕などがその好例）とに基づいて生じたのが、『中楽談儀』第二十三条の「宝生の座」など、演能グループを棟梁の為手の芸名に座を添えて呼ぶ言い方であったろう。それは助詞「の」が介在してまだ固有名詞化していない形であるが、棟梁の為手が世襲になって同じ大夫号が何代か続いた十五世紀後半には、「観世座」「金春座」「宝生座」「金剛座」などの言い方が通用し始めた。『尋尊大僧正記』には長禄二年（一四五八）以後にそうした用例が時どき見られる。

その『尋尊大僧正記』には、四座本来の座名が全く見られない。翁グループの「長」に関連する記事で、正しくは「結崎座ノ長」とか「坂戸座ノ長」とか記すべき所をも、「観世座ノ長」（長禄二年二月四日）、「金剛座長」（文明六年二月六日)、「法性(宝生)之長」(同十七年二月十一日)と記している。だがそれは、観世座イコール結崎座であることを示すものではない。もともと興福寺側の記録には、四座の参勤を本来の座名で記すことが稀(皆無?)である。薪猿楽に参勤した猿楽を明記した最古の資料たる『至徳三年記』が「金晴・十二五郎・金剛」など役者名を注するのを初め、『孝尋日々記抜書』明徳三年二月九日条の「金春男」、『応永九十十一年記』応永十年八月廿九日条の「宝生男」など、演能グループの代表者で記録するのが常で、参勤義務を有するのが円満井・坂戸・結崎・外山の四座であることを忘れているかの如き観を呈している。尋尊も、四座本来の名を知らなかったわけではあるまいが、古来の興福寺の慣習に従い、また当時の「長」が後代の年預衆に近い性質に変貌していて演能グループに付属する者の如く受け取られたことから、右の如く記したものであろう。

その点、春日神社側の記録は、もともと四座が同社の宮座として組織されたためであるのか、同社の保守性の現われなのか、四座の参勤を比較的後代まで本来の座名で記していた。薪猿楽の一部である御社《みやしろ》上《あが》りの能(三日目から一座ごとに春日若宮で演じた能)の具体的な状態を伝える貴重な資料たる『春日若宮拝殿方諸日記』は、永享十二年(一四四〇)・宝徳三年(一四五一)・同四年の分ともに、大夫名に本来の座名を冠した「サカドノ座、コンガウ大夫マイル」などの形で猿楽参勤を記録することを原則としている。参勤とは違う法楽能は大夫名だけであり、座としての活動が参勤行事だけであることを心得て書き分けているかとも思える。だが、春日神社側史料の本来の座名使用も、神木動座のため薪猿楽が延引した際の記録たる『春日神主寛正五年御神事記』(一四六四)の、「円満寺座金春大夫」(四月廿八日)、「夕崎座観世大夫但音阿」(五月一日)、「鵄《とび》座宝生大夫」(五月二日)あたりが最後のようで、応仁以後には興福寺と同様に演能グループの代表者の名で記録するのが常になっている。

能役者側の文書に本来の座名が見えるのは当然のことであるが、四座の名を列挙した所とか、座の由来を説明した

所とかを除くと、意外に少ない。『申楽談儀』第二十八条の、

一、永享元年三月、たきゞの神事。五日、一ぜうゐんにて、円満井・魚崎、両座立合のとき、わきはくじ也。ゆうざきとりあたりて、観世大夫元雅、八幡はうじやうゑののうをす。〔資料C〕

は、「定 魚崎御座之事」を除けば同書で本来の座名が現れる唯一の記事である。その唯一の例が参勤神事たる薪猿楽に関するものであることは、参勤の際にのみ座が構成されることの反映であろうか。管見では、『申楽談儀』後人付記の永正十一年(一五一四)の南都雨悦びの能の記事に、「ワキハクジナリ。コノ時ノワキ、トビニトラレテ、ワキヲヤラル。コンガウハウ二番メ。観世方三番メ。金春方四番メナリ」とあるのが、なまの記録に四座本来の座名が用いられた最後年の例である。興福寺が時どき催した雨悦びの能(祈雨願能)は、参勤神事に準ずる行事で、四座が揃って参勤するのが常であった。トビのみが本来の座名、他三座は演能グループとしての名なのは、脇能のくじ引きが翁グループの年預の仕事だったことに由来するかと思われる。前掲の**C**の記事がやはり脇能のくじ引きに関連していることを考え合わせると、能役者は翁グループに関する事の場合にのみ本来の座名を用いる慣習だったことすら想像される。

右に見たように、演能グループの棟梁の為手の世襲された大夫号に基づいて「観世座」とか「宝生座」とかの呼称が成立する一方、本来の座名は使用されることが稀であったため、薪猿楽への参勤すら「観世座」「宝生座」と記録する例が現われ、新しい呼び方が本来の座名にとって代わる結果になってしまった。尋尊が「観世座ノ長」とか「金剛座長」とか記しているのがその好例である。

だが、固有名詞化した「観世座」とか「宝生座」とかの用例は、江戸時代にはすこぶる多いが、室町期にはさほど多くはない。稀であると言ってもいいであろう。しかもそのほとんどは参勤神事に関連している。『親元日記』文明十五年二月六日の「今春座日吉源四郎事、観世座に可二召加一之由、大御所さまより被二仰出一之旨……」の記事は、京

都側の文書に固有名詞化した座名が現れる稀有の例であるが、それもやはり薪猿楽への参勤と関連している。筆録者にそうした認識があってのことではあるまいが、猿楽座が参勤神事の際にのみ機能する組織であったことが、それ以外の場合の用例が新しい呼称に於いてすら稀であるという結果を招来したのであろう。将軍邸での催しや京都での勧進猿楽などは、「観世大夫」「観世」など個人名で記録されるか、「観世大夫能」「観世能」と表現されるかであって、それらが「観世座」の名で記録された例は皆無に近いのである。

そうした実際の現われ方や用法を検証することもなしに、『花伝』神儀篇が列挙する「外山・結崎・坂戸・円満井」の四座を宝生座・観世座・金剛座・金春座に直結させて理解するのが近年までの常識であった。せいぜい、本来の座名よりもスター役者の名で呼ばれることが多くなってそれが通用したとの見地から、結崎座改め観世座、外山座改め宝生座との理解が付属していただけである。年預衆に関する研究が拙稿以前に一つもなかったのであるから、猿楽座が翁猿楽のための組織であるとの観点は当然持ち得なかった。結崎座規や『円満井座壁書』の内容が室町期の猿楽の実態とそぐわないことは感じ取りつつも、正確な解釈には到達できず、座が参勤神事の際にのみ機能することにも思い及ばなかった。かくて、『風姿花伝』の四座をも演能団体の恒常的な組織と見なして、結崎座イコール観世座、外山座イコール宝生座と理解するのが常識になっていたのである。観阿弥結崎座創座説に疑問が持たれなかったのも、それが大きな原因だったろうことはすでに述べた。

だが、前述したように、春日興福寺と多武峰寺の神事猿楽に〈式三番〉を演じるための組織であった大和猿楽四座の一つとして、恐らくは鎌倉時代に結成されたであろう結崎座と、本来は結崎座の演能グループを意味する呼称だったと解され、観阿弥の芸名に由来する観世座とは、同一のものではない。観阿弥が結崎座を創立したと考えるのは誤りであるが、観阿弥を観世座の創立者とするのは正しいであろう。結崎座と観世座はそうした関係にある。

七　今熊野猿楽をめぐって

ところで、観阿弥・世阿弥父子が足利義満の後援を得て時めくようになった端緒が今熊野猿楽であることは、『申楽談儀』第二十一条に、

犬王は、毎月十九日、観阿の日、出世の恩也とて、そうを二人くやうじける也。観阿、いまぐまの丶能の時、さるがくと云事をば、将ぐん家ろくおんゐん、御覧(じ)はじめらる丶也。世子十二の年也。　〔資料D〕

との記事から著名である。別にそれ以来将軍の後援を受けたとは言っておらず、最初に見た時から義満がすぐに観世父子を庇護したと考えることには不安もあったが、後に『尊勝院宛二条良基書状』や『不知記』の存在が知られ、二条良基が十三歳の世阿弥に「藤若」の幼名を与えるなどして贔屓していた(それは義満の意を迎えるためであろう)ことが判明した結果、その不安も解消した。

その今熊野猿楽がいつどこで催されたのか、いまだに明らかにされていない。解説書の類には応安七年(一三七四)の出来事と明記したものが圧倒的に多いが、それは世阿弥の推定生年に「十二の年」を重ね合わせた推測説に過ぎず、証拠があっての説ではない。同じ『申楽談儀』に同じく「世子十二の年」の見聞として語られている春日若宮祭の装束給りの喜阿弥の能は、拙稿「世阿弥生誕は貞治三年か」(『文学』昭和三十八年十月)に詳述したように、確実に永和元年(一三七五)である。従って、今熊野猿楽をも永和元年と見なすのがすなおであろうが、『不知記』が永和四年の世阿弥を「十六才歟」と記しているのなどに基づいて世阿弥は貞治二年(一三六三)生れと考える立場から、応安七年説が

跡を絶たない。今熊野猿楽の「十二の年」は正しくて装束給りの「十二の年」は記憶違いと、チグハグに把握しての論ということになろう。その点を明確にして世阿弥の正確な生年を求めるためにも、今熊野猿楽に関する客観的な史料の出現が待たれているのであるが、将軍が見物しているにもかかわらず、当時の日記類が稀なためか、まだ朗報に接しないのである。

今熊野のどこでどんな機会に催された猿楽であるかについては、『能楽源流考』に今熊野新日吉《いまひえ》社の小五月会《こさつきえ》(五月九日)の際かとの推測があり(確定的に記してもいる)、それに同調する人もいるが、鎌倉期に同社の小五月会が盛大で本座・新座の田楽も催されたことが諸記録から知られるものの、南北朝期にそれが催された形跡がないことが難点である。地理的には現在も今熊野の一部であるが、世阿弥時代に新日吉社を今熊野の名で呼ぶ可能性も小さいのではなかろうか。一方、数年前に新《いま》熊野神社の境内に今熊野猿楽の記念碑が建立された(「能」の一字を大きく刻むが、世阿弥真蹟のつもりで金春禅竹筆が確実視される金春本『花鏡』の文字を選んだのは遺憾である)のは、同社がその場であったとの認識からであろうが、格別の根拠はあるまい。だが、『師守記』など数少ない当時の記録によれば、新日吉社の記事はほとんど見られないのに、新熊野社については比較的言及が多く、そこでの六月会(六月十五日)に田楽や猿楽が演じられた記録もある(『賢俊僧正日記』文和四年(一三五五)六月十七日)。今熊野猿楽が両社のうちのどちらかで催されたとすれば、新熊野社の六月会の可能性が強いのではなかろうか。但し、貞治三年四月に大和猿楽が京都の薬王寺(若王子か)で勧進猿楽を興行している(『師守記』。当時三十二歳の観阿弥の所演か)から、今熊野のどこかの空地での勧進猿楽だったかも知れない。

それはともあれ、今熊野猿楽は、観世父子の出世をもたらし、その後六百年にわたって観世座(ないし観世流)が能界の主流を占めるに至った端緒として、大きな意義を持つ催しであった。またそれは、猿楽能が田楽能と対等の地位を獲得したことを象徴する出来事でもあった。詳述はしないが、鎌倉末期から室町初期にかけての能の流れ――田楽能から猿楽能主流への転換――から、そう考えて差支えあるまい。それと一体のことではあるが、近江猿楽犬王など、観阿弥以外の猿楽の名手の出世の契機となった催しでもあった。資料**D**が犬王の「出世の恩」と感謝した理由を説明する文脈で今熊野猿楽に言及していることが、それを語っている。

もう一つ、今熊野猿楽の意義として強調しておきたいのは、それが猿楽座の翁グループと演能グループの分離を決定的にした出来事であるということである。『申楽談儀』にはもう一ヶ所同猿楽への言及があり、それは第十七条(「勧進の舞台・翁の事」)の左の記事である。

おきなをば、むかしは宿老次第に舞けるを、今ぐまのゝ申楽のとき、将ぐん家ろくおんいん、はじめて御なりなれば、一ばんにいづべきものを御たづね有べきに、大夫にてなくてはとて、南阿み陀仏一げんによりて、清次出仕し、せられしより、是をはじめとす。よつて、やまとさるがく是を本とす。たうせい、京中・御前などにては、しき三番、こと〱くはなし。今は、神事のほかはこと〱くなし。　〔資料**E**〕

やや難解であるが、要点は、〈式三番〉の主役たる「翁」を、昔は座の最年長者が舞う慣習だったが、将軍が初めて猿楽を見た今熊野猿楽の際、海老名の南阿弥陀仏(彼が将軍来場の斡旋者であろう)の〝最初に登場するのが大夫(棟梁の為手)でなくてはまずい〟との一言によって、旧例を破って当時四十二三であった観世大夫清次が「翁」を勤め、以来その前例に則って、大夫が「翁」を舞うのが大和猿楽の原則になったということである。

ここに言う「翁をば昔は宿老次第に舞ひける」慣習と、後年の南都両神事の〈式三番〉の「翁」を年預衆の「長」が舞った慣習とは、直結しているに相違あるまい。「長」はもともと長老を意味する語である。将軍来臨という稀有の機会に京都で開かれた新例が、四座の本所たる春日興福寺の神事猿楽では認められず、宿老次第に最長老が「翁」を舞う古来の掟を守った形が江戸末期まで続いていたのが年預衆による〈式三番〉なのであった。後代には奇異視されていた慣習が実は本来の形であり、当然視されていた大夫が「翁」を舞うことが、稀有の機会に生れた特別な形を恒例化したものだったのである。

今熊野猿楽にも冒頭に〈式三番〉が演じられ、当初は宿老次第に「長」が「翁」を舞うはずだったことは、座として参勤する神事猿楽以外の催しでも、〈式三番〉を演じる際には「長」らの翁グループも演能グループと行動を共にする慣習だったことを示している。だが、今熊野猿楽によって大夫が「翁」を舞う新例が開かれた結果、演能グループは「長」ら翁グループを必要としないことになった。〈式三番〉を演じたい時には、大夫が「翁」を勤め、千歳や三番叟や囃子は演能グループの役者が担当すればすむからである。いわば、猿楽座の本来の座衆が独占してきた〈式三番〉上演権を、座に寄留していた演能グループも手に入れてしまったわけで、そうなっては、翁グループと演能グループとは、参勤神事の際にのみ名目上は合流する、実質は遊離した存在になるのが自然の勢いであったろう。十年後の至徳二年には、薪猿楽に参勤した演能グループが連絡不十分だったらしくて翁グループを伴なわず、春日大宮での呪師走りが行われない事態が発生している（『至徳二年記』）。すでに両者の遊離は後代のそれに近い程度に進んでいたらしい。『申楽談儀』最終の第三十一条は、その直後に「魚崎御座之事」を付載している点からも翁グループについての話と解されるが、「バチヲアタルベシ」「キタラン世ニハアク所ニヲモムクベシ」など、世阿弥の口吻は極めて冷い。まるで仲間とは認めていないかのようにすら読まれる。

将軍来臨という特別の状況下に観阿弥によって開かれた新例が、その時だけの、観世座だけの特例に終らず、たちまち他三座にも及んで大和猿楽四座の「本」となってしまった事実からは、演能グループが翁グループによる〈式三番〉の独占上演をかねて厄介視しており、特例をよき前例として翁グループの権利を奪取してしまったことが想像される。「当世」(世阿弥時代)は京中・御前での猿楽には〈式三番〉が「ことごとくはなし」(いつも演じるわけではない)と言い、「今」(元雅・元重時代)は神事猿楽以外は全くそれを演じないとの**E**の文言は、猿楽が神事芸能から諸人快楽の芸能に変質して、世人が〈式三番〉を歓迎しなかったからではあろうが、演能グループが、かねて〈式三番〉を重視しておらず、上演権を獲得したもののそれを活用する熱意を持たなかったからでもあろう。座からの演能グループの独立性は、かなり早くから進行していたと見るのが正しいように思われる。

だが、それを決定的にしたのが今熊野猿楽であった。〈式三番〉上演権を獲得した演能グループは、新例を認めない春日興福寺の両神事や多武峰八講猿楽(資料皆無ながら新例は認めなかったろう)の時以外は、翁グループを無視してもよかった。呪師系の翁猿楽の座に乱舞猿楽系の芸人も加入して神事猿楽を演じていた形から、今熊野猿楽後には演能グループが一そう独立性を強め、能の質的向上や社会的評価の高まりにつれて、世人は演能グループを座の主体と認め、翁グループはその付属物視されるに至ったのである。豊臣秀吉が四座を観世座・宝生座・金春座・金剛座の名で公的に支援し、徳川幕府もその方針を踏襲した結果、それらの座名は神事参勤以外の四座の諸活動にも適用されるようになった。そして神事にのみ合流する年預衆はその存在自体を不可解視されるに至っている。年預衆の給与も一座に四～八人程度用意されていたが、名目通り支給されることは稀であった。その家督相続も大夫の専決事項であり、大夫を代表とする能座に隷属していたと言っていい。座の廂を貸して母屋を取られた形の翁グループは、それでも、年預衆として幕末までは活動を続けていたが、明治初年に金春大夫の横槍と両神事の退転によって消滅した。今熊野猿楽がなく、観阿弥が「翁」を舞う新例が開かれなかったとしたら、彼らはどんな道をたどったであろうか。

以上、観阿弥と結崎座の関係と、猿楽座に於ける翁グループと演能グループの関係とを、交錯させつつ考察した。

旧稿「大和猿楽の「長」の性格の変遷」を基礎とする論なので、本来ならば論証すべきことを旧稿の論旨の要約ですませた面が多い。細部は旧稿を参看いただければ有難い。旧稿と本稿で説が異なる所は、勿論本稿の説が今の私の考えである。大和猿楽四座に於ける翁グループと演能グループの関係は、恐らくは別系統の猿楽座にも存在したと思われ、宇治猿楽や丹波猿楽については幾つかの例証を見出してもいるが、調査が不十分なので、本稿では意識的に大和猿楽四座に限定して論述した。その点の補完は他日を期したい。

大和猿楽四座の座名をめぐって

大和猿楽四座の座名に関する基本的な資料は、『風姿花伝』第四神儀篇の末尾付載の諸国猿楽座列記の最初に、

一　大和国春日御神事相随申楽四座

外山《とひ》　結崎《ゆうさき》　坂戸《さかと》　円満井《ゑんまんゐ》　〔資料**A**〕

とある記事である。座名への振仮名は世阿弥の原本にあった物と認められ、金春本は平仮名、観世本・吉田本は片仮名で、同じ訓みが示されている。

右の四座――以後「旧四座」と呼ぶ――については、宝生・観世・金剛・金春の諸座――以後「新四座」と呼ぶ――の古名と説明するのが、昭和五十年頃までの学界の通説であった。旧四座など猿楽の座は、薪猿楽とか春日若宮祭とかの参勤行事に〈翁〉(式三番)を演じるために結成され、その神事の期間にのみ機能した組織であって、豊臣秀吉の時代に演能のためのグループとして組織化された新四座とは異質であることが解明され、外山座イコール宝生座などと把握するのが誤りであるとの認識は研究者の間では一般化したが、宝生大夫が外山座に、観世大夫が結崎座に、金剛大夫が坂戸座に、金春大夫が円満井座に所属したのは事実であり、その四大夫を首班とする新四座の母胎が**A**の旧四座である事は確かである。「母胎となった座」などの説明なら妥当であろう。

さて、イコール説から母胎説まで幅はあるが、旧四座と新四座との縁について、外山は宝生、結崎は観世、坂戸は

金剛、円満井は金春と結びつけるのは、世阿弥時代から現今まで一貫していた把握であると、かつての私は思いこんでいた。多くの研究者がそうだったのではなかろうか。だが、必ずしもそうではなく、外山をコンパルとするような誤解もあり、大和猿楽四座の名は、新旧ともに、室町時代には一部の人が知る程度で、世間一般の共通認識ではなかったのである。そうした実態の報告など、大和猿楽四座の名称をめぐる諸問題について考えてみたい。（引用資料の文字遣いは、資料の性質によって原形を生かしたり校訂本文にしたりした。傍線はすべて私が添えたもの。／は原形での改行を示す）

一　室町期の旧四座名の実態

まず、大和猿楽四座の旧座名に関する室町時代の記録を見渡して、その問題点を指摘しておこう。

資料**A**以外の世阿弥の発言は、第四神儀の「秦氏安より、光太郎・金春まで、廿九代の遠孫なり。これ、大和国円満井の座也」と、『申楽談儀』第二十七条の左の記事だけである。

一、永享元年三月、たきゝの神事、五日、一せうゐんにて円満井・魚崎、両座立合のとき、わきはくし也。ゆうさきとりあたりて、観世大夫元雅、八幡はうしやうゑののうをす。それも、先年しむの能をひく。大せう院へは一座〳〵参りし程に、わきのさたなし。〔資料**B**〕

両方に名の出る円満井座は、後述する春日神社の永享・宝徳の記録（資料**E**・**F**）に「エンマンシノ座」「円満寺座」とあり、弘安六年（一二八三）や元亨四年（一三二四）当時に西ノ京に円満寺と呼ばれる寺か地があったことが知られもするので、もとはエンマンジだったのがエンマンイに訛り、それに円満井の文字が当てられたものと推測する小滝久雄の見解(『謡曲界』昭和十年七月号「大和の円満寺考」)が、ほぼ通説化している。『能楽源流考』は、所属した金春大夫家が「円満井」とのみ伝えている事を重視し、エンマンイがエンマンジに訛った可能性もあろうと、小滝説に全面的には賛成していない。だが、近江猿楽の最も古い座である「みまじ座」の本所だったと考えられる敏満寺が『蔭涼軒日録』文正元年七月十五日の記事に「ミマイ寺」と書かれている由を指摘した香西精の論考「みまじ・敏満寺」(『世阿弥新考』所収「世阿弥私注」二四)が、エンマンジからエンマンイへの音韻変化の自然さを裏付けている。その円満寺座が成立してかなりの年月を経て同座に所属したらしい金春家の伝えよりも、本所たる春日神社の伝えが正確である可能性も高い。円満寺座が円満井座に訛ったと見ていいであろう。

結崎座の場合は文字に問題がある。資料**B**は仮名書では「ゆうさき」なのに漢字では「魚崎」と書いている。奇異な用字に見えるが、世阿弥・禅竹期にはユウザキ座を「魚崎」と書くのが能役者にとって普通だったらしい。『申楽談儀』付載の結崎座規が「定　魚崎御座之事」と題するのは、「御座」と敬称を添えた表記だけに、それが座本来の形であることを思わせる。金春禅竹筆の『円満井座系図』にも、

大和当座ヨリ四座ニ／分置所ノ在名／圓満井　坂戸／外山　魚崎　〔資料**C**〕

とあって、禅竹の用字も「魚崎」だった。その禅竹と交渉のあった一条兼良も、文明三年(一四七一)奥書の『申楽後証記』の中で、左のように「魚崎」と書いている。

大和の国に申楽四座あり。中にも金春大夫は円満井の座と号して本座たり。観世は魚崎、宝生は外山、金剛は坂戸、此三座は後に加れりといゑり。　〔資料**D**〕

多分これは、生前の金春禅竹か当時の金春大夫七郎元氏から提供された資料に基づく表記と思われるから、猿楽の間の伝承の一例と把握すべきであろうが、それにしても室町前期には「魚崎」が主流だった事の例ではある。

右に挙げた以外の旧四座の座名の古い用例としては、禅竹筆の『猿楽縁起』が「円満井ノ座、竹田ノ毘沙王権守」と言い、禅竹自筆を転写した由の明応八年(一四九九)奥書を持つ『円満井座壁書』が二度「エンマ(ン)キ」の名を出しているのを除くと、『春日若宮拝殿方諸日記』(『日本庶民文化史料集成』第二巻所収)の薪猿楽御社上《みやしろあが》りの能の記事が、永享十二年(一四四〇)分にほとんど仮名で、

同日、エンマンシノ座、金春太夫・小太郎まいる……
十一日、サカトノサ、コンカウ太夫マイル……
十二日、ユウサキノサ、クワンセ太夫……
十四日、トヒノサ、ホウシヤウマイル……〔資料E〕

と記し、宝徳三年(一四五一)分には漢字主体で、

九日、円満寺座、金春太夫、同楽頭まいる……
十一日、坂戸座、金剛太夫まいる……
十二日、遊崎座、観世太夫まいる……
十三日、とひの座、□生太夫まいる……〔資料F〕

と記す(宝徳四年分は「エンマシ」のみ)のと、寛正五年(一四六四)五月の延引した薪猿楽の記録『春日神主寛正五年御神事記』(『能楽源流考』所引)が、「円満寺座金春大夫」「坂戸座金剛大夫」「夕崎座観世大夫」「鵄座法正大夫」と記すのを知るのみである(後に言及分は除く)。

例示した三種(資料E・Fと寛正五年の記録)ともに春日神社関係の史料であり、薪猿楽に関連する記事の中である。猿楽の座が参勤神事の期間のみ機能した組織だった事実を反映したもので、旧四座の座名は参勤神事についての春日

神社の記録と猿楽の伝承にのみ現れているのである。

しかもユウザキ座の文字は**B**・**C**・**D**の「魚崎」が主流で、「遊崎」「夕崎」もあり、資料**A**の「結崎」がむしろ例外に属する。「遊崎」「夕崎」は、地名の結崎と同音の別字を宛てただけで、トビ座を「鵄」と書くのと同様、なんら問題視する必要はあるまいが、「魚崎」は別である。恐らく結崎がイオザキとも聞こえる形で言われた事に由来する当て字であろうが、結崎の地をそう記録した例が他になく、ユウザキからイオザキへの音韻変化の過程も説明しにくい。そんな特異な用字を世阿弥らが使用していたのは、遠い昔に成立した座の名が、結崎の地と縁の薄い座衆の間に伝承される内に生じた誤記を、そのまま継承したからではなかろうか。

右の推測は、円満寺座が金春家で円満井座として伝承されたのと同じく、座の成立が少なくとも鎌倉時代にはさかのぼる早い時期であろう事や、その座名が、必ずしも座衆がその名の土地と縁が深かったからではないだろうとの推測とも一体であるが、今はそれへの深入りは避けておく。

資料**A**以外でユウザキ座を「結崎」と書いた室町中期の稀なる例が、景徐周麟の詩文集『翰林葫蘆集』所収の「観世小次郎画像讃」(文亀二年(一五〇二)の述作)で、観世小次郎信光の経歴に先立つ猿楽史略述の中で次のように言う(原形は漢文)。

……大和の州に四座有り。外山・結崎・坂戸・円満井、是なり。春日の神事を奉ず。江州に三座有り。山科・下坂・比叡、是なり。日吉の神事を奉ず。……　〔資料**G**〕

だがこれは、信光が資料として提供したらしい『風姿花伝』第四神儀に基づくことが続く文言から確実で、**A**と同じ記事の引用に近い。「結崎」が一般的だった例にはならないのである。『自家伝抄作者付』が〈経書堂〉など六番の作者を「外山」としていたり、『四座役者目録』が観世座脇方に坂戸四郎権守の名を加えるなど、旧座名を姓にした役者もいたらしいが、結崎を姓にした役者は知られていない。総じて「結崎」は、室町中期までは影の薄い座名・表記だったのである。

だが、秘伝書ではあったが『風姿花伝』は四巻本などの形で室町時代にすでに転写を重ねてかなり流布していた。「観世小次郎画像讃」も観世家などで系譜資料として尊重されていた。それらの影響で、ユウザキ座の文字には「結崎」を宛てることが漸次優勢になった。金春系謡伝書で慶長初年の写本も伝存する『宗筠袖下』に、

一、四座と申事。初は金春一座成しかども、其下〱ょり器用をゑらびて、一座〱の大夫として、于レ今、金剛・金春・観世・保昌とは書て候。……又有説に曰、四座の名は、

坂戸《コンガウ》　円満井《コンパル》　結崎《クワンゼ》　外山《ホウシヤウ》　四種に書と申事あり。可レ為二秘事一候。

とあるのは、室町末期の用例で、振仮名を除けば資料**A**と同じである。江戸時代の旧四座名列記はほとんどこの形になり、トビ座を「鵄」と書き、円満井座を「円満寺」と書く例もほとんど消滅した。大和猿楽四座の名称と文字は、江戸初期には資料**A**の形にほぼ固定したかのようである。

もっとも、旧四座名が記録に現れることは室町後期には稀であった。右に引用した『宗筠袖下』の末尾の注記によれば、旧四座名自体が秘事扱いされていたようである。そこのような座名列挙分を除く用例としては、『申楽談儀』堀家旧蔵本(吉田東伍校訂『世阿弥十六部集』に翻印)に付載されている左の記事が、管見では最後である。

南都アマヨロコビノ能ノコト、永正十一年イヌノトシ、十月廿八日ノ能、ワキハクジナリ、コノ時ノワキ、トビニトラレテ、ワキヲヤラル、コンガウハウ二番メ、観世方三番メ、金春方四番メナリ、……

脇能の分だけ「トビ」と旧座名なのは、脇能のくじ引きが本来の座衆たる年預の担当であり(若宮祭後日能がそうだった)、くじが旧座名で引かれたためであろう。二番目以下の担当が「金剛ハウ・観世方・金春方」なのは、座名で

も能大夫名でもない珍しい形であるが、「金剛座方」と同意であろう。永正十一年（一五一四）は新四座の座名への転換がかなり進んでいたと推測される段階だった。

二　新四座名の発生と流布

文字はともあれ、観阿弥も世阿弥もユウザキ座に所属して活動した。彼ら能役者（狂言方をも含む）が〈翁〉（式三番）を演じるための猿楽座に所属したのは、薪猿楽などの神事芸能への出演の権利・義務を持つのが座であり、猿楽の本芸であった〈翁〉を演じた後に〈翁〉に添えてでなければ、神事猿楽で能や狂言を演じることができなかったからであろう。当日の最初に演じられる能が「脇の猿楽」とか「脇能」とか呼ばれた——世阿弥時代にすでにそうだった——のも、能はあくまでも〈翁〉に添えて演じる芸だったからに外ならない。

だが、能が劇として著しく成長した観阿弥時代には、猿楽は〈翁〉主体の神事芸能から能・狂言主体の衆人快楽の芸へと変質しており、薪猿楽などの神事においてすら、観客は能を演じる観世大夫らのスター役者を座の代表と見ていた。都市での勧進興行など、神事ではない猿楽の催しも急増していた。そうした状況下で、〈翁〉とは無関係の、演能のためのグループをも「座」と呼ぶことが自然発生的に生じたらしい。『申楽談儀』第二十三条の、

大和。竹田の座、出合の座、宝生の座と、打ち入〳〵有。竹田は、〔河勝よりの〕根本の面など、重代有。出合の座は、先は山田猿楽也。　〔資料**H**〕

には、「竹田の座」「出合の座」「宝生の座」と、助詞「の」が介在して固有名詞になりきっていない形ながら、演能

グループらしい座名が3例並んでいる。「竹田の座」「出合の座」は演能グループと断定できないが、「宝生の座」は外山座の宝生大夫中心の演能グループに相違あるまい。

また、正長二年(一四二九)五月三日の室町御所での多武峰様猿楽の様子を伝える『満済准后日記』の記事に、

於二室町殿御所笠懸馬場一観世大夫両座一手、宝生大夫十二五□一手ニテ、出合申楽在レ之、如二多武峰芸能一致二沙汰一了、乗馬甲冑等、悉用二実馬実甲冑一了、驚二耳目一了、

とある「観世大夫両座」も、観世三郎元重グループと観世十郎元雅グループを「両座」と記したに相違なく、演能グループを座と称したことの例に数えて然るべきであろう。

そうした風潮は四座が参勤義務を負う神事猿楽の記録にも反映した。四座の参勤を金春・金剛・観世・宝生の各大夫の名で記録するのは世阿弥時代からのことであったが、『経覚私要鈔』『尋尊大僧正記』(『尋尊記』と略記)などによって南都神事の記録が豊富になる室町中期以後には、大夫名に「座」を添えた新四座の名がしばしば見られる。「観世座ノ長十二大夫」(『尋尊記』長禄二年(一四五八)二月四日)と、ユウザキ座の代表者たる「長《おさ》」を新しい「観世座」の呼称で記録した例すら現れ、同書には「金剛座長」(文明六年(一四七四)二月六日)や「法性之長」(文明十七年二月十一日)もある。一方、経覚や尋尊の書いた興福寺関係の史料は、「外山・結崎・坂戸・円満井」の旧四座名を一つも使っていない。そうしたことが、新四座名が旧名にとってかわったかのような印象を与え、旧四座名を宝生座・観世座・金剛座・金春座の古称とする説明を生み、信じられてきたのである。

しかしながら、新四座名は室町時代には極めて狭い範囲で稀に使用されるだけで、世間一般に通用していた語ではなかった。具体的に言えば、南都関係の史料に、春日興福寺の神事猿楽に関連して使用された用例がほとんどで、例外は僅少なのである。神事猿楽以外の南都史料の例としては、将軍足利義尚が猿楽の彦次郎を寵愛したことを伝える

「観世座猿楽、故正松大夫之孫子也 四郎次郎子也 本金剛座也」(『尋尊記』文明十六年三月一日)や、「小法師大夫 観世座息也」(同、延徳三年四月二十七日)など、主として役者の所属を示す形の十例前後を見いだしたが、南都以外の史料での用例は極めて少ない。『能楽源流考』に引用されている厖大な史料を検索しても、左の四例しか見つけられず、前の二例は南都の史料と同じく薪猿楽に関連している。

◎今春座之脇与四郎者所司代所従之者也　(『蔭涼軒日録』文正元年閏二月二日)

◎金春座日吉源四郎事、観世座に可召加之由、大御所さまより被仰出之旨……　(『親元日記』文明十五年二月六日)

◎日吉源四郎事、今度観世座ニ……　(同、同月二十六日)

◎観世大夫座者彦次郎、日比大樹被寵愛……　(『後法興院記』文明十六年二月十七日)

京都などでの猿楽の通常の活動はすべて個人名または大夫名義――「観世」とか「金春大夫」とか――で記録されていて、それを「観世座」「金春座」などと書いた記録は皆無である。神事芸能に参勤するための組織としてはもとより、演能グループの名としても、新四座名は、室町時代の京都近辺ではほとんど使用されていなかったのである。

それなのに、旧四座名を新四座の古名とする説が通説化したのは、豊臣秀吉の猿楽能保護政策の過程で、庇護を受ける能役者を春日興福寺に参勤していた四座の能役者を代表する四人の大夫を中心とする四グループに編成し、それを金春座・観世座・宝生座・金剛座と呼んだのに由来する。秀吉が猿楽能保護策を打ち出したのは文禄二年(一五九三)閏九月だったが、その時の具体的内容はほとんど把握できない。が、四年後の慶長二年十二月一日付で諸大名に配当米を割り当てた朱印状によって、観世座に九九五石、宝生座に九六〇石、金剛座に八一五石が支給され、徳川家康は観世座分六百石を、前田利長は宝生座分百石を負担したなど、猿楽庇護策の柱だった配当米の制度の大筋は判明する。その朱印状(観世・金剛分は現存。焼失した宝生座分は写真で判明)が冒頭に「観世座支配之事」「宝生座支配之事」

「金剛座支配之事」と題しており、観世座・宝生座・金剛座が豊臣政権下での正式名称だったことが知られる。秀吉が直接扶持したため同質の文書を残さない金春座も同じ扱いだった事が、秀吉が復活させた薪能の番組等から確認できる。

江戸幕府も秀吉の猿楽保護策を踏襲したので、右の座名が幕府からの扶持を受ける四演能グループの正式の名として世間に通用するようになった。徳川秀忠の時代に新たに喜多グループが編成されたものの、喜多座が五代綱吉時代に一時解散させられ、復活後には半人前の処遇だったことから、能界は四座一流の語で表現される体制が長く続き、観世・金春・宝生・金剛の座名はますます普及する結果となった。その事が、秀吉時代からの新しいグループ名である新四座名を、昔からの呼称であるかのように錯覚させ、薪能などに参勤の義務を持つ点も共通だったので、旧四座の後身であるとの誤解を引き起こしたのであった。明治二十一年刊の小中村清矩著『歌舞音楽略史』にすでに、

大和にては外山後の保生、結崎後の観世、坂戸後の金剛、円満井後の金春等の四座、春日の神事に従ふ、

とあるから、明治四十二年の『世阿弥十六部集』刊行以前、恐らくは江戸時代にすでに成立していた通説であった。その通説が誤りである事を以上に論証したつもりである。旧四座の後身とされる新四座名が、室町時代から世に流布していた呼称ではなく、能役者のグループ名として確定したのが豊臣秀吉以降である事の指摘が最も重要で、四座をめぐる基本的な誤解の修正を意図しての論である。

三　旧四座と大夫の対応をめぐる誤伝

第一節に引用した一条兼良の『申楽後証記』(資料D)は、「金春大夫は円満井の座……、観世は魚崎、宝生は外山、金剛は坂戸」と述べていた。金春大夫は円満井座に属しているの意とも、金春は円満井座を率いているの意とも決めかねる曖昧な表現ではあるが、旧四座と四人の能大夫を結びつけた早い頃の例ではある。そしてここに言うように、金春大夫は円満井座と、観世大夫は魚崎(結崎)座と、宝生大夫は外山座と、金剛大夫は坂戸座と、密接な縁を持ち、実質的には各大夫が各座を代表していた。永享十二年の資料Eや宝徳三年の資料Fもその一証である。『宗筠袖下』にも同意の記事が見え、その事は室町時代を通しての能界やその周辺の共通認識であったかのように、私は考えていた。多くの研究者がそうであったろう。だが、そうではなかった。旧四座と、新四座の大夫の対応について、意外に根深い異説も存在したのである。

【①『鹿苑日録』の「外山大夫」】

京都相国寺鹿苑院の歴代住職や住僧らの室町中期から江戸初期に亘る記録たる『鹿苑日録』(続群書類従完成会刊)には、能に関連する記事が少なからず見られるが、その慶長七年(一六〇二)五月二日の条に左の如くある。

今日禁裏御能。外山大夫ト云々。於女院有之。　〔資料I〕

確かにこの日には女院(新上東門院勧修寺晴子)御所で能があった。徳川家康の申沙汰で、家康も忍びで見物した。多くの記録があり、番組も伝存するが、例えば『言経卿記』が「女院ニテ御能有之、従内府御申沙汰也、……内府ハ女院殿上ニテ見物、……今日御能大夫ハ今春也、高砂・田村・松風・道成寺・自然居士・一角仙人・融・鵜飼・伏見キリ等也」と言うように、金春大夫の演能だった。当時の金春大夫は秀吉時代に時めいた金春八郎安照で、家康も評価していた。それを資料Iは外山大夫としているのである。外山座に属した大夫は宝生であるから、誤った記録ということになる。「ト云々」とあって伝聞による情報なので、誰かが筆者に誤報を伝えたとも解されるが、そうではない。同じ『鹿苑日録』の慶長八年七月七日の条にも左の如くあるのである。

……忩々メ至日亜相公。自御城無帰宅ト云々。御能者八番ト云々。大夫外山ト云々。有八番。翌八日外山七番。其餘ハ。トキノ見正入道・前羽半入・藍主助。其外両人乞能ト云々。凡落耳根底如此故。不及記之。〔資料J〕

これは七月七日・八日と続いた二条城での能の記録で、伝聞に基づいて八日の分をも一緒に書き、両日の能大夫を「外山」としている。だが、実は両日の大夫は金春だった。これまた多くの記録の残る催しであるが、最も詳細な『言経卿記』は、七日の条に「大夫者今春也」と明記して祝言能まで九番の曲名を列記し、八日の条では「今日御能、白楽天 大夫今春、八嶋 同……」の形で、金春が六番、金春の子が一番のシテを勤めた事と、土岐入道見松らの素人能五番が続いた由を記している。資料JもまたIと同じく金春大夫を「外山」とする誤りを犯しているわけで、筆者が金春大夫は外山座の役者と誤認していたのではないかと疑われる。

『鹿苑日録』の「外山」はまだある。慶長九年七月一日の条に左の如くあり、筆者は外山大夫と会っているのである。

……辰刻ニ出洛。……赴円光寺。……其内 外□大夫来。今度豊国神事之御能新ニ作ル談合。〔資料K〕

□が「山」で、円光寺に来たのが外山大夫であることは明白であるが、これは宝生大夫なのであろうか。I・Jと同じく金春大夫の誤りなのであろうか。続く「豊国神事之御能新ニ作ル」の文言は、同年八月十九日の豊臣秀吉七回忌記念の豊国神社臨時祭の神事猿楽に四座が一番ずつ新作能を演じた（金春は〈橘〉、観世は〈武王〉、宝生は〈太子〉、金剛は〈孫思邈〉）事実と対応しており、約五十日前に「外山大夫」は禅僧の所に新作能について相談しに来たのだった。もし宝生大夫ならば〈太子〉の能についての相談だし、金春大夫なら〈橘〉についての相談になる。どちらであろうか。

それを決定する根拠が同じ『鹿苑日録』の四番目の「外山」の記事である。同書慶長十一年八月三日の条に左の如くあり、振仮名は原本にあったものである。

自朝晴天。昨今御能。豊光亦出仕。此次於禁中隠(院)御所御興行ト云々。坂戸《クワンセイ》・外山《コンハル》両大夫立合ト云々。〔資料L〕

「昨今御能」と言うのが八月二日・三日に二条城で大御所徳川家康が催した公家ら饗応の能であり、「此次於禁中……」は同月七日・八日に女院御所(場所は仙洞御所)で家康申沙汰で行われた諸門跡等饗応の能のことである。その四日共に、観世大夫身愛と金春大夫安照の立合能だった。例えば『舜旧記』が二日の条に「於京之御城御能アリ、観世、金春立合也、政所御出也」、三日の条に「二条之御城罷出、観世大夫、金春大夫両人立合能アリ」と言うなど、多くの記録の残る盛儀で、みな観世と金春の立合としている。それを資料Lは「坂戸・外山両大夫立合」と記し、振仮名で坂戸をクワンゼイ(=観世)、外山をコンパルと読ませているのである。

振仮名によれば観世・金春両大夫の演能であることを知っていたはずなのに資料Lが「坂戸・外山両大夫」と書いたのは、観世の別名が「坂戸」で、金春の別名が「外山」であるという類の思いこみを筆者が抱いていた事を示していよう。しかもそれは、慶長七年の資料I以前からの思い込みであり、一時的な錯覚とか伝聞した誤報の記録とかではない。正しいと信じ、その知識を表に示すためにあえて旧座名を記したとすら考えられる。世間一般にほとんど通用していなかった昔の座名を、しかも大夫名として用いるという、以前に類例を見ない用法をしている事実が、それを確信させる。当時の鹿苑院主は西笑承兌(一五四八〜一六〇七)である。彼が日録の筆者とは限らないが、主に院主の行動を記載している日録の原情報の提示者ではあったろうから、承兌が誤解の主だった可能性が強かろう。そうした知識人が、四度も金春大夫を「外山」と記録し、一度は観世を「坂戸」としているのである。旧四座と新四座の大夫との関係についての把握は、決して一様ではなかったらしい。

【②『諷増抄』の座名誤伝説】

金春大夫を「外山」とする**I・J・K**に接しただけの時には、『鹿苑日録』の筆者は変な誤解をしていると思うだけだったが、「坂戸」をクワンゼと読ませてもいる資料**L**が加わった段階で、これは旧四座名の全体にかかわる誤解らしいと気づいた。そして似たような誤りを含む別の資料が何かあったはずだと思い起こし、探索し、やっと見つけ出した。

国文学者加藤盤斎(一六七四没)の著述の一つで寛文元年(一六六一)の著者の序のある『諷増抄』は、全十二冊に十五番の謡曲の注釈を収めるが、巻一は「大意幷能作者付」と題簽に注記する能楽史概説で、その中に、「応永七年卯月十三日ニ従五位下左衛門大夫観世秦元清ガ書タル風姿花伝ノ序ニ云」として『風姿花伝』序の大半を、続いて「此書ヲ請タル人ノ聞書ニ」として第四神儀篇の全文を引用している。第一年来稽古条々・第二物学条々・第三問答条々の本文を欠くが、序や第四神儀には一本として取り扱うに足りる特色があるので、昭和三十五年の旧稿「「四巻本風姿花伝」考」(岩波書店刊『中世文学の世界』所収)で「増抄本」の名で考察したのがこの巻一である。そこの花伝第四にも末尾に資料**A**と同じく大和猿楽四座の連名があり、それは左の形である。

一　大和国春日の御神事に。あひしたがふさるがく/四座。外山《コンハル》。結崎《コンカウ》。坂戸《クハンセ》。円満井《ホウセウ》。　〔資料**M**〕

資料**A**が「とび・ゆうざき・さかど・ゐんまんゐ」と訓みを振仮名で示していたのを、所属する大夫名傍記に変更した形であるが、資料**D**の如く、外山は宝生、結崎は観世、坂戸は金剛、円満井は金春の各大夫に結びつけるのが通説なのに、それとは一つも合致しない、不可解な結びつけ方なのである。四十年以上も前にこの資料**M**を見た時には、あまりにも通説と違い過ぎるので、根も葉もない明確な誤謬として、一顧だにせず無視してしまったものだった。

だが、『鹿苑日録』の資料**L**が坂戸に「クワンセイ」、外山に「コンハル」と振仮名しているのは、右の**M**の配当と一致している。両誤謬説(LとM)にはつながりがあり、『鹿苑日録』の筆者が正しいと信じた誤解の全貌を示すのが『諷増抄』の資料Mと考えるべきであろう。Mだけでは、加藤盤斎が依拠した『風姿花伝』写本にたまたま存在した孤立的な誤謬として無視されてもおかしくないが、慶長七年段階にその誤謬の片鱗が禅僧のような識者の間に流布していたとなると、通説とは別に存在した異説として注目しなければなるまい。若い頃に無視した資料を、四十年を経た今になって、能楽史認識の幅の広がりを示す異説の基礎資料として、光を当てて紹介することにした所以である。

とは言ったものの、この異説がいつ頃どうして生れたかは見当がつかず、通説が室町時代を通して流布していたと思いこんでいた事もあって、異説をさほど重視してはいなかった。室町末期に能界の事情に疎い誰かが勝手に言い出した説であろう、という程度に、むしろ軽視していた。それが誤りである事を三年前に思い知らされたのである。

【③康正三年大乗院文書の「鵄《とび》座金晴」説】

『観世』平成十二年八月号の八嶌幸子氏稿「「応永卅四年演能記録」について」は、応永三十四年(一四二七)二月十日に興福寺大乗院で催された薪猿楽別当坊能の十五番の曲目と演者を記録した最古の演能記録の紹介が主体で、学界をゆるがす新資料出現の報告であった。能楽学会主催の形になって最初の世阿弥忌セミナー(平成十四年八月八日。『能と狂言』創刊号参照)が、シンポジウムにこの番組を採り上げている事からも、同論考の波紋の大きさが把握できよう。

その最古の能番組は、大乗院尋尊の日記『寺務方諸廻請』(『尋尊記』の一部。『大乗院寺社雑事記』に翻印)の第一冊の紙背に書かれていたもので、尋尊の先代の大乗院門跡で応永三十四年当時の興福寺別当だった経覚(安位寺殿)が、康正三年(一四五七)に応永当時の史料を写して尋尊に書き与えた文書であろうとの八嶌氏の推測が、学界の賛同を得ている。それを尋尊が日記の料紙に転用したのだった。

そして、経覚がこんな文書を尋尊に書き与えたのは、康正三年二月十日の大乗院での薪猿楽別当坊能の際に、一緒に召された金春座と金剛座が、どちらが脇能を演じるかを争い、紛争が生じたためであった。八嶌論稿に詳しいので再言はしないが、世阿弥時代には大乗院へは一座ずつ別々に参上していた(資料**B**)のに、前年に別当に就任したばかりの尋尊が、十日に金春・金剛、十一日に観世・宝生を呼んだために、どちらが脇能を担当するかの争いが金春・金剛の間に生じたのだった。脇能を担当することがなぜか名誉とされていたのである。その時はくじ引きで勝った金剛が演じたが、尋尊は常に金春が脇能を担当せよとの裁定を下し、承服しない金剛が翌長禄二年には別当坊猿楽を一時ボイコットするなど、数年間もゴタゴタが続いたのである。経覚や尋尊が金春大夫氏信(禅竹)を贔屓し、応永の事実を枉げてまで金春に有利な裁定をしたための紛争だった。

さて、前述の八嶌幸子氏稿は、応永三十四年の能番組のみならず、康正・長禄の別当坊猿楽の紛争に関連する別の紙背文書二種(『寺務方諸廻請』紙背)をも写真を添えて紹介している。その内の一種が、康正三年二月九日付けの、尋尊の裁定内容を伝える興福寺公文所の下文《くだしぶみ》で、八嶌氏の翻印には、

公文所下　於二御寺務一薪猿楽脇能事／

右任二先例一鵄座金晴可二沙汰一之處／不レ取二入衆者共一今度金剛与取レ探／条、以外次第也、仍金晴長以下押／藝能両方及二相論一候了、所詮今度／事、雖二卒爾一取レ探上者無力、金剛／可二沙／汰一旨、被レ仰二含両方一候間、云二今／晴一云二金剛一各不レ申二異議一落居候了、／此子細為レ無二後々錯乱一可レ加二下知一之由、／依二御寺務仰一、書下状如レ件、

康正三年二月九日

権上座威儀師判

〔資料**N**〕

とある。紙背文書で裏面の墨色が濃くて判読困難な所もまじるが、第二行中程の「鵄座金晴」の四字は明瞭で、誰の目にもそうとしか読めない。そして「鵄座金晴」とは、トビ(外山・鵄)座に属する(または「を代表する」)金春大夫の意としか解しようがない。金春大夫の所属する座を円満井座ではなくトビ座としているわけで、『鹿苑日録』が慶長年間に金春大夫を「外山大夫」と記録し、『諷増抄』が「外山」にコンハルと振仮名しているのと一致する。室町末期に発生したであろうと推測していた誤謬説が、百年以上も溯る康正三年(一四五七)にすでに存在したのだった。その事を資料Nが明示している。応永の番組以外にも有用な新資料を紹介された八嶌幸子氏の学恩に感謝したい。

旧四座と所属大夫の関係について、外山と宝生、結崎と観世、坂戸と金剛、円満井と金春を結びつける現今の通説は、昔は決して通説ではなかった。資料Mに全容が見られる誤謬説――外山は金春、結崎は金剛、坂戸は観世、円満井は宝生とする見解――も存在し、興福寺や禅僧らの間に流布し、信用されていたのである。その事の報告が本節の目的である。能楽に関する常識的学説には、まだまだ検討・確認を要する事が多いようである。

四　誤伝発生の理由など

前節の論に貢献した資料Nは、大和猿楽四座を支配した興福寺の寺務(別当。最高責任者)で、猿楽に関する多くの記録を残した尋尊僧正の周辺で書かれた文書である。寺務たる尋尊の意向を人々に知らせるため、公文所の役人が書いたもので、尋尊筆ではないし、気に入らない点があって尋尊がボツにしたのか、『尋尊記』には別の形の下知状が転載されてもいる(金春大夫宛の分は宝山寺蔵)。だが、Nは確かな興福寺作成の文書である。それに「鵄座金晴」と、金春大夫をトビ座とする誤謬が含まれていたのには、心底驚かされた。前節で、猿楽自身の記録を除けば旧四座名が室町時代には春日神社関係の史料にのみ現れる旨を述べたが、皆無と思っていた興福寺関係文書の旧四座名の希有の例としても、史料**N**は貴重なのである。その希有の記録が、当時の興福寺が四座の素性について正確な知識を持っていなかった事を示す誤謬を含んでいたのである。驚いて当然であろう。四座と大夫との縁についての資料としてよりは、春日興福寺と四座の結び付きについての再検討を要請する資料としての意義の方が大きいと言うべきであろう。

右に再検討と言ったが、春日興福寺と四座の関係については、立ち入った検討がなされていないに近い。春日神社と興福寺のいずれが四座とより深い縁を持っていたかも、まともに論じられたことがない。そうした研究の立ち後れに、資料**N**は警告を発している。本稿はそこに入りこまず、私自身は今後にそこを検討する時間的余裕を持たないであろうが、誰かに取り組んでもらいたい課題の存在に、注意を喚起しておきたい。

さて、『風姿花伝』第四神儀の資料**A**が「外山・結崎・坂戸・円満井」の順に列挙する大和猿楽四座に、資料**M**の如く「金春・金剛・観世・宝生」の四大夫を配当する誤謬説が生じた理由について、考えてみたい。

第四神儀の諸国猿楽座名列記は、大和猿楽四座の次に、近江の日吉神社の神事に従う近江猿楽三座を「山階・下坂・比叡」の順に並べ、続いて伊勢の猿楽を「伊勢主司二座　和屋　勝田　又今主司一座在」とし(「増抄本」による)、さらに「法勝寺御修正参勤申楽三座」として「新座・本座・法成寺」を並べて終わっている。近江の三座は、『申楽談儀』第二十三条が近江上三座の由緒を語って「嫡子をば山科に置き、弟をば下坂に置き、三男をは日吉に置き」と言うのと順序が一致している。伊勢猿楽分は由緒の古い順と言える。法勝寺系三座は、鎌倉末期の記録『住吉太神宮諸神事次第』が同社の御田植神事について「猿楽三座、本座十五人、新座三十人、法成寺十五人」と記すような、新座の隆盛ぶりを背景とした序列と解される。従って各系統ごとの猿楽座の名は、その猿楽内での序列に従って並べられていると言える。大和猿楽分もそうだろうと考えるのが自然であろう。

ところで、大和猿楽四座には特に定まった序列はなかったと思われるが、二月の薪猿楽では、南大門の薪能で脇能を担当する順番も、三日目(古くは二日目)から始まる一座ずつ春日若宮に参上する御社上《みやしろあが》りの能も、金春・金剛・観世・宝生の順に決まっていた。永享十二年(一四四〇)の資料**E**がすでにそうであり、春日興福寺における故実尊重の気風の強さを考慮すれば、四座が薪猿楽に参勤し始めた頃にすでに確定していた序列と思われる。その薪猿楽での序列が四座全体の恒常的序列と認識されることは、十分あり得よう。金春座が禅竹の自筆系図以来「本座」と自称したのもその現れと解される。尋尊が康正三年の金春・金剛立合猿楽で金春に脇能担当の権利ありと裁定したのも、金春の主張に同調してのことではあろうが、薪猿楽での四座の序列を恒常的序列と認識したことを思わせる。そうした認識が**M**の如き誤謬を生んだのではなかろうか。

つまり、四座の由緒をよく知らない人が、第四神儀篇の資料**A**を見て、他系統の猿楽の座名配列と同じく序列順の列記と理解し、薪猿楽での四大夫の序列通りに旧四座名に大夫名を注した結果、外山は金春、結崎は金剛、坂戸は観世、円満井は宝生との、誤れる配当説が生まれた、と推測したいのである。そう考える以外に、誤謬説誕生の事由は説明できないのではなかろうか。

それにしても、第四神儀の資料**A**がなぜ「外山・結崎・坂戸・円満井」の順に列記したのかが不審である。「外山」を筆頭にしたのは、薪猿楽御社上りの能で外山座の「長」が「御拝殿の楽頭」と呼ばれ(『円満井座壁書』)、最初の金春(円満井座)の御社上りの際に円満井座の長と相舞の形で〈翁〉を舞うという奇妙な慣習があって(資料**F**の「楽頭」もそれ)、御社上り猿楽では外山座がかつては四座の筆頭だったかも知れない事と、関係があるであろうか。円満井座の伝承に基づくとは考えにくい並べ方なので、第四神儀篇の猿楽由来説は金春系の由緒説が主体だとの見解を妨げる材料でもある。あれこれ検討を要する問題を残してはいるが、能楽史上の常識の再検討の必要を訴えた学会発表の論文化を、不徹底なまま擱筆することにする。

《本稿は、二〇〇三年三月十六日に早稲田大学で開催された能楽学会第二回大会で、「大和猿楽四座の座名誤伝をめぐって」と題して研究発表したことを、整理し、若干増訂して論文化したものである。》

あとがき

本書に収めた六篇の論考は、すべて以前に学術誌や紀要に発表したもので、各篇の発表誌名、発表年月、執筆年月日(旧稿末尾に記載分)、当該誌での頁数などは左の通りである。

Ⅰ ①多武峰の猿楽　『能楽研究』創刊号　一九七四年十月　〈(昭和)49・2・25〉　98頁

②薪猿楽の変遷(上)〔二まで〕　『観世』一九七七年七月号(薪能特集)　〈(昭和)52・6・10〉　12頁

薪猿楽の変遷(下)〔三から〕　『観世』一九七七年八月号　〈(昭和)52・7・10〉　12頁

Ⅱ ③大和猿楽の「長」の性格の変遷(上)　『能楽研究』第二号　一九七六年二月　〔第二節の一まで〕　40頁

大和猿楽の「長」の性格の変遷(中)　『能楽研究』第三号　一九七七年三月　〔第二節の二〕　72頁

大和猿楽の「長」の性格の変遷(下)　『能楽研究』第四号　一九七八年七月　〔第二節の三〜末尾〕　92頁

Ⅲ ④世阿弥以前　『國文學』一九八〇年一月号(世阿弥特集)　〈(昭和)54・11・10〉　8頁

⑤観阿弥清次と結崎座　『文学』一九八三年七月号(能特集)　〈(昭和)58・5・19〉　12頁

⑥大和猿楽四座の座名をめぐって　『能と狂言』第二号　二〇〇四年五月　〈(平成)03・10・24〉　13頁

最後の⑥以外は二十年以上も昔に執筆したもので、今になって一書にまとめるのは遅きに失する感を自身でも抱いているが、自分の仕事で世に遺す価値のあるものを選ぶとなると、何よりも右の論考が優先する。能楽研究所が設立されて二十年を経てようやく刊行できるようになった紀要『能楽研究』の創刊号に発表した①、続く二・三・四号に分載した③、それと並行して『観世』に二回に分けて書いた②の三篇が、恩師能勢朝次先生の大著『能楽源流考』を補正できたと自信を持っている数少ない論考なのである。右の三篇に、関連する別の三篇を加えて「大和猿楽史参究」と題することにしたのは、自然な選択結果であるように自身では考えている。

猿楽の座は特定の神事猿楽に〈式三番〉(翁)を演じるための組織であり、その神事の期間にのみ機能したという、従来の常識を根底から覆す論考だっただけに、③への反響は大きかった。それと、初期の大和猿楽をめぐる論考を合わせて一冊にまとめたいとの希望を私自身が早くから抱いていたが、前に進むことを優先して後ろを振り向くことは後回しにするのが習性だったので、具体的に考えてはいなかった。岩波講座『能・狂言』の編集に携わった前後に、岩波書店編集部の高林良二氏から、「あの「長」の論文は我々が読んでも、推理小説を読むような面白さを覚える。ぜひ一冊にまとめなさいよ」と勧められたことが、その気になった始まりだった。だが、一九八八年七月に作った内容案を見ると、大和猿楽四座が参勤の義務を負うていた三行事の一つたる春日若宮祭の猿楽についての考察をも加えて、全体を「神事猿楽新考」と題するつもりでいたようである。会うたびに催促される高林さんにも、若宮祭猿楽の論文を書くまで待ってくださいと申しあげていた。九一年に平凡社編集部の菅原慶子さんからも「多武峰」や「長」の論文をまとめませんかと勧められ、すでに岩波書店から出すことに決めている由を伝えたところ、それなら「喜多七大夫」の論考をと方針転換した勧誘があり、当時最も関心を強めていた課題だったので応諾し、九四年に『喜多流の成立と展開』を刊行するまではその仕事に没頭することになった。そのため、高林さんの在職中には「神事猿楽新考」には取りかかれず、高林さんから私の著書の仕事を引き継がれた新村恭氏からの時々の催促にも腰をあげずにいる内に、法政大学を退職したりで身辺が落ち着かなくなり、ますます著書をまとめる機会が遠ざかっていた。

二〇〇四年に喜寿を迎えるので、その記念になる仕事を何かまとめたいとの気持は以前からあったが、〇三年末に冠動脈の手術で入院、明けての二月には腹部大動脈瘤の手術で半月入院と、健康に自信を失う状況が続いた。さらに三月末からの化膿性脊椎炎による二ケ月半の入院が追い打ちをかけ、四月二十六日の七十七歳の誕生日も病院で迎える始末で、喜寿を自祝する気も失せかけていた。だが、岩波書店と私との昔の約束を聞き覚えていた竹本幹夫氏が、同書店編集部の吉田裕氏に連絡を取り、岩波書店の要請に私が応じる形で本書刊行の仕事が動き出す切っ掛けを作ってくれた。早稲田大学演劇博物館館長として、同大学二十一世紀COEプログラムの責任者を勤めなどする多忙な身で、二年前に発足した能楽学会の代表を私から引き継いでもいる竹本氏の、「老骨に残りし花」を見せようと私が奮い立つように仕向けてくれた御配慮に感謝している。

旧稿をそのまま収めることを原則とし、書式の統一など手入れは最小限にする方針だったので、具体的に取り掛かってからの仕事はさほど難儀ではなかった。③の補足的論考で加えるのが当然の④⑤に比較してやや性質が異なる⑥を加えるか否かの判断に迷ったが、大和猿楽をめぐる常識の再検討である点は他の五篇と共通するので、執筆時期は大きく異なるが加えることにした。若宮祭の猿楽についての論考を加えて四座の三大義務についての論を揃えたいとの昔の希望も頭をもたげたが、多武峰猿楽や薪猿楽の論と釣り合うほどの論題を持ち合わせず、諦めた。

そして、①から順に旧稿を子細に読み直して見て、次から次へと新資料にめぐり会う幸運に後押しされて重要な課題に取り組み続けてきた運の強さを想い起こさずにはいられなかった。大和猿楽の歴史に参究する最初の論考となった①の「多武峰の猿楽」は、六十六・六十七頁に写真を掲出した『享禄三年二月奥書能伝書』が観世新九郎家文書に含まれ、それによって多武峰に六十六番猿楽の奇習が室町後期まで伝わっていた事実を知ったことが端緒となっていた。その観世新九郎家伝来の文書を北海道千歳市で発見したのが一九六六年で、仕合わせの良さに我ながら驚く大収穫であった。その翌年から翌々年にかけて『銕仙』に八回に亘って書いた「多武峰の能」が①の最初の形であり、観世新九郎家文書の発見が私の眼を多武峰に向けさせたことを明示している。

右の観世新九郎家文書が法政大学能楽研究所に寄贈された由の報告やその目録の「上」が掲載された『能楽研究』第二号（一九七六年）に③の「上」を発表したが、翌年の三号の「中」と翌々年の四号の「下」との中間に②が発表されているから、②③の両篇は並行して書かれている。①で大成以前の大和猿楽の歴史を論じた以上、薪猿楽についての考察たる②が書かれたのは当然であるが、『観世』誌が薪能についての特集を組む幸運に遭遇しての執筆だった。薪猿楽の諸資料に顔を出す「長」や「権守」についての長大な考察たる③が続いて書かれたのも自然な流れだったろうが、この③にも強運が伴っていた。本冊200頁に紹介している「勝南院文書」一箱が片岡美智氏蔵となり、自在に利用できるようになったことがそれである。

この興福寺衆徒関係の文書群が南都神事猿楽の研究にすこぶる有用な史料であることは、一九六〇年前後の古書展に出品された時に知り、能楽研究所の蔵書に加えるべく努めたものの落札できず、その後しばらくはこの史料の所在を聞かなかったが、③の論考の「上」を発表した前後にまた古書市に出た。その時は能楽研究所の実質上の責任者だったので、思い切った高値で応札したはずだったが、またまた落札できなかった。ガッカリしていたところ、その本が某古書肆の目録に掲載されており、能楽研究所ではとうてい購入できない価格がついていた。③の「中」を執筆していた段階だったので、その史料を入手できない無念さを大学院の授業の合間に語ったところ、院生の一人だった片岡美智氏――法政大学第一教養部のフランス語の先生だったが、能の研究を志し、教授が自校の大学院に進学するのは困ると言われ、他大学の教授に転じて法政大学大学院に進んで勉学中だった先輩教授――が、私が買って能楽研究所に預けましょうと言い出し、アレョアレョと言う間にそれを実行してしまったのである。年預の廃絶の実態は同史料によって解明できたと言えるし、「我々こそが猿楽の本流で、能役者は我々が座に加えてやったのだ」との廃絶直前の訴訟での年預の主張に耳を傾けたことが、香西精氏に「コペルニカス的転回」と言わしめるほどの③の結論の背景だったのであるから、③がめったにない幸運に支えられていることが明白であろう。

その他、宝山寺旧蔵で金春座関係の史料が多く、十年以上も足繁く通ったことが基で一九六六年に能楽研究所に寄託されていた般若窟文庫、同様に五五年頃から調査を続けていた観世宗家、卒業論文以来恩恵を受け続け、七七年に法政大学に寄贈された江島伊兵衛氏の鴻山文庫、前述の観世新九郎家文庫、膝元の能楽研究所など、若い頃から資料調査に取り組んでいた多くの場所に蔵されている多数の資料を活用しているが、そのほとんどが、手元にあるか、写真になっているか、撮影したフィルムがあるかで、能楽研究所で見ることができた。そんな身近な新資料を活用しつつ、未開拓だった分野に鍬を入れ続けたのである。法政大学能楽研究所という比類なき仕合わせな場所にいたがゆえに、成し遂げ得た仕事だったと言えよう。

所収六篇の内の骨格と言える論考が能楽研究所の麻布校舎時代の発表で、その頃が私の研究活動が最も充実していた時期であろうことを「まえがき」に述べた。日本思想大系の『世阿弥 禅竹』に引き続いての成果であり、能楽史研究の面だけではなくて、「世阿弥の平仮名書の用字法の特色」や「【花伝】から【風姿花伝】への本文改訂」など、世阿弥についての重要な論考も発表し続けており、麻布校舎時代の精励ぶりは自身でも驚くほどである。読み返して嬉しかったのは、馬力にまかせて荒々しい論を展開しているとの印象がほとんどなく、「昔は丁寧に調べていたものだ」とか、「この発想は今の自分には生み出せない、年盛りのヒラメキの産物だ」とか、自身で感服しながら読むところが多かったことである。昔の仕事に感心するのは今の自己の衰えを嘆く気持と実は裏腹であり、こんな根気のいる仕事は今はやる気が起こらないと、気力の減退を嘆くこともしばしばであった。

だが、衰えは年齢相応の現象と割り切っているせいか、全体を検討し直して「あとがき」を書いている今の気分は、すこぶる爽快である。旧稿で論じ残した幾つかの問題——たとえば、大和猿楽以外の猿楽における〈式三番〉役者と能役者の関係など——を放置したままでは、この本の刊行後も寝覚めが悪いのではないかと考えるほど、前向きの姿勢に転じているのである。旧稿を一冊に集成してこんなに元気が出るのなら、続いてもう一冊の論集をまとめるのも悪くはないな、などと欲を出してもいる。今の私は、昨年の誕生日前後の落ち込んでいた時とは別人に見えるのではなかろうか。ここまで気力を回復させてくれた周辺の人々の心くばりに、深く感謝している。

二〇〇五年二月二十日

表　章

索　　引

—凡　例—

1) この索引は，本書の本体部分と「あとがき」とに現れる固有名詞，またはそれに準じる語——曲名・書名(略称・文書名・論文名をも含めた)・人名(神仏名・寺社名・芸名・通称・団体名・資料所蔵機関名をも含めた)——の索引である．引用した資料の中に現れる分は適宜に取捨した．
2)「興福寺」「多武峰」「〈式三番〉」「〈翁〉」など，あまりに多く現れる語は除いた．「金春」「観世」など，一部だけを採録した語もある．
3) 配列は現代仮名遣いによる五十音順とし，正確な読み方が判明しない語についても適宜に読みを定めて配列した．同頁に同一語が複数現れる場合も一度のみ当該頁を掲出し，同一語の完形と略形が同じ頁に現れる場合は，完形分のみを採録することを原則としたが，両方を採録した例外もある．
4) 見出し語の文字は本文中に現れる形に従うことを原則としたが，「金春」と「今春」程度の違いや仮名と漢字の相違は統一することを原則とし，必要に応じて「結崎・夕崎・遊崎」など複数の形を列挙したものもある．
5) 見出し語の内，曲名は〈　〉，書名は『　』，書名に準じる文書名・論文名は「　」で囲んだ．
6) 同一人物の完形と略形や同音の別々の形を一項にまとめた見出し語もある．例えば“観世(小次郎)(信光)”は，(　)の部分を含む形と含まない形——「観世小次郎」と「観世信光」と「観世小次郎信光」——を一つにまとめたことを示し，“談山[神社·社·権現]”は，「談山神社」と「談山社」と「談山権現」の形を一つにまとめたことを示す．
7)「観世大夫」や「金春大夫」など，襲名される芸名や通称の類については，数代を一項にまとめて掲出することを原則としたが，系譜が判明していて分別可能の幾つかの家については，“宝生大夫〔友于〕”“宝生大夫〔その他〕”など，分けて掲出した．
8) 若干の見出しについては，〔　〕に囲んだ小字の注記を添えた．

あ 行

か 行

さ 行

た 行

な 行

は 行

ま 行

や 行

ら 行

わ 行

■岩波オンデマンドブックス■

大和猿楽史参究

2005年3月24日　第1刷発行
2017年4月11日　オンデマンド版発行

著　者　表《おもて》　章《あきら》

発行者　岡本　厚

発行所　株式会社　岩波書店
〒101-8002　東京都千代田区一ツ橋2-5-5
電話案内　03-5210-4000
http://www.iwanami.co.jp/

印刷／製本・法令印刷

ISBN 978-4-00-730582-5　　Printed in Japan